Vielleicht hatten wir nur sieben Nächte,
ich weiß nicht,
ich habe sie nicht gezählt.
Wie hätte ich sie auch zählen können.
Vielleicht waren es nur sechs.
Oder waren es neun?
Ich weiß nicht,
aber sie waren soviel wert,
wie die allerlängste Liebe.
Vielleicht kann man
mit vier oder fünf Nächten wie diesen,
aber genau solchen wie diesen,
vielleicht kann man leben,
wie mit einer langen Liebe
ein ganzes Leben.

IDEA VILARIÑO

IMMER NUR FAST

JANUAR 2006
SHARM EL SHEIKH

Nahla unterdrückte ein Zucken ihrer vibrierenden Nerven und der davon in Mitleidenschaft gezogenen Muskeln. Etwas hatte sie berührt. Ihre Sinne suchten die Umgebung nach weiteren Ungereimtheiten ab. Dieses Etwas mit ihrem Erfahrungsschatz abgleichend stellte sie fest, dass es nichts ähnelte, das sie kannte. Jene Feststellung wiederum verursachte in ihr eine Unsicherheit, die sich erneut auf ihre Nerven auswirkte und die sie sich keinesfalls anmerken lassen wollte. Um nichts gefragt zu werden. Bis sie wusste, woran sie mit dieser Berührung – und deren aufwühlendem Effekt – war.

Um keine Aufmerksamkeit auf sich zu ziehen, schaute sie, sich dabei möglichst entspannt gebärdend, über den glänzenden Marmorboden der Lobby zu den sperrangelweit geöffneten Fenstern, trippelte mit den Augen über das flach daliegende Wasser des Pools zu dem fest installierten vielfarbigen Zeltdach gegenüber. Eine Gruppe Musiker spielte darunter Instrumente, die Nahla zuvor noch nie in Wirklichkeit gesehen hatte. Sie waren ihr nur in Filmen mit Schlangenbeschwörern und Bauchtänzerinnen begegnet. Die Töne klangen herrlich. Aber sie waren ihr fremd. So fremd wie jene Berührung, die sie noch immer im Nacken spürte, obwohl dort *eigentlich* nichts sein konnte.

Plötzlich wähnte sich Nahla von Blicken abgetastet. Vor Jo, Johanna, im Korbstuhl neben ihr, schaffte sie fast nichts zu verbergen. Sicher war sie durch ihre Steifheit und gleichzeitig gewollt lockere Haltung verraten worden.

Als hätte ich mich vorhin nicht selbst schon lange genug im Spiegel unter die Lupe genommen!

Ihre Haare wollten nicht glänzen, sich einen Zopf zu flechten war zu aufwändig gewesen. Jetzt hingen sie schlaff über ihre Schultern. Und der Pony. Strähnig, formlos hatte er sie im Spiegel verunziert. Nahla versuchte ihrem Spiegelbild aufmunternd zuzulächeln, da sie doch sehr erleichtert war, eine ganze Woche in diesem feudalen Hotel mit Jo in Sharm el Sheikh sein zu können. Entkommen zu sein. Vorerst. Ihre blasse Haut verriet dennoch die Wahrheit. Der Versuch, davon durch Lippenstift abzulenken, betonte sie nur noch mehr. Sie wischte ihn trotzdem nicht weg. Es war ihr erster Abend. Die südliche Luft strich über ihre nackten Arme. Sie trug ein Sommerkleid und das, obwohl es Januar war.

Ihren rechten Kiefer am Übergang zum Ohr hatte sich Nahla fünffach überschminkt. Man sah jetzt fast nichts mehr von der hässlichen, verräterischen, ihre Situation bezeugenden Verfärbung, deren olivgrüne Ränder zum Zentrum hin in ein Dottergelb verliefen.

„Was?“ Nahla wandte den Kopf in abwehrendem Tonfall zu Jo.

„Nichts, gar nichts!“ Jo erlöste Nahla von dem die Freundin belastenden Blick und warf diesen lässig hinter sich, dorthin, wohin sich Nahla nicht zu sehen traute. An Jos Gesicht las Nahla ab, dass Jo dem, der da stand, spontane Sympathie entgegenbrachte.

„Die Musik dort drüben heißt *Baladi.* Das ist traditionelle ägyptische Musik“, hörte Nahla hinter sich erneut jene Stimme auf Englisch sagen, die nicht bloß eine Stimme zu sein schien. Sie glich eher einer Hand, die sich nach ihr ausstreckte. Zunächst flossen ihr die Worte auf den Nacken, dann massierte sie die unsichtbare Hand in ihre Haut.

„Warum seid ihr hier und nicht drüben bei der Musik?“

Nahla zuckte mit den Schultern, während Jo auf das Babyphone zwischen ihren Getränken deutete. Glücklicherweise war sie schlau genug gewesen, es mit auf die Reise zu nehmen, sonst säßen sie jetzt in ihrem Zimmer fest.

„Das geht nicht“, entgegnete Jo dem Besitzer der Stimme.

„Was ist das?“, fragte dieser. Das weiße Kästchen mit den abgerundeten Kanten, den Lautsprecherschlitzen und der kurzen Antenne sagte ihm wahrscheinlich rein gar nichts. Nahla hörte, wie seine Schritte die Position hinter ihrem Rücken verließen, um sie herum gingen und an ihrem Tisch, an dem noch ein Stuhl frei war, anhielten. Ohne lange zu fackeln oder gar auf eine Einladung zu warten, setzte sich ihnen ein junger Mann gegenüber, vielleicht auch 19, wie sie beide. Seine Haut war braun und er wirkte so erholt, als habe er einen achtwöchigen Urlaub am Pool des Hotels hinter sich.

Hat er eben echt auf meinen Brustansatz geschaut? Nahla zog die Schultern nach vorn, wodurch ihr Busen weiter ins Kleid rutschte. Obwohl sie Florian erst von einer Stunde gestillt hatte, schwollen ihre Brüste schon wieder an.

Ich hab's mir nur eingebildet, er schaut mir gar nicht ins Dekolletee ...

„Mir gefallen deine Haare!“ Seine Augen folgten ihrem brünetten dichten Haar bis zu den Spitzen an ihrer Hüfte. Neben ihr saß Jo, hellblond, blauäugig, schlank trotz ihrer Entbindung vor vier Monaten, nur zehn Tage vor Nahlas. Meistens war sie der erste Magnet männlicher Blicke.

„Mir gefallen deine Haare“, wiederholte der junge Mann und als Nahla immer noch nicht reagierte, fragte er sie: „Sprichst du Englisch?“

„Ja“, antwortete Jo statt ihr. Nahla hingegen durchwühlte noch immer irritiert ihren Kopf dahingehend, wieso sie dermaßen heftig auf die Stimme dieses jungen Mannes reagierte. Sie warf Jo einen raschen Blick zu und stellte fest, dass sie über ihr Gebanntsein schmunzelte.

„Ich heiße Hamza.“ Seine Zeigefingerspitze deutete auf ein Namensschild an seinem roten Shirt mit Hotellogo. „Ihr solltet rüber zur Musik gehen, das lohnt sich!“

Unter dem Zeltdach ließ jetzt zusätzlich eine Bauchtänzerin ihr Becken so schnell wippen, dass sie an das Summen einer Biene erinnerte. Die Pailletten an ihrem grünen Rock und am kurzen Oberteil über ihrem nackten Bauch funkelten, als seien sie daran haftende Sterne. Nahla hätte sie gern aus geringerer Distanz betrachtet. Doch schier noch mehr als das Babyphone hinderte sie am Aufstehen ihre Gebanntheit. Ihr war nach wie vor, als lande jedes Wort von Hamza direkt auf ihrer Haut. Wieder übernahm Jo das Antworten. „Wir können nicht rüber. Wir müssen hier bleiben, denn weiter reicht der Empfang unseres Babyphones nicht." Sie erzählte Hamza, dass sie beide Mütter waren, deren Säuglinge gerade in ihrem Hotelzimmer schliefen.

„Das ist schön!", entgegnete Hamza. Er schien sich weder über diese Eröffnung zu wundern noch sie in Frage zu stellen – was wiederum die beiden Freundinnen zunächst erstaunte und dann annehmen ließ, dass es in Ägypten wahrscheinlich nicht ungewöhnlicher war, in ihrem Alter Kinder zu kriegen, in dem sich die meisten in Deutschland aufs Abi oder die Abschlussprüfung ihrer Lehre vorbereiteten.

Was Jo und Hamza in den nächsten Minuten redeten, bevor er sich am Tresen der Bar zu ein paar angeheitert scherzenden Mittfünfzigern gesellte, entging Nahla. Erst als er weg war, fand sie ihre Sprache wieder.

„Was macht er dort?" Sie winkte mit einer kurzen Kopfbewegung in Richtung Bar. Hamza zeigte wie vorhin von ihrem Tisch aus hinüber zu den Musikern, wo die Bauchtänzerin sich jetzt durch ihr Publikum schlängelte.

„Dasselbe wie bei uns", Jo strich mit einer reflexartigen und für sie typischen Bewegung ihre Haare zurück.

„Wie ... Was hat er denn bei uns gemacht?"

„Mensch, Nahla! Der ist Animateur! Es ist sein Job, die Hotelgäste dazu zu bringen, am Programm teilzunehmen!"

Animateur. Jetzt hatte Nahla verstanden.

„Wir beenden wohl besser den Abend, was meinst du?", schlug Jo vor, gähnte und fuhr sich mit der Hand an den Mund. Auch Nahla war erschöpft vom frühen Aufstehen, der Fahrt zum Münchner Flugplatz, den Eincheckformalitäten, dem Verstauen der Kinderwägen, dann dem über vierstündigen Flug und dem Transfer zum Hotel, und das alles mit turnusmäßig quäkenden Säuglingen, und schließlich dem Aufbauen ihrer Babybetten. Besser, sie schliefen ein paar Stunden, bevor die Kinder wieder gestillt werden wollten, was jede Nacht noch mindestens zweimal vorkam. Nahla nahm das Babyphone vom Tisch und stand auf.

Gegen drei Uhr morgens weckte sie Florian mit leisem Quengeln. Er schrie selten laut, das brauchte er nicht. Nahla hörte jeden seiner Laute. Sie nahm ihn vorsichtig aus seinem Kinderbettchen und setzte sich mit ihm auf den Balkon. Dann schob sie ihr Schlafshirt hoch und spürte, wie ihr Sohn an ihrer Brustwarze zu saugen begann. Wie jedes Mal ließ das ein Lächeln auf ihrem Gesicht aufblühen, das dauerte, bis er fertig getrunken und an ihrer Brust eingeschlafen war, und noch lange darüber hinaus, während sie ihn im Schlaf betrachtete. Sie hatte ihn vom ersten Moment an geliebt, selbst als er noch nicht mehr als eine klitzekleine Ahnung in ihrem Bauch gewesen war. Sein Haar schimmerte hell wie das seines Vaters. Auch Florians Züge waren mit seinen nicht zu verwechseln. Nahla betastete ihren Kiefer. Die hässliche Verfärbung nahm stündlich etwas ab.

„Es wird schon alles wieder gut werden", flüsterte sie Florian zu und meinte damit auch ihre Familie, ihren Vater, der strikt dagegen gewesen war, dass sie so früh ein Kind bekam. Eine Brise trug den Duft eines unterhalb ihres Balkons blühenden Orangenbaums über das Geländer. Nahla stand mit Florian auf und wiegte ihn, während sie sich den Baum im Schein der die Wege säumenden Lampen ansah. Seine Krone ähnelte denen der Apfelbäume im Garten ihrer Eltern, aber Stamm und Äste waren glatter, die Blätter heller und im Gegensatz zu den Apfelbäumen trug er beides gleichzeitig: Blüten und Früchte. Über die Wege schlenderten ein paar Hotelgäste. Auch Angestellte waren noch unterwegs, leicht erkennbar an ihren roten Shirts. Drei von ihnen kamen eben den Weg entlang, der auf den Orangenbaum zuführte und unter Nahlas Balkon vorbei. Ihre Silhouetten verdeutlichten sich mit jedem Meter, den sie sich näherten. Schließlich beleuchtete das Lampenlicht ihre Gesichter. Nahla stand still, ganz still, den schlafenden Florian in ihren Armen haltend. Eines der Gesichter gehörte Hamza. Mit einem Mal, gerade so als hätte Nahla nach ihm gerufen, sah Hamza zu ihr herauf und lachte ihr offenherzig zu. Nahla rührte sich nicht. Hamza hob die Hand, winkte kurz und ging weiter. Damit war der Moment vorbei. Wieder im Bett fragte sich Nahla, ob Hamza noch gesehen hatte, wie sie zurücklächelte.

Der Frühstückssaal war noch ziemlich leer, als ihn Nahla und Jo zeitig am Morgen aufsuchten. Die Freundinnen schoben ihre Kinderwägen am Buffet entlang. Es gab einen interkontinentalen Teil mit Rührei, einer breiten Wurst- und Käseauswahl, verschiedenen Brot- und Kuchensorten, diversen Müslis. Und es gab einen arabischen Teil, mit breiigen Pasten, die sich laut Schildchen *Hummus*, *Tahin* und *Baba Ghanoush* nannten. In großen Schüsseln stand verschiedenes Gemüse bereit, wahlweise als Rohkost oder gekocht, es gab Fladenbrot und Tees in Kannen, denen weißer Dampf wie Geister aus Wunderlampen entstieg. Dazu verströmte dieser Buffetteil Düfte, die so anmuteten, wie die *Baladi*-Musik unter dem Zeltdach am Vorabend: orientalisch, märchenhaft, faszinierend, anziehend. Trotz ihrer Fremdheit fühlte sich Nahla in ihnen rundweg und eigentümlich zuhause.

„Na dann los, solange die beiden schlafen!“, entschied Nahla und parkte den Kinderwagen mit Florian an einem freien Tisch. Jo folgte ihr mit Quirin, was am Tisch nebenan beobachtet wurde. Die ältere, bebrillte Dame, die dort in einem wallenden Sommerkleid saß, schaute mit langem Hals in die Kinderwägen und säuselte den Babys zu: „Eure Eltern schlafen bestimmt noch, ihr Süßen, sie haben es sich verdient!“

Befremdet blickten sich Nahla und Jo an und die Dame, die das bemerkte, forderte sie auf: „Geht ans Buffet, solange die Kleinen schlafen. Ich hab ein Auge auf sie! Nanny sein ist doch schön. Ich habe als junges Mädchen selbst als Kindermädchen gearbeitet. Wenn man eine gute Anstellung findet, darf man sogar mit in den Urlaub wie ihr zwei!“

„Wir sind keine Kindermädchen!“, informierte Jo kurz angebunden die Tischnachbarin.

„Nannys? Klingt das besser?“

„Wir sind die Mütter!“, erwiderte Jo nun so laut, dass einige Hotelgäste an den umstehenden Tischen die Köpfe nach ihr umdrehten. Die Angesprochene hob ungläubig die Augenbrauen. „Wo sind denn die Papas der Kleinen?“

„Daheim.“ Jo warf noch einen Blick auf den nach dem Morgenstillen ruhig schlafenden Quirin und ließ sich dann von nichts mehr aufhalten, sich am Buffet zu bedienen.

„Sowas von neugierig! Was geht das die denn an!", mokierte sich Jo, als Nahla neben ihr am arabischen Buffetteil Pasten und Fladenbrot auf einen Teller häufte.

„Lass sie doch. Sie ist doch ganz nett."

„Nur solange man in ihr Weltbild passt, darauf wette ich!", schnaubte Jo. „Aber wir stehen dazu, was wir sind und zu unseren Babys!"

Nahla beugte sich riechend über die angerichteten Teller und Schüsseln. „Jetzt lass doch, wir kennen das doch, als Mütter nicht ernst genommen zu werden. Jetzt machen wir Urlaub! Schau, was es hier alles gibt!"

„Was ist das denn überhaupt?" Jo zog sich Nahlas Teller vor die Nase. „In dem da könnte Sesam drin sein."

„Das heißt *Tahin*", sagte Nahla. „Und im *Baba Ghanoush* sind Auberginen, eindeutig, das sieht man an der Farbe."

„Der ‚Kompost' hier schmeckt mehlig. Probier mal!" Jo hielt Nahla eine Gabel voll heller Paste hin.

„Das heißt *Hummus*, nicht Humus!", grinste Nahla. „Lass uns am Tisch essen, nicht hier am Buffet."

Jo setzte sich und nahm ein Stück Fladenbrot, um es zu bestreichen. „*Hummus*", sie betonte wie zuvor Nahla die Wortmitte. „Was ist da eigentlich drin?"

„Pürierte Kichererbsen, meine Liebe!", kam die Antwort vom Nachbartisch.

„Danke!", entgegnete Nahla freundlich.

„Morgen setzen wir uns woanders hin", flüsterte Jo Nahla eher zu laut als zu leise zu. Doch Nahla kam nicht mehr zu einem Kommentar, denn in diesem Moment meldete sich Florian.

„Moment, Süßer!" Mit kreisenden Bewegungen streichelte Nahla ihrem Sohn über den Bauch und fuhr ihm dann sacht über die nackten Beinchen. Außer einer Windel und einem Body brauchte er hier keine Kleidung. Das war so viel einfacher, als ihn in Deutschland in mehrere Schichten einpacken zu müssen.

„Sofort, Flori." Rasch ging Nahla zu den Buffettischen und suchte eine makellose reife Banane aus. Dann nahm sie ihren Sohn aus dem Wagen, schälte die Banane an einer Seite und schabte mit einem Teelöffel Fruchtfleisch. Florian öffnete schon währenddessen weit sein Mündchen.

„Da! Schau!"

Nahla zuckte unter Jos Fingerspitzen, die sie ihr in die Seite stupste und verfehlte prompt Florians Mund, wodurch sich der Bananenbrei auf seiner Wange verteilte.

„Nahla, schau doch, da steht der Typ von gestern Abend!" Jos Fingerspitzen stupsten sie stärker. Nahla wandte den Kopf zum meterbreiten Eingang des Frühstückssaals. Davor lehnte Hamza an der Balustrade. Sein Blick wanderte über die Gäste im Inneren des Saals.

„Sieht ganz so aus, als ob er jemanden sucht. Wenn das mal nicht du bist!", neckte Jo.

„Quatsch!", entfuhr es Nahla. „Niemals! So furchtbar, wie ich zur Zeit aussehe, sucht der garantiert nicht mich." Nach dem Aufstehen hatte sie sich noch nicht einmal ihr Hämatom sorgfältig überschminkt, was dazu führte, dass die Stelle an ihrem Kiefer anstatt olivgrün-dottergelb- jetzt hellbraun-gefleckt war. Aber die Haare hatte sie sich gebürstet und zu einem adretten Zopf geflochten. Der fiel ihr über die linke Schulter und die Brust bis auf ihren nach der Entbindung noch nicht vollständig zurückgebildeten Bauch. Liebevoll wischte Nahla Florians Gesichtchen sauber und fütterte ihn weiter mit geschabter Banane. Anschließend legte sie ihn zum Aufstoßen an ihre Schulter.

„Oh je ..." Mit dem Bäuerchen ergoss sich ein großer Schluck Milchbananenbrei über Nahlas Schulter. Daheim sicherte sie sich gegen Derlei mit einem Spucktuch ab, aber hier, im Hotel, hatte sie darauf verzichtet, weil sie nicht den Eindruck erwecken wollte, als habe sie über ihrem Top einen Lumpen hängen. Nahla griff nach einer so roten Stoffserviette wie die Shirts der Angestellten waren und wischte damit sowohl Florian als auch sich ab. Zurück auf ihrem schwarzen Oberteil blieben etwas hellere Flecken. Um weitere zu vermeiden, breitete sie die Serviette mit der noch sauberen Seite über ihrer Schulter.

„Sieht gar nicht schlecht aus", grinste Jo. „Rot passt doch zu schwarz!" Daraufhin hob sie den Kopf und Nahla bemerkte an ihrem Blick, dass jemand hinter sie getreten sein musste.

„*Sabah El Kheer!* Guten Morgen!“

Die Stimme. Sie floss Nahla auf den Nacken als bestünde sie aus Honig. Zwischen ihren Schulterblättern nahm dieser seinen Weg ihren Rücken hinunter und hinterließ dabei eine kribbelnde Spur. Auf Nahlas Haut richteten sich die Härchen auf, gleichzeitig öffneten sich ihre Poren, um zu schwitzen. Just bevor die hinab rinnenden Tropfen den Saum ihrer Mama-Unterhose erreichten, einen Baumwollslip aus einem Zehnerpack, praktisch und unvorzeigbar, umrundete Hamza den Tisch und setzte sich wie am Abend zuvor. Nahlas Unterhose und die Spur aus Stimme, Honig und Schweiß passten nicht zusammen. Um zu verhindern, dass sie die Hose erreichte, lehnte sich Nahla zurück. Ihr Rücken presste sich an die Stuhllehne, der Stoff ihres Tops saugte die Feuchtigkeit auf. Wie viel davon tatsächlich vorhanden war und welchen Anteil sie sich einbildete, wusste sie nicht zu sagen. Wie auch? Sie war immer noch müde, obwohl sie eigentlich gut geschlafen hatte. Seit ihr bewusst geworden war, dass Florian sich ankündigte, hatte sie praktisch nur noch turbulente Tage erlebt.

„*Sabah El Kheer*“, wiederholte Hamza. „So sagt man ‚Guten Morgen‘ auf Arabisch!“ Er wirkte wieder wie frisch erholt.

„Ich werde unseren Mamis holen, was sie sich wünschen. Mit Babys tut man sich schwer am Buffet“, erklärte er der die Szene mitverfolgenden, über ihre Brille lugenden Dame am Nachbartisch. Diese begann beipflichtend zu nicken. Nahla nahm Florian von ihrer Schulter, lehnte ihn mit dem Oberkörper gegen den ihren und Hamza näherte sich ihm. Seine Zungenspitze erschien in einem Mundwinkel, er drehte die Augäpfel nach innen und zuckte dazu noch mit den Ohren. Florian gluckste vor Vergnügen über dieses Clownsgesicht. Und da begann auch Nahla aufzulachen. Über die verdrehten Augen, die zuckenden Ohren, das untermalende Gurren. Über Hände aus Stimme, Berührungen aus Worten und Honigtropfen aus Schweiß.

„Wie heißt er?“, fragte Hamza Nahla.

„Florian. Oder einfach Flori“, entgegnete sie. Hamza versuchte das fremde Wort zu formen, was ihm nicht gelang. Doch ebenso gekonnt wie Grimassen zu schneiden kitzelte er nun Florian, der daraufhin noch mehr gluckste. Dann wandte er sich an Quirin. Auch der war inzwischen aufgewacht und Jo hatte ihn sich auf die Oberschenkel gesetzt. Hamza entrollte einzelne Locken aus dem dichten schwarzen Teppich auf seinem Kopf und ließ sie mit verdrehten Augen wie kleine Sprungfedern zurück in sein Haar schnellen. Quirin und Florian versuchten, danach zu greifen, doch sie waren noch zu klein, um ihre Hände kontrolliert in Einsatz zu bringen und fuchtelten nur in der Luft. Nahla hätte ebenfalls in diese Haare über den breiten buschigen Augenbrauen fassen wollen. Ihre Hand machte schon Anstalten sich zu verselbständigen. In dem Moment richtete Hamza sich auf, ihre Hand und sie besannen sich.

Er ist Animateur, das gehört alles bloß zu seinem Job!

„Was möchtet ihr noch vom Buffet?", fragte Hamza sie und Jo. „Behaltet die Babys auf dem Schoß, ich hole es euch!"

Nahla zuckte mit den Schultern. „Eine Überraschung", sagte sie.

„Für mich bitte auch", schloss sich Jo an.

Hamza brachte ihnen Joghurt auf einem flachen Teller, über den goldgelber Sirup floss. Nahla wiegte ungläubig und kaum merklich mit dem Kopf. *Honig …*

„Ich muss weiter!", verabschiedete sich Hamza und entfernte sich.

„Nahla, Mensch, probier! Das schmeckt superlecker!", hörte Nahla Jos Stimme zu sich durchdringen. Nach einer kurzen Pause, während der Jo Nahla musterte, fügte sie hinzu: „Du reagierst auf diesen Typen, als wäre er Sonnenaufgang und biblisches Manna in einem!"

„Tu ich gar nicht!"

„Tust du." Jo aß und Nahla lehnte sich verwirrt zurück.

„Und du gefällst ihm. Komm schon, eine kleine Affäre könnte dir nur gut tun", sagte Jo zwischen zwei Löffeln Joghurt.

„Das ist dein Metier, Jo, nicht meines! Kein Interesse. *Ich* bin nicht der Typ für sowas."

Die Luft war streichelweich und die Palmen um den Kinderpool winkten neckisch mit ihren Wedeln. Nahla und Jo suchten sich freie Liegestühle darunter, damit die Babys nicht zu viel

Sonne abbekamen.

„Das ist doch die von heute morgen!" Jo hatte die Tischnachbarin gesichtet, die mit einem Paar etwa in ihrem Alter den Schwimmerpool umrundete. Sie redete hier und da mit Sonnenbadenden und an Cocktails Nippenden und als das Gespann wie zufällig an Nahla und Jo vorbeikam, erklärte die Dame ihren Begleitern: „Das sind keine Nannys!", und hinter theatralisch vorgehaltener Hand an Nahla und Jo gewandt, informierte sie die beiden: „Sie haben euch auch dafür gehalten!" Sofort richtete sie sich wieder an ihre Freunde, die eine undurchschaubare Miene trugen: „Sie sind junge, alleinreisende Mütter!"

Jo drehte sich auf den Bauch, Nahla nickte den Dreien nur höflich zu. Daraufhin setzten sie ihre Runde fort. Nahla zog ihren Liegestuhl halb aus dem Schatten, die Sonne beschien sie jetzt bis zur Hüfte, die Strahlen taten ihr gut. Hier war keiner, vor dem sie Angst zu haben brauchte. Nahlas zusammengekauertes Inneres begann sich ein wenig zu strecken und zu räkeln. Die Kinder verhielten sich ruhig, guckten nach den Palmwedeln und übten das Greifen an Rasseln und Stofftieren in den Kinderwägen. Auch hatte sie das Baden im Babypool nach dem Frühstück müde gemacht. Der späte Vormittag floss dahin wie seidiges Wasser und würde bald in den Nachmittag übergehen. Als die Palmen über ihr verschwammen, beschloss Nahla, sich einem Nickerchen zu überlassen.

Von einem Augenblick zum nächsten fand sie sich jäh in winterlicher Dunkelheit wieder. Nahla drückte Florian an sich, schützte seinen Kopf und hatte somit keine Hand mehr frei, um sich selbst zu schützen. Zu schreien wagte sie nicht, denn das hätte Flori sicher Angst gemacht. Sie hätte ja unweigerlich ganz nah an seinem Ohr geschrien. Ihr Körper verkrampfte sich.

„Bist du okay?"

Nahla schreckte hoch. *Wo ... wo bin ich?* Ihr Herz raste, ihr Atem galoppierte.

Habe ich etwa geschrien? Bloß nicht!

Im grauen Nebel in ihrem Kopf bekam sie vage zu fassen, dass sie am liebsten geschrien hätte, aber das nicht gegangen war. Sich weiter orientierend registrierte sie, dass etwas auf ihrer Schulter lag. Es fühlte sich angenehm an. Überrascht drehte sie den Kopf und sah Hamzas Hand. Er kniete vor dem Hintergrund eines hellblauen Himmels neben ihr. Der Himmel und er, sie schienen sich an Leichtigkeit überbieten zu wollen.

Nahla rappelte sich weiter auf und zog die Lehne ihres Liegestuhls nach oben, bis sie in Sitzposition einrastete. *Hat Florian etwas mitbekommen?* Nein, er schlief ruhig in seinem Sportwagen. *Wo ist Jo?* Sie stand fünf Meter vor ihr am Erwachsenenpool, in exakt sitzendem Bikini, die blonden Haare über die nackten Schultern wallend, und genoss die Aufmerksamkeit eines zweiten Mannes, der mit Hamza gekommen sein musste. Nahlas Sicht klärte sich, sie fand wieder zu sich im Hier und Jetzt.

„Schlecht geträumt?", fragte Hamza.

Nahla nickte. Hamza lachte. „Das passiert. Ich habe etwas für dich. Das vertreibt schlechte Träume!" Er winkte den Mann am Pool heran. Dieser schien auf Hamzas Zeichen gewartet zu haben. Er brachte ein ausladendes Tablett mit hellen Kuchenstücken, kleinen Tellern und roten Servietten. *„Ahla Sabah"*, grüßte er. „Guten Tag!"

„Das ist Sami, mein bester Freund hier", stellte Hamza ihn vor.

„Und das hier heißt *Basbousa*." Sami lud sein Tablett auf dem Beistelltisch neben den Liegestühlen ab und reichte Nahla und Jo, die auch herangetreten war, je ein Stück Kuchen auf einem Teller. Nahla begann zu essen, während Jo wieder ein paar Schritte in Richtung Pool tat, auf die ihr Sami folgte. Bei dem Kuchen musste es sich um eine Art Griesschnitte handeln, die aber auch an Orange erinnerte und zudem ein blumiges Aroma enthielt.

„Wonach schmeckt das?", fragte sie.

„Nach Rosen!", entgegnete Hamza, als ob er nur auf die Frage gewartet habe. Nahla aß und ein paar Augenblicke später lachte Hamza erneut laut auf. Das Kuchenstück war flugs gänzlich in ihrem Mund verschwunden. Hamza berührte nochmal ihre Schulter. „Ich muss weiterarbeiten. Bis später?"

Nahla kaute noch.

„Bis später also? Ja? Ja?" Ohne ihre Antwort abzuwarten, nahm Hamza einen Packen Infoblätter, den er zuvor auf den

Liegen abgelegt haben musste, gab Nahla eines und begann, die Blätter auch den anderen Poolgästen zu reichen und ihnen die Veranstaltungen darauf anzupreisen. Sie überflog das Programm. Nachmittags Wassergymnastik, Kinderprogramm, Massageangebote. Abends Musik, Feuershow, Sänger. Auch Sami nahm sein Tablett wieder auf. Jo setzte sich zu Nahla. „Ich möchte mich heute Abend mit Sami an der Bar treffen, ginge das klar?"

„Natürlich", entgegnete Nahla. Freilich befand sich Jo auf Abenteuersuche. Mit Quirins Vater war sie nie wirklich zusammen gewesen und mit ihrem jetzigen Freund führte sie eine On-off-Beziehung. Gerade stand diese zwar auf on, doch Jo würde deswegen sicher nicht auf einen Flirt mit Sami verzichten.

„Mein Freund verlässt mich doch sowieso wieder. Oder ich ihn", kommentierte Jo ihre Lage.

„Ich weiß." Nahla ließ sich auf ihren Liegestuhl sinken, um Kuchen samt Albtraum zu verdauen.

Spät nach dem Abendessen, als Sami seinen Dienst beendet hatte, saß Nahla mit zwei Säuglingen auf dem Balkon ihres Hotelzimmers und ließ sich vom Duft des Orangenbaums und dem der Kinder einlullen. Die Blüten rochen jetzt noch stärker als bei ihrer Ankunft und die Kinder verströmten das für Babyhaut typischen Vanillearoma. Florian stillte sie, Quirin fütterte sie mit Brei. Jedes Glucksen der beiden wandelte die in ihr noch aus Deutschland mitgebrachte Tristesse mehr und mehr in Entspannung und Zufriedenheit. Als die Babys satt waren, entfuhr ihr dennoch ein Seufzer. Der passende Mann für ein rundes Familienleben fehlte. Ein Mann, der ihr den Rücken freihielt, während sie wiederum den Haushalt schmiss und die Kinder versorgte – wenn es nach ihr ging, mehr als nur zwei oder drei. So einen Mann, wie ihre Oma geheiratet hatte. Solche gab es heutzutage wahrscheinlich gar nicht mehr. Die Modernen wollten, dass auch die Frauen außer Haus arbeiteten und die Kinder von Fremden in Einrichtungen großgezogen wurden. Nahla schauderte es bei der Vorstellung, die beiden Jungen in ihren Armen müssten in einem Hort angerührtes Milchpulver aus Fläschchen saugen, die ihnen fremde Menschen in den

Mund steckten.

Sie verscheuchte die Gedanken daran wie einen Fliegenschwarm mit einem Handwedeln, dazu die an einen Mann, für den die ältesten Naturbedürfnisse von Frauen und Kindern kein Buch mit sieben Siegeln war. Die Nacht war zu schön, um Zuständen nachzuhängen, die bisher nicht hatten werden wollen. Flori war da. Er entwickelte sich gut und gesund. Ihre unbändige Liebe zu ihrem Sohn bestätigte ihr unentwegt, wie richtig seine Ankunft gewesen war. Verstohlen blickte sie über den Balkon nach unten. Doch gerade kamen keine Angestellten in roten Shirts vorbei.

„Die Künstler der Shows sind alle aus der Umgebung!", sprudelte es aus Jo beim Frühstück. Nahla hatte ihre Freundin nachts nicht zurückkommen hören. „Deshalb sind sie so authentisch und zeigen nicht bloß Touri-Schnickschnack."

„Weißt du das von Sami?", fragte Nahla.

„Ja! Die Feuerspucker von gestern Abend kommen direkt aus dem Ort. Du solltest sie dir auch aus der Nähe ansehen. Nicht nur von der Lobby aus mit Babyphone auf dem Tisch. Sie treten heute nochmal auf."

Nahla zerdätschte mit einer Gabel die tägliche Banane für Florian.

„Und weißt du, was ich noch erfahren habe?", fuhr Jo fort.

„Was denn?", fragte Nahla, während sie den Brei auf dem Löffel wie ein kreisendes kleines Flugzeug und ebenso brummend in Florians Mund versenkte.

„Hamza findet dich extrem toll!".

Nahla hielt einen Augenblick inne, bevor sie langsam entgegnete: „Und wenn schon."

„Jetzt hab dich nicht so! Setz dich abends mit ihm an die Bar und geh dann zur Feuershow. Das bringt dich auf andere Gedanken. Vielleicht träumst du dann auch nicht mehr so schlecht!"

Oh nein! „Hab ich ...?"

„Als ich gestern ins Zimmer kam, hast du im Schlaf gewimmert. Süße, du bist 19! Du musst zwischendurch auch mal Spaß haben! Flori schadet das auch nicht."

Nahla setzte zu einem Widerspruch an. „Nix da!", stoppte Jo

diesen. „Heute Abend wirst du dich amüsieren und ich nehme die Kinder." Jo begann zu schmunzeln.

„Was ist denn jetzt los?", fragte Nahla irritiert.

Jo richtete ihren ausgestreckten Zeigefinger auf ihren Teller: „Das muss der Kompost sein, der ist doch aus *Kicher*erbsen. Die machen mich so läppisch!" In Wahrheit amüsierte sie sich darüber, dass sich Hamza wie auf Abruf näherte, in jeder Hand einen Teller mit arabischem Gebäck, das er jetzt vor Nahla und ihr auf dem Tisch platzierte. Er sagte diesmal nichts. Er hob nur kurz einmal die Augenbrauen und war auch schon wieder verschwunden.

„Da siehst du's, er steht null auf eine blasse Mama mit Kleinkind", kommentierte Nahla.

„Er steht so sehr auf dich, dass ihm die Sprache weggeblieben ist", konterte Jo.

„So einem bleibt nie die Sprache weg!", argumentierte Nahla.

„Dann war er eben in Eile, er hat ja schließlich Aufgaben hier!", erwiderte Jo und tunkte Fladenbrot in die Paste auf ihrem Teller. „Schau ihn dir wenigstens etwas genauer an und sei es nur für eine klitzekleine Urlaubsaffäre."

„Hör auf damit. Ich hab so etwas noch nie gewollt ..."

„ ... sondern eine funktionierende, kinderreiche Familie und einen Mann, der sich um den Rest kümmert." Jo bestrich sich in bester Laune noch ein Fladenbrot mit *Hummus* und *Baba Ghanoush*.

Nahla fragte sich, aber nur kurz, wie es hatte passieren können, dass sie sich mit Lippenstift, gepuderter Stirn und Nase, und mit ihrer einzigen Halskette im Gepäck, silbern, daran aufgefassten türkisen und weißen Steinchen, abends an der Bar wiederfand. Danach war keine Zeit mehr für Fragen dieser Art, denn anderes interessierte sie nun weitaus mehr. *Welche Farbe hat seine Haut? Milchschokolade ist es nicht. Sieht eher aus wie ein tiefstes Sonnenbraun. Ist aber sicher von Natur aus so.*

„Wo hast du Englisch gelernt?", fragte sie Hamza. Was er sprach, war definitiv kein Schulenglisch. Dazu klang es viel zu kopiert und einige seiner Wörter waren regelrecht deformiert und nur mit Fantasie zu verstehen. Sie entfachten aber Nahlas

Lachen. *Ich esse auch Kichererbsen ... ich kann gar nichts dafür!*

„Im Robinson Club in Sousse." Hamza präsentierte ihr diese Information mit geöffneten Händen als übergäbe er auf einer Bühne ein Geschenk.

Ist der eigentlich immer so gut gelaunt?

„Sousse? Tunesien ...?"

„Ja. Ich bin Tunesier."

„Ich dachte, du wärst ..."

„Ägypter? Fast alle hier sind Einheimische. Aber ich bin aus Tunesien."

„Dann sprichst du Französisch?", fragte Nahla.

„*Oui*, viel besser als Englisch!"

„Wir können auch Französisch sprechen, wenn du magst." Nahla wechselte die Sprache. „Warum bist du hier in Ägypten?"

„Ich habe mit 16 im Robinson Club angefangen. Da habe ich von den Touristen Englisch gelernt. Dann kam der Bauboom in Sharm El Sheik und mein Chef suchte Leute, die sich auf Englisch verständigen können und dort in den neuen Clubs arbeiten wollen. Ich habe mich gemeldet. Der Flug wurde bezahlt, mir war nach etwas Neuem", erklärte Hamza auf Französisch ohne dabei Worte zu verunstalten.

Wegen der zweiten Fremdsprache war das Gymnasium also doch noch für etwas gut.

„Aber mehr verdiene ich in Ägypten auch nicht. Wir Angestellten leben praktisch vom Trinkgeld."

„Warst du in Tunesien auch Animateur?"

„Ja! Das ist doch mein Ding, oder?" Er zog eine Grimasse, die er urplötzlich in eine ernste Miene übergehen ließ. Nahla wartete, erstaunt über diesen Wechsel, was nun folgen würde.

„Darf ich dich etwas fragen?"

„Ja, frag nur!", entgegnete sie.

„Wo ist Figos Vater?"

„Wessen Vater?"

„Der deines Sohnes."

„Warum nennst du ihn Figo?"

„Weil das andere keiner aussprechen kann!" Schon grinste Hamza wieder und Nahla bewunderte dabei seine in Reih und Glied stehende Zeile weißer Zähne. Sie musste ihm so gewachsen sein. Bei anderen Hotelangestellten waren ihr und Jo schiefe bis sehr schiefe Zähne aufgefallen. Sie hatten daraus geschlossen, dass Zahnspangen zum allseits zugänglichen Luxus reicherer Länder gehörten. Nahla löste ihre Augen, drehte sich auf ihrem Barhocker zum Tresen und entwich damit Hamzas direktem Blick, ehe sie knapp antwortete. „In Deutschland."

„Warum nicht hier?", hakte Hamza nach.

Nahla begann mit den Fingern Muster in die Kondenswasserperlen auf ihrem Saftglas zu malen.

„Wo ist dein Ehering?", frage Hamza weiter, als Nahla nicht antwortete.

„Ich habe keinen."

„Nicht verheiratet?", bohrte sich schon seine nächste Frage in ihr linkes, ihm zugewandtes Ohr. Aufrecht auf seinem Barhocker, selbstsicher und ihr zugewandt betrachtete er sie, als habe er noch nie einen ansprechenderen Menschen gesehen. Nahla schüttelte leicht, fast unmerklich, den Kopf. Da Hamza daraufhin nichts weiter sagte, wischte sie ihr Wasserperlenmuster weg und drehte ihren Hocker erneut ihm zu. Er schien plötzlich in sich gekehrt, als überdenke er etwas. Nach einer Minute drehte er sich seinerseits frontal zur Bar, rief den Barkeeper beim Namen und gab ihm ein winziges Zeichen. Daraufhin stellte dieser unauffällig ein Telefon vor Hamza auf den Tresen. Hamza blickte sich um und Nahla war dabei, als hafteten seine Augen einen Moment lang an ihrer überschminkten, jetzt am dritten Abend merklich schwächeren Blessur. Dann zog er das Telefon zu sich.

„Darf ich dir anderswo etwas zeigen?"

„Ich dachte, wir wollten rüber, um uns die Feuershow anzusehen?", entgegnete Nahla, was Hamza nicht kommentierte. „Nun?", hakte er stattdessen nach.

Etwas zeigen? Was denn? Ach, was soll's!

„Ja!"

Hamza wählte und raunte Nahla mit der Hand über der Muschel zu: „Ich rufe uns ein Taxi."

Nahla ließ sich von ihrem Hocker gleiten. Bei der Show am Pool zogen Poi-Künstler mit ihren Bällen funkensprühende Feuerkreise in den Nachthimmel. Hamza redete in den Hörer und wurde scheinbar immer wieder hingehalten, er wartete, redete weiter. Die hellen Feuerkreise mehrten sich. Nahla sah abwechselnd ihnen und Hamza zu. Hamza legte auf. „Das Taxi ist in zehn Minuten da", teilte er Nahla mit. Ein Poi-Künstler rannte mit seinen brennenden Bällen den freien Bereich am Pool entlang und zeichnete dadurch eine Spirale, einen feurigen Tunnel, in die Dunkelheit.

Es wäre aufregend, hindurchzugehen. Eigentlich braucht man es nur zu tun ...

Hamzas Augen reflektierten das Licht des Feuertunnels, sie wirkten auf Nahla wie dunkler Bernstein. „Kommst du?", fragte er und goss mit seiner Stimme einen Schauer Honigtropfen über Nahlas Schultern. Der Tropfenregen glitt sanft, sehr sanft, über ihr Dekolletee, am Saum ihres Tops entlang und floss dann darunter, direkt auf ihre milchprallen Brüste.

Hamza machte Anstalten, nach Nahlas Hand zu greifen, stoppte jedoch in der Bewegung. Flirts mit Touristinnen waren den Angestellten verboten, das wusste auch Nahla. Der Reiseveranstalter hatte es bei seiner Begrüßungsrede in der Lobby unmissverständlich durchblicken lassen. Auch unter dem Aspekt, dass derlei der durchweg moslemischen Belegschaft die Weltanschauung ihres Glaubens untersagte und Verstöße geahndet wurden.

Nahla griff nach ihrer Strickjacke und dachte dabei an die Türkinnen in ihrem Heimatort. Auch diejenigen, die kein Kopftuch trugen, würden nicht ihre nackten Schultern zeigen. In einer Aufmachung, die im Islam als entblößt galt, wollte Nahla das Saint George Hotel nicht verlassen. Sie schlüpfte in ihr Jäckchen und inspizierte kurz Hamzas Shirt. Die letzte Stunde über hatte sie nur in sein Gesicht gesehen. Es war ihr angenehm, kein Hotellogo auf seiner Kleidung zu entdecken. Ohne konnte sie sich leichter fühlen, als wäre sie mit einem Freund unterwegs, anstatt als Touristin, die sich ausführen ließ. Der Mann hinter der Bar schnalzte mit der Zunge. Hamza ging um den Tresen und nahm ein weißes Stück Stoff entgegen. Er faltete es noch einmal kleiner und steckte es unter sein Shirt.

Das „Taxi" abseits des Hoteleingangs entpuppte sich als zerbeulter Kleinwagen. Die hintere Tür schloss nicht richtig und durch den Fußraum rutschte in den Kurven diverser Müll. Aber das war Nahla nicht wichtig. Sie fuhren an Hotelanlagen entlang, deren Namen weithin sichtbar in Neonfarben leuchteten, ebenso bunt präsentierte sich das Zentrum, das sie passierten. Nahla sah die erste Moschee in ihrem Leben, die Mondsichel auf der Kuppel, die umgebenden Minarette.

„Oops …" murmelte sie und schaute auf den rissigen Sitzbezug, in dem ihre Finger bei ihrem aufgeregten Darüberstreichen hängengeblieben waren. Jetzt legte Hamza seine Hand auf ihre und als sie ihm im Überraschungsschreck dieser ersten Berührung den Kopf zuwandte, küsste er sie.

Das Taxi musste den anderen Stadtrand erreicht haben, denn die Leuchtreklame nahm nun im gleichen Zug ab wie das Adrenalin in Nahlas Blutkreislauf zu. Der Kuss hatte ihr etwas impliziert, von dem sie sich sicher war, es sich nicht bloß einzubilden: Hamza war vertrauenswürdig.

Vor einer Art Baustelle stiegen sie aus. Nahla hob die Füße über Bauschutt, der Weg zum Gebäude, auf das Hamza zuschritt, war noch nicht befestigt. Sie betraten das Gemäuer durch eine solide Brettertür, neben der eine drei Meter hohe Neonpalme prangte. Drinnen trafen sie auf einen Mann, der wohl ein Hotelangestellter war, denn auf seinem Oberteil stand „Hotel Les Palmes" neben dem Aufdruck der gleichen Palme wie am Eingang. Er und Hamza begrüßten sich mit einem der landesüblichen Küsse auf die Wangen. Dabei übergab der Mann Hamza etwas, das Hamza umgehend in seiner Hosentasche verschwinden ließ.

Nahla blickte sich um. Sie befanden sich im unfertigen Flügel eines Hotels in der Bauphase. Der Teil fernab der Holztür war in Betrieb. Aus der Dunkelheit schälte sich dort eine Pool-Landschaft ähnlich der ihres Hotels und eine Bar, an der sich Touristen tummelten. Irgendwo wurde auch auf Instrumenten gespielt, doch die Musiker offenbarten sich aus Nahlas Blickwinkel nicht.

Hamza nahm Nahla bei der Hand. Unweit der Holztür führte eine betonierte, noch ungeflieste Treppe in die oberen Stockwerke. Der darauf folgende Gang war unbeleuchtet, sie tasteten sich an den Wänden entlang und passierten mehrere Türen. Vor einer der letzten machte Hamza Halt. Hier war es etwas heller, ein offenes Fenster am Ende des Ganges wies auf die Straße. Hamza griff in seine Hosentasche und holte einen Schlüssel heraus, der in das Vorhängeschloss an der Tür passte. Sie quietschte beim Öffnen wie ein aufgeschrecktes Meerschweinchen.

Luft wallte ihnen entgegen, die aus muffigem Staub und den Ausdünstungen liegengebliebener Menschendinge bestand. Hamza betätigte den Lichtschalter. An der Decke begann eine nackte Glühbirne zu flackern und sich dann in stabil-schwachem Leuchten zu fangen. Sie enthüllte die Geruchsträger. Zu lange getragene T-Shirts, ausgetretene Schuhe, leer gegessene Essensverpackungen, ein voller Aschenbecher. Nahla vermutete, es handelte sich bei diesem kleinen Raum um ein unordentliches oder verlassenes Angestelltenquartier. Über einem Plastikstuhl hing eine mit Wandfarbe befleckte Jeans, ein leerer Schrank stand an der Wand und eine kleine, kunstvoll geschwungene Sanddüne hatte sich auf der Fensterbank niedergelassen. Ein steter Luftzug musste sie mitgebracht und geformt haben.

Hamza öffnete das Fenster. Sofort verdünnte eine Brise aus Meer und Wüste die muffigen Gerüche und drängte sie rasch in den Hintergrund. In der Ferne begann ein Muezzin zum Nachtgebet zu rufen. Nahla kroch ein Schauer über den Rücken. Aber alsgleich fielen ihr der Barkeeper wieder ein und der Mann, der ihnen geöffnet und Hamza den Schlüssel gegeben hatte. Hinzu kam Hamzas Freund Sami im Saint George Hotel. Die Gewissheit, dass seine Freunde sie deckten, breitete sich aus und errichtete einen Schutzwall um den Raum gegen sämtliche religiöse Restriktionen.

Hamza schlug die Decke auf dem Bett zurück, ein hellgelber Sandsturm erhob sich darüber, der sich sofort wieder legte. Beide grinsten. Hamza zog den vorhin an der Bar eingesteckten Stoff unter seinem Shirt hervor, entfaltete ihn und breitete ihn über die mit wer weiß was allem getränkte Matratze. Nahla erkannte am Emblem eines der Laken, die auf ihrem Hotelbett lagen. Ohne Aufforderung setzte sie sich, legte sich. Hamza streichelte über ihren Kiefer, sagte nichts dazu. Und dann verschwanden die ausgetretenen Schuhe, die leer gegessenen Essensverpackungen, der volle Aschenbecher, der Plastikstuhl mit der Jeans darüber, die geschwungene Sanddüne auf der Fensterbank. Hamzas Stimme streichelte Nahlas Körper von innen, ihre Muskeln, ihre Nerven und ihre Gedanken. Sie sang ihr arabische Worte zu, Hamza stöhnte. Seine Stimme erfüllte Nahla weitreichender als sein Körper. Sie löste ihre eigenen Stimmbänder. Nahla hörte sich stöhnen. Zum ersten Mal. Die Stimme war ganz in ihrem Körper. Zum ersten Mal.

Auf der Rückfahrt sang Hamza im Taxi. Melodisch, klangvoll, ein tunesisches Lied. Die Worte tanzten um Nahlas Ohren, sie brauchte sie dafür nicht zu verstehen. Sie verabschiedeten sich am Hoteleingang. Um diese Zeit war es geschickter, nicht ohne weitere Begleitung nur zu zweit gesehen zu werden. Hier und da schlenderte noch jemand über die Wege. Nahla durchquerte die Anlage und horchte an ihrer Zimmertür. Drinnen war alles still, die Babys schliefen. Florian meldete sich gewöhnlich erst um drei und das war es bestimmt noch nicht. Leise klopfte sie. Jo öffnete praktisch sofort. Sie musterte Nahla mit einem Berg von Fragen auf der Zunge, die miteinander wettrangelten, gestellt zu werden.

„Sag bloß, du hast auf mich gewartet?", flüsterte Nahla beim Eintreten.

„Sowieso! Raus damit! Wie war's? Ich hab euch vom Balkon aus zusammen weggehen sehen!"

Nahla vergewisserte sich, dass Florian nichts brauchte, dann purzelten die Worte aus ihr. Selbst unter größter Anstrengung hätte sie keines davon zurückhalten können. Sie lief beim Erzählen im Zimmer umher, immer noch aufgeregt, das Blut prickelte ihr dabei in den Adern, als bestünde es aus Milliarden kleiner Kristalle, und als sie Atem holte, rief Jo dazwischen: „Sag, dass das nicht wahr ist!" Sie hielt sich sofort selbst den Mund zu wegen ihrer Lautstärke.

„Doch, es ist wahr!", beteuerte Nahla, zwar leiser als Jo, aber dennoch laut.

„Warum haben wir nie darüber geredet? Komisch eigentlich!"

„Gar nicht komisch. Wir sind einfach nie dazu gekommen vor lauter Schwangerschaftsgymnastik, Geburtsvorbereitung, Stillen, Männerproblemen."

Jo fasste Nahla bei den Händen und wirbelte mit ihr im Kreis, jetzt wieder leise, dafür umso ausgelassener. „Das ist Leben, das hast du dir verdient! Ich fass es nicht, du hattest davor noch nie einen Orgasmus!"

„Nein!", lachte Nahla.

„Aber selber gemacht hast du es dir schon?"

„Ich kam gar nicht auf die Idee, ich hatte ja schon lange einen Freund und bei uns daheim ist immer so viel los."

„Das gibt der Sache mit deinem schwarzgelockten Schnuckelchen eine irre Dimension!" Erneut presste sich Jo die Hände auf den Mund.

„Oh yeah!", sang Nahla, im Freestyle tanzend. Aber jetzt mussten sie doch zu laut gewesen sein, Florian begann zu quäken. Nahla schaute auf die Uhr, es war 2:22.

„Kein Problem", sagte Jo. „Dann bekommt er seine Ration heute Nacht eben ein bisschen früher."

Nahla atmete tief um ihre Frequenzen zu wechseln. Sie drehte an einem inneren Knopf und stellte ihn von der ausgelassenen Tanzenden zurück auf komplett Mama.

„Süßer, komm her!" Sie hob ihren Sohn aus dem Kinderbett und drückte ihn sacht an sich, er war so babyweich und bettwarm. Sie würde immer alles für ihn tun, immer. „Sch-sch-sch", beruhigte sie ihn, während sie sich den mittlerweile bewährten Balkonstuhl zurechtrückte und ihre Brust entblößte. Flori saugte sich fest. Nahla streichelte ihn und sah in die Sterne, die an ihrer statt weitertanzten. Wo war Hamza jetzt und ging es ihm ähnlich wie ihr? Florian ließ Nahlas linke Brustwarze los und verlangte nach der rechten. Nahlas sonstiges Bedürfnis, sich vor dem Stillen, nach dem Sex, zu duschen, hatte sich nicht gemeldet gehabt.

„Was ist? Hast du einen Geist gesehen oder fallen dir die Augen zu?", fragte Jo, als sie sich mit bunt beladenem Teller zu Nahla an den Frühstückstisch setzte. Nahla hatte zwar statt nachts zu schlafen die Wellen des Nacherlebens jedes Augenblicks mit Hamza geritten, doch etwaige Müdigkeit war jetzt trotzdem nicht ihr Problem.

„Vielleicht", erwiderte sie. „Mir ist eben wieder eingefallen, dass ich unserer Bekannten gestern Nacht über den Weg gelaufen bin.“ Sie wies nur mit den Augen auf die Frau zwei Tische weiter, die sie und Jo vor allen als Nicht-Nannys deklarierte, die sich dafür interessierten oder sich ihre Meinung aufdrängen ließen. Mit dem Blick einer Gouvernante rückte sie gerade ihre Brille zurecht.

„Ist man vor der nicht mal nachts sicher? Wieso schläft die denn nicht um diese Zeit?“

„Ich glaube, sie streunert.“

„Das passt! Die Neugier treibt sie um. Sie will so viel wie möglich über alle hier wissen. Hast du mit ihr geredet?“, fragte Jo.

„Nicht freiwillig. Sie hat mich angehalten und wollte mich aushorchen, warum ich so spät noch alleine unterwegs sei. ‚Wenn das mal gut geht‘, hat sie gesagt. Meinst du, sie hat etwas mitbekommen?“

„Die spekuliert doch nur und sucht etwas zum Tratschen!“

„Und wenn sie etwas weiß und Hamza rausschmeißen lässt?“ Nahla hielt nach ihm Ausschau, doch er zeigte sich bisher nicht. „Wo bleibt er denn?“

„Er wird zu beschäftigt sein“, versuchte Jo Nahlas Bedenken zu zerstreuen. „Diese Tratsche hat dich nur nachts allein in der Anlage gesehen und sonst gar nichts.“

„Lass uns bald zum Pool gehen“, entgegnete Nahla. Ihr war nicht danach, den Aufenthalt im Speisesaal länger auszudehnen.

„Einverstanden, ich bin sowieso pappsatt!“ Jo wischte sich die Finger an einer Serviette und legte diese auf ihren leeren Teller.

Die Freundinnen rangierten ihre Kinderwagen durch die Tischreihen, packten auf ihrem Zimmer die Badesachen und richteten sich zwischen Kinder- und Erwachsenenbecken ein, mit ihren Wickeltaschen, Kinderwagen, Babyspiel- und Badesachen, auf zwei Liegestühlen mit Beistelltisch, im Halbschatten unter breiten Palmwedeln. Es dauerte nicht lange, bis auch Hamza dort auftauchte. Mit sich führte er seine allerbeste Laune, um sofort Nahla damit zu infizieren. Jo verfolgte mit, wie im Gesicht ihrer Freundin eine schier hellere Sonne aufging, als jene, die am Himmel stand. Mit einem „Hallo Baby!“ begrüßte er Nahla und beugte sich danach über den Kinderwagen, in dem Florian und Quirin gemeinsam lagen und sich gegenseitig beäugten. Die Augen nach innen gedreht, die Zunge zwischen den Lippen, lautstark prustend und beide kitzelnd gewann Hamza die Kinder auch dieses Mal für sich. Dann nahm er, ohne zu fragen, mit dem natürlichsten aller Selbstverständnisse, Florian aus dem Wagen. Dieser gluckste weiter und fremdelte kein bisschen.

„Mein Sohn und ich gehen jetzt baden!", teilte Hamza Nahla mit.

Mein Sohn? Nahla stoppte in der Bewegung.

„Figo, jetzt geht's in den Pool!" Nahla konnte nur nicken. Nach ein paar Sekunden wich ihre Erstauntheitsstarre, sie kramte Florians Schwimmflügel aus der Tasche und nahm ihn Hamza noch einmal ab, um sie ihm anzuziehen. Indes zog sich Hamza vor ihr mit einem ihr zugewandten Hüftschwung das Shirt über den Kopf. Nahla zuzwinkernd nahm er sich Florian und stieg mit ihm in den Pool. Er ließ ihn langsam ins Wasser gleiten, drehte ihn an den Schwimmflügeln, zog ihn an den Beinchen ein wenig nach unten, der Auftrieb ließ ihn wieder in die Höhe schnallen, schob ihn ein wenig an, kam hinterher. Was Florian besonders gefiel, wiederholte Hamza und verstärkte es ein wenig.

Er macht es gut, richtig gut. Und er macht dabei ein Papa-Gesicht!

„Hey! Mein Sohn!? Was habt ihr denn letzte Nacht sonst noch getrieben? Geheiratet?", unterbrach Jo Nahlas Mitverfolgen des Badevergnügens.

„Ja, schnell noch beim erstbesten Imam!", feixte Nahla.

Vom Schwimmbecken aus sah Hamza auf die Uhr am Beckenrand. Deren Anzeige veranlasste ihn, den mit seinen Schwimmflügeln wedelnden Flori aus dem Wasser zu ziehen. Nahla stand auf um ihn entgegenzunehmen, stand Hamza gegenüber, im unvorsichtigen Wunsch, er möge sie küssen, doch er übergab ihr nur Florian.

„Figo und ich sehen uns beim Essen wieder!", teilte er Nahla mit und verabschiedete sich mit einer schwungvollen Drehung.

„Figo?", fragte Jo. „Klingt wie ein Fußballspieler."

„Keine Ahnung", erwiderte Nahla. Jo überlegte. „Doch, doch,

in der portugiesischen Nationalmannschaft gibt es einen Luís Figo! Ich bin mir ziemlich sicher. Vielleicht tritt Flori ja mal in dessen Fußstapfen!" Sie strich Quirin über sein blondes Köpfchen und streckte sich dann auf ihrem Liegestuhl aus. Nahla tat es ihr nach. Sie würde Hamza beim Abendessen wiedersehen. Und morgen. Und übermorgen. Und überübermorgen bestimmt auch. Es blieben noch ... wie viele Tage bis zum Rückflug? Sie zählte nach. Noch vier.

Viel zu schnell senkte sich die Januarsonne hinter die Palmen. Sie fingerte mit orangen Strahlen durch hellgrün gefächerte Blätter und zeichnete Streifenmuster auf Nahlas und Jos Wangen sowie Körper.

„Und du?", fragte Nahla. „Was ist mit dir und Sami?"

„Ganz nett, mehr nicht. Mit Hamza kann er nicht mithalten", lachte Jo. „Obwohl der mir fast zu lieb wäre. Schau mal, da drüben steht ein Kandidat!"

An der Poolbar lehnte ein hochgewachsener Kerl, ihnen den Rücken zugewandt.

„Was hat denn den hierher verschlagen?" Nahla musterte ihn.

„Wahrscheinlich Super-Last-Minute, wie uns auch", entgegnete Jo gelassen. Das Ziel ihrer momentanen Aufmerksamkeit hatte auf dem Oberkopf die Haare abrasiert, sie am Nacken wachsen lassen und daraus zwei rund fünfzehn Zentimeter lange Zöpfe geflochten. Als I-Punkt baumelten an jedem unten etwas, das man auf die Entfernung für ein Glöckchen halten konnte.

„Na klar!", entfuhr es Nahla. „Der Schrägste, der in der ganzen Anlage rumdümpelt, gefällt dir am besten!"

„Warten wir's ab, ob er mich auf eine Cola einlädt!", grinste Jo. „Aber jetzt wird's erstmal Zeit, uns fürs Abendessen umzuziehen, oder was meinst du?"

Nahla stimmte mit einem Nicken zu.

Nach der Dusche wählte Nahla eine dunkle Hose und ein Trägertop, beides aus Stoffen, die fast jeden Fleck unsichtbar schluckten, praktisch und babyfunktional. Was oben herum zudem locker saß, konnte fürs Stillen leicht hochgeschoben oder heruntergezogen werden. Das meiste ihrer jetzigen Garderobe war neu, die Kleidung von vor der Schwangerschaft saß nun zu eng. Plötzlich schellte das Telefon auf dem Nachttisch zwischen den Betten. Nahla und Jo sahen sich erstaunt an, bis sich Jo den Hörer schnappte. Ihre Züge entgleisten, bevor sie sich verhärteten. Dann brummte sie, sagte aber kein Wort in den Hörer und streckte ihn Nahla hin. „Für dich."

„Ist etwas mit Hamza?", flüsterte Nahla und fuhr sich mit den Händen ans Herz.

Die Tratsche hat ihn rausschmeißen lassen!

Aber Jo schüttelte den Kopf. Sie zog am unter dem Nachttisch verstauten Kabel, kam Nahla mit dem Apparat entgegen und forderte sie damit auf, den Hörer zu nehmen. Auf Nahlas Handflächen sammelte sich Feuchtigkeit, eine Vorahnung ließ sie frösteln. Sie ergriff den Hörer fest, damit er ihr nicht aus den Fingern rutschte.

„Ja?"

„Nahla!", rief es.

„Christian", entgegnete sie mit zittriger Stimme.

„Du kommst sofort zurück!"

Woher weiß er, wo ich bin?

„Ich ..."

„Du kannst nicht einfach so abhauen!"

Darf das ein Reisebüro? Weitersagen, wohin jemand „abgehauen" ist?

Das Zittern ihrer Hände fraß sich an ihren Armen empor.

„Ich bin nicht abgehauen! Ich habe dich verlassen!", schrie sie in den Hörer. Am anderen Ende der Leitung atmete es schwer.

„Hör zu, Puppe, ich hab's nicht so gemeint. Ich trinke nichts mehr, ich versprech's dir."

Doch das war genau das Falsche gewesen. Genau das, was Nahla nicht zu hören ertrug. Schlagartig nicht mehr Herr ihrer Taten riss sie den Telefonstecker aus der Dose und diese gleich halb mit. Der Hörer knallte auf den Boden, Nahla ließ sich heulend aufs Bett fallen. Sofort stimmte Florian mit ein.

„Bitte ... bitte nimm du ihn ...", stotterte sie. Jo hob rasch beide Kinder hoch und entfernte sich mit ihnen so weit von Nahla, wie das in einem Hotelzimmer möglich war. Nahla rappelte sich auf, stützte sich an der Wand ab und wankte ins Bad. Sie drehte den Schlüssel und sank auf den Boden. Der Kopf fiel ihr auf die Knie, schniefend verharrte sie in dieser Haltung, zitternd, durchgeschüttelt vom Schluchzen, vom Leben.

Nach einer Viertelstunde beruhigte sie sich etwas. Sie begann zu lauschen. Florian weinte nicht mehr. Ihn durfte sie nicht so erschrecken, er war ein Traumbaby, ihr Traumbaby.

Vielleicht wäre es doch irgendwie möglich, mich ihm zu Liebe mit Christian zu arrangieren? Aber wie sollte das jetzt noch gehen? Wie könnte ich mit ihm ... Ich würde dabei sicher nur an Hamza denken müssen.

Nahla schniefte, drehte sich zum Toilettenpapierspender und riss ein paar Streifen ab. Damit trocknete sie sich die Tränen von den Wangen und putzte sich die Nase. Bei der weiteren Betrachtung ihrer Gefühlslage konnte sie nur eines sicher feststellen: Vor nicht einmal 24 Stunden hatte sie sich in ihren Traummann verliebt.

Jo klopfte. „Komm raus. Ist gut jetzt! Wir gehen essen und du lässt dich von mir und Hamza aufheitern!"

Nahla rappelte sich hoch, schaute in den Spiegel, wusch sich das Gesicht, trug notdürftig Lippenstift auf und strich sich die Kleidung glatt. Beim Öffnen der Badtür wallte ihr fruchtigsüße Luft entgegen, die über den Balkon ins Zimmer schwappte. Der Orangenbaum musste hunderte weiterer Blüten geöffnet haben, während sie im Bad geheult hatte.

„Komm!", forderte Jo Nahla auf. Sie hatte beide Kinder fertig gemacht. Nahla brauchte nur noch Florians Wagen zu schieben. Im Speisesaal vermisste sie Hamza und suchte ihn mit Blicken, während sie den quäkenden Florian aus dem Wagen nahm, *seinen Sohn*. Sie fütterte ihn und starrte dabei auf das Tischtuch und die roten Servietten mit dem Hotellogo darauf, bis ein mit Falafel, Humus und Datteln beladender Teller ihren starren Blick unterbrach. Eine ihr nun vertraute Hand hielt ihn. Nahla straffte ihre Schultern, atmete durch, ihr Nervenkostüm entspannte sich sofort ein wenig.

„Arabisches Essen!" Frech setzte sich Hamza vor den Augen der Tratsche, die wieder wie zufällig ganz in der Nähe speiste, zu ihnen. Er trug jetzt ein Sweatshirt mit dem Aufdruck einer orientalischen Stadtsilhouette, auf der Moschee und Mondsichel hervorstachen. *Tausend und eine Nacht*, schoss es Nahla durch den Kopf. *Nur dass wir bisher nur eine einzige Nacht hatten.*

„Das ist Couscous, fast wie aus Tunesien, aber meine *Ummi*, meine Mama, macht es besser! Probier es trotzdem!", forderte er Nahla auf. „Ich nehme so lange Figo." Florian streckte vertrauensvoll seine Ärmchen Hamza entgegen, als er auf ihn zukam.

„Bäh-bäh, du kannst seinen richtigen Namen gar nicht aussprechen", mischte sich Jo neckend und betont heiter ein. „Sag doch einfach Flori zu ihm! Das machen in Deutschland auch viele."

Nahla lief eine Gänsehaut den Rücken hinunter, an Deutschland wollte sie im Augenblick wirklich nicht erinnert werden. Mit jedem Gedanken daran drosch Christians Stimme wieder auf sie ein.

„Hey, alles okay?" Hamza ließ Florian auf seinem Oberschenkel reiten und sah Nahla prüfend von der Seite an. Nahla nickte und probierte das Couscous. Sein starker und für sie neuartiger Geschmack vertrieb Deutschland samt allem, was dazugehörte, fürs Erste aus ihrem Kopf.

„Und?"

„Es schmeckt orange", entgegnete Nahla.

„Wie schmeckt denn orange?", fragte Jo.

„So wie Couscous!", erklärte Nahla.

„Könnt ihr Billard spielen?", erkundigte sich Hamza, Flori weiter wippend.

„Ich habs noch nie probiert", antwortete Nahla. Jo konnte es sicher. Sie hatte bisher alles gekonnt, auf das die Sprache gekommen war, seit Nahla und sie sich kennengelernt hatten.

„Ein bisschen", entgegnete Jo prompt.

„Heute Abend spielen wir, Sami kommt auch mit!" Billardtische standen im Nebenraum der Poolbar. Aber so weit würde der Empfang des Babyphones nicht reichen. Als läse Hamza die abwägenden Gedanken der Freundinnen, welche im Zimmer bleiben müsse, fügte er hinzu: „Die Babys nehmen wir mit. Können sie nicht auch in ihren Wagen schlafen?"

„Das können sie!", beschlossen die Freundinnen unisono.

Stäbe strichen durch Finger. „Schau, so!" Kugeln rollten. "Gut!" Lochten ein. Man brauchte nur ein wenig geometrisch zu denken, um vorausberechnen zu können, wie oft und an welchen Stellen eine Kugel an der Bande auftreffen musste, um im Zickzack ihren Kurs zu finden, vorbei an auf dem Tisch liegenden, den direkten Weg versperrenden Kugeln.

Wenn Kugeln so ihren Weg finden, kann das Liebe auch!

Nahla und Jo übten sie zu lenken, angeleitet von Hamzas und Samis Erklärungen, deren Stellungshilfen und Armen, die sich um ihre Schultern legten. In einer Spielpause holte Jo ihren Fotoapparat aus dem Netz an Quirins Kinderwagen. Sie drehte ihn demonstrativ hin und her. Hamza zog Nahla, hier, in dem wenig frequentieren Nebenraum, dicht an sich. Er war rund fünfzehn Zentimeter größer als sie, ihre Schulter schlüpfte wie von selbst unter seine. Er roch an ihrem Haar, legte seine Wange darauf. Jo drückte ab.

„Schick mir das Bild!", flüsterte er Nahla ins Ohr.

„Gern!"

„Ich hole etwas zum Schreiben!" Hamza kam flugs mit ein paar an der Bar besorgten Zetteln zurück. Er ließ die Augenbrauen auf und ab hüpfen, stützte die Ellbogen auf den Billardtisch, zog die Stirn kraus und überlegte. Dann beschrieb er den ersten Zettel mit arabischer Schrift, die Augenbrauen immer wieder hebend und dabei grinsend. Für Nahla sah es aus, als male er ein mystisches Bild und jene Augenblicke muteten sie an wie der künstlerische Anfang einer von Scheherazades Geschichten. Natürlich lachte Hamza, als er ihren andächtigen Blick bemerkte. Er wendete den Zettel, beschrieb die zweite Seite mit lateinischer Schrift und reichte ihn Nahla. „Das ist meine Adresse in Tunesien, also, die meiner Eltern. Ich weiß nicht, wie lange ich noch in Ägypten bin."

Nahla notierte ihm ihre Anschrift. Die ihrer Eltern. Bei denen sie nach dieser Reise wieder wohnen würde.

„*Aishek*, das heißt ‚danke' in Tunesien." Hamza drückte sich das Stück Papier mit ihrer Anschrift ans Herz. Nahla wendete indes ihren Zettel und betrachtete eingehend die arabische Schrift. „Was steht da?", fragte sie.

„Finde es heraus!“ Hamza schnalzte verwegen mit der Zunge. „Aber sei vorsichtig, wen du danach fragst!“

Die nächsten Tage badete Hamza regelmäßig mit Florian und fütterte ihn sogar mit ein wenig Banane. Nahla schwebte in einer irreal anmutenden, fabelhaften Welt aus seliger Erfüllung und erzitterte beim Anblick des Telefons in ihrem Zimmer. Der Putzmann hatte die Dose unaufgefordert wieder an der Wand fixiert. Der Apparat prangte bedrohlich auf dem Nachttisch, bereit jederzeit loszuschellen. Nahla hätte ihn am liebsten über den Balkon geschmissen.

„Ich räume das Ding jetzt weg!“, entschied Jo wegen Nahlas fortwährendem Bogenschlagen ums Telefon. Mit einem Ruck steckte sie es aus und wickelte die Schnur auf. Geschickt rückte sie einen Stuhl samt ihren darauf liegenden Kleidern an den Schrank und schob den Apparat darauf nach hinten, bis er von unten aus nicht mehr sichtbar war.

„Die werden ihn da schon wiederfinden, wenn wir abreisen!“ Jo klatschte in die Hände.

Täglich ein- bis zweimal lud Hamza Nahla zu einem Spaziergang in der Anlage ein, sie erzählten sich aus ihren Leben und von ihren Familien. Immer musste Sami oder der Barkeeper direkt neben, vor oder hinter ihnen gehen, um gegenüber der Hotelleitung Unverfänglichkeit zu demonstrieren. Das Risiko einer zweiten Eskapade war für Hamza zu hoch. Er brauchte seinen Job. Doch bei jedem Spaziergang begleitete sie auch der Zauber der gemeinsam verbrachten Nachtstunden. Nahla nahm ihn als magischen Energieteppich wahr, der um sie und Hamza schwebte und in seinem Innenkreis, in dem sie wandelten, eine heimliche Welt extra für sie erschuf.

„Übertreibs nicht mit den Gefühlen!“ Jos Worte hörte Nahla kaum, wenn sie zurück an ihren Liegeplatz kam und verklärt mit Florian an der Brust in den Himmel träumte.

„Was?“

„Nahla! Kriegst du noch was mit?“

„Wovon?“

„Von der Realität! Der ist ein *Animateur!* Ihr habt beide ein paar super Tage und du hast die auch dringend nötig. Aber in

Barkeeper, Skilehrer und Animateure verliebt man sich nicht! Zumindest nicht so, wie du gerade. Die genießt man! Hörst du mir überhaupt zu?“

Nahla beobachtete gerade wieder Hamza, der auf einem Podest die Wassergymnastik anleitete. Unter seiner Regie ahmten rund zwanzig Urlauber seine Bewegungen nach.

„Morgen reisen wir ab und dann kommen *andere* Mädels. Zähl doch eins und eins zusammen! Oder kannst du nicht mehr rechnen?“

Hamzas Körper streckte sich, sein Lockenteppich auf dem Kopf glänzte.

„Rechnen kannst du offensichtlich nicht mehr“, sagte Jo, eine gewisse Resignation im Ton.

Und wie ich rechnen kann! Eins und eins gibt zwei! Liebe meinerseits plus Liebe seinerseits ergibt Zusammenseinwollen!

„Hey!“ Jo stieß an ihren Liegestuhl. „Komm zurück in die Realität. Morgen landen wir in München und da wirst du *definitiv* deine sieben Sinne beisammen haben müssen!“

Realität ... Welche von allen?

„Also gut“, stöhnte Jo, durchaus ein wenig amüsiert. „Sollte er dich nicht sofort vergessen, dann helfe ich dir. Bei meinen Eltern ist ja schließlich genug Platz für alle. Warum nicht auch noch für einen aus Ägypten eingeflogenen tunesischen Animateur?“

Am folgenden Morgen, als Jo mit Quirin und Nahla mit Florian und einer ganzen Busladung weiterer Urlauber auscheckten, stand Hamza mit den Händen in den Hosentaschen vergraben in der Lobby. Er nahm sie wann immer erforderlich heraus um Koffer zu tragen, er tauschte Worte mit Kollegen, Blicke mit Nahla, Floskeln mit Touristen, Blicke mit Nahla, Begrüßungsworte mit Hereinkommenden, Blicke mit Nahla. Berührungen ausgeschlossen. Jo musste die Zimmerschlüssel abgeben, Papiere unterzeichnen, die Pässe in Empfang nehmen und in ihrer Handtasche verwahren. Nahla hätte alles verschusselt, in ihrem Gehirn war kein Raum, um es abzuarbeiten.

Blicke mit Hamza. Bei jedem durchlief seine Mimik eine Landschaftsveränderung von Winter zu Sommer und zurück von Sommer zu Winter. Auf Nahlas Gesicht spiegelten sich diese Jahreszeitenwechsel wider. Ihr Mund war trocken, ihre Stimmbänder taub. Sie war erleichtert, gerade nicht sprechen zu müssen, auch nicht mit Florian. Die beiden Kinder beschäftige der Trubel der vielen Menschen um sie.

Hamza trat zu ihnen und streichelte Florian über die Wange. „*Beslema* Figo, auf Wiedersehen." Er nickte Nahla und Jo höflich zu.

In einer Art Trance stieg Nahla in den Bus, Jo sprach sie dann und wann an, sie vernahm es kaum. Das Einzige, was sie noch bewusst tat, war Florian zu tragen.

„Die Koffer und Kinderwagen sind verstaut. Hallo?" Jos Gesicht erschien direkt vor ihrem. Nahla nickte.

„Setz dich da hin." Jo deutete auf einen Fensterplatz. Nahla rutschte auf ihn, Florian auf dem Schoß, seine Händchen zur Stabilisierung haltend. Jo setzte sich mit Quirin daneben. Vor dem Busfenster stand Hamza und erwiderte Nahlas Blick. Im Bus wurde geschoben, in Souvenirtüten gelugt, gescherzt. Der Chauffeur startete den Motor, die Sitze ruckelten. In Hamzas Augen trat ein schelmischer Glanz. Er hob eine Hand, spreizte die Finger, drehte sie hin und her.

Jo fixierte Quirin etwas fester in ihren Armen und lehnte sich zu Nahla und zum Fenster, Hamza schien noch eine Vorstellung geben zu wollen. In großem Bogen führte er seine Hand zu seiner hinteren Hosentasche und drehte sich dabei langsam ins Profil. Er steckte seine Finger hinein und zog wie ein Zauberer ein Stück Stoff heraus, das er umgehend in seiner Faust verbarg. Nahlas Herzschlag machte einen Satz.

„Nahla!", rief Jo ihr ins Ohr. „Das war der einzige tolle Slip unter deinen faden Mama-Unterhosen! Den hättest du behalten sollen!"

Die Leute auf den Sitzen vor ihnen drehten sich um, die neben ihnen wandten die Köpfe. Nahla schoss die Röte ins Gesicht. Hamza hielt ihren Slip unerkennbar zusammengeknüllt in der Hand. Hätte es ihm hierzulande nicht Kopf und Anstellung gekostet, hätte er ihn bestimmt entfaltet. Die Sittenhüter waren unerbittlich – am besten, man hinterging sie. Er tupfte sich mit dem Stoff in seiner Hand die Stirn als wische er Schweißperlen ab. Er tat es völlig unschuldig. Der Bus zuckelte. Hamza hielt sich sein Schweißtuch unter die Nase.

Der Bus fuhr los. Nahla sah die Tratsche hinter ihn treten, bevor sie ihn aus der Sicht verlor.

Die Babybetten für die Kinder waren von den Flugbegleitern in die vorgesehenen Halterungen an der Wand hinter dem Servicebereich gehakt worden. Als Florian ruhig wurde, schlang Nahla die Arme um ihren Körper und hielt sich selbst. Sie sah die Landschaft unter sich durch das bullaugenartige Fenster dahin ziehen. Zuerst waren da die Ferienanlagen von Sharm el Sheik gewesen, dann türkises Meer. Hin und wieder eine Sandinsel darin, an einen verlaufenen Eidotter erinnernd. Wieder Festland, nun in verwaschenem Ockerbraun, von einsamen dunkelgrauen Straßenadern zerteilt, gerade und lang als seien sie mit einem Lineal gezogen. Der Nil erstreckte sich tiefblau und schützte sich beidseitig mit einem grünen lebendigen Streifen vor dem zudringlichen Sand um sich. Danach erneut ockerbraune Wüste. In ihr schoben sich runzelige Berge in die Höhe als bestünden sie aus zerknülltem Papier.

Hamza ...

Die physische Distanz vergrößerte sich schnell, so schnell. Florian schlief. Nahla schlang ihre Arme fester um sich.

Hamza ... Es war bloß ein Märchen gewesen. Zu einmalig, um in der Realität zu überleben. Jo hat recht. Warum sind die Dinge mit Christian überhaupt derartig entgleist? Unser Anfang war doch so vielversprechend. Wir haben beide fest an uns geglaubt.

Nahla schloss die Augen. Die äußere Welt ließ sich aussperren, nicht aber die Erinnerungen in ihrer inneren.

DREI JAHRE ZUVOR

„Was willst du? Ich glaube, ich hab mich verhört!" Lydia sah ihre sechzehnjährige Tochter entsetzt an. „Das kann nicht dein Ernst sein!"

„Doch!" Nahla schob mit einem Ruck die vor ihr ausgebreiteten Schulhefte von sich, darunter kamen die gelben Blümchen einer mit metallenen Tischklammern fixierten Tischdecke zum Vorschein. Ihr Blick klammerte sich kurz an diese Deko, dann sprang er in die geweiteten Augen ihrer Mutter, hielt diesen kurz stand und fand sich alsgleich auf des Tischtuchs Blumenwiese wieder.

„Nahla, du hast nur noch drei Jahre bis zum Abitur!"

„Ich will aber kein Abi machen!"

Lydia runzelte die Lippen. Lisa klappte ihr Matheheft zu und horchte gespannt, was nun folgen würde. Nach etwa einer Minute zog sich ihr das Warten auf die Fortsetzung zu sehr in die Länge. Sie begann, das Tischdeckenmuster auf den Aufkleber auf ihrem Heftumschlag abzumalen, auf dem schon ihr Name und „Klasse 6c" standen. Agnes behielt das Puzzleteil zwischen den Fingern, anstatt weiter nach dem richtigen Platz dafür zu suchen. Ihr entging die Spannung im Raum nicht. Sie hatte ihre Hausaufgaben schon erledigt, in der 2. Klasse ging das noch recht schnell, also durfte sie auf dem flauschigen Teppich des Esszimmerbodens spielen.

Nahla schwieg. Ihre Idee war es gewesen, die Eröffnung ihres Entschlusses mit der Anwesenheit ihrer Schwestern zu puffern, was ihr jetzt kein so guter Einfall mehr schien. Falls es Streit gab, brauchten diesen die Kleineren nicht mit anzuhören oder gar auszubaden.

„Ob ich gleich einen Beruf lerne oder erst nach dem Gymnasium, spielt doch keine große Rolle“, sagte sie schließlich beschwichtigend zu ihrer Mutter.

„Was willst du denn für einen Beruf lernen?“, entgegnete Lydia jetzt zwar ruhiger, aber streng.

„Ich will auf die Kinderpflegeschule. Was ich dort lerne, werde ich später auf jeden Fall mal brauchen können.“

„Deine Noten sind viel zu gut fürs Aufhören.“

„Aber ich muss mich jeden Tag überwinden hinzugehen!“, entgegnete Nahla.

„Kinderpflege ... Als ob es im Leben einer Frau heutzutage nicht mehr gäbe als das!“

„Ich komme halt nach dir!“

Lydia verstummte. Sie leitete die Kindertagesstätte in Mindelheim.

„Versorgst du uns nicht gern, Mama?“, fragte Agnes gequält vom Boden aus zu ihr hochblickend.

„Ja, doch ... nein ... ach. Wir reden gerade über Nahlas Zukunft! Aus ihr soll etwas werden, wie aus euch allen.“ Sie wandte sich wieder an Nahla. „Du kannst nicht dein Leben lang fremden Kindern den Hintern abwischen, das wird dir nicht reichen!“

Langsam füllten sich Nahlas Lungen, bis ihr Brustkorb spannte. Dann teilte sie ihrer Mutter ausatmend mit: „Ich will etwas tun, was ich gern mache!“

Lydia legte ihre Hände auf die Tischplatte und sah Nahla fest an. „Du bist so jung, du kannst die Auswirkungen auf die Zukunft einer solchen Entscheidung wie die Schule abzubrechen doch noch gar nicht abschätzen!“

Alle Auswirkungen vielleicht nicht. Aber auf das, was mich glücklich macht, schon!

„Ich mache meine Hausaufgaben oben weiter“, teilte Nahla mit, packte ihre Hefte und Bücher zusammen, stieg die Treppe hoch und legte die Schulsachen auf den Schreibtisch in ihrem Zimmer.

Können Eltern einem Kind überhaupt verbieten, von der Schule abzugehen und es zum Weitermachen zwingen?

Nahla ließ sich auf ihr Bett fallen, griff nach ihrem Lieblingskissen mit den langen Troddeln und separierte drei davon. Die Troddeln verhedderten sich laufend, zu Nahlas Ärger und andererseits zum Glück. Woran sonst hätte sie in Momenten wie diesem herumspielen und sich abreagieren sollen, wenn sie in Reih und Glied brav am Kissensaum ihre Position gehalten hätten? Ihre Finger griffen fest ins Kissen, strichen es sofort wieder glatt, das Kissen konnte schließlich nichts für die Reaktion ihrer Mutter. Dann begann sie zu flechten. Als sie eine ganze Seite mir Drei- und Vierstrangzöpfen versehen hatte, war ihre Anspannung abgeflaut. Ihr Kopf war nun klar genug, um über den nächsten Schritt nachzudenken. Was konnte sie tun, wie sich durchsetzen? Die Schule schwänzen, bis sie hinausgeworfen wurde? Kein guter Plan. Sie hatte gehört, dass Schulschwänzer von der Polizei in die Schule gefahren wurden. Auch wenn ihr persönlich kein solcher Fall bekannt war, legte sie keinen Wert darauf, selbst zu einem zu werden. Nur noch Sechsen schreiben? Auch kein guter Plan. Mit so einem Zeugnis würde sie sich ganz sicher den Zugang zur Kinderpflegeschule selbst zumauern. Mit ihrer Oma sprechen, damit diese hoffentlich auf ihre Mutter einwirkte und auf ihren Schwiegersohn, Nahlas Vater, gleich mit? Besserer Plan.

Nahlas Finger lösten wie von selbst die Flechten am Kissen. Die jeweils aus zwei dicken Wollfäden gedrehten Troddeln faserten dabei jedes Mal am Ende etwas mehr aus und wiesen noch stundenlang die Biegungen der Zöpfe auf, in die Nahla sie gezwungen hatte. Die jener Ordnung, die von außen kam und dem Eigenleben entgegenstand, durch das sich die Troddeln von selbst verhedderten. Fast von selbst. Nur weil Nahla das Kissen in ihrem Bett hatte und manchmal darauf schlief, kamen sie durcheinander.

Was ist denn besser für euch?

Nahla betrachtete die Troddeln fast andächtig. War es sinnvoller, sie zu flechten und damit vor den Folgen des Daseins als Kissenanhängsel zu schützen oder sie dem natürlichen Gang der Dinge zu überlassen?

Nahla streckte Finger und Arme, stand auf und ging zum Fenster. Der Apfelbaum davor schien ihr zuwinken zu wollen. Vor kurzem noch hatte er den Rasen mit weißrosa Blüten beregnet, jetzt trieb er erste hellgrüne Blätter.

Ich bin lieber eine freie Troddel als eine irgendwo eingeflochtene! Aber trotzdem mach ich jetzt meine Hausaufgaben.

Die Hefte waren überall auf Nahlas Schreibtisch verteilt, als Agnes die Zimmertür öffnete.

„Malst du mit mir?"

Nahla schaute auf. Ihre kleine Schwester war süß mit ihren beiden Zöpfen.

Geflochten! Eingeflochten!

„Was ist?", fragte Agnes etwas unsicher. Nahla wurde dabei bewusst, wie verspannt sie bei ihren Gedanken geguckt haben musste.

„Süße, nichts, komm her!" Sie hob ihre kleine Schwester auf ihren Schoß, schob ihr Französisch- und Geografieheft beiseite und schuf so Platz für das Malbuch, das Agnes alsgleich aufblätterte. Nahla lehnte ihr dunkles Haar an Agnes' blondes. Fast alle in ihrer Familie waren hellhaarig, was sie selbst optisch ein wenig zur Außenseiterin machte. Doch diesmal hatte Nahla ihre Mimik im Griff, so dass sich ihr Nachdenken darüber nicht zwangsläufig erneut darin widerspiegelte. Sie kolorierte für Agnes einen Regenbogen, die Außenseite des Halbkreises rot, die Innenseite lila, dazwischen sämtliche Spektralfarben. Agnes malte das Gras darunter an und ließ in ihm etwas unförmige Gänseblümchen aufblühen. Nahla lächelte, denn die Blümchen erinnerten sie an winzige Spiegeleier, deren Dotter verlaufen und das Eiweiß drum herum leicht verbrutzelt war. Im Verstreichen der Zeit mit Agnes auf dem Schoß, deren kindlicher Wärme nachspürend, verlor sich Nahla im Augenblick. Versunkenheit und somit Zeitlosigkeit stellte sich ein und gebar einen jener kleinen Momente, in denen man alles hat, ganz ist, und aus denen man glücklich erwacht und entsetzt feststellt, wie problembeladen und farblos die eigentliche Welt im Vergleich dazu ist. Einer jener Zustände, die man nicht verlassen möchte und wenn man doch herausgeschmissen wird, so schnell wie möglich wieder in sie hineinzugleiten wünscht. Doch meistens war das nicht möglich, so wie jetzt. Behutsam hob Nahla Agnes von ihrem Schoß.

„Süße, male ein bisschen alleine weiter, okay? Ich muss jetzt meine Hausaufgaben fertig kriegen, tut mir leid." *Und mir danach überlegen, wie ich Oma überzeuge.* Ihre Oma würde Nahla vielleicht eher verstehen als Lydia, denn sie hatte oft erwähnt, keine Möglichkeit für eigene Entscheidungen gehabt zu haben. „Du kannst hier bleiben, wenn du magst."

„Okay!", entgegnete Agnes und malte auf Nahlas Bett weiter.

Am nächsten Morgen schulterte Nahla wie gewohnt ihren Schulrucksack und legte die dreihundert Meter bis zur Schule mit hängendem Kopf zurück. Ihr Gefühl war überzeugt von der Richtigkeit ihres Wunsches, das Gymnasium abzubrechen, ihr Kopf mahnte sie, auf ihre Mutter zu hören. Kopf und Gefühl stritten miteinander. Nahla hob schwer ihren Kopf mit den darin tobenden Gedanken vor der Schultür. In ihrem Brustkorb war es eng, zu eng für ihr Herz. Bis sie dieses über ihren Kopf siegen ließ.

Auf keinen Fall werde ich hier noch drei Jahre reingehen!

Als wöge die Schultür hundert Kilo, zog Nahla sie auf.

Oma muss mir helfen, zum Glück sind bald Osterferien!

Bayrischzell lag zweieinhalb Autostunden südlich von Thannhausen an der Grenze zu Österreich. Seine 1500 Einwohner lebten eingebettet zwischen Tannenwäldern und Wiesen und teilten sich die Gegend im Sommer mit Bergwanderern und im Winter mit Skifahrern, die sie gleichermaßen beherbergten. Lydia zog es regelmäßig zurück in den Ort ihrer Kindheit, in dem ihre Eltern noch immer eine Pension betrieben. Diese war auch Nahlas Auffangort in allen Schulferien und Lebenslagen. Jedes Mal, wenn Nahla nach der Anreise auf der Rückbank hinter ihrem Vater – der sich noch durch nichts außer einem unleidigen Brummen zu ihrem Vorhaben geäußert hatte – aus der Enge des Familienautos stieg, weiteten sich ihre Lungen. Sie befand sich nun auf achthundert Höhenmetern, dreihundert Meter höher als in Thannhausen. Den Unterschied spürte man. Nicht nur das Klima war frischer, sondern auch die Luft dünner, staubärmer und aromatischer. Sie verstoffwechselte sich leichter. Sogar die bis jetzt verbliebenen Schneereste hatten einen besonderen Geruch, nämlich weißblau, und so schmeckten sie auch. Ihm untermengte sich der saisonale der Natur, gerade war es der von Märzenbechern und Schneeglöckchen. Nahla streckte sich und warf den Kopf in den Nacken, während sie ihr Haar den Rücken hinab ausschüttelte. Sie atmete Mal um Mal tief ein und aus. Hier war sie von jeher mehr zu Hause gewesen als in Thannhausen.

Ihre Oma reagierte auf das kurze Hupen ihres Schwiegersohnes und eilte in hellgrauem Pullunder über einer weißen Bluse aus der Pension, mit ebenso heller Haut wie Nahlas und denselben dunkeln Augen und Haaren wie ihre. Umgehend nach der Begrüßung öffnete die Oma den Kofferraum und nahm die obersten Gepäckstücke heraus. Als hätten diese kein Gewicht marschierte sie mit ihnen ins Haus und direkt in den ersten Stock in die Zimmer, in denen stets die Familie ihrer Tochter übernachtete und die in deren Abwesenheit an Feriengäste vermietet wurden.

„Das Paar in Zimmer 2? Aus Nürnberg. Sind Stammgäste."

„Richtig, jetzt weiß ich's wieder!"

„Sie haben schon bei uns Urlaub gemacht, als du noch ein Kind warst, Lydia."

„Und der aus Zimmer 5? Er sieht aus wie Meister Eder vom Pumuckl."

„Mama, wer ist Pumuckl?" Agnes zupfte an Lydias Ärmel, doch deren Aufmerksamkeit gehörte ihrer Mutter.

„Das ist ein Kobold aus einer Kindersendung. Ich hab das geguckt, als ich so alt war wie du", Nahla zog Agnes an sich, „oder eher noch jünger." Agnes rutschte auf Nahlas Schoß. „Guckst du das mal mit mir?"

„Ja, klar!"

„In Zimmer 3, das sind ja ganz Eigene, oder?"

„Was? Die sind dir auch schon aufgefallen? Du bist doch erst ein paar Stunden hier!"

„Also, unauffällig ist es nicht gerade, wenn man sich mit einer Querflöte vor das Haus setzt und nur einzelne Töne spielt!"

„Lass doch", mischte sich Nahlas Vater ein. „Der Mann übt. Er spielt in einem Orchester, ich kenne ihn von früher."

„Er übt einzelne Töne? Ich finde das auch komisch. Für ein Orchester muss er doch richtig spielen können!" Lisa hatte vorhin in einigem Abstand bei ihm gestanden und zugehört.

„Wer mag noch Nachtisch?“

„Was gibts denn?“

„Was für eine Frage!“, antwortete Lydia gespielt empört. „Ihr habt gesehen, welche Kuchen ich gebacken habe, beziehungsweise hier hereingetragen habe!“ Sie stand schwungvoll auf, griff nach den leer gegessenen Tellern und stellte sie an den Spültisch der Küche. Im Handumdrehen hatte sie gemeinsam mit ihrer Mutter den Tisch neu gedeckt. Nahla war gar nicht dazugekommen zu helfen und strich sich jetzt über ihren Bauch, er war voller Kartoffelgulasch. Gleichzeitig lockten schon die Kuchen. Schokolade und Bananen, Bananenkuchen. Eierlikör und Nüsse, Eierlikörkuchen.

„Die Neuen in Zimmer 4, die wollen zum Frühstück ...“

„Und die aus Zimmer 1 ...“

„Die ...“

„Und die ...“

Nahla legte Bananenkuchen auf Lisas Teller und auf ihren Bananen- und Eierlikörkuchen. Was Mutter, Oma, Vater und die beiden kleinen Schwestern weiterhin sagten, vermischte sich. Nahlas Kopf ordnete es nicht mehr den einzelnen Sprechern zu.

Irgendwie ... irgendwie habe ich das alles schon oft gehört.

An Heimeligkeit hatte das Esszimmer ihrer Großeltern nichts verloren. Nahla war es, die sich verändert hatte. Agnes neben ihr verfolgte aufmerksam alles, was sie bei den Großen hörte. Genauso wie Nahla früher. Lisa zupfte an den Fransen der Tischdecke. So wie sie selbst oft in ihrem Zimmer an den Troddeln ihres Kissens.

Fransen! Da war doch noch was ... Ich muss dringend mit Oma reden!

Aber diese war gerade zu involviert in die Familiengespräche, um Nahla ihre Aufmerksamkeit zu widmen. Lisa hatte an der Tischdecke inzwischen mehrere kleine Zöpfchen geflochten, deren spitz zulaufende Enden Nahla an die Zipfelmützen der Gartenzwerge vor dem Haus erinnerten.

„Ich geh mal ein wenig spazieren“, teile Nahla der Familie mit.

„Ist gut, du kennst dich ja aus“, entgegnete ihre Oma.

Nahla rutschte von der Eckbank und zog ihre schwarze Jeans zurecht. Ein Brei aus Stimmen über dem Tisch und den Resten des Kuchens, darum herum ihre Familie. Nahla verließ das Haus durch die Hintertür, von wo aus sie nach wenigen Schritten den nächsten Feldweg erreichte. Diesen wanderte sie ein Stück entlang, um dann in einer Kurve die Ortsmitte anzusteuern. Es war spät geworden. Irgendwie hatte sie doch lange bei ihrer Familie gesessen. Gedankenverloren schlenderte sie dahin, die Umgebung so wenig differenzierend wie vor ihrem Aufbruch die Stimmen in der Essküche. Die letzten Schulwochen waren ihr schwer gefallen, sie versuchte, die mit ihnen verbundenen Gefühle abzuschütteln. Nahla hatte innerlich nicht mehr hinter dem gestanden, was sie täglich tat. Aufstehen, anziehen, zum Unterricht gehen, Hausaufgaben machen, für Schularbeiten lernen.

Unvermittelt schraubte sich etwas in ihr Bewusstsein. Es ließ sie sich zuerst ihres Dahinwanderns bewusst werden, dann der Häuser von Bayrischzell und hernach des Kurparks, an dessen Rand sie sich inzwischen befand. Und schließlich dessen, was den Nebel um sie durchdrungen hatte. Um die nächste Häuserecke sprangen die Töne von Musik.

Klingt nicht schlecht. Wo kommt das her?

Den Sound genau zu identifizieren gelang ihr auf die Entfernung nicht, also folgte sie ihm und wusste bald: Guns n' Roses, November Rain. Nahla ging weiter und stutzte. Kam das tatsächlich aus dem Pfarrheim? Irritiert stand sie davor und fixierte die Schemen, die sich hinter den Scheiben bewegten. Allmählich wurde es dunkler. Ihr Blick löste sich und kreiste um die unteren Fenstern, fuhr am Rahmen des letzten entlang und hoch zu denen im oberen Stock, überstrich diese und kam wieder im Erdgeschoss an. Dort blieb er an einem Schild neben der Haustür mit der Aufschrift „Jugendzentrum" hängen.

Alles klar! In Bayrischzell ist das Juze also im Pfarrheim untergebracht!

Von der Musik immer stärker angezogen trat Nahla an die Tür und klingelte. Nichts geschah. Sie drückte den Knopf noch einmal mit der leichten Unsicherheit, ob das nicht aufdringlich war. Vielleicht störte sie ja bei einer Privatparty? Kurz tauchte noch einmal das Bild ihrer Familie um den Esstisch auf, wo sie selbst immer so gern gesessen hatte und ihr heute ganz plötzlich und erstmals nach etwas anderem gewesen war. *Die in Zimmer 2, und die Neuen in Zimmer 12 …*

Mit einem Ruck schwang die Tür auf, Nahla wich ein Stück zurück. Ihr gegenüber stand ein schlaksiger Typ, gut zwei Köpfe größer als sie und mit einem netten Lächeln im pickelübersäten Gesicht.

„Hi!"

„Ich komme nur zufällig vorbei …"

„Schon okay! Komm rein!"

Ihre Haare über die Schultern zurückwerfend folgte ihm Nahla in einen halbdunklen Raum, an dessen Decke eine Diskokugel helle Lichtpunkte über zwei Dutzend Jugendliche streichen ließ. Auf einem durchgesessenen Sofa lungerten ein paar Jungen und Mädchen, mehr übereinander als nebeneinander, Grüppchen standen in den Ecken, hielten sich an Getränkeflaschen fest, in der Mitte schmetterten ein paar Tanzende über die Saiten ihrer imaginären E-Gitarren und hinter einer Bar, an der auch eine Stereoanlage stand, versorgte ein Typ mit langen Dreadlocks die Anwesenden mit Musik. Er war es also gewesen, der Nahla angelockt hatte.

„Hey, willst du was trinken? Wir haben Cola-Weizen, Bier …" Die weitere Aufzählung entging Nahla, sie war von einem head-bangendem Mädchen angerempelt worden.

„'Tschulidung!" Es fasste Nahla an der Schulter, eine feuchtschwere Alkoholfahne wischte ihr übers Gesicht.

„Macht nix", erwiderte Nahla und versuchte, sich von diesem Griff zu befreien, um der Fahne zu entkommen, ohne das Mädchen zu sehr ins Schwanken geraten oder gar hinfallen zu lassen.

„Wen guckst du denn so an?", fragte die Schwankende, da Nahla in der Bewegung inne gehalten hatte. Als sie keine Antwort erhielt, deutete sie auf drei Jungs, die sich in einer Reihe hinter dem Tresen postiert hatten und CDs hin- und herreichten.

„Das sind Franz, Thomas und Christian!" Das Mädchen ließ nun von selbst los und nahm ihr Tanzen wieder auf.

Die Namen von Franz und Thomas vergaß Nahla im selben Moment. Nicht so Christians. Wie der Nordpol den Sonnenstaub anzieht und beim Eintritt in die Atmosphäre als Polarlichter fluoreszieren lässt, tat Christian das mit allen Sinnen Nahlas. Sie wusste hinterher nicht, wie lange sie ihn angestarrt und seine Bewegungen verfolgt hatte, die seiner Hände beim Weiterreichen der CDs an – wie sie auch immer hießen –, die seiner zuckenden Schultern, wenn er auflachte, auch seiner Lippen. Sie schaute, bis Christian ihren Blick spürte. Ihr war bewusst, dass lange Blicke auf energetische Weise berühren. Ihrer war zu lang geraten, um unbemerkt zu bleiben.

Christian schaute zu ihr herüber. Dann griff er unter den Tresen und stellte zwei Bierflaschen darauf. Nahla sah ihn die Flaschen öffnen, nehmen, hinter dem Tresen hervor- und auf sie zukommen. Entschlossenes Interesse umgab ihn und wurde bei jedem Schritt auf Nahla zu für sie spürbarer, wirkte auf sie, erfasste sie wie mit Händen, bis er sich um die Tanzenden herum zu ihr vorgearbeitet hatte. Nahla fühlte sich neben ihm sofort wohl, trotz der in ihr aufsteigenden Nervosität, und gleichzeitig auch gerade wegen der. Die Eindeutigkeit ihrer Empfindungen bildete einen unsäglich angenehmen Gegensatz zu ihrer Aufgewühltheit und ihrer Rastlosigkeit der letzten Wochen.

„Ich ... äh ...“, stammelte sie.

Mist! Was hat er mich gefragt? Er hat mich etwas gefragt, aber ich habs nicht aufgenommen!

Sie hob den Kopf und sah Christian ins Gesicht. Gerade Brauen, blaue Augen, das Kinn kantig. Seine Kopfform war schmal, wodurch der Hals breiter wirkte. Er reichte ihr eine Bierflasche und stieß mit ihr an.

„Ich mache hier Ferien bei meinen Großeltern.“ *Das wird schon auf seine Frage passen!*

Es passte. Christians bisher auf den Raum gerichtete Frontalseite wandte sich nun ganz ihr zu. „Wie heißt du?“

Nahla richtete sich auf, ließ die Schultern nach hinten sinken, wobei sich von selbst ihre Brust hob und nannte ihren Namen.

„Gefällt dir die Musik?“, fragte er.

„Wegen der bin ich gekommen! Aber eigentlich stehe ich am meisten auf Nirvana.“

„Wirklich? Ich auch!“, erwiderte Christian.

„Komm mit rüber zur Bar, *wir* legen jetzt auf!"

Nahla folgte Christian durch die Tanzenden zum Tresen. Dort angekommen zog er die Kiste mit den CDs neben der Stereoanlage heran und blätterte darin.

„Hab ich's mir doch gedacht ... nicht hier ... nein."

„Was suchst du?"

„Nirvana! Wir teilen alle unsere CDs, aber manche nehmen ihre auch wieder mit."

„Ich gehe nirgends hin ohne meine Nirvana-CDs!"

„Hast welche dabei?"

„Ja, bei meinen Großeltern."

„Wo wohnen die?"

„Ihnen gehört die Pension Bschorer. Ich könnte sie holen."

„Hey, das wäre stark! Aber mit dem Rad gehts schneller als zu Fuß."

„Hast du denn ein Rad hier?"

„Jepp!"

Christian verließ mit Nahla das Pfarrheim und wühlte hinter dem Gebäude aus einem Gewirr von ineinander geratenen, gefallenen oder geworfenen Rädern seines heraus.

„Nimm! Wenn du willst!"

Nahla griff nach dem Lenker, schob das Rad bis auf die Straße, schwang sich auf den Sattel und trat in die Pedale.

„Ich warte hier! Genau hier!", rief Christian ihr nach, seine Bierflasche hochhaltend wie die Freiheitsstatue ihre Fackel.

Kurve, leichter Anstieg, Gartenzäune, Abkürzung über den Fußpfad zwischen zwei Grundstücken, Igel auf der Straße, Auffahrt zur Pension, Hintertüre, Treppe hoch.

„Nahla?"

„Ja!"

„Mädel, was hast du es denn so eilig?" Ihre Oma lugte aus der Wohnküchentür.

„Ich will nur schnell was holen!"

„Bleib doch bei uns, wir spielen ‚Mensch-ärger-dich-nicht'."

Hab ich doch schon so oft gespielt!

„Nächstes Mal wieder, Oma, ich hol nur meine CDs!"

„Wo willst du denn hin?"

„Ins Jugendzentrum!"

Ihre Reisetasche lag noch nicht ausgepackt auf dem Bett. Sie fand schnell ihre CDs darin, hastete mit ihnen die Treppe hinunter und schwang sich wieder aufs Rad. Nach Atem japsend stieg Nahla hinter dem Pfarrheim ab. Christian hatte sich tatsächlich nicht von der Stelle gerührt. Nur war er nicht mehr alleine. Seine beiden Freunde von vorhin flankierten ihn, prosteten ihm zu, doch Christians Flasche war bereits leer.

„Hier!" Nahla reichte ihm ihre CDs. Er sah sie sofort durch. „Geil! Mega! Weißt du, dass sich der Sänger umgebracht hat?"

„Kurt Cobain? Klar weiß ich das! Er hat sich zweifach erschossen."

„Wieso zweifach?", fragte Christian.

„Mit einem ‚goldenen Schuss' und mit einer Flinte dazu."

„Ja ... ich hab gehört, dass er auf Drogen war."

„In seinem Abschiedsbrief zitierte er jemanden, ich weiß nicht mehr wen, aber ich kenne das Zitat: ‚It's better to burn out than to fade away'."

„Äh, was heißt das?", fragte einer von Christians Freunden. Er wie Christian richteten ihren Blick auf Nahla.

„Wörtlich genommen: ‚Es ist besser auszubrennen, als zu verblassen.' Ich verstehe es wie unser Sprichwort: ‚Besser ein Ende mit Schrecken als ein Schrecken ohne Ende.'"

„Stark!", entgegnete Christians Freund links von ihm.

„Ja, cool!", pflichtete ihm sein anderer Freund von rechts her bei, während Christian, von Nahlas Wissen sichtlich beeindruckt, einen Schritt auf sie zutat. Er sah sie mehrere Sekunden lang an, bis er seinen Freunden und ihr mitteilte: „Ab jetzt gibt's richtig gute Mucke. Thomas! Franzi! Nahla und ich kümmern uns drum!"

Unter einem fast kitschigen Nachthimmel, mit Sternen so groß als gehörten sie zur Dekoration einer Inszenierung von „Romeo und Julia", brachte Christian nach Mitternacht Nahla nach Hause. Sie hielt ihren Stapel CDs, er den Lenker seines Fahrrads und betrachtete sie von der Seite. „Du kommst echt schon seit deiner Kindheit nach Bayrischzell? Wieso haben wir uns noch nie gesehen?"

„Wahrscheinlich, weil es schön ist bei meiner Familie. Ich habe eigentlich immer nur mit ihr etwas gemacht. Bist du denn nicht auch gern bei deiner?"

Erst nach zehn weiteren Metern presste Christian hervor: „Meine ist scheiße."

„Wieso das denn?"

„Darüber rede ich nicht!"

Daraufhin setzten sie ihren Weg schweigend fort und bewegten sich gleichzeitig auf den Moment des Abschieds zu. Jenen Moment, in dem es ohnehin schwerer und schwerer wird, die richtigen Worte zu wählen und man eigentlich viel sagen möchte, es aber nicht über sich bringt. Der Moment, in dem auf all das davor Gesagte etwas Neues folgen könnte – falls man den Mut dazu findet.

Beide fanden ihn und küssten sich. Danach schloss Christian Nahla fest in seine Arme, wirbelte sie mit gefühlten hundertzwanzig Stundenkilometern im Kreis und entfachte einen Sausewind in ihrem Kopf, in dem sie tags darauf versäumte, mit ihrer Oma über ihre Pläne zu reden. Ehe sie sich versah, war sie ohne dieses Gespräch und ohne Christian noch einmal getroffen zu haben zurück zu Hause. Mehr als dass er auch sechzehn war und auf Nirvana stand, in Fischbachaus wohnte, dem Nachbarort vor Bayrischzell, hatte Nahla nicht über ihn erfahren. Ihre einzige Chance, ihn wieder zu sehen, war auf die nächsten Ferien zu warten.

Nahla hatte sich ihre Haare zu einem ordentlichen Zopf geflochten, ihre schwarze Lieblingsjeans angezogen und darüber eine hellblaue Bluse – anstatt einer schwarzen. Auch auf ihr schwarzes, breites Samthalsband, das sie zur Zeit besonders gern trug, war es ihr klüger erschienen zu verzichten. Generell fühlte sie sich am wohlsten in dunkler Kleidung zu ihrem dunklen Haar, was die Helligkeit ihrer Haut unterstrich. Das hatte vom Kontrast her etwas wie bei Schneewittchen, aber damit waren die optischen Gemeinsamkeiten mit der Märchenfigur auch schon erschöpft. So süßlich wie diese gab sich Nahla nicht und das Verschließen ihres Gesichtes durch eine unbewegte Miene mit rebellischem Blick hatte sie trainiert wie die meisten Teenager in ihrem Alter. Das sollte nicht heißen, dass sie keine Nähe wollte. Aber eben nicht die von jedem. Schließlich meinte es nicht jeder gut und Schwarz hielt die Leute auf Distanz, im Gegensatz zu Rosa und Gelb. Leider missverstanden manche Leute schwarze Kleidung gänzlich und schrieben sie irgendwelchen auch charakterlich dunklen Gestalten zu.

Das Gebäude vor ihr schien ihr erwachsenen- und kindgerecht zugleich, es wirkte warm, familiär, hier war sie richtig. Bei einem Raum etwas weiter links verhängte eine Gardine den Blick ins Innere, Blätter einer großen Pflanze schoben sich an deren Rand vorbei. Es handelte sich hier wahrscheinlich um das Sekretariat, dem Ziel. So entschlossen wie auch ihre Oma und ihre Mutter jeden Handgriff verrichteten, zog Nahla die doppelflüglige Glastür auf, orientierte sich im Vorraum und folgte dann den Pfeilen an den Wänden zu „Sekretariat und Schulleitung“. Die Gänge entlanggehend verstärkte sich der Eindruck, den sie schon von draußen gehabt hatte. Traumfänger und gefaltete Schmetterlinge schmückten die Wände, Häkel- und Strickarbeiten lagen in Schaukästen. Gespannt und vorfreudig klopfte sie an die Sekretariatstür.

„Ja, bitte!“

Nahla trat ein. Drinnen tippte eine Frau mit Pagenschnitt an der Computertastatur und schaute Nahla lächelnd über ihre Lesebrille hinweg an. „Ja?“

„Grüß Gott, ich möchte mich fürs nächste Schuljahr anmelden.“

„Gut, Sie kommen noch innerhalb der Bewerbungsfrist.“ Die Frau stand auf, entnahm dem Wandschrank ein Formular und reichte es Nahla.

„Werde ich denn in jedem Fall genommen?“, fragte Nahla.

„So lange Plätze frei sind und Sie die Voraussetzungen erfüllen, steht dem nichts im Weg. Im Gang sind Tische, dort können Sie die Papiere gleich ausfüllen.“

„Danke!“

Nahla setzte sich an einen der Tische und studierte andächtig den Kopf der ersten Seite, auf dem „Berufsfachschule für Kinderpflege“ stand. Erst als sie sich daran satt gesehen hatte, las sie weiter. Die Ausbildung dauerte zwei Jahre und umfasste drei Bereiche, einen fachtheoretischen, einen fachpraktischen und einen allgemeinbildenden. Bei den Aufnahmevoraussetzungen wurden zu oberst ein Hauptschulabschluss und ausreichende Deutschkenntnisse genannt. Sie musste ein Bewerbungsschreiben und ihren Lebenslauf verfassen, sowie ein Passfoto und ihr letztes Zeugnis abgeben. Sie rückte ihren Stuhl zurecht und begann, sorgfältig ihre Daten in das Formular einzutragen. Auf der letzten Seite wurde ihre Unterschrift gefordert – und die eines Erziehungsberechtigten.

Mist! Und jetzt?

Nahla war mit dem Bus von Thannhausen nach Krumbach gefahren, zum „Eisessen mit Freundinnen". Keiner daheim hatte ihr anderes unterstellt. Sie klopfte ein zweites Mal an die Tür und trat ein.

„Hier, bitte!"

Die Sekretärin überflog kurz die Seiten auf ihre Vollständigkeit hin. Nahla bemerkte, wie ihre Augen auf dem Geburtsdatum verweilten.

„Sie sind noch keine 18. Ich dachte vorhin, sie wären es schon. Soweit alles vollständig ... Ich merke Sie gerne vor! Nehmen Sie das Formular mit und bringen oder schicken Sie es mir mit der Unterschrift ihrer Eltern und den anderen Unterlagen innerhalb der Anmeldefrist. Normalerweise sind unsere Klassen voll. Wer später kommt, kann nur noch auf die Warteliste."

„Hat man dann überhaupt noch eine Chance?", fragte Nahla und merkte, wie ihr unangenehm heiß wurde. In ihrem Kopf blitzte keine spontan brauchbare Idee auf, wie sie zur Unterschrift ihrer Eltern kommen sollte. Vermutlich würde es länger dauern sie zu organisieren als bis zum Ende der Anmeldefrist.

„Die ersten zwei, drei Bewerberinnen rücken meistens noch nach, weil manche absagen oder am Schuljahresbeginn schlichtweg nicht auftauchen." Damit rückte sie ihre Brille in Position und wandte sich wieder Tastatur und dem Monitor auf ihrem Schreibtisch zu.

„Danke. Auf Wiedersehen", sagte Nahla im Hinausgehen.

„Bis bald!", verabschiedete die Sekretärin sie freundlich.

Sofern's das Schicksal will ...

„Nahla? Hörst du überhaupt zu?"

Nahla hob den Kopf. Zuerst registrierte sie, dass Agnes sie verunsichert ansah, dann bemerkte sie Lisa, die sich amüsiert das Kinn rieb. Vor ihr stand ein Teller, darauf ein Wurstbrot.

Auf Nahlas Teller befand sich Kartoffelsalat. Sie musste ihn sich selbst ausgeschöpft haben. Aus dem Alter, in dem ihre Mutter das für sie tat, war sie schließlich heraus. Oder hatte Agnes ihr den Teller gefüllt? Nein, das war sie eher selbst gewesen, sie mochte Kartoffelsalat zum Abendessen.

„Kind, wo bist du bloß!" Ihr Vater, stets in vorbildlich ordentlichem Hemd und Anzughose bei Tisch trotz Feierabend, schüttelte den Kopf.

Nahla war in sich versunken Flure voller Kinderpflegeschülerinnen auf und ab gegangen. Ihr waren Nasenringe aufgefallen, gefärbte Haare, vereinzelt sogar kleine Tattoos, die aussahen wie selbst gestochen. Sie hatte nachmittags das Sekretariat während eines Stundenwechselns verlassen. Auf den ersten Blick unterschied sich die Demografie dieser Schülerinnenschar stark von der ihres Gymnasiums. Nahla hatte sie nicht recht einordnen können, doch das Gefühl, das sie unter diesen Mädchen überkam, war ein warmes gewesen. Auch wenn sie im Gymnasium Freunde hatte, fühlte sich dort das meiste kalt an. Die Gesichter mancher Abiturienten, die Wände, die Tafeln, die Kreiden.

Tafeln und Kreiden? Okay, ich übertreibe ... aber sie fühlen sich doch auch kalt an!

„Worüber habt ihr geredet?", fragte sie in die Runde am Esstisch.

„Über dich!", antwortete Lydia, während Nahla ihren sie abtastenden Blick fühlte.

„Stimmt gar nicht!", rief Agnes. „Wir haben über die Firmung von Corinna geredet. Wir wollen hinfahren!"

Corinna hat Firmung? Wie überaus praktisch!

Nahla spürte, wie sich offensichtliche Vorfreude über ihr Gesicht ausbreitete, die sich ihre Familie gewiss kaum erklären konnte. Doch das übernahm Lisa. „Wenn wir zu Corinnas Firmung zu Oma fahren, knutscht du dann wieder mit dem Blonden?"

„Was?", entfuhr es Nahla.

„Ich hab euch gesehen, ich hab euch gesehen, ich hab ...", trällerte Lisa im Singsang.

„Mitten in der Nacht?", fragte Nahla.

„Jetzt sind wir aber neugierig!" Nahlas Vater legte sein

Brotzeitmesser neben seinen Teller.

Herrgottnochmal, kann man hier kein Geheimnis haben? Obwohl …

Nahla reckte sich mit einer gewissen Genugtuung. Schließlich war sie alt genug fürs Küssen.

„Knutschen ist eklig!“, rief Agnes. „Außerdem kuschle ich mit Nahla!“ Sie ließ ihr Brot auf den Tisch fallen, Wurststückchen verteilten sich in der Umgebung, und rückte an ihre große Schwester. „Du küsst keine Jungs, gell?“

„Ach, komm her, Süße!“ Nahla legte den Arm um Agnes. „Und du“, sie hob genervt die Augenbrauen in Lisas Richtung, „warum schläfst du nachts nicht?

„Ich musste doch bloß aufs Klo! Da hab ich halt rausgeguckt, weil ich was hörte!“

„Mama, wann fahren wir nach Bayrischzell?“, lenkte Nahla schnell von sich ab.

„Mitte Juni“, entgegnete Lydia.

„Bis dahin sind es noch …“, überlegte Nahla laut, „ungefähr fünf Wochen. Und wie lange werden wir bleiben?“

„Bestimmt lange genug für dich“, erwiderte ihre Mutter mit einem Zwinkern.

„Hm!“, brummte ihr Vater und verschränkte missbilligend seine trainierten Arme.

„Nahla hat geknutscht, Nahla hat geknutscht!“, trällerte Lisa erneut, stand auf und trug ihren leergegessenen Teller ab.

„Warum hast du nicht früher gesagt, dass du uns gesehen hast?“, rief ihr Nahla hinterher.

„Weil es erst jetzt so gut gepasst hat!“, tönte es aus der Küche.

Nahla griff nach ihrem Teller, um ihn ebenfalls abzuräumen, doch Lydia legte die Hand auf ihren Arm und hinderte sie am Aufstehen, und wandte sich dann zuerst an Agnes: „Du darfst im Wohnzimmer noch ein bisschen fernsehen,“ woraufhin diese ebenfalls den Tisch verließ. Um ihren Gatten zum Aufstehen zu bewegen genügte ein Blick. Nahla griff nach ihren Haaren, die vom Nachmittag noch zu einem dicken Zopf geflochten waren, und zwirbelte an dessen Spitze.

„Du bist in letzter Zeit abwesend wie nie. Liegt's an dem Jungen oder an der Schule?“, fragte Lydia.

„An der Schule. Ich will da raus!“, entgegnete Nahla ohne

Umschweife, „Ich will …“

„Ich weiß“, unterbrach sie Lydia. „Ich hab’s mir durch den Kopf gehen lassen.“

„Und? Du bist nicht mehr dagegen?“

„Nein, bin ich nicht. Ich sehe, dass dir das Gymnasium nicht länger gut tut. Ich habe mit deinem Vater gesprochen. Er will nicht, dass du aufhörst. Aber bevor du das Gymnasium mitten im nächsten Schuljahr abbrichst und dann ohne alles dastehst, sollten wir dich besser tun lassen, was du möchtest.“

„Ich war heute in der Kinderpflegeschule!“

„Hab ich’s mir doch gedacht. Ich hätte dich begleiten sollen.“

„Warte!“ Nahla rannte kurzerhand die Treppe hoch in ihr Zimmer, zog dort das Anmeldeformular aus ihrer Tasche und kehrte flugs damit ins Esszimmer zurück.

„Schau, du müsstest nur hier unterschreiben!“ Sie hielt ihrer Mutter die letzte Seite mit der Zeile für die Unterschrift eines Erziehungsberechtigten hin. Lydia nahm die Papiere, blätterte sie durch – und unterschrieb.

So einfach! So einfach ist es jetzt gewesen! Ich glaub’s ja nicht!

„Was ist schon dabei!“, rief sie enthusiastisch. „Du bist Erzieherin, etwas ganz Ähnliches!“

„Ja.“ Lydia nickte. Sie empfand ihr Gehalt trotz ihrer leitenden Position schlichtweg als mager. Mit der üblichen Bezahlung in Berufen wie dem ihren würde dann auch Nahla zurechtkommen müssen.

„Vergiss nicht, dass wir nur deshalb ein Haus haben, weil dein Vater gut verdient“, setzte sie noch hinzu und Nahla nickte.

„Und was ist nun mit dem Jungen, von dem Lisa gesprochen hat?“

Nahla überflutete bei dessen Erwähnung erneut ein Meer von Empfindungen. Ihre Mutter sah helle Freude, nagende Sehnsucht und brennende Neugier auf bisher noch nicht Erlebtes über ihr Gesicht tanzen. All diese emotionalen Tänzer, deren typische Berührung sich in Augen, auf Wangen, Lippen und Stirn abzeichnete, verrieten Lydia, dass Amors Pfeil in der Brust ihrer Tochter steckte. Diese Erkenntnis wiederum machte das Einfordern zusätzlicher Erklärungen vorerst überflüssig. Nahla gab keine. Lydia verlangte keine.

In ihrem Zimmer ließ sich Nahla rücklings aufs Bett fallen. Es fing ihren Rücken weich auf. Sie schnappte sich ihr Fransenkissen, umarmte es, stürmisch, lange, zärtlich.

Christian! Kinderpflegeschule! Christian! Kinderpflegeschule!

Jauchzend erhob sie sich, schob eine Nirvana-CD in den Player und gab beim Mitsingen von „Come as you are" jeder einzelnen Troddel entlang des Kissensaums ihre Freiheit, indem sie jede aus ihrem jeweiligen Zopf erlöste.

Die Firmung ein paar Wochen später war für Nahla eher Formsache als großer Anlass. Mehrmals jährlich feierte jemand ein Fest, auf das die gesamte Verwandtschaft eingeladen wurde. Nahlas Augen hafteten auf ihrer Cousine, während die Firmlinge in Reih und Glied um den Altar der Kirche von Bayrischzell knieten, und als sich ihre Blicke für einen Moment kreuzten, durchzuckte Nahla ein unguter Eindruck. Eigentlich war Corinnas Blick im Großen und Ganzen wie der, den sie von ihrer Mutter und ihrer Oma kannte, voller Tatkraft und Entschlossenheit. Doch bei Corinnas fand sich etwas Zusätzliches. Nahla konnte es auf die Schnelle am ehesten als eine Prise Rigorosität betiteln, vielleicht auch als Rücksichtslosigkeit. Es war ihr zuvor nie aufgefallen, umso mehr befremdete es sie.

„Sie besiegelt durch die Gabe Gottes, den Heiligen Geist."

Der Bischof zog Nahlas Aufmerksamkeit auf sich, als er Corinna mit Chrisam-Öl das Firmkreuz auf die Stirn zeichnete. Der Eindruck entschwand ihr. Jahre später sollte er anhand einer Begebenheit innerhalb der Familie umso heftiger wiederkehren.

Christian, Christian, Christian, ...

Endlich, endlich hatte Nahla auch das offizielle Abendessen des Festtages hinter sich gebracht und konnte sich davonmachen, direkt zum Kurpark, an dem das Jugendzentrum lag. Große Chancen rechnete sie sich nicht aus Christian dort anzutreffen. Schließlich war es Sonntag und wer nicht mehr zur Schule ging, musste am nächsten Tag arbeiten und hatte jetzt keine Pfingstferien wie sie und ihre Schwestern. Sie durften noch eine ganze Woche bei ihrer Oma bleiben. Musik war keine zu hören. Auch die Fenster der Juze-Räume lagen im Dunkeln. Seufzend setzte sich Nahla auf die Lehne einer Parkbank. Um sie blühten purpurrot die Pfingstrosen in den Rabatten, lila die Petunien, weiß das Schleierkraut. Sie sog die kühler werdende Abendluft ein, in die sich die Aromen der Blumen mischten. Menschen gingen vorüber, Nahla musterte nur die Blonden, doch Christian war nicht dabei. Wie auch? Das wäre wohl ein zu großer Zufall gewesen. Plötzlich kippte sie schier nach hinten von der Bank. Sie war rücklings gepackt worden. Ihren Aufschrei erstickte eine Hand, die sich auf ihren Mund presste. Ihre Finger klammerten sich an die Rückenlehne, ihre Füße stemmten sich in die Sitzfläche. Der Schreck ließ sie stärker erzittern, als es der Arm um ihre Hüfte erfordert hätte. Dieser, sowie die Hand über ihrem Mund, rührten sich nicht weiter. Nahla brauchte noch einige Sekunden, um etwas vage Vertrautes darin zu entdecken. Mit galoppierendem Herzen warf sie den Kopf zur Seite, ihre Wange streifte weichen Bartflaum. „Geht's noch?!"

„Wochenlang hab ich gewartet!"

Nahla lachte auf und ließ sich rückwärts gegen Christians Brust fallen.

Er hat gewartet!

„Jeden Tag?", flüsterte sie hoffnungsvoll.

„Fast jeden!"

Christian löste seinen Griff, Nahla sprang von der Bank, sie standen sich gegenüber, küssten sich linkisch, versuchten ungeübt, ihre Hände sich finden zu lassen.

„Gehst du mit mir eine Runde? Das Juze hat ja zu. Nur Lokale für Alte sind am Sonntagabend noch auf", sagte Christian.

Nahla nickte. Gemeinsam umrundeten sie den Kurpark und wandten sich dann ortsauswärts.

„Gehst du eigentlich noch zur Schule?", fragte Nahla.

„Nein, ich bin in der Lehre. Ich werde Kunstschmied."

„Kunstschmied? Was macht man da?"

Christian grinste und drehte seine rechte Hand vor Nahlas Augen hin und her. Ein rosaroter Fleck junger Haut leuchtete darauf, von dem erst kürzlich der Wundschorf abgefallen sein musste.

„Man verbrennt sich!"

Nahla suchte nach Worten, die nicht kommen wollten. Da sie offensichtlich den Brandfleck nicht einordnen konnte, fuhr Christian fort: „Ich schmiede Eisen. Aber keine Hufeisen. Wir machen Tore für Hotels und Gärten. Und Treppengeländer. Und ..." Abrupt stoppte er und blickte sich um, als suche er etwas.

„Ja, dort ist es! Komm mit, ich zeig dir was!"

Er drückte ihre Hand, als gäbe er ihr ein Startzeichen, wendete, führte Nahla fünfzig Meter auf der Straße zurück, die sie entlang gewandert waren, und steuerte alsbald in eine Seitengasse. Dort blickte er sich abermals um, bog nochmals ab und blieb dann vor einem Haus stehen, dessen Giebel direkt an die Straße anschloss.

„Schau!" Christian legte die Hand an ein Gitter vor einem schmalen Fenster. „Die Hausbesitzerin hat es in Auftrag gegeben, weil ihr Mann immer so lange auf'm Klo sitzt. Hinterher muss er den Gestank rauslüften und vergisst dann, das Fenster wieder zu schließen. Weil sie nicht immer hinter ihm herkontrollieren will und Angst hat, dass jemand einsteigt, wenn es die ganze Nacht offen bleibt, wollte sie das Gitter. Aber das ist nicht irgendein Nullachtfünfzehn-Gitter!"

Seine Finger fuhren an den Stäben entlang nach oben und fanden eine kleine Figur, der sie den Po streichelten.

„Waoh!" Nahla zog Christians Hand weg, um die Figur ganz betrachten zu können. Sie war gute fünfzehn Zentimeter groß und es sah aus, als würde sie die beiden Stäbe, an denen sie empor geklettert war, auseinanderdrücken. Dass sich das Gitter an der Stelle ihres Griffes etwas krümmte, verstärkte den Eindruck.

„Hast du das gemacht?", murmelte Nahla voller Staunen.

„Ja!" Christian war ein Stück zurückgetreten und hatte die Daumen in die Schlaufen am Bund seiner Stretchhose gehakt. Als Nahla bewusst wurde, dass er ihre Reaktion genauso analytisch betrachtete wie sie das Männchen im Gitter, fühlte sie sich in ihrer Bewunderung – für seine Arbeit sowie für ihn – ertappt. Doch anstatt verlegen wegzusehen, gab sie seinen Blick unverhohlen zurück, was Christian mit einer Fußspitze am Boden kratzen ließ. Nahla nahm nun schon etwas erfahrener seine Hand. Eine Weile wanderten sie dahin. Vor der Tankstelle am Ortsausgang fragte Christian, ob Nahla auch Bier und einen kleinen Schnaps dazu wolle.

„Die verkaufen uns doch keinen Schnaps", entgegnete sie, „wir sind zu jung!"

„Mir schon. Ich kenne den da drin."

„Ich mag lieber eine Cola."

Vor der Kasse legte Christian den Arm um Nahlas Schultern und der junge Mann dahinter reichte ihr über die Theke hinweg die Hand. „Hi! Das ist sie also! Servus, Nahla!"

„Seid ihr verwandt?", fragte Nahla überrumpelt, sein Gesichtsschnitt ähnelte Christians.

„Ja, Brüder!", entgegnete er und verkaufte Christian, was er wollte.

„Dein Bruder also", sagte Nahla, als sie draußen an die Motorhaube eines Autos lehnte und ihre Cola aufschraubte.

„Er ist vor ein paar Wochen 18 geworden." Christian entfernte den Kronkorken seiner Bierflasche an einer Zaunlatte.

„Hast du noch mehr Geschwister?"

„Nein." Er trank in langen Zügen. „Zum Glück nicht."

„Warum? Ihr versteht euch doch gut, oder? Es sah zumindest so aus."

„Wir schon."

„Aber ihr nicht mit euren Eltern?"

„Pah!" Christian schloss seine Hand so fest um die Flasche, dass Nahla seine Fingernägel im Licht der Tankstellenbeleuchtung weiß hervortreten sah. Es war wohl besser, dieses Thema nicht zu vertiefen.

„Ich darf mit dem Gymnasium aufhören!", verkündete sie.

„Du bist auf dem Gymnasium? Warum willst du aufhören?"

„Es macht mir keinen Spaß. Ich gehe ab Herbst auf die Kinderpflegeschule!"

„Du wirst bestimmt mal eine tolle Mama", entgegnete Christian fast ein wenig sehnsüchtig.

„Die Schule will ich aber schon vorher abschließen", flachste Nahla.

Christian trat vor sie, nahm ihre Schenkel zwischen seine und fragte: „Hast du denn schon mal …?"

„Nein", flüsterte sie. „Und du?"

„Vielleicht."

Eine schnell verebbende Welle der Eifersucht brannte durch Nahla.

Jetzt steht er ja mit mir hier!

„Wart ihr länger zusammen?", fragte sie.

„Nein. Hat nicht gehalten", entgegnete er leichthin. „War nicht so wichtig."

Nahla schmiegte sich an ihn. Von ihren Lippen ausgehend schloss sich der Abstand zwischen ihren Körpern über Brust und Bauch nach unten. Dort spürte Nahla nach einer Weile etwas, das ihr so neu war, dass es ihr mit einem Mal zu viel wurde.

„Ich sollte nicht zu spät nach Hause kommen", sagte sie entschuldigend und löste sich.

„Ich bring dich." Christian legte einen Arm um ihre Hüfte und dieser Grad an Berührung war vorerst genau richtig.

„Wonach schaust du?", fragte Christian, als sie vor der Pension standen und Nahla den Blick von ihm abwandte und prüfend die Fenster im Obergeschoss in Augenschein nahm.

„Wir sind letztes Mal beobachtet worden", entgegnete sie, „von meiner mittleren Schwester. Ich guck nur, ob sie gerade mal wieder nachts aufs Klo muss." Doch hinter keiner der Gardinen war eine Bewegung auszumachen.

„Du bist eine ganz süße Puppe!", raunte Christian ihr zu, bevor er in der Nacht verschwand.

Früh morgens nahm Nahla summend das Geschirr aus dem Küchenschrank, deckte den Tisch und garnierte ihn mit gefalteten Servietten, als feiere man ein zweites Mal Firmung.

„Stopp!" Ihre Oma, die in die Küche kam und bisher als einzige außer Nahla auch schon wach war, stellte sich ihr lächelnd in den Weg. „Lässt du mich an deiner Freude teilhaben? Wer ist es?"

„Wieso *wer*. Könnte doch auch *was* sein!"

„Mädel, ich bin zu alt um zu übersehen, wenn es jemanden erwischt hat!"

Nahla ließ sich von ihrer Oma auf einen der alten Holzstühle mit den karierten Sitzkissen am Tisch drücken.

„Magst du heiße Milch mit Schokolade?"

„Ja, aber ich kann sie mir auch selbst machen", antwortete Nahla.

„Nichts da! Du bleibst jetzt schön sitzen und erzählst. Wenn es einer aus der Nähe ist, werde ich ihn schon kennen. Ich richte derweil das Frühstück." Sie zog sich ihren graugeblümten Pullunder glatt und goss Milch in einen Tiegel, den sie auf den Herd stellte.

„Süß ist er. Kunstschmied wird er. Christian heißt er", tirilierte Nahla.

„Wo hast du ihn kennengelernt?"

„Och ... ich kenn ihn doch schon lange!"

„Ach was!"

„Seitdem wir zum letzten Mal hier bei dir waren."

„Ich verstehe. Das Jugendzentrum. Christian heißt er also. Und wie noch?"

„Emm ... weiß ich noch gar nicht."

„Aber er ist von hier?"

„Aus Fischbachau."

„Das ist praktisch von hier, es sind ja nur zehn Kilometer. Christian aus Fischbachau, Kunstschmiedelehrling. Aus welchem Haus könnte der sein? Frag mal, wie er mit Nachnamen heißt!"

Nahla fragte Christian auf dem Gepäckträger seines Fahrrades auf dem Weg zu ihm nach Hause. „Mein Zimmer ist privater als das Juze", hatte er verkündet, nachdem sie auf dem Sofa des vollen und lauten Jugendzentrums die letzte Stunde verbracht hatten. Auf den Parkbänken überzog einen schnell eine Gänsehaut, laue Abende waren noch nicht in Sicht und wirklich warme Sommernächte gehörten in den Bergen zur Mangelware. Man suchte sich besser einen Unterschlupf. Nahla, die Wange an Christians Rücken gelehnt, roch das Waschmittel in seiner Kleidung und den ebenfalls darin verfangenen Zigarettenqualm aus dem Jugendzentrum.

„Wie heißt du mit Nachnamen?", fragte sie.

„Ist doch egal."

„Sag schon!"

Christian trat fester in die Pedale.

„Gut, dann les ich's eben vom Klingelschild, wenn wir bei dir sind!“, rief sie ihm zu, unter den Reifen spritzte der Kies.

„Ich bin nicht stolz auf meinen Nachnamen“, rief Christian zurück.

Sie passierten das Ortsschild und durchquerten Fischbachau, einen beschaulichen Wallfahrtsort. Die Sträßchen schliefen idyllisch im Mondschein. Auf einem gelben Kirchturm saß ein schieferfarbenes Zwiebeldach.

Wenn hier die Welt nicht mehr in Ordnung ist, wo dann?

Christian hielt vor einem urigen kleinen Bauernhaus. Sie stiegen ab. Er schob sein Rad in die Scheune. Nahla suchte in der Dunkelheit das Klingelschild, fand es und las den Namen darauf. Christian machte dazu nur eine abwehrende Handbewegung und zog aus einem verborgenen Hohlraum unter der Stufe zur Haustür einen antiken Schlüssel mit einer eckiger Reite und einem breiten Bart. Er steckte ihn in das Schlüsselloch unter der Türklinke. Es war so groß, dass man im Winter im Hausflur die kalte Zugluft hindurch spüren musste, wenn man davor stand. Christian drehte den Schlüssel und der alte Mechanismus öffnete mit einem recht lauten Knacken.

„Mist!“

„Was ist?“, fragte Nahla. Doch ehe Christian antworten konnte, keifte eine Stimme vom oberen Stockwerk: „Du Saugrippl, du elender, was kommst du schon wieder so spät!“

„Das ist meine Oma“, informierte Christian die verdattert dreinblickende Nahla. „Hör einfach nicht hin!“

„Deinen Scheißdreck hast du auch wieder liegen lassen!“, zeterte es von oben.

„Vorsicht!“ Christian drückte Nahla behände unter das Vordach der Haustür. Oben wurde etwas aus dem Fenster gekippt, das platschend neben ihnen auf dem Boden auftraf.

„Tut mir leid“, murmelte Christian. „Ich wollte sie nicht wecken, aber das Schloss ...“

„Wenn du deine komischen Stauden umtopfst, dann mach hinterher gefälligst sauber!“

„Hab ich doch!“, verteidigte sich Christian nach oben.

„Ich hab hinterher nochmal kehren müssen, Saugrippl, gscherter!“

Christian öffnete die Tür, Nahla folgte ihm in den Flur, in dem es auffällig nach Zitronen roch. Christian warf die Tür krachend ins Schloss. „Damit sie weiß, dass ich nicht mehr zuhöre!“

Nahla wagte kaum zu atmen, um kein unnötiges Geräusch zu verursachen. Von einer Großmutter, die sogar nachts kampfbereit genug war, um ihren heimkehrenden Enkel abzupassen und zu beschimpfen, wollte sie bei Leibe nicht gestellt werden.

„So ist sie eben, da kann man nichts machen“, flüsterte Christian. „In meinem Zimmer haben wir Ruhe.“

Die Decke war nieder und die Tür ließ sich zu Nahlas Erleichterung abschließen. Christian knipste eine Nachttischlampe an. Während sich Nahla im Halbdunkel umsah, beruhigte sich allmählich ihr Puls. Sie entdeckte schmucke alte Bauernmöbel, auf einem Hocker unordentliche Kleidungsstücke, allerlei Krempel in Regalen, das sich im Halbdunkel nicht genauer identifizieren ließ. Das Bett, zu dem Christian sie führte, roch nach Federn, die Luft nach Heu, nach Neugier, nach Neuem. Zum ersten Mal spürte Nahla Hände an ihren Brüsten. Sie musste das ihr bisher Unbekannte unbedingt dosieren, um es verarbeiten zu können. Sie eröffnete Christians Händen nicht sofort überallhin Zutritt. An ihren Brüsten waren sie genug. Nach einer halben Stunde war es genug.

„Sehen wir uns morgen?“, fragte Christian, nachdem er Nahla zurück zur Pension ihrer Großeltern geradelt hatte. Nahla antwortete mit einem entschiedenen „Ja!“.

Ihr in diesen Tagen kaum abflachender Adrenalinspiegel trieb Nahla am nächsten Morgen wieder früh aus dem Bett und in die Essküche.

„Nun, wie heißt er mit Nachnamen?“ Während die Kaffeemaschine blubberte und Milch auf dem Herd erhitzte, richtete sich ihre Oma ein paar Strähnen an ihrer braun gefärbten Dauerwelle vor einem kleinen Wandspiegel.

„Huber“, eröffnete ihr Nahla, „und sein Bruder arbeitet hier an der Tankstelle.“

„Herrje ...“ Im Gesicht von Nahlas Oma entfachte sich ein Zweikampf aus Schreck und Sorge, wobei keines der beiden die Oberhand gewann.

„Was ist?“, fragte Nahla irritiert.
„Bei dem musst du aufpassen!“
„Wieso?“
„Setz dich mal, ich mach dir deine heiße Schokolade. Dann erzähl ich dir von der Familie. Huber, Fischbachau“, ihre Oma schüttelte den Kopf.
„Nahla!“ Agnes, noch im Schlafanzug, hüpfte in die Küche und schlang die Arme um ihre große Schwester.
„Guten Morgen!“ Nahla strich Agnes den Pony zurück und lächelte in ihr glattes Kindergesicht, dessen Anblick das unangenehme Gefühl der Reaktion ihrer Großmutter wegwischte.
„Was machen wir heute?“, fragte Agnes und lockerte ihre Arme.
„Was magst du denn machen?“, fragte Nahla zurück.
„Solche Dinger häkeln, wie Oma an den Fenstern hat!“ Sie deutete auf die Häkelbilder aus weißem Garn, die zwischen den Sprossen der Küchenfester gespannt waren und die Gardinen ersetzten.
„Das ist eine gute Idee“, kommentierte ihre Oma. „Nahla, feste Maschen und Stäbchen, du hast das ja früher schon mal gemacht.“
„Ja! Und wo Häkelnadeln und Garn sind, weiß ich auch noch.“ Nahla stand auf und zog die breite untere Schublade des mächtigen Allzweckschrankes der Wohnküche auf. Beim Heraussuchen der Häkelsachen fiel ihr wieder ein, dass sie und ihre Oma von Agnes unterbrochen worden waren.
„Oma, was wolltest du mir vorhin sagen?“
„Später, Nahla, jetzt nicht, häkelt erstmal.“
Nahla instruierte Agnes, wie sie das Garn um die linke Hand schlingen und die Häkelnadel halten musste, bis der Rest der Familie die Essküche füllte.

Als sich ein paar Tage später endlich Gelegenheit zur Unterredung zwischen Oma und Enkelin bot, hatte Nahla Christians Händen samt ihm selbst bereits überallhin Zutritt gewährt. Einerseits hätte es nicht so schnell zu gehen brauchen, andererseits war die Eile groß gewesen. Die Ferien dauerten nicht ewig und Nahla musste bald zurück nach Thannhausen.

Christian manövrierte sie allabendlich durch den stets zitronigen Hausgang an seiner Großmutter, seiner Mutter und deren zweitem Mann vorbei. Nahla war es gelungen, die Fahrten auf seinem Gepäckträger, ihre Neugier auf seinen Körper und den Rausch ihrer Verliebtheit zwischen sich und die beißende Stimmung in seinem Elternhaus zu schieben. Auf diese Weise innerlich gepuffert nahm sie von seinem Bett aus nur noch abgeschwächt wahr, dass auf der anderen Seite der Zimmertür ständig jemand keifte und stritt.

„An dir ist alles perfekt", ließ Christian sie wissen. Ihr Herz weitete sich für ihn, Nirvana spielte im Hintergrund.

Ich bin richtig für ihn, so wie ich bin. Und er für mich! ‚Come as you are!', mein Lieblingssong.

„Nahla! Du träumst mal wieder!"

Durch die Wolken der Glückstrunkenheit schob sich ein Kreis in ihr Gesichtsfeld, beim weiteren Blinzeln dampfte eine dunkelbraune Flüssigkeit in seiner Mitte. Sie roch nach heißer Schokolade und der Kreis schälte sich beim genaueren Betrachten als Tassenrand aus dem rosa Nebel.

„Junge Liebe ist umwerfend, doch du musst bei *der* Familie unbedingt vorsichtig sein!" Nahlas Oma tätschelte ihre Hand. Doch was ihre Oma Nahla schon vor ein paar Tagen hatte sagen wollen und jetzt offensichtlich nachzuholen versuchte, schien Nahla in keiner Weise mehr relevant nach den letzten Treffen mit Christian.

„Die Hubers haben keinen guten Ruf. Sie gehen so aufeinander los, dass bei den Nachbarn die Scheiben wackeln."

„Kann ich mir vorstellen ..." Nahla rührte Blasen in ihrer Tasse, sie sammelten sich so schön am Rand.

„Nahla, Christians Mutter war 16, als sie mit ihm schwanger war. So alt wie du jetzt!"

„Ach so?"

„Himmel, Kind, hör mir zu! Pass bloß auf, dass dir das nicht passiert. Das geht meistens schief!"

„Ich nehm doch die Pille", teilte Nahla ihrer Oma lakonisch mit, der es daraufhin für einen Moment die Sprache verschlug, ehe sie etwas naiv fragte: „Wie kommst du dazu?"

„Ich dachte ... ich meinte ... es wäre vielleicht das Beste, bevor wir zur Firmung fahren, sie mir verschreiben zu lassen. Also hab ich das getan."

„A-ha." Nahlas Oma lehnte sich aufatmend und ein klein wenig beruhigt zurück. „Verantwortungsbewusst bist du ja, das gefällt mir."

In ihrer Urteilsfähigkeit bestätigt trank Nahla in einem Zug ihre halbe Tasse aus. „Also, was wolltest du mir sonst noch erzählen?"

„Bei seinem Bruder war Christians Mutter erst 15. Zum ersten Mal schwanger war sie also mit 14. Sie hat den Vater der Buben geheiratet und die Ehe wurde eine Katastrophe. Zum Schluss schlug der Huberbursche sie nur noch und ihre beiden Kinder bekamen das mit. Christians Mutter hat ihren Mann irgendwann rausgeworfen. Das Haus gehört ihr. Aber manche Frauen kommen aus diesem Fahrwasser nicht mehr heraus, wenn sie mal drin sind. Sie hat danach wieder einen geheiratet, der im Suff auf sie losgeht, wie man hört."

„Hm", machte Nahla.

„Nahla, versteh doch! Christian hat nie etwas anderes gesehen als das. ‚Der Apfel fällt nicht weit vom Stamm', das sagt man nicht ohne Grund!"

„Aber manche werden genau das Gegenteil ‚von ihrem Stamm'", argumentierte Nahla ruhig. „Christian ist nicht wie seine Familie."

„Wollen wir's hoffen, mein Mädel, wollen wir's hoffen", seufzte ihre Oma. „Trinkt er denn?", fragte sie, als bereits die restlichen Familienmitglieder wie gewohnt die Küche fluteten und sie damit unterbrachen.

„Nein, nicht mehr als andere auch", antwortete Nahla noch schnell.

Dieses Mal reiste Nahla nicht ohne Christians Nummer ab. Tägliche Telefonate waren jetzt unvermeidbar – und dennoch nicht ausreichend. Auch die Aussicht, sich erst in den Sommerferien wieder zu sehen, entpuppte sich nicht nur als unbefriedigend, sondern als schlichtweg unerträglich. Noch viel mehr als die Schultage, von denen Nahla nur noch einen nach dem anderen abhakte.

Ich brauche Christian, sonst halte ich das nicht aus. Ich brauche ihn hier!

„Mama, darf er mich besuchen? Er käme mit dem Zug, wir müssten ihn nur in Dinkelscherben am Bahnhof abholen."

„Kann er sich das denn leisten?", fragte Lydia.

„Für den Zug reicht sein Lehrlingsgehalt schon."

„Au-ja, lass ihn kommen!", rief Lisa, „dann ist mal was los hier!"

„Als ob nicht laufend schon genug los wäre", grummelte der Vater. „Er soll dann wohl hier übernachten, wenn ich richtig vermute? Der Zug braucht ja an die drei Stunden, am selben Tag wird er also kaum zurückfahren."

„Das kann er doch, oder? Ich bin doch schon 16", argumentierte Nahla.

„Du bist *erst* 16", erwiderte ihre Mutter. Trotzdem erlaubte sie den Besuch unter einer Bedingung, in die Nahla einwilligte.

Am übernächsten Wochenende stieg Christian in Dinkelscherben aus dem Zug und gleich darauf mit Nahla auf die Rückbank des Autos ihres Vaters. Seine anfängliche wortkarge Befangenheit griff auf Nahla über, so hatte ihr Vater geduldige Zuhörer. Christian erfuhr, dass er als technischer Vertriebsingenieur oft auf Reisen war und abends regelmäßig in seinem Büro im Keller weiterarbeitete. Im Nu hatten sie die zehnminütige Fahrt nach Thannhausen hinter sich, wo Lydia, Lisa und Agnes sie schon im Vorgarten erwarteten. Lisa kicherte, als Nahla Christian vorstellte und dabei seine Hand hielt. Agnes ignorierte ihn eifersüchtig und hockte sich schmollend ins Gras, um einen schwarzen Kater zu streicheln.

„Das ist Tiger", verriet Lisa auf den Kater zeigend.

„Wie passend!", entfuhr es Christian.

„Ich wollte ja, dass er Priscilla heißt. Aber das ging dann nicht, weil sich herausstellte, dass die Katze ein Kater ist", erklärte Lydia.

„Aber Tiger für einen Schwarzen geht?"

„Ein schwarzer Tiger, wen juckt's!", rief Lisa so laut, dass Tiger aufsprang und flüchtete, woraufhin Agnes Christian noch mehr wie Luft behandelte.

„Papa meint, Katzen hören nur auf Namen mit einem langen ‚i'", sagte Lisa.

„Also ist ein ‚i' wichtiger als das, was man ist? Verdrehte Welt", entgegnete Christian grinsend.

Nahlas Vater ging voran ins Haus. „In welchem Lehrjahr bist du denn?", erkundigte er sich.

„Im ersten", entgegnete Christian.

„Wo ist der Betrieb?"

„Gleich bei uns im Ort. Er ist klein. Es gibt nur mich und den Chef."

„Hat er einen Nachfolger?"

„So viel ich weiß, nicht."

„Hast du dann die Chance, später den Betrieb zu übernehmen?"

„Darüber hat mein Chef noch nie etwas gesagt. Wollen würde ich auf jeden Fall!"

„Ihr könnt nachher weiterreden", unterbrach Nahla. „Ich möchte Christian erstmal das Haus zeigen!"

Ihr Vater stimmte mit einem Brummen zu und Nahla nahm Christian mit sich. Unter- und Mittelgeschoss ähnelten in ihrer Aufteilung der in den meisten Doppelhaushälften. Dank seiner Arbeit hatte Christian schon einige Häuser von innen gesehen, doch im oberen Stock führte in diesem eine fest installierte breitsprossige Leiter in den Dachboden. Die Balkenzwischenräume füllte Dämmwolle und am Boden lagen ausgediente, aber gut erhaltene Teppiche. An jeder Giebelseite befand sich ein winziges Fensterchen zur Belüftung. Alles in allem war es ein gemütlicher Ort mit einer Matratze in der Mitte, auf die Nahla deutete. „So sieht die Bedingung meiner Eltern dafür aus, dass du übernachten darfst."

„Hast du mir ja schon am Telefon erzählt", erwiderte Christian. „Ist doch gut hier!" Er prüfte seine Schlafstätte. „Aber du kommst doch zu mir, wenn alle eingeschlafen sind?"

„Logisch!", entgegnete sie. „Wie findest du denn meine Leute? Du warst vorhin irgendwie anders als sonst, vor allem auf der Fahrt."

„Es ist halt ... ungewohnt", murmelte er.

„Ihr müsst euch bloß ein bisschen besser kennenlernen."

„Vielleicht."

„Was ist? Sag schon!"

„Ich bin sowas nicht gewöhnt. Dass alle miteinander reden.

Sich nicht anbrüllen und so ..."

„Ach ja ..."

„So hab ich's mir immer vorgestellt. Eine funktionierende Familie. Ich würde alles dafür geben, selbst so eine zu haben." Sein Blick schweifte über Nahla und hielt sich eine Weile an ihren Brüsten. „Du wirst bestimmt mal eine um Welten besser Mutter als meine!"

Überfordert mit einer Antwort setzte sich Nahla zu ihm auf die Matratze und begann seinen Rücken zu streicheln. Sie ertastete die Anspannung in seinen vom Schmieden ohnehin harten Muskeln. Als habe er erraten, dass sie über deren Zustand nachdachte, sagte er: „Ich brauche etwas, um runterzukommen."

Er zog eine Zigarettenschachtel aus seiner hinteren Hosentasche, nahm eine dickliche Zigarette heraus und zog sie mehrmals inhalierend langsam unter seiner Nase entlang.

„Sag, Püppi, hier kommt jetzt keiner hoch, oder?"

„Ich glaube nicht."

„Na dann!" Christian öffnete eines der kleinen Giebelfenster, setzte sich darunter und zündete sich das an, was Nahla zunächst für eine Zigarette gehalten hatte.

„Marihuana?", fragte sie nun.

„Marke Eigenbau", verriet er, stieß den Rauch aus und bot ihr den Joint an. Nahla schüttelte den Kopf. „Eigenbau? Woher hast du die Samen?"

„Die kann man sich besorgen. Probier doch mal!"

„Es ist schon ein wenig spät. Wir sollten runter zum Abendessen", wich sie aus anstatt zu probieren. Sie knipste für Christian das Licht an, ihre Füße hätten die breiten Sprossen der Leiter auch im Dunkeln erkannt. Der Dachboden war früher ihr Spielrevier mit Freundinnen gewesen.

Als sie später im Bett lag und darauf wartete, dass es still im Haus wurde, fragte sie sich, ob sie nicht doch hätte mitrauchen sollen? Oder Christian bitten, es zu lassen?

Mein Freund kifft ... und er baut Marihuana an. Ich hab bei ihm daheim nichts bemerkt. Ich war noch gar nicht überall bei ihm. Ich hab nicht darauf geachtet. Vielleicht hab ich die Pflanzen nur übersehen?

Nein, es kam nicht in Frage ihn zu bitten, das Kiffen zu lassen. Wenn er es mochte, sollte er es auch tun. Es machte Nahla nichts aus. Sie verfolgte die Zahnputzgeräusche ihrer Eltern im Bad, die der Toilettenspülung, der Katzenklappe. Tiger verzog sich zum Mausen – und bald darauf sie sich zu Christian.

„Ich liebe dich, Püppi, an dir ist alles perfekt!"

Christian durfte auch alles mit ihr machen, auf der Matratze im Dachboden. „Ich liebe dich auch, du bist mein ein und alles!", entgegnete sie.

Als sie sich später voneinander lösten, schlich sie sich in ihr Zimmer, um dort zu schlafen wie den Eltern versprochen. In der Nacht darauf kam Christian Nahla zuvor. Leise öffnete er ihre Tür. „Deine Bettdecke ist gemütlicher als die auf dem Dachboden", sagte er und schlüpfte darunter.

Es bürgerte sich in den folgenden Wochen so spielend ein, als wäre es von langer Hand geplant, dass Nahla Christian in der Nacht zum Samstag auf dem Dachboden besuchte und Christian Nahla in der Nacht zum Sonntag in ihrem Bett.

„Deine Eltern sind wirklich cool, weil sie mich so oft zu dir kommen lassen", sagte Christian.

„Ich finde es so auch am besten, so gern ich in Bayrischzell bin. Doch bei meiner Oma habe ich kein eigenes Zimmer ..."

„ ... und bei mir zu Hause bist du immer ein bisschen verschreckt", beendete Christian den Satz und Nahla nickte. Er zog die Zudecke über sie beide. Große rote Blumen auf schwarzem Untergrund entfalteten sich auf ihr. Es wurde warm, es wurde spät, die entspannende Wirkung des ausgiebigen Sexes setzte ein und ehe sich Christian auf sein Lager im Dachboden zurückziehen konnte, waren beide fest eingeschlafen. Aneinander geschmiegt verpassten sie das Konzert, das die Gartenvögel jeden Sommermorgen um fünf vor dem offenen Fenster gaben, das Kratzen des Katers an der Tür, der sich getreu seiner Gewohnheit in Nahlas Bett ausbreiten wollte, das Sonntagmorgengeplauder am Frühstückstisch.

Agnes verrührte ihre Müsliflocken mit Milch. „Wieso sind Nahla und Christian eigentlich noch nicht auf?"

„Die werden halt recht erledigt sein. Nächte können anstrengend werden ...", sagte Lisa süffisant.

„Wieso?", fragte Agnes, woraufhin Lisa ihre kleine Schwester ein klein wenig von oben herab anlächelte.

„Lisa, behalte dein Halbwissen für dich!", ermahnte Lydia ihre dreizehnjährige Tochter.

„Aber nachts schleicht sich Nahla doch hoch zu Chris!", legte Lisa nach.

„Wir sollten uns wirklich mal näher über deine nächtlichen Spaziergänge unterhalten, beziehungsweise über deine Neugier!" Lydia stand auf. „Ich geh jetzt mal nachsehen, sonst sind wir mit dem Frühstück fertig und die beiden haben nichts gekriegt."

„Und sie brauchen doch Kraft!" Lisa zog das letzte Wort triezend in die Länge.

„Lisa, Ruhe damit!", befahl ihr Lydia.

„Nahla? Schläfst du noch?" Lydia klopfte vorsichtig.

„Verdammt!", hörte sie Christian durch die Tür fluchen. Sie klopfte noch einmal, nun energisch, und öffnete. Ihr blickten zwei Jugendliche mit geweiteten Augen entgegen, beide in der Bewegung erstarrt. Nahla war gerade dabei gewesen, sich ein T-Shirt überzuziehen, aber nur ein Arm hatte es durch das Armloch geschafft. Der Stoff hing ihr schräg übers Dekolletee und verhüllte nur eine ihrer Brüste. Christians Kopf lag auf Nahlas Schenkel, die bis zu seinem Hals hochgezogene Decke versteckte den Rest von ihm. Lydia lehnte sich an den Türrahmen und betrachtete ihre Tochter und deren Freund ein paar Sekunden lang.

„Eigentlich war es ja nur eine Frage der Zeit", murmelte sie schließlich vor sich hin. Deutlich lauter teilte sie den beiden mit: „Wir frühstücken!" Damit zog sie die Tür von außen zu.

Als Christian am Spätnachmittag seine Sachen für die Abreise zusammensuchte, wandte er sich an Nahla: „Puppe, kann ich das hierlassen?"

„Ich weiß nicht recht ... Warum denn?"

„Damit ich es nicht im Zug transportieren muss." Er hielt einen Beutel Marihuana in der Hand. „Das ist die erste Ernte von diesem Sommer!"

Nahla zögerte.

„Komm schon, das geht doch klar! Außerdem erkennt hier doch sowieso keiner, was das ist", drängte er.

„Das stimmt wahrscheinlich", entgegnete Nahla. „Vielleicht im Putzschrank? Die Rückwand schließt nicht ganz am untersten Brett ab. Man kommt dort mit der Hand bis auf den Zimmerboden. Ich hab das zufällig mal entdeckt, als ich mit meinen Schwestern Schatzsuche spielte."

„Dann lass uns mal gucken!"

Nahla führte Christian in die Putzkammer im Erdgeschoss. Schummriges Licht fiel nur durch das Fenster zur anschließenden Garage und die Lampe wollte Nahla für ihr Vorhaben nicht anknipsen. Sie öffnete einen schiefen Holzschrank, der mit Putzmitteln und allerlei Reinigungsutensilien vollgestellt war. Dann ging sie in die Knie und begann, das unterste Fach auszuräumen.

„Pfui Teufel! Igitt!", rief Christian und wich zurück.

„Schhh! Du bist viel zu laut!", flüsterte Nahla erschrocken. „Was ist denn los?"

„Tu sofort das Zeug weg!" Er zeigte auf zwei original verschlossene Flaschen Zitronenputzmittel. „Bei uns stinkt das ganze Haus danach, das weißt du doch! Genauso wie meine Oma!"

Eilig stellte Nahla die Flaschen hinter das Bügelbrett an der Wand. Dann nahm sie Christians Hand und führte sie an die Rückwand des Schranks. Der Spalt war im dunklen Schrankinneren nicht zu sehen, aber zu ertasten. Er war etwa vier Zentimeter breit.

„Perfekt!" Christians ließ zügig und geschickt seinen Marihuanavorrat durch den Schlitz verschwinden. „Danke!"

Froh darüber, geholfen zu haben, verließ Nahla mit ihm die Kammer.

„Meinst du, es wird noch Probleme geben, weil deine Mutter uns heute zusammen im Bett erwischt hat?", fragte Christian Nahla, als er seine Reisetasche schulterte.

„Ich weiß nicht", entgegnete sie und stieg mit ihm ins Auto ihres Vaters für die kurze Fahrt zum Bahnhof.

„Wir sollten reden!", nahm Lydia Nahla alsgleich beiseite, als sie zurück war. Nahla streifte ihre Schuhe von den Füßen und lehnte sich mit eingezogenen Schultern an die Wand im Hausgang.

„Du meinst wegen heute Morgen …?“, stammelte sie.

Oder war sie am Putzschrank?

Verstohlen schaute Nahla zur Tür der Abstellkammer. Diese war zu und sah so harmlos aus wie immer. „Es tut mir leid! Wir sind eingeschlafen, er wollte nach oben gehen“, sagte sie schnell.

Der Putzschrank ist doch sicher, oder?

„Das meine ich nicht. Ob ihr nachts im Haus herumschleicht oder gleich in einem Bett schlaft, ändert wahrscheinlich nicht mehr viel. Wie kann man überhaupt zu zweit auf nur einem Meter Breite schlafen?“

„Das geht wunderbar“, entgegnete Nahla.

„Ist wohl eine Frage des Alters …“, sinnierte Lydia. „Früher hätte ich das wahrscheinlich auch gekonnt.“

„Oder eine Frage der Liebe!“, konterte Nahla

„Liebe … Nahla, Christian ist nett, aber ist er wirklich gut für dich?“

„Warum? Ihr versteht euch doch alle mit ihm. Agnes spielt jetzt sogar manchmal mit ihm!“

„Ich wollte mit dem Dachboden ehrlich gesagt nur verhindern, dass eure Beziehung so eng wird. Zumindest nicht so schnell.“

„Aber wieso?“

Oma. Sie hat mit Oma geredet. Logisch.

Als habe Lydia ihre Gedanken gelesen, entgegnete sie: „Unabhängig von meiner Mutter denke ich dasselbe wie sie.

‚Der Apfel fällt nicht weit vom Stamm', oder was!?“

„Ihr kennt ihn doch überhaupt nicht richtig! Er ist ganz und gar nicht wie sein Vater und sein Stiefvater!“, verteidigte Nahla ihren Freund.

„Schon gut, Nahla, sei vorsichtig, ja? Bitte halt die Augen auf!“

„Wir wollen zusammen in den Urlaub fahren“, eröffnete sie daraufhin spontan ihrer Mutter, woraufhin sich diese zu Nahla an die Wand lehnte.

„Auch das noch“, seufzte Lydia. „Hat er denn überhaupt genug Geld um einen Urlaub zu bezahlen? *Du* verdienst ja noch keines."

„Wir wollen bloß zum Zelten an den Thiersee, das kostet nicht viel. In den Sommerferien. Wenn wir alle sowieso in Bayrischzell sind. Könntest du uns vielleicht hinfahren?"

Der bittende Ausdruck im Gesicht ihrer Tochter ließ Lydia abermals seufzen. „Nun ja, jeder verdient eine faire Chance, auch Christian. Und keiner kann schließlich etwas für seine Herkunft."

„Also ja?", fragte Nahla hoffnungsvoll.

„Ja", entgegnete Lydia und Nahla schupste sich von der Wand ab, um ihrer Mutter um den Hals zu fallen.

Anfang August war das Schuljahr überstanden, das Gymnasium inbegriffen, sowie die unleidigen Trennungen von Christian. Uneingeschränkte Zeit mit ihm lag jetzt vor Nahla und im Herbst die Kinderpflegeschule. Die Fahrt zum Thiersee dauerte von Bayrischzell aus zwanzig Minuten. Lisa und Agnes hatten ihrer großen Schwester und deren Freund nachgewunken, einen solchen Alleingang ohne Familie kannten sie von ihr bisher noch nicht.

Der Thiersee lag Nahla und Christian zu Füßen, als hätte ein Zauberer ihn mit einer Silberhaut überspannt. Mückenschwärme tanzten durch die auf ihn treffenden Sonnenstrahlen, glucksende Blesshühner tummelten sich mit ihren schwarzen Küken im Wasser.

„Unser erster Urlaub." Christian blickte träumerisch auf die Szenerie.

Und mein erster Urlaub mit Freund!

„Macht keinen Quatsch!" mahnte Lydia. „In genau einer Woche hole ich euch wieder ab. Ruf an mein Schatz, wenn etwas ist!" Sie umarmte Nahla und gab Christian die Hand. Dann fuhr sie. Nahla war mit Christian erstmals wirklich allein. Eine ganze unglaubliche Woche lang.

„Zuerst bauen wir unser Haus auf!" Christian griff nach dem zusammengeschnürten Nylonpacken und löste die Bänder. Im Nu stand das Zelt und war mit Isomatten und Schlafsäcken ausgepolstert. Arm in Arm betrachteten sie ihre Behausung, zogen in sie ein, liebten sich darin. Abends saßen sie auf ihrer Picknickdecke davor. Christian rauchte, Nahla kochte auf einem Campingkocher Nudeln und verrührte sie mit Ketchup.

Ich koche für meinen Mann!

Sie reichte ihr Mahl auf zwei Plastiktellern. Die Abendsonne ließ Christians Haut in warmem Orange schimmern, er drückte seine Zigarette auf der Erde aus, nahm seinen Teller und begann zu essen.

„Das sind die besten Nudeln, die ich je gehabt habe!"

„Im Ernst? Oder sagst du das nur so? Sie sind doch so simpel ..."

„Püppi, *du* hast sie mir gekocht! Es sind die besten!"

Der Stolz ließ Nahla gefühlte zehn Zentimeter wachsen. Sogar die umstehenden Berge schienen ihr zuzulächeln und als sie zu ihnen hochsah, reflektierten auch sie das Abendrot.

„Heute leuchten sie aber besonders stark!" Sie zeigte auf die Gipfel.

„Stimmt. Manchmal haben sie rote Flecken, manchmal orange und manchmal blaue."

„Blaue Flecken? Klingt nicht schön ... entweder nach vereist oder nach verdroschen."

Da Christian ihren Kommentar nicht beachtete, verdrängte sie diese Vorstellung samt dem unterschwelligen Aufmucken ihres Instinktes. Wer sollte den Bergen auch schon etwas anhaben können?

Schwimmen, in der Sonne sitzen, rauchen, Sex. Morgens zog Nahla die Schlafsäcke aus dem Zelt und hängte sie zum Lüften an die eigens dafür aufgespannten Wäscheleinen. Christian kaufte im Laden des Campingplatzes Nachschub an Nudeln und Ketchup, sowie für sich Bier und kleine Schnapsflaschen, die er zwischendurch leerte.

„Ich mache den Haushalt ..."

„... und ich sorge dafür, dass du alles dafür hast!"

„Das ist Mann und Frau sein. Jeder an seinem Platz und vom anderen unterstützt."

„Wir steigern es heute noch ein bisschen", sagte Christian.

„Bist du denn nicht zufrieden?", fragte Nahla erschrocken.

„Püppi, ich bin hundertprozentig zufrieden mit dir! Lass uns nur noch ein wenig mehr Spaß haben. Schau!" Er legte sich schräg auf die Decke und verdeckte so mit dem Rücken den Einblick vom Weg her. Dann fummelte er ein durchsichtiges Plastiktütchen aus seiner Hosentasche und zeigte es ihr.

Nahla betrachtete es unsicher. „Ist es das, wofür ich es halte?"

„Vielleicht. Wofür hältst du es denn?"

„ ... Koks?"

„Ja, Puppe, damit kann ein Mann die ganze Nacht!"

„Wo hast du das her?"

„Ich hab's mir organisiert." Christian zuckte lässig mit den Schultern und schlüpfte mit dem Tütchen in der Hand ins Zelt. Dort streute er auf die plane Rückseite eines Tellers eine fünf Zentimeter lange Linie. „Kommst du?", fragte er nach draußen, von wo aus Nahla ihm zusah.

„Nein, mach du nur", erwiderte sie und drehte ihm den Rücken, um auf den See hinauszusehen.

Die ganze Nacht? Eigentlich reicht schon die halbe.

Später, in der Dunkelheit, tat Nahla, was sie vornehmlich tat, wenn sie mit Christian zusammen war. Sie sorgte dafür, dass es ihm gut ging. Dann ging es auch ihr gut. Also war sie darauf bedacht, es ihm recht zu machen. Die ganze Nacht lang.

Am Morgen zog sie die nass geschwitzten Schlafsäcke aus dem Zelt und hängte sie zum Trocknen auf. Sie bestrich Knäckebrot zum Frühstück mit Butter und reichte es Christian. Nachdem er gegessen hatte, übermannte ihn auf der Picknickdecke vor dem Zelt endlich der Schlaf. Nahla wischte noch die Brotbrösel aus den Tellern und legte sich dann zu ihm, um den Vormittag mit ihm zu verschlummern.

Nach Ablauf der Woche kam Lydia wie vereinbart, um die beiden abzuholen. Christian war vom Typ her genauso hellhäutig wie Nahla. Jetzt überzog ihn wie sie eine Sonnenbräune, deren einheitlicher Ton wirkte, als seien sie Geschwister. Lydia beobachtete, wie sie ihre Kochsachen zusammenpackten, die noch feuchten Handtücher in Taschen stopften und die Abfälle in Mülleimer schmissen. Nicht nur ihre Hautfarben hatten sich angeglichen, auch ihre Bewegungsabläufe schienen so synchronisiert, wie man es bisweilen bei alten Paaren beobachtet oder bei solchen, die eine prägende Lebensphase teilten. Für Herrchen und Hund galt bisweilen eine ähnliche

Übereinkunft. Der Hundevergleich gefiel Lydia nicht, doch definitiv kam es ihr vor, als habe der Zelturlaub Nahla und Christian zusammengeschweißt.

„Hattet ihr eine schöne Zeit?“, fragte sie.

„Ja!“, entgegneten ihr Nahla und Christian einstimmig.

Dahlien und Astern öffneten in den Gärten ihre Blüten. Die Tage wurden kürzer, Tau befeuchtete nachts das Gras. Nach dem Campingurlaub hatte Nahla etliche Nächte bei den Hubers in Fischbachau verbracht, war aber am Morgen, wenn Christian in die Lehre ging, stets sofort zurück nach Bayrischzell zu ihren Großeltern und Schwestern geradelt. Ihr Vater war berufsbedingt und in Lydias Begleitung bereits zurück nach Thannhausen gefahren. Aber auch für die drei Schwestern kam der Zeitpunkt der Abreise und damit für Nahla die neuerliche Trennung von Christian. Doch diese erleichterte ihr die Vorfreude auf die Kinderpflegeschule ein wenig. Fortan standen, anstatt Naturwissenschaften und Sprachen, Hauswirtschaft und Handarbeit oben auf dem Stundenplan, sowie Säuglingspflege und -ernährung. Mitte September, bei Schuljahresstart, sah sich Nahla in ihrer neuen Klasse um.

„Stellt euch bitte alle vor“, bat die Klassenlehrerin.

„Ich bin ... Hauptschule, fünf kleine Geschwister, mein Vater, nicht da ...“

„Ich heiße ... mein Vater lebt nicht bei uns, er hat Mutter geschlagen.“

Gut die Hälfte der Klasse bestand aus Ausländerinnen. Manche erkannte Nahla als solche an ihren Kopftüchern, andere an ihrer antiquiert wirkenden Kleidung oder an ihrem holprigen Deutsch.

„Meine Mutter ist an Krebs gestorben, ich bin im Heim aufgewachsen ...“

„Ich bin ... meine Eltern sind arbeitslos.“

Kann das überhaupt alles sein? Kommt hier gar niemand aus einer normalen Familie?

Gerüche hingen in Kleidungsstücken, die sich über etliche Tage angesammelt haben mussten. Ausdrucksweisen verließen die Münder der Mädchen, die man am ehesten in Wohngegenden zu hören bekam, wo auch die Erwachsenen verstärkt so aussahen wie diese Mädchen. Nahla war die einzige Gymnasiastin unter ihnen.

„Warum hast du das Gymnasium abgebrochen?", wurde sie von der Klassenlehrerin gefragt, nachdem sie sich vorgestellt hatte.

„Weil ich keine Karriere in einer Bank oder einem Betrieb machen will. Vielleicht klingt das jetzt unverständlich ... ich kann's gar nicht recht beschreiben ... vielleicht weil ich Frau sein will?"

Ich will einen Mann, aber selbst keiner werden!

Erstaunt musterte die Lehrerin Nahla, ehe sie besonnen antwortete: „Was Frausein ausmacht, verlieren wir heutzutage immer mehr aus dem Blick. In der DDR steckten sie ihre Kinder kurz nach der Geburt in einen Hort und hier tun das viele jetzt auch immer früher. Das macht den Babys Angst. Von der Ernährung ganz zu schweigen. Aufbereitete Kuhmilch anstatt Muttermilch."

Sie hat mich verstanden! Hier bin ich richtig!

„Frauen nehmen bei all ihrem derzeitigen Nacheifern von Männerkarrieren ihre eigene wunderbare Natur immer weniger wahr. Sie von ihren kleinen Kindern zu trennen lässt beide leiden. Nicht nur kurzzeitig, sondern leider nachhaltig. Und den meisten bleibt das dazu noch unbewusst."

Die Mädchen sowie der einzige Junge in der Klasse verfolgten die Worte der Lehrerin aufmerksam und ihr zugewandt. Nahla fühlte sich wohl unter ihnen. In den folgenden Wochen zeigten sie sich allesamt dankbar für die Chance, einen Beruf erlernen zu dürfen. Dankbarkeit, das war eine Haltung, die sie noch mehr als ihr Aussehen von den Schülerinnen und Schülern in Nahlas alter Klasse abhob. Dort war im Chor über Eltern, Lehrer, das Schulsystem, die Politik und was sonst noch in gedanklicher Reichweite lag, hergezogen worden, während Nahla bedrückt auf ihrem Platz gesessen hatte. Aber diese Mädchen hier interessierten sich füreinander und halfen sich auch unaufgefordert immerzu gegenseitig. Nahla vergaß während der Schultage manchmal sogar eine Weile ihre Sehnsucht nach Christian.

Die Lehrerinnen legten allesamt Wert darauf, aus den Schülerinnen nicht nur exzellente Kinderpflegerinnen werden zu lassen, sondern auch kompetente Hausfrauen, denn nach ihrem Abschluss boten sich ihnen nicht nur in Kindergärten und Horten Arbeitsstellen, sondern auch in gut situierten Haushalten. Nahla lernte jedes Kleidungsstück sachgemäß zu flicken und zu bügeln, Babykleidung und Socken zu stricken und zu stopfen, und Blumengestecke für jeden Anlass zu binden, von Hochzeiten über Taufen bis hin zu Trauerfällen.

Christian besuchte Nahla wie gehabt fast jedes Wochenende und schlief mit ihr in ihrem schmalen Bett. Die Matratze vom Dachboden lag anfangs noch mit im Zimmer, weil Lydia der Meinung war, um sich nachts zu erholen brauche man Platz, wurde aber dann weggeräumt, da sie unbenutzt blieb und dadurch nur Platz wegnahm, anstatt welchen zu bieten.

„Könnte ich diesmal bis Montagmorgen bleiben?", fragte Christian beim Mittagessen an einem Sonntag im März. Überrascht wandten sich ihm sämtliche Augenpaare der Familie zu.

„Mau!", meldete sich Tiger als Erster vor seinem leeren Futternapf zu Wort.

„Klar!", jubelte Nahla. „Papa kann mich morgen früh an der Schule absetzen und dich danach am Bahnhof. Das geht doch, oder?", wandte sie sich bittend an ihren Vater.

„Wieso eigentlich?", fragte dieser grummelig Christian.

„Es reicht, wenn ich am Montagmittag im Betrieb bin."

„Ist dein Chef krank?", wollte Lydia wissen.

„Nicht direkt ..."

„Hey, Tiger!", rief Agnes. Da keiner seinen Napf auffüllte war er mit einem Satz auf ihre Schenkel gesprungen und rieb schnurrend seinen Kopf an ihrem Oberkörper.

„Autsch!" Um sich mehr Halt zu verschaffen, hatte er die Krallen ausgefahren, Agnes nach ihm gegriffen und dadurch sein Zupacken weiter verstärkt.

„Gib ihm halt was zu fressen!", forderte Lisa ihre Schwester auf, doch Agnes und Tiger setzten ihr Gebalge fort und zogen dadurch die Aufmerksamkeit auf sich. Christian atmete leise auf. Nahla schloss daraus, dass er sich nicht weiter erklären wollte und beließ es auch später dabei, als sie sich in ihr Zimmer zurückgezogen hatten und auf ihrem Bett liegend Nirvana hörten. Eine Nacht mehr, das war doch famos!

Am nächsten Morgen stieg Christian vor der Kinderpflegeschule mit aus dem Auto. Er küsste und umarmte Nahla so fest, als müsse er sich an sie klammern. Um sie standen einige von Nahlas Klassenkameradinnen und büschelweise Schneeglöckchen und Märzenbecher im in der Frühlingssonne weich schmelzenden Schnee. Christian lockerte seine Umarmung und kramte in seiner Jackentasche.

„Schau, für dich!" An einem Lederband hielt er Nahla ein geschmiedetes Herz entgegen. Es war aus einer so weich geschwungenen Linie gefertigt, als sei es mit Sahne auf eine Torte gespritzt. Seine Spitze war zu einem Schnörkel verlängert, Nahla gefiel es auf Anhieb.

„Es ist einmalig!" Sie nahm Christians Gesicht zwischen ihre behandschuhten Hände und küsste ihn lange genug, um die sich im Umkreis Unterhaltenden zu ihnen hersehen zu lassen.

„Es ist wahrscheinlich eine meiner letzten Arbeiten."

Nahla löste sich von Christian, trat einen Schritt zurück und sah ihn ungläubig an. „Hab ich richtig gehört?"

„Leider." Christian kaute auf seiner Unterlippe.

„Was ist los? Sag schon!", bat sie ihn.

„Mein Chef ist bankrott. Er macht die Schmiede dicht."

„Nein!", rief Nahla, legte ihre Hände erneut an seine Wangen und sah ihn mit schreckgeweiteten Augen an. „Und was jetzt? Du findest doch sicher eine andere Schmiede, oder?"

„Nahla, hast du eine Ahnung, wie viele Kunstschmieden es gibt?", erwiderte Christian recht laut. Nahlas Vater wartete im Auto mit herunter gelassener Scheibe und hatte zumindest diesen Satz des Gesprächs mitbekommen.

„Der Kunstschmied in Fischbachau war weit und breit der einzige! Wer gibt schon noch Schmiedearbeiten in Auftrag? Das kann man heute doch alles viel billiger in Gartenmärkten kaufen!"

„Aber ... aber du liebst diese Arbeit. Und du bist so gut darin!" Sie betrachtete das Herz erneut. „Und jetzt?", murmelte sie.

„Jetzt werde ich Maurer." Christian zog seine Zigaretten aus der Hosentasche, klemmte sich eine zwischen seine verkniffenen Lippen und zündete sie an.

„Es ist mitten unterm Schuljahr, da muss man nehmen, was man kriegt", fuhr er fort. „Ich brauche Geld für den Zug zu dir. Ja, Maurer. Auf dem Bau braucht man Leute. Ist ja Urlaubsgebiet bei uns. Da wird immer gebaut."

Nahla stand da wie gebannt, die Hand jetzt fest um ihr Herz geschlossen.

„Püppi, es wird schon gut gehen, wirst sehen", sagte Christian. „Wir haben doch uns!"

„Ja, wir haben uns", entgegnete sie. „Das ist das Wichtigste!"

„Ich muss ins Büro! Komm jetzt!", rief Nahlas Vater vom Auto aus. Christian zog noch einmal an seiner Zigarette, trat sie aus und stieg ein. Nahla stemmte die Tür ihrer Schule erst auf, als der Wagen außer Sicht war. Normalerweise schien sie federleicht, doch gerade wog sie so viel wie ein liegengebliebenes Auto, das man von der Straße schieben muss. Konsterniert suchte sie ihren Unterrichtsraum auf. Der Montagmorgen begann mit Säuglingspflege, was sich zu ihrem absoluten Lieblingsfach entwickelt hatte. Wie echte Babys lagen zum Üben bereite Puppen in ihren Betten. Spezielles Füllmaterial ließ sie drei bis vier Kilos wiegen. Man musste achtsam ihre Köpfchen halten, genau wie bei Neugeborenen. Zwischen den Beinen und am Po schützte ein extra Plastikbesatz ihre haptisch echter Haut nachempfundene Silikonhaut vor dem Nutella, das die Lehrerin zum Üben des Wickelns in ihre Windeln strich. Die Mädchen lernten auch, wie man Säuglinge richtig badete und was zu tun war, wenn sich ein Baby verschluckte oder gar einen plötzlichen Atemstillstand erlitt.

Während Nahla zeitaufwändig klebriges Nutella vom Po ihrer Puppe wischte, versuchte sie zu erfassen, wie schlimm sich die Schließung der Schmiedewerkstatt auf Christian auswirken würde. Ein wenig schlimm? Mittelschlimm? Total schlimm? Total schlimm konnte nicht sein, denn sie hatten ja sich.

Kokst er dann wieder? Tut er das sowieso manchmal oder war es nur so eine Urlaubssache? Maurer ... das passt überhaupt nicht zu ihm. Wir sehen uns viel zu selten, ich bekomme nicht genug von seinem Leben mit. Wir bräuchten wesentlich mehr Zeit miteinander!

„Nahla, hey!" Fatima, eine Säuglingspuppe wiegend, stupste

sie an. „Du guckst, als ob du Probleme hättest. Ist etwas mit deinem Freund? Er hat dir vorhin doch etwas geschenkt!"

„Äh ... ja, richtig", entgegnete Nahla und presste die Hand auf ihr Dekolletee, wo verborgen unter ihrem Pullover Christians Herz auf ihrer nackten Haut lag.

„Darf ich mal sehen?", fragte Fatima.

„Vielleicht in der Pause", entgegnete Nahla und nahm die Hand von ihrem Pullover.

„Dein Freund hat dich geküsst und dein Vater hat zugesehen. Meiner hätte mich umgebracht!"

„Wir sind beide 17", erwiderte Nahla. Doch Fatima sah nicht aus, als hülfe ihr diese ohnehin bekannte Information irgendwie weiter. Also setzte Nahla hinzu: „Meine Eltern sind eben tolerant."

„Was sind sie?", fragte Fatima, doch Nahla drückte ihr Gesicht in die Kleidung ihrer Babypuppe und fand im Moment nicht den Elan, mehr zu erklären. Fatima drehte sich nach hinten: „Du, Chantal, was heißt ‚tolerant'?"

„Keine Ahnung", entgegnete Chantal. „Das musst du von Nahla gehört haben. Außer ihr benutzt ja niemand solche Gymnasiastenwörter. Ich hätte wirklich auch gern so gute Noten wie sie."

Bewundernd glitt Chantals Blick über Nahlas Rücken. Nahla glänzte nicht nur in Säuglingspflege, sondern durchweg in allen Fächern. Keiner anderen fiel die Schule so leicht wie ihr und auch keine schien sie dermaßen zu genießen.

„Ich glaube, Nahla ist heute etwas durcheinander", flüsterte Fatima Chantal laut genug zu, dass auch Nahla es hören musste, und griff nach einer beiseite gelegten vollen Windel. Sie öffnete diese, der verschmierte Nutellaklecks darin kam zum Vorschein. Fatima fuhr mit dem Zeigefinger hindurch, fuchtelte damit vor Nahlas Augen herum und leckte ihn schließlich ab, was Nahla ein klein wenig lächeln ließ. „Hast du solchen Hunger?", seufzte sie.

Fatima nickte. Wenn sie sich so vor Nahla positionierte wie gerade eben, würde sie immer wieder ihren Finger in die Windel tauchen und ablecken, bis sie Nahla damit zum Lachen gebracht und eine Erklärung bekommen hatte. Zu dieser entschloss sich Nahla nun doch: „Tolerant bedeutet, dass man jeden leben lässt, wie er will, solange er keinem anderen schadet."

„Streberin!", kommentierte Anastasia, die auch mitgehört hatte und Nahla freundschaftlich zulächelte. Zufrieden klappte Fatima die Windel zu und stopfte sie in den dafür vorgesehenen Behälter.

Nur sechs Wochen später schloss die Kunstschmiede in Fischbachau und amputierte Christian seinen Elan, seine Laune und die bisherigen Überbleibsel seiner Stabilität. Wie ein Straßenhund, der Reste frisst, nahm er eine freie Lehrstelle als Maurer an. Auf dem Bau wurden nach Feierabend Rückenschmerzen, blaue Flecken und sämtliche Unzulänglichkeiten des Lebens im Alkohol ertränkt. Was interessierten ihn Mauern, Fensterstürze, Rauputz, Feinputz und Estrich? An nichts von all dem konnte er seiner Kreativität Ausdruck verleihen. Sich mit seinen Kollegen in den Armen liegend grölte er:

Ich möcht' gern an Biersee
so groß wie der Schliersee
so tief und so frisch
und ich wär' a Fisch.
Ganz tief tät ich sinken
und immer zu trinken
mal langsam, mal fix
und sonst tät ich nix!

Auf neuerliches Anstoßen und einen Schnaps dazu, folgte eine weitere Strophe:

Ein unerfahrner Bursch aus Solln
der hat mal im Gebirg' nei woll'n.
Die Eisenbahn war schnell
mit ihm in Bayrischzell.
Gleich kraxelt er, doch eh man's denkt,
ist hilflos er im Berg drin g'hängt
und schreit: Dös wär' mir wurscht!
Hätt' ich bloß net so nen Durscht!

Ich möcht' nen Biersee ...

Nahlas Vorfreude auf den Freitagabend, wenn Christian aus dem Zug stieg und sie mit Küssen und Umarmungen begrüßte, durchzogen jetzt Schlieren des Ungewissen darüber, in welchem Zustand Christian sich befinden würde. An manchen Freitagen schien er ganz der Alte, an anderen war es, als könne er die Belastungen der Woche nicht wegstecken.

„Dir geht's nicht gut", murmelte Nahla dann, „erhol dich bei mir, jetzt sind wir ja wieder zusammen!"

„Ja, wenn ich nur dich habe. Und wenn ich nur den ganzen Scheiß nicht mehr sehen muss! Bei mir daheim und auf dem Bau."

„Ist es so schlimm?"

„Es wird schon, Puppe, es wird schon. Wir kriegen das hin!"

„Ich weiß!" Auf ihn und seine Worte bauend stieg Nahla zusammen mit Christian ins Auto ihres Vaters.

Es dauerte bis Samstagmittag, bis Christian seine Fröhlichkeit wiederfand, der er immer öfter mit ein, zwei Bier nachhalf. Am Sonntagnachmittag ließ er im Angesicht der Abreise den Kopf aus Neue hängen. Lydia verfolgte diese Entwicklung mit Sorgen, Nahlas Oma in Bayrischzell teilte sie. Ihr wollte nicht aus dem Kopf gehen, was man über die Familie Huber aus Fischbachau erzählte. Umso mehr, da Nahla sich selbst keine großen Sorgen machte. Verbieten konnte man einer inzwischen 17-jährigen ihren Freund ja nicht und wenn man wiederum ihm verböte, zu ihr nach Hause zu kommen – wo sich der Verlauf der Beziehung wenigstens zum Teil mitverfolgen ließ – würde sie ihn eben anderswo treffen.

„Nicht jeder reagiert dermaßen heftig auf den Verlust seiner Lehrstelle", gab Lydia ihrer Tochter zu bedenken.

„Das wird schon wieder! Kunstschmied war eben sein Traumberuf. Schließlich haben wir uns!", vertrat Nahla leichthin. Dann ging sie summend in ihr Zimmer, flocht sich ihr Haar und die Troddeln ihres Kissens und streichelte Tiger zwischendurch. Im August hatte sie vor mit dem Führerschein zu beginnen und im Herbst wurde sie 18. Nach der Fahrprüfung, sofern das Geld auf dem extra zu diesem Zweck für jede ihrer Enkelinnen angelegten Sparbuch ihrer Oma noch ausreichte, wollte sie sich ein Auto kaufen. Dann könnten sie und Christian sich öfters sehen und alles würde leichter werden.

Im Sommer hätten sie eigentlich vorgehabt, wieder am Thiersee zu zelten, aber Christian bekam während der Hochsaison keinen Urlaub. Nahla blieb nichts anderes übrig, als während ihrer Sommerferien von Bayrischzell aus bei ihm in Fischbachau zu übernachten und ihre Fahrstunden auf den Herbst zu verschieben.

Mitte Oktober stellten Nahlas Eltern ein Zelt im Garten auf. Es herrschte gerade eine jener gelegentlichen Wetterlagen des Herbstes, in denen es tagsüber richtig warm wurde, fast so warm wie im Sommer. Die Erde speicherte die Temperatur und strahlte sie nachts ab, während die Blätter an den Bäumen über ihr ins Goldgelb und Karminrot wechselten. Ein offenes Feuer und darüber an einem dreibeinigen Gestell ein Eisenrost ergaben einen althergebrachten Grill. Nahla hatte ihre ganze Klasse zu ihrem Geburtstag eingeladen. Die Mädchen tischten zur Nachspeise sämtliche Süßspeisen auf, die sie im Unterricht herzustellen gelernt hatten. Lisa projizierte Dias ab Nahlas Geburt auf die weiß gestrichene und glatt verputzte Garagenwand: Nahla als Baby in der Wiege, Nahla als Zweijährige mit einer Puppe auf dem Arm, Nahla als Dreijährige, wie sie eine Puppe wickelte. Agnes saß an ihre große Schwester geschmiegt. Ihre Oma wandte sich die beiden betrachtend an Lydia: „Nahla war schon immer so. Sie wollte Kinder versorgen und Hausfrau werden."

Lydia nickte. „Manchmal denke ich, sie ist im falschen Jahrhundert geboren."

„Oder im falschen Land", bedachte Nahlas Oma.

Christian verdrängte mit seiner wer weiß wievielten Bierflasche an diesem Abend beim Anblick von Nahlas Familie jeden Gedanken an seine eigene Situation. Nahla stieg zwar seine Alkoholfahne in die Nase, hatte jedoch Verständnis für das Ertränken seiner Sorgen. Ihr war es lieber, dass er ohne sich von ihnen beeinträchtigt zu fühlen mit ihr feiern konnte. Um Mitternacht klatschte Nahlas Vater schallend in die Hände und rief: „Und jetzt das große Finale!“

Im hinteren Gartenteil stand eine beträchtliche Anzahl an Feuerwerkskörpern bereit, die er mit einer Handbewegung präsentierte.

„Wo hast du die her?“, fragte Nahla.

„Die habe ich schon im Dezember extra für heute gekauft!“

Er zündete nacheinander Raketen, Feuerteufel und Vulkane. Die Geburtstagsgäste klatschten, Nahla strahlte.

Erwachsen! Im kommenden Sommer mit der Schule fertig! Dann eine Arbeitsstelle und ein eigenes Gehalt! Freiheit!

Die letzten Gäste gingen, als gegen Morgen die leer getrunkenen Gläser und abgegessenen Teller mit kühler Feuchtigkeit beschlugen. Christian wärmte Nahla unter der Decke, das Fenster in ihrem Zimmer stand sperrangelweit offen. Auf solch frische, nach Garten duftende Luft beim Schlafen würden sie verzichten müssen, sobald die Natur unter einer Schneeschicht ihren Winterschlaf hielt und die Heizperiode begann. Zu müde für Sex als Abschluss ihres Geburtstags war Nahla nicht, sowie Christian nicht zu betrunken dazu. Am wichtigsten war, dass er stattfand, nicht wie er war. Er gehörte einfach dazu.

„Bis in zwei Wochen“, verabschiedete sich Christian am Sonntagnachmittag am Bahnhof. Der wässrige Glanz in Nahlas Augen verriet ihren Abschiedsschmerz und veranlasste ihn, ihr nochmals in Erinnerung zu rufen: „Du weißt doch, der Zug ist nicht gerade billig.“ Schon vor ihrem Geburtstag hatten sie jedes zweite Wochenende mit ihren Treffen aussetzen müssen.

„Bald wird’s anders“, erwiderte Nahla, obwohl sie damit auch ein Reizthema berührte.

„Ja“, brummte Christian verhalten und stieg in den Zug. Er besaß keinen Führerschein. Aussichten, das zu ändern, bestanden ebenfalls nicht. Den Großteil seines Gehalts musste er bei seiner Mutter fürs Essen und Wohnen abgeben. Dieser Umstand machte Fahrstunden neben den Zugfahrten für ihn unerschwinglich. Nahla dagegen hatte ihre Theorieprüfung inzwischen bestanden und dachte gerne an die Unterrichtsstunden zurück. Sie hatten Spaß gemacht, da der Lehrer sie entspannt zu gestalten wusste. In den Pausen wurde geraucht, was Nahla irgendwie cool fand und sie selbst zur Zigarette greifen ließ. Abends, wenn sie jetzt im Bett lag, ging sie im Geist regelmäßig alle Bewegungen durch, mit denen man ein Auto in Bewegung setzt, speziell das Spiel mit der Kupplung und der Gangschaltung, vor allem beim Anfahren am Berg. Für das Einparken besaß sie ein gewisses Talent, das sie selbst überraschte. Selten musste sie mehr als einmal rangieren, manchmal gar nicht.

„Du verfügst über ein präzises Augenmaß", lobte sie ihr Fahrlehrer.

Nahla gab sich größte Mühe, jedes Fahrmanöver schnellstmöglich zu beherrschen. Auf dem Sparbuch ihrer Oma hatten sich anfangs 2500 Euro befunden. Sie wollte unbedingt gewissenhaft damit haushalten und nichts für unnötige Zusatzfahrstunden ausgeben. Auf den ersten Seiten waren die eingezahlten Beträge noch mit Kuli festgehalten. Später hatte es dafür einen laut ratternden Drucker gegeben, durch den der Bankangestellte das Sparbuch schob. Nahla war die älteste Enkelin und fragte sich, wie es ihre Oma schaffen wollte, nur mit den Einnahmen von ihren Pensionsgästen eine solche Summe für jede von ihnen zusammenzusparen. Kurz kam Nahla wieder der irritierende Blick ihrer Cousine, auch eine Enkelin ihrer Oma, in den Sinn, den sie bei ihrer Firmung aufgefangen hatte. Corinna legte Wert auf modische Kleidung. Anders ihre Oma. Sie trug ihre auf und erneuerte die Einrichtung im Haus nie. Sie hatte also vermutlich neben Heizung, Strom und Essen kaum Kosten zu decken. Freilich hätte Nahla von ihrem Sparbuch hin und wieder für Christian den Zug bezahlen können, doch sie waren sich einig, dass es klüger sei, die Fahrprüfung und den Autokauf nicht durch anderweitige Ausgaben zu gefährden. Nahla seufzte, als sie ihre lange feste Umarmung auf dem Bahngleis lockerte. Christian biss die Zähne zusammen.

Dass er das tut, anstatt zu motzen, weil er selbst keinen Führerschein machen kann, ist allein schon ein Liebesbeweis.

Das schwindende Geld auf ihrem Sparbuch und Christians zusammengebissene Zähne trieben Nahlas Herz dazu, vor der Fahrprüfung so stark gegen die Rippen zu hämmern, dass sie jeden seiner Schläge nicht nur bis in den Hals spürte, sondern sogar hörte. Prüfungen brachten sie während ihrer ganzen Schulzeit zum Zittern, bei der Theorieprüfung war ihr mehrmals der Stift durch die Finger gerutscht, aber jetzt bebten ihre Hände regelrecht.

Ich schaff' es, ich schaff' es nicht, ich schaff' es, ich schaff' es nicht ...

„Guten Morgen!" Ihr Fahrlehrer riss sie aus ihrer Konzentration auf die dicken Fransen an ihrem Winterpulli, die sie abzählte wie weiße spitze Blättchen eines Gänseblümchens, allerdings ohne sie auszureißen. Nahla blickte auf und fand die Sprache nicht gleich. Anstatt ihrer erwiderte deshalb ihr Vater den Gruß und fragte: „Soll ich Nahla nachher hier an der Fahrschule oder am TÜV abholen?"

„Ganz wie Sie möchten!"

Ihr Vater überlegte kurz. „Ich komme in anderthalb Stunden zum TÜV. Viel Glück!"

Sogar Nahlas Beine zitterten, als sie ins Fahrschulauto stieg, um zum TÜV zu fahren, wo der Prüfer zusteigen würde.

„Moment", sagte ihr Fahrlehrer. Er hielt sie davon ab, den Zündschlüssel zu drehen, indem er unaufdringlich, aber bestimmt ihre Hand davon wegzog. „Jetzt legst du die Hände in den Schoß, schließt die Augen und atmest tief durch!"

Ihre Hände kamen schwer auf ihren Beinen zu liegen, ihre Augenlider flatterten.

„Schließ die Augen!"

Nahla schloss die Augen.

„Gibt es eine Prüfung, die du bisher nicht bestanden hast?"

Nahla schüttelte hektisch den Kopf.

„Dann genieß deine Aufregung!"

Nahla riss ihrer Augen auf und blickte ihren Fahrlehrer an.

„Wa-warum?", stammelte sie.

„Sie zeigt dir, dass du am Leben bist!"

Nahla versuchte eher erfolglos ihre Handflächen an ihrer Jeans trocken zu reiben und startete den Motor. Als der Prüfer zustieg, richteten sich die Härchen auf ihren Armen auf. Sie spürte, wie sie gegen die Ärmel ihres Pullis drückten. Das von Christians selbst geschmiedete Herz streichelte ihren Brustansatz. Es zu fühlen tat ihr wohl. Sie genoss es. Immer. Und ab dem Moment, in dem sie sich dessen bewusst wurde, genoss sie auch ihre Aufregung. Nahla fuhr besser als in ihrer besten Fahrstunde. Gratulierend händigte der Prüfer ihr hinterher ihren Führerschein aus. Nach Hause fuhr sie zum ersten Mal selbst im Familienauto, während ihr Vater neben ihr saß.

Nahla streckte sich auf ihrem Bett aus, Musik von Nirvana aus ihrem CD-Player massierte ihre Trommelfelle und ihre Haut, als habe sie getrunken. Sie räkelte sich und Tiger, alsgleich davon angesteckt, tat es ihr nach. Zärtlich streichelte Nahla den Kater. Ein Meilenstein war erreicht. Der nächste konnte in Angriff genommen werden: ein eigenes Auto. Ein silberner Schutzengelanhänger lag auf ihrem Nachttisch. Er war dazu bestimmt, in ihrem zukünftigen Auto an einem Band am Rückspiegel befestigt zu werden, so dass sie ihn beim Fahren automatisch immer sehen würde – und er sie. Ihre Oma hatte ihn ihr eigens dafür zum Geburtstag geschenkt. Nahla stellte sich den Engel mit seinen ausgebreiteten strasssteinchenbesetzten Flügeln an seinem zukünftigen Bestimmungsort vor. Allmählich glätteten sich ihre zusammengezurrten Nerven, der Tag war anstrengend gewesen. Sie kam zur Ruhe und damit tat sich erstmal seit Tagen Raum für Gedanken auf, die nichts mit Prüfungen und Prüfern zu tun hatten.

Doch mit einem Mal gruben sich ihre Finger in die Matratze. Etwas fehlte. Kalte Blitze der Ungewissheit durchfuhren sie von allen Seiten, ließen sie zur Seite schnellen und die unterste Schublade ihres Schreibtisches aufziehen. Tiger maunzte unzufrieden. Neben dem Ordner mit den Zeugnissen und sonstigen Papieren bewahrte sie einen der Kalender im DIN A 6 Format auf, die man in Apotheken geschenkt bekam. Auf ihm standen die waagrechten Reihen der Monatstage so, dass immer genau 28 Tage übereinander lagen. Hatte man einen regelmäßigen Zyklus und kreuzte die Periode stets an, bildeten die Kreuze einen senkrechten Balken über alle Monate hinweg. Etwaige Verschiebungen sah man so auf einen Blick. Nahm man die Pille, war dieses Eintragen eigentlich überflüssig und für Nahla nichts als eine Spielerei, die sie betrieb, ohne je erörtert zu haben, warum. Jetzt aber zeigte ihr der Kalender, dass sie seit sechs Wochen keine Blutung eingetragen hatte. Sie warf sich wieder aufs Bett und überlegte. Die eine Packung ihrer Pille hatte sie zu Ende genommen. Danach folgte immer eine Pause von einer Woche. Nach der letzten hatte sie mit der neuen Packung begonnen – und dazwischen keine Blutung gehabt! Diese begann manchmal erst zwei bis drei Tage nach dem Absetzen und blieb gelegentlich so schwach, dass nicht viel Aufhebens um sie gemacht zu werden brauchte. Deshalb war ihr Ausbleiben auch im momentanen Trubel untergegangen.

Nahla warf sich auf die andere Seite wie um ihr Gehirn zu schütteln, damit es Tatsachen ausspuckte, die ihrem Bewusstsein bisher vielleicht entgangen waren. Tiger maunzte nochmal und trollte sich dann davon auf der Suche nach einem Ort, an dem es gemütlicher zuging. Es kam vor, dass Nahlas Periode sehr leicht ausfiel. Aber letztes Mal war gar kein Blut gekommen. Oder?

Ich war so beschäftigt mit meinem Geburtstag, mit Christian, mit dem Führerschein ... dem Führerschein ...

Sie nahm ihn aus dem extra dafür vorgesehenen Fach ihres Geldbeutels und steckte ihn gleich darauf mit einem Ruck zurück.

Ich muss nachdenken! Verdammt! Ich muss jetzt nachdenken!

Sie nahm erneut den Zykluskalender, zählte die Tage seit der letzten richtigen Blutung und kam auf 43. Betreten legte sie den Kalender zurück an seinen Platz, ging ins Bad und holte aus ihrem Fach die aktuelle Pillenpackung samt der leeren vom Vormonat, die auch noch dort verblieben war.

Ich habe jede einzelne Tablette richtig genommen ...

Zurück in ihrem Zimmer rechnete sie mit Hilfe des Zykluskalenders mehrere Mal nach, stieß jedoch nach wie vor auf keinen Fehler ihrerseits. Sie war sich eigentlich auch schon vor der Rechnerei sicher gewesen, keinen gemacht zu haben.

Verdammt! Wieso zittern meine Hände denn schon wieder!

Mühsam entfaltete sie den Beipackzettel ihrer Pillenpackung, den sie aus dem Bad mitgebracht hatte und las ihn Zeile für Zeile, konnte aber auch ihm nichts Neues entnehmen. Aufgepeitscht und zugleich ermattet warf sie sich wieder aufs Bett und bedeckte ihren Bauch mit den Händen. Durchs Fenster holte der Lichtschein aus ihrem Zimmer unförmige, flauschig weich wie Daunen wirkende Schneeflocken aus der Dunkelheit. Der Dezember brachte nachmittags bereits die

Nacht und als Schutz vor der Kälte würde sie den Rollladen herunter lassen müssen. Doch noch nicht jetzt, die Flocken wirkten so weich, so märchenhaft. Nahlas Hände verweilten beim Zusehen auf ihrem Bauch.

„Hallo?", flüsterte sie nach einer Weile. „Ist da wer?"

„Nahla, Telefon!", rief Lisa von unten. Auf der Anzeige des Weckers stand 17:03. Christians Arbeitstag war seit einer halben Stunde zu Ende, er musste eben zu Hause angekommen sein.

„Ich komme!", antwortete Nahla ihrer Schwester.

„Bin schon da!", rief Lisa und polterte die Treppe hoch, riss die Tür auf und warf Nahla das Telefon aufs Bett. Nahla griff danach. „Hallo?"

„Hallo Püppi, wie ist es gelaufen?"

„Ach ja! Genau! Ich hab bestanden!" Nahlas Stimme überschlug sich schier, als sie Christian in aller Ausführlichkeit von ihrer Fahrprüfung erzählte.

„Hm!", machte er dazwischen. „Gut" und „ja, passt!"

Nahla überhörte nicht den Neid, der unter seiner Freude lag. Dieser brachte sie zum Schweigen.

„Bist du noch da?", fragte Christian.

„Ja", entgegnete sie und schwieg erneut.

Soll ich's ihm jetzt schon sagen? Was, wenn es nur falscher Alarm ist?

Von bestätigten Tatsachen zu reden wäre ihr lieber gewesen. Doch ihre Annahme drückte in ihr nach außen, wie heißer Dampf aus einem Schnellkochtopf. Sie ließ sich nicht zurückhalten. „Christian, ich hab schon lange meine Periode nicht mehr gehabt!"

Nun schwieg er einige Sekunden, bevor er entgegnete: „Keine Sorge, du nimmst doch die Pille."

„Ja! Und ich hab sie nie vergessen!"

„Dann bedeutet das doch nichts."

„Christian, die Pille hat einen Pearl Index von einem Prozent. Das hab ich vorhin im Beipackzettel extra nochmal nachgelesen!"

Wieder blieb es still in der Leitung. Nahla hörte ihn atmen, dann schnauben: „Ich bin Maurer und kein Gymnasiast!"

„Entschuldige! Das heißt, von hundert Frauen wird eine trotz richtiger Einnahme der Pille schwanger."

Sein Atemgeräusch veränderte sich, wurde tiefer, kürzer, dann rief er in den Hörer: „Püppi, das wär' doch wunderbar!"

Nahla atmete lange aus. Ihr war entgangen, wie viel Luft sie durch die Anspannung in ihren Lungen gefangen gehalten hatte.

„Du fändest es wirklich wunderbar?"

„Klar! Wir bekommen das hin! Wenn ich könnte, würd' ich dich jetzt abknutschen!"

„Warte mal ab, ich weiß es ja noch nicht sicher. Aber ... passen täte es genau. Das Baby käme kurz nach meinen Abschlussprüfungen."

„Du bist schwanger."

„Warum?"

„Weil du das schon ausgerechnet hast. Wärst du dir nicht sicher, hättest du das nicht getan!"

„Wenn ich es bin, dann bin ich es an meinem 18. Geburtstag geworden. Wir haben uns zu lange davor und danach nicht gesehen, als dass ein anderer Tag in frage käme."

„Besser geht's doch nicht! Ich liebe dich, Puppe! *Wir* werden die beste Familie, die beste von allen!"

Er klang so sicher. Es hörte sich so richtig an. Ja, sie waren ziemlich jung, wohnten bei ihren Eltern und Christian hatte nur sein Lehrlingsgehalt. Aber was sie füreinander empfanden, die Gewissheit ihrer Liebe, würde sie über all das hinwegtragen.

Es wird wunderbar!

Die Dimension dessen, was da vielleicht auf sie zukam und die Ungewissheit, ob es überhaupt auf sie zukam, bescherte Nahla trotz Christians Rückhalt eine schlaflose Nacht. Als ihr Wecker in der um sieben längst noch nicht zu Ende gegangenen Winternacht klingelte, hatte sie etliche Durchgänge diverser Zukunftsversionen durchlebt. Sie und Christian wohnten mit seiner keifenden Oma unter einem Dach. Christian zog bei ihrer Familie in Thannhausen ein. Sie suchten sich eine gemeinsame Wohnung. In Fischbachau? In Bayrischzell? Ihre Periode hatte einfach so ausgesetzt, sie war gar nicht schwanger und alles ging weiter wie bisher?

Benommen zog sich Nahla an. In der Schule dehnten sich die Stunden bis zur Pause. Ohne sich in Gespräche verwickeln zu lassen verließ sie beim Gong unverzüglich das Gebäude, überquerte die Straße und verschwand nach fünfzig Metern in einer Drogerie. Die Schwangerschaftstests fand sie bei den Kondomen. Es musste schnell gehen, die Pause dauerte nur zwanzig Minuten. Welchen der circa zehn angebotenen Tests sollte sie wählen? Waren die billigsten zuverlässig? Der Preis der teuersten unnötig überzogen? Sie griff nach einem der mittleren Preisklasse, bezahlte, eilte im Laufschritt zurück zur Schule, vorbei an ihren verwunderten Freundinnen, die noch im Pausenhof in Grüppchen standen. Erst auf der Toilette hielt sie an. Hier war sie allein. Es gongte zur nächsten Stunde. Schwer atmend zog sie den Reißverschluss ihrer Winterjacke herunter, Schweiß dampfte unter ihrem Pulli und klebte Christians schmiedeeisernes Herz an ihr Dekollete. Der Spiegel zeigte ihr rote Flecken in ihrem sonst winterweißen Gesicht. Sie drehte den Wasserhahn auf, wartete bis das Wasser lauwarm floss, um zu trinken. Danach richtete sie sich wieder auf und stützte sich aufs Waschbecken. Ihr Gesicht im Spiegel schien ihr nun etwas normaler. Nahla streifte ihre Jacke ab, hängte sie an den Spender der Papierhandtücher, umfasste unter ihrem Pullover Christians Herz, ging in eine der Kabinen und sperrte ab.

Fünfzehn Minuten zu spät drückte sie die Klinke des Handarbeitsraums. Sie kam sonst immer pünktlich, entsprechend neugierig richteten sich jetzt alle Augen auf sie. Nahla schlug die ihren nieder.

„Es tut mir leid“, murmelte sie. „Ich war auf der Toilette. Mir war schlecht.“

Die betagte Lehrerin nickte und reichte Nahla ihr Strickzeug aus der Kiste, in der die angefangenen Arbeiten aufbewahrt wurden. Nahla nahm es entgegen und setzte sich an ihren Platz neben Fatima. Die Freundin legte ihr sofort die Hand auf den Unterarm. „Hast du dich echt übergeben müssen?“

„Nein ... nicht wirklich ... ist schon gut.“

Nahla nahm ihre halbfertige Socke, wickelte sich die Wolle

um den Zeigefinger und begann zu stricken. Zum Glück war der Schaft nicht schwer und das Muster leicht zu überblicken. Die Ferse erforderte Konzentration – die sie im Augenblick sicher nicht aufzubringen im Stande gewesen wäre.

Es wird wunderbar ... Es wird sicher wunderbar! Aber was mache ich denn jetzt als nächstes?

In der hinteren Hosentasche drückte der Schwangerschaftstest gegen ihre Pobacke. Zwei rosa Streifen waren darauf erschienen. Der erste zeigte, dass der Test reagiert hatte und der zweite, dass sie schwanger war. Auch dieser leuchtete durchgehend rosarot auf seinen drei Millimetern Länge. Nahla zog die Wolle wieder vom Finger, legte ihr Strickzeug auf den Tisch und stand auf.

„Mir ist nicht gut, ich muss nochmal auf die Toilette", entschuldigte sie sich und verbrachte den Rest der Stunde auf dem Klodeckel sitzend und die beiden parallel stehenden rosa Striche begutachtend in jener Kabine, in der sie kurz zuvor den Test mit ihrem Urin benetzt hatte. Über ihr hing eine Energiewolke, die sie fortwährend mit rasch wechselnden Gefühlen duschte: Freude, Panik, Glück, Nervenflattern, Ratlosigkeit, Rastlosigkeit. Als sie aufstand, um rechtzeitig zum nächsten Unterricht zu kommen, war sie ruhiger geworden, denn sie war sich eines sicher:

Es fühlt sich richtig an!

Ruhelos stromerte Nahla abends ums Telefon. Als es endlich zur gewohnten Zeit läutete, nahm sie es sofort mit in ihr Zimmer, akribisch darauf achtend, die Tür zu verschließen und leise zu sprechen.

„Warten wir erstmal ab, ob die nächste Periode doch noch kommt", schlug Christian vor, nachdem sie ihm alles erzählt hatte.

„Einverstanden. Und wenn nicht, mache ich nochmal einen Test", entgegnete Nahla.

In der dritten Dezemberwoche wiederholte sie in einer Pause ihren Gang zur Drogerie. Auch der neuerliche Test zeigte dasselbe Ergebnis wie der erste. Sie steckte ihn wieder in ihre Hosentasche, kam nicht zu spät zur nächsten Stunde, nahm durchflutet von einer sie lächeln lassenden frühlingshaften Freude ihren Platz ein und zählte die Stunden bis zum abendlichen Telefonat mit Christian.

„Wir werden Eltern!“, jubelte er. „Ich hab’s meinem Chef erzählt.“

„Aber … es war doch noch gar nicht soooo sicher!“

„Es *war* sicher! Hör zu! Ich hab’s ihm erzählt, weil ich weiß, dass er in Wörnsmühl ein Haus baut. Also, das Haus ist schon fast fertig. Im Keller gibt’s eine Wohnung, die ist noch nicht ganz fertig und die will er vermieten. Ich will da einziehen. Mit dir! Was sagst du?“

„Ich … ich …“

„Püppi, was sagst du?“

„Meine Schule, ich … „

„Du machst im Juli den Abschluss und danach kommst du zu mir!“

„Wörnsmühl liegt gleich neben Fischbachau, stimmt’s?“

„Stimmt! Aber erstmal sehen wir uns am zweiten Weihnachtsfeiertag!“

Nach dem Auflegen zeigte Nahla ihrer Mutter den Test und musste zusehen, wie dieser das Blut aus den Wangen wich. Lydia setzte an, um etwas zu sagen, zog sich aber dann zuerst einen Küchenstuhl heran, auf dem sie niedersank.

„Um Himmels Willen …“, stammelte sie, die Ellbogen auf die Tischplatte gestützt und den Kopf in den Händen.

„Was ist los?“, fragte unvermittelt Nahlas Vater. Er war hereingekommen, ohne bemerkt worden zu sein. Eigentlich hätte ihn Nahla noch mindestens eine Stunde im Keller in seinem Büro geglaubt. Er holte sich eine Flasche Apfelschorle aus der Getränkekiste in der Speis und da Nahla und Lydia dasaßen wie Statuen, wiederholte er seine Frage. Ein Ruck ging durch Lydia. Sie griff nach Nahlas hinterm Rücken versteckter Hand, zog sie nach vorn und entwand sie ihr den Test, um ihn ihrem Mann vors Gesicht zu halten. „Kennst du das, Gerd?“

Es dauerte ein paar Sekunden, bis er die Information erfasste. Dann begann er mit den Zähnen zu malmen und bevor er seine Kiefer aufeinander biss, als wären sie zusammen betoniert, knurrte er: „Was muss ich noch alles mitmachen? Und das vor Weihnachten!“ Seine Apfelschorle aufschraubend verließ er den Raum.

„Wie ist es passiert?“, fragte Lydia, nachdem die Schritte ihres Mannes auf der Kellertreppe verhallt waren.

„Ich weiß es nicht“, entgegnete Nahla. „Ich habe die Pille nie vergessen, ich bin absolut sicher!“

„Vielleicht stimmt der Test ja nicht.“

„Es ist schon der zweite.“

„Der zweite! Nach Neujahr gehen wir sofort zum Arzt. Vorher weiß man ja doch nichts gewiss.“

Nahla war heilfroh, Christian am zweiten Weihnachtsfeiertag vom Bahnhof abholen zu können, ohne dabei wie früher auf ihren Vater angewiesen zu sein. Er sprach nicht mehr mit ihr. Lisa beobachtete achtsam die verschrobenen Schwingungen innerhalb der Familie. Sie, Nahla und ihre Mutter versuchten im stillen Einvernehmen Agnes davor zu schützen – was dieser wiederum besonders viel Aufmerksamkeit eintrug.

„Hast du es eigentlich deiner Mutter erzählt?“, fragte Nahla Christian auf dem Rückweg vom Bahnhof.

„Nö! Die braucht es gar nicht zu wissen.“

„Und deiner Oma?“

„Der erst recht nicht! Nur mein Bruder weiß es, aber der hält sich da raus, hat er gesagt.“

Nahla parkte in der Garage. Agnes hüpfte ihnen sofort entgegen und öffnete die Beifahrertür: „Chris, schau dir meine Geschenke an!“ Ihre kindliche Unbedarftheit entzerrte in jenen Wochen manche Situation und Nahla liebte ihre kleine Schwester dafür umso mehr. Agnes’ Drängeln bewahrte Christian jetzt auch davor, sich sofort für mehr als zum Gruß mit ihren Eltern konfrontieren zu müssen. Bis Lydia das Mittagessen servierte, zeigte Agnes Christian mit vielen Jauchzern und Kommentaren ihre Geschenke unter dem Christbaum. Lisa sah vom Wohnzimmersessel aus zu. Die betonverschlossenen Kiefer ihres Vaters ließen bei Tisch die Stimmung in sich zusammensacken. Lydia bemühte sich um ein normales Verhalten, das ihr weitgehend gelang. Nahla wurde zwischen der Freude über Christians Anwesenheit und dem Schmerz über die niedergedrückte Stimmung, die an Weihnachten gar nicht so sein sollte und an der sie die Schuld trug, hin- und hergepeitscht.

„Papa, warum redest du nichts mehr?“, fragte Agnes.

Lisa sah Nahla an und tastete dann mit ihrem Blick Christian ab.

Weiß sie Bescheid? Wenn, woher?

„Sag schon, Papa, was ist los?“, insistierte Agnes. Sie sah jetzt von einem zum andern.

„Du kannst nicht ewig so weitermachen!“, fuhr Lydia unvermittelt ihren Mann an.

„Doch! Kann ich!“, konterte dieser über den Tisch hinweg. Sie und er saßen sich gegenüber, zwischen ihnen auf der einen Längsseite Nahla und Christian, auf der anderen Agnes und Lisa. Dann sagte Lydia etwas, das Christian mit einem Rumpeln aufspringen ließ und Nahla dazu brachte, ihre Mutter augenblicklich dafür zu hassen.

„Vielleicht geht es ja noch weg.“

Nahla stieß an die Tischplatte. Essen schwappte aus Schüsseln und rutschte von Tellern. Tiger fauchte zwischen Lisa und Agnes. Nahla und Christian flüchteten in ihr Zimmer, wo Nahla auf ihrem Bett liegend zu schluchzen begann.

Das kann sie nicht gesagt haben! Das kann sie nicht gesagt haben! Das glaub ich nicht!

Christian hockte zerknirscht am Boden und als er sich ein wenig gefangen hatte, legte er sich zu Nahla ins Bett. Er zog ihren Kopf an seine Brust und flüsterte: „Püppi, wir brauchen sie nicht. Ich kriege die Wohnung. Wir haben doch uns!“

Nahla stand das erschrockene und ratlose Gesicht von Agnes vor Augen und das unschlüssige von Lisa. Ihre beiden Schwestern. Sie brauchte sie sehr wohl. Und sie wusste intuitiv, dass sie bei einer so großen Herausforderung wie einem Baby in ihrem Alter auch ihre Mutter noch brauchte. Wäre dem nicht so, hätte deren Äußerung ihr keinen solchen Schlag versetzt.

„Ja, wir haben uns“, erwiderte sie unter einem Papiertaschentuch hindurch beim Putzen ihrer Nase. „Erzähl mir von unserer Wohnung.“

„Also, sie liegt im Keller. Man kann direkt raus in den Garten.“

„Du hast einen Garten?“

„*Wir* haben einen Garten. Ein Schlafzimmer, ein Wohnzimmer. Nur die Türen fehlen noch.“

„Dann kann man ja nirgends zumachen."

„Nö. Wozu auch?" Christian versuchte ein Lächeln. Doch er war zu angespannt, als dass es ihm recht gelingen wollte. „Mein Chef sagt, wenn wir wollen, können wir uns selbst welche kaufen. Er will nicht mehr investieren."

„Das ist bestimmt nicht nötig", entgegnete Nahla. Von unten hörte sie ihre Eltern streiten. „Wenn dort nur wir sind, brauchen wir keine Türen."

Christian drückte sie an sich. Nahla legte dabei die Arme um ihn und spürte beim Streicheln seines Rückens, wie verkrampft seine Muskeln waren.

„Puppe, ich brauch jetzt etwas für die Nerven", sagte er. „Das aus eurem Putzschrank, du weißt schon."

Auch das noch …

Doch Nahla lag es fern, dagegen zu sein, dass Christian sich entspannte. Vorsichtig schlichen sie die Treppe hinunter und in die Abstellkammer. Nachdem Nahla die Flaschen mit dem Zitronenputzmittel, dessen Geruch Christian nicht ertrug, aus dem unteren Fach des Putzschranks hinter das Bügelbrett an der Wand geräumt hatte, fingerte Christian länger als Nahla nötig schien in der Lücke zwischen Schrankboden und Schrankwand herum. Sie fühlte es mehr, als sie es im Halbdunkel tatsächlich sah, wie sich seine Miene verfinsterte.

„Es ist nicht da!", knurrte er schließlich und zog seine Hand zurück.

„Wieso nicht da?" Nahla rutschte heran, suchte selbst – und fand nichts.

„Wo ist es! Ich brauche jetzt echt etwas zur Beruhigung!" Christian fletschte die Zähne wie ein Hund, der zum Angriff ansetzt. Entsetzt über diese an sie gerichtete Geste wich Nahla zurück und schob sich wie ein Krebs weg von ihm bis zur Wand. Dabei war ihr, als begänne das schmiedeeiserne Herz auf ihrem Dekollete zu glühen.

Christian presste sich seine geballten Fäuste an die Schläfen. Nahla keuchte. Als hohle ihn ihr Laut aus einer desaströsen Unterwelt zurück, streckte er ihr seine Hand entgegen. Sie nahm sie. Er zog sie zu sich, an seine Brust und dort kam binnen Sekunden ihrer beider Welt wieder in Ordnung.

„Ich habe keine Ahnung, wo es geblieben ist", flüsterte

Nahla. „Ich könnte meine Schwestern fragen …"

„Lieber nicht! Man soll keine schlafenden Hunde wecken."

„Was dann?"

„Ich weiß nicht."

Nach den Festivitäten des Jahreswechsels vereinbarte Lydia einen Termin beim Gynäkologen. Nahla stimmte mit einem Kopfnicken zu. Seit dem zweiten Weihnachtsfeiertag verspürte sie kein Bedürfnis mehr, unnötige Worte mit ihrer Mutter zu wechseln. Sie hatte abermals genickt, als Lydia fragte, ob sie sich nach dem Termin am Parkplatz vor der Praxis treffen wollten.

„Zwölfte Woche", teilte Nahla ihrer Mutter beim Einsteigen mit.

„Hast du ein Ultraschallbild?"

Nahla nickte und zeigte es Lydia. Der Kopf eines Babys war in diesem Entwicklungsstadium riesig im Vergleich zu Ärmchen und Beinchen und erinnerte Lydia von jeher an eine zarte Kaulquappe, aus deren Körpern eben ihre Gliedmaßen sprossen.

„Och! Wie süß!" Lydia fasste sich mit den Händen ans Herz. Nahla musste dabei ein kleines bisschen lächeln.

„Ob's wohl ein Mädchen oder ein Bub wird?" Lydia suchte in den Grautönen des Bilds nach einem Hinweis, den es noch gar nicht geben konnte. Aber eigentlich war der ohnehin unnötig. Nahla *wusste*, dass ein Junge in ihr wuchs. Ein untrügliches Gefühl verriet es ihr.

„Ihr ahnt überhaupt nicht, was auf euch zukommt …", seufzte Lydia und gab Nahla das Bild zurück.

„Das ist das letzte Mal, dass du mich fahren musst!", entgegnete Nahla patzig. Obwohl sie eben gelächelt hatte, würde sie ihrer Mutter nicht ohne weiteres verzeihen. Lydia seufzte ein weiteres Mal und fuhr dann nach Münsterhausen, wo der Vater einer Grundschulfreundin Nahla seinen alten Zweitwagen, einen Twingo, verkaufen wollte. Nachdem alle Rechnungen des Führerscheins bezahlt gewesen waren, hatten sich noch rund 1200 Euro auf Nahlas Sparbuch befunden. Der Twingo kostete tausend. Lydia fuhr kantig. Nahla sah ihr an, wie angegriffen sie war. Zwischendurch betrachtete sie immer wieder ihr Ultraschallbild. Es steckte im durchsichtigen Umschlag des Mutterpasses, in dem der Gynäkologe ihr Gewicht, ihre Größe, die bisherigen Daten des Babys, sowie den nächsten Kontrolltermin vermerkt hatte.

Ich will's Christian zeigen! Ich will endlich mein Auto!

Bei Carolina wurden sie bereits erwartet. Ihr Vater bat alle ins Esszimmer. Nahla war lange nicht hier gewesen, doch an die Einrichtung erinnerte sie sich genau. Eine Eckbank, dahinter ein meterhohes Kreuz, nebst Fotos aller Familienmitglieder, über dem Ganzen eine lichtschluckende Holzdecke. Carolinas Vater kam Nahla von jeher vor wie diese, glatt gehobelt und steif, und auch Carolina fand sie ein wenig hölzern. Das war wohl der Hauptgrund, warum sie seit der Grundschule keinen regelmäßigen Kontakt mehr gehabt hatten. Eher nebensächlich war dagegen, dass sie danach auf verschiedene Schulen gegangen waren. Nahla überreichte Carolinas Vater ihre tausend Euro. Er gab ihr die Autoschlüssel und bot Lydia einen Kaffee an. Die Freundinnen zogen es vor, für sich zu sein. Es war sonnig draußen, so sonnig, dass die Stufen vor der Haustür dazu einluden, auf ihnen Platz zu nehmen. Carolina bot Nahla eine Zigarette an.

Eigentlich passt es gar nicht zu ihr, dass sie raucht. Doch vielleicht braucht sie das als Gegengewicht zu ihrem Elternhaus?

„Nein, danke", lehnte Nahla ab.

„Wie läuft's in der Schule?", fragte Carolina.

„Immer noch traumhaft. Und bei dir?"

„Ebenso!" Carolina stieß den Rauch aus, als wäre ihr Mund ein Ventil. „Schon verrückt, dass wir schon in der Grundschule beide Hebammen werden und ein Geburtshaus aufmachen wollten. Und dass du extra deswegen auf Kinderpflege umgesattelt hast, damit wir die Vorgaben erfüllen. Jetzt fehlt dann nur noch deine Kinderkrankenschwesterausbildung." Auf dem Gartenzaun turnte ein rotbraunes Eichhörnchen. „Das kommt immer!", redete Carolina weiter und zog zwischendurch an ihrer Zigarette. „Niedlich, nicht? Es frisst im Vogelhaus mit. Hey, willst du echt keine?" Erneut hielt sie Nahla ihre Zigaretten hin, damit sich diese bediente.

„Du ... ich rauche nicht mehr."

„Seit wann?"

Nahla zuckte mit den Schultern und sah dem Eichhörnchen zu, das zusammen mit den Vögeln Sonnenblumenkerne im Futterhäuschen unweit der Stufen fraß, auf denen sie saßen.

„Gehst du jetzt unter die Gesundheitsapostel?", foppte Carolina.

„Nein. Was anderes ..."

„Was denn?", fragte Carolina. „Sag schon! Was ist?"

Nahlas aufkommendes Lächeln ankerte tief in ihrem Inneren. Es war ein Lächeln, dem nichts und niemand etwas anhaben konnte. So wie ihrem Baby, das sie vor allem und jedem beschützen würde. Dieses Lächeln kannte Carolina nicht an Nahla. Es ließ sie ihre Freundin anstupsen, damit sie den Grund dafür ausspuckte.

„Ich bin schwanger."

„Echt?!"

Nahla nickte. Das Lächeln überflutete ihr Gesicht. Wäre Carolina ein etwas lockerer Typ gewesen, hätte sie ihrem Impuls folgen und Nahla umarmen können. Doch eine gewisse Steifheit, die jedoch ihre Zunge aussparte, hielt sie zurück. „Du Wahnsinnige! Freust du dich? Klar freust du dich, man sieht's dir ja an! Ich fass es nicht! Und Christian? Was sagt Christian?"

„Er ist total happy!"

„Aber deine Mutter nicht. Klar ... deshalb ist sie heute so fahrig."

„Mit ihr ist es schwierig. Aber mit meinem Vater noch viel mehr. Er ist gegen das Kind. Ich hab ihn das zu meiner Mutter sagen hören. Mit mir redet er nicht mehr. Und ich rede zur Zeit nicht mehr viel mit ihr."

„Warum?"

„Ich weiß nicht ... Ich glaube, sie ist auch dagegen. Vielleicht macht sie sich aber auch bloß zu viele Sorgen."

„Aber das ist doch deine und Christians Sache!"

„Schon ..."

„Und jetzt auch ein bisschen meine", fügte Carolina hinzu, woraufhin Nahla sie fragend ansah.

„Mit der Ausbildung zur Kinderkrankenschwester wird's jetzt ja kaum noch was werden.

Ein Hauch von Trauer streifte Nahlas Gesicht. Ein Platz in

der Schule für Kinderkrankenschwestern in München wäre ihr mit ihren Noten quasi sicher gewesen.

„Das kommt schon noch“, entgegnete sie zögernd. „Ich will nur ein Jahr daheim bleiben und dann mache ich die Kinderkrankenschwesternschule in Günzburg. Das ist auch nicht so weit zu fahren.“

„Gebongt!“, rief Carolina. „Aber ... wirst du denn nicht zu Christian in die Berge ziehen?“

Ach ja ... Wörnsmühl ... die Berge ... die Wohnung ... ach ja ...

Lydia und Carolinas Vater traten aus der Haustür. Die Freundinnen wandten die Köpfe nach ihnen und verstummten.

„Wollen wir?“, fragte Carolinas Vater.

„Ja!“, entgegnete Nahla und ließ sich von ihm sämtliche Hebel und Knöpfe des Twingos erklären. Danach holte sie aus ihrer Tasche den Schutzengel ihrer Oma, den sie liebevoll in ein weiches Halstuch gewickelt hatte, und schlang sein Band im selben Mintgrün wie das Auto um den Rückspiegel. Jetzt prangte er dort, wo er hingehörte. Es war ein erhabenes Gefühl, unter seinen Augen nach Hause zu fahren und Christian freute sich abends am Telefon über ihren Bericht. Neid war gerade keiner in seiner Stimme. Auch schien er Nahla ansonsten in stabiler Verfassung.

Nur gut, dass er sich nicht mehr so von der Trinkerei unter seinen Kollegen mitreißen lässt. Unser Baby gibt ihm Halt!

So eng bemessen der Innenraum des Twingos war, für Nahla beherbergte er eine Welt. Diese vergrößerte sich mit jedem gefahrenen Kilometer, während zugleich ihre für Fahranfänger typische Unsicherheit abnahm. Zur Schule war es nicht weit. Es reichte ihr nicht zum Üben, deshalb drehte sie stets Extrarunden. Doch dachte sie an die Fahrt nach Wörnsmühl, wurde ihr mulmig. Ihr Vater fuhr diese Strecke in knapp drei Stunden. Sie brauchte bestimmt viel länger. Am ersten Februar würde Christian in seine Wohnung ziehen. Auch der Gedanke rumorte in ihr. Sie hegte zwar immer noch eine Stinkwut auf ihre Mutter, doch wer außer dieser sollte ihr nach der Geburt beistehen? Sie hatte Nahla bisher immer unterstützt. Mit der Schule, dem Arztgang, dem Autokauf. Zurückhaltend auch mit Christian. Nahla machte sich bei der

Versorgung eines Babys nichts vor. Auch eine Kinderpflegerin, die wusste, wie man mit Säuglingen umgeht, bedurfte gelegentlicher Pausen. Sie brauchte jemanden, der ab und zu mit dem Baby spazieren ging, und sei es nur für eine halbe Stunde, damit sie sich für eine kurze Weile der Verantwortung entledigen und ihre vom unentwegten Achtgeben aufgescheuchten Sinne beim Duschen oder Musikhören entspannen konnte. Ununterbrochen darauf aufpassen zu müssen, ob dem Baby beim Schlafen die Decke übers Gesicht rutschte, es sich beim Reflux verschluckte oder sonst etwas nicht mit ihm stimmte, zehrte bei jedem an den Kräften. Andererseits wurde ein Säugling auch schnell älter und damit diese Gefahren kleiner. Man brauchte also nur bis dahin durchzuhalten, dann schlief man sicher selbst wieder besser, tiefer, erholsamer. Und es wäre bestimmt viel schöner, mit Christian und dem Baby als richtige Familie zusammen zu leben als bei ihren Eltern zu bleiben.

—

Was war eigentlich mit den Nachbarn los, fragte sich Nahla die Tage zunehmend. Ihr war, als sähe sie speziell Gerlinde aus dem Haus gegenüber an, als habe sie etwas verbrochen. Aber Nahla hatte nun wirklich keine Zeit, um sich auch noch über sie Gedanken zu machen.

„War was?", fragte sie ihre Eltern, die in der Küche die Supermarkteinkäufe verräumten und sie nun fast genauso sträflich taxierten wie Gerlinde.

„Das hätte es wirklich nicht gebraucht!", schimpfte Lydia los. „Hatten wir nicht abgemacht, dass du noch wartest, bevor du es herumerzählst?"

Nahla blickte drein, als habe sie eine Ohrfeige bekommen.

„Schämen muss man sich ..." Nahlas Vater verzog sich alsgleich in sein Kellerbüro und überließ seiner Frau das weitere Verräumen der Einkäufe sowie die Belange der Tochter.

Lydia pflichtete ihm dennoch bei: „Ja, schämen muss man sich!"

„Weswegen!?", rief Nahla. „Ich hab mit niemandem geredet! Nur mit Christian!"

Oh nein ... bloß nicht ...

„Weißt du, was Gerlinde zu mir gesagt hat? ‚Dir als Erzieherin passiert sowas! Von *dir* hätte das keiner gedacht!'"

Nahla rieb sich die Stirn, verdeckte dabei die Augen mit der Hand und senkte den Kopf. Sie schämte sich. Sie war das schwarze Schaf der Familie. Schon ihre Haarfarbe bezeugte das.

Vielleicht ... geht es ja noch weg ...

„Mama ... ich war das nicht“, murmelte sie.

„Wer denn dann? Es weiß doch sonst keiner außer uns!“

„Ich fürchte ... ich fürchte ....“, Nahla hob ein wenig den Kopf, „es war Carolina.“

„Pah! Die hat es herumerzählt?!“

Mist! Mist! Mist!

„Wahrscheinlich. Es kommt sonst niemand in Frage. Mama ... ich habe das nicht erwartet. Wir kennen uns schon so lange und sie ist immer so korrekt!“

„Pah! Korrekt! Je mehr Lebensfreude sich jemand durch unnötige Korrektheit verkneift, desto größer wird der innere Druck! Carolina ist da doch genau wie ihr Vater! Und du hast ihrem Druck ein Ventil gegeben!“

Unvermittelt begann Nahla zu grinsen.

„Was ist denn jetzt?“, fragte Lydia irritiert.

Nahla strich den weiten Pulli über ihrem Bauch glatt, was die Wölbung darunter hervortreten ließ. „Ich hab mir nichts verkniffen.“

Lydia stutzte. Dann brachen Risse durch ihre verkrampften Züge, die sich rasch verbreiterten. Die steife Maske der letzten Tage löste sich auf. Nahla sah ihre ursprüngliche Mutter zum Vorschein kommen.

„Nein, du hast dir nichts verkniffen“, sagte Lydia und legte ihre Hände zu Nahlas. In beidseitiger Erleichterung erkannten sie, dass die Hürde zwischen ihnen überwunden war. Dabei brachen sie in ein lautes Gelächter aus, das wiederum Lisa und Agnes herbeizitierte.

„Was habt ihr?“ Agnes schlang die Arme um die Hüfte ihrer großen Schwester und sah mit großen Augen zu ihr auf, die wie Seen auf Hochalmen glänzten. Nahla strich ihr über die blonden Haare und nahm ihre Hand. Sie sah kurz zu Lydia, diese nickte zustimmend. Nahla platzierte Agnes’ Hand auf ihren Bauch. „Unsere Familie wird größer“, sagte sie sanft.

„Du bist schwanger!“, rief Lisa.

Nahla schnalzte mit der Zunge. „Und du hast es wahrscheinlich schon gewusst."

„Die ganze Zeit!", bekannte Lisa keck und begann, ebenfalls Nahlas Bauch zu betasten. „Der ist ja ganz fest!"

„Das gehört so", erklärte Nahla.

Mein Baby wird niemals weggehen! Es bleibt!

Wörnsmühl beherbergte rund zweihundert Einwohner und verdankte seinen Namen einer ehemaligen Mühle aus dem 15. Jahrhundert an der Leizach, deren Wasserrad einst, zusätzlich zu den herkömmlichen Mühlsteinen, auch ein Hammer- und Sägewerk antrieb. Christian nahm in seine Wohnung mit, was sich in seinem Zimmer in Fischbachau befand. Den größten Teil seines Lehrlingseinkommens hatten die Zugfahrten zu Nahla und die Abgaben bei seiner Mutter verschlungen. Das Bisschen, das er hatte sparen können, investierte er in eine Waschmaschine, einen Kochtopf, sowie in ein paar Teller. Übriges Besteck fand Nahla in der Abstellkammer ihrer Eltern. Außerdem noch eine ausrangierte Pfanne und einige Gläser. Diese durfte sie ebenfalls mit zu Christian nehmen. Er gab seine letzten Groschen für einen Plastiktisch und drei Plastikstühle in einem Baumarkt aus.

„Es ist schon weit zu fahren", sagte sie. Die Vorstellung, alleine rund 190 Kilometer hinter sich bringen zu müssen, war nicht leichter geworden. Christian drückte Nahla bei seinem vorerst letzten Besuch in Thannhausen ihr zuzwinkernd die Hand. Das nächste Wochenende würden sie in seiner Wohnung verbringen. Am Freitag nach der Schule packte Nahla ihre Sachen.

„Mama, ich fahr jetzt nach Dinkelscherben!"

Lydia sah erstaunt von ihrer Zeitung auf. „Nach Dinkelscherben? Kommt Christian jetzt doch? Oder fährst du mit dem Zug und lässt das Auto am Bahnhof stehen?"

Nahla schmunzelte. „Christian kommt. Und dann fahren wir zusammen nach Wörnsmühl."

„Er kommt extra mit dem Zug bis nach Dinkelscherben, damit du nicht alleine fahren musst?"

Nahla nickte.

„Wow!" Lydia legte ihre Zeitung nieder.

„Ich sag's doch, er ist viel mehr als ihr immer denkt!" Nahla nahm ihre Tasche und verließ mit einer schwungvollen Kehrtwendung das Wohnzimmer.

Sie legten auf der Fahrt zwei Pausen ein, bis Nahla den Blinker setze, um die Autobahn endgültig zu verlassen. Das letzte Stück der Strecke führte durch das Tal der Leitzach. Die Straße schlängelte sich durch die Berge wie der Fluss neben ihr. Jedes Wochenende, an dem Nahla und Christian sie fortan fuhren, hatte sich das Tal ein klein wenig verändert. Anfangs, im Februar, glitzerte der Schnee im Lichteinfall der schräg stehenden Wintersonne weiß bis dunkelblau. Eiszapfen an Überhängen und Hüttendächern fingen ihre Strahlen auf und warfen silberne Sterne zurück. Während des Märzes verdichtete sich der Schnee zu einer sulzigen Schicht, die in Brocken von Gezweig und Hängen rutschte, um diese im April nackt dastehen zu lassen. Bald darauf überzogen sie maigrüne Hauben aus jungen Trieben und neuem Gras. Nahla freute sich jedes Wochenende auf die Fahrt und Christian erwähnte nie das viele Geld, das er für den Zug verbrauchte, sowie dass er die Strecke am Freitag und am Sonntag doppelt machte. Ihn trug dasselbe Gefühl wie Nahla: Sie waren eine Familie! Nahla brauchte inzwischen nur noch eine kurze Pause und jedes Mal, wenn Christian wieder neben ihr auf den Beifahrersitz Platz nahm, sie den Zündschlüssel drehte und losfuhr, wurde der Innenraum des Twingos zu einem Universum, das alles umfasste, was sie bedurfte, um glücklich zu sein: das Kind in ihrem Bauch, sein daneben sitzender Vater und die Bewegungsfreiheit, die ihr der Twingo schenkte.

Später, als sie allein diese Strecke fuhr, als Florian schon kein Säugling mehr war und Christian nicht mehr ihr Freund, erfasste sie beim Anblick der Leitzach stets bittersüße Melancholie, die von diesem ersten richtigen Familiengefühl verblieben war. Der Schutzengel ihrer Oma an seiner Kordel am Rückspiegel schwang dabei unverändert seine strasssteinbesetzten Flügel.

Als der Frühling die Bäume und Wiesen des Leitzachtals mit Myriaden weißer und gelber Blüten besprenkelte, war Nahla so weit, sich die Strecke ohne Christians Begleitung zuzutrauen. So gerne sie die Fahrten mit ihm fortgesetzt hätte, so bewusst war sie sich, was er für die damit einher gehenden Zugfahrten ausgab. Das auf ihrem Sparbuch verbliebene Geld war längst für Benzin ausgegeben und die Kosten für beides, Zug und Benzin, trug Christians Gehalt nicht auf Dauer.

Unter der Woche ernährte sich Christian von Wurstsemmeln. Für die Wochenenden kaufte er ein, was Nahla ihm auftrug. Sie kochte sämtliche Gerichte, die er sich wünschte und überraschte ihn mit Eigenkreationen, putzte und machte seine Wäsche. Die Harmonie des Zelturlaubs am Thiersee, wo sich die Aufgaben zwischen ihnen auf geschmeidig-natürliche Weise aufgeteilt hatten, jeder seinen Bereich versorgte und ausfüllte, und zusammengesetzt mit dem des anderen ein Ganzes ergab, erlebte eine Renaissance. Was Nahla tat, erfreute Christian und sie tat es gern für ihn, für ihre werdende Familie. Ihr Bauch wuchs, die Freundinnen in der Schule hatte sie jedoch noch nicht eingeweiht. Lange würde es nicht mehr dauern, bis sie von selbst verstünden und dem wollte Nahla zuvorkommen. Sie hätte ihnen schon viel früher von ihrer Schwangerschaft berichtet, doch nach dem Tratsch, der sich wegen Carolinas unloyalem Verhalten wie ein Lauffeuer durch das kleinstädtisch biedere und entsprechend nach Sensationen hungernde Thannhausen gefressen hatte, fürchtete sie weitere Konfrontationen dieser Art. Aber als die vieles vermummenden Winterpullis durch T-Shirts ersetzt und diese je nach Temperatur durch das Sonnen-Wolkengemisch am Himmel mit leichten Jäckchen kombinierte wurden, hafteten Fatimas Augen in der Pause länger auf Nahlas Körpermitte, als dass es sich um einen zufälligen Blick gehandelt haben konnte. Da zog Nahla ihre kaschierende Weste aus und zeigte den Freundinnen ihren Bauch.

Mehrstimmige „Ohhhs“ und „Ahhhs“ erhoben sich um Nahla wie der Singsang junger Vögel. Als dieser abebbte und Fragen Platz machte, setzte sich zuerst Fatimas Stimme durch: „Ich habe mich schon gefragt, wann du es uns endlich sagst!“

„Wie, du wusstest es schon?“, fragte Anastasia.

„Es war unvermeidlich.“

„Klar“, nickte Anastasia, „du bist ja auch Thannhausnerin.“

Nahla schlug die Augen nieder.

„Warum habt ihr uns nichts gesagt?“, fragte Chantal gleichsam an Nahla und Fatima gerichtet.

„Ich hab nichts gesagt, weil ich mitbekommen habe, was in Thannhausen los war. Das war echt schlimm. Die Leute haben sich die Mäuler zerrissen!"

Nahla hob den Blick in der Erkenntnis, welche verständnisvolle Warmherzigkeit Fatimas Verhalten im Vergleich zu Carolinas bezeugte. „Ja, es war schlimm", bestätigte sie. „Meine Eltern haben sich furchtbar für mich geschämt, weil ich so aus der Reihe tanze. Und ich hab mich erst geschämt ..."

„Mensch, du Arme!"

„Wie gemein!"

„Seht ihr, dass sich Nahla erst davon erholen musste?", fragte Fatima und die anderen nickten durchwegs.

„Aber vor uns brauchst du dir doch nichts zu denken!", sagte Chantal.

„Ich weiß ...", entgegnete Nahla. „Ich weiß ... Es ist nur nicht so einfach."

Da umschlossen sie viele Arme. Fatimas, Chantals und Anastasias voran. Und dann erzählte Nahla ihren Klassenkameradinnen alles, auch, wie sie in der Pause zur Drogerie gerannt war und auf der Toilette einen Schwangerschaftstest gemacht hatte.

„Das war das einzige Mal, dass du zu spät gekommen bist!"

„Wir haben uns bis heute gefragt, warum!"

Nahla berichtete von der Reaktion ihrer Eltern, vom bisherigen Verlauf der Schwangerschaft und ihren Plänen mit Christian.

„Er hat eine Wohnung! Boah! Der macht Nägel mit Köpfen!"

„Nach dem Abschluss ziehst du dann sicher zu ihm!"

Daraufhin sagte Nahla nichts.

„Was? Etwa nicht?", fragte Chantal.

„Es ist schon ein bisschen weit weg von hier", druckste Nahla herum. „Christian ist tagsüber in der Arbeit und die stresst ihn. Ich glaube, er braucht seine Ruhe, wenn er heimkommt. Ich hätte dort niemanden, der mir mal hilft, wenn das Baby krank ist oder ich selbst krank werde ..."

„Hmm."

„Ja, stimmt ..."

„Dann bleibt es also bei den Wochenendbesuchen?"

„Eigentlich will ich schon mit Christian zusammenwohnen …"

„Das findet sich schon! Ihr wisst doch, letztes Jahr hat eine aus dem Jahrgang über uns ein Baby bekommen. Sie hat bis zur Geburt das Drumrum auch geregelt gekriegt!"

„Wann kommt denn dein Baby?"

„Ende Juli."

„Was! Wenn es nur ein bisschen früher dran ist, kannst du deine Abschlussprüfungen vergessen!"

„Du darfst dich nicht aufregen, Nahla! Du musst ganz ruhig sein, dann kommt es nicht zu früh!"

„Ich reg mich ja gar nicht auf …"

„Wir passen auf dich auf!"

„Das ist lieb von euch", sagte Nahla. Die vielen Arme legten sich aufs Neue um sie und lösten sich erst, als der Gong zur nächsten Stunde rief.

So sehr sich Nahla auch darum bemühte, rechte Vorfreude auf den Umzug nach Wörnsmühl stellte sich nicht ein. Sie hätte dort zwar ihre Oma in Bayrischzell in der Nähe, aber die konnte ihre Aufgaben in der Pension auch nicht einfach so stehen und liegen lassen. Nahla bearbeitete die Troddeln an ihrem Kissen und gleichzeitig taten diese ihr leid. Sie hatte die Zöpfe viel zu stramm geflochten. Das passierte ihr neuerdings öfters. Bis nach Wörnsmühl würden auch Fatima, Chantal und Anastasia nicht kommen können. Ihr war, als stöhne das Kissen. Voller Mitgefühl befreite Nahla seine Anhängsel von ihrem Verbogensein.

Ich glaube, nach Wörnsmühl zu ziehen, verbiegt auch mich … Ich glaube, ich will mit einem Neugeborenen nicht so weit weg von meiner Mama sein … Aber es geht wohl nicht anders, ich gehöre zu Christian.

Schon wieder begann sie verkrampft zu flechten. Als sie sich dessen erneut bewusst wurde, hielt sie inne, strich über ihre Bettwäsche mit den ausladenden roten Blumen und betrachtete vor der dunkelrot gestrichenen Wand ihren schwarzen Schrank, dessen Türen offen standen. Von der Kleidung darin waren mindestens zwei Drittel schwarz. Nahla drückte die Stopptaste ihres CD-Player. Nirvana versiegte.

Mamas hören nicht sowas und ziehen sich nicht schwarz an … Babys mögen bunte Farben!

Wieder zupfte sie die Troddeln am Kissen auseinander. Ihr unteres Viertel war inzwischen zerschlissen.

Ich könnte mich ja vielleicht oben herum heller anziehen?

Sie seufzte, sank zurück und starrte zur Decke.

Wo ist überhaupt Christians Gras geblieben? Vielleicht ist es doch nur am Boden unterm Schrank nach vorn gerutscht?

Minuten später räumte Nahla in der Abstellkammer den Putzschrank aus, um ihn von der Wand rücken zu können. Sie wunderte sich fast, dass ihr das mit ihrem Bauch, der sie allmählich etwas schwerfällig werden ließ, gelang, ohne dabei zu viel Krach zu machen und entdeckt zu werden. Wut stieg in ihr auf, als sie nichts fand, auch ein klein wenig auf Christian. Sein Verhalten brachte sie ja dazu, sich wegen verschwundenem Marihuana Sorgen zu machen. Da sie diese nicht länger mit sich herumschleppten wollte, beschloss sie spontan, doch mal in Lisas Zimmer nachzusehen, zumal ihre Schwester gerade nicht im Haus war. Mit schlechtem Gewissen legte sie die Hand auf Lisas Türklinke. Just in dem Moment rief Lydia: „Nahla, hast du Zeit? Komm, ich fahr mit dir einkaufen! Du kannst so nicht mehr herumlaufen!"

Nahla sah an sich hinunter. Kaum eines ihrer alten Kleidungsstücke reichte noch ganz über ihren Bauch.

„Ja!", rief sie die Treppe hinunter, froh darüber, von der Detektivarbeit in Lisas Zimmer, diesen Vertrauensbruch, abgehalten zu werden.

„Mir gefällt hier nichts …"

Lydia und Nahla durchkämmten die Umstandsmode.

„Eigentlich hab ich schon damit gerechnet", erwiderte Lydia. „Schatz, eine Sache", sagte sie so beiläufig wie möglich über einen Ständer mit gerüschten Schwangerschaftsoberteilen in hellen Babyfarben hinweg.

„Was denn?", fragte Nahla, unterm Arm einige Mullwindeln und Strampler.

„Ich will nicht, dass du nach Wörnsmühl ziehst."

Nahla stierte ihre Mutter über den Ständer hinweg an.

„Es gibt auch andere Möglichkeiten." Lydia hielt Nahla mit

den Augen fest, wobei sie in Nahlas las und dann aussprach, was diese vor sich selbst nicht zuzugeben wagte: „Du willst doch gar nicht nach Wörnsmühl."

„Ich ..."

„Pass auf, ich mache es dir jetzt einfach. Ich verbiete es dir." Lydia umrundete den Ständer mit den Oberteilen, nahm Nahla die Mullwindeln und die Strampler ab und bezahlte an der Kasse. Auf der Rückfahrt beobachtete sie aufmerksam, wie Nahla stillschweigend Optionen und Konsequenzen abzuwägen schien. Doch Nahla war zu sehr mit sich selbst beschäftigt, um Lydias Blicke zu registrieren. Zu ihrer Sprachlosigkeit gesellte sich etwas, das ihr zunächst seltsam vorkam: Erleichterung. Hauptsächlich diese hinderte sie daran, ihrer Mutter zu widersprechen, die ihr eigentlich, da sie ja 18 war, gar nichts mehr zu verbieten hatte.

Eine andere Lösung ... Vielleicht könnte Christian seine Lehre in Thannhausen weitermachen?

„Halt mal noch beim ‚Stoffe Aumayer'", wies Lydia sie an. Nahla kam dem nach und folgte ihrer Mutter ins Stoffgeschäft, ohne recht wahrzunehmen, was sie tat.

Eine andere Lösung ...

Lydia betrachtete die Meterware. Sie ließ sich verschiedene Ballen hervorholen und auf dem Tisch zur Ansicht abrollen.

„Ui, der ist schön!" Nahla streichelte einen schwarzen Stoff mit unscheinbaren weißen Blumen, die wie winzige Fenster in ihm wirkten und dadurch die dunkle Barriere der Farbe durchlässig werden ließen. Dabei kehrte sie in die Außenwelt zurück.

„Dann brauchen wir jetzt nur noch ein Schnittmuster", sagte Lydia zur Verkäuferin. Diese bot ihr daraufhin zwei verschiedene für Umstandskleider an. Lydia kaufte beide, sowie den schwarzen Stoff und dazu noch einen dunkelblauen. Wieder im Auto sagte sie: „Mit zwei Kleidern und den Umstandssachen, die mir meine Bekannte für dich überlassen hat, müsstest du jetzt im Sommer bis zur Entbindung über die Runden kommen."

Nahla entgegnete nur: „Danke, Mama", und wurde sich in diesem Augenblick bewusst, dass sie gewiss nicht bis nach Wörnsmühl wegziehen würde.

Zu Hause fahndete Nahla sofort nach Kunstschmieden in der Umgebung. Es gab nur zwei. Obwohl es für Christian schwierig wäre, diese ohne Führerschein im spärlichen öffentlichen Verkehrsnetz auf dem Land zu erreichen, rief sie bei ihnen an. Nein, Lehrling brauche man keinen. Nein, auch nicht mit Vorerfahrungen. Nein, auch nicht bei besonderem Talent. Nein, Fotos der bisherigen Arbeiten änderten daran auch nichts. Frustriert stellte Nahla das Telefon in die Ladestation.

Soll ich beim Bauunternehmen hier am Ort anrufen und nach einer Lehrstelle als Maurer fragen?

Sie setzte sich aufs Sofa und Agnes kuschelte sich an sie. Für ihre kleine Schwester gehörte es derzeit zum Spannendsten, mit ihrem Neffen Kontakt aufzunehmen, indem sie Nahlas Bauch betastete und leicht dagegen drückte um auszutesten, wann und wie das Baby darauf reagierte.

„Bald bin ich Tante! Und das mit neun!"

Nahla drehte einen von Agnes' Zöpfen um ihre Finger. Aus dem Keller tönte die Stimme ihres Vaters. Er telefonierte wortreich und erlesen freundlich mit einem Kunden. Mit ihr hatte er seit Weihnachten kein Wort gewechselt. Nach kurzer Stille begann er ein neues Gespräch. Nahla identifizierte den Namen seiner Sekretärin. Seinen Töchtern gegenüber hatte er nie einen solchen Tonfall angeschlagen. Nahla kannte diesen nur über die Kellertreppe hoch und wunderte sich einmal mehr darüber, über wie viel Charme ihr Vater verfügte.

Aus der Küche scharrten die Geräusche der Stoffschere auf der Tischplatte, wo Lydia Nahlas neue Kleider zuschnitt. Agnes richtete sich auf und Nahla zog ihr zu kurzes Oberteil behelfsmäßig zurecht. Dann nahm sie das Telefon wieder aus der Ladestation und wählte noch eine Nummer, die des Krumbacher Krankenhauses.

„Ich möchte mich zu einem Geburtsvorbereitungskurs anmelden", nannte sie ihr Anliegen und wurde mit einer Hebamme verbunden.

„Ein Kurs startet übernächste Woche. Bisher sind in ihm nur vier Frauen. Zu diesem könnten Sie sich einschreiben."

Der Schwangerschaftskurs fand in einem Gymnastikraum

im Keller des Krankenhauses statt. Rollierend leitete ihn die jeweils diensthabende Hebamme. Auf weichen Matten sitzend taxierten sich die Teilnehmerinnen. Nahla schätzte drei von ihnen auf rund zehn Jahre älter als sie. Eine schien in ihrem Alter zu sein. Bei der Vorstellungsrunde erfuhr Nahla, dass allesamt ihr erstes Kind erwarteten. Als die Teilnehmerin in Nahlas Alter nach ihrem Namen gefragt wurde, wandte sich diese mit einem Funkeln in den Augen an die Gruppe, das so ungewöhnlich offen war, so ungezwungen für diese Gegend und zusätzlich etwas indiskutabel wildes Freies beinhaltete, dass es alle zunächst irritierte.

„Ich bin Marihuana", sagte die junge Frau, dabei die Daumen in die Träger ihrer bestickten Jeans-Latzhose gehakt.

„Bitte?", fragte die Hebamme brüskiert.

„Ich heiße Mari-huana!", wiederholte die junge Frau gedehnter und lauter als zuvor. Der Blick der Hebamme zeigte, dass sie diesen Humor nicht teilte, was jedoch die Frau in der Latzhose nur sichtlich amüsierte.

„Maria-Johanna. Nennt mich einfach ‚Jo'."

„Es ist nichts geworden mit deiner Lehrstellensuche als Kunstschmied, oder?", fragte Lydia, als Nahla am Schreibtisch in ihrem Zimmer saß und für ihre Abschlussprüfungen lernte. Lydia hatte ein Glas Eistee neben Nahlas Bücher gestellt und lehnte nun im Türrahmen. Bekümmert schüttelte Nahla den Kopf. Sie hatte den Radius bei ihrer Suche noch um zwanzig Kilometer erweitert, aber auch das war nicht mit Erfolg gekrönt worden.

„Kennt Papa nicht jemanden bei HBW?", fragte sie verhalten.

„Ja, doch. Er kennt Herrn Dachsel, einen der Chefs."

„Meinst du, Papa würde Christian helfen?"

„Nein, das denke ich nicht."

Nahla kühlte sich die Hände am Eisteeglas und drückte sie sich dann auf die Stirn.

„Aber ich denke, er würde *dir* helfen", setzte Lydia hinzu.

„Echt? Aber ... Könntest du Papa fragen?"

„Das hab ich schon."

Nahla richtete sich kerzengerade auf. „Und?"

„Er meint, es sei wohl nur eine Formsache. Herr Dachsel wäre ihm ohnehin einen Gefallen schuldig und der hat im Betrieb eine leitende Position."

„Danke!"

Nahla hätte sich auch gern bei ihrem Vater bedankt, doch den wagte sie nicht anzusprechen. Alsgleich hielt sie sich wieder an ihrem Eisteeglas fest.

Aber Christian ist doch kein Maurer …

Als habe Lydia ihre Gedanken gelesen, sagte sie: „Es muss ja nicht für immer sein."

„Deine Mutter hat es dir verboten?", fragte Christian ungläubig, als Nahla sind endlich überwunden hatte ihm mitzuteilen, dass sie nach ihrem Abschluss nicht zu ihm nach Wörnsmühl ziehen würde. „Und jetzt?" Er brütete auf einem der drei Plastikstühle in seiner Wohnung vor sich hin.

„HBW kennst du vielleicht vom Vorbeifahren? Du könntest doch dort deine Lehre weitermachen und wir suchen uns in Thannhausen eine Wohnung. Wie wäre das?"

„Weiß nicht …", entgegnete Christian. „Aber schlimmer als hier kann's dort schier nimmer werden."

„Komm!", forderte Nahla ihn auf. „Gehen wir in den Garten!" Dort legten sie sich auf einer Decke ins Gras. Auf einem Halm kauend fragte Christian nach einer Weile mit einem Hoffnungsschimmer in der Stimme: „Gibt es bei euch einen Kunstschmied in der Nähe?"

Nahla fasste nach seiner Hand. Die Brandwunde, die frisch gewesen war, als sie einen ihrer ersten Spaziergänge gemacht hatten, war noch immer zu sehen. Wie stolz und gleichzeitig jungenhaft verlegen hatte er Nahla damals die von ihm geschmiedete Gestalt in den Gitterstäben eines Klofensters in Bayrischzell gezeigt.

„Ich hab schon alle durchtelefoniert", gestand sie.

„Ach Püppi …", er legte den Kopf an ihren. „Hier in Wörnsmühl haben wir wenigstens schon eine Wohnung."

„Ich könnte in Thannhausen eine suchen."

„Ich weiß nicht …"

Am nächsten Montagabend auf einem weichen Gymnastikball geburtserleichternde Beckenbewegungen übend, betrachtete Nahla Jo, die hellen Haare, das kantige Kinn, die gestrafften Schultern, die aufrechte Haltung. Jo sah ganz und gar nicht aus, als käme sie aus der Gegend, sondern als gehöre sie in jede Gegend. Die Gegend war egal. Jo gehörte überallhin, denn sie würde sich bestimmt allerorts behaupten können.

Wie wird man nur so ...?

Schon am Montag darauf war Jo nicht mehr da. Sie hatte den frühesten Geburtstermin von allen in der Gruppe gehabt. Die Hebamme berichtete, dass Maria Johanna einen gesunden Jungen entbunden hatte.

Nahla lernte für ihre Prüfungen, fuhr am Wochenende zu Christian und machte seinen Haushalt. Akribisch durchkämmte sie sämtliche Annoncen nach Wohnungen. Sie besichtigte mehrere, fand eine geeignete, mietete sie und hinterlegte die Kaution vom Vorschuss ihres Kinder- und Elterngeldes, den sie in einem zeitraubenden Formularkrieg erwirkt hatte. Christian kam, um seinen neuen Lehrvertrag zu unterschreiben. Nahlas Vater machte ihn mit seinem zukünftigen Chef bekannt, wobei in seinem Gesicht grimmig geschrieben stand: ‚Wage es nicht, mir Schande zu machen!' Nahla fröstelte in der Atmosphäre, die er verbreitete.

„Wenn wir nicht vor dem ersten September in unsere Wohnung können", überlegte Christian, als sie hinterher in Nahlas Zimmer auf dem Bett lümmelten, „bedeutet das wahrscheinlich, dass ich ein paar Wochen bei deinen Eltern hausen muss?"

„Wenn du bei der Geburt dabei sein willst ..."

Er streichelte mit seinen vom Zement und Ziegelsteinen rauen Händen Nahlas nackten Bauch und verfolgte die Beulen, die unter der Bauchdecke dahinzogen.

„Mensch, der wird mal ein ganz Starker! Fest! Ja, drück dagegen!", ermutigte er seinen Sohn und zu Nahla gewandt, sagte er: „Ich werde hier sein! Ab Mitte Juli habe ich doch extra deshalb frei genommen." Dafür hatte er seinen gesamten Jahresurlaub aufgespart. Nahla hoffte einfach nur, dass ihr Baby nicht früher kam, was auch ihre Abschlussprüfungen zum

Problem machen würde. Geburten zwei Wochen vor dem Termin waren keine Seltenheit, vor allem, wenn man kaum noch zur Ruhe kam wie sie.

Als Christian dann seine Wohnung in Wörnsmühl räumte und mit ein paar Plastiktüten Kleidung in Nahlas Zimmer einzog, befand sich ein neuer Beutel Marihuana darunter. Christian schob ihn im Dachboden hinter das Dämmmaterial zwischen zwei Balken. Nahla fand, Marihuana bekäme ihm besser als Bier und nahm es hin, auch weil ihre Kraftkapazitäten in diesen Tagen für keine aufreibende Diskussion mehr gereicht hätten.

Fatima, Chantal und Anastasia, stets in Sorge, die Wehen könnten einsetzen, ließen Nahla in der Schule nicht mehr aus den Augen. Der praktische Teil der Prüfungen fand in einem Kindergarten statt. Nahla hatte man aus Rücksicht auf ihren Zustand als Erste eingetragen. Dieser Teil verlief reibungslos. Pädagogik und Psychologie in der darauf folgenden Woche ebenso. Dann standen Betriebsrechnen, Ernährungskunde und Hauswirtschaft auf dem Programm. Als letztes kam Deutsch. Nahla schrieb gerade auf der dritten Seite, als sie plötzlich laut nach Luft japste. Chantal sprang sofort auf und rannte zu ihr, ebenso Fatima, Anastasia saß ohnehin neben ihr. Binnen Sekunden umringte Nahla die gesamte Klasse und belegte sie mit alarmierten Blicken.

„Was ist? Kommt es?", rief Fatima.

„Oh nein! Wir brauchen eine Matte, leg dich hin!"

„Wo ist die Nummer deiner Hebamme, ich ruf sie an!"

„Vergiss die Prüfung, es ist ja die letzte! Bestimmt kannst du sie nachholen!"

„Atme! Atme! Atme! Wenn die nächste Wehe kommt!"

Christian ist nicht da!

Nahla fuhr sich mit feuchten Fingern über die Stirn. Der scharfe Schmerz in ihrem Unterleib ließ etwas nach.

„Nahla, wie fühlst du dich?", fragte die Lehrerin. „Wann ist der errechnete Geburtstermin?"

„Erst nächste Woche." Nahla spürte in sich. Der Schmerz verebbte.

„Hattest du das die Tage schon einmal?"

„Nein, noch nie."

„Dann kann es eine Übungswehe gewesen sein." Die Lehrerin schob die Mädchen ein Stück beiseite und betrachtete Nahla, die sich allmählich wieder fasste. Sie strich sich mehrmals übers Gesicht und sagte dann: „Ich versuche, das hier mal fertig zu bekommen." Damit nahm sie ihren Füller. Den Klassenkameradinnen blieb nichts anders übrig, als es ihr nachzutun.

Nacheinander gaben sie innerhalb der nächsten zwei Stunden ihre Blätter ab. Eigentlich hätten sie danach nach Hause gehen können. Doch als sei es verabredet sammelten sie sich vor der Schule, saßen auf Bänken und im dunkelgrünen Hochsommergras und – warteten auf Nahla.

„Typisch!", mokierte sich Chantal. „Kriegt unter der Prüfung fast ihr Kind und schreibt dann sicher noch eine Eins!"

„Bestimmt legt sie die beste Arbeit hin, so lange wie sie braucht!"

„Lasst doch, so einfach hat sie es zur Zeit echt nicht!"

Nahla trat aus der Tür. Sie wirkte erschöpft. Die dunklen Haare fielen ihr über die Schultern. Das Becken leicht vorgeschoben, den Schultergürtel zum Ausbalancieren des Gewichtes des Bauches etwas nach hinten verlagert, gesellte sie sich im typischen Watschelgang der Hochschwangeren zu ihren Kameradinnen.

„Ich wette, es kommt *nicht*, bevor wie unsere Zeugnisse haben", mutmaßte Anastasia. „Nächste Woche, wenn wir sie kriegen, bist du garantiert dabei!"

Am Tag des Geburtstermins erwachte Nahla morgens voller Erwartungen neben Christian. Doch sie spürte noch nichts Ungewöhnliches. Auch beim Frühstück nicht, den ganzen Tag über nicht. Genauso an den nächsten Tagen.

Behält Anastasia recht?

Der errechnete Termin war um fünf Tage verstrichen, als sie sich morgens um neun an der Kinderpflegeschule aus dem Autositz hievte. In ihrer Umhängetasche befanden sich nur eine Flasche Mineralwasser und eine Mappe für ihr Abschlusszeugnis. Christian wollte sich während der Vergabe in

Krumbach herumtreiben, im Haus ihrer Eltern hatte er nicht ohne sie bleiben wollen. Nach einem Kuss stromerte er davon.

In der Aula saß Nahla inmitten ihrer aufgeregten Mitschülerinnen, von denen manche bibberten, sie könnten durchgefallen sein. Aber bald hielten sie alle ein Zeugnis in ihren Händen – alle außer Nahla. *Was ist schief gegangen? Ich hatte so viel um die Ohren ... Hab ich die Prüfungen verhauen? Das kann eigentlich nicht sein ...*

Die Mädchen schnatterten schon und verglichen ihre Ergebnisse, als die Direktorin sich laut räusperte. „Eine von euch hat noch kein Zeugnis!"

Stille trat ein. Nahla hielt die Luft an, um bloß kein Geräusch zu verursachen und keine unnötige Aufmerksamkeit auf sich zu ziehen. Die Sekunden verstrichen, ihr Gesichtsfeld verdunkelte sich von den Seiten her, bis sie wie durch eine Röhre blickte.

„Nahla, komm bitte nach vorn!"

Alle Köpfe schnellten in ihre Richtung.

Nein! Ich werde so hochschwanger eh schon immer von allen angeguckt!

Sie erhob sich schwerfällig, hielt sich kurz an der Stuhllehne fest, ihr schwindelte. Durch die dunkle Röhre suchte sie den Weg nach vorne zur Direktorin und stellte sich neben sie. So exponiert sehnte sie sich unbändig nach ihrem schwarzen Kapuzenpulli, der zu Hause in einem Schrankfach lag. Sie hätte etwas darum gegeben, sich seine Kapuze jetzt sofort tief ins Gesicht ziehen zu können, um all diese unverwandt auf sie gerichteten Blicke auszusperren.

Mach schon, Direktorin!

Nahla war sich ihres ungeschützten Gesichtes, ihrer nackten Arme und ihrer ab den Knien ebenso unbedeckten Beine nur zu bewusst. Ihr voluminöser Körper, den nur der dünne, aber zumindest bis auf die kleinen weißen Blümchen schwarze Stoff ihres Kleides umhüllte, verstärkte das Gefühl der Verletzlichkeit. Mit einer linkischen Bewegung schüttelte sie den Kopf, so dass ihr die Haare über die Schultern nach vorn fielen. Weich kamen sie auf ihren Wangen zu liegen und beschatteten ihr Antlitz. So war es zumindest ein klein wenig besser.

Indes holte die Direktorin aus einer großen, bisher hinter

dem Rednerpult verborgenen Papiertüte einen Blumenstrauß. Nahla sah diesen auf sich zukommen. Handtellergroße gelbe Gerbera, umgeben von orangen Ringelblumen, umfasst von ausladenden grünen Blättern, deren Bezeichnung ihr gerade nicht einfiel, die sie aber im Unterricht selbst beim Binden von Blumengestecken schon verwendet hatte.

„Im Namen der Schule gratuliere ich dir zur besten Prüfung deines Jahrgangs!"

Klatschen und Johlen erfüllten augenblicklich die Aula. Ungläubig hob Nahla den Kopf und strich sich die Haare hinter die Ohren. Das Dunkel verzog sich aus ihrem Gesichtsfeld. Sie sah ihre Freundinnen, jetzt allesamt stehend, die sie beklatschten und ihr zujubelten. Die Direktorin ließ ihnen Zeit dazu, dann hob sie ihre Hand und gebot erneut Ruhe.

„Das ist noch nicht alles. Nahla, du hast nicht nur in Krumbach am besten abgeschnitten, sondern im ganzen Landkreis! Am Freitag findet in Günzburg die Ehrung der besten Abschlüsse aller Lehrberufe statt." Zusammen mit ihrem Zeugnis überreichte sie Nahla ein Schreiben, aus dem hervorging, wann sie in Günzburg erwartet wurde.

„Magst du auch ein Eis?", fragte Christian. Taumelig setzte sich Nahla zu ihm an seinen Tisch vor der Eisdiele am Brunnenplatz. Er löffelte gerade die Reste des seinen.

„Ja! Ich mag einen Erdbeerbecher", entgegnete sie, gleichzeitig lachen und schreien wollend, weil schon wieder etwas Großes zu entscheiden war.

„Was denn?", fragte Christian, nahm ihre Hand und drückte sie an seine Wange. „Lief's nicht gut?"

„Besser als gut!" Nahla holte ihr Zeugnis samt der Einladung in die Kreisstadt aus ihrer Tasche.

„Die Beste! Wow! Du bist die Beste!" Das war etwas anderes als die Sache mit dem Führerschein, den er nicht machen konnte. Hier handelte es sich allein um Nahlas Bereich und sie glänzte in ihm. Christian war sagenhaft stolz auf sie.

„Du willst da sicher hingehen", sagte er.

„Klar will ich hin!"

Er blickte noch einmal aufs Datum. „Aber an dem Tag soll die Geburt eingeleitet werden."

„Wenn Florian bis dahin immer noch nicht von selbst gekommen ist."

„Florian? Es bleibt also dabei?"

„Du hattest doch von Anfang an nichts dagegen, auch wenn einer deiner Freunde so heißt. Der Name ist genauso bayrisch wie du und es klingt doch so schön, wenn du ihn aussprichst. Ich will das noch ganz, ganz oft hören!"

„Flo-ri-an." Christian lächelte Nahla zu. „Rede doch nochmal mit dem Arzt, ob er das Einleiten nicht einen Tag verschieben könnte."

Nahlas Erdbeerbecher kam, sie löffelte unruhig. Dann beschloss sie, ihren Arzt zu fragen. Nach einem Telefonat, dem eine neuerliche Untersuchung in der Praxis folgte, ließ er sich darauf ein und gestand ihr und ihrem Baby noch einen weiteren Tag zu. Doch den errechneten Geburtstermin länger als diesen zu überziehen, würde er nicht mehr verantworten.

Florian kam nicht. Die ganze Familie machte sich auf nach Günzburg zur Ehrung in der Stadthalle. Einschließlich Nahlas Vater. Sie hatten bis zur Abfahrt nicht gewusst, ob er sich ihnen anschlösse. Auf den letzten freien Plätzen in der hinteren Reihe ließen sie sich nieder. Bald klopfte der amtsinhabende Landrat mit zwei Fingern aufs Mikrofon und begann nach einer Ansprache mit der Verteilung der Urkunden. Als er Nahla aufrief, watschelte sie durch den langen Mittelgang in Richtung Podium.

„Die is' ja schwanger!"

„Öhhh, bei der dauert's aber nimmer lang!"

Kommentare von beiden Seiten veranlassten sie, sich wieder ihr Haar ins Gesicht zu schütteln.

„Die wird jetzt Hausfrau!"

„Was braucht die denn einen Abschluss!"

Nahla blickte weder nach links noch nach rechts. Doch als sie endlich neben dem Landrat stand, zeigte dieser mit effektvoller Geste auf ihren Leib. „Mein besonderer Respekt gilt jener jungen Dame!", nahm er laut den Lästermäulern den Wind aus den Segeln. „Sie hat mit doppelter Belastung herausragende Leistungen erzielt!"

Zusammen mit ihrer Urkunde überreichte er Nahla eine

Medaille aus 925er Sterlingsilber im Wert von 35 Euro. Nahla gelang es trotz des Spießrutenlaufs zur Bühne, sich von Herzen über ihre Leistungen zu freuen. Ob auf dem Rückweg zu ihrem Platz nun anders geartete Kommentare auf sie prasselten, nahm sie nicht mehr wahr. In der einen Hand die Urkunde, in der andere die Medaille, dachte sie nur noch an morgen, an den Tag, an dem die Geburt ihres Sohnes eingeleitet werden würde. Die Wehe während ihrer Deutschprüfung war ihre bisher einzige geblieben.

Lydia fuhr Nahla und Christian ins Krankenhaus. Sie umarmte Nahla zum Abschied mit schwitzigen Händen. „Ich setze mich daheim neben das Telefon. Bitte ruft sofort an, wenn der Kleine da ist!"

Christian trug Nahlas Tasche. Nahla war, als kippe sie beim Gehen von einem Fuß auf den anderen, während sie ihre Beine mühsam vorwärts schob.

„Der Bub scheint mir wirklich groß zu sein", sagte die Hebamme, „und der Muttermund hat sich noch gar nicht geöffnet." Sie tastete ihn durch Nahlas Scheide mit behandschuhten Fingern ab. Nahla hielt sich, auf ihre Unterlippe beißend, an Christians Hand fest. Um die Wehen auszulösen strich die Hebamme ein brennendes Gel um ihren Muttermund. Als Nahla sich notdürftig mit dem Brennen eingerichtet hatte, holte sich Christian am Automaten vor dem Kreißsaal einen Kaffee. In Nahlas Unterleib begann es zu krampfen und zu ziehen. Da es bis Mittag anstatt mehr wieder weniger wurde, bekam sie noch ein Gel verabreicht. Christian trank drei weitere Kaffees und ging gelegentlich mit der Hebamme auf den Balkon, um zu rauchen. Er entfernte sich jedoch nie länger als zwei, drei Minuten von Nahla.

„Puppe, sag, was du brauchst!", forderte er sie immer wieder auf.

„Ich weiß nicht ...", entgegnete Nahla, wenn die Wehen ihr eine Verschnaufpause ließen. Ihr Zeitgefühl verschwamm zunehmend.

Am Spätnachmittag, nach inzwischen acht Stunden im Kreißsaal, wurde die Dosis des wehenfördernden Medikamentes erhöht, das Nahla durch eine Infusionsnadel in ihrem

Arm in ihre Vene tröpfelte.

„Die Wehen werden nicht stark genug, um das Kind auszutreiben. Wir machen Sie für den Kaiserschnitt fertig", entschied der Arzt gegen Abend, nachdem auch er, so wie die Hebamme, gefühlte fünfzig Mal durch Nahlas Scheide ihren Muttermund untersucht hatte. „Auch für das Kind wird es jetzt zu anstrengend, die Herztöne werden schwächer."

Nahla sackte abgekämpft und schickalsergeben in ihr Kissen, doch sogleich stöhnte sie unter neuerlichem Schmerz. Christian massierte ihren Nacken. „Auf geht's, Puppe! Das schaffst du! Wirst sehen, gleich ist unser Sohn da!"

Nahla biss sich auf die Unterlippe und schmeckte, wie etwas Blut durch die feine Haut sickerte. Christian tupfte es gefasst und besonnen ab. Er durfte nicht mit in den Operationssaal, doch dann ging plötzlich alles sehr schnell. Die Rückenmarksnarkose wirkte und befreite Nahla von ihren Schmerzen. Die Erleichterung war so immens, dass sie das Ruckeln an ihrem Körper hinter dem Sichtschutz, der unterhalb ihrer Brust das Geschehen vor ihr abschirmte, fast schon unbeteiligt hinnahm. Minuten später hielt ihr die Hebamme ihren Sohn entgegen.

Rotlila. Den Kopf voller feuchtem Flaum. Die Augen noch geschlossen. Unter seiner Babystupsnase öffnete sich erstmals Luft holend sein Mündchen.

Florian war vollkommen.

Tränen rannen Nahla unaufhaltsam über die Wangen. Christian wurde hereingelassen und nachdem er die Nabelschnur durchtrennt hatte, zog er sich kurzerhand sein T-Shirt über den Kopf und legte Florian an seine Brust. Mit ihm saß er neben Nahla, während der Arzt ihren Bauch vernähte. Nahla betrachtete ihn und ihren Sohn. Christian war all die letzten aufreibenden Stunden nicht von ihrer Seite gewichen, hatte alles in seiner Macht Stehende getan, um sie zu unterstützen und ihr die Sicherheit gegeben, dass er da sein würde, egal, wie lange sich die Geburt hinzog.

An keinem weiteren Tag sollte es ihm mehr gelingen, sie derart zu beeindrucken.

Am nächsten Vormittag stand Agnes neben Nahlas Bett,

während Nahla Florian die Brust gab, und murmelte unentwegt: „Ich bin Tante ... ich bin Tante." Nur mit sichtlicher Mühe widerstand sie dem Impuls, sich selbst an Nahla zu kuscheln, so wie sie es immer getan hatte. Seit sie klein war. So klein wie ihr Neffe. Plötzlich liefen ihr die Augen über. Weil ihr Neffe so süß war? Oder weil sie nicht mehr die Jüngste in der Familie war und sich Nahla nun mehr um ihn kümmern würde als um sie? Nahla griff nach ihrer Hand. „Komm her zu mir!"

Agnes setzte sich auf die Bettkante und legte den Kopf an Nahlas Schulter. Dort roch sie etwas Neues. Es zog sie an und sie ließ sich davon führen, bis ihre Nase Florians Kopf berührte. Und dort, atmend, mit Nahlas streichelnder Hand auf dem Rücken, verflogen all ihre in den letzten Monaten geheim gehüteten Sorgen wie herbstliche Nebelschwaben in der Sonne. Agnes zog ihre Beine aufs Bett und schmiegte sich wie eh und je an ihre große Schwester, die sie spüren ließ, dass sie nie aufhören würde, auch sie lieb zu haben. Nahla sah ihr erleichtert an, wie in ihrem Herzen wieder alles gut wurde.

„Darf ich ihn halten?", fragte Lisa, als Florians saugendes Mündchen sich von Nahlas Brust löste und er einschlief.

„Nein!" Christian löste sich aus dem Hintergrund. „Er ist ..." Hilfesuchend blickte er Nahla an.

„Schon gut", beruhigte ihn Nahla, wobei ihr sicherer sanfter Blick stärker auf ihn wirkten als ihre Worte. Er tat einen tiefen Atemzug.

„So ...", Nahla reichte Florian Lisa.

Während sie ihn hielt, vollzog sich auch mit ihr eine Wandlung. Ihr vorwitziges Wesen trat zurück und stattdessen zeigte sich eine Seite, die bisher im Verborgenen gelegen hatte. Lydia beobachtete, wie Lisas Mimik und Gestik beim Bemuttern des Babys Nahlas ähnlich wurde.

Sie nahm ihr Florian ab, um ihn selbst zu begrüßen. Sie war Oma, mit knapp über vierzig. Aber eine Oma musste ja nicht zwangsläufig grauhaarig sein! Florian zu spüren erneuerte in ihr den Drang, das Leben stets beim Schopf zu packen und aus dem das Beste zu machen, was es ihr zugedachte.

Ihr Mann stand brummelnd hinter ihr. Sie warf ihm über die Schulter einen mahnenden Blick zu und lenkte die anderen mit süßen Bemerkungen über Florian davon ab. Als sie Florian

Nahla zurückgab, wandte sie sich an Christian: „Unglaublich, wie sehr er dir ähnelt!“

„Das finde ich gar nicht“, widersprach Lisa.

„Kindern fällt das noch nicht so auf“, erklärte Nahla und setzte an Christian gewandt hinzu: „Er sieht genauso aus wie du!“

Verlegen verschränkte Christian die Arme und lehnte sich an den Schrank, wo sich Stolz in seinem Antlitz ausbreitete.

Christian verfluchte seine finanzielle Lage, wegen der er sich täglich von einem von Nahlas Elternteilen ins Krankenhaus bringen lassen musste, anstatt einfach selbst mit dem Twingo fahren zu können.

„Püppi, sag, müssen wir wirklich bis zum ersten September bei deinen Eltern wohnen?“

Nahla überraschte die Frage nicht. Ihr war bewusst, in welch unangenehmer Situation er sich unter einem Dach mit ihrem Vater befand.

„Ich denke, das müssen wir nicht“, entgegnete sie.

„Echt nicht?“

„Nein!“, sagte sie fröhlich. „Meine Oma hat angerufen. Sie will Florian sehen, kann aber wegen ihrer Pensionsgäste nicht kommen. Ich hab immer die Sommerferien bei ihr verbracht. Wieso also nicht auch diese?“

„Und ich?“, fragte Christian.

„Na ja, sie kann ja nur dieses eine Zimmer im August für meine Schwestern und mich frei halten, und kurzzeitig noch ein zweites für meine Eltern. Mehr geht nicht, sie braucht die Einnahmen. Du müsstest bei deiner Mutter in Fischbachau schlafen ...“

Christian begann im Zimmer auf und ab zu gehen, am Fußende der Betten der beiden anderen Wöchnerinnen vorbei, die sich durch ihn, von eigenem Besuch in Anspruch genommen, nicht stören ließen. Er trat wieder an Nahlas Bett.

„So unpraktisch ist das gar nicht. Dort sind ja sowieso meine Sachen untergestellt und ich muss uns noch einige Möbel besorgen. Bei mir oben hab ich Kumpel, die mich fahren.“

Florian lag neben Nahla im Bett, einen ihrer Finger haltend. Christian legte einen seiner Finger in Florians andere Hand. Er lächelte ungläubig, wie sein Sohn darauf reagierte und ihn erstaunlich fest umklammerte.

Nahla musste wegen ihrer Kaiserschnittnarbe zehn Tage im Krankenhaus bleiben. Frisch entlassen verfolgte sie mit Florian an der Brust, wie Christian in ihrem Zimmer ihre Kleidung zu packen versuchte. Die Auswahl geriet zur Qual.

„Als Mama kann ich doch kein Schwarz tragen! Das sieht ja aus, als wäre ich in Trauer!“ Aber Andersfarbiges fand sich in ihrem Schrank kaum. „Mein Bauch ist ja noch ziemlich dick. Ich werde erstmal meine Umstandskleider weiter anziehen und mir in Bayrischzell ein paar neue Sachen kaufen.“

„So schnell kommst du bestimmt nicht dazu und die Kleider sind doch jetzt schon viel zu weit. Wir müssen etwas von hier mitnehmen! Dein Bauch wird jeden Tag weniger.“

Christian packte nun nach Gutdünken, was ihm am besten geeignet schien, während Nahla seufzte. Sie konnte sich einfach nicht vorstellen, wie sie sich in Zukunft anziehen sollte. Doch sie sehnte sich danach, endlich wieder in den Bergen zu sein. Vielleicht fühlte sie sich auch ein klein wenig deshalb so wohl bei ihrer Oma, weil diese als einzige in ihrer durchwegs blonden Familie – nun auch noch einschließlich Florian – ihre Haarfarbe teilte. Zudem sollte Florian unbedingt früh die staubarme Bergluft kennenlernen. Vielleicht würde er sie einmal genauso lieben wie sie selbst. Heu, Leichtigkeit, dem Himmel nah sein, was sie im August beinhaltete. Gestreichelt davon räumte Nahla mit ihren Schwestern ihr Zimmer in der Pension Bschorer ein. Lisa und Agnes waren entzückt, ihren kleinen Neffen nun Tag und Nacht bei sich zu haben. Beim Kaffee präsentierte Nahlas Oma allen die Glückwunschkarten, in denen ihr Freunde und Nachbarn zur Urgroßoma gratulierten. Dazu häuften sich selbstgestrickte Babysocken und Jäckchen, neu genähte Strampler, Lätzchen und auch manches weiche Kuscheltier.

„Auf der Karte hier steht ‚Alles Liebe dem neuen Erdenbürger *Valentin*‘!“ Lisa deutete auf eine krakelige Schrift.

„Lass sehen!“ Nahla nahm die Karte. „Tatsächlich! Wieso das denn?“

„Ach die! Die ist von der Müllerin. Ich hab ihr schon gesagt, wie der Bub richtig heißt. Sie hat es vielleicht vergessen." Sie zwinkerte vergnügt in die Runde.

„Wohl kaum!", grinste Lydia und zwinkerte zurück. Schon am Abend mussten sie und ihr Mann nach Thannhausen zurückkehren.

„Nahla!" Lisa polterte tags darauf die Treppe hoch. Das Wetter lud zwar unbedingt zum Draußensein ein, doch mit seinen knapp zwei Wochen brauchte Florian noch viel Ruhe beim Trinken. Lisa ließ sich neben Nahla aufs Bett fallen und hauchte Florian ein Küsschen auf den Flaum auf seinem Kopf.

„Was ist?", fragte Nahla.

„Du sollst runterkommen und deinen Sohn zeigen!"

„Wem denn?"

„Guck's dir einfach an!"

Neugierig legte sich Nahla so bald wie möglich Florian an ihre Schulter damit er aufstoßen konnte und ging nach unten. Den Terrassentisch zierten drei aufwändige Torten und um diese schnatterten an die zehn Frauen in Omas Alter. Als sie Nahla mit ihrem Sohn sichteten, schlugen sie entzückt die Hände zusammen, rückten an ihren Stühlen, hielten Kuchenteller mit Tortenstücken in die Höhe und riefen Nahla gestikulierend zu sich.

„Setz dich!", forderte ihre Oma sie auf. Lisa grinste breit, Agnes schien etwas überfordert von den Besucherinnen. Nahla tat wie ihr geheißen, die „Ohhs" und „Ahhhs" der Bewunderung genießend, denn noch auf nichts in ihrem Leben war sie so stolz gewesen wie auf ihren Sohn.

„Gut siehst du aus!" Ihre Sitznachbarin tätschelte ihr den Arm.

„Ja, das Mama-Sein steht ihr!", bekräftigte ihre Oma.

„Du strahlst wie ein Honigkuchenpferd!", hörte Nahla über den Tisch. „Aber warum hältst du denn sein Köpfchen so schräg? Gib ihn mal mir und lass dir zeigen, wie man das macht!"

Sie wurde von der anderen Seite angestupst. „Du bist ja noch so arg jung. Du wirst es schon bald lernen!"

Florian quäkte ein wenig und Nahla schickte sich an, ihm noch einmal die Brust zu geben.

„Aber was denn!", ließ ihre Oma verlauten. „Du hast doch gerade erst gestillt! Man muss die Kinder auch mal schreien lassen, das kräftigt ihre Lungen!"

Einhellig nickte der Umkreis.

„Nein, das würde Flori Angst machen", widersprach Nahla.

„Glaub uns, wir wissen das aus Erfahrung besser!"

Florian quengelte jetzt lauter.

„Aber nicht jede Erfahrung hat sich als gut erwiesen!", verteidigte sich Nahla, wobei sie ihr T-Shirt hochzog und den Still-BH öffnete. „Wir haben in der Kinderpflegeschule etwas anderes gelernt. Wenn man ein Baby schreien lässt, bekommt es Angst! Es kann ja selbst nichts machen und wenn keiner da ist, der es versorgt, fühlt es sich in Gefahr und fürchtet sich instinktiv."

Wieso rechtfertige ich mich eigentlich?

„Wir meinen es doch nur gut", versuchte sie eine der ältlichen Damen zu beschwichtigen. „Dein Valentin ist ja so herzig!"

„Valentin?", entfuhr es Lisa. Ihre Oma flüsterte ihr hinter vorgehaltener Hand zu: „Lass sie! Widersprechen bringt bei ihr nichts!"

Nahla sah ihrer Schwester an, wie schwer es ihr fiel, der Bitte ihrer Oma nachzukommen. Als sich die Runde aufgelöst und einen neuerlich beachtlichen Stapel an handarbeitlich beeindruckender Babykleidung zurückgelassen hatte, bemerke Lisa süffisant: „*Valentin* hat genug zum Anziehen, im Gegensatz zu dir."

Nahla zog ihr mit einem Gürtel etwas in Form gebrachtes Umstandskleid notdürftig zurecht. „Willst du mit mir einkaufen gehen?"

„Ja, kann ich schon machen", entgegnete Lisa. Dem schloss sich auch ihre Oma an.

Ende August besaß Nahla eine Auswahl bunter tauglicher T-Shirts, die sie unter einer ähnlichen Latzhose wie die von Jo im Geburtsvorbereitungskurs trug. Nahlas Oma nahm sich viel Zeit und drehte täglich mit ihr Runden durch die Ortschaft, bei denen sie mitten auf den Wegen gingen und von engen Freunden bis nur flüchtig Bekannten allen Florian vorführten.

Begann er zu quäken, suchte Nahla nach einer Bank oder einem Stück Wiese unter einem Obstbaum, wo sie ihn stillen konnte. Einig wurden sie und ihre Oma sich dabei nicht. Ihre Oma bestand darauf, dass Nahla Florian eine Weile schreien lassen sollte, was sie aber nie tat.

Christian kam jeden Tag und blieb so lange wie möglich, um so wenig Zeit wie möglich in seinem Elternhaus verbringen zu müssen. Am 1. September verluden er und sein Bruder seine Habseligkeiten samt ein paar gebraucht erstandener Möbeln auf einen Anhänger, verzurrten die Ladung und brachten sie nach Thannhausen, wo am Tag darauf auch Nahla eintraf und beim Einrichten half. Es war luxuriös gewesen, von ihrer Oma umsorgt zu werden, nicht selbst kochen und waschen zu brauchen und folglich wunderbar viel Zeit für ihr Baby zu haben. Doch mit Christian endlich in einem Bett zu schlafen, war es ebenso. Anfangs.

Christian startete sein neues Lehrjahr bei HBW, kam abends mit Mörtel an der Hose und im Lauf der Wochen mit zunehmend mieserer Laune nach Hause.

„Wie war's in der Arbeit?", fragte Nahla.

Entweder verzog er daraufhin nur sein Gesicht oder er erwiderte: „Sinnlos für mich", und nahm sich ein Bier.

„Übrigens, wir bräuchten unbedingt ein Gitter an unserem Badfenster, dann könnten wir es nach dem Kacken auflassen! Ein richtiges ...", seufzte er eines Abends. Nahla musste mit ansehen, wie ihn der Berufsfrust überschwemmte. Mit der einen Hand hielt sie sich an ihrem schmiedeisernen Herz auf ihrem Dekolletee, mit der anderen massierte sie Christians Kopfhaut, während er trank.

Bitte kein neuer Biersee!

Die Melodie des Liedes, das Christan in seiner alten Lehrstelle mit seinen Kollegen gesungen hatte, fraß sich durch ihren Kopf. In solchen Momenten vermisste sie Tiger, ihren schwarzen Kater. Er war dort geblieben, wo er all seinen alten Gewohnheiten unverändert nachgehen konnte. Sobald sich die Dinge stabilisiert hatten, würde sie wieder eine Katze bei sich einziehen lassen. Oder ein anderes Tier. Bei den Gedanken an Tiger in ihrem Elternhaus fiel Nahla plötzlich Christians im

Dachboden deponierter Beutel Marihuana ein.

Hat er den mitgenommen? Hier hab ich ihn nirgends gesehen!

Ihr war, als spränge seine Anspannung über ihre seinen Kopf massierenden Fingerkuppen auf sie über. Nach ein paar Minuten rang sie sich dazu durch, ihn nach dem Beutel zu fragen.

„Den hab ich dort vergessen“, entgegnete er und saugte an seiner Bierflasche.

Die Dunkelheit im Herbst kam früh, ein anstrengender Tag lag hinter Nahla und Florian würde sie sicher auch diese Nacht zwei bis drei Mal wecken. Sie war zu müde für eine Auseinandersetzung.

Irgendwann, wenn es sich ergibt, hole ich den Beutel. Falls er noch da ist.

Silke, Daniela, Michaela, Jo und Nahla, die fünf aus dem Geburtsvorbereitungskurs, hatten vereinbart, sich nach der Entbindung aller Kinder zu treffen. Es war ein warmer Tag Ende September, als sie sich im Außenbereich des Eiscafés am Brunnenplatz in Krumbach niederließen, ihre Babys beäugten und Erfahrungen mit überschlauen sowie sinnvollen Verwandtenratschlägen austauschten. Sie schleckten Eis, tranken Cappuccino und beschlossen, das Treffen in der nächsten Woche zu wiederholen. Da aber der Außenbereich zum vereinbarten Zeitpunkt von anderen Gästen belegt war, versuchten sie, sich in den lauschigen Innenraum des Eiscafés zu drängen. Dabei erwiesen sich die Kinderwägen als sperrige Hindernisse.

„Kommt doch einfach mit zu mir!“, schlug Jo vor. Muscheln und Steine hingen an Lederbändern um ihren Hals, in den Ohren trug sie runde schwarze Stecker. „Im Ernst, kein Problem, meinen Leuten macht das nichts aus!“

Der kleine Convoy aus fünf Autos fuhr nach Haselbach, einem unscheinbaren Dorf in der Nähe, und kam in der zweiten Häuserreihe hinter der Hauptstraße zum Stehen. Die Frauen stiegen aus, jede lehnte sich an ihr Auto – und glotzte.

„Das nenne ich mal morbiden Charme“, sagte Michaela, als erste zu einem Kommentar fähig.

Entlang des Giebels eines unrestaurierten Bauernhauses

flatterten an einer langen Leine um die zwanzig tibetische Gebetsfahnen. Unter ihnen warf der hellgelbe Putz Blasen, die teilweise abbröckelten und das rote Mauerwerk darunter frei legten. Vor dem Haus breitete sich ein mittelgroßer Acker aus, in dem, in einem harmonischen Muster gepflanzt, jede Sorte Gemüse wuchs, die hierzulande gedieh. In dessen Mitte harkte ein Mann. Seinen Kopf beschattete ein ausladender mexikanischer Sombrero, darunter wallte graumeliertes, bis zu seinen Ellbogen reichendes Haar.

„Mein Vater!" Jo deutete auf ihn.

„Ist er ...", Silke traute ihren Augen nicht.

Jo grinste.

Nahla ebenso.

„... nackt?!", beendete Silke ihre Frage.

„Ist doch schönes Wetter!", entgegnete Jo leichthin. „Wir versorgen uns weitgehend selbst. Hier wächst so gut wie alles, was wir brauchen!"

Das Anwesen umfasste ein mit gelbgrünen Flechten bedeckter morscher Holzzaun, hinter dem meterhohe Sonnenblumen mit körnerschweren Köpfen auf die Besucherinnen herabnickten. Jo öffnete eine unauffällige Tür zwischen den Latten, woraufhin augenblicklich eine riesige Dogge ums Hauseck wetzte, sich auf die Hinterbeine stellte und Jo mit den Vorderpfoten auf deren Schultern die Wangen leckte.

„Das ist meine Baghira", lachte Jo, als der Hund sie losließ und seine Nase zwischen die Beine der Besucherinnen schob, um ihren Geruch aufzunehmen. Michaela und Silke wichen zurück, Daniela schien an nur mäßig erzogene Hunde besser gewöhnt.

„So verschroben sind wir also gar nicht!", lachte Nahla.

„Warum?"

„Weil unser schwarzer Kater Tiger heißt und Baghira im Dschungelbuch ein Panther ist!"

„Egal ob Panther oder Hund, du bist meine Baghira!" Jo knuddelte sie als sei sie ein überdimensionales Stofftier. „Kommt!", sie winkte alle mit sich ins Haus. Die Frauen holten ihre Kinder aus den Autos und folgten ihr.

„Ist deine Mutter da drin?", fragte Michaela zögerlich, „und hat die vielleicht auch nichts an? Und das hier", sie gingen an einem offenen Treibhaus vorbei, „das hier ist auf jeden Fall strafbar!“ Sie zeigte auf die Pflanzen darin.

„Du kannst uns ja anzeigen, wenn's dir dann besser geht!“, erwiderte Jo.

Nahla verharrte einen Moment. Das Anwesen packte sie mit einer Faszination, die auf mysteriöse Weise Anspannungen in ihr lockerte, die sich sonst ihrem Zugriff entzogen.

Aber auch hier Marihuana?

„Wer baut das denn an?“, fragte sie.

„Meine Eltern“, sagte Jo. „Sie sind Hippies.“ Damit drückte sie die Haustür auf und die Frauen schauten in einen ausladenden Wohnraum, der kreuz und quer mit einander überlappenden und dennoch einer Ordnung folgenden orientalischen Teppichen ausgelegt war. Neben dem Zugang zur Terrasse auf der gegenüber liegenden Seite gab es nur eine weitere Tür. Die meisten ursprünglichen Zimmermauern mussten entfernt worden sein. Gleich nach den Teppichen sprangen die Möbel aus Vollholz ins Auge. Die Harmonie ihrer Formen ähnelte der Anordnung der Pflanzen im Gemüseacker.

„Wo bekommt man denn sowas?“, fragte Daniela und näherte sich fast andächtig mit ihrer Handfläche dem Regal über einem Schuhhaufen neben der Haustür, so als wage sie kaum, es zu berühren.

„Bei uns!“, sagte Jo, „mein Vater schreinert. Setzt euch, wenn ihr mögt!“

„Wohin?“, fragte Silke und hielt ihr Baby, als wolle sie es vor der Aura des Raumes schützen.

„Egal. Wo es euch gefällt!“

Nahla durchquerte wie an einem magischen Faden gezogen das Zimmer. Auf der anderen Seite angekommen trat sie durch die Terrassentür und stand unter einer mit blauen Trauben bewachsenen Pergola, um die aus Wurzeln gefertigte fuß- und kniehohe Gnome saßen, jeder mit einer geschnitzten langen Nase.

„Hallo Liebes!“ Eine Nahla auf den ersten Blick sympathische Frau schob einen Rollstuhl mit einem schwerbehinderten Kind aus dem Nebenraum ins Wohnzimmer. Dort musste sich die Küche befinden. Nahla streckte den Hals und erkannte darin noch einen zweiten Rollstuhl mit einem weiteren Kind.

„Ich ... äh ... ich bin Nahla", stellte sie sich vor.

„Und ich bin Marihuanas Mama!" Sie ging schnurstracks auf Nahla zu und drückte sie so herzlich an sich, als sei sie eine heimkehrende verlorene Tochter. Michaela, Silke und Daniela verharrten derweil unschlüssig am Eingang, wo Jo mit ihrer Dogge schmuste und ihnen erklärte: „Meine Mutter nennt mich immer so. Maria Johanna ist ihr zu angepasst."

„Wenigstens hat sie etwas an ...", murmelte Silke, beäugte dabei Jos barfüßige Mutter in ihrem orangegelben indischen Kleid und ließ sich zusammen mit Michaela und Daniela von Jo auf die Terrasse bugsieren. Nahla hingegen folgte Jo in die Küche.

„Ein sechsflammiger Gasherd", bemerkte sie. „Habt ihr oft Gäste?"

„Sicher!", erwiderte Jo. „Wir sind meistens recht viele. Die beiden", sie deutete durch die Tür nach drüben ins Wohnzimmer, wo ihre Mutter den Kindern im Rollstuhl mit einer glockenhellen Stimme „Imagine" vorsang, „sind welche unserer Pflegekinder. Es sind mal mehr mal weniger da, wie es sich eben ergibt. Suchst du mal ein paar Tassen zusammen? Ich hole Eis aus der Gefriertruhe."

Jo und Nahla legten ihre Söhne in einen Sitzsack, um die Hände frei zu haben. Nahlas Blick landete auf der Arbeitsplatte, wo benutzte Teller standen und Gurkenschalen welkten. Lydia hätte hier sicher sofort aufgeräumt. Auch Nahla fiel es nicht ganz leicht dem Impuls zu widerstehen, das Geschirr zu stapeln, den Lappen an der Spüle mit viel Spülmittel auszuwaschen und die Arbeitsplatte damit zu säubern. Stattdessen öffnete sie die Küchenkästen auf der Suche nach sauberen Gläsern und Eisschalen. Auf der Terrasse tuschelten derweil Daniela, Silke und Michaela, ihre Babys auf den Armen, dem Acker unmissverständlich den Rücken zugewandt, auf dem unverändert der Nackte harkte.

„Wirst sehen, ihr prüdes Getue provoziert ihn!", bemerkte Jo amüsiert und machte Platz für eine Schatulle Vanilleeis auf der Anrichte, indem sie mit dieser das ungespülte Geschirr zusammenschob. Nahla begann, die in einem Fach gefundenen Eisschalen im Spülbecken – dem einzig verfügbaren Platz, den sie dafür fand – möglichst gerecht zu füllen. Dabei behielt sie gespannt durchs Fenster die Terrasse im Auge. Jo stellte die vollen Schalen, Gläser und Saft auf ein Tablett, um alles ins Freie zu tragen. Nahla folgte ihr mit den Babys. Draußen setzten sie sich zu den anderen, doch so leicht wie die Woche davor in der Eisdiele wollte hier die Unterhaltung, umringt von den Gnomen mit ihren langen, an Wurzelgemüse erinnernden Nasen, nicht in Gang kommen. Und als Jos Vater herantrat, um die Gäste zu begrüßen, verebbte sie ganz.

„Esst! Trinkt! Hier ist jeder willkommen!" Er lächelte offenherzig in die Runde, in der nur Babys quäkten, aber keine der Besucherinnen einen Mucks von sich gab.

„Was ist?", fragte er. „Ihr habt doch alle Kinder! Also habt ihr schon mal einen Dingel-Dongel gesehen!" Seiner baumelte beim Sprechen vergnügt auf Tischhöhe.

Nahla schlug sich die Hand vor den Mund um ihr Grinsen zu verbergen. Daniela, Silke und Michaela wandten sich brüskiert ab. Als reite ihn jetzt erst recht der Schalk, fügte Jos Vater hinzu: „Ihr dürft auch was im Treibhaus ernten!" Daraufhin fuhr er mit seinem Zeigefinger durch Jos Eis und ging es abschleckend zurück an seine Gartenarbeit.

Silke legte die Stirn in Falten. „Ich hab heute noch einen Termin", verkündete sie und erhob sich.

Auch Daniela und Michaela blieben nicht mehr lange.

Nahla lud Jo zu sich ein. Christian kam abends angetrunken nach Hause.

„Die Lehre tut ihm nicht gut", versuchte Nahla seinen Zustand zu rechtfertigen.

„Warum macht er sie dann?", fragte Jo.

Nahla erläuterte die Umstände und meinte dann: „Es ist eben nicht so leicht, mit etwas Geld verdienen zu können, das man *wirklich* mag."

„Es ist aber erst recht nicht leicht, mit etwas Geld zu verdienen, das man *nicht* mag. Vor allem ist es nicht gesund! Hey, Christian, komm doch mal rüber zu uns! Was kotzt dich denn in deinem Job am meisten an?"

Christian hatte seine Arbeitshose gewechselt und setzte sich zu Nahla und Jo ins Wohnzimmer. Wie ein Sträfling, dem die Hände gebunden sind, betrachtete er seine. „Jede Scheißmauer ist nur eine Scheißmauer! Alle sind gleich!“

Jo fuhr mit einem ihn abmessendem Blick an ihm auf und ab. „Also, eins sag ich dir, an einem Job, den du nicht magst, gehst du kaputt!“

„Sei bloß still!.“, knurrte Christian und verzog sich in die Küche. Nahla hörte, wie er beim Trinken seinen Frust zu ersäufen versuchte. Doch der war ein guter Schwimmer. Er trieb durch den Biersee in seinem Bauch täglich neu nach oben.

„Und du?“, fragte Nahla Jo. „Womit wirst du Geld verdienen, wenn Quirin älter ist?“

„Das findet sich schon!“ Jo streckte die Arme und lehnte sich auf dem Sofa zurück in einem Gottvertrauen, um das Nahla sie beneidete. Ihre Ausbildung als Heilerziehungspflegerin im Behindertenwerk Ursberg hatte sie abgebrochen, nachdem sie schwanger geworden war. Aber das wäre auch ohne Schwangerschaft so gekommen. „Meine Eltern hatten da so eine Art Anfall“, kommentierte sie. „Ich sollte einen Berufsabschluss haben, auf den ich im Notfall zurückgreifen könnte. Aber mein Vater verkauft heute auch ohne Gesellenbrief Möbel. Er darf sie nur nicht ‚Schreinerarbeiten' nennen. Was soll's! Dann nennt er sie eben ‚Holzobjekte'. Die Käufer juckt das nicht!“

„Kiffst du eigentlich auch?“, rutschte es Nahla heraus. Eigentlich hatte sie gar nicht fragen wollen, es war kein Thema, das ihr gut tat.

„Nein“, entgegnete Jo. „Wenn man das anfängt, kommt man nicht mehr recht vom Fleck. Meine Eltern haben ihren Tritt gefunden, sie suchen gar keine Veränderungen mehr. Sie sind dort angekommen, wo sie hingehören. Aber ich will beweglich sein!“

—

„Meinst du nicht, du könntest weniger trinken?“, bat Nahla, als im November der Frost des nahenden Winters den Boden zu versiegeln begann. War Jo zu Besuch, graute ihr davor, dass Christian besoffen von der Arbeit nach Hause kam. Ohne es zu wollen, war sie dann ständig auf der Hut, wie weit seine Stimmung kippte und dadurch auch ihre mit einsäuerte, denn sich bei seinen Trinkgeräuschen aus der Küche auf die Unterhaltung mit Jo zu konzentrieren, fiel ihr immer schwerer.

„Mach dir nicht zu viele Sorgen, es findet sich eine Lösung!", meinte Jo.

Doch Nahla machte sich Sorgen, zumal sie sich vor Christians Gemütslagen ein wenig zu fürchten begann – auch wenn sie sich vehement dagegen wehrte, sich das einzugestehen. Regelmäßig sackte ihm jeglicher Frohsinn weg wie ein leckgeschlagenes Ruderboot im trüben Wasser und versank in Unmut. Er wurde mit jeder Woche dünnhäutiger. Und als er eines Abends beim Heimkommen einen Garderobenhaken samt Verschraubung abriss, anstatt einfach nur seine Jacke daran zu hängen, wuchs auf Nahlas Unterarmen eine Gänsehaut. Doch nachts hielten sie sich aneinander, schliefen Haut an Haut, bis Florian nach Nahlas Brust verlangte. Er meldete sich stets leise, nicht drängelnd, er brauchte sich nie zu fürchten, dass sie ihn nicht zu sich holte. Seine Gemütslage wiederum ließ ihr Zeit, vor dem Stillen im Bad ihre Brüste zu waschen, wenn Christian und sie Sex gehabt hatten und sie nicht ohnehin schon geduscht war. Florian sollte nur an einem sauberen Busen trinken. Gelegentlich wachte auch Christian auf, sah seinem Sohn zu und las den Kummer in Nahlas Antlitz. Dann versprach er: „Ich höre mit dem Trinken auf, Püppi, ich liebe dich!", und meinte es wirklich so.

Nahla war es lieber, die Treffen mit Jo zunehmend nach Haselbach zu verlegen – zumindest, bis Christian sich gefangen hatte. Dort belagerten sie und Jo stundenlang mit ihren Babys die Kissenlandschaft im Wohnzimmer, durch deren Fülle das Sofa mit den Orientteppichen am Boden verschmolz. Im Stockdunkeln, beim Tschüss-Sagen an der Tür Anfang Januar, durchstach ein Schneesturm mit spitzen Fingern Nahlas Kleidung, woraufhin sie zurückwich ins Warme.

„Da will doch keiner mehr raus! Bleib doch einfach über Nacht", schlug Jo vor.

Nahla willigte ein, sprach Christian auf den Anrufbeantworter, da er nicht abhob und lag sinnierend in Jos breitem Bett, das diese kurzerhand mit ihr teilte. Keiner in diesem Haus ging einer geregelten Erwerbstätigkeit nach. Jo sagte, sie habe während ihres Versuchs eine herkömmliche Ausbildung zu machen schnell festgestellt, dass auch sie nicht dafür gemacht sei. Ihre Familie ernährte sich hauptsächlich von selbst Eingemachtem, die Holzobjekte des Vaters brachten gelegentlich etwas ein, für die Kinder in den Rollstühlen bekam sie Pflegegeld, ihre Kleidung besorgte sie sich auf Flohmärkten.

So krass, dass die alles so leicht nehmen. Jeder macht, was er will, darf tun, was er will – und ist glücklich!

Auch beim Frühstück und Mittagessen fühlte sich Nahla unbefangen und willkommen. Doch zurück in Thannhausen befiel sie beim Betreten ihrer Wohnung alsgleich jene Schwere, die heraufbeschworen durch Christians Stimmung inzwischen parasitengleich mithauste und jede Unbekümmertheit vertilgte.

Vielleicht sollte ich auch ein paar Gebetsfahnen aufhängen?

Die Tür fiel ins Schloss, Christian kam.

„Hi Chris!“ Nahla ging ihm entgegen und suchte seine Nähe in der Hoffnung, er habe den Tag gut überstanden. „Sollen wir etwas Schönes zusammen machen?“

„Zu kalt. Ich war lange genug draußen!“

„Wir müssen ja nicht rausgehen, das habe ich gar nicht gemeint. Erstmal gibt's Gulaschsuppe, die wärmt!“

„Danke, Puppe!“ Jetzt erwiderte er zwar ihre Umarmung, doch er war nicht bei ihr.

„Wo bist du?“, fragte Nahla. „Noch auf dem Bau?“

Oder schon am Kühlschrank, um dir wieder dein Betäubungsmittel reinzuzuzeln?

Christian löste ihre Arme und ging in die Küche.

Mist!

Nahla verfluchte die Situation. Sie zehrte an ihr. Mit einem Mal schnürte ihr ein Kratzen im Hals die Kehle zu. Bis sie gegessen hatten und Florian eingeschlafen war, gesellte sich diesem Fieber hinzu.

„Geh besser schlafen“, riet ihr Christian.

„Ja“, krächzte Nahla, zog sich ins Bett zurück und warf sich hin und her. Jetzt war auch noch ihre Nase verstopft und hinderte sie am Einschlafen. Das typische Zischen beim Heben des Kronkorkens einer Flasche, das sie aus dem Wohnzimmer mit inzwischen darauf fast so sensibilisierten Sinnen wie auf Florians Laute wahrnahm, dickte ihre Atemluft zusätzlich ein.

Mist! Mist! Mist!

Am nächsten Tag brachte sie nichts zustande, außer Florian zu versorgen und Nudeln abzukochen. Anstatt Ketchup wie damals beim Zelten goss sie fertig gekaufte Tomatensoße darüber. Sehnsüchtig dachte sie an die Zeit am Thiersee.

Es ruckelte unter ihr. Sie keuchte, unfähig sich zu orientieren.

„Wir durchfliegen eine Zone mit leichten Turbulenzen. Bitte legen sie die Sicherheitsgurte an!", drang es durch viele, viele Schichten von Gefühlen und Gedanken vage an ihr Bewusstsein.

Wo bin ich?

Sie erkannte Jos braungebrannte Arme, die an ihrer Hüfte fummelten, bis sie die Enden des Sicherheitsgurtes erwischten, unter ihrem Hintern hervorzogen und dann die Schließen ineinander steckten.

„Schlaf weiter, Süße, wir sind noch nicht in München."

München? München?

Tentakeln aus dunkler Erinnerung zogen Nahla zurück in sich selbst, zu Tagen, in denen ihr der Boden unter den Füßen zerbrochen war und sie versuchte hatte, auf dahintreibenden Schollen zu balancieren. Ihr Fieber absorbierte ihre Energie. Lydia kam spätnachmittags vorbei und half ihr mit Florian, doch ihr wurde kein Urlaub bewilligt, um mehr für Nahla da zu sein.

„Komm einfach zu uns!", sprudelte Jo am Telefon. „Wir versorgen dich und Flori!"

„Aber ihr habt doch schon die Pflegekinder", entgegnete Nahla matt.

„Deshalb kommt es auf euch auch nicht mehr an!"

Nahla packte das Nötigste und fuhr mit Schüttelfrost nach Haselbach, wo sie umgehend auf die Kissenlandschaft im Wohnzimmer gebettet wurde. Florian und Quirin lagen nebeneinander, beäugten und unterhielten sich gegenseitig. In den nächsten Tagen verfolgte Nahla fiebermatt, wie Freunde der Familie den Raum bevölkerten, einige davon mit Hunden, die mit Baghira balgten, und wieder gingen. Gelegentlich lugte eine gescheckte Ratte unter einem Pulli hervor. Drei Nymphensittiche in Urlaubspflege zogen ihre Bahnen durchs Zimmer und kraulten sich gegenseitig auf einem Lüster, unter dem alte Zeitungen auf den Teppichen ausgelegt waren, damit die feuchten Vogelköttel nicht in sie sickerten. Nahla war, als liefe vor ihr permanent ein heiterer Doku-Film über alternatives Wohnen ab. Jeden Abend meldetet sie sich bei Christian und fragte, ob er zurechtkäme.

„Ich esse Wurstsemmel, das passt schon“, erwiderte er.

Nach sechs Tagen kehrte Nahla nach Hause zurück. Eine ungute Vorahnung hockte ihr während der Fahrt wie ein Nachtalb im Nacken und drückte ihre Schultern nach unten, jedes Mal, wenn sie versuchte, sie zu straffen. Nahla schloss die Wohnungstür auf. Kalte, stickige Luft schlug ihr entgegen. Sie fand Christian im Wohnzimmer mit einer Flasche Schnaps in der Hand neben einem Kasten Bier.

„Püppi ...“

Nahla öffnete die Fenster und drehte die Heizung auf.

„Warum bist du nicht in der Arbeit?“, fragte sie.

„Weiß nicht ...“ Christian rappelte sich ein Stück hoch, in seinen Augen lag wilde Hingerafftheit, die Nahla frösteln ließ.

„Bist du rausgeflogen?“

Christian schüttelte den Kopf, stemmte sich aus seinem Sessel und schlang die Arme so fest um sie, dass es ihr die Luft aus den Lungen presste.

„Du tust mir weh!“

Er beachtete ihre Worte nicht. Nahla hielt still und wartete, bis seine Arme erschlafften und er sich zurück in seinen Sessel fallen ließ.

„Ich räume das mal weg“, sagte sie und trug den Schnaps und den Kasten Bier in den Hausgang, wo sie ihn zu weiteren stellte. „Gehst du morgen wieder zur Arbeit?“, fragte sie vorsichtig. „Du wirst sonst sicher Schwierigkeiten bekommen.“

„Ja-ja, ich geh.“

„Dann schlaf dich erstmal aus!“

Die Wohnung strotzte vor Dreck. Aber es war ein anderer Dreck als der bei Jo. Dort blieb alles, was beim Leben anfiel, einfach eine Weile liegen und wurde dann in einem regelmäßigen Rutsch weggeräumt, noch bevor es auffälligen Geruch entwickelte oder schimmelte. Doch Christians Dreck zeugte nicht von solch gelassener Lebendigkeit, sondern von Gleichgültigkeit aus Frust und Hilflosigkeit. Er stank nach abgestandenem Bier, verschwitzter ungewaschener Arbeitskleidung und tagelang ungelüftetem Badezimmer. Er war getränkt von seinem Versumpfen. Nahla fühlte sich noch nicht wieder fit genug, um sofort sauber zu machen. Sie versorgte Florian und ging dann auch früh schlafen.

Nachts wachte sie schwitzend auf, sie hatte vergessen, die Heizung zurückzudrehen. Als das erledigt war, kippte sie das Schlafzimmerfenster, um das Saure loszuwerden, das Christian ausatmete. Obwohl es im Zimmer noch immer warm war, kam es ihr vor, als flirre die Luft mit einem Mal vor Eis. Im Verstreichen der Minuten begriff sie, dass diese Kälte die Angst um ihre Zukunft produzierte und nicht der von draußen hereinrieselnde Frost.

Was mach ich bloß ...?

Die Abdrücke von Christians Fingern auf ihrer Haut ertastete sie jetzt als empfindliche Erhöhungen.

„Süße, wie geht's dir?", fragte Jo tags darauf am Telefon und da Nahla nicht recht wusste, wie sie ihren Zustand in Worte fassen sollte, entschied Jo: „Du kommst jetzt sofort wieder zu mir und erzählst mir, was bei dir abgeht!"

Nahla legte auf. Alsgleich klingelte das Telefon erneut.

„Ich habe gerade Pause, wie fühlst du dich, Schatz?", fragte Lydia.

„Nun ... es ist ziemlich schmutzig hier."

„Ich komme am Nachmittag vorbei und helfe dir putzen. Tut mir leid, dass ich bis dahin arbeiten muss!"

„Schon gut Mama, danke."

Abends fiel es Nahla schwer, sich von der heimeligen Leichtigkeit bei Jo loszureißen. Sie brach später auf als vorgehabt. Daheim schloss sie mit Florian auf dem Arm die Tür auf und traf dahinter unmittelbar auf Christian. Ihn umwölkte der typische Geruch von Zitronenputzmittel. Nahla stockte der Atem.

„Du, du ...!", schrie er, riss sie am Oberarm vollends herein und schlug die Tür zu.

„Hör auf", sagte Nahla so ruhig wie möglich und legte die freie Hand schützend über Florians Ohr.

„Warum hast du das getan!"

„Was denn?"

„Hier stinkt's wie bei meiner Oma!"

„Ich war das nicht!", verteidigte sich Nahla. Sie sah sich im Gang um, lugte ins Bad, alles war picobello sauber und die Bierkästen waren verschwunden.

Oh nein!

Nahla schnappte nach Luft.

„Meine Mama muss das Putzmittel von sich daheim mitgebracht haben", *... aus dem Putzschrank ... in dem auch das Marihuana versteckt war ...* „Sie wollte uns doch bloß helfen!" Nahla knallte mit dem Kopf an die Wand. Ihr schwanden für Sekunden die Sinne ehe sie begriff, dass Christian sie geohrfeigt hatte.

„Das war ich nicht!", keuchte sie.

„Hier stinkt's wie die Pest!"

Christian hatte das Zitronenputzmittel schon im Treppenhaus gerochen. Er war nicht dagegen angekommen, dass dieser Umstand seine Gegenwart verdrängte und die Dämonen seiner Vergangenheit auferstanden. Sie hatten ihn wieder zu dem kleinen Jungen gemacht, dessen Vater seine Mutter verprügelte und diese kreischend die Prügel an ihre beiden Buben weitergab: „Ihr seid genau wie euer Vater! Nichtsnutze! Wie alle gottverdammten Männer!" Nackte Angst so zu sein und so zu werden wie sein Vater und alle Männer, bestimmte Christian. Und der Wunsch, weit weg zu sein von all dem. Weit weg vom Zitronenputzmittel. Vom Hausflur in Fischbachau, dem regelmäßigen Schauplatz der Gefechte seiner Familie, deren Mitglieder sich an den Wänden stützten und auf dem gefliesten Fußboden Prellungen kühlten. „Du bist genau wie dein Vater! Du Nichtsnutz!", hatte seine Mutter immer und immer wieder gebrüllt und gewimmert und damit diesen Putzmittelgeruch zum Zünder einer sich selbst erfüllenden Prophezeiung gemacht.

Unfähig, diesen zu ertragen, schlug Christian erneut zu.

Nahlas einziger Gedanke galt, Florian zu schützen.

Später, als sie weinend und sich Kühlbeutel auf ihre Blessuren pressend wieder in der Kissenlandschaft saß, wusste sie lediglich fragmentarisch über die jüngsten Ereignisse zu berichteten. Irgendwie musste sie es ins Schlafzimmer geschafft und die Tür abgesperrt haben. Wie ihre Kleidung in die Reisetasche, die jetzt neben dem Sofa stand, gekommen war, entzog sich ihrer Erinnerung. Das Bild ihres verängstigt schreienden Babys dagegen hielt sich wie eingraviert vor ihrem inneren Auge. Auf wundersame Weise war es ihr gelungen, Florian an ihrem zitternden Körper ein wenig zu beruhigen. Wie sie es geschafft hatte, sich mit ihm samt ihrer vollgestopften Tasche aus der Wohnung zu schleichen, war ihr schleierhaft. Sogar den Kinderwagen im Treppenhaus hatte sie noch zusammengeklappt und in den Kofferraum des Twingos gewuchtet.

Das Telefon schellte oft an diesem Abend. Anfangs bat Christian Nahla, zu ihm zurückkommen. Aber sie teilte ihm mit, dass sie ihn verließ.

„Dann bringe ich dich um! Hörst du, ich bringe dich um!", schrie er so laut in den Hörer, dass auch Jo und ihre Eltern es hörten.

Nahla zuckte unter Weinkrämpfen. „Bloß gut, dass er nicht fahren und herkommen kann!"

„Wir würden ihn nicht reinlassen", versicherte Jos Vater. Er überprüfte die Temperatur ihres Eisbeutels, wobei ihm die langen Ärmel seines Alpakapullovers um die Handgelenke schlackerten.

„Wie soll's jetzt bloß weitergehen?", schniefte Nahla.

„Mädel, Sonne und Entspannung würden dir bestimmt gut tun. In deinem Zustand kann keiner einen klaren Gedanken fassen." Jos Mutter zog sich die Kissen unter ihrem Rücken zurecht.

„Ja! Lass uns abhauen!" Jo nickte Nahla animierend zu. „Dann beruhigt sich erstmal die Lage und du kannst überlegen, wie du weitermachst!"

Nahla sah mit verquollenen Augen von einem zum anderen.

„Last Minute!", sagte Jos Mutter. „Wir sortieren jetzt deine

Sachen und ich leihe dir meinen Koffer."

„Und ich packe mein Zeug und alles für die Babys", verkündete Jo mit derselben Zwanglosigkeit, mit der auch ihre Eltern ihre Leben begingen. Man tat einfach, was jetzt gerade am besten für einen war und vom Energieschub der sich daraus auftürmenden Welle ließ man sich dann tragen. Nahla sah noch einmal in die Runde derer, die das lebten.

Ja, so funktioniert das offensichtlich.

„Wir brauchen nur noch jemanden, der euch morgen früh zum Flugplatz fährt", bedachte Jos Mutter.

Nahla entschied auf diese Welle, die sich ihr hier und jetzt anbot, aufzuspringen und sagte: „Ich rufe mal meine Mutter an."

Nahla schilderte Lydia, wo sie war und warum. Im Hintergrund hörte sie das Zetern ihres Vater. Ein schabendes Geräusch verriet ihr, dass Lydia die Hand über die Muschel hielt, doch Nahla verstand trotzdem, was sie ihm zuzischte: „Jetzt sei ein Vater und hilf deiner Tochter! Oder geh und telefoniere mit deiner Sekretärin! Aber dann brauchst du mit meiner Unterstützung auch nicht mehr groß zu rechnen!"

Das Gepäck stand bereit, die Babys waren gestillt und schliefen, ebenso die Erwachsenen – bis auf Nahla. Was sie mehr als ihre wie Hochspannungsleitungen sirrenden Nerven wach hielt, war ihr schmiedeeisernes Herz. Sie sah zu, wie es an ihrer Hand pendelte.

Wohin damit?!

Schließlich stieg sie barfuß im Schlafshirt die Treppe hinunter. Im Wohnzimmer stand sie minutenlang vor der Terrassentür, das Herz baumelte an seinem Lederband an ihrem Handgelenk. Unter den Schneemützen auf ihren Köpfen verfolgten draußen die Gnome mit ihren wurzelgemüseartigen, in den Nachthimmel ragenden Nasen das Pendeln. Nahla musste trotz ihrer Not ein wenig lächeln. Diese Gnome hatten Michaela, Silke und Daniela vom Schwangerschaftskurs einst nach dem Auftritt von Jos Vater Reißaus nehmen sehen. Immerhin war darauf keine Anzeige wegen der Treibhausbepflanzung gefolgt.

„Unter den Teppich damit!“

Nahla stutzte. Waren das ihre Gedanken gewesen oder hatten es ihr die Gnome zugeflüstert? Sie legte die flache Hand an die Scheibe. Die kauzigen Gesichter schienen nachts ein Eigenleben zu haben, Grimassen zu schneiden und ihr zuzuzwinkern.

„Genau!“, entgegnete sie ihnen, drehte sich um und begutachtete die Winkel des Zimmers. Die Ecke hinterm Sofa fand wahrscheinlich am wenigsten Beachtung. Aufwirbelnde Staubflocken und Wollmäuse bestätigten diese Vermutung, als Nahla über die Lehne stieg. Sie hob zwei übereinander liegende Teppiche an und schob Christians Herz so weit ihr Arm reichte darunter. Es kam an der Kante des Sofas zum Liegen.

Puh!

Um gefühlte fünfzig Kilo erleichtert ging sie leise zurück ins Bett, wo nun sofort die Erschöpfung Oberhand gewann und sie einschlafen ließ.

Um sechs in der Früh klingelte ihr Vater. Erschrocken über ihr lädiertes Gesicht fragte er: „Wie geht's dir?“ Seine Stimme klang hölzern bei diesem ersten Satz, den er seit vielen, vielen Monaten an sie richtete.

„Es geht“, erwiderte Nahla.

Ihr Vater lud das Gepäck in sein Auto und schnallte die Kinderwägen auf den Dachträger.

„Fortes fortuna adiuvat!“, rief ihnen Jos Mutter zum Abschied nach. „Das Glück hilft den Mutigen!“

Gran Canaria, Zypern und Sharm El Sheik standen an diesem Vormittag an den Last Minute-Schaltern im Untergeschoss des Münchner Flughafens zur Auswahl.

„Sharm El Sheik!“ Nahla und Jo waren sich augenblicklich einig. Weil es Januar war und das Klimadiagramm am Schalter dort die höchsten Temperaturen anzeigte.

„Klappen Sie die Tische hoch und stellen sie die Rückenlehen gerade, wir befinden uns im Landeanflug auf München.“

„Süße, du solltest langsam zu dir kommen.“ Jo rüttelte Nahla behutsam an der Schulter. „Du träumst bestimmt von Hamza.

Wach auf, wir landen gleich!“

Erst nachdem sich Nahla einige Male die Auge gerieben hatte, nahm die Flugzeugkabine Formen an. Florian schlief im Babykorb vor ihr und Jo kümmerte sich um Quirin. Nahla zupfte an ihrem BH-Träger, ihre Brüste spannten. Es konnte nicht mehr lange dauern, bis sich Florians Hunger meldete.

Hamza …

Sie war nach den Stunden mit ihm ins Hotel zurückgekehrt und hatte Florian gestillt. Einfach so. Mit keinem Gedanken daran, sich vorher zu duschen oder auch nur die Brüste zu waschen. Der Sex mit Hamza hatte nichts hinterlassen, vor dem sie instinktiv ihren Sohn hätte schützen wollen.

Jetzt weiß ich wenigstens, wie sich richtiger Sex anfühlt … Falls ich das alles nicht bloß geträumt habe.

Sie ertastete ihre Handtasche unter dem Sitz, nahm den Zettel mit der Adresse in Tunesien aus ihrem Geldbeutel, den Beweis, dass Hamza existierte. Sie streichelte seine Handschrift, steckte den Zettel zurück und holte ihren Handspiegel hervor. Ihr Kiefer wies wieder seine normale Farbe auf und wenn noch Reste der Blessur vorhanden waren, dann überdeckte diese ihre Sonnenbräune.

THANNHAUSEN

Nahla hockte zusammengesunken auf dem Bett ihres Kinderzimmers und zurrte die Troddeln des immer dort verbliebenen Kissens zu schier grausam hart geflochtenen Zöpfen. Sie betrachtete diese mitleidig. Die Troddeln hatten diese Behandlung nicht verdient.

Hab ich denn verdient, so ratlos hier zu sitzen?

Ihre wenige Kleidung quoll aus zwei Sporttaschen vor dem Schrank. Auch der Koffer, den ihr Jos Eltern für die Reise geliehen hatten, war noch nicht ausgepackt.

Wie soll's jetzt nur weitergehen?

Praktisch jede Richtung, die Nahla gedanklich beschritt, umfing sie mit Dunkelheit und endete an einem Abgrund. Deshalb schauderte ihr sogar davor, das Bett zu verlassen, so als trete sie selbst in ihrem eigenen Zimmer unweigerlich ins Bodenlose. Sie hielt sich an den Troddeln fest, als handele es sich um Rapunzels Zöpfe, an denen die alte Hexe im Märchen ins Turmverließ der Prinzessin emporstieg. Doch für etwaige Klettereien reichten Nahlas Troddelzöpfe nicht. Außerdem führten Rapunzelzöpfe nur in Turmverließe. Und wie in einem solchen fühlte sie sich auf ihrem Bett ohnehin schon.

Wohin?! Wie weiter?!

Florian atmete tief und ruhig im Schlaf. Er lag in seinem Kinderbett, das Nahlas Eltern zusammen mit den anderen Sachen aus der gemeinsamen Wohnung mit Christian während ihrer Reise geholt hatten. Florian lächelte. Bestimmt träumte er davon, wie Hamza ihn durch den Pool schwenkte. Eine Spur der Leichtigkeit auf seinem Antlitz spiegelte sich für einen Moment auf Nahlas wieder, verschwand jedoch alsgleich. Schwerfällig setzte sie sich auf und trat so vorsichtig auf den Fußboden, als laufe sie tatsächlich Gefahr, in ihm einzusinken. An ihrem Schreibtisch angekommen holte sie einen Block aus der Schublade und begann Hamza zu schreiben.

Auf ihn zu!

Das war die einzige Richtung, in der, trotz der Entfernung und der Unwahrscheinlichkeit auf eine gemeinsame Zukunft, Licht durch die Nahla umgebende Dunkelheit schimmerte. Damit war es zugleich die einzige Richtung, in die sie sich bewegen wollte. Auf Hamza zu! Die Emails, die sie fast stündlich seit ihrer Heimkehr vor zwei Tagen an ihn versendete, trafen postwendend wieder in ihrem eigenen Postfach ein, mit dem Vermerk: „Empfänger unbekannt".

„Schatz, was ist los?", fragte Lydia. Die ganze Familie hatte sich gefreut, Nahla und Florian wohlbehalten wiederzusehen und sie entsprechend aufgenommen. Doch Nahla schlich verkrampft durchs Haus. In ihr aber leuchtete dabei etwas eindeutig Neues. Die Schichten der äußeren Anspannung und der des inneren Glanzes lagen zutiefst gegensätzlich übereinander. Die äußere war leicht durch Nahlas derzeitige Situation zu begründen. Doch woher kam die innere?

„Na?", hakte Lydia nach.

Die Schichten begannen bei der bloßen Frage sofort miteinander zu kämpfen. Die eine wollte die andere nicht dulden, doch ihr Kräfteverhältnis hielt sich die Waage. Ein haarfeiner Riss bildete sich aufgrund des Drucks der inneren in der äußeren, durch den Nahla ihrer Mutter entgegnete: „Ich habe jemanden kennengelernt!"

Lydia betrachtete Nahla eingehend. „Na ja ...". Mehr sagte sie nicht, im Stillen hoffend, das kürzlich Erlebte, was auch immer es gewesen sein möchte, bliebe ihrer Tochter als Erinnerung erhalten von der sich zehren ließ, die ihr aber das Leben nicht zusätzlich verkomplizierte. Denn mehr als eine Erinnerung würde daraus sicher nicht werden. Lydia stockte alarmiert in ihren Gedanken.

„Schwanger bist du aber nicht wieder?", stieß sie hervor.

Nahla schleuderte ihre ein „Nein!" zurück.

Aber hundert Prozent wissen tu ich es eigentlich noch nicht ... Ach, bestimmt nicht! Meine Periode hat ja seit Floris Geburt noch gar nicht wieder eingesetzt!

Es läutete. Lisa öffnete die Tür und brachte Christian mit ins Wohnzimmer. Seine Wangen leuchteten rot von der Kälte. Er musste einige Runden durch den Schnee gedreht haben, bevor er sich entschlossen hatte, an Nahlas Elternhaus zu klingeln. Nahla und er standen sich schweigend gegenüber. Die Fremdheit, die sich innerhalb nur gut einer Woche zwischen ihnen eingeschlichen hatte, machte sie in beiderseitigem Erstaunen sprachlos. Lydia und Lisa wohnten als Publikum bei, Agnes spielte irgendwo im Haus. Nahlas Vater arbeitete in seinem Kellerbüro.

„Wo ... wo ist mein Sohn", stammelte Christian schließlich, ohne Nahla aus den Augen zu lassen.

„Dort." Nahla deutete mit einer Kopfbewegung auf die vor dem Heizkörper ausgebreitete Decke, auf der Florian in Bauchlage nach bunten Bauklötzen zu greifen übte. Christian schob den Sessel, der ihm die Sicht verdeckte hatte, beiseite und setzte sich zu ihm.

„Er sieht so anders aus ...", murmelte er.

„Das kommt davon, dass er ein bisschen braun geworden ist", erklärte Nahla.

„Ich weiß nicht ...", erwiderte Christian und besah sich erneut Nahla mit unvermindertem Staunen. „Kommt ihr mit mir nach Hause?", fragte er vorsichtig.

Lydia und Lisa tauschten einen Blick und zogen sich diskret zurück, während Nahla sich reflexartig an ihren Kiefer fasste und mit furchtsam geweiteten Augen den Kopf schüttelte. Christian streckte seine Hand nach ihrer aus. Zögerlich ließ sich Nahla zu ihm auf den Boden sinken.

„Es tut mir wirklich leid", sagte er mühsam unter dem Gewicht echter Reue und der Hoffnung auf Vergebung. „Es tut mir so leid! Es wird nie wieder vorkommen. Ich verspreche es!"

Nahla dachte an seinen Anruf im Hotelzimmer, die wüsten Beschimpfungen, an ihr haltloses Weinen auf dem Badezimmerboden danach. Ihre Lippen begannen zu beben und fanden nichts, um es Christian zu entgegnen.

„Hör zu, Püppi, es wird nicht wieder vorkommen. Ich schwör's dir!"

Nahlas obere Schicht aus Vernunft und Pflichtgefühl, Florian seinen Vater bieten zu müssen, trieb sie dazu an, ihm zu glauben. Außerdem ihr Mitleid mit Christian. Und die Erinnerung an ihre Liebe. Jedoch brannte die untere Schichte dabei.

„Püppi, bitte! Wir sind doch eine Familie!"

Eine Familie ... Familie.

„Ich, ähh ... ich ..." Weiter kam Nahla nicht, denn Christian küsste sie plötzlich. Der Kuss rutschte ihr vom Mund in den Hals und drückte ihr diesen von innen zu. Sie begann zu husten.

„Entschuldige, der Klimawechsel. Ich muss mich erkältet haben. Ich gehe mal in die Küche und mache mir einen Tee." Sie ließ Christian und Florian allein im Wohnzimmer, stand aber nur ein paar Minuten später mit einer großen Tasse Kamillentee wieder in der Tür. Der gemeinsame Anblick von Vater und Sohn zog sie zurück in eine noch glückliche Vergangenheit mit Christian.

Wir haben so viel schon zusammen gemeistert. Wir sind Eltern. Wir haben ein Kind ...

„Ich überleg's mir", sagte sie langsam. „Lass mich erstmal hier wieder richtig ankommen. Ich brauche ein bisschen Zeit."

„In Ordnung, Puppe, in Ordnung", erwiderte Christian. So zurückhaltend und weniger rot im Gesicht wie bei seinem Eintreffen sah er seinem früheren Selbst, dem bevor er viel zu viel Alkohol anheim gefallen war, wieder deutlich ähnlicher – und damit rückte auch ihre freudvolle Vergangenheit wieder näher. Seinen zweiten Kuss an diesem Abend beim Gehen an der Haustür ertrug Nahla besser, doch richtig fühlte er sich nicht an.

„Wenn es im Frühling junge Katzen gibt, holen wir uns eine!", versprach Christian noch und Nahla lächelte. Er wusste, wie sie Tiger, ihren schwarzen Kater, in ihrer gemeinsamen Wohnung vermisst hatte. Nahla schloss die Tür und warf einen Blick auf einen zufrieden nach seinem Spielzeug hangelnden Florian. Aber die untere, in Sharm El Sheik hinzugekommene Schicht in ihr brannte jetzt so, dass sie glaubte, ihre Hitze überstiege der ihrem Körper zuträglichen Temperatur. Rasch riss sie ein Fenster auf und zog die kalte Luft mehrmals tief in ihre Lungen, ein erfolgloser Versuch, das Brennen etwas erträglicher zu machen.

Ich muss unbedingt jetzt sofort den Brief an Hamza abschicken!

„Passt du kurz auf deinen Neffen auf?", fragte sie Lisa hastig. „Ich bin in einer Viertelstunde wieder da!"

„Ist gut", erwiderte Lisa, setzte sich zu Florian und pustete ihm leicht ins Gesicht, was ihr seine Aufmerksamkeit einbrachte. Nahla rief noch schnell ihre Emails ab, bevor sie das Haus verließ.

Mist! Wieder dasselbe! Wieso kommen die nicht an!

In der Post stand sie hibbelig in der Schlange. Als sie endlich an die Reihe kam, verfolgte sie mit Argusaugen, wie die Frau hinter dem Schalter „Tunesien" vor sich hinmurmelte, den Portopreis in der Liste der verschiedenen Ländergruppen nachschlug und drei verschiedene Marken auf den Umschlag klebte. Beim Verlassen des Postamtes atmete Nahla durch. Die kalte Luft besänftigte ein klein wenig das heftige Brennen in ihr. Ein Schritt war getan, doch der reichte ihr für heute definitiv noch nicht.

„Geht's noch eine Viertelstunde?", fragte sie Lisa sofort beim Heimkommen.

„Okay, aber dann muss ich Hausaufgaben machen!"

„Ich hab's gleich!" Nahla hastete mit ihrem Handy in ihr Zimmer und verschloss die Tür. Zuerst fragte sie ihr Prepaid-Guthaben ab und stellte fest, dass ihr noch 8,23 Euro zur Verfügung standen. Wegen der Kosten hatte sie bisher auf einen Anruf verzichtet, doch das durch die Winterluft nur für einen längst verflogenen Moment gekühlte Brennen in ihr zwang sie nun unausweichlich dazu. Sie sah auf die Uhr. Ob Hamza jetzt rangehen konnte? Sein Animationsprogramm sollte zu Ende sein und der Ansturm auf das Abendbuffet hatte noch nicht begonnen. Nahla wählte und spürte, während es klingelte, wie ihre Hände feucht und feuchter wurden, bis ihr schier das Handy aus den Fingern rutschte.

Mit einem „Hallo?" meldete sich Hamza. Durch sphärisches Rauschen berührte sie seine Stimme. Das Brennen in ihr reagierte augenblicklich darauf und verwandelte sich in eine wohltuende, jede ihrer Fasern ummantelnde Wärme.

„Baby … ich bin's! Ich hab dir geschrieben!", rief Nahla in den Hörer. „Die Mails kommen zurück! Ist alles okay? Hast du Schwierigkeiten wegen mir bekommen? Ich hab die Tratsche bei dir gesehen, als der Bus abfuhr!"

„Was sagst du?" Hamza klang sehr weit weg.

„Hamza?"

„Ja, mein Baby, wie geht's dir? Ich höre dich kaum!"

„Mein Empfang ist auch schlecht! Ich bin gut angekommen. Warum funktioniert das Mailen nicht?"

„Mailen? Ich weiß nicht. Wann kommst du nach Tunesien?"

„Wann bist du wieder dort?"

„Ungefähr im März. Komm nach Tunesien, dann …" Es klackte. Eine Ansage ertönte: „Ihr Guthaben ist aufgebraucht." Nahla rutschte das Telefon aus der Hand. Doch die wundersame Wärme von Hamzas Stimme wirkte weiter und trocknete ihre feuchten Hände. Jedes von ihm gesprochene Wort nährte Nahla wie Manna, das Himmelsbrot.

„Nahla!", rief Lisa die Treppe hoch. „Flori quäkt die ganze Zeit! Ich glaube, er hat Hunger!"

„Ja! Ich komme schon!"

Ich muss mein Guthaben aufladen … Heute noch! Hab ich überhaupt noch Geld?

Noch bevor Nahla Florian fertig gestillt hatte, wandte sie sich abermals an Lisa. „Könntest du ihn nochmal nehmen? Ich muss nur noch ganz kurz was erledigen. Es geht wirklich ganz schnell!"

„Nur, wenn du mir sagst, was du machst!"

„Komm schon, ich bin doch gleich wieder da!"

„Also, wenn Flori ruhig ist, dann geht's. Dann mache ich die Englischhausaufgaben hier im Wohnzimmer."

„Danke dir! Nach dem Trinken schläft er doch sowieso meistens und Mama kommt ja auch gleich aus der Arbeit." Nahla nahm Florian von ihrer Brust und bettete ihn aufs Sofa, sicherte den Rand mit Kissen, damit er bei etwaigen Versuchen sich umzudrehen nicht herunter fiel, und verließ erneut das Haus. Zuerst eilte sie zum Bankautomaten, um etwas Geld abzuheben und dann zum Handyladen, wo sie eine neue Prepaidkarte für 25 Euro erstand. Sie lud das Guthaben sofort und beäugte dann die Zeitanzeige auf dem Display. Ob nochmal anzurufen Sinn machte? Hamza war jetzt sicher beschäftigt.

Warum kommen die Mails nicht an? Ich schreibe besser noch eine!

Nahla schickte Hamza einen zweiten Brief nach Tunesien. Einer von ihm traf bei ihr ein, jedoch ohne Zusammenhang zu ihren Briefen, denn seiner war in Ägypten abgestempelt. Zweimal pro Woche leistete sie sich drei Minuten Rauschen am Handy, was ihre Finanzen ungehörig strapazierte. Doch an dem spärlichen Kontakt hangelte sie sich durch die Tage, durch die Wochen.

„Ich habe eine klitzekleine Überraschung für dich!", trällerte Jo, vor sich auf der Küchenanrichte diverse Gläser und Gewürztütchen. Nahla zog ihre Jacke aus, dann Florian seine und setzte ihn zu Quirin auf die kunterbunten Teppichböden.

„Wo hast du denn das gekauft?", fragte sie Jo, die exotischen Gewürze auf der Anrichte beäugend.

„Nicht ich. Meine Mutter hat alles aus der Stadt mitgebracht."

„Und was wird draus? Riecht fast ein bisschen ... arabisch!" Nahla nahm ein Glas in die Hand, durch das eine darin verbliebene strohgelbe Kugel kullerte. „Eine Kichererbse!", rief sie aus.

„Richtig, Süße! Ich mach dir Hummus! Damit du mal wieder richtig kichern kannst!"

„Und damit du Hamza näher bist!" Jos Mutter legte von hinten die Hände auf Nahlas Schultern und massierte sie. „Sag, Liebes, wie ist der Stand der Dinge?"

Nahla drehte sich zu Jos Mutter um, während Jo die Erbsen aus dem Glas pürierte, Sesampaste samt reichlich Öl darunter mischte, Zitronensaft dazu träufelte und das Ganze mit Kreuzkümmel, Rosenpaprika, Chili, Curry würzte.

„Ich habe schon sechs Tage nicht mehr mit ihm gesprochen. Es ist schwierig. Mein Handyguthaben ist immer weg wie nichts."

„Es ist aber nach wie vor heiß zwischen euch?"

„Und wie!", stellte Jo ihre Freundin betrachtend fest, ehe Nahla selbst antworten konnte. „Probier mal!" Sie reichte ihr einen Löffel mit sämiger Masse. Nahla nahm ihn, roch, kostete und musste sich an der Anrichte festhalten. Der Geschmack des *Hummus* hatte Hamza vor ihr erscheinen lassen. Sie sah ihn, wie er lachend gefüllte Teller vor sie stellte und mit Florian schäkerte. Irritiert und widerwillig blinzelte sich Nahla zurück in die Realität.

„Hamza will bei jedem Telefonat, dass ich nach Tunesien komme. Ende März wird er wieder dort bei seiner Familie sein."

„Was wirst du tun?"

„Hm. Was werde ich tun? Es ist nicht so einfach ..."

„Aber so kompliziert ist es auch wieder nicht!", lachte Jos Mutter und massierte erneut Nahlas verspannten Nacken. „Kommt, setzen wir uns! Ich will auch etwas von eurem Kichererbsenmus. Lasst uns kichern, Mädels!"

„Ich würde schon nach Tunesien wollen", seufzte Nahla zwischen weichen Sofakissen, das Hummus auf sämtlichen Geschmacksnerven verteilt. „Großfamilie, Frauen mit vielen Kindern, Männer, die sich um den Rest kümmern, dazu ein Dreivierteljahr Sonne. Ob's dort wohl auch Orangenbäume gibt?" Der Baum vor ihrem Hotelbalkon mit seinen sagenhaft duftenden Blüten stand ihr im Sinn. Jo und ihre Mutter kicherten, Nahla stimmte mit ein. Die Atmosphäre in diesem Haus machte stets den guten, den schönen Gefühlen Platz, sie gab ihnen Lebensraum. Sie schaffte es in spielerischer Leichtigkeit bei fast jedem Besuch, Nahlas verkrampfte äußere Schicht aus Vernunft und Pflichtgefühl zu erweichen und die darunterliegende, die arabische zu nähren.

Irgendwie war ich doch schon immer arabischer als deutsch. Nur benennen konnte ich das nicht.

Geräuschvoll streifte Jos Vater an der Terrassentür unter den Augen der ums Pflaster drapierten Gnome draußen und derer der Frauen drinnen, seine Gummistiefel ab, ebenso seine gesamte Kleidung und verkündete: „Ich geh mal duschen! Dann trink' ich mit euch einen Tee und rauche einen Joint!"

„Sprich weiter, Liebes", sagte Jos Mutter, gleichzeitig ihr und ihrem Mann zunickend.

„Für Hamza scheint ganz klar zu sein, dass wir zusammen sind. Er möchte wirklich, dass wir heiraten!" Nahlas Handy klingelte. Sie zog es aus ihrer Tasche und stierte aufs Display, nahm den Anruf aber nicht entgegen.

„Christian, richtig?", fragte Jo. Nahla nickte verhalten. „Er fragt mich die ganze Zeit, wann Flori und ich wieder zu ihm in unsere Wohnung ziehen."

„Liebes", sagte Jos Mutter, „geh nur dorthin, wohin dein Herz dich trägt! Hörst du?"

„Aber ich kann doch nicht einfach nach Tunesien gehen und heiraten! Flori braucht doch seinen Vater!" Sie sah zu ihrem Sohn, der zusammen mit Quirin mehr über die Wohnzimmerteppiche rollte als krabbelte. Dabei schloss sich die vernunftgesteuerte deutsche Schicht sofort wieder fest um die darunterliegende arabisch glühende im unmissverständlichen Bestreben, sie zu ersticken. Diese wehrte sich und alsgleich begannen die beiden Schichten, sich wieder zu bekämpften. Sie rangen derart und für Nahla so schmerzhaft miteinander, dass sie schier meinte, das Knirschen dieser Schlacht halle im ganzen Raum wider.

Eines Abends, an dem sich kein Guthaben mehr auf Nahlas Handy befand und die Läden schon geschlossen hatten, setzte ihr das Bedürfnis, Hamzas Stimme zu hören, so übermächtig zu, dass sie zum Festnetzanschluss ihrer Eltern griff.

Nur dieses eine Mal! Nur ganz, ganz kurz!

„Baby, was ist das für eine Nummer? Ich höre dich so klar!"

„Die meiner Eltern!"

„Der Empfang ist viel besser!"

Das Gespräch geriet lang und länger, während die flackernden Lichter der Pyrokünstler am Pool in Sharm El Sheik ihren Schein bis zu den Angestelltenquartieren springen ließen, wo Hamza vor seiner Unterkunft telefonierte. Er erzählte Nahla davon und sie sah wieder die von Pois wie Durchgänge gezeichnete Feuerspiralen jenes Abends, an dem sie mit Hamza ins Ungewisse losgezogen war. Ins Ungewisse, in dem gleichzeitig eine unverrückbare Gewissheit gelegen hatte. Flammensäulen der Feuerspucker waren dabei in die Höhe geschossen. Die Erinnerungen daran, gepaart mit Hamzas Stimme, flammte zwischen ihren Schenkeln auf. Hamzas Worte legten eine feurige Spur vertikal durch ihren Körper. Sie schlängelte sich empor bis zu ihrem Scheitel. Nahla sah sich mit ihren Fingerkuppen wieder ihrer beider Namen in die Sanddüne auf der Fensterbank des Zimmers schreiben, in das Hamza sie geführt hatte. Hamza, dieser märchenschöne, fremdartige, selbstbewusste junge Mann. Er hatte ihr dort die verdörrten Blütenblätter aufgerichtet wie ein Sommerregen einer ausgezehrten Blume nach jämmerlicher Trockenheit. Nahla war ausgedörrt gewesen, und verletzt. Selig seufzend lag sie auf ihrem Bett. Arabische Klänge im Ohr. Nirvana weit weg. So weit weg. Es klopfte an ihre Zimmertür. Christian streckte den Kopf herein. Erschrocken japste sie und legte auf.

„Puppe, hast du nachgedacht? Wann kommst du denn nun zurück?"

„Wer hat dich hereingelassen?", fuhr Nahla ihn an.

„Also ... äh ... niemand wirklich."

„Was?"

„Deine Mutter hat den Müll rausgebracht ..."

„Und dann bist du einfach rein? Na prima!"

„Ist doch nicht so schlimm. Püppi, ich hab doch mit dem Trinken aufgehört! Bitte lass es uns nochmal versuchen, wir sind eine Familie!"

Eine Familie ... Familie ...

Der Monat ging zu Ende und präsentierte die Telefonrechnung. Nahlas Vater erwartete Nahla mit versteinertem Gesicht, als sie von einem Nachmittag bei Jo zurückkam.

„Sachte, Gerd", versuchte Lydia, die Härte des sich ankündigenden Moränenabgangs, bestehend aus Groll über das Verhalten der Tochter, zu puffern.

„Wen hast du angerufen? Die Telefongesellschaft sagt, es wäre eine tunesische Handynummer gewesen!" Er hielt Nahla die Rechnung vor die Nase. Nahla blickte darauf und dann hilfesuchend zu ihrer Mutter.

„204 Euro!", knurrte ihr Vater.

„Ich bezahl das!", rief Nahla.

„Und womit?"

„Ich ... ich ..." Nahla gelang es nur gerade so, ihre Tränen zurückzudrängen und Lydia pflichtete jetzt zwar ruhig, aber sehr bestimmt, ihrem Mann bei: „Ja, das wirst du bezahlen müssen."

„Wen hat sie angerufen?", fragte dieser nun seine Frau.

„Sie hat in Ägypten jemanden kennengelernt", klärte Lydia

ihn notgedrungen vage auf. Gerd klatschte mit der flachen Hand die Rechnung auf den Küchentisch.

„Ich zieh wieder zu Christian, dann bist du mich los!“, schrie Nahla und verließ den Raum, bevor ihr Vater es – wie in Krisensituationen regelmäßig – tun konnte. Sie schniefte, zitterte und suchte Zuflucht in Lisas Zimmer, die ihr in kluger Voraussicht schon beim Heimkommen Florian abgenommen hatte. Ihr Vater strafte Nahla seit ihrer Rückkehr aus Ägypten zwar nicht mehr mit Schweigen, dennoch empfand sie in seiner Gegenwart eine Enge, der sie nicht noch länger ausgesetzt sein wollte. Eine Enge, deren Linderung – wie das meiste andere auch, was ihren Gemütszustand belastete – von den kurzen Telefonaten mit Hamza und damit vom Guthaben auf ihrem Handy abhing.

„Du ziehst wieder zu Christian?“, fragte Lisa und ließ dabei kleine Spielzeugautos auf Florians Beinen auf und ab fahren, während die ebenfalls anwesende Agnes Tiger, den schwarzen Kater, an sich drückte.

„Komm zu mir“, Nahla streckte den Arm nach Agnes aus. Agnes entließ Tiger aus der viel zu festen Umarmung und klammerte sich an Nahla. „Schon gut, meine Kleine“, Nahla streichelte über ihre blonde Zopffrisur.

„Und der andere?“, bohrte Lisa, „der, den du angerufen hast?“

„Der ist so weit weg.“ Nahla kniff die Augenlider zusammen und erstickte so den Nachfluss ihrer Tränen. „Florian hat ein Recht darauf, bei seinem Vater aufzuwachsen“, setzte sie hinzu.

Zeitgleich mit ihrem Wiedereinzug bei Christian bekam Nahla ihre erste Periode nach ihrer Entbindung. Sie nahm sofort die Pille. Eigentlich fühlte sie sich nicht danach, wieder Sex mit Christian zu haben. Doch nachts neben ihm zu liegen, neben einem warmen atmenden Körper, der sie um Nähe bat, der sie dazu überredete, war irgendwie tröstlich. Bis zum Morgen. Bis Christian zur Arbeit ging und sich Nahla, wenn Florians Hunger es noch zuließ, vor dem Stillen duschte, oder sich, je nach dem, nur ihre Brüste wusch. Was der beiderseits immer völlig lautlose Sex mit Christian auf ihrer Haut hinterließ, war nach wie vor nichts, mit dem ihr Sohn in Berührung kommen sollte. Die Wohnung selbst verkörperte durch Anstrich und Einrichtung noch ganz die Umstände, aus denen sie hatte flüchten müssen. Daran vermochten auch die aus Sharm El Sheik mitgebrachten Gewürze, die jetzt im Küchenregal in der vordersten Reihe standen, nichts zu ändern. An sie heftete Nahla ihre Augen, wenn die mit der Einrichtung verstrickten Erinnerungen sie Vormittag für Vormittag überrollten, bis zum Nachmittag heftige Fluchtreflexe auslösten und sie sich daraufhin in Tagträumen an Orte flüchtete, von denen Hamza ihr erzählte. Sein Elternhaus mit dem ausladenden Innenhof unter freiem Himmel, den tags die Sonne flutete und nachts das sternenübersäte Firmament überspannte, in dem sich das quirlig-fröhliche Familienleben abspielte. Die Privatzimmer der Großfamilie lagen um ihn und waren größtenteils nur über ihn zugänglich. Eines davon gehörte Hamza. Immer, wenn es ihre Finanzen irgendwie zuließen, griff sie zum Handy.

„Baby, erzähl mir von Tunesien“, bat sie und Hamza nutzte die erste der drei Telefonminuten, um ihr sein Haus noch genauer, dessen Umgebung und das Leben in Tunesien zu schildern, die zweite, um ihr seine Gefühle zu beteuern und die letzte, um zu bekräftigen, dass er Nahla unbedingt heiraten wollte.

Hamza drückte sein Handy, als könne er Nahlas Stimme noch für eine weitere Minute aus ihm herauspressen. Doch die Leitung war tot. Sein breites, perlweiße Zähne zeigendes Lächeln erschien trotzdem auf seinem Gesicht.

Wann kommt sie? Bald-bald-bald-bald-bald, ich weiß es! Sie hat mir wieder gesagt, dass sie mich liebt! Und ich liebe sie! Wegen der Liebe heiraten, normal in Deutschland, sagt sie. Bei uns kann das auch vorkommen. Aus Liebe heiraten. Wie wird so eine Ehe? Ich will Nahla bei mir haben! Für immer! Sie geht mir nicht aus dem Kopf. Liegt bestimmt an der Liebe! Seit ich sie zum ersten Mal gesehen habe, denke ich an sie. Erschöpft war sie. Wahrscheinlich von der Reise. Glaubte ich kurz. Nur kurz. Blaue Flecken. Scheußlich. Sie war auf der Flucht. Ganz klar. Aber bis nach Ägypten! Das schafft keine normale Frau! So stark. Sie ist stark! Irgendwie fast stärker als ein Mann!

Hamza lockerte den Griff um sein Handy, legte es beiseite, fuhr sich mit gespreizten Fingern durch seine dichten schwarzen Spirallocken, zog sie in die Länge und ließ sie zurück an den Kopf springen.

Kann das überhaupt sein? Stärker als ein Mann? Wenn so eine Frau hinter einem Mann steht, kann er alles schaffen! Ein Mann ist nur so stark wie seine Frau, das ist das Geheimnis. Bald-bald-bald!

Hamza war vor wenigen Tagen aus Ägypten heimgekehrt. Seine Ummi, seine Mutter, hatte ihm etliche Briefe von Nahla überreicht, mit denen er sofort in sein Zimmer verschwunden war. Er hatte Nahla nur zwei geschickt. Sprechen war ihm lieber als schreiben, nach nur acht Jahren Schule. Viele Wörter in Nahlas Briefen sah er zum ersten Mal schriftlich. Er hatte sie bislang nur vom Hören gekannt und grinste über deren Schreibweise. Seine Ummi rief ihn schon nach wenigen Minuten, schnalzte mit der Zunge, verlangte zu wissen, wer die Briefe geschickt hatte. Hamza drückte sie an seine Brust und erschien so wieder im Innenhof. Seine Ummi sah ihn eingehend an – und verstand. Da sprudelte die ganze Geschichte aus Hamza, aus einem inneren Quell, der Lebenselixier produzierte. Auch Figo verschwieg er nicht.

Nahla stotterte ihre Telefonschulden bei ihren Eltern ab und erstand eine Prepaidkarte nach der anderen.

So kann ich nicht weitermachen! Ich brauche das Kinder- und Elterngeld zum Leben und darf es nicht für verdammt kurze Telefonate ausgeben! Was mache ich nur …? Ich muss damit aufhören!

Trotz ihrer Rückkehr zu Christian war es ihr kein bisschen gelungen, Hamza aus ihren Gedanken zu verbannen und aus ihrem Herzen schon gleich gar nicht. Dass sie wieder bei Florians Vater wohnte, hatte sie nicht über sich gebracht, ihrem Kraftquell, Hamza, zu erzählen, aus Furcht, er könne dann versiegen und sie jämmerlich verdörren – und Figo wahrscheinlich gleich mit, denn eine verdörrte Blume produzierte keinen Nektar mehr, keine Muttermilch. Sie schob ihren Sohn im Kinderwagen vor sich her durch den Supermarkt und nahm aus den Regalen, was sie für Kässpatzen mit Röstzwiebeln brauchte. Ihr Leben war hier. Ihre Familie war hier. Christian und Florian waren ihre Familie und dann gab es ja auch noch den Plan, mit Carolin ein Geburtshaus zu eröffnen. Nahla wollte deswegen noch immer die Ausbildung zur Kinderkrankenschwester machen. Jetzt war es Zeit, sich dafür in der Schule in Günzburg anzumelden. Sie hatte sich die Formulare schicken lassen und füllte sie aus, während Florian seinen Mittagsschlaf hielt. Beim Nachmittagsspaziergang brachte sie die Anmeldebögen zur Post, nebst einem weiteren Brief an Hamza, den sie auch noch während Florians Mittagsschlaf untergebracht hatte. Wie jedes Mal zitterten ihre Finger, wenn sie der Postangestellten einen Umschlag nach Tunesien reichte und beobachtete, wie diese Marken darauf klebte. Nahla wartete, bis der Brief in die Kiste mit der Auslandspost lag. Erst dann beruhigte sich ihr Puls und mit ihm das Zittern ihrer Hände.

Ich lebe in zwei verschiedenen Welten ... In meiner inneren Welt mit Hamza, in meiner äußeren mit Christian. Schrecklich ... Paralleluniversen. Nicht auszuhalten!

Wieder daheim krempelte sie sich die Ärmel hoch und machte sich daran, fürs Abendessen Kässpatzen zu kochen. Die Bräune der ägyptischen Sonne war inzwischen fast gänzlich verblasst. Ihr nachtrauernd betrachtete Nahla ihre Unterarme beim Rühren des Teiges. Auf der schier verzweifelten Suche nach einem letzten Stück brauner Haut drehte und schwenkte sie ihre Arme hin und her und stieß dabei so heftig ans Gewürzregal, dass dieses ins Wanken geriet.

„Verdammt!", fluchte sie und zog zwei offene Gewürzstreuer aus dem klebrigen Teig. Hastig legte sie die Behälter ins Spülbecken und langte nach einem Löffel, um die fälschlicherweise hineingeratenen Gewürze aus der feuchten Masse zu fischen. Doch der Großteil war schon von ihr aufgesogen wie trockener Sand in einem Moor. Florian quäkte.

„Ich beeil mich, Schatz!", rief sie ihm zu, was ihn zunächst beruhigte und ihn weiter seine Bauklötze stapeln ließ.

Wird schon schief gehen! So viel war es ja nicht!

Beherzt rührte sie den Teig durch und füllte ihn portionsweise in den Spatzenhobel. Klebrige Tropfen regneten durch ihn ins kochende Wasser in dem Topf auf den Herd. Aus ihm schöpfte sie Nahla mit einem Schaumlöffel, sobald sie als fertige Spatzen an der Oberfläche trieben, und schichtete sie in eine Glasschüssel. Zwischen die Lagen aus Spatzen kam jeweils eine Schicht Käse. Dann schnitt sie drei große Zwiebeln, siebte Mehl darüber und wendete sie so lange darin, bis sie vollständig eingemehlt waren. Ein fettiger Dunst senkte sich beim Rösten auf ihre Haut und ummantelte ihre Haare fast wie zuvor das Mehl die Zwiebeln. Die Tür fiel ins Schloss, Christian kam von der Arbeit. Er umarmte Nahla von hinten und küsste ihren Nacken, während sie die knusprig werdenden Zwiebeln wendete. Sie lächelte, Christians Küsse häuften sich. Doch als er ausatmete schob sich seine Alkoholfahne sogar durch den dicken Pfannendunst bis an Nahlas Nase. Sie fuhr herum und sah ihn scharf an.

„Was ist?“, fragte er säuerlich.

„Du hast doch wieder getrunken, oder?“

„Hab ich nicht!“

„Warum riechst du dann so?“

„Bloß ein Bier nach Feierabend mit den Kollegen. Ist doch nicht schlimm!“

Nahla drehte sich brüsk zum Herd zurück.

„Stell dich nicht so an! Es war nur ein Bier!“

„Mamamama ...!“, rief Florian.

„Spielst du mit ihm, bis ich fertig bin?“, bat Nahla Christian, der sie daraufhin in der Küche allein ließ. Nahla wendete die Zwiebel.

Biersee ... Biersee ... Biersee ...

„Ich habe die Anmeldung für die Kinderkrankenschwesternausbildung heute abgeschickt“, erzählte Nahla, als sie sich zum Abendessen setzten.

„Finde ich gut!“, entgegnete Christian.

Nahla rückte Florian auf ihrem Schoß zurecht, der ihre Ohrläppchen befingerte. Sie würde ihn mit zur Schule nehmen müssen. Vielleicht konnte ihn Lydia ein bis zwei Tage die Woche bei sich in der Arbeit in der Kindertagesstätte betreuen. Aber öfters wollte Nahla ihren Sohn nicht hergeben. Dazu war er zu klein.

„Es wird schon gehen“, murmelte sie und löste Florians Finger von ihrem langgezogenen Ohrläppchen.

„Irgendwie schmeckt das heute anders.“ Christian mampfte. „Was hast du denn da reingetan?“

Nahla sah ihn an. Dann murmelte sie: „Sag ich nicht. Ist ein Geheimnis."

„Jetzt sag schon, was ist da drin?"

Nahla probierte nun selbst.

Oh Gott! Da sind arabische Nächte drin!

„Ich finde, es schmeckt einzigartig", entfleuchte es ihr, mit einem unkontrollierbaren verräterischen Aufblitzen in den Augen.

„Ja, einzigartig! Einzigartig komisch!", fand Christian amüsiert. „Merk dir, wie du das hinbekommen hast!"

„Unmöglich", klärte Nahla ihn auf und legte ihre Gabel auf den Teller.

„Warum unmöglich?", fragte Christian. „Verrate es mir doch! So hat noch nichts geschmeckt, was du gekocht hast!"

„Also, die Dosierung kriege ich so sicherlich nie wieder hin."

„Was machst du denn da für ein Geheimnis draus?!"

„Nun ja, mir sind ein paar Gewürze reingefallen. Den Großteil hab ich wieder rausgefischt!"

Christian prustete los. Nahla ebenso. Florian stimmte glucksend mit ein. Sofort keimte ein neues Pflänzchen Hoffnung in Nahla, dass mit ihnen doch noch alles gut werden würde, denn genau so wie jetzt sollte doch Familienleben sein. Ausgelassen und fröhlich!

... und arabisch gewürzt.

Doch das war eine Würze, die Christian zwar aufgefallen war, deren Magie ihn aber nicht durchdrang. Nach einem Film auf dem Sofa, während dem Christian seine neben der Armlehne deponierten Bierflaschen geleert hatte, stützte er sich beim Zubettgehen schwankend auf Nahlas Schultern, während sie in Gedanken über orientalische Basare flanierte und weitere Gewürze erstand.

„Bei uns streift ein Bär durch die Wälder!", erzählte Nahlas Oma am Telefon. „Habt ihr es schon gehört? Er ist der erste seit 1835!"

„Ich glaube, es kam kurz im Radio", entgegnete Nahla. „Woher kommt der denn?"

„Er ist durch die Berge aus Österreich eingewandert. Bei uns wird groß diskutiert, ob er eine Gefahr darstellt. Die meisten finden es natürlich, dass auch ein Bär hier lebt. Platz wäre ja genug und ein Wildtier sucht ja eh keine menschliche Gesellschaft."

„Ein Bär ... urwild und schön!"

„Der Bürgermeister von Miesbach ist nicht mit ihm einverstanden. Weißt ja, er ist ein alter Jäger und würde ihn am liebsten persönlich abschießen. Ich fürchte es geht ihm nur darum."

„Armes Viech ...", murmelte Nahla.

Christian gelang es nicht, seine Versprechungen zu halten. Nahla roch zunehmend alten und neuen Alkohol, eine widerliche Mischung, die ihr den Atem stocken ließ. An manchen Abenden schüttete Christian so viel nach, dass sein Berufsfrust durch den Biersee in seinem Bauch aufstieg wie in den Sagen das Monster aus dem Loch Ness. Vor dem grauste ihm dann selbst am meisten und weil er ihm, da es ja in seinem Bauch hauste, nicht entkam, geriet er in Rage – vor der Nahla wiederum ins Schlafzimmer flüchtete. Dort lenkte sie sich mit den Gedanken an die jungen Kätzchen ab, die es in der Nachbarschaft gab. Tiger fehlte ihr und Christian hatte selbst vorgeschlagen, ein junges Kätzchen einziehen zu lassen.

„Bist du sicher?", fragte Lydia, die Nahla beim Sichten des Wurfes begleitete.

„Such dir eines aus! Sie sind alle noch zu haben", forderte die Besitzerin Nahla auf. Alle der vier Kätzchen waren schwarzweiß und niedlich, fiepten und traten mit ihren winzigen Pfoten beim Saugen an den Zitzen rhythmisch an den Bauch ihrer Mutter.

„Das fördert den Milchfluss", erklärte die Besitzerin.

„Ich weiß", entgegnete Nahla und streichelte die erst ein paar Tage alten Tierkinder. Das Katerchen, dessen vordere Körperhälfte vornehmlich schwarz und die hintere weiß war, tat es ihr besonders an.

„Ach Mädel", seufzte Lydia. „Tiere reparieren doch keine Beziehung. Genauso wenig wie Kinder. Aber viele führen sie wegen ihnen weiter und hängen deshalb länger drin als es für irgendjemanden gut wäre."

Nahla schwieg und dachte an Tiger. Mit einem Mal sehnte

sie sich extrem nach ihm, egal wie süß die jungen Kätzchen waren. Tiger zu kraulen befriedete. Und vor ihm hatte sie noch kein einziges Mal in irgendein Zimmer flüchten müssen.

Vielleicht lieber doch keine neue Katze? Nicht noch mehr Kleister, der mich und Christian aneinander pappt?

Es dauerte tatsächlich nicht lange, bis die Flucht vor Christians innerem Monster bis ins Schlafzimmer nicht mehr ausreichte und Nahla mit Florian erneut in ihr Kinderzimmer bei ihren Eltern einzog. Sie hörte schier die in festere Zöpfe denn je gezurrten Troddeln an ihrem Kissen mit sich selbst um die Wette wimmern, während Tiger, davon irritiert, unregelmäßig neben ihr auf dem Bett schnurrte.

Ich habe mein Familienleben nicht auf die Reihe gekriegt. Ich habe versagt.

Mit einem nur für sie wahrnehmbaren Knall im Kopf schoss ihr das verschollene Marihuana unter dem Putzschrank in den Sinn. Sie überlegte kurz. Sicher machte es keinen Sinn, ein weiteres Mal in der Abstellkammer danach zu suchen. Aber es gab ja noch ein weiteres Versteck. Als Florian fest schlief und Nahla glaubte, das gelte auch für alle anderen im Haus, stieg sie die Leiter zum Dachboden empor. Sie zählte die Balken ab und fand schnell die Stelle, an der Christian seine letzte Ernte aus Fischbachau hinter die Dämmwolle geschoben hatte. Sie zog den Beutel hervor. Der typische Geruch seines Inhalts umwölkte ihn sogar durch die Folie.

Nee ... ich weiß nicht ... das ist doch nichts für mich, oder? Wie Jo gesagt hat, man kommt nimmer vom Fleck, wenn man damit anfängt. Das kann man erst tun, wenn man nirgendwo mehr hin will.

Nahla betrachtete den Beutel, wendete ihn, bespielte die trockenen Grasblüten mit den Fingern und sah zu, wie sie sich in der Folie verteilten. Dann atmete sie tief, straffte sich mit einem Ruck, steckte den Beutel zurück und drückte die Dämmwolle darüber fest.

Ich will noch wohin!

Sie straffte sich noch einmal.

Ich will ...

Das, was sie bisher nicht gewagt hatte, zu Ende zu denken, rumorte in ihrem Herzen. Es kämpfte darum, zu leben. Es kämpfte für sich selbst. Nahla holte noch einmal Luft.

Ich - will - nach - Tunesien!

Sie kniff die Augen zu. In ihrer äußeren Schicht, die ihr Gefühlsleben, ihre Herzenswünsche, ihr emotionales Denken in Vernunft, Rationalität und Pflichtgefühl einzwängte und ihr damit den Lebensnerv abpresste, bildeten sich Risse. Durch die darunterliegende Schicht begann das Blut zu pulsieren. Nahla zuckte erschrocken zusammen.

Aber das geht doch nicht! Ich muss vernünftig sein und Florian zumindest in der Nähe seines Vaters lassen!

Sie seufzte tief und stieg dann wacklig die Leiter hinab. Unten stieß sie an jemanden, den sie vor lauter Konzentriertheit auf sich selbst nicht bemerkt hatte.

„Was hast du da oben gemacht?“, fragte Lisa.

„Was machst du hier?“, fragte Nahla zurück.

„Ich geh bloß aufs Klo.“

„Wer's glaubt, du neugierige Tante, du! Tu mir den Gefallen und geh einfach wieder ins Bett, hörst du?“

Lisa sah zu, wie Nahla den Gang entlang in ihr Zimmer verschwand und die Tür von innen schloss, offenbar viel zu sehr mit sich selbst beschäftigt, um ihrer Schwester weitere Beachtung zu schenken. Spitzbübisch wandte sich Lisa der Leiter zu und erklomm sie Sprosse für Sprosse. Oben folgte sie wie ein Spürhund einer instinktiven Witterung.

Nahla pendelte nun zwischen ihrem und Jos Elternhaus. „Du kannst auch bei uns wohnen“, sagte ihr Jos Mutter bei jedem Besuch und beim Frühstück nach jeder Übernachtung, doch Nahla war es nach gelegentlicher Privatsphäre, die sie in ihrem Zimmer bei ihren Eltern eher fand. In Jos Zuhause ging immer eine recht große Menge Besucher aus und ein. Man war dort praktisch nie für sich. Löste sich ihre Anspannung ein wenig, erlöste sie die Troddeln an ihrem Kissen aus ihrer Zwangsgefangenschaft in harten Zöpfen. Nahm die Anspannung zu, flocht sie die Troddeln erneut oder fuhr zu Jo.

„Ist es wirklich richtig, Christian keine Chance mehr zu geben?“, fragte sie, obwohl sie die Antwort darauf selbst kannte. Doch sie bedurfte der Bestätigung von außen, der Bekräftigung zur Stärkung ihres Rückens.

„Eine zweite Chance hat jeder verdient, Süße, aber die hatte Christian schon. Er wird dich wieder schlagen. Einmal ist keinmal, weißt du? Und zweimal ist einmal zu viel!", sagte Jos Mutter.

Nahla fasste sich ans Dekolletee, an jene Stelle, auf der Christians selbstgeschmiedetes Herz bis zur Nacht vor der Abreise nach Ägypten gehangen hatte. Jetzt musste es eigentlich noch unter dem Teppich im Winkel hinter dem Sofa schlummern. Sie warf einen kurzen unmerklichen Blick von der Terrasse aus nach drinnen. Alles wirkte wie immer und den Bereich hinter dem Sofa bevölkerten bestimmt nach wie vor nur locker-flockige Wollmäuse.

Da liegt es erstmal gut, soll's ruhig noch eine Weile dort bleiben!

„Du hast doch Hamza!" Jo rührte Zimt in den Tee und goss Nahla eine Tasse ein. „Hier hast du etwas Arabisches!"

Eigentlich war es viel zu warm für Tee, jetzt, im Übergang von Frühling auf Sommer, auf der Terrasse, wohin die ganze Familie, einschließlich Nahla, mit dem Kissenberg des Sofas umgezogen waren. Die Kissen waren nun auf einem Teppich direkt auf dem Pflaster ausgebreitet. Die Gnome darum herum betrachtete Nahla längst als ihre kauzigen Freunde. Sie fächelte sich den Teedampf zu und lächelte. „Das riecht wirklich nicht deutsch."

Was Hamza wohl gerade macht?

„Er denkt an dich", sagte Jos Mutter, als läse sie ihre Gedanken.

„Woher weißt du das?", fragte Nahla.

„Ich sehe es dir an."

„Und wie?"

„Wie? Liebes, weil sich in deinem Gesicht Verzückung spiegelt, wenn *du* an ihn denkst. Das sagt mir, dass du nicht an ihm zweifelst und das wiederum, dass er genauso oft an dich denkt wie du an ihn."

Nahla sah Jos Mutter verblüfft an. „Richtig ...", murmelte sie.

„Aber sie traut sich nicht durchzuziehen, mit ihm zusammen zu sein!", kommentierte Jo.

Nahla warf abwehrend ihren Zopf auf ihren Rücken. Er landete dort wie ein leichter Peitschenhieb, der sie hochfahren und scharf die Luft einsaugen ließ. Aber schon eine Sekunde später sackten ihre Schultern wieder nach vorn. „Mit ihm zusammen sein ... Wie sollte das schon gehen?“, nuschelte sie vor sich hin.

„Das ist nicht die erste Frage!“ Jos Vater zog an einem dicken Joint und streichelte der Dogge Baghira den Kopf, den diese auf seinen nackten Oberschenkel gebettet hatte. Immerhin trug er heute einen Lendenschurz.

Der Nebel in Nahlas Kopf verschleierte ihr ebenso jeden klaren Gedanken wie der dicke Marihuanarauch vor ihr die Sicht auf Jos Vater. Die Runde schwieg als warte sie darauf, dass sich der Nebel in ihrem Kopf zu aussprechbaren Gedanken zusammenzog. Doch mehr als ein: „Und was ist die erste Frage?“, wurde nicht daraus.

Der Körper von Jos Vater floss bei jedem Zug mehr wie weiches Wachs auf die Kissen. Baghira folgte seinen Bewegungen und kam ausgestreckt neben ihm, mit entspannt aus ihrem Maul hängender Zunge, zum Liegen. „Die erste Frage ist“, er blies den Rauch jetzt durch gespitzte Lippen steil wie ein Vulkan vor der Eruption in den Himmel, „die erste Frage ist, was *du* willst!“

Sofort hallte die Antwort darauf tausendfach durch Nahla.

Ich will zu Hamza! Ich will zu Hamza! Ich will nach Tunesien! Ich will ein Kind von ihm!

„Jetzt spuck’s schon aus!“ Jo griff mit ihren nackten gelenkigen Zehen den Stoff von Nahlas Sommerhose und zupfte daran.

„Weißt du, Liebes“, sagte Jos Mutter, „wir alle wissen tief in uns, was wir wollen und was das Richtige für uns wäre. Leider haben die meisten von uns verlernt, auf die Stimme ihres Herzens zu hören. Stattdessen folgen sie unbewusst irgendwelchen eingetrichterten Vernunftvorgaben. Oft so lange, bis sie daran ersticken!“

Nahla betrachtete daraufhin Jo. Nein, Jo würde niemals irgendeiner Vorgabe folgen. Sie tat das, was ihr die Intuition sagte. Nahla kannte keine entspannteren und ausgeglicheneren Menschen als sie und ihre beiden, auf den Kissen lümmelnden Elternteile.

„Hamza soll kommen, um die weiteren Schritte zu besprechen. Dann geh ich mit ihm nach Tunesien.“ Nahla hatte es tatsächlich laut ausgesprochen und das auch noch vor Zeugen.

Diese lächelten allesamt. Selbst die Gnome grinsten und reckten ihre langen Nasen.

„Oh yeah, das klingt gut", raunte Jos Vater. Aber ihm reichte das noch nicht. „Und warum? Sprich es aus!"

Nahla blinzelte und kehrte in sich. Der Nebel in ihrem Kopf wehrte sich noch immer dagegen, zu Worten zu werden, und jene, die sich formierten, hatten Schwierigkeiten, die Hürde über ihre Lippen zu nehmen. Nahla kämpfte gegen das ungeschriebene, jedoch felsenfest auch in ihrem Kopf verankerte Gesetz – dessen Einhaltung selbstredend von ihr stets verlangt worden war – sich nach der Vernunft zu richten. Und diese verbot einer jungen Frau mit Kind wie ihr jeden landläufig als extravagant betrachteten Wunsch.

„Warum?", wiederholte Jos Vater.

„Warum?", sprach Nahla ihm nach. Aber dann fuhr sie fort: „Also ...", begann sie zögernd, „im ersten Moment, als ich Hamzas Stimme hörte ... da hat es angefangen ... seitdem ist alles, was zwischen uns ist ... wie soll ich sagen?", sie schielte auf den Joint. Jos Vater hielt ihn ihr hin, doch sie lehnte mit einer Handbewegung ab. Stattdessen trank sie einen Schluck aus ihrer Tasse mit dem zimthaltigen Tee. Sie schmeckte das Gewürz auf ihrer Zunge, den Hauch einer arabischen Berührung. So klein sie auch war, sie war da. Und sie war echt. Nahlas gesamtes Biosystem reagierte darauf und entließ durch die Vernunftsschicht endlich hinaus in die Welt, was sie längst wusste. Sie verkündete es mit fester Stimme: „Was von Anfang an zwischen mir und Hamza war, ist unignorierbar und unbewertbar. Es ist das Echteste, was ich je erlebt habe. Deshalb *muss* ich zu ihm!"

Sie verkündete es in erster Linie sich selbst. Danach kniff sie die Augen zu und wiederholte ihren eingestandenen und jetzt gänzlich zugelassenen Herzenswunsch noch einige Male im Geiste. Dabei sprengte dieser ihre Vernunftsschicht wie einen längst zu eng gewordenen Chitinpanzer. Mit immer noch fest, aber jetzt entspannter geschlossenen Augen häutete sich Nahla daraus und spürte, wie ihr Blut durch ihre befreite arabische Schicht pulsierte.

„Ich mache noch die Ausbildung als Kinderkrankenschwester, weil mich das einfach interessiert. Das dauert nur ein Jahr, wenn man schon Kinderpflegerin ist. In der Zeit können wir alles organisieren. Und dann geh ich nach Tunesien und heirate ihn!" Schwungvoll, als habe sie Kraftpillen eingeworfen, schlenzte sie ihren Zopf nach vorn, zog den Gummi ab und befreite ihr hüftlanges Haar. Sie schüttelte es, die Sonne ließ es in Tönen von Mahagoni bis dunkler Schokolade schimmern.

„Bravo!" Die Familie applaudierte. Selbstverständlich auch die Gnome.

„Wenn das so ist, dann braucht Hamza schleunigst ein Visum", stellte Jos Mutter fest. „Ich werde mich mal schlau machen und du besprichst mit ihm, wann er kommen kann."

„Danke", Nahla ließ sich in die Kissen sinken, Kopf und Schultern umfloss dekorativ ihr Haar. „Danke!" Nach vorne zu blicken und einen Plan zu haben war definitiv besser als Gras zu rauchen.

„Dann werde ich wohl doch noch bei euch einziehen müssen, vorübergehend zumindest", überlegte sie. Ihrem Vater wollte sie Hamza nicht vorsetzen – und umgekehrt. Allein die Vorstellung, wie er reagieren würde, wenn er erfuhr, wegen wem sie eine Weile zu Jo zog, genügte ihr. In seinen Augen fehlte dieser Entscheidung sicher jede Bodenständigkeit, damit jede Sicherheit und folglich entbehrte sie jeglicher Vernunft.

„Baby?", fragte Nahla durch das Rauschen in der Leitung.

„Ja, ich hör dich!"

„Also, die ersten beiden Septemberwochen? Bis dahin kriegen wir das mit dem Visum bestimmt hin! Oder doch besser Ende September?"

„So schnell wie möglich! Sobald das Visum da ist, kaufe ich das Flugticket!"

„Und wenn du hier bist, besprechen wir, wann und wo wir heiraten! Baby?" Nahla lauschte. „Mist!", schimpfte sie. Ihr Guthaben war schon wieder aufgebraucht und die Absprache noch immer unklar.

Warum funktioniert denn das mit dem Mailen nicht?!

„Du, der Bär heißt jetzt Bruno!", erzählte Nahlas Oma beim

nächsten Telefonat. „Jetzt wird diskutiert, ob sie Fallen stellen, ihn einfangen und wieder in Österreich ansiedeln."

„Warum kann man ihn denn nicht einfach tun lassen, was er will?"

„Ach Mädel, weil der Mensch heutzutage alles kontrolliert und bestimmt. Ich kann dir jetzt schon sagen, der Bär wird nimmer lange leben."

„Was!? Warum das denn?"

„Na ja, man hört so einiges. Der Bürgermeister von Miesbach hat ja das meiste Sagen hier, als Chef in der Kreisstadt."

„Bäääää", beschwerte sich Florian auf Nahlas Arm. „Was hast du denn?" Nahla wiegte ihn, mit dem Telefon zwischen Kinn und Schulter geklemmt.

„Hoi, ich hör ihn ja bis hierher!", tönte die Stimme ihrer Oma durchs Telefon.

„Ich weiß nicht, was los ist", sagte Nahla. „Er muss noch Hunger haben, aber es scheint so, als ob ihm meine Milch nicht mehr richtig schmeckt. Er hat eben nur ganz kurz getrunken. Er ist doch noch nicht einmal ein Jahr alt."

„Komisch. So früh hören sie normalerweise nicht damit auf."

„Oma, ich muss leider aufhören und gucken, was er essen will!"

Notgedrungen beendete Nahla das Gespräch und kochte für Florian Haferflockenbrei. Verwundert verfolgte sie, mit welchem Appetit er diesen vertilgte und eindeutig ihrer Brust vorzog. „Na, schmeckt das besser?", fragte sie mehr sich selbst als ihren Sohn, während sie den Löffel auf seinen sich aufgesperrten Mund zukreisen ließ. Er hatte die Tage schon ein paar Mal mit einem „Bä!" ihre Brustwarze ausgespuckt, obwohl er zuerst danach verlangt hatte.

Esse ich etwas, was ihm die Milch madig macht?

Christian kämpfte weiter. Gegen den Alkohol und gegen Nahlas Rückzug. Er rief sie an. Er läutete bei ihren Eltern. Fand er sie dort nicht, wählte er sogar Jos Nummer. Meistens ließ sich Nahla verleugnen, doch Florians erster Geburtstag stand bevor. Sie plagte das Gewissen. Hatte sie ein Recht, Christian zu versagen, diesen mit ihnen allen zu feiern? Sie tat es nicht.

Der Tisch im Garten unter dem alten Apfelbaum war gedeckt. Junge Rotschwänze flatterten noch ungeschickt durch sein Geäst. Sie waren eben erst an diesem Morgen ausgeflogen. Ihre Eltern lockten sie mit Gezirpe und Schnäbeln voller Insekten, dabei beäugten sie aufgeregt die Gesellschaft unter ihrem Baum. Drei locker in Servietten gewickelte Geschenke, die Florian leicht selbst auspacken konnte, lagen auf dem Tisch bereit. Agnes hatte mit einer Tortenspritze in hellblauer Zuckergussschrift „Flori“ auf den Geburtstagskuchen geschrieben und mehrere Herzchen dazu gezeichnet. Ihre Oma, aus Bayrischzell angereist, bewunderte sie gebührend. Nur der Kindsvater fehlte noch, als alle um den Kaffeetisch saßen, bereit, die Kerze auf dem Kuchen anzuzünden. Da klingelte es endlich an der Tür.

„Öffnest du bitte, Gerd?“, fragte Lydia, die Kaffeekanne in der Hand.

Nahlas Vater stand auf und verschwand im Haus. Doch anstatt mit Christian zurückzukommen, brach ein Tumult an der Haustür los, der bis in den Garten dröhnte, wo die Gespräche versiegten. Nahlas Augen wässerten. Ihre Oma griff nach ihrer Hand. Agnes drückte Florian an sich. Dann schlug die Haustür zu und Gerd kam zurück, mit Zornesröte im Gesicht. Schnaubend setzte er sich.

„Er war besoffen! So kommt er mir nicht ins Haus!“, knurrte er verächtlich. „Er hat probiert, sich an mir vorbei zu drücken. Jetzt wird er es nicht mehr versuchen.“

Nahla entzog ihrer Oma ihre Hand, griff nach einer Serviette, drückte diese auf ihre feuchten Wangen und floh nach drinnen.

Nur ein paar Minuten. Ich muss mich fassen. Für Flori. Es ist doch sein erster Geburtstag!

Sie schniefte, wischte sich mit der Serviette die Tränen aus dem Gesicht und spähte furchtsam aus dem Küchenfenster. Doch Vorgarten und Straße waren leer. Kein Christian trieb sich mehr dort herum. Nahla drehte den Hahn am Spülbecken auf und spritze sich kaltes Wasser ins Gesicht. Tiger strich maunzend um ihre Beine. Nahla nahm ihn hoch und vergrub ihr Gesicht in seinem weichen schwarzen Katzenfell. Das half.

„Hey, mein Sohn wird heute eins“, flüsterte sie dem Kater ins

Ohr. „Wenn das kein Grund zum Feiern ist!“

Auf diesen Gedanken konzentriert schaffte sie es, ihren Kummer beiseite zu drücken. Leidig gefasst ging sie zurück in den Augustsommergarten, spürte das weiche Gras unter ihren nackten Füßen, sah und hörte die Rotschwanzfamilie im Apfelbaum schäkern und ihren Sohn fröhlich glucksen. „Mamama!“, rief er ihr zu.

„Wollen wir?“, fragte Lydia.

„Und wie!“, entgegnete Nahla.

Lisa ließ ihren Daumen über das Rädchen eines Feuerzeugs floppen und zündete die Kerze auf dem Kuchen an. Alle zusammen halfen Florian, sie auszublasen und danach seine Geschenke auszuwickeln. Und abends, als alles wieder aufgeräumt war und Florian wieder und wieder Nahlas Brustwarze ausgespuckt hatte, Nahla seinen Hunger mit Reisbrei gestillt und ihn anschließend in den Schlaf gewiegt hatte, zupfte sie nachdenklich auf ihrem Bett an den Kissenfransen.

Komisch mit Flori ... Irgendwas ist doch da ...

Es war nicht allzu spät, noch nicht einmal 22 Uhr. Im Westen lag ein letzter orangefarbener Schimmer über dem Horizont, auf den Nahla durchs Fenster ihre Augen richtete. Dann beäugte sie, auf die Ellbogen gestützt, ihre Flatterhose. Darüber trug sie ein locker sitzendes T-Shirt. Es war eine einfache Kleidung, leicht zu handhaben. Nicht zu dunkel, nicht zu bunt, kindgerecht, da sich Breiflecken auf ihr tarnten, und mamagerecht, weil sie praktisch und bequem war und somit genau richtig für diese Lebensphase. Nahla war froh, endlich wieder Anziehsachen gefunden zu haben, in denen sie sich wohl fühlte, nachdem sie sich von ihrem früheren Stil getrennt hatte. Sie strich darüber, ihre Hände glitten auf ihren Bauch.

Ja, der ist auch wieder recht flach geworden.

Plötzlich stoppten ihre Finger, fast so, als hielte sie etwas von innen her fest. Nahla stutzte und dann verband sich in ihrem Kopf eine Synapse mit einer anderen. Es tat einen Klick. Ihr war, als nagle sie das Gewicht ihrer plötzlichen Vermutung auf die Matratze.

Um Himmels Willen! Wenn Flori deshalb meine Milch nicht mehr mag? Wenn er es geschmeckt hat?

Nahla spürte in sich und merkte es jetzt ganz deutlich. Es

fühlte sich an, wie beim letzten Mal.

Auch wenn es kaum sein kann. Ich spüre es. Scheiß Pearl Index! Wieso ich!?

Sie ließ die Arme zur Seite fallen und lag da wie eine Gekreuzigte.

Vielleicht täusche ich mich ... Ich muss *mich täuschen! Wir hatten höchstens fünf Mal Sex.*

Das Durchsehen ihrer Pillenpackungen ergab wieder nur, dass sie definitiv keinen Einnahmefehler gemacht hatte.

Bevor Nahla den Kinderwagen am nächsten Morgen am Spielplatz parkte, der um diese Zeit noch unbesucht war, und Florian in der großen, teils noch feuchten Sandfläche um das Klettergerüst spielen ließ, kaufte sie in der Drogerie einen Schwangerschaftstest. Sie hoffte, dass ihr Sohn sich eine Weile allein beschäftigte, denn sie brauchte etwas Zeit für sich. Florian drückte feuchten Sand in seinen Händchen und beobachtete, wie er wurmartig zwischen seinen Fingern hervorquoll. Das würde ihn bestimmt ein paar Minuten lang unterhalten.

„Bescheuerter Test!" Nahla presste ihre Finger um ihn wie Florian seine um den Sand. Doch der Test nahm dadurch keine neue Form an. Er blieb, was er war und es kam Nahla dabei vor, als halte sie eine Handgranate, deren Sicherungsstift sie in den nächsten Minuten selbst ziehen würde. Nahla lugte zu der Reihe Büsche, die das Areal seitlich einfassten. Dann küsste sie Florian, der darauf nur mit einem selbstversunkenen Glucksen reagierte, und schlug sich verstohlen in die Büsche. Durch die Zweige sah sie ihn. Alles in Ordnung. Doch das konnte sich jede Sekunde ändern und er nach ihr rufen. Flugs riss sie die Verpackung des Schwangerschaftstests auf, zog ihre Hose herab, ging in die Hocke und pinkelte auf das Testfeld.

Zurück auf dem Spielplatz verfolgte sie mit angezogenen Beinen auf einer Bank kauernd, wie sich die Feuchtigkeit auf der Membran des Sichtfelds ausbreitete. Der erste Streifen, der anzeigte, dass der Test reagierte und damit funktionierte, färbte sich rosa. Anderthalb Millimeter später explodierte die Granate. Der zweite Streifen wurde ebenfalls rosa. Er zerfetzte Nahlas Vorfreude auf Hamza, ihre Pläne, ihre tunesische Zukunft.

Schwanger.

Nahla war zu erschüttert, um zu weinen. Zu konsterniert, um noch irgendetwas zu fühlen. In der Unbeteiligtheit einer Geschockten warf sie den Test von ihrem Sitzplatz aus in den Mülleimer unweit der Bank, als handle es sich um eine Bananenschale. Dann versuchte sie den Tag zu begehen, als wäre nichts geschehen.

Gegen Abend klingelte ihr Handy. Es war Hamza. Benebelt durch eine dicke Hülle aus Rationalität blickte Nahla aufs Display. Aus den Fetzen ihres Lebens hatte sich eine neue Vernunftsschicht zusammengefügt. Diese drückte mit durch die Schwangerschaft potenzierter und unerbittlicher Kraft auf die darunterliegende, warm fließende, nach Orangenblüten und Zimt duftende, zutiefst nach dem Stattgeben ihres Lebensbedürfnisses flehende arabische Schicht. Die Schichten rieben aufeinander und produzierten dabei glühende Funken wie ein Schweißgerät, die Löcher in die Umgebung brannten. Auf dem Sofabezug, dem Teppich, dem Wohnzimmertisch, auf ihren Unterarmen. Auf allem sah Nahla hässliche grauschwarze Brandflecken aufgehen. Entsetzt rieb sie sich über ihre Haut. Doch da war nichts. Besprenkelte nur der Kampf in ihrem Inneren ihre Netzhaut mit diesen rußigen Flecken? Eins war gewiss: Die Schichten ließen sich nicht zusammenschweißen. Eine würde weichen müssen. Nahla hoffte nur, die Agonie würde nicht allzu lange dauern. Sie legte ihr Handy beiseite.

Nach einer Weile nahm sie es wieder und versandte eine SMS: „Ich bin schwanger."

Christian reagierte nicht auf diese Nachricht. Und Nahla wiederum reagierte ihrerseits nicht auf Hamzas Anrufe an all den folgenden Tagen. Lydia erklärte sie ihre Benommenheit mit Kopfschmerz, den sie auf dem Spielplatz von der Sommersonne bekam.

Ich habe keine Ahnung, wie ich weitermachen soll. Ich muss einen klaren Kopf bekommen! Ich muss weg von hier!

„Mama, ich fahre nach Bayrischzell", teilte sie Lydia mit,

die im Vorgarten die Triebe des von lila und pinken Blümchen schweren Phlox' hochband, deren Aroma Nahla eigentlich liebte. Doch jetzt war ihr diese Intensität zu viel und sie wich zurück.

„Aber wir wollten doch alle zusammen erst in zwei Wochen fahren", entgegnete Lydia, erstaunt über Aussage sowie Verhalten ihrer Tochter.

„Nimmst du mich auch gleich mit?", fragte Agnes. Sie hielt sich auf Rollerblades vom Gehweg aus am Gartenzaun fest.

„Ich ... äh ...", Nahla stockte.

„Lass sie mal vorfahren", kam Lydia ihr mit einem kritischen Blick zu Hilfe. „Wir kommen doch bald nach."

„Och!" Agnes drückte sich vom Zaun ab und kurvte weiter den Gehweg entlang. Nahla fühlte sich irgendwie ertappt und schlug die Augen nieder.

„Mir scheint, du brauchst ein wenig Abstand", sagte Lydia und Nahla war ihr dankbar, dass sie nicht weiter nachbohrte.

Nahla fuhr in ihrem Twingo die Leizach entlang. Der August ließ das Wasser kristallhell schimmern, die Ähren gelbbraun reifen und die Blätter der Bäume in ein sattes Dunkelgrün übergehen. Am Himmel tummelten sich Schäfchenwolken. Der Schutzengel am Rückspiegel schwang in der Fahrbewegung seine Flügel. Florian schlief im Kindersitz. Nahla weinte. Vor der Pension Bschorer massierte sie sich die Schläfen, als ihr schon ihre Oma entgegenkam.

„Schön euch so überraschend hier zu haben, Mädel! Flori! Wo ist unser Flori?" Sie nahm ihren Urenkel aus dem Auto und Nahla war froh, dass sie selbst keiner genaueren Musterung unterzogen wurde. Sie hoffte, die vielen Spaziergänge mit ihrer Oma vom letzten Jahr wieder aufnehmen zu können und dabei herauszufinden, wie sie weiterleben sollte. Doch erstmal wollte sie sich für die nächsten Wochen in dem für sie reservierten Zimmer einrichten, solange ihre Oma Florian hätschelte.

„Ich bring mal unsere Sachen hoch!"

„Mach du nur!", entgegnete ihre Oma. „Ui, du bist ja schon wieder schnuckliger geworden, obwohl ich dich gerade erst an deinem Geburtstag gesehen habe! Jetzt wirst du bald laufen, stimmt's?"

„Stimmt!“, antwortete Nahla mit geschulterter Reisetasche und schon im Begriff, ins Haus zu gehen. „Viel fehlt nicht mehr!“

„Dann müssen wir jetzt alle Tischdecken richtig festklammern!“

Während die Pensionsgäste ihrem Urlaubsprogramm nachgingen und somit die Rezeption nachmittags eine Weile unbesetzt bleiben konnte, drehten sie ihre erste Runde durch die Ortschaft. Sie mussten viele Pausen einlegen, denn Florian war nicht mehr lange zufrieden in seinem Kinderwagen. Auf seine Beschwerden hin nahm Nahla ihn immer wieder heraus, setzte ihn auf den Boden, von wo aus er sich am Wagen hochzog und stehend, eine Art ungelenker Kniebeugen mit gespreizten Knien vollführend, seine Beine trainierte. Behutsam schob Nahla ein wenig am Wagen. Florian ging drei, vier, fünf Schritte nebenher. Dann verlor er das Gleichgewicht und kam mit einem weichen Plumps auf seinem windelgepolsteren Hintern zum Sitzen.

„Bald läufst du uns davon!“, lachte Nahlas Oma.

„Ja wen haben wir denn da? Den Valentin!“

„Die Müllerin“, flüsterte ihre Oma Nahla hinter vorgehaltener Hand zu. „Für die haben wir jetzt aber keine Zeit!“

Schon wuschelte die Müllerin durch Florians goldblonde, mittlerweile bis über die Ohren gewachsenen Haare und wurde daraufhin von ihm unschlüssig angeblickt. „Herzig, der Bub, richtig herzig!“

Nahla stand verkniffen lächelnd daneben und wusste nicht recht, wie sie sich verhalten sollte. Die Müllerin war eigentlich eine Freundin ihrer Oma, allerdings eine, für die ihr manchmal die Nerven fehlten.

„Wie alt ist der Valentin denn jetzt?“, fragte sie Nahla.

„Ein gutes Jahr.“

„Und wo habt ihr euren Papa? Ist gewiss nicht leicht, bei seiner Familie, nicht wahr?“

„Du, sei mir nicht böse, aber wir drei haben heute noch etwas vor!“, sprang ihre Oma Nahla zu Hilfe. „Nächstes Mal essen wir dann wieder eine Torte bei mir!“

„Passt schon! Pfiads euch!“, verabschiedete sich die Müllerin und ging ihres Weges. Nahlas Oma sah ihr einigermaßen verdutzt nach. „Warum hat sie sich denn so schnell abwimmeln lassen? Das passt gar nicht zu ihr."

„Weiß nicht ...", sagte Nahla nur, den Kopf zu voll mit eigenen Lebensangelegenheiten, um sich um die der Müllerin kümmern zu können.

„Hast du ihren Ring gesehen?", fuhr ihre Oma fort.

„Nein ..."

„Den dicken Brillantring, den sie auf einmal trägt. Woher sie den bloß hat? Sachen gibt's!"

„Ja, Sachen gibt's ..."

„Übrigens, ich wollte es dir an Floris Geburtstag nicht sagen, da war es unpassend, weil du doch den Bären so pfundig fandest. Sie haben ihn inzwischen erschossen. Oder hast du es schon gehört?"

„N-nein ..." Die Neuigkeit bohrte ein Loch in Nahlas Vernunftsschicht. Schmerz sickerte hindurch, sie konnte ihn nicht mehr mit Willenskraft zurückhalten. „S-sie h-h-haben ...", stotterte sie.

„Ach Mädel, wie man hier redet, hat der Miesbacher Bürgermeister jemanden bezahlt, damit er den Bruno abschießt. Man weiß nicht, wer's war. Aber ich sag dir, den meisten gefällt das nicht! Lange wird der seinen Bürgermeisterposten nicht mehr haben!"

Erschossen. Der Bär ist tot.

Nahla stellte ihn sich vor, wie er urwüchsig und wildschön durch die Wälder auf den Hängen getrottet war – bis er jäh aus dem Leben gerissen wurde.

Er hat nicht leben dürfen. Alles Urwüchsige, Urlebendige, Freiglückliche darf nicht leben.

Und da fiel ihre sommerfröhliche Alles-ist-in-Ordnung-Maske, die sie sich mit viel Kraft seit ihrer Ankunft aufs Gesicht gedrückt hatte. Sie ging in die Hocke, verdeckt vom Kinderwagen, damit Flori sie nicht sah. Dort brachen ihre Dämme.

„Der Bär ist tot. Der Bär ist tot. Der Bär ist tot", schluchzte sie.

„Himmel, Mädel!" Bestürzt bückte ihre Oma sich zu ihr hinab und streichelte ihr liebevoll über den Rücken. „Was ist denn los?"

„Ich muss doch zu Christian zurückgehen!"

Die Vernunftsschicht zog ihre Stahlfäden des Verantwortungsbewusstseins an und verschloss Nahlas Tränenkanäle. Sie wischte sich über die Wangen und hob mühsam den Kopf. Ihr Blick schweifte hoch zu den Bergen, zu deren diversen Schattierungen, darunter auch blaue. Ihre Oma setzte Florian in den Kinderwagen und pflückte am nächsten Gartenzaun eine Aster.

„Schau mal, die weichen Blättchen!“ Sie strich ihm damit über die Wangen und er griff nach der Blume mit den violetten Blütenblättern um einen gelben Kelch. Dann schlugen sie die Richtung zu den Feldwegen ein, hinaus aus dem Dorf.

„Und wenn er wieder auf mich losgeht?“

„Weißt du“, begann Nahlas Oma, „Christian sieht an dir sein eigenes Versagen und das erträgt er nicht.“

„Wie das denn?“ Nahla blinzelte verwirrt die Tränenreste von ihren Wimpern.

„Nun, wie erkläre ich dir das am besten? Schau, du wünschst dir, dass er nicht mehr trinkt. Aber er schafft es nicht. Er sieht dir deine Enttäuschung und deine Sorgen an. Und das zu sehen, die Auswirkungen von seinem eigenen Verhalten auf deinem Gesicht, das ist es, was er nicht aushält. Und was man nicht aushält, will man vernichten. Unbewusst natürlich. Deshalb schlagen manche Männer zu. Menschen sehen an ihren Gegenübern oft, was sie selbst falsch machen oder nicht auf die Reihe kriegen. Das zu durchschauen und die Dinge bei sich selbst zu richten, schaffen sie aber nicht. Deshalb wollen sie die Auswirkung beim anderen wegmachen. Verstehst du?“

Sie gingen ein gutes Stück, ehe Nahla entgegnete: „Christian versucht also unbewusst wegzuprügeln, was er in meinem Gesicht über sich selbst abliest?“

„Ja, Mädel. Genau so. Er liebt dich. Deshalb trifft es dich. An denen, die man am meisten liebt, kann man sein eigenes Versagen am besten ablesen. Christian sieht an dir, wie weit er neben der Spur läuft. Wenn du ihn bittest, das Trinken zu lassen und er es verspricht, aber nicht schafft, macht ihn das hilflos und wütend. Verquererweise gerade, weil er dich liebt. Sonst würde es ihm nicht so zusetzen, wenn du mit unter seinem selbstzerstörerischen Verhalten leidest.“ Sie seufzte. „Dann verletzt mancher den Menschen, den er am meisten liebt, weil der ja gleichzeitig durch seinen Kummer wiederum auch den größten Schmerz in ihm auslöst."

„Verdreht ...", murmelte Nahla, „aber schon schlüssig. Und wenn ich ihm mehr Zeit gebe? Ihm zeige, dass ich zu ihm stehe, auch wenn er trinkt, bis er es eben schafft aufzuhören?"

„Nahla, Mädel, schau dir seine Familie an! Die sind alle kaputt. Hör mir jetzt gut zu! Viele versuchen, einen anderen zu reparieren. Doch manche Menschen sind so kaputt, dass keiner sie von außen her reparieren kann. Der Antrieb müsste aus ihnen selbst kommen. Jemand, der es zu lange versucht, geht leicht mit an ihnen kaputt."

Schweigend gingen sie eine Weile weiter und hinterließen dabei eine feine Spur aus schmalen violetten Blütenblättchen, die Florian der Aster ausrupfte und aus dem Kinderwagen streute.

„Du hast genug versucht, Nahla. Ein Mann hat niemals das Recht, eine Frau zu schlagen. Du bist kaum zwanzig. Auf dich wartet noch der Richtige!"

Abrupt blieb Nahla stehen. Ihre Knie zitterten heftig. Am liebsten hätte sie sich wieder auf den Boden gehockt.

„Jetzt guckst du drein, als ob du ein Gespenst gesehen hättest", bemerkte ihre Oma „Was ist wirklich los?"

„Nein ... kein Gespenst ..."

Bloß Hamza ... er wäre der Richtige.

„Ich bin wieder schwanger", brach es aus Nahla heraus. „Nicht vom Richtigen."

„Herrgottnochmal!", rief ihre Oma mit zum Himmel erhobenen Händen. „Deshalb wolltest du zurück zu Christian! Das Leben macht es dir aber wirklich nicht leicht."

Wieder legten sie ein Stück schweigend zurück. Dann fragte Nahlas Oma: „Und wenn du es dieses Mal nicht kriegst?"

„Niemals", erwiderte Nahla sofort. „Sogar meine Frauenärztin hat mich das gefragt. Und die möchte eigentlich jedes Kind willkommen heißen."

„Was hast du ihr gesagt?"

„Was soll ich schon gesagt haben! Ich kann es nicht wegmachen lassen, niemals! *Sie* hat nach meinen Händen gegriffen, als ich eigentlich zufällig über meinen Bauch strich. Und jetzt ist mein Herz schon voller neuer Mutterliebe ..."

Ihre Oma sah Nahla an. Dann nickte sie. „Ja, so bist du. Ich hätte gar nicht fragen sollen. Es wird also ein Mädchen?"

Jetzt lächelte Nahla endlich ein wenig, ihren Bauch streichelnd. „Ja", entgegnete sie. „So fühlt es sich an. Ein Mädchen."

Ob es wohl meine Haarfarbe bekommt?

An diesem Abend meldete sich Christian. „Puppe, also, deine SMS. Püppi, noch ein Kind. Komm zurück zu mir!"

Nahla stöhnte unter dem Druck der Schuldigkeit ihren Kinder gegenüber. Doch dann meldete sich eine neue, leise, aber bestimmte Stimme in ihr. Sie gehörte ihrem Selbstschutz. Nahla spürte tiefer in sich und fand dort nichts mehr, was sie jetzt noch zu Christian zurück geführt hätte.

„Nein. Der Ofen ist aus", sagte sie.

Sie hörte ihn schniefen. Eine Gänsehaut kroch ihr den Rücken empor und fraß sich über ihren Haarboden. Sie legte auf.

Just als sich ihre Haut wieder geglättet hatte, klingelte erneut ihr Handy. Hamza. Er versuchte es mehrmals an diesem Abend. Bis Nahla schließlich abnahm.

„Baby! Endlich! Geht es dir gut?"

Seine Stimme drang ihr durch die Haut ins Fleisch und entzündete ihr Herz. Die Sekunden dehnten sich. In Nahlas Hals komprimierte sich die Luft zu einem Kloß. Nahla schaffte es weder, ihn auszuspucken noch hinunterzuschlucken und wunderte sich, welch harten Klumpen normale Luft abgeben konnte. Kein Wort kam daran vorbei. Sie legte auf.

Puppe – Baby – Püppi – Baby. Ein Kind auf dem Arm und eins im Bauch. Mit Christian bekam ich's nicht auf die Reihe und zu meinem Traummann kann ich jetzt nicht mehr.

Der Bär ist tot. Der Bär ist tot. Der Bär ist tot.

Nahla setzte sich die Fingerspitzen auf die Brust, worunter ihr entzündetes Herz lag, und massierte die Stelle. Dann schaltete sie ihr Handy ab. Damit war sie selbst für Jo nicht mehr erreichbar.

Zum geplanten Zeitpunkt traf ihre Familie in Bayrischzell

ein. Jeder war bald mit dem Genuss seiner eigenen Sommeraktivitäten beschäftigt. Sicherheitshalber rief sich Nahla ihr sonstiges Verhalten ins Gedächtnis, um sich getreu diesem zu geben. Sie schauspielerte gut, sie spielte sich selbst. Derweil schämte sie sich ihren Eltern gegenüber unsäglich. Sie hatte ihnen schon genug Schande gemacht. Für eine zweite Schwangerschaft würden sie nie und nimmer Verständnis haben. Manchmal ging ihre Oma oder eine ihrer Schwestern mit ihr spazieren. Oft konnte sie Florian in deren Obhut lassen, um alleine über ihre Zukunft zu brüten. Auch wenn diese nichts mehr mit jener Zukunft zu tun haben würde, die sie sich ausgemalt hatte, blieb nichts weiter übrig, als sie irgendwie zu meistern. Ihre im Sommer in den Bergen stets nackten Füße spürten beim Wandern die Kiesel auf den Feldwegen, das Gras der Wiesen querfeldein und die Tannennadeln auf dem Waldboden. Nahla blickte an den geraden Stämmen entlang nach oben zu den Wipfeln, die in den lichtigen Himmel ragten. Durch die Äste schickte die Sonne ihre gebündelten Strahlen zu ihr herab. Nahla stellte sich so zwischen die Bäume, dass die Strahlenbündel auf ihrem Gesicht auftrafen. So verweilte sie oft und lange. Bis mit einem Mal neue, bisher nie gedachte Gedanken in ihrem Kopf Gestalt annahmen.

Wozu brauche ich überhaupt einen Mann? Ich schaffe es alleine! Alle Bären sind tot!

In dieser Überzeugung öffnete sich in Nahlas Geist ein Weg. Ihre Wangen waren liniert von den feuchten Spuren herab kullernder Tränen, die sie um ihre bisherigen Hoffnungen und Wünsche weinte. Grauseidig spiegelten sich die umliegenden Berggipfel darin. Nahla spazierte zurück zur Pension und wusste jetzt, was sie zu tun hatte. Und sie tat es in den nächsten Wochen. Schritt für Schritt. Nur wie sie mit Hamza umgehen sollte, blieb ihr schleierhaft.

„Was war denn los?", fragte Jo am Handy, als Nahla ihres wieder eingeschaltet und die zahlreichen Anrufe von Hamza schnellstmöglich gelöscht hatte, damit sie ihr so wenig wie möglich weh taten.

„Du, mir ging es nicht so gut. Ich hab Zeit zum Nachdenken gebraucht."

„Jetzt bin ich aber gespannt!"

„Also, ich bin wieder schwanger."

„Verstehe. Von Christian? Oder habe ich etwas nicht mitgekommen?"

„Hey, ich bin nicht wie du bei solchen Sachen! Klar von Christian!"

„Sicher?", foppte Jo lachend.

„Komm schon, lass das!"

„Und jetzt?"

„Pass auf! Jetzt suche ich mir eine Wohnung, nur für mich und die Kinder."

„Wie finanzierst du das? Zahlt Christian denn?"

„Ich habe ihn noch nicht gefragt. Aber muss er ja wohl, oder? Es sind ja auch seine Kinder."

„Ja, muss er. Aber wenn er es nicht tut und dir das Geld nicht reicht, kannst du dir Pflegekinder dazunehmen, so wie meine Eltern das machen. Wir haben ja fast ständig mindestens zwei davon bei uns. Wenn sie eine auch nur leichte Behinderung haben, bekommst du dafür einiges an Geld und tust dabei noch etwas richtig Gutes. Und ob du zu deinen eigenen dazu noch ein oder zwei Kinder mehr versorgst, macht doch nicht wirklich viel an Zusatzarbeit aus. Dann schaffst du es aber finanziell leichter. Aber du weißt ja, du kannst immer zu uns ziehen!"

„Ja, das weiß ich. Aber ich muss es allein schaffen. Ich brauche schnell eine Wohnung, denn Mitte September geht die Kinderkrankenschwesternschule in Günzburg los. Ich hab ja einen Platz dort zugesagt bekommen. Ich will sie machen!"

„Okay, dann mach sie! Das wird schon, Süße! Ich gucke die Zeitungen gleich mal nach Wohnungsanzeigen durch. Wann kommst du zurück?"

„Äh, das hab ich mir noch nicht überlegt. Warte ... eigentlich könnte ich gleich morgen fahren."

„Ich erwarte dich!"

Nahla zog am ersten September in ihre neue Wohnung. Genau ein Jahr, nachdem sie mit Christian zusammen gezogen war.

„Warum liegt dein Fransenkissen in der Tonne?", fragte Lisa. Sie half Nahla beim Ausräumen ihres Zimmers und dem Tragen der Kisten in den Twingo, mit dem Nahla einige Male zwischen ihrem Elternhaus und ihrer Wohnung unweit davon hin und her pendeln musste.

„Ach das“, erwiderte Nahla.

„Ja, das!“, entgegnete Lisa. „Sag!“

„Es gehörte zu einem früheren Leben. Basta!“ Nahla warf noch einen letzten Blick auf die teils noch immer streng geflochtenen und ausgeflusten Troddeln. Sie hatten herhalten müssen, wenn sie Reaktionen ihrer Eltern auf ihre Entscheidungen zu verarbeiten versuchte, auf Christian wartete, harrte, wie er sich weiterhin verhalten würde, und wenn sie die Sehnsucht nach Hamza nicht ertragen hatte. Schlichtweg, wann immer ihre Gemütsverfassung abhängig von anderen gewesen war.

„Schluss damit!“, sagte sie im definitiven Ton und klappte den Mülltonnendeckel vor der verdutzt zurückweichenden Lisa zu. „Komm, lass uns weiter machen, ich will fertig werden!“

Ihr Vater verlud grimmig und wortlos Florians zerlegtes Kinderbett. Selbstverständlich nahmen die Nachbarn hinter Fenstern und Zäunen Anteil an allen beobachtbaren Vorgängen.

„Wie kannst du nur!“ Lydias Gesichtsausdruck voller Vorwürfe, als Nahla ihr die zweite Schwangerschaft eröffnet hatte, würde Nahla mit Sicherheit ihr Leben lang nicht mehr vergessen. Spätestens jetzt war sie sich gewiss:

Ich habe alles falsch gemacht. Ich bin die Enttäuschung meiner Eltern.

Hamza rief an. Sie drückte ihn weg.

Nur bei Jo brauchte sie sich für nichts zu schämen. Dort wurde alles, was ihr zustieß und was sie tat, als normaler Bestandteil des Lebens betrachtet, den man bestmöglich genoss. Nach dem Start der Kinderkrankenschwesternschule sah Nahla Jo nur noch an den Wochenenden. Dazwischen mühte sie sich ab, Florian, ihren Haushalt und die neue Schule unter einen Hut zu bekommen. Meistens schaffte sie es nur mit Ach und Krach, rechtzeitig in Günzburg zu sein. Während sie in der

Früh noch Florians Spielsachen einpackte und schon im Begriff war, ihre Jacke anzuziehen, machte er seine Windel voll und sie musste ihn nochmal wickeln. Wenn sie in Günzburg ankamen, verlangte er sein zweites Frühstück. Im Klassenzimmer ließ sie ihn auf einer Krabbeldecke hinter den Sitzreihen spielen. Ihre Aufmerksamkeit war immer zwischen ihm und dem Unterricht geteilt. Oft mussten sie den Raum verlassen, wenn er sich langweilte und dann zu laut „Mama! Komm!" zu rufen oder zwischen den Tischen herumzulaufen begann. Auf dem Heimweg stoppte Nahla am Supermarkt, kochte rasch, hielt die Wohnung sauber und hätte eigentlich viel mehr lernen müssen und wollen, als sie konnte.

„Du bist blass, Liebes." Jos Mutter betrachtete sie besorgt.

„Nein! Bloß keinen Zimt in den Tee!", stoppte Nahla ihre gut gemeinte Absicht.

„Du schindest dich zu sehr", fand auch Jo. „Das tut dir doch nicht gut!"

„Lass doch deine Mutter ab und zu Flori versorgen oder bring ihn mir", schlug Jos Mutter vor. „Dann kann er mit Quirin spielen, bis Marihuana ausgeschlafen hat."

Ein Schmunzeln huschte über Nahlas Gesicht, wie jedes Mal, wenn Jos Mutter ihre Tochter bei dem Namen nannte, den sie ihr am liebsten gegeben hätte. „Vielleicht ...", überlegte sie im Wissen, dass Jos Mutter schon drei Pflegekinder versorgte und dazu vormittags Quirin hütete, seit Jo als Barfrau in Augsburg jobbte. Ihr Handy klingelte. Nach kurzem Zögern zog sie es aus ihrer Handtasche, warf einen Blick aufs Display und steckte es wieder weg.

„Wer war's?", fragte Jo.

Nahla zuckte abwehrend mit den Schultern. Jo und ihre Mutter tauschten daraufhin einen vielsagenden Blick.

In der nächsten Zeit besuchte Nahla vier Tage die Woche ohne Florian den Unterricht. Aber schon auf der Fahrt fühlte sie sich entsetzlich.

Es ist nicht richtig, ihn allein zu lassen. Er ist zu klein dafür.

Es gelang ihr nicht, sich am unbeschwerten Geschnatter ihrer Mitschülerinnen zu beteiligen. Beziehungen, Make-up,

Pferde, Kurztrips an den Gardasee. Sie fühlte sich als Mama, nicht mehr als junges Mädchen und Schülerin, und somit unwohl unter ihren Klassenkameradinnen.

Nachmittags kamen regelmäßig ihre Schwestern vorbei, spielten mit ihrem Neffen, betasteten Nahlas Bauch und löcherten sie, wie denn ihre zukünftige Nichte heißen würde. Agnes suchte nach wie vor Nahlas schwesterliche Fürsorge und Lisa neigte dazu, ihre Nase in jede Schublade und jedes Schrankfach zu stecken. So war Nahla nach den zwar willkommenen Besuchen nur noch müder. Sie versuchte dann, mit ein, zwei oder drei Tafeln Schokolade neue Energie zu tanken. Immer öfter wurden vier daraus. Während sie aß, schrieb sie eine Auswahl von Namen auf ein Blatt, markierte welche, strich andere durch, setzte neue dazu. Als es im Januar in ihrem Bauch zu ziehen begann, erkannte sie, dass sie eine Frühgeburt provozierte, wenn sie so weiter rackerte. Jetzt, im sechsten Monat, verlangte ihr Baby nach mehr Ruhe. Es war wichtiger als ihre Ausbildung. Nahla hörte auf die Anzeichen ihres Körpers und brach notgedrungen die Kinderkrankenschwesternschule ab.

Wieder etwas, worauf Mama und Papa nicht stolz sein werden.

Lydias mit Vorwürfen tapeziertes Gesicht stand ihr vor Augen. Sie vertrieb es mit Chips, Keksen und noch mehr Schokolade. Dabei kreiste sie ihre Favoriten auf ihrer Namenliste ein: Maria, Aurora, Emilia.

Aurora ... Aurora ... Meinen Eltern ist das bestimmt zu ausgefallen. Also lieber nicht.

Hamza rief an. Nahla starrte sekundenlang auf ihr Handy. Dann drückte sie ihn weg.

Wie es ihm nur geht? Wo er jetzt wohl arbeitet?

„Herrgottnochmal! Was muss ich dauernd an ihn denken! Das muss aufhören!“, sagte sie laut. Schnell gab sie Florian, der bei ihrem Tonfall das Gesichtchen verzog, sanfte Küsse auf die Wangen, ließ zu seiner Ablenkung einen Stoffhasen über seine Beine springen und steckte sich zu ihrer eigenen noch ein paar Rippchen Schokolade in den Mund. Dann stand sie auf und kramte aus ihrer Schätzekiste den Zettel hervor, auf dem Hamza seine Adresse notiert hatte. Dabei vermied sie, die Fotos in der Kiste anzusehen. Seinen Kopf an ihren gelehnt, im Billardraum des Hotels, den Anblick ertrug sie nicht. Sie drehte den Zettel um. Auf der Rückseite stand etwas auf Arabisch, von dem Hamza ihr nicht verraten hatte, was es hieß.

Wer könnte mir das bloß übersetzen?

Viele ortsansässige Türken fielen ihr ein, etliche Italiener, wenige Griechen, ein paar Polen und Russen. Aber Araber kannte sie keine.

Ich muss damit aufhören! Jetzt ist Schluss!

Hastig, als ob sie mit ihm auch ihre Traurigkeit wegstecken könnte, verstaute sie den Zettel wieder in ihrer Schätzekiste. Doch die Traurigkeit blieb. Daran änderten selbst die nun täglich weiter sprießenden, neues Leben verheißenden Boten des Frühlings nichts. Triebe und Knospen zeigten sich jetzt überall an den Ästen, von der zunehmenden, den Schnee schmelzenden Kraft der Frühlingssonne dazu animiert. Aber auch dieses neue Leben, auf das Nahla ihren Fokus bisweilen gezielt richtete, brachte ihre heillose Traurigkeit, die unaufhörlich unter allem dahinfloss, hochblubberte und so mit ihren eiskalten Ausdünstungen durchsetzte, nicht zum Versiegen.

An einem Vormittag im März griff sie, eingewickelt in ihre Sofadecke, zum Telefon. Sie musste diesen Anruf tätigen, so schwer er ihr fiel. Sie würde es bereuen, wenn sie sich nicht überwand. Einen Versuch war sie sich selbst und ihrem Baby schuldig. Langsam, Taste für Taste, wählte sie.

„Du?“

„Ja, hallo, ich rufe nur an wegen der Geburt. In schätzungsweise sechs Wochen ist es so weit. Ich möchte unbedingt, dass du mitgehst.“

„Weiß nicht ...“

„Warum?“

„Ich habe eine neue Freundin. Die wird das nicht wollen.“

„A-Aber ...“, stammelte Nahla.

So schnell hat er sich getröstet und mich und Flori vergessen!

Nahla setzte wieder massierend die Fingerspitzen auf ihr Herz. Dann teilte sie Christian mit: „Ich ruf dich an, wenn es so weit ist. Ungefähr Ende April.“ Sie wartete. „Christian?“, fragte sie in die stille Leitung.

„Schau'n wir mal", entgegnete er und legte auf.

Florian zupfte an ihren offenen Haaren.

„Mama, spielen!"

Nahla gelang ein Lächeln. Für ihren Sohn rang sie sich, trotz der immensen Traurigkeit in ihr, immer eines ab.

„Da ist deine Schwester drin." Sie zeigte auf ihren Bauch. „Bald kommt sie raus und dann bist du ihr großer Bruder. Sie heißt Emilia Maria."

Florian guckte Nahla mit forschenden Augen an, die sein Bemühen widerspiegelten zu erfassen, was seine Mama ihm da mitteilte.

„Sag doch mal Emilia", forderte sie ihn auf. „E-mi-li-a."

„Li-li-li-lilli", sagte Florian.

„E-mi-li-a."

„Lil-li, Lilli."

„Lilli."

Obwohl Nahlas Vater sich beharrlich hinter Schweigen versteckte, hatte er für Florian in seinem Garten einen Sandkasten gebaut, unter dem alten Apfelbaum, in dessen Gezweig, jetzt im April, Bienen und Hummeln summten und eine neue Generation Rotschwänze heranwuchs. Die Sonne schob sich hoch und höher, gegen Mittag würde es sicherlich angenehm warm werden. Nahla sah ihrem Sohn zu, wie er Sand in seine Förmchen schaufelte. Bis vor einer halben Stunde hatte sie noch mitgespielt, den Sand fest gedrückt und Sandkuchen daraus auf der Holzeinfassung des Sandkastens gebacken. Doch jetzt saß sie im Gartenstuhl und atmete tiefstmöglich in ihren Bauch. Ihre Wehen waren noch aushaltbar. Bis zum Mittag, wenn Lydia heimkam, würde hoffentlich nichts weiter passieren. Nahla schickte Christian eine Nachricht. Nach einigen weiteren Wehenschüben hievte sie sich aus dem Stuhl, gab Florian Saft zu trinken und sah auf die Uhr. Gleichzeitig hörte sie das Auto ihrer Mutter in der Einfahrt und kurz darauf ihre Schritte an der Gartentür.

„Schatz, ich seh's dir an!" Lydia legte ihre Hand auf Nahlas Bauch. „Ich ruf gleich in der Arbeit an und sage, dass ich heute nicht mehr komme."

Nahla verzog das Gesicht, atmete schwer und sah auf ihr Handy. Noch keine Antwort von Christian. Sie warteten weiter bis zum Nachmittag, dann fuhr Lydia mit ihr ins Krankenhaus.

„Hoffentlich geht's schnell", flüsterte Nahla.

„Was?", fragte Lydia und Nahla wiederholte ihre Hoffnung etwas lauter. Endlich piepste ihr Handy.

„Kommt er?", fragte Lydia, in eine Parklücke auf dem Krankenhausparkplatz rangierend.

„Nein", entgegnete Nahla. „Wegen seiner neuen Freundin."

„Na bravo!" Lydia stieß an die Stoßstange des Autos vor ihr. „Nix passiert", murmelte sie. Nahla drückte sich die Handballen an die Schläfen.

Sowas passiert ihr sonst nie …

Ich hätte ihn gebraucht! Es ist auch sein Kind!

Aber von einem Mann unterstützt zu werden war Vergangenheit. In ihrer Gegenwart und ihrer Zukunft gab es keine Männer mehr.

Ich schaffe es ohne ihn!

Ohne Mann.

Ohne Männer.

Ohne Hamza.

Mist!

Der Bär ist tot.

In ihren Tränenkanälen brannte salzige Flüssigkeit, die sie sicher nicht herauslassen würde. Genauso wenig wie die aus ihrem Herzen hoch drängende Traurigkeit, die sie mühselig immer wieder hinunter schluckte.

„Ob Papa wirklich mit Florian zurechtkommt?"

„Lisa und Agnes sind doch auch daheim, die machen das schon!", versuchte Lydia die Sorgen ihrer Tochter zu lindern.

Als es draußen längst dunkel war, bat Nahla ihre Mutter: „Geh heim und kümmere dich um Flori!"

Zögernd, weil sie Nahla damit allein lassen würde, willigte Lydia ein, denn bei ihrem Mann schlief Florian nicht.

Florian.

Nahlas Hauptgrund durchzuhalten. Die Kraft dazu gab ihr meist seine reine Anwesenheit, die ihr jetzt schrecklich fehlte. Zweifel, ob sie es schaffen würde, zwei Kinder wirklich gut zu versorgen, begannen im weiß gestrichenen Kreißsaal von allen Seiten her an ihr zu fressen. Auf sie folgte die Angst, es eben nicht zu schaffen. Sie ließ ihren Unterleib erstarren. Die Mitternacht rückte näher und Lilli hing darin fest, als fürchte sie sich genauso vor dieser Welt wie Nahla. Die Wehen zehrten beide aus, doch wurden nicht stark genug.

„Ein Kaiserschnitt", ordnete der Arzt an, als der Morgen graute.

„Noch ein Kaiserschnitt", wimmerte Nahla.

Bald darauf legte ihr die OP-Schwester ein Mädchen mit ebenso blonden Haaren wie die seines Vaters in die Arme. Es schrie aus Leibeskräften und sollte drei Monate lang nicht mehr damit aufhören.

Nach ihrer Entlassung aus dem Krankenhaus suchte Nahla Zuflucht bei ihrer Oma. Schweifte ihr Blick hinauf zu Berggipfeln und hinab in Täler, konnten sich ihre Sorgen und Anspannung meist besser ausdehnen und von der Natur verstoffwechselt werden, als zwischen den Hausmauern des flach dasitzenden Thannhausens. Doch das schien nicht für Emilia zu gelten. Sie weinte schier pausenlos.

„Was hat sie bloß?", fragte Nahla. „Was mache ich falsch?"

Ich mache immer alles falsch ...

„Ach, Mädel, gar nix!", erwiderte ihre Oma und schob den Kinderwagen, während Florian daneben hertrippelte und alle paar Meter einen Kiesel fand, der ihm so gut gefiel, dass er ihn seiner Schwester in den Wagen legte. „Lilli! Da!"

„Wir alten Frauen sagen, dem Baby geht es nur so gut, wie es der Mutter geht. Lilli ... jetzt nenne ich sie ja auch schon so! ... hat deine Traurigkeit abbekommen. Aber mach dir nicht allzu viele Sorgen. Wenn sie die hinausgeschrien hat, wird sie schon lachen!"

„Schön wär's ..."

Lilli, es tut mir so leid!

„Wo ist sie? Lilli!" Agnes hüpfte Anfang August als Erste aus dem Auto. „Sooooo lange hab ich dich nicht gesehen!" Sie hob geübt durch den Umgang mit Florian ihre Nichte aus dem Kinderwagen.

„Wie sie lächelt! Guck doch!"

„Ja, endlich!", entgegnete Nahla.

Lisa schnappte sich Florian und Nahla überkam augenblicklich ein übergroßes Bedürfnis, sich sofort auf einer Decke im Gras auszustrecken und zu schlafen. Doch sie hatte auch dringende Angelegenheiten zu regeln. Ihr Konto war überzogen und Christian weigerte sich, Unterhalt für seine Kinder zu bezahlen.

„Meiner Freundin und mir reicht sonst das Geld nicht", hatte er Nahla vor dem Standesamt gesagt, als sie sich trafen, um ihn als Emilias Vater eintragen zu lassen. Zumindest hatte er eingewilligt, zu diesem Termin zu erscheinen. Im Auto hatte seine Freundin gesessen und Nahla mit feindseligen Blicken dazu gebracht, sich abzuwenden.

„Sie ist schwanger", waren Christians Worte daraufhin gewesen.

Später an diesem Tag, an dem Christian nur einen flüchtigen Blick in die Trageschale geworfen hatte, aus der ihn seine Tochter aus Leibeskräften anbrüllte, war Nahla der Gedanke gekommen, dass nicht die Pille zu schwach, sondern Christians Fruchtbarkeit überdurchschnittlich stark war.

Sie breitete im Garten hinter der Pension ihre Decke aus und fiel in einen Schlaf, der tief war, da kurzzeitig die Verantwortung für beide Kinder ihre Schwestern und ihre Mutter übernahmen und sich deshalb auch ihre Programmierung ausschaltete, auf jedes Geräusch sofort zu reagieren. Als sie sich zwei Stunden später benommen aufrappelte, knurrte ihr der Magen. Seit Emilias Geburt hatte sie kein Gramm abgenommen. Sie ordnete mit gespreizten Fingern ihre Haare, flocht sie zu einem lockeren Zopf und beschloss nachzusehen, wie viel Torte noch im Kühlschrank übrig war.

Anfang September kehrte Nahla nach Thannhausen zurück. Das Minus auf ihrem Konto hatte sich weiter vergrößert.

Soll ich zu meinen Eltern zurückziehen?

Sie ließ den Kopf auf ihre Kontoauszüge sinken, auf denen sich neben Miete, Nebenkosten, Lebensmittel und Windeln keine einzige Sonderausgabe befand.

Nein, zu meinen Eltern zurück kommt nicht in Frage!

Ihr sie kontinuierlich anschweigender Vater, ihre auf ganzer Linie enttäuschte Mutter, ihr für zwei Kinderbetten zu knapp bemessenes Zimmer. Dazu jede Kleinigkeit breittretende Nachbarn. Nein.

Mir bleibt wohl nichts anderes übrig, als den Unterhalt von Christian einzuklagen.

Nahla kämpfte sich durch sämtliche erforderlichen Formulare, doch Christian reagierte weder auf freundliche Aufforderungen, noch auf die folgenden Mahnschreiben. Emilia übte derweil schon das Krabbeln. Letztendlich erwirkte das Jugendamt eine gerichtliche Lohnpfändung – die nicht durchgeführt werden konnte, da sich Christian unmittelbar vor dem Vollzug arbeitslos meldete. Florian stupste seine Schwester auf dem dicken Wohnzimmerteppich an. „Mach Lilli!", drangsalierte er sie, bis sie umkippte und losschrie.

„Du lernst so bestimmt beizeiten, dich gegen Männer zu wehren!" Nahla nahm Emilia hoch und gab ihr die Brust.

Hamza rief jetzt seltener an.

Bei jedem Klingeln, das er auslöste, flehte jeder ihrer Nerven nach der Berührung seiner Stimme. Bilder tauchten auf. Der Innenhof des Hauses seiner Familie, in dem die Frauen Gemüse fürs Kochen schnippelten und die Kinder spielten, vor dessen mit blau-grün gemusterten Kacheln Küchenkräuter in Töpfen wuchsen, von dem aus eine Tür in das Zimmer führte, das Hamza bewohnte. Und dort Wärme, Liebe, Glück ... unerreichbar.

Ich brauche keinen Mann! Ich konzentriere mich nur noch auf meine Kinder!

Emilia hatte fertig getrunken. Nahla zog den BH über ihre Brust und herzte ihre Tochter, bis sie verlangte, zurück auf den Teppich zu ihrem Bruder gesetzt zu werden. Dann ging sie in die Küche und löffelte dort den Rest der Nudeln vom Mittagessen in sich hinein. Danach verlangte ihr Magen, ihr Inneres, nach mehr.

„Ich mach mir Pfannkuchen", murmelte sie vor sich hin. „Flori isst sie doch auch gern. Bestimmt hat er selbst Hunger."

Sie band sich eine Küchenschürze um und versuchte, den Sitz ihrer Hose zu richten, deren Knopf sie schon länger offen lassen musste.

Es hilft nichts ... ich muss mir neue Kleidung kaufen, ich passe in nichts mehr rein.

Doch zu essen hielt den Schmerz in Schach. Dummerweise nur so lange, wie ihr Magen gefüllt war. Wurde der nur ein bisschen leerer, breitete er sich schnurstracks bis in ihre Haar- und Zehenspitzen aus. Nahla sah noch an sich hinab, als Jo anrief.

„Süße, was treibst du?", fragte Jo so beschwingt wie immer. „Ich bin gerade aufgestanden. Die Nacht in der Bar war total lustig und ich hab einen Haufen Trinkgeld bekommen!"

„Toll!", entgegnete Nahla mit wenig Enthusiasmus und sich dabei innerlich gegen die immer wieder kehrende Frage von Jo wappnend: „Hat Hamza angerufen?"

„Hör auf mich zu fragen, bitte! Ich will von Männern nichts mehr wissen!"

„Ist ja schon gut! Hast du denn schon Pflegekinder angeboten bekommen?"

„Mehr als genug!"

„Tja, du bist Kinderpflegerin, das ist für die Eltern der pure Luxus. So jemanden finden sie nicht so leicht. Und? Nimmst du eins?"

„Ich denke, ich werde ein Mädchen in Lillis Alter nehmen. Dann hat sie auch jemanden, wenn Flori mit Quirin spielt. Apropos ... es gibt gleich Pfannkuchen, wollt ihr mitessen?"

„Na klar! Wir sind in zehn Minuten bei euch!"

Jo und Quirin brachten bei ihren Besuchen stets eine Frische mit, zu der Nahla in ihrer traurigen Dauererschöpfung nicht mehr fähig war. Sie sah kein Licht am Ende des Tunnels, aber ihre Kinder durften davon nicht in Mitleidenschaft gezogen werden und der Besuch lenkte sie davon ab. Ungefähr als Lilli ein Jahr alt wurde, kamen keine Anrufe mehr von Hamza. Nahlas Tunnel wurde noch ein wenig enger und dunkler und ihre Kilos summierten sich schneller.

Jetzt sind es schon fünfzehn ...

Doch sie konnte nicht anders als weiter zu essen. Genauso wie sie nicht anders konnte, als immer wieder der Lebendigkeit von Hamzas Stimme nachzuspüren, deren sirupartigem Fließen über ihre Haut und Sinne, wie sie von ihr bei den Spaziergängen durch die Hotelanlage in Sharm El Sheik getragen wurde, und wie sie mit ihrer eigenen im Zimmer, neben der die Magie der Wüste repräsentierenden Sanddüne auf der Fensterbank, verschmolz. Als ob ihre Seelen dabei eins geworden wären, als ob ...

... diese Einheit nicht mehr zu entzweien ist.

Es wurde Herbst. Die Nächte kühlten ab und befeuchteten das Gras. In Scharen verließen die Zugvögel das Land, die Standorttreuen verstummten bis auf gelegentliche gegenseitige Kontakt- und Lockrufe. Bald würden die Abende lang und dunkel sein. Nahla stand auf der Waage, die ihr nun zwanzig Kilo Übergewicht anzeigte.

Vernunft ... Die macht mir etwas vor? Oder etwa nicht?

Nahla kniff die Augen zusammen, fest zusammen – und gestand sich mit einem nur innerlichen – um die Kinder nicht zu wecken und die Nachbarn nicht zu erschrecken – jedoch umso gewaltigerem Urschrei ein, dass es keine Schokoladen- und Tortenkreation, sowie keinerlei Nudelgerichte auf dieser Welt je geben würde, die sie über die kommenden Winternächte – und Hamza – hinwegtrösteten. Auch wenn die Vernunft in ihr, in der fortlaufend die Stimmen ihrer Eltern widerhallten, zum gefühlt tausendsten Mal insistierte, dass sie ihren eingeschlagenen Weg fortsetzen musste. Dass sie kein Recht hätte, ihren Eltern noch mehr anzutun. Dass sie ihre Sicherheit konsolidieren musste. Ihr lautloser Schrei und ihr Eingeständnis hatten soeben der Vernunftsschicht, die so rigoros den Kontakt zu Hamza unterbunden hatte, ihre bisher schier uneingeschränkte Macht entzogen. Mit einem Mal bekam sie Runzeln. Die darunter liegende arabische, nie erloschene Glut nutzte sofort die Gelegenheit und verkokelte den Panzer der Vernunftsschicht. Lilli war inzwischen eineinhalb.

Nahla brachte beide Kinder ins Bett und sinnierte auf dem Sofa mit einer verschlossenen Packung Kekse.

Soll ich zur Ablenkung Jo anrufen?

Aber das ging ja nicht, denn Jo stand um diese Zeit hinter dem Tresen der Bar. Nahla wusste ohnehin, was sie gesagt hätte.

„Jetzt reicht's!", verkündete sie laut ihrem stillen Wohnzimmer. Die arabische Schicht reagierte wieder sofort. Aber jetzt gelang es ihr, die Vernunftsschicht, die den Herzensweg bisher verhindert hatte, mit lodernden Flammen abzufackeln.

Nahla holte sich Block und Stift.

„Baby", begann sie. Und dann schrieb sie Hamza alles. Wie sie Christians Drängen nachgegeben hatte, weil er doch Florians Vater war. Wie sie mir nichts dir nichts wieder schwanger wurde. Dass sie jetzt eine Tochter namens Emilia hatte, genannt Lilli, genauso blond wie *Figo*. Dass sie keinen anderen jemals so geliebt hatte wie Hamza – und dass sich daran nie etwas verändert hatte.

Sie faltete den Brief, steckte ihn in einen Umschlag und zog ihn wieder heraus. Dann separierte sie eine Haarsträhne und schnitt zehn Zentimeter davon ab. Diese befestigte sie mit einem Klebestreifen auf dem Briefbogen, strich noch einmal darüber, schob ihn in den Umschlag und klebte ihn zu.

„Reicht das Porto auch bestimmt?", fragte sie am nächsten Vormittag die Frau am Postschalter.

„Ja!"

„Kleben die Marken wirklich fest? Nicht dass eine abfällt und der Brief nicht ankommt!"

„Aber sicher doch, schauen Sie!" Die Postangestellte ließ es Nahla selbst überprüfen.

„Aber gucken Sie bitte nochmal nach, ob nicht doch mehr Porto drauf muss. Bitte!"

„Das habe ich jetzt doch schon zweimal gemacht." Die Angestellte winkte den nächsten Kunden an den Schalter. Kirre vor Aufregung verließ Nahla das Postamt.

Sind jetzt überhaupt Marken drauf? Verdammt! Ich weiß es nicht mehr!

„Süße, was hast du denn?", fragte Jo, die mittags mit Quirin vorbeikam. „Sieh mich mal an!" Jo nahm Nahlas Kinn und drehte ihren Kopf zu sich. Sie glaubte, Hoffnung und eine gewisse Erleichterung in ihrer Miene zu lesen. Daraufhin nahm sie Nahlas Hand. „Du zitterst!", stellte sie fest.

„Ja … noch immer", erwiderte Nahla.

„Rück raus! Was ist passiert?"

„Ich hab Hamza geschrieben."

„Heureka!" Jo fiel Nahla um den Hals. „Er freut sich bestimmt! Wart's nur ab! Ich spür es!"

„Wie kannst du nur so zuversichtlich sein! Wie soll er mir denn Lilli verzeihen?"

„Jetzt warte doch einfach mal ab und wälz nicht ständig so viele Gedanken!"

Hamza saß am Schreibtisch seines Copyshops und ließ Nahlas Brief auf seinen gespreizten Fingern hüpfen. Drei Wochen war er unterwegs gewesen. „Nahla …", flüsterte er und fuhr sich langsam durch die Haare, wobei sich seine Locken um seine Finger kringelten. „Ich wollte doch nie eine andere." Aber wollte er jetzt überhaupt noch etwas von ihr wissen? Jetzt, nachdem die Verzweiflung über ihr Verschwinden aus seinem Leben, über ihre Unerreichbarkeit, ihn nicht mehr jeden Morgen beim Aufwachen anfiel wie ein aus seiner Erdhöhle schießender, bissiger Wüstenwaran? Verzogen hatte sich der Waran zwar nicht, doch er war mit der Zeit ruhiger und damit Hamzas Alltag erträglicher geworden. Vielleicht täte er gut daran, bald getreu den Wünschen seines Vaters und den Vorgaben der Tradition eine Tunesierin zu heiraten? Aber nein, irgendwie ging das auch nicht. Nicht mehr, mit Nahlas Brief auf seinem Schreibtisch.

„Deine Braut hat geschrieben!" Mit diesen Worten hatte seine Ummi Hamza den Brief gegeben.

„Sie lebt?!", war Hamzas erste Reaktion gewesen, nachdem er Nahlas Handschrift auf dem Umschlag erkannt hatte. Ein kurzes Atmen am Telefon war das Letzte gewesen, was er von ihr gehört hatte. Aber im Nachhinein war er nicht einmal mehr sicher, ob es wirklich sie gewesen war. Dass ihr etwas zugestoßen sein musste, war ihm mit jeder Woche, mit jedem Monat, mit jedem Jahreszeitenwechsel plausibler erschienen und letztendlich zur Überzeugung geworden. Eine andere Erklärung gab es einfach nicht für ihr Verschwinden aus seinem Leben. Aber er konnte nicht einfach so eine andere heiraten. Was er für Nahla fühlte, immer noch fühlte, ließ das nicht zu. Es war stärker als Familienpflicht und

Tradition zusammen, aber ihm größtenteils unverständlich. Liebe, hatte Nahla es genannt. Man dürfe nicht viel auf sie geben, sagten seine Erziehung und seine Kultur. Auf die Liebe käme es in einer Beziehung an, war Nahlas Meinung immer gewesen. Aber konnte es auf etwas ankommen, das einen solch gruseligen Schmerz verursachte, wie er in den letzten Jahren wegen Nahla empfunden hatte? Nein.

Doch!

Nein!

Doch!

„Was schreibt sie?", lag ihm seine Ummi nun fast täglich in den Ohren.

„Ich weiß es nicht." Der Umschlag lag verschlossen in Hamzas Schreibtischschublade. Oft holte er ihn heraus um ihn zu betrachten. Aber ihn aufzuschlitzen wäre einem neuerlichen Aufschlitzen seines leidig vernarbten Herzens gleichgekommen. Wieder lag der Brief schweigend auf seiner Schreibtischplatte. Er strich über ihn und legte sich dann, einer spontanen Eingebung folgend und sich gleichzeitig über sein Tun wundernd, die Fingerspitzen auf seine Brust. Zuerst vorsichtig und dann kräftiger massierte er durch T-Shirt und Haut sein dauerverkrampftes Herz. Dann strich er wieder über Nahlas Brief. Hatte der ihn zu dieser eigentümlichen Massage veranlasst?

„Was schreibt sie?", fragte seine Ummi. „Lies es endlich!"

„Ich kann nicht", entgegnete Hamza und steckte den Brief wieder in die Schublade.

Dort harrte er nun schon seit zwei Wochen seines Schicksals.

Dunkelheit und Kälte der Jahreszeit lasteten auf Nahla. Oft hockten die Wolken fast auf dem Boden auf. An solchen Tagen wurde es gar nicht richtig hell. Wenn sich gelegentlich die Wolkenschicht hob und hier und da sogar öffnete, antwortete der Schnee auf die tief stehende Wintersonne mit einem märchenhaften Glitzern. Nahla brauchte nur hinzusehen und das Glitzern ging in Resonanz mit ihrer arabischen Glut. Die meisten Tage verstrichen jedoch trüb. Aber auch diese Tage konnten ihrer Glut nichts anhaben. Durch die Gefühle, welche die Erinnerungen an Hamza stets neu auslösten, erhielt sie sich selbständig am Leben. Glitzerte der Schnee, tanzten sie durch Nahlas Geist und Körper ihre Reigen.

Durch die mit Fingerspitzen ausgeführten Massagen löste sich der Krampf in Hamzas Herzen schließlich so weit, dass er es schaffte, Nahlas Brief zu öffnen. Hinterher erzählte er seiner Ummi: „Jetzt hat sie zwei Kinder."

Seine Ummi lauschte aufmerksam der ganzen Geschichte und legte dann ihre beiden warmen Hände fest auf seine Schultern: „In meinem Haus ist jedes Kind willkommen! Dein Vater wird dagegen sein, aber du bist selbst ein Mann. Triff deine eigene Entscheidung!"

Sechs Wochen nach dem Abschicken ihres Briefen, in denen Nahlas Hände nie mehr völlig aufgehört hatten zu zittern und manchmal der Schnee geglitzert hatte, klingelte ihr Handy.

Hamza rief an.

Nahla hob ab.

Kurz darauf wählte sie Jos Nummer.

„Süße?"

Nahla atmete in heftigen Stößen.

„Jetzt sag schon!"

„Er hat angerufen."

„Oh yeah! Ich hab's dir doch gesagt! Und?"

„Er will noch immer, dass ich nach Tunesien komme!"

„Wow! Warte, ich bin gleich bei dir!"

Fünfzehn Minuten später betrat Jo Nahlas Wohnung. Quirin rannte sofort zu Florian ins Wohnzimmer und beteiligte sich daran, das Puzzle mit den zehn auf zehn Zentimeterteilen, mit jungen Kätzchen darauf, zusammenzusetzen. Lilli malte mit Wachsmalkreide alterstypische Kopffüßler: Ein großes Gesicht mit Augen und Mund, unten dran kleine Beine.

„Ein paar Minuten dürften sie ohne uns auskommen. Ich brauche einen heißen Tee!" Jo hielt ihre auf der Fahrt am Lenkrad ausgekühlten Hände hoch. „Minus sechs Grad heute, igitt!"

„Ich mag auch einen Tee. Aber mit Zimt!“, erwiderte Nahla.

Jo folgte Nahla in die Küche. „Also, wann fliegen wir?“, fragte sie, sobald sie ihre Hände an ihrem Tee wärmen konnte.

„Ich habe mir gedacht, erst in ein paar Wochen, wenn es wärmer ist.“ Nahla blickte an sich hinab.

„Ah, verstehe, du brauchst eine Vorlaufzeit.“

„Richtig! So trete ich ihm nicht unter die Augen.“

„Und die Kinder?“

„Wir sollten sie hier lassen, was meinst du?“

„Das wäre auf jeden Fall besser!“

Noch am selben Tag, nachdem sich Jo verabschiedet hatte, besorgte sich Nahla eine neue SIM-Karte mit besseren Konditionen als die alte. Ein Wechsel wäre längst fällig gewesen, jedoch nicht in Frage gekommen, weil Hamza sie dann nicht mehr unter ihrer alten Nummer hätte erreichen können – falls er noch einen Versuch machen würde. Als die Kinder schliefen, rief sie ihn gleich an, fortan jeden Tag. Der Empfang war klar. Ihr Blut zirkulierte schwungvoll und spülte die Verstopfungen aus ihrem Herzen. Der Ton ihrer Stimme klang in einer frischen Fröhlichkeit, die sie schon dauerhaft verloren geglaubt hatte. Weil Hamzas Stimme ihr ganzes Sein streichelte. Sie zeichnete Spuren auf ihrer Haut, sickerte hindurch und stabilisierte ihre Knochen, stärkte ihre Muskeln, verlieh ihr Elan.

„Baby-Baby-Baby, bald-bald-bald!“

„Ich weiß nicht recht“, sagte Jos Mutter, die sonst sämtliche Wünsche unterstützte, auf die Frage hin, ob Jo Quirin eine ganze Woche bei ihr lassen konnte. „Das ist eine lange Zeit für ihn.“

„Eine Woche?“ Lydia zog die Stirn kraus.

„Es ist wirklich wichtig für mich“, erklärte Nahla.

„Ich befürchte echt, dass er die Trennung von dir nicht klaglos wegsteckt“. Jos Mutter sah ihrer Tochter abwägend in die Augen.

„Ich weiß gar nicht, ob ich überhaupt Urlaub bekomme“, gab Lydia zu bedenken.

„Bitte, versuch es!“, bettelte Nahla. Sie hatte in den letzten Tagen vier Kilo abgenommen. Der wieder gewonnene Kontakt mit Hamza ließ sie in Tag- und Nachtträumen durch Fantasiewelten wandeln und dabei Kuchen, Kekse und Schokolade schlichtweg vergessen. Doch auch mit „nur" noch sechzehn Kilo Übergewicht wollte sie sich Hamza nicht zeigen. Jo dachte sich ein Sportprogramm für sie aus und erkor sich als ihre persönliche Trainerin.

„Bitte, nimm Urlaub! Es wird schon gehen. Ich muss ihn wiedersehen! Ich habe drei Jahre nur an ihn gedacht!", flehte Nahla.

„Jetzt komm schon! Du weiß doch, wie man Kinder beschäftigt und ablenkt!", bedrängte Jo ihre Mutter.

„Aber du warst noch nie länger als ein paar Stunden weg!", erwiderte Nahlas Mutter in Thannhausen und Jos in Haselbach.

Je straffer Nahlas Körper wurde und je mehr die Trübe der letzten Jahre aus ihren Augen wich, desto weiter überwanden beide Mütter ihre Bedenken und kamen zum Schluss: Nahla brauchte diese Reise.

„In Ordnung!", sagte Lydia.

„Okay!", lachte Jos Mutter und wuschelte dabei durch die langen Haare ihres Mannes, der zufrieden einen Zug von seinem Joint nahm, um dann in seiner Werkstatt an einem bestellten Möbelstück weiterzuschreinern.

„Puh! Bloß gut, dass ich mit meinem Pflegekind etwas dazu verdient habe, sonst könnte ich mir den Flug gar nicht leisten!", stellte Nahla fest, als sie und Jo die Reise buchten. Seit einiger Zeit verbrachte ein kleines Mädchen namens Paula drei volle Tage pro Woche bei ihr. Ende April, kurz nach Lillis Geburtstag, würden sie starten.

„Schneidest du mir die Haare?", fragte Nahla.

„Kann ich schon machen. Wie viel denn?"

„Einen halben Meter."

Jo lachte los. „Einen halben Meter, wie das klingt!"

Nachdem Jo ihr Werk vollendet hatte, reichte Nahlas Haar noch immer bis über die Schulterblätter. „So, und jetzt färben wir es schwarz!", verkündete sie und holte eine Packung Haarfarbe, die sie schon eingekauft hatte.

„Arabisch schwarz", bezeichnete Jo ihre Wahl.

„Ja, ich brauche noch mehr Veränderung! Die Pille nehme ich übrigens auch wieder. Es hat sich ja gezeigt, dass von Christian jede gleich schwanger ist. Mit jemand anderem wirkt sie bestimmt auch bei mir!"

„Schau'n wir mal!" Jo trug die Haarfarbe auf. „Und nach dem Färben gehen wir gleich noch eine Runde laufen!"

Im April, als Nahla nach einem ihrer Lauftrainings aus der Dusche kam, taxierte Jo sie von oben bis unten mit echter Bewunderung und der Feststellung: „Jetzt bist du bereit für ein neues Abenteuer!"

Nahla hatte, bis auf ein, zwei unbedeutende Kilos, ihre frühere Figur zurück.

Hamza klickte das Vorhängeschloss an die Tür seines Copyshops. Davor auf der Straße hob er die Arme und rief laut: „In scha Allah, sie kommt! Heute-heute-heute!"

„Drei Jahre und drei Monate ist es her ..."

„Das wird schon!" Jo drückte Nahlas Hand.

Ihre Kinder wussten sie sicher in der Obhut ihrer Mütter. Lilli war jetzt zwei, Florian und Quirin waren bald vier, Nahla und Jo 22. Hamza ebenso.

Nahla erwiderte den Druck von Jos Hand.

Sie saßen im Zug zum Münchner Flughafen.

TUNESIEN 2009

Nach zweistündigem Flug landete die Maschine in Monastir, Anlaufhafen zahlreicher Charterflüge und 130 Kilometer südlich von Nabeul gelegen, woher Hamza stammte und wo er lebte. Die Flugbegleiterin entriegelte die Tür und wuchtete sie unter Einsatz ihres Körpergewichtes auf. Sofort drängten die Passagiere nach vorn und dann die neben das Flugzeug gefahrene Gangway hinunter.

„Wow, die Luft!" Auf tunesischer Erde angekommen streckte sich Jo. In unmittelbarer Nähe des Flugzeugs, noch durchmischt mit Kerosindämpfen der Flugzeugturbinen, roch man schon das Salz des nahen Meeres. Auch Nahlas Brust weitete sich. „Die Luft ist so vollweich und hat gar nichts von der in Thannhausen!" Ihr entfuhr ein herzhafter Jauchzer, der einen dicklichen Mitreisenden, dessen Füße in weißen Socken und Sandalen steckten, dazu veranlasste, ihr gönnerhaft auf die Schulter zu klopfen. Mit einem anbiedernden Augenzwinkern wünschte er ihr und Jo „einen schönen Urlaub!" Nahla und Jo bestiegen den Bus zum Flughafengebäude an der Hintertür, nachdem der Mann mit den Socken in den Sandalen die vordere ansteuerte. Jo sah ihm angewidert nach. „Der sucht wohl Gesellschaft! Igitt!"

Nur eine knappe halbe Stunde später hatten sie schon ihr Gepäck vom Band genommen und passierten zusammen mit dem Socken-Sandalen-Träger und einer ganzen Horde Pauschaltouristen die Passkontrolle. Dahinter trafen sie auf einen Urwald aus hochgehaltenen Schildern diverser Ferienanlagen, auf die sich die All-inclusive-Reisenden zubewegten und unter deren Fittiche ihr unangenehmer Reisebegleiter genommen wurde. Er hielt noch kurz sein Handy hoch und bedeutete, doch die Nummern zu tauschen, wurde aber von Nahla und Jo ignoriert. Von den Strömen mal nach links und mal nach rechts gedrängt, arbeiteten sie sich meterweise durch die Menge.

Himmel hilf! Wie soll ich ihn bloß finden?

Nahlas Blick sprang tastend über die ausnahmslos dunkelhaarigen Köpfe der Einheimischen, die hinter den aus den Türen in die Vorhalle quellenden Menschenmassen warteten. Manche trugen ein Schild mit der Aufschrift „Taxi", andere boten in Boxen Getränke an. Unter ihnen befanden sich verschleierte Frauen, aus deren Körben es nach Essen roch, für heimkehrende Angehörige bestimmt. Nahlas Blicke wurden immer hektischer und nervöser.

Wie soll ich in bloß finden!?

Da sah sie ihn. Einfach so. Es waren gewiss nicht seine dunklen Haare, an denen sie ihn erkannte, oder sein T-Shirt, dessen Rot dem Animateur-Outfit aus Ägypten ähnelte, oder gar seine Körpergröße. Nein. Er hatte sich bewegt. Ein klein wenig nur. Aus der für ihn typischen Haltung heraus, dem festen Stand auf beiden Beinen, vielleicht hatte er nur das Gewicht verlagert. Jedenfalls war es in dem nur ihm eigenen Fluss geschehen. Eine winzige Bewegung, gleich all jenen Bewegungen, mit denen er Nahla einst gestreichelt hatte. Durch die sie mit ihm eins geworden war, als sich kein Kleidungsstück mehr zwischen ihnen befand. Als trage er auch jetzt keines, nahm Nahla den Tonus seiner Muskeln wahr, seiner Nerven unter seiner Haut und den Suchblick in seiner Mimik. Die winzige Bewegung hatte Nahla dazu veranlasst, all ihre Sensoren auf ihn zu richten und ihn darin wiederzuerkennen. Sie hob den Arm und winke. Hamza erwiderte ihr Winken. Dabei verschwanden die gestikulierenden Taxifahrer um ihn, die aufgekratzten Familien mit ihren Körben, die ganze Flughafenhalle, selbst Jo. Nahla und Hamza trennten nur noch vier bis fünf Meter voneinander und ein quirliges Menschengemisch. Nahla ließ ihren Koffer stehen schob sich vorbei an allem und jedem.

„Baby!"

Finger verschmolzen. Der Abstand schloss sich. Lippen fanden aufeinander. Nahla und Hamza vereinten sich zu einer in sich geschlossenen Einheit, deren Energiefeld eine solche Glückseligkeit abstrahlte, dass sie keinem im nächsten Umkreis entging, wie ...

... eine Fusion!

Unweigerlich zog diese die Augen der Umstehenden auf sich und brachte allerlei Hände dazu, laut zu klatschen. Erstaunt über den plötzlichen Beifall der Anteilnahme blickte Nahla um sich. Die Taxifahrer waren wieder da, die Familien, die Flughafenhalle, Jo. „Nahla, dein Koffer!" Jo war keuchend hinter ihr hergekommen. Hamza löste sich von Nahla, umarmte Jo wie einen alten Kumpel und griff nach beiden Koffern.

„Kommt!" Vor ihnen öffnete sich eine Gasse. „Nahla, draußen dürfen wir uns nicht anfassen. In der Flughafenhalle herrschen sowas wie internationale Gesetze, aber außerhalb gelten muslimische Sitten!"

Nahla und Jo folgten Hamza zum Auto seines Vaters, einem alten, jedoch gepflegten dunkelblauen Peugeot. „Steigt ein! Ich bring euch zur Ferienwohnung!"

Nahla warf auf der anderthalbstündigen Fahrt nur hin und wieder einen Blick durch die Scheiben nach draußen.

„Alles klar, Baby?"

„Ja! Ich kann bloß nicht von dir wegsehen!", erklärte sie strahlend. Hamza wandte ihr kurz mit nach innen gedrehten Augen unter seinen buschigen Brauen das Gesicht zu, was sie auflachen ließ, und parkte vor einem zweistöckigen Haus hinter einer brusthohen weißen Mauer.

„Kommt! Eine der sechs Ferienwohnungen da drin gehört einem Freund meiner Familie!" Hamza schloss eine Wohnung im Erdgeschoss auf und führte Nahla und Jo in eine mit blauweißen Kacheln geflieste Wohnküche mit Terrassentür, die Jo sofort öffnete.

„Hui, guck dir das an!" Sie winkte Nahla zu sich. Sie blickten in einen grünen Garten mit Sitzgelegenheiten um einen Grillplatz.

„Hier steht sogar ein Orangenbaum!", jubelte Nahla, trat zu ihm und strich über seinen Stamm. Hamzas Arme fanden ganz selbstverständlich um ihre Taille und glitten dann höher.

„Was für ein Territorium ist das hier? Auch internationales?“, fragte Nahla und wandte Hamza den Kopf zu.

„Hier ist meins! Solange keiner hinschaut, der mich kennt und es nicht gut mit mir meint!“, erwiderte Hamza. „Richtet euch ein, ich komme in zwei Stunden wieder und bringe etwas zu essen mit.“

Wie angekündigt klopfte Hamza nach zwei Stunden an die Tür. Jo hatte inzwischen im kleineren der beiden Schlafzimmer ihre Sachen ausgebreitet, während Nahla das größere mit dem Doppelbett bezog. Hamza führte zweierlei mit sich. Voran einen heißen Topf, den er mit ausgestreckten Armen an den Griffen hielt und in der Küche abstellte. Ihm nach kam ein Mann in seinem Alter, der eine Plastiktüte mit klebrigen Getränken bei sich trug.

„Das ist Karim“, stellte Hamza ihn vor. Nahla und Jo besahen sich den Besucher kurz und wechselten dann einen Blick.

„Karim isst mit uns und unternimmt mit euch morgen, was immer ihr wollt!“, sagte Hamza. Karim stand neben ihm und lächelte unbeholfen. Dann verfrachtete er seinen zu groß und schwer geratenen Körper umständlich auf einen Stuhl hinter dem Tisch.

„Und du?“, fragte Jo Hamza, obwohl sie von Nahla schon wusste, dass er arbeiten musste. „Sein Chef hat ihm nicht frei gegeben“, hatte sie ihr erklärt.

Hamza zückte sein Handy und deutete damit auf Karims, das der vor sich auf den Tisch gelegt hatte. „Ich werde immer wissen, wo ihr seid und so oft ich Pause machen kann, zu euch stoßen.“ Er zog Nahla an sich. „Keine Sorge, Baby, wir werden Zeit miteinander haben!“

„Ich weiß“, entgegnete Nahla gelassen.

„Schaut!“ Hamza hob mit großer Geste den Deckel von seinem mitgebrachten Topf. Der daraus strömende Duft zog Nahla und Jo sofort nahe an ihn heran.

„Couscous!“, rief Nahla entzückt. „Sag bloß, von deiner Mutter?“

„Richtig, das beste Couscous der Welt! Kein Vergleich mit dem am Buffet in Ägypten. Setzt euch!“

Hamza holte flugs Geschirr aus den Schränken, deckte gekonnt den Tisch, stellte den Topf in die Mitte und servierte behände.

„So-so!", bemerkte Jo amüsiert, „wie gehabt also!"

„Gar nicht!", intervenierte Nahla.

„Schh ...", machte Hamza, der den Inhalt der kurzen Bemerkung begriffen hatte, auch ohne Deutsch zu verstehen. „Baby, ich werde immer dein Ober sein. Und deiner auch, wenn du dich benimmst!" Er schnitt eine seiner Grimassen in Jos Richtung, indem er seine Zungenspitze an die obere Zahnreihe drückte und den Unterkiefer vorschob. Jo und Nahla amüsierte das fast so wie Florian und Quirin drei Jahre zuvor im Speisesaal. Nahla beugte den Kopf über ihren Teller. Die gelbkörnige Basis darin garnierten in Öl gebackene Zwiebeln, Kartoffeln, ihr unbekannte hellgrüne Schoten und „Kichererbsen!", rief sie aus. „Endlich wieder kichern!"

„Lecker!", fand auch Jo und fragte an Karim gewandt: „Und *du* hast also frei bekommen, um mit uns die Stadt zu erkunden?"

Karim zuckte entschuldigend mit den Schultern und nickte erst, als Hamza ihm die Frage übersetzt hatte. „Er spricht kein Englisch und Französisch", entschuldigte Hamza Karims Schweigen, „aber ihr werdet sicher auch ohne zurechtkommen."

„Ganz bestimmt!", fand Nahla.

Als Karim gegangen war und Jo sich in ihr Zimmer zurückgezogen hatte, schlossen Nahla und Hamza endlich die Tür zu ihrem. Fast als läge keine Zeit zwischen ihrer letzten, bisher einzigen, und dieser Begegnung, zeichneten Hamzas Fingerspitzen silberne Linien aus Mondlicht und goldene aus arabischem Couscous, samt dem Duft der Organgenblüten im Garten, auf Nahlas Haut. Die streichelnde Berührung seiner Stimme ließ die Linien einsickern. Sie flutete Nahlas Fasern und erfüllte in ihr mit neuem Leben, was so, so lange taub gewesen war und brach gelegen hatte. Nahla verschränkte die Beine über Hamzas Hüften.

Verschmolzen. Fusioniert.

Ihr Trinken aneinander währte die ganze Nacht und als

es tagte, wusste Nahla: „Meistens sind Träume besser als die Realität. Aber manchmal ist die Realität viel besser als alles, was man sich je erträumt hat."

„Ja Baby, das finde ich auch", flüsterte Hamza und streichelte ihr durch die Haare. Nahla drückte ihre Nase noch ein wenig fester an seine Brust, um den Duft seiner Haut bis in die Zehenspitzen in sich hinein zu atmen. Doch mit einem Mal spürte sie, wie sich die Oberflächenspannung seiner Haut veränderte. Etwas schien Hamza aus ihrer zeitlosen Zweisamkeit zu reißen. Er streckte seinen Arm zum Nachtisch und Nahla erkannte am Geräusch aneinander reibender Armbandglieder, dass er nach seiner Uhr griff.

„Ich muss zur Arbeit", seufzte er.

„Ich weiß ..." Nahla rückte ein paar Zentimeter von ihm ab, um ihm das Aufstehen zu erleichtern. „Kein Problem!", fügte sie in möglichst unbeschwertem Ton hinzu, weil er sich nicht sicher zu sein schien, wie sie die zwar kurze, aber trotzdem unliebsame Trennung aufnahm. Anstatt sich zu rühren, forschte er mit seinem Blick in ihrem.

„Wir sehen uns ja bald wieder", sagte Nahla tapfer, schlug die dünne Decke über ihnen zurück und stand gemeinsam mit Hamza auf. Nachdem sie ihn verabschiedet hatte, öffnete sie die Terrassentür. Mit nackten Füßen, bewusst jeden Zentimeter tunesisches Gras unter sich spürend, ging sie zum Orangenbaum, setzte sich mit dem Rücken an seinen Stamm und blickte zu seiner Krone empor, an der gleichzeitig Blüten, junge Früchte und reife Orangen prangten. Sie lauschte in den Morgen. Doch anstatt erwarteter Vogelstimmen vernahm sie eine Art Scharren. Es kam auch nicht aus der Baumkrone, sondern aus einer niederen Holzeinfassung unweit des Grillplatzes. Nahla ging hinüber, hockte sich daneben und blickte gebannt hinein.

„Ihr seid ja sowas von ..."

„Hey! Wo steckt du?", rief Jo nach ihr.

„ ... sowas von niedlich und süß!"

„Mit wem redest du da?", fragte Jo und trat heran.

„Schau sie dir an!"

„Ui! Die sind echt süß!"

Im Gehege tummelten sich an die zehn höchstens handtellergroße Schildkröten. Jeder ihrer Schuppen zierte ein dunkelbrauner Rand, der die dem Schwanz zugewandten Schuppenseite aussparte. In der Mitte der Schuppen prangte jeweils ein dunkler Fleck. Die Fläche dazwischen leuchtete bei den kleinsten der Schildkröten fast zitronengelb und war bei den größeren in erdiges Orange übergegangen. Nahla hielt ihre Hand ins Gehege. Die Tiere wandten ihr die Köpfe zu.

„Jetzt seid ihr neugierig! Oder habt ihr Hunger?"

„Bestimmt das erste. Sie haben doch einen Haufen Futter da drin. Du, Karim ist hier, deshalb hab ich dich gerufen."

Karim stand an der Terrassentür.

„Nett ist er ja", bemerkte Jo. „Er hat uns Joghurt zum Frühstück mitgebracht. Aber Hamzas Freund in Ägypten gefiel mir besser!" Nahla schmunzelte und folgte Jo nach drinnen. „Wo wollen wir heute überhaupt hin? Hast du schon eine Idee?", fragte sie beim Löffeln ihres Joghurts am Küchentisch. „Vielleicht zuerst ans Meer?"

„Unbedingt!", fand Jo. „Ans M-e-e-r", sagte sie zu Karim zuerst auf Französisch und dann auf Englisch. Karim hob schulterzuckend die Hände, als hoffe er, die Übersetzung von oben herab von Allah zu empfangen.

„S-t-r-a-n-d", versuchte Jo es weiter. Da zog Karim Notizblock und Kugelschreiber aus seiner Hosentasche und schob beides über den Tisch zu Jo. Diese griff danach und begann zu zeichnen. Nach gut zehn Minuten schob sie den Block zu Karim zurück. Er strich sich daraufhin mehrmals über sein Kinn.

„Ich glaube, eine einfache Skizze hätte es auch getan", bemerkte Nahla. Auf dem Block befand sich eine detaillierte Zeichnung von einem Strand mit in Liegestühlen Sonnenbadenden, Burgen bauenden Kindern, aufgespannten Schirmen, hübschen Palmen und einem Kiosk. Sogar die Wellen des Meeres waren gestochen scharf zu erkennen, nebst Möwen, die darüber kreisten. Das Sechs-mal-acht-Zentimerterblatt ließ Nahla an jene Abteilungen in Museen denken, in denen neben ihren berühmten Werken die früheren Skizzen renommierter Künstler ausgestellt waren.

„So hat ja schon lange keiner mehr etwas von mir bewundert", bemerkte Jo, weil Karim immer noch auf seinen Notizblock lugte. „Du darfst es einrahmen!", kicherte sie.

Karim deutete mit dem Finger auf eine der Palmen und danach, die Palme mit Daumen und Zeigefinger groß zoomend, auf seinen Oberarm. Das einzige Wort, das Jo und Nahla verstanden, war „Tattoo".

„Das ist wohl international. Und einen ersten Kunden hast du jetzt auch schon, falls du nicht ewig Barfrau bleiben willst", sagte Nahla und nickte Karim zu. Jo schwieg reglos. Sie schien wie vom Blitz getroffen. Dann nickte sie in Zeitlupe. Danach klatschte sie in die Hände. Zuletzt sprang sie auf und drückte Karim einen Kuss auf die Stirn. „Dass ich da nicht selbst drauf gekommen bin! Ist doch klar! Ich werde Tätowiererin!"

In Karims Wangen schoss das Blut. Verlegen wandte er seinen jetzt hochroten Kopf ab.

„Mehr als den einen Kuss gibt's aber nicht", sagte Jo ungeachtet dessen, dass er sie nicht verstand. „Du bist kein zweiter ... wie hieß Hamzas Freund in Sharm El Sheik noch gleich?"

„Mir fällt's gerade auch nicht ein", erwiderte Nahla.

„Kein zweiter Mir-fällt's-gerade-auch-nicht-ein! Ich hatte ja nix mit ihm, ist also nimmer wichtig!"

„Ja, dir hat es der Schrägste in der Anlage mehr angetan, der mit den komischen Zöpfen am Bart, weißt du noch?", neckte Nahla.

„Mit dem lief ja auch nix, die Zeit war einfach zu kurz!"

„Aber dein jetziger Freund steht ihm optisch in nichts nach!"

„Ach! Wir sehen uns doch eh kaum!", winkte Jo ab.

Auf Karims Zeichen hin brachen sie auf. Es war zwar angenehm warm, aber auch hierzulande noch nicht sommerlich, so nahmen sie sich leichte Jäckchen zum Überziehen mit. Sie trotteten neben Karim her, der sie mit seinem schwerfälligen Gang und seinen gewichtvollen Schritten ein wenig an einen Diplodocus in einer Dokumentation über Dinosaurier erinnerte. Karim führte sie auf einer Promenade stadtauswärts. Zwischendurch telefonierte er und deutete danach auf sein Handy. „Hamza", informierte er seine beiden Begleiterinnen. Bald erreichten sie einen langen, breiten, hellsandigen Strand, an dem türkise Wellen leckten.

„Wahnsinn!" Jo riss sich die Schuhe von den Füßen.

„In Thannhausen liegt noch Schnee!" Nahla tat es ihr nach und rannte wie Jo zur Wasserkante. Arm in Arm, bis zu den Knien im salzigen Wasser, blickten sie zum Horizont.

„Spitzenmäßig!"

„Traumhaft!"

Ehe sie sich's versahen, stand Hamza hinter ihnen, mit einer Riesentüte erntefrischer Erdbeeren. Nahla legte den Kopf auf seine Schulter. „In Deutschland sind die erst in zwei Monaten reif! Zum Glück werde ich bald hier wohnen."

„Ja, Baby, wie besprochen!"

Zu viert im hellgelben Sand sitzend, in den Jo und Nahla ihre Zehen tief vergruben, aßen sie die Früchte, bis das Klingeln von Hamzas Handy die Idylle durchbrach. Er sah kurz auf die Anzeige, drückte den Anruf weg und teilte Nahla mit: „Nichts Wichtiges. Ich rufe später zurück. Aber jetzt muss ich wieder zur Arbeit."

Die nächste zeichnerische Absprache führte Karim, Nahla und Jo auf den Souk, den Markt, aus einem für Fremde unüberschaubaren Gewirr aus malerischen Gassen, zum Teil mit runden Steingewölben überdacht. Die Auslagen strotzten vor Kochgeschirr, Lederhandtaschen und Schuhen, arabischen Gewändern, orientalischen Teppichen, geflochtenen Körben, kegelförmig aufgetürmten Gewürzen und Orangen, die neben Keramik die Haupterzeugnisse der Stadt waren.

„Ui, wie schön!" Nahla nahm eine Schale in die Hand.

„Wirklich filigran, die Bemalung", fand auch Jo. „Ich bring meinen Eltern ein paar davon mit!"

„Ich nehme auch welche. Was meinst du, wie viele? Vielleicht fünf?"

Die beiden drehten und wendeten dutzende Keramikschalen, jede davon mit einem individuellen Muster bemalt. Es gab keine zwei gleichen. Sämtliche Regale des Ladens quollen über vor Tassen, Tellern und Vasen, doch die Schalen, die sich so perfekt für Müsli, Eis und Nachspeisen eigneten, hatte es Nahla und Jo besonders angetan.

„Wie viel kosten die?", fragte Nahla den Verkäufer. Dieser sah sie kurz an und drehte sich dann zu Karim. Der nahm Nahla die ausgewählten Schalen ab, stellte sie auf den Ladentisch und telefonierte. Keine fünf Minuten später spazierte Hamza durch die Tür und ließ sich von Nahla und Jo zeigen, was sie jeweils kaufen wollten. Dann begann er zu feilschen. Nach einigen hitzigen Minuten schlug der Verkäufer die ausgewählten Schüsseln sorgfältig in Papier ein und packte sie dann in eine Plastiktüte. Scheine wechselten über die Ladentheke hinweg die Besitzer.

„Hier Baby," Hamza reichte Nahla ihre Tüte und schlenderte mit einem beschwingten „bis später!" wieder davon.

„Wo arbeitet der denn?", fragte Jo. „Es muss ja gleich um die Ecke sein, so schnell wie er da war!"

„Hm." Nahla zuckte mit den Schultern.

„Urlaub bekommt er keinen, aber weg kann er offensichtlich, wann immer er will", stellte Jo fest.

„Na ja, nur kurz halt."

„Als offizielle Touristinnen in der Ferienanlage von Sharm El Sheik konnten wir wenigstens selbst verhandeln und bezahlen", sagte Jo mit leicht genervtem Unterton.

„Wir sind hier aber keine Touristinnen."

„Ne, wir sind auf Besuch bei Einheimischen und richten uns ganz nach deren Regeln."

„Ja ... stimmt ... Aber eigentlich ist ihre Aufgabenteilung doch total praktisch. Es werden einem viele Dinge abgenommen. Die ganzen Rumstreitereien außer Haus. Dafür hat *frau* dann mehr Muße für die Kinder, kann gescheit kochen, siehe das Couscous von Hamzas Mutter!"

„Jetzt komm, sag's schon, was deine Oma oft gesagt hat! Du bist ..."

„ ... im falschen Jahrhundert geboren oder im falschen Land", beende Nahla unisono mit Jo den Satz. „Ach Jo ... ich fühle mich hier viel wohler als in der Welt, in die ich hineingeboren wurde."

„Mein Ding wäre das ja nicht, immer hinter einem Mann herzutappen", kommentierte Jo mit Blick auf Karims Rücken, der sie weiter durch die verschnörkelten Gassen des Souks führte. Sie kamen an ausladenden Behältern vorbei, gefüllt mit Linsen, Bohnen und „Kichererbsen!", jubelte Nahla erneut beim Anblick der Hülsenfrüchte. „Von denen nehmen wir auch welche mit!"

Nachdem Karim den Kauf abgewickelt hatte, fragte Jo: „Also, wie weit sind Hamzas und deine Pläne inzwischen gediehen?“

„Zuerst werden wir bei seinen Eltern wohnen, bis er dort aufs Flachdach von ihrem Haus eine Wohnung für uns gebaut hat.“

„Und wann stellt er dich seinen Eltern vor?“

„Bald.“

„Wie? Bald?“

„Jetzt warte es doch ab! Er mag das nicht, wenn ich nachbohre. Er macht das schon. Wir sind hier nicht in Deutschland.“

„A-ha! Ein bisschen undurchsichtig zwar, aber das wird! Ich hab ein super Gefühl bei euch!“

„Ich auch! Ich hole meine Kinder aus Deutschland. In der Zwischenzeit organisiert er alles und dann heiraten wir so bald wie möglich. Himmel, schau mal!“ Nahla stoppte. „Das sind doch dieselben wie bei uns im Garten der Ferienwohnung!“ Nahla ging vor einer Kiste in die Knie, in der etwa zwanzig Schildkröten saßen. „Guck doch!“

Jo hockte sich daneben. „Die sind ja bloß so groß wie Zwei-Euro-Münzen!“

„Das sind sicher ganz frische Babys! Und ihre Köpfe sind fast neongrün! Ui, wie niedlich!“

Karim stand hinter ihnen und hielt fragend sein Handy vor Nahla, während der Verkäufer schon eine Pappschachtel zurechtfaltete.

„Nein, nein!“, winkte Nahla ab und stand auf. „Ich will sie nicht kaufen. Du brauchst Hamza nicht anzurufen.“ Sie hakte sich bei Jo unter. „Lass uns weitergehen!“

Sie verließen den Souk durch den dreiteiligen und oben begrünten Haupttorbogen und schlugen die Richtung zur Ferienwohnung ein. Sie mussten an einigen Vorgärten halt machen, weil Nahla in ihnen Schildkröten entdeckte, gerade so, als wäre ihre Wahrnehmung nun auf sie programmiert. Bei einem Gemüsehändler am Weg zeigte sie auf einen Bund Möhren. „Die bringe ich unseren Schildis mit!“

Hamza hatte im Garten schon mit der Essensvorbereitung begonnen, als sie ankamen. Auf dem Grill lagen Fische und daneben brutzelten in einer Aluschale Zucchini und Auberginen in Öl. Nahla begrüßte Hamza und setzte sich dann sogleich vor das Schildkrötengehege. Vorsichtig, um die Tiere nicht zu erschrecken, legte sie die Möhren hinein. Ein paar reckten ihr die Köpfe entgegen, manche steuerten weg von ihren Händen, andere begannen zu fressen und ließen sich dabei sogar über ihre ledrigen Hälse und Köpfe streicheln.

„Jo, schau, die mögen das!“ Und an Hamza gewandt fragte sie: „Wer füttert sie denn normalerweise?“

„Solche Urlauber wie du! Oder der Gärtner.“ Er bat Karim, den Grill zu übernehmen und gesellte sich zu Nahla. Sich einzelne Strähnen ihrer Haare um die Finger wickelnd, sagte er: „Ich schenke dir ein paar zur Hochzeit, wenn du magst!“

„Ay!“ Nahla umarmte ihn stürmisch. „Die gefallen Figo und Lilli sicher auch!“

„So wie allen unseren weiteren Kindern!“

Am Morgen entschwand Hamza wieder zur Arbeit. Karim kam und kritzelte etwas auf seinen Block.

„Diesmal fragt er uns, ob wir zu diesem Tier wollen.“ Nahla hielt Jo den Zettel.

„Was soll das denn sein? Ein buckliges Schwein?“, fragte Jo.

„Quatsch! Moslems halten doch keine Schweine! Was könnte das sein? Ein Hund?“, überlegte Nahla und imitierte ein Bellen, doch Karim schüttelte den Kopf. Dann nahm er noch einmal seinen Kugelschreiben und zeigte das Ergebnis auf dem Blockblatt anschließend wieder den Freundinnen.

„Jetzt hat das Teil eine Pyramide auf dem Rücken!“, lachte Jo lauthals.

„Das ist ein Kamel!“, sagte Nahla und warf Karim einen entschuldigenden Blick zu.

„Ist es gar nicht! Dann hätte es zwei Höcker. Das ist ein Dromedar!“

„Dromedare sind einhöckrige arabische Kamele! Das hab ich mal in Bio gelernt. Also ist es doch ein Kamel“, erklärte Nahla.

„Von mir aus. Ein einpyramidiges Kamel!“, lachte Jo weiter.

„Jetzt lass doch! Dem armen Kerl ist es doch schon ganz peinlich!“

Jo streckte die Hand aus und wackelte mit den Fingern,

woraufhin ihr Karim seinen Notizblock erneut reichte. Nun zeichnete sie ein Dromedar, so präzise, als stünde es direkt vor ihr und sie bräuchte es nur aus der Realität auf den Block zu übertragen. Ihre Detailgenauigkeit hätten Alexander vom Humboldt neidisch werden lassen. Und die Ausführung der Augen jeden Karikaturisten. Umgeben von einem Kranz sehr langer Wimpern stachen sie rund und groß hervor und liefen an den Winkeln spitz aus.

„Das sind eindeutig Karims Augen", stellte Nahla verblüfft fest. Karim betrachtete Jos Dromedar fast andächtig, nickte anerkennend und lüftete dann sein Hemd über dem Hosenbund. Er hielt die Zeichnung über seinen Gürtel.

„Ein Dromedar mit seinen Augen, das über seine Hüfte läuft. Das wäre ein Tatoo wert!", sagte Nahla.

Jo blickte gedankenverloren auf die Stelle. „Ja, das wäre es. Der hat ja einen sagenhaft durchtrainierten Bauch. Das erwartete man gar nicht ..."

Jos Blick ließ Karim kurz und verlegen lächeln und sie mittels Handzeichen schnell zum Aufbruch auffordern. Auf der Straße parkte das Auto von Hamzas Vater. In diesem verließen sie die Stadt und erreichten nach einer knappen Stunde eine Kamelfarm – zeitgleich mit einem Touristenbus. Nahla und Jo sahen die Passagiere aussteigen.

„Das darf doch nicht wahr sein!", rief Jo und ließ sich zurück ins Auto fallen. „Auf *den* hab ich sowas von gar keinen Bock!"

Aber ihre Flughafenbekanntschaft hatte sie schon gesichtet. Die Füße des weichfleischig wirkenden Mannes steckten wieder in weißen Socken und Sandalen. Nahla nickte ihm pflichtschuldig höflich zu und ließ dann aber gerne geschehen, dass Karim sich breitschultrig vor sie stellte.

„Sag ich doch", raunte sie ins Autoinnere, „die Sitten hier haben viel Angenehmes. In Deutschland hätten wir ihn selbst abwimmeln müssen."

Die Touristengruppe folgte ihrem Führer und Jo wand sich wieder aus dem Auto. „Abwimmeln kann ich auch selbst! Aber ich hab halt nicht immer Bock drauf."

„Selmane-Farm", las Nahla nun das Schild am Eingang. „Selmane heißt Hamza mit Nachnamen."

„Hamza *famille*!", informierte Karim die Freundinnen. Er

ging voran zu einer Schautafel kurz hinter dem Eingang, auf der tunesische Wildtiere abgebildet waren, darunter auch eben jene, vielerorts als Haustiere gehaltenen Schildkröten, die es Nahla so angetan hatten. „Testudo graeca nabeulensis“, las sie laut vor. „Nabeulensis, also aus Nabeul und Umgebung!“, schloss sie aus der Information. Dem Text unter dem Bild entnahm sie weiterhin, dass die Weibchen der Tunesischen Landschildkröten eine Panzerlänge von dreizehn Zentimetern erreichen, während bei den Männchen nach nur elf Schluss ist mit dem Wachstum, und diese Schildkrötenart damit zu den besonders kleinen zählt. Sie ernährt sich von dem, was in ihrem Habitat wächst, und das sind vornehmlich trockene Pflanzen und Sukkulenten.

„Dann war das mit den Möhren vielleicht gar keine so gute Idee?“, überlegte Nahla. „Trockene Blumen wären womöglich besser gewesen.“

Karim winkte sie weiter zu einem Unterstand aus hohen Pfählen und Palmblättern, unter dem mehrere gesattelte Kamele niedergelassen auf ihren angewinkelten Beinen dösten. Karim begann mit dem dabeistehenden, deutlich kleineren Mann als er selbst, ein Gespräch.

„Ihre Wimpern sind so lang wie Karims“, stellte Nahla fest und blickte dabei dem Kamel vor ihr geradewegs in die Augen.

„Schöne Wimpern, ja, aber Karim hat keine solche Hängelippe wie die alle“, entgegnete Jo.

„Wusst ich’s doch!“

„Was?“

„Er gefällt dir, ha!“

„Schmarrn!“

„Ich glaube, die lassen ihre Unterlippen so locker hängen, weil sie entspannt sind“, wechselte Nahla das Thema und begutachtete die Reihe Zähne, welche das von ihr ins Visier genommene Kamel entblößte. Es schnaubte ein wenig, als sie noch näher trat.

„Jo! Jetzt hat es seine Nasenlöcher zugemacht! Einfach so! Als ob es Augen wären!“ Vorsichtig und seine Reaktion auf sie mitverfolgend, begann Nahla es am Hals zu streicheln, wobei es wieder ein wenig schnaubte. Karims Absprache mit dem kleinen Mann war beendet und dieser bedeutete Nahla nun, in den Sattel zu steigen. Sobald sie saß, kam Bewegung in den großen Tierkörper und sein Hinterteil hob sich steil in die Höhe. Nahla musste sich in den Sattel stemmen, um nicht vornüber zu kippen. Gleich danach ging die vordere Hälfte nach oben und Nahla lehnte sich nun dem Kamelhals entgegen, damit sie nicht nach hinten fiel. Verdutzt schaute sie zu Jo herab. Der Kamelführer forderte nun auch sie mit einem Wink auf, ihrerseits ein Kamel zu wählen und aufzusteigen. Als sie im Sattel saß, nahm er es am Halfter. „Yallah! Yallah!“, rief er eindringlich, doch zum Aufstehen ließ sich Jos Kamel nicht bewegen. Der Kamelführer raffte seinen Jedda, ein traditionelles, in seinem Fall weißes Gewand, das locker und relativ formlos bis über die Knie fällt, und half nach, indem er mehrmals dem Kamel mit einem Stock auf den Hintern klopfte.

„Uahhh!“, rief Jo, als sich das Tier daraufhin erhob und sie nun wie Nahla zuvor ihr Gleichgewicht ausbalancieren musste. „Da wird einem ja sofort klar, warum die Wüstenschiffe heißen!“

„Yallah!“ Der Kamelführer ging voran. Sie durchschritten das Tor mit der Aufschrift „Selmane-Farm“ und wandten sich außerhalb des Geländes der offenen Landschaft zu. Hinter sich sahen sie noch die Touristengruppe, nun ebenfalls auf Kamelrücken thronend, in einem Pferch zahme kleine Runden drehen.

Der Boden war hier draußen ungleich weicher als der festgetretene innerhalb des Geländes. Nahla beobachtete, wie breit die Kamelfüße bei jedem Auftreten wurden. „Paarhufige Schwielensohler“, Der Begriff kam ihr in den Sinn. Auch den hatte sie irgendwann in Bio gelernt.

„Wie Federballschläger“, rief sie Jo zu. „Damit sinken sie freilich auch auf treibsandigen Dünen nicht ein! Jo?“ Nahla drehte sich nach ihrer sonst um keine Antwort verlegenen Freundin um.

„Mir ist schlecht. Ich bin nicht seetauglich.“ Jos Gesichtsfarbe ähnelte bereits der des Sandes unter den Kamelbeinen.

„Schau auf den Horizont!“, riet ihr Nahla. „Das macht man auf Schiffen in so einem Fall doch auch, oder?“

Jos Augen lösten sich von der nächsten Umgebung und fanden hier und da Steine und Felsbrocken, dazwischen Gestrüpp

– unter dem vielleicht Nabeulesische Schildkröten lebten – vereinzelte Palmen, dahinter vom Sonnenlicht hell- und dunkelgelb schraffierten Dünen und schließlich den unscharf schimmernden Horizont. Sie seufzte leise: „Wie gut, dass wir hergekommen sind. Es ist, wie in einem Gemälde zu reiten."

„Ja! Jalla!", rief Nahla. „Was heißt das überhaupt?"

„On y va! Let's go!", übersetzte zu ihrer Überraschung der Kamelführer, der bisher nicht den Anschein gemacht hatte, irgendein Wort Französisch oder Englisch zu sprechen.

„Wahrscheinlich wird er das täglich von Touristen gefragt", vermutete Nahla.

Erst nach einer Stunde stiegen sie wieder am Unterstand ab, was sich ebenso schauklig gestaltete wie zuvor das Aufsteigen. Jo streckte und dehnte sich in alle Richtungen, wobei ihr Gesicht zu seiner Normalfarbe zurückfand.

„Karim wird rot und du wirst gelb. Ihr gebt ein buntes Paar ab!", foppte sie Nahla. Doch Jo war noch zu benommen, um zu kontern. Sie fuhr mit den Händen über das raue Fell ihres Kamels. Dabei fiel ihr auf, dass unter dem Sattel keine Decke lag wie bei Pferden in Deutschland, sondern ein bunt gewebter Teppich. „Solche hab ich auf dem Markt gesehen! Jetzt weiß ich, wofür sie sind", freute sie sich. „Sie passen wunderbar zu denen in unserem Wohnzimmer in Haselbach!"

Nahla begutachtete nun auch den Satteltеppich ihres Kamels. „Ich werde welche davon für meine Schwestern kaufen", entschied sie.

Nahla und Jo sahen tags darauf bei ihrer nächsten Tour zunächst am Jarra empor, einem jener Kunstwerke Nabeuls, die keiner übersieht, und zugleich das insgeheime Wahrzeichen der Stadt. Ringförmig bekleideten den drei Mann hohen Riesenkelch farbenprächtige Keramikkacheln. Auf ihm prangen Riesenorangen und sein Sockel wird gern als Rast- und Sitzplatz benutzt. Karim, Nahla und Jo waren nebst dem Einkauf der Satteltеppiche auf dem Weg zu einem Henna-Studio, das in den geheimnisvollen Tiefen des Souks nistete. Dort angekommen stieß Hamza zu ihnen und führte sie in einen mit weichen Sitzpolstern und niederen Tischchen ausstaffierten Laden. Eine Frau in ihrem Alter reichte ihnen ein Geheft mit Fotos von mit Henna bemalten Händen.

„Sucht euch ein Muster aus", sagte Hamza und bat die junge Frau in Pluderhose und anliegendem T-Shirt, seine mitgebrachten Trauben zu waschen. „Aishek, Fatima", bedankte er sich, als sie die Früchte in einer Keramikschüssel servierte, einer Schüssel, die Nahla am liebsten zu ihren Müslischalen dazu mit nach Deutschland genommen hätte.

„Jetzt guck nicht so!" Jo stupste sie an. „Wozu willst du denn noch mehr mitnehmen, wo du doch bald hier wohnst!"

„Die Küche meiner Ummi ist voll davon", sagte Hamza, der ebenfalls Nahlas Blick richtig interpretiert hatte. Nahla lächelte glücklich und widmete sich erneut den Fotos mit den Hennahänden. Sie wählte ein Ornament, das von den Handgelenken ausgehend wie eine Blume zu den Fingern hin wuchs. Jo entschied sich für eine schmale Ranke von den Unterarmen bis zum Handrücken und dazu für je einen zackigen Ring an jedem Finger direkt vor dem Nagelansatz. Konzentriert trug Fatima das an grauen Matsch erinnernde Henna mit einem Plastikbeutel auf, bei dem sie eine Ecke abgeschnitten hatte. Karim saß mit einem Meter Abstand neben Jo und sah dabei zu, während Hamza die Trauben herumreichte.

„Ein prima Spritzbeutel!", stellte Jo mit einer Traube im Mund fest. „Macht Lisa nicht auch ihre Zuckerschrift so?"

„Ja, früher mal", entgegnete Nahla. „Das kam als Praxistipp in irgendeiner Sendung. Aber jetzt hat sie dafür eine Tortenspritze von unserer Oma."

„Es muss eine Stunde einwirken. Mögt ihr einen Tee?" Fatima hob den Kopf, nachdem sie die Paste fertig aufgetragen hatte, und sah Nahla geradewegs an. Ihre Augen wirkten dabei durch die Betonung mit einem breiten Lidstrich so mystisch wie schwarze Diamanten.

„Ja, das wäre nett", antwortete Nahla und blinzelte so fasziniert, als säße ihr Sheherazade von 1001 Nacht gegenüber.

„Der Tee kommt gleich!" Fatima verschwand hinter einem Vorhang, der offenbar die Teeküche vom Studioraum abteilte.

„Ob das Dauer-Make-up aus Henna ist?", überlegte Nahla laut. „Hey!" Sie zog Jo den Finger von der Paste auf ihrer Hand.

„Ich wollte doch nur an einer kleinen Stelle gucken, ob's schon wirkt!", erwiderte Jo.

„Dann guck doch bei dir selbst!"

Hamza hob, Nahla zuzwinkernd, seine Hand und ließ sie, als Revanche fürs Jos Rumfummeln an ihren Ornamenten, flach ausgestreckt in Richtung deren Hand niedersaußen. Zwanzig Zentimeter, bevor er sie berührt hätte, stoppte er. Doch Jo hatte im Reflex schon ihre Hand weggerissen und im Schwung aus Versehen an die Wand hinter ihr gepatscht.

„Spinnst du?", rief sie. Dann stimmte sie in Hamzas Lachen mit ein und Hamza wischte mit einer der Servietten, die bei den Trauben lagen, die Wand ab.

„Hoffentlich ist Fatima jetzt nicht sauer", sagte Nahla.

„Schau, alles ist wieder sauber", beruhigte sie Hamza, während Jo jetzt doch sauer auf ihr verschmiertes Henna blickte.

„Das wollte ich nicht, tut mir leid", entschuldigte sich Hamza. Fatima kam durch einen Vorhang zurück und warf ihm mit gekräuselten Lippen einen strengen Blick zu. Dann besserte sie in Manier einer Fachfrau, die ihr Kunsthandwerk versteht, Jos Ornamente aus. Der Tee, den sie anschließend ausschenkte, schmeckte sehr süß und mit den Trauben zusammen ergab er wegen seines Kaloriengehalts fast eine Mahlzeit. Mitten in die Runde hinein klingelte Hamzas Handy. „Ich ruf später zurück", sagte er nur. Während das Henna weiter einwirkte, unterhielten sich Hamza, Karim und Fatima auf Arabisch und machten dabei den Eindruck, als kannten sie sich seit längerem. Nahla und Jo betrachteten derweil durchs Fenster die Vorübergehenden.

„Insgesamt kommen mir die Tunesier kleiner vor als die Ägypter", bemerke Nahla.

„Ägypter?", fragte Hamza hellhörig. Nahla wiederholte die an Jo gerichtete Bemerkung auf Französisch.

„Mir hat es in Ägypten letztendlich nicht besonders gefallen", gestand er daraufhin. „Zu viel Polizei läuft dort mit Maschinengewehren rum. In Tunesien haben Ägypter den Ruf unsympathisch, gefährlich und eher nicht so hell zu sein. Dazu ausnutzerisch und falsch."

„Wow", sagte Jo. „Das ist ja mal eine Abkanzlung! Aber dein Freund in der Ferienanlage dort war doch auch ein Ägypter."

„Er war okay. Aber es war eher eine Zweckfreundschaft."

„Und welchen Ruf haben die anderen Araber?"

„Die Libyer sind ultrareich wegen ihres Öls. Aber noch weniger hell als die Ägypter. Einer meiner Onkel war eine Weile in Libyen, um Geld zu verdienen. Er fand es sehr gefährlich dort. Ständig hört man nachts Schießereien. Mit etwas Hirn könnten die Libyer ihr Land bei all dem Ölvorkommen an die Spitze bringen. Aber dafür sind sie zu dumm und ungebildet."

„Und die Marokkaner?", fragte Nahla.

Ehe Hamza antworten konnte, entgegnete Fatima: „Majestätisch. Und so groß wie die Ägypter."

„Interessant! Und die Tunesier? Wie seht ihr euch?"

„Wir sind ein kleines, aber starkes Land. Wir sind körperlich wirklich nicht besonders groß, aber wir sind Füchse! Wir bekommen alle Schwierigkeiten hin und finden immer den besten Weg!"

„Und an Selbstwertgefühl fehlt es unseren Männern kein bisschen!" Fatima verdrehte zwar ein klein wenig die Augen, zeigte aber in ihrer aufrechten Haltung denselben Stolz wie Hamza.

„Wie sind denn die tunesischen Frauen?", fragte Nahla.

Fatima deutete mit dem Kinn aus dem Fenster auf ein paar Vorübergehende mit Kopftüchern. „Ich würde sie in drei Kategorien einteilen. Zu einer gehören diese da. Traditionelle Muslimas, die ihre Haare, Arme und Beine immer bedecken. Dann gibt es solche wie mich, weltoffen und europäisch gekleidet."

„Geht das problemlos?", fragte Jo.

„Hier in der Stadt schon. Und es wird jedes Jahr einfacher. Es gibt noch eine dritte Fraktion. Die verschleiert sich im Alltag ganz und gar und trägt sogar Handschuhe. Am Samstagabend auf dem Weg in die Disco zieht sie sich in irgendeiner Garage um, wo es keiner sieht. Im Minikleid und mit rot geschminkten Lippen geht sie dann tanzen. Vor dem Heimgehen wird in der Garage wieder der Look gewechselt."

„Wahnsinn! Und das funktioniert?"

„Das funktioniert", sagte Hamza. „Irgendwie."

„Weil Männer ja auch mal die sexy Seite von Frauen sehen wollen", setzte Fatima hinzu. „Solange es kein Vater, Bruder oder eifersüchtiger Ehemann mitbekommt, funktioniert es."

Sie begann, mit einem feuchten Handtuch Nahlas und Jos Hände zu säubern. „An denen läuft sowieso einiges vorbei."

„In scha Allah", setzte Hamza recht leise dazu. „Zum Glück."

Irgendetwas in seiner Bemerkung, vielleicht war es der Tonfall, ließ Nahla aufhorchen. Fatima cremte ihre und Jos Hände ein, auf denen sich nun dunkelbraune, fast schwarze Muster befanden.

„Echt geil!", fand Jo.

„Wunderschön, Fatima, aishek!", bedankte sich Nahla.

Hamza bezahlte Fatima und legte danach kurz den Arm um Nahlas Hüfte. „Wir sehen uns abends!" Mehr Berührung war in einem offen zugänglichen Raum, selbst wenn eine moderne Künstlerin wie Fatima ihn betrieb, nicht möglich. Er wechselte noch ein paar Worte mit Karim und verschwand dann schlendernd in den engen Altstadtgassen. Nahla gelang es in den nächsten Minuten weder, den Nachgeschmack seiner Bemerkung von vorhin zu deuten, noch zu vertreiben.

„Möchtest du nicht mal sehen, wo er arbeitet?", fragte Jo. Sie gingen wieder am Jarra vorbei, dem kunstvollen Kelch mit den Riesenorangen, an dem gedankenverloren Nahlas Augen haften blieben.

„Nahla? Weißt du überhaupt, wo und für wen Hamza jetzt arbeitet?"

Nahla löste ihren Blick von den bunten Fliesen des Jarras. „Ich bin einfach nur irrsinnig glücklich, dass wir uns wiederhaben! Es gibt so viel zu besprechen. Ich bin noch gar nicht dazu gekommen, ihn genauer danach zu fragen."

„Wie auch immer! Genug Geld verdient er jedenfalls, so wie's aussieht. Er wird dich und die Kinder bestimmt versorgen können. Aber wieso geht er nie ans Handy, wenn wir dabei sind?"

„Komm schon! Das wäre doch uns gegenüber unhöflich."

„Aber interessant wäre es trotzdem zu wissen, wer ihm da hinterher telefoniert."

„Das kann doch nur sein Chef sein, der ihn zurück zur Arbeit pfeift", meinte Nahla.

„Klingt eigentlich plausibel", sagte Jo. „Aber dann müsste er doch rangehen. Und wann lernen wir eigentlich seine Familie kennen?"

„Hamza wird uns auf jeden Fall mit zu sich nach Hause nehmen, sobald es Zeit dafür ist. Das hat er mir versprochen und was er verspricht, hält er hundert Prozent!"

Karims Zeichnung mit dem Vorschlag des nächsten Tagesziels – ihres letzten – war einfach zu interpretierten. Auf einer wellenförmigen Linie dümpelte ein Trapez oder eher ein Rechteck.

„Boot fahren! Na klar wollen wir Boot fahren!"

„Yallah!", forderte Karim sie auf.

„Hey, wir sind doch keine Kamele!", mokierte sich Jo.

„Das heißt doch einfach nur ‚Komm!'", wandte Nahla ein. „Hamza sagt das doch auch manchmal."

„Stimmt ... jetzt, wo du's erwähnst. Wieso ist mir das noch nicht aufgefallen?"

„Weil du erst die Kamele samt Kamelführer gebraucht hast, um deine Aufmerksamkeit drauf zu ziehen", schmunzelte Nahla. „Also, yallah!"

Wieder ging Karim voran. Nahla und Jo folgten ihm entlang der palmenbestandenen Promenade bis zu einem Steg mit kleinen Motorbooten, in denen höchsten vier Passagiere Platz fanden. Eines davon bestiegen sie, nachdem der Bootsverleiher in einem wackeligen Holzstand Karim den Zündschlüssel ausgehändigt hatte. Karim lenkte das Boot mit Nahla und Jo in die blaue Weite hinaus. Ein gutes Stück vom Land entfernt ließen sie sich auf den Wellen treiben, tauchten die Arme ins Wasser und reckten die Gesichter in die Sonne – wobei Jo zeitweise immer wieder den Horizont fixierte, um ihren Magen zu beruhigen. „Das Meer wirkt ganz anders als in Ägypten", fand sie, die Hände mit den Hennaornamenten auf der Rehling.

„Finde ich auch", entgegnete Nahla. „Das Wasser ist hier so wie das Land von der Art der Tunesier durchwirkt."

„Poetisch! Und wie würdest du das tunesische Meer beschreiben?"

„Genauso wie die Tunesier. Wunderschön, tief farbig, aber auch rau und wild. Übrigens ..." Nahla verschränkte ihre Finger und drehte sie ineinander, bis ihre Gelenke knacksten.

„Was treibt dich denn um?", fragte Jo.

„Wir essen heute Abend bei Hamzas Mutter."

„Und das sagst du mir erst jetzt?“
„Ich weiß es doch auch erst seit heute Morgen.“
„Wie auch immer!“ Jo klatsche in die Hände. „Das wird auf jeden Fall spannend!“

„Was soll ich anziehen? Vielleicht ein Tuch um den Kopf, damit ich anständig auf sie wirke?“, fragte Nahla fahrig vor dem Schrank in ihrem Schlafzimmer der Ferienwohnung. Karim hatte sie vor einer Stunde zurück gebracht und noch immer war Nahla zu keiner Entscheidung gekommen, was ihre Garderobe betraf. Jo dagegen scherte sich nicht darum, dass ihr Top zehn Zentimeter über ihrem Bauchnabel endete. „Mach dir deswegen doch keinen Stress, Süße!“, entgegnete sie.
„Es ist ja auch nicht deine zukünftige Schwiegerfamilie!“, verteidigte sich Nahla und schaffte es kaum, den Knopf der dritten und damit letzten sauberen Hose aus ihrem Gepäck zu schließen, die sie zu einer blauen Bluse mit kleinen weißen Punkten probierte.
„Lass gut sein, du siehst toll aus!“ Jo umarmte Nahla und hielt sie ein paar Augenblicke lang fest, wobei sich Nahlas Nerven ein klein wenig entspannten – was aber nur so lange währte, bis Hamza klopfte.
„Seid ihr fertig?“
Nahla brachte es nur fertig zu nicken, aber nicht zu sprechen. Dafür war ihr Mund zu trocken.
„Hier!“ Hamza schenkte ihr in der Küche ein Glas Orangensaft ein, an dem sich Nahla verschluckte und zu husten begann. „Ja, fertig“, sagte sie, als sie wieder Luft bekam.
Hamza fuhr ihr zärtlich über den Rücken. Dann führte er sie und Jo durch die Gassen der Medina, der Altstadt. Sie bogen rechts ab, dann links. Dann wieder ein paar Mal rechts. Und wieder links.
„Wo sind wir jetzt ungefähr?“, fragte Nahla.
„Ganz in der Nähe vom Souk, Baby“, entgegnete Hamza. „Und ab jetzt befinden wir uns im Selmane-Viertel, dem Viertel meiner Familie. Früher war hier alles Bauernland, das meinen Großeltern gehörte. Mein Opa hatte acht Söhne und jedem vererbte er ein Stück Land. Die Söhne sind jetzt dabei, ihren Teil nach und nach unter ihren Söhnen aufzuteilen.

„Gehört dir dann hier auch schon etwas?"

„Wir sind da!", sagte Hamza, anstatt Nahlas Frage zu beantworten, woraufhin Nahlas Herz einen nervösen Schlag aussetzte.

Ich darf jetzt keine Fehler machen! Keine dummen Formfehler! Aber ich weiß noch so wenig über die arabischen Sitten!

„Baby, meine Ummi mag dich doch jetzt schon!", beruhigte Hamza sie. „Und die hier", er legte seine Hand auf das Holz einer normalgroßen Tür innerhalb eines mehr als viermal so großen, ebenfalls hölzernen Tores, das sich in einer weißen, zur Straße hin fensterlosen Wand befand. „Die hier ist nie verschlossen."

Nahla besah sich das Tor. Eine Art Taille setzte den oberen Rundbogen optisch vom unteren Teil ab. Andächtig strich Nahla über die strahlenförmigen Schnitzereien.

„Das ist das Haus meiner Großeltern und das Zentrum des Selmane-Viertels, und zwar schon seit dem sechzehnten Jahrhundert." Hamza öffnete die nie verschlossene Tür im Tor. Sie betraten einen hallenartigen Raum mit diffusem Licht, in dem zwei ausladende Sofas, mehrere Beistelltische, ein großer Leuchter und ein tonlos laufender Fernseher die Ruhe seiner vollkommen weißen Wände etwas störte und zugleich auflockerte. Nahla störte der Fernseher, während ihr die Ruhe der weißen Wände wohl taten. Sie war jetzt so nervös, dass sie glaubte, jederzeit könne eine ihrer angespannten Nerven reißen.

„Das ist das Vorzimmer", sagte Hamza. „Bis hierher dürfen Besucher."

„Weiter rein dürfen wir nicht?", fragte Nahla konsterniert.

Hamza lächelte und selbst Jo staunte ein weiteres Mal über das Weiß seiner Zähne, das hier gut zu den Wänden passte.

„Nein, weiter geht's nicht", sagte er, hakte die Finger in den Hosenbund, wippte mit den Hüften als begänne er zu tanzen und beobachtete Nahla. Erst nach ein paar zähen Sekunden fiel bei ihr der Groschen, dass er sie in ihrer ausladenden Aufregung nur ein klein wenig foppte. „Na komm schon!", forderte sie ihn auf. „Das ist nicht dein Ernst! Ich muss doch den Innenhof sehen!"

„Bitteschön!" Hamza machte die theatralische Verbeugung

eines Tänzers und wies mit ausgestrecktem Arm auf eine Tür, durch die etwas Licht der schräg stehenden Sonne einfiel.

Da Nahla sich aber nicht rührte, sondern nur weiter angestrengt das Flirren ihrer Nerven beobachtete, ging er voran. Nahla und Jo folgten ihm und standen dann in eben jenem Innenhof, den Hamza Nahla so oft am Telefon geschildert hatte. Als entledige sie sich einer Last, ließ Nahla die Schultern zurück fallen. Danach sog sie tief eine Luft ein, die das Aroma von Küchenkräutern und arabischem Essen in sich trug. Allen Eindrücken voran übermannten sie dabei ihre Gefühle. Hier zu sein war, als wäre es ihr bestimmt. Gerade so, als habe der Ort von jeher auf sie gewartet. Ihre Aufregung wandelte sich in Windeseile in eine glückselige Trance, in der sie sich langsam, rund und gleichmäßig bewegte.

„Vier Söhne meines Opas wohnen mit ihren Familien hier. Einer davon ist mein Vater“, erklärte Hamza. „Jede Familie hat ein Zimmer.“ Er zeigte auf die Türen, die vom Hof abgingen. Nahla lugte in eines. Hinter einem Vorhang ließ sich ein Ehebett erahnen. Davor lagen dicke Teppiche und Decken auf dem Boden. „Da schlafen die Kinder“, sagte Hamza. „Aber weil ich schon ein großes Kind bin, habe ich ein eigenes Zimmer. Das letzte, das im Haus noch frei war. Kommt mit in die Küche!“ Hamza führte sie und Jo quer über den großen rechteckigen Innenhof, der wie der Jarra rundum mit kunstvollen Keramikfliesen verziert war, in den Raum, aus dem der Essensduft seine Umgebung tränkte. Nahla war überrascht, wie klein er bemessen war, schließlich nutzten ihn alle dieses Mehrfamilienhaushaltes. Dazu lag er in schummrigem Licht, wie auch die Zimmer der Familien. Außer dem Herd nebst Ablage daneben gab es keine Möbel. Die zahlreichen Regale bildeten Einbuchtungen in den Wänden. Unter deren ebenso runden Bögen wie dem des Eingangstors standen große Gläser, gefüllt mit Reis und diversem Getreide, und viele, sehr viele kleinere mit Gewürzen. Mit einem Mal löste sich vom Herd eine Frau, in schwarzem, halblangen Rock und dunkler Bluse. Nahlas Nervosität kehrte schlagartig zurück und machte sie kurzatmig. Die Frau war zuvor optisch so mit dem Inhalt der Küche verschmolzen gewesen, geradeso als wäre sie Teil davon. Jetzt kam sie auf Nahla zu und nahm sanft und warm ihre Hände.

Nachdem sie die Schreiberin der Briefe, die sie allesamt als erste in Empfang genommen hatte, eine Weile studiert hatte, drückte sie Nahlas Hände ein wenig fester und sagte: „Salam aleikoum!"

„Aleikoum asalam", entgegnete Nahla fast tonlos. Sie hatte die Formel, mit denen man sich begrüßt und sich gleichzeitig gegenseitig Frieden wünscht, extra mit Hamza geübt. Das Nächste, was Hamzas Mutter sagte, verstand sie nicht.

„Du hast ein Gesicht wie ein Engel", übersetzte Hamza, „und so unschuldig wie ein kleines Mädchen."

Abrupt ließ seine Ummi Nahla los. Ihre Augen wurden eng. Nahla erschrak, bemerkte aber, dass dieser Blick nicht ihr galt, sondern Jo, die aus Hamzas Schatten hervorgetreten war.

„Ich glaube, du siehst ihr zu wild aus", flüsterte Nahla, obwohl Hamzas Mutter nur arabisch sprach. Sie flüsterte, um nicht unhöflich zu wirken, doch war sich im selben Moment unsicher, ob nicht genau das jetzt der Fall war.

Die Ummi starrte auf Jos freiliegenden Bauch und ihre eher gammlige Lederjacke. Der Blick der Ummi fraß sich nach oben zu Jos weiß blondiertem Haar und ihren Kreolohrringen, die ihr fast auf die Schultern hingen. Jo war eineinhalb Köpfe größer als sie. Ein paar Mal schluckte Hamzas Ummi schwer, fasste dann ihren Sohn am Arm und wechselte ein paar Sätze mit ihm.

„Alles in Ordnung", sagte Hamza daraufhin zu Nahla und Jo, woraufhin Nahla hörbar aufatmete „Übrigens, das ist Mouna, meine Schwester." Ein zwölfjähriges, von seinem Gesichtsschnitt her Hamza ähnliches Mädchen lehnte ebenso verdruckst wie neugierig am Türrahmen. Nahla hatte sie nicht kommen hören.

„Salam aleikum", grüßte Mouna mit einer leichten Verneigung und begann mit dem Auftragen des Spargels und der Artischocken im Innenhof, die ihre Mutter ihr aus den Töpfen auf dem Herd reichte. „Es ist gerade Saison dafür", sagte sie auf Französisch, das sie in der Schule lernte. Doch mit Hamzas Ummi konnte Nahla nicht reden. Ihr blieb nur, mit Mimik und Gesten das Essen zu loben und bewundernd auf die Keramikbehälter zu zeigen, in der es aufgetischt war.

„Alles okay?", fragte Nahla Hamza während des Essens,

da er fortwährend unter dem Tisch mit den Oberschenkeln wackelte.

„Natürlich, Baby. Aber lass uns nicht so lange bleiben", entgegnete er.

„Kann ich noch dein Zimmer sehen?"

„Klar!"

Sobald Nahla ihren Teller leer gegessen hatte, führte er sie zurück in das Empfangszimmer, von dem aus eine Tür in sein Zimmer abging.

„Was denkst du?", fragte Hamza, während sich Nahla umsah.

„Du hast so wenige Sachen ..."

„Wie meinst du das?"

„Hier sind nur ein Bett, ein Schrank, ein Tisch und ein Stuhl."

Das alles war aus schwerem dunklen, mit Schnitzereien verzierten Holz.

„Was habt ihr denn in Deutschland in euren Zimmern?"

„Na ja ... was sich eben so ansammelt." Nahla verzichtete darauf, es aufzuzählen, da ihr hier, in Hamzas Zimmer, gerade in diesem Moment, ins Bewusstsein trat, für wie selbstverständlich man eine vergleichsweise luxuriöse Ausstattung in Deutschland erachtete. Hamzas Familie konnte nicht arm sein, wenn ihr das ganze Viertel gehörte, aber reich war sie augenscheinlich auch nicht.

„Es wird schon für uns und die Kinder reichen, bis ich unsere Wohnung oben aufs Dach draufgebaut habe", sagte Hamza.

„Bestimmt! Es ist wunderbar hier!"

„Schau! Ich hab Sachen!" Hamza deutete auf fünf Flakons auf seinem Tisch. Nahla schnupperte daran und erkannte jeden Duft wieder, weil sie ihn schon an ihm gerochen hatte.

„Außerdem spielt sich das Leben im Innenhof und auf den Straßen ab", sagte er. „Wozu sollte man drinnen viele Sachen brauchen? Es sei denn ..." Er küsste Nahla sanft und wild zugleich, woraufhin augenblicklich Wellen der Wonne durch ihren Körper rollten. Hamzas Lippen zupften an der weichen Haut ihres Halses und stoppten dann. Nahla wartete darauf, wo er den nächsten Kuss platzierte und von wo ausgehend die nächsten Wellen sie treffen würden. Er war eben wie das tunesische Meer. Zutiefst sinnlich. Und immer ein wenig unberechenbar.

„Nicht hier, Baby", flüsterte Hamza, da sie ihn fester an sich zog. „Lass uns in die Ferienwohnung gehen!"

„Unbedingt!", entgegnete sie und löste sich von ihm. Beim Umdrehen zur Tür hin bemerkte sie ein paar Briefe auf dem Stuhl. Irgendetwas an ihnen hatte ihre Aufmerksamkeit auf sie gezogen. Sie schaute genauer hin.

„Ich glaub's nicht!", rief sie ein wenig zu laut.

„Schhhh", machte Hamza. „Wir sind ohnehin schon zu lange hier drin. Was ist denn?"

„Dein Name!"

„Was ist damit?"

„Man schreibt ihn mit z!"

„Ja. Und?"

„Du hast ihn mir in Ägypten mit s aufgeschrieben! Jetzt weiß ich endlich, warum meine Mails nie ankamen!"

Hamza fuhr sich durch die schwarzen Locken. „Oh nein! Baby ... oh nein! Entschuldige!"

Nahla wandte sich von den Briefen ab. Diese Entdeckung musste sie erst einmal verdauen. Den unnötigen Frust, den sie der Schreibfehler gekostet hatte. All die Mails – wie viele hundert mochten es gewesen sein? – die postwendend wieder in ihrem Postfach gelandet waren, mit dem Vermerk, sie seien nicht zustellbar.

„Wenigstens weiß ich jetzt, woran es gelegen hat", stöhnte sie unverhohlen.

Hamza neigte seinen Kopf und sah sie fest an. „Ich mache es wieder gut, Baby, versprochen. Du magst doch das Meer, oder?"

„Ja ..."

„Im Meer! So, und jetzt komm mit raus hier. Lass uns gehen!"

Im Meer?

Im Innenhof saßen Hamzas Ummi und Mouna mit Jo noch am Tisch. Jo verdeckte mit ihren verschränkten Armen den allzu offenen Blick auf ihren Bauch. Dass Hamza und Nahla ihn wieder betraten, wurde als Zeichen des Aufbruchs verstanden. Hamzas Mutter und Mouna gaben Nahla und Jo die Hand und verabschiedeten sich zusätzlich mit einem Wagenkuss rechts und links.

Karim erwartete sie im Garten der Ferienwohnung mit Wein und Früchten. Die Schildkröten nestelten in ihrem Gehege und der Orangenbaum gebärdete sich, als wolle er Nahla mit dem Aroma seiner Blüten in Tunesien festhalten, auf ewig geborgen unter dem sternenübersäten dunkelblau-seidigen Himmel dieser Nacht. Als sich Karim verabschiedete und Jo zu Bett ging, feierten Nahla und Hamza die Einheit ihrer Körper – bis der Wecker klingelte. Der schrille Ton zwang sie aus ihrer perfekten Welt in eine Realität, in der die neuerliche Trennung bevorstand. Der Flug ging um acht Uhr, um sechs mussten sie am Flughafen sein. Nahla schmiss ihre Sachen in den Koffer, sie und Hamza hatten sich bis zur letztmöglichen Minute aneinander festgehalten. Hamza brachte sie zum Flugplatz. Dort zog ihr Abschied ähnlich große Aufmerksamkeit auf sich wie eine Woche zuvor ihr Wiedersehen. Empörte, neidische, aber vor allem teilnehmende Blicke stolperten über sie hinweg oder blieben an ihnen haften.

„Ruf an, sobald du gelandet bist!", sagte Hamza und wandte sein Gesicht ab, um sich mit dem Handrücken eine Träne von der Wange zu wischen. Nahla nickte. Zu mehr war sie nicht in der Lage. Das Brennen in ihren Augen war drauf und dran, sich in einer Flut über ihr Gesicht zu ergießen. Außer diesem nahm sie nur noch Hamza wahr. Keine Umstehenden mehr, keine Jo, keine Flughafenhalle. Jemand – es war Jo – fasste sie am Handgelenk und zog sie durch die Passkontrolle. Jeden Kilometer, den das Flugzeug zurücklegte, riss Nahla innerlich ein Stück weiter entzwei, in eine arabische und eine deutsche Hälfte. Makkaroni mit Tomatensoße landeten in einer Plastikschale aus der Hand der Flugbegleiterin auf dem Klapptisch vor ihr. Nahla verschlang sie im Versuch, den Abschiedsschmerz zumindest ein bisschen unter dieser doch recht kleinen Portion zu vergraben. Jo stellte ihre fast noch volle Schale zu Nahla hinüber. „Wo war eigentlich Hamzas Vater gestern?"

„Weiß nicht", entgegnete Nahla, „ist doch jetzt egal."

Wie soll ich bloß die nächsten Wochen ohne Hamza aushalten?

Das feste, bunte, tragende Glück der letzten Tage wurde mit

jedem Flugkilometer, der Nahlas Inneres weiter entzwei riss, löchriger und glich bei der Landung bereits einem mottenzerfressenen Umhang.

AUF DER SUCHE

„Wieso geht er denn nicht ran?“ Nahla verlagerte am Gepäckband des Münchner Flughafens ihr Gewicht hektisch von einem Bein auf das andere, die Finger um ihr Handy gekrampft. Hamzas Körperduft, vermischt mit ihrem Schweiß der letzten Nacht, floss unter ihrer Kleidung über ihre Haut, als wolle er sie trösten. „Dann schreibe ich ihm eben eine SMS!“

Sie tippte, während Jo die Koffer vom Band nahm. Nahla beugte sich zu ihrem hinab und horchte.

„Was treibst du da?“, fragte Jo.

„Ach, nichts. Mir kam's nur so vor, als ob da drin etwas gesurrt hätte. Aber das war das Gepäckband.“

Sie stiegen in die S-Bahn und am Münchner Hauptbahnhof in den Zug nach Augsburg, wo Nahlas Vater sie am Bahnhof abholte und bis auf eine kurze Begrüßung schweigend nach Hause brachte. Vor ihrer Wohnung nahm er Nahlas Koffer aus dem Auto. Nahla kam es abermals so vor, als höre sie ein Geräusch darin.

„Mama!“ Florian stürmte auf sie zu, gefolgt von Lilli.

„Meine Schätze!“ Nahlas Arme schlossen sich um ihre Kinder.

„Mama, drück nicht so fest! Wir haben Kuchen für euch gebacken!“, rief Florian.

„Ich würde ja gern mitessen“, erwiderte Jo, „aber ich will heim zu Quirin!“

Nahlas Vater fuhr Jo noch nach Haselbach und tauchte danach nicht wieder bei Nahla auf, um mit ihr, Lydia und den

Kindern Kuchen zu essen und zu erfahren, wie es in Tunesien gewesen war.

„Nahla, die Mutter von deinem Pflegekind hat angerufen", sagte Lydia am Kaffeetisch. „Sie fragt, ob du es die ganze nächste Woche über betreuen kannst.".

„Prima, kann ich!", entgegnete Nahla. „Ich brauche das Geld!"

Lydia versteifte sich alarmiert. „Was hast du denn vor?"

„Ich ziehe zu Hamza!", platzte es aus Nahla heraus, ungeachtet dessen, dass sie damit bei ihrer Mutter mit der Tür ins Haus fiel. „Ich brauche das Geld zum Telefonieren und für die Flüge für mich und die Kinder."

„Du willst mir die Kinder wegnehmen?!", entgegnete Lydia entsetzt.

„Du hast doch gesagt, du hast uns etwas mitgebracht!", drängelte Lisa, ehe Nahla weiter auf ihre Mutter eingehen konnte. „Mach doch endlich deinen Koffer auf!"

„Okay!", entgegnete Nahla und überprüfte ein weiteres Mal den Klingelton ihres Handys, um nur ja nicht zu überhören, wenn Hamza sich auf ihre erfolglosen Anrufe hin endlich meldete. „Holt den Koffer!"

Als wöge dieser fünfzig Kilo, zogen und schoben ihn Agnes und Lisa vom Flur ins Wohnzimmer, wo Nahla ihn öffnete.

„Was ist denn das für ein Durcheinander!", tadelte Lydia. „Das sieht dir gar nicht ähnlich!"

„Ich musste heute morgen superschnell packen. Aber es ist doch sowieso alles Schmutzwäsche und kommt gleich in die Waschmaschine. Macht doch nichts, dass ich sie nicht ordentlich zusammengelegt habe ...", versuchte sich Nahla vor ihrer Mutter zu erklären und senkte dabei beschämt den Kopf.

„Nahla, mach doch!", drängelte Lisa, woraufhin Nahla zu suchen begann. „Wo ... wo sind sie denn? Da!" Nahla zog die beiden Teppiche in Größe und Form eines Gartenstuhlpolsters heraus. „Die liegen bei Wüstenschiffen unter dem Sattel!"

„Wüstenschiffe? Was soll denn das sein?"

„Das sind Kamele. Und auf denen schaukelts wie auf einem Schiff."

„Ihr seid auf Kamelen geritten?", rief Agnes aufgeregt.

Nahla nickte und zog sie zu sich, woraufhin sich Agnes

kurz an sie schmiegte und sich dann flugs den hellbau-orange-braunen Satteltеppich schnappte. „Den leg ich auf meinen Schreibtischstuhl, dann fühle ich mich beim Hausaufgaben machen, als ob ich auf einem Kamel reite. Du musst mir ganz genau erzählen, wie es sich anfühlt!“

„Das mach ich gleich“, versprach Nahla und fragte Lisa: „Gefällt dir der andere?“

„Ja!“ Lisa fuhr das schwarz-weiß-rot gezackte Muster ihres Teppichs mit dem Zeigefinder nach. Und dann surrte es wieder. Dieses Mal war eindeutig, dass es aus dem Kleiderhaufen im Koffer kam. Nahla wühlte darin, bis sie die Ursache des Surrens fand.

Hamzas Handy.

Oh nein! ... Oh nein! ... Ich muss es heute Morgen aus Versehen mit reingeschmissen haben!

Just in dem Moment klingelte ihr eigenes, wobei es Karims Nummer anzeigte. Nahla zog sich ins Schlafzimmer zurück und hob ab.

„Baby, bist du gut angekommen?“, fragte Hamza. „Ich finde mein Handy nicht! Es tut mir leid! Hast du angerufen?“

„Oft. Mir tut es leid!“, sie blickte aufs Display seines Handys, auf dem alle ihre Anrufe seit ihrer Landung registriert waren. „Dein Handy ist hier. Ich habe es eben in meinem Koffer gefunden!“

„Oh Baby!“, Hamza lachte lauthals.

„Was machen wir jetzt?“, fragte Nahla betreten.

„Das ist doch nicht so schlimm. Ist doch ein altes Ding! Ich lasse die Karte sperren und mir mit derselben Nummer eine neue machen. Dann kann ich meine Nummer behalten und du brauchst keine andere auswendig zu lernen. Das geht ziemlich schnell. Und bis dahin telefonieren wir über Karims Handy!“

„Uff!“ Erleichtert stimmte Nahla in Hamzas Lachen ein.

Später, als ihre Mutter und ihre Schwestern gegangen und die Kinder versorgt waren, zeigte Hamzas Handy einen zusätzlichen Anruf neben ihren eigenen an.

Wer ist denn das?

Nahlas Finger zuckten über den Tasten.

Das kann ich doch nicht machen, oder?

Ihre Finger berührten die Tasten.

Andrerseits ...

Sie öffnete Hamzas SMS.

Alle Arabisch ... Nur die Namen nicht. Ah! Sameh. Die hat angerufen!

Nahla sah Samehs Nachrichten durch, auch wenn sie kein Wort entziffern konnte. Doch ein international gängiges Zeichen, das Sameh mehrmals verwendete, verstand sie durchaus. Danach überlegte sie eine Weile. Dann rief sie Jo an.

„Hat dich mein Vater gut heimgebracht? Wie geht's Quirin? Hat er die Trennung von dir verkraftet?"

„Hi Süße, ja klar! Natürlich gab's kein Problem!"

„Du ..."

„Was denn?"

„Also ... Hamzas Handy war in meinem Koffer!"

„Ihr zwei liebestollen Schusseln! Wie habt ihr denn das geschafft?"

„Na ja ... weiß ich nicht. Es hat jemand drauf angerufen und dann hab ich seine SMS durchgeguckt."

„Jetzt wird's spannend! Was hast du gefunden?"

„Es hat ja sicher nix zu bedeuten ... oder was meinst du?"

„*Was* hat nichts zu bedeuten?"

„Es gibt eine Sameh und die schickt ihm Herzchen." Während Nahla sprach, hielt sie Hamzas Handy. Es war fast wie ein Stück von ihm, sein zuletzt verwendetes Parfüm haftete noch daran. Aber sie sah auch wieder auf die aus einer spitzen Klammer und einer Drei zusammengesetzten Herzen von Sameh: <3 <3 <3

„Jetzt ruft sie auch noch an!", rief Nahla erschrocken und warf das Handy aufs Bett.

„Dann geh doch ran!"

„Das kann ich nicht!"

„Oh Mann! Tu's!"

„Jetzt hat sie schon aufgelegt!"

„Mama?" Lilli stand in der Tür.

„Du, ich muss aufhören, Lilli ist aufgestanden!", beendete Nahla rasch das Gespräch. Zärtlich nahm sie Lilli auf den Arm. Ihre Tochter drückte sich in der jetzt stillen Wohnung an sie, als wäre ihre Mutter einen Monat lang weg gewesen. „Mama!"

„Mein Schatz, magst du bei mir schlafen?"

„Ja!“

Sobald Nahla mit Lilli im Bett lag, kam auch Florian dazu.

„Nächstes Mal nehme ich euch mit“, flüsterte Nahla beruhigend. „Ich lasse euch nicht mehr alleine. Das war eine absolute Ausnahme.“

„Mama!“

Um Viertel nach sieben wurde Paula am nächsten Morgen bei Nahla abgegeben. Nahla frühstückte mit den Kindern und brachte hernach Florian in den Kindergarten, mit Lilli und Paula im Schlepptau. Auf dem Rückweg überkam Nahla wieder einmal der Eindruck, dass Paula ein Bad gut tun würde.

Karrieremütter …

Daheim füllte sie für die beiden Mädchen die Badwanne und ließ sie ausgiebig plantschen – oder einweichen. Dann reinigte sie gründlich Paulas Zehzwischenräume, ihren Nabel und ihre Ohren. Anschließend spazierte Nahla mit Paula und Lilli zu ihren Eltern, wo die beiden im Sandkasten buddelten und Nahla sich im Gartenstuhl ein wenig zu entspannen versuchte. Hamzas Handy lag nebst ihrem eigenen auf der Armlehne. Die Akkuanzeige stand auf Halbmast.

Maximal noch zwei Tage, dann geht es aus.

Bis zum Abend hatte Sameh erneut angerufen und Jo sich ebenfalls gemeldet. „Ich kann heute nicht,“, sagte Jo, „ich arbeite in der Bar. Aber morgen komme ich gegen Mittag vorbei!“

Vom Balken, der über den Akkustand informierte, war noch ein letzter Rest übrig, als Jo Hamzas SMS unter die Lupe nahm. Doch außer den aus Klammern und Dreien zusammengesetzten Herzchen in Samehs Nachrichten konnte auch sie nichts entziffern. „Wieso muss denn der Text in arabischer Schrift sein, wenn die Namen in lateinischer abgespeichert sind?“

„Das ist der wohl internationale Touch“, entgegnete Nahla. „Das verhält sich zueinander bestimmt so, wie das Flughafengelände zum Rest von Tunesien. Eine Schnittstelle sozusagen.“

Jo blinzelte. „Mach’s nicht so kompliziert. Komm, wir rufen sie jetzt an!“

„Nein! Das können wir nicht!“, intervenierte Nahla.

„Wieso nicht?“

„Weil Hamza dann bestimmt denkt, dass ich ihm nachspioniere, wenn sie es ihm erzählt. Das will ich nicht!“

„Hey, das ist eine Araberin. Die macht keinen Stress wie eine Deutsche.“

„Oder noch einen größeren! Wenn es eine ist, die im Minirock in die Disko geht. Wir wissen doch nicht, wie die drauf ist!“

„Aber wir sollten es herausfinden!“

Nahla musterte die mit Paula insgesamt vier spielenden Kindern neben ihnen. „Na ja ... so lange sie miteinander beschäftigt sind ... interessant wäre es ja schon.“

„Genau Süße! Jetzt gerade lassen sie uns ein paar Minuten“, entgegnete Jo, ebenfalls den aktuellen Zufriedenheitsgrad der Kinder einschätzend. „Aber gleich kriegt wieder eins von ihnen Durst oder Hunger.“

„Komm!“ Nahla schritt voran ins Schlafzimmer. Jo schloss die Tür hinter ihnen. „Du oder ich?“, fragte sie.

„Gemeinsam.“ Nahla drückte die Rückruftaste und Jo hielt das Handy. Sie steckten die Köpfe zusammen. Es tutete. Nahlas Herz schlug mit jedem Mal höher und schneller. Dann hob jemand ab und unversehens galoppierte ein arabischer Wortschwall aus dem Hörer. Er wirkte eher besorgt als vorwurfsvoll und gar nicht einmal unsympathisch. Als er abbrach, fragte Nahla: „Sprichst du Französisch oder Englisch?“ Der Wortschwall galoppierte erneut, dann war ein langer Schnaufer zu hören. Schließlich folgte eine Frage in sehr mühsam formuliertem Französisch: „Wo ist Hamza?“

Reflexartig antwortete Nahla: „In Nabeul. Bist du Sameh?“

„Wo ist Hamza?“, wiederholte die Stimme, jetzt ruhiger, weich und weiblich. „Wo ist Hamza?“ Dann war die Leitung tot. Jo und Nahla beäugten das Display. Der Akku war leer.

Nahla knetete mit ihren Fingern ihre Handballen. Jo drückte versuchsweise verschiedene Tasten. „Rien ne va plus. Hast du dir ihre Nummer aufgeschrieben?“

„Nein, hab ich nicht“, erwiderte Nahla und ließ sich nach hinten aufs Bett fallen.

„Dann können wir in diesem Spiel vorerst keinen Zug mehr

machen. Es sei denn, wir besorgen uns ein Ladekabel. Falls es für dieses alte Teil überhaupt noch eines gibt."

„Das ist kein Spiel und das tun wir bestimmt nicht!" Nahla nahm Jo das Handy aus der Hand und führte es an ihre Nase. „Es riecht noch nach ihm."

Jo sah zu, wie Nahla es in ihrer Schätzekiste verstaute. Hastig klappte sie den Deckel zu, da ihr Handy zu klingeln begann. „Jo! Das ist Hamzas Nummer! Er hat ein neues Telefon!"

„Dann sprich du mal mit ihm, ich geh zu den Kindern", entgegnete Jo und verließ das Schlafzimmer.

Nahla telefonierte. Von nun an jeden Abend, wenn Florian und Lilli schliefen. Sie lag dabei in ihrem Bett und Hamza in seinem in Nabeul. Nichts störte um diese Zeit, keine Arbeit, kein Termin, keine Verpflichtungen. Zwischendurch fragte Nahla nach den Fortschritten der Wohnungsbaupläne.

„Darum brauchst du dich nicht zu kümmern, Baby, ich mach das!", entgegnete Hamza und wollte seinerseits wissen: „Glaubst du wirklich, dass deine Eltern zulassen, wenn du *nur* wegen der Liebe heiratest?"

„Bei uns ist das anders", erwiderte Nahla.

„Ja, bei euch ist das anders. Aber haben nicht alle familiäre Verpflichtungen ...?"

Jeden Abend verschlangen ihre Gespräche zehn Euro. SMS rannten stündlich zwischen Thannhausen und Nabeul hin und her.

Vier Wochen lang.

Dann hob Hamza nicht mehr ab.

Ohne Vorankündigung.

Ohne ersichtlichen Grund.

Nahla glaubte zuerst an ein Problem mit ihrem Handy oder mit Hamzas. Aber auch Karim ging nicht ans Telefon, wenn sie ihn anrief.

Nervosität und Sorge erfassten mit jedem Tag der Ungewissheit ihre Hände stärker, ließen sie zittern und ihnen Gläser entgleiten, deren Splitter über den Boden spritzten. Die Angespanntheit griff auf ihren Brustkorb über, was ihr das Atmen erschwerte. Sie kroch ihr den Hals hinauf und benebelte ihr den Kopf, was sie vergessen ließ, welches Kind sie wann gebadet hatte.

Bei mir ist Paula trotzdem noch gepflegter, als bei ihrer eigenen Mutter …

„Meine Mama!“, sagte Paula und legte ihre Dreijährigenärmchen um Nahlas Hals. Sie war jetzt täglich bei ihr.

„Ich bin Nahla. Deine Mama kommt später“, flüsterte sie dem kleinen Mädchen sanft ins Ohr. Sie setzte Paula ab und sah hibbelig zu, wie sie und Lilli mit Wachsmalkreiden zu malen übten. Ihre Nervosität und Sorge wegen Hamza umklammerten ihr Herz, es verkrampfte sich schmerzhaft.

Der letzte Kontakt war inzwischen zehn Tage her.

Nahla zog sich in die Küche zurück, schüttelte ihre Hände und legte die Finger oben an ihre linke Brust, für jeden Tag ohne Hamzas Stimme einen, um durch Kleidung und Haut ihr Herz zu massieren. Nach einer Weile schüttelte sie nochmals ihre Hände, dann den Kopf. Sie löste ihren Zopf und schwenkte ihr Haar. Dabei klärten sich ihre Gedanken ein wenig und begannen wieder ein bisschen gerade aus zu fließen, anstatt fortwährend Kreise um ihre Sorgen zu drehen. Sie warf den Kopf in den Nacken, strich sich die Haare zurück und ballte die Hände zu Fäusten.

„Unternimm etwas!“, befahl sie sich selbst.

Bevor sie buchte, versicherte sie sich, dass Jo samt Quirin in ihrer Wohnung sein und Florian und Lilli hüten würde.

„Vier Nächte in Hammamet. In Nabeul gab’s nichts. Das liegt nur zwanzig Kilometer entfernt. Von da aus werde ich schon hinkommen. Der Trip ist sauteuer. Aber es geht nicht anders.“ Nahla streichelte Paula über den Kopf und herzte sie wie ihre eigenen Kinder.

Ohne dich wäre es nicht möglich.

Sie ging in die Knie und umarmte ihr Pflegekind.

Danke dir!

„Meine Mama!“, sagte Paula wieder, was Nahla jedes Mal einen Stich ins Herz versetzte.

Deine Mama macht Karriere …

„Ich bin Nahla“, erklärte sie der Kleinen wieder. „Und ich hab dich lieb! Euch auch!“, sie drücke Florian und Lilli ebenfalls an sich. Dann wandte sie sich wieder an Jo: „Paulas Mutter weiß

Bescheid. Wahrscheinlich meldet sie sich und bringt sie, obwohl ich nicht da bin. Das Geld gehört dann natürlich dir, falls du sie nehmen willst."

„Das werden wir sehen. Süße, komm her!" Jo drückte Nahla fest an sich. „Das wird schon! Du tust das Richtige. Du brauchst Klarheit! Viel Glück!"

Durchs Flugzeugfenster glitzerte jener Schnee auf den Alpengipfeln, der auch im Sommer nicht schmolz. Über Italien schob sich Nahla der mächtige Kegel des Vesuvs entgegen. Bald lag der europäische Luftraum hinter ihr und das Flugzeug trat über das Mittelmeer hinweg in den tunesischen ein. Die Küstenlinie zeichnete sich ab, Nahlas Hände flatterten und kippten ihren Orangensaft über ihre Jeans. Sie verfolgte mit, wie ihr Herz zwischendurch immer mal wieder einen Schlag aussetzte, und war froh darüber, dass diese kurzfristig gebuchte Pauschalreise den Transfer zum Hotel enthielt und sie sich nach der Landung darum nicht selbst zu kümmern brauchte. Nahla bezog ihr Zimmer gegen 21 Uhr ohne es wirklich wahrzunehmen. Die Mixtur aus zehrenden Sorgen, aufpeitschender Nervosität und entschlossenem Tatendrang ließ sie in der Nacht kaum ein Auge zutun. Als es hell wurde, streifte sie sich sofort eine leichte Sommerhose und ein T-Shirt in neutralem Grau über, schlang sich vorsorglich ein Tuch um den Hals in der Voraussicht, es würde ihr noch sinnvolle Dienste leisten, und erkundigte sich an der Rezeption, wie sie nach Nabeul käme. Mit dem Fahrplan in der Hand frühstückte sie eilig am Buffet, das sich eigentlich nicht groß von dem in Sharm El Sheik unterschied. Aber dennoch war alles ganz anders. Die Kinder und Jo fehlten. Hamza fehlte. Seine Späße. Und dass er ihr extra für sie ausgesuchte Leckereien servierte.

Nabeul ist wegen seiner Medina, der Altstadt und seines Souks ein beliebtes Ausflugsziel von Hammamet aus, weshalb regelmäßige Busse zwischen den beiden Orten verkehren. Nahla stieg an der dem Souk nächsten Haltestelle aus und nahm sich direkt ein Taxi. Sie reichte dem Fahrer einen Zettel mit Hamzas Adresse. Der nickte und setzte seinen Wagen in Bewegung. Sie passierten den Jarra. Bald ragte vor ihnen das dreiteilige Tor auf, der Einlass des Souks. Sie wanden sich durch die engen Straßen in seiner nächsten Umgebung. Der Duft Tunesiens streckte seine Finger ins Auto. Gewürze, Orangen und die Wüste berührten Nahla. Sie hatte längst die Orientierung verloren. Der Fahrer streckte die Hand nach hinten und verlangte nochmals den Adresszettel. Er steckte ihn sich ans Lenkrad und bog gefühlte fünfzig Mal rechts und links ab. Die Temperatur stieg, es ging auf Mittag zu. Es war deutlich wärmer als im April, eigentlich fast schon heiß. Mit einem Stofftaschentuch wischte sich der Mann am Steuer über die Stirn. Dann schlug er mit der flachen Hand an die Karosserie seines Wagens und rief einem Passanten etwas zu. Der kam heran und sah auf den Adresszettel, zuckte aber nur mit den Schultern. Wieder bog der Fahrer mehrmals ab und befragte weitere Leute. Nahla bekam Kopfschmerzen vom Versuch, sich an den Weg zu Hamzas Haus zu erinnern. Doch die Medina war ein Labyrinth – das offenbar sogar einen Chauffeur überforderte.

Vielleicht bin ich zu Fuß besser dran? Das Auto passt ja gar nicht durch die schmalen Gassen.

Nahla bezahlte, stieg aus und passierte das Tor zum Souk. Am erstbesten Stand trank sie einen Tee und aß frische, zuckersüße Feigen, deren Inneres sie an eine Wurmkolonie erinnerte. Im fasrigen rosa Fruchtfleisch saßen gelbe Kerne und wenn Nahla eine angebissene Feige quetschte, schienen die Kerne wie von selbst durch die feuchte Masse zu kriechen. Dieses Miniaturschauspiel lenkte Nahla ein wenig von der Anstrengung des Fahndens nach Hamza ab, das ihr jetzt, allein unter all den Tunesiern, deren winklige Gassen und deren Sprache, die sie nicht verstand, vorkam, wie die berühmte Suche nach der Nadel im Heuhaufen. Doch der Fruchtzucker der Feigen tat seine Wirkung. Ihre Kopfschmerzen ließen nach. Sie kontrollierte, ob ihre Handtasche noch da war und machte sich wieder auf den Weg.

Beherzt marschierte sie durch weiß gestrichene und beige gepflasterte Gassen, in denen Jungen spielten und Mädchen aus Fenstern lugten. Sie kam an hohen Holztoren wie dem von Hamzas Haus vorbei. Aber keines war das richtige, da war sie sich sicher. Die Leute sahen ihr nach, der Europäerin im Alleingang. Nahla zog sich ihr Tuch, das sie um den Hals trug, über die Haare, im Versuch, sich unauffälliger ins örtliche Bild einzufügen. Sie wurde angesprochen und gefragt, ob sie sich verirrt habe. Sie erkundigte sich nach Hamza Selmane. Zumindest einmal hatte sie den Eindruck, dass ihr Gegenüber wusste, wen sie meinte, ohne ihr jedoch Auskunft zu geben. Am Zaun eines Vorgartens hockte sie sich nieder. „Das hat so wohl keinen Sinn", gestand sie den Nabeulesischen Schildkröten dahinter. „Sein Haus finde ich nicht mehr."

Konzentriert besann sie sich auf andere Orte, die sie kannte und ging weiter. An den Laden, in dem sie sich die Hände mit Henna hatte bemalen lassen, gelangte sie am frühen Nachmittag. In der Hoffnung, Fatima darin anzutreffen, trat sie ein und sah sich um. Der Vorhang, der den Studioraum von der Teeküche trennte, wurde beiseite geschoben. Fatima trug einen knielangen Rock und ein T-Shirt mit Spaghettiträgern.

„Damit gehst du aber nicht auf die Straße!", entfuhr es Nahla und kam sich augenblicklich dämlich dabei vor. Doch Fatima lachte. „Nein, aber hier in meinem Laden trage ich, was ich will. Salam aleikoum! Du warst schon einmal hier, richtig? Schön, dass du wieder kommst. Magst du einen Tee?"

„Aleikoum salam. Tee, ja, gern. Ich habe ein dringendes Anliegen!"

Nahla nahm Fatimas Einladung an, sich auf den Sitzpolstern am Boden niederzulassen. Fatima reichte ihr ein Glas Tee und sah sie mit ihren schwarzen, breit mit Lidstrich umrandeten Augen, fragend an.

„Ich suche Hamza", sagte Nahla. „Weißt du, wo er ist?"

„Hamza?"

Nahla nickte.

„Hamza Selmane?"

Nahla verstärkte ihr Nicken.

„Ach je ..."

„Was?"

Nahla beobachtete, wie die Gedanken hinter Fatimas Stirn miteinander rangelten und sie sich scheinbar nicht entscheiden konnte, welchen von ihnen sie herauslassen sollte. „Gesehen habe ich ihn schon länger nicht", sagte sie nach einer Weile und rührte in ihrem Tee.

„Aber du hast etwas von ihm gehört?", fragte Nahla.

„Wie lange bist du denn hier?", fragte Fatima zurück.

„Nur drei Nächte. Eine ist schon um", entgegnete Nahla.

„Das ist nicht viel Zeit ... Aber ich schaue, ob ich etwas für dich tun kann." Fatima trank an ihrem Tee.

„Aishek! Vielen Dank!", entgegnete Nahla und trank ebenfalls ihren von Fatima überzuckerten Tee. Anschließend schrieb sie Fatima ihre Handynummer auf und verabschiedete sich.

Zurück auf der Straße spürte sie erneut ihr folgende Blicke, manche davon so intensiv, als legten sich ihr Hände auf den Rücken. Sie zog sich wieder ihr Tuch über die Haare und steuerte das Haus mit den Ferienwohnungen an, in dem sie vor zwei Monaten mit Jo gewohnt hatte. Sie fand es ohne größere Schwierigkeiten und läutete in Ermangelung einer besseren Alternative an einer Klingel nach der anderen.

Hoffentlich sind nicht gerade alle unterwegs!

Von einem englischen Paar wurde sie in den Garten gelassen. Sie konnte einfach nicht widerstehen, als zuerst kurz „ihren" Schildkröten mit den Fingerspitzen über Panzer und ledrige Hälse zu streicheln. Dann erzählte sie ihre Lage.

„Wenn der Vermieter unserer Ferienwohnung kommt, fragen wir ihn", versprach ihr das Paar. „Und falls er etwas weiß, rufen wir dich an!"

Inzwischen war es später Nachmittag. Die Zeit rannte und das würde Nahla nun ebenfalls tun. Das ging schneller, als wegen der nächsten, relativ kurzen Strecke ein Taxi aufzuhalten, einzusteigen und zu erklären, wohin sie wollte. Keuchend erreichte sie den Bootsanleger, an dem Karim für sie und Jo ein paar Wochen zuvor ein Motorboot gechartert hatte. Nebst dem Bootsverleiher befragte Nahla auch die Verkäufer darum herum, die in Kühlboxen Dosengetränke anboten. Bei einem von ihnen hatte sie damals eine Fanta gekauft. Aber auch von ihnen erfuhr sie nichts über Hamzas Verbleib. Jedem von ihnen hinterließ sie wiederum einen Zettel mit ihrer Handynummer, samt der Bitte, sie bei jeglicher Neuigkeit anzurufen.

Und jetzt?

Nahla sah aufs Meer hinaus. Die Weite und die Ruhe, die es

ausstrahlte, und zugleich eine machtvolle Tiefe. Sie entschied, seiner Anziehungskraft mit einem kleinen Spaziergang am Strand nachzugeben. Den Sand zwischen den Zehen, das Salzwasser bis zu den Knien, so gerne wäre sie geschwommen. Doch dafür war sie nicht hergekommen. Außerdem begann es zu dämmern. Ihr blieb an diesem Abend nichts weiter, als unverrichteter Dinge die Bushaltestelle anzusteuern und die wegen der vielen Haltestellen einstündige Fahrt nach Hammamet anzutreten. Erschlagen warf sie sich im Hotel aufs Bett und schickte Jo eine SMS, um sie über den Stand der Dinge zu unterrichten. Von Jo erfuhr sie wiederum, dass zu Hause alles glatt lief.

Wenigstens das.

Die erste Hälfte der Nacht verbrachte Nahla in bewusstloser Erschöpfung. In der zweiten übernahmen die Sehnsucht nach Hamza, das Rätseln um seinen Verbleib und das Austüfteln ihrer weiteren Schritte das Kommando und verhinderten jeden weiteren Schlaf. Unruhig wartete sie auf den Anbruch des neuen Tages. Sie nahm ihr Handy mit zum Frühstück, doch es läutete nicht. Sie fuhr mit einem der ersten Busse nach Nabeul, doch ihr Handy blieb still. Sie ging direkt in den Hennaladen, doch Fatima, heute in geblümtem Sommerkleid, das Nahla an ihr heiß geliebtes Umstandskleid erinnerte, hatte keine Neuigkeiten für sie. Nahla suchte noch einmal den Bootsverleiher und die Getränkeverkäufer auf, weil sie nicht sicher war, ob sie überhaupt ein Telefon besaßen. Doch auch dieser Gang blieb ohne Erfolg.

Wenn Nabeul doch bloß nur 600 Einwohner hätte, anstatt 60 000!

Niedergeschlagen trottete sie vom Bootsanleger zurück in die Medina, immer mal wieder mit Blicken Einheimischer im Rücken. Sie kam an einem Café vorbei, blieb eher zufällig davor stehen und erkannte es wieder.

Das Café Journal!

Hier hatten sie, Jo und Karim einmal einen Saft getrunken. Es war ein angenehmer Zwischenstopp gewesen. Nahla betrat den Innenraum, in dem die Klimaanlage wie ein Bienenstock summte. Stechpalmen standen zwischen den Tischen und schirmten sie etwas voneinander ab, wodurch eine entspannte

Atmosphäre entstand. Nahla ließ sich auf einem der dunkelgrünen Veloursofas nieder und bestellte Saft und Gebäck. Während sie darauf wartete, hielt sie sich an ihrem Handy fest. Doch keiner rief sie an.

Der Saft kam, auch ein rundes Gebäckteilchen, verziert mit einer Linie aus schwarzer und weißer Schokolade, die in einer Spirale vom Mittelpunkt ausgehend über das Teilchen hinaus bis zum Tellerrand lief, wo sie eine Erdbeere einkreiste. Nahla folgte der süßen Spur mit den Augen.

Werde ich meine Erdbeere je wiederfinden?

Sie nahm den Teller, ließ sich damit in das Sofa sinken und aß.

Lecker ... tunesisch eben.

Aber auch nachdem sie ihren Saft getrunken hatte, wusste sie noch nicht, welcher ihr nächster Schritt sein würde. Sie saß lange, das schweigende Handy neben sich. Die bisherigen Misserfolge ließen ihr Gesicht fahl werden, was am Nachbartisch bemerkt wurde.

„Alles in Ordnung?", fragte jemand von dort aus auf Deutsch.

Nahla blickte den Mann mittleren Alters verdutzt an und überlegte, ob sie ihn kennen müsste.

„Wir", die Frau neben ihm ergriff das Wort, „wohnen im selben Hotel wie Sie. Zumindest haben wir Sie dort beim Frühstück gesehen."

„Ah! Ja, alles okay", entgegnete Nahla. „Nein, eigentlich doch nicht."

„Wir haben draußen einen Mietwagen stehen. Sollen wir Sie mit zurück nach Hammamet nehmen?"

Zum Suchen bleibt mir nur noch die Kamelfarm. Aber ich habe keinen Schimmer, wo die ist.

Nahla entschied, fürs Ausfindigmachen der außerhalb der Stadt gelegenen Farm den morgigen Tag herzunehmen, ihren letzten, den dieses Unterfangen wahrscheinlich ganz kosten würde. Und übermorgen in der Früh musste sie bereits zum Flugplatz.

„Ja, das wäre sehr nett", entgegnete sie niedergeschlagen ihren hilfsbereiten Landsleuten, bezahlte und verließ mit ihnen das Café. Das Mietauto stand schräg gegenüber. Nahla nahm auf der Rückbank Platz und zog die Tür zu.

„Vielleicht können wir Sie ja ein wenig aufheitern“, sagte der Mann, startete den Motor und begann, aus der Parklücke zu rangieren. „Wie gefällt Ihnen Tunesien? Es ist ...“ Ein Klopfen an der hinteren Scheibe unterbrach ihn. Nahla kurbelte sie herunter.

„Baby, steig aus!“

Nahla rief dem verdutzten Ehepaar eine Entschuldigung und ein Danke zu und sprang aus dem Auto, im Begriff, Hamza um den Hals zu fallen.

„Ruhig Baby, nicht hier. Du hast für genug Aufsehen gesorgt“, sagte Hamza mit gedämpfter Stimme und hielt dabei ihren Blick mit seinem fest. Was Nahla in seinen Augen las, war eine undefinierbare Gehetztheit und unbändige Freude. Ihr Blick löste sich von seinem und fand auf Hamzas Stirn eine dünne Linie, die bei ihrem letzten Treffen noch nicht da gewesen war.

Eine Sorgenfalte?

Nahla fasste nach seiner Hand. Ohne ein wenig Körperkontakt hätte sie keinen Schritt zu gehen vermocht. Er erwiderte kurz ihren Druck, dann ließen beide umgehend los.

„Komm! Nahla, Baby!“

Sie folgte ihm ins innerste Labyrinth der Altstadt, in dem zwar jede Straße unterschiedlich, aber doch irgendwie gleich aussah und sich dazu an anderer Stelle zu wiederholen schien, was die Verwirrung bei jeglichen Orientierungsversuchen komplett machte.

„Wie findest du dich hier bloß zurecht?“, fragte Nahla.

„Ich bin eben hier aufgewachsen.“ Hamza lächelte ihr zu und ging zügig weiter. Nahla fragte nicht nach dem Grund für seine Eile, sie folgte und vertraute ihm. Sie konnte nicht anders. Ihr Herz tat es und es hatte von jeher im Bezug auf Hamza damit recht gehabt. Tief in den Eingeweiden der Medina, am Ende einer Sackgasse, zog Hamza vor einer Tür einen Schlüssel aus der Hosentasche, öffnete sie flugs und ließ Nahla eintreten. Sie fand sich in einem Vorraum wieder, ähnlich dem, den sie von Hamzas Haus kannte, nur wesentlich kleiner und ziemlich leer. Es gab nur noch ein paar Kissen auf dem Boden und einen

Lampenschirm. Sofa, Beistelltische und Teppiche fehlten.

„Wo sind wir?", fragte Nahla.

„Meine Tante hat hier gewohnt."

„Wo ist sie hin?"

„Das ist nicht wichtig. Zur Zeit steht das Haus leer."

Es gab keinen Innenhof und außer dem Empfangszimmer nur eine Küche, ein Bad und ein einziges Schlafzimmer, in dem noch ein Doppelbett stand. Nahla setzte sich auf die Bettkante. „Sag mir, was passiert ist. Bitte!", flehte sie. „Ich bin fast umgekommen vor Angst um dich!"

Hamza ließ sich neben ihr nieder und zog sie auf sich. Nahla setzte sich um seine Hüften. Unter Küssen auf ihren Hals und ihr Dekolletee flüsterte er: „Baby, ich will, aber ich kann nicht."

„Was kannst du nicht?"

„Ich will nichts mehr, als dich heiraten. Eine Wohnung für uns bauen und viele Kinder mit dir bekommen!"

„Das will ich doch auch!"

„Ich kann nicht ... ich kann nicht ..." Hamza drehte den Kopf zur Seite und begann zu summen. Die Töne zwirbelten sich durch Nahlas Gehörgänge in ihr Gehirn. Es erkannte in ihnen das Lied, das er damals im Auto auf der Rückfahrt in die Hotelanlage in Sharm El Sheik gesungen hatte.

„Warum ... kannst du nicht?", frage sie. Die Melodie tanzte über ihre Sinne, Nerven und Muskelfasern. Nahla rutschte von Hamzas Schoß, um sich darauf zu konzentrieren, ihre Frage erneut zu stellen. Doch Hamza kam ihr zuvor. „Wie lange bleibst du?" Seine Lippen strichen über die feine Haut auf ihrem Ohrläppchen.

„Ich muss übermorgen zurück nach Deutschland", entgegnete Nahla entrückt.

„Dann haben wir *zwei* Nächte!" Bei dieser Erkenntnis bahnte sich Hamzas gewohnte Beschwingtheit durch die Sorgenfalte auf seiner Stirn, die sich entspannte und etwas glättete. „Du hast sicher Hunger!", sagte er und ordnete mit gespreizten Fingern seine Locken. „In der Küche müssten noch Vorräte sein. Lass uns erstmal etwas kochen. Und uns für die Nacht stärken!" Er zwinkerte Nahla zu und sie ging mit ihm, angesteckt von seiner plötzlichen Heiterkeit, in die Küche. Gemeinsam inspizierten sie die Regaleinbuchtungen in den Wänden, fanden aber nichts außer Reis und fast vertrocknetem Knoblauch.

„Wenn jetzt noch irgendwo Öl und Salz herumsteht, sind wir gerettet!“, sagte Hamza.

„Gerettet, ja!“ Nahla war gerettet, weil sie bei Hamza war. Raum und Zeit wurden in seiner Anwesenheit unwichtig. Nur Florian und Lilli existierten weiter, der Rest der Welt entschwand. Sie schnitt Knoblauch, röstete ihn in Öl und goss ihn über den von Hamza zubereiteten salzigen Reis. Sie aßen, als verzehrten sie gemeinsam eine Delikatesse. Nahla verschränkte noch am Tisch ihre Finger in Hamzas, die um diese Jahreszeit fast schon wieder so sonnengebräunt waren wie einst in Ägypten. Weiß und Braun lagen nebeneinander.

„Wir sind ein Zebra, das sich hier wie in einem Gebüsch in der Savanne tarnt“, bemerkte Hamza.

„In perfekter Harmonie“, fügte Nahla hinzu, ohne die Besorgnis in seiner Bemerkung in ihr Bewusstsein eindringen zu lassen.

Im Fluss von Bewegungen, die nur das Schicksal aufeinander abgestimmt haben konnte, taten sie daraufhin alles, was sie an Sharm El Sheik erinnerte und an die Nächte in der Ferienwohnung. Formen fügten sich als exakt passende Puzzleteile ineinander, verschmolzen zu etwas Größerem, weit über Körper Hinausreichendem, zu einem Ganzen. Es befriedigte und etablierte zugleich neuen, unauslöschbaren Hunger in ihnen. Sie lieferten sich ihm aus, sie versprachen sich einander. Auf ewig.

Noch bevor der Morgen dämmerte, fuhr Hamza wie angestochen aus dem Schlaf und riss Nahla durch sein ruckartiges Hochschnellen aus ihrem.

„Versteck dich!“, flüsterte er flehentlich.

Ein Schlüssel knackte im Schloss der Haustür.

Verstört sah sich Nahla um. „Wo soll ich mich denn verstecken?“

Das Zimmer war leer und der Spalt unter dem Bett zu schmal. Leise Schritte hallten im Vorzimmer. Hamza zog Nahla an der Hand aus dem Bett und drückte ihr die Kleidung in die Arme. „Schnell!“

Er öffnete weit die Schlafzimmertür, schob Nahla dahinter, warf seine eigene Kleidung davor und stieg in seine Unterhose. Nahla hörte, wie der Eindringling sich näherte und ins Schlafzimmer trat. Hamza sprach ihn zuerst an. Beide Männer schritten im Zimmer auf und ab und als der Fremde gefährlich nah seitlich der Tür stand, erkannte Nahla, dass er an einem Trageriemen ein Gewehr geschultert hatte. Sie atmete flach, um möglichst kein Geräusch zu verursachen, das ihn dazu veranlassen hätte können, den Kopf zu wenden und sie unweigerlich zu entdecken. Er ging weiter, der Gewehrkolben donnerte auf die Tür, das Holz krachte. Nahla presste die Augenlider aufeinander. Hamza brüllte, der andere schrie zurück. Schock und Angst überfroren Nahla und ließen sie hinter der Tür erstarren.

Erst zwei Stunden später, Nahla saß im Bus nach Hammamet und fühlte sich noch immer schockgefrostet, begriff sie, dass ihr kein Haar gekrümmt worden war. Sie entsann sich nur verschwommen, wie sie hinter der Tür hervor, aus dem Haus, zur Bushaltestelle und in den Bus gekommen war. Fahrig rieb sie sich die Stirn und das Gesicht. Draußen zog rechts die trockene Landschaft vorüber, die Heimat der Nabeulesischen Schildkröten, und links das Meer. Das wunderschöne, tiefblaue, wilde und unberechenbare tunesische Meer mit seiner unwiderstehlichen Anziehungskraft. Sein Anblick taute Nahla nach und nach aus ihrer Schockstarre.

„Baby, es tut mir so leid!“ Hamza saß neben ihr und wiederholte zum x-ten Mal diesen Satz, doch Nahla reagierte erst jetzt darauf, nachdem der Bus bereits die Hälfte seiner Strecke zurückgelegt hatte. „Alles okay“, murmelte sie und erwiderte den Druck seiner Hand.

„Wie könnte es okay sein?“ Hamza musterte sie besorgt.

„Es war die schönste Nacht meines Lebens“, entgegnete Nahla nach einer Weile und lehnte sich an ihn.

„Baby, du bist unglaublich! Die Nacht tut mir ja auch überhaupt nicht leid, aber was danach kam!“

„Reden wir nicht mehr davon. Morgen muss ich zurück nach Deutschland. Lass uns das Bisschen Zeit genießen, das wir bis dahin noch haben.“

„Ja. Trotzdem. Es tut mir leid! Das hätte nicht passieren dürfen. Das sind nicht deine Probleme."

Sie erreichten Hammamt,

„Versuch dich zu erholen. Ich melde mich später!" Hamza fuhr direkt zurück nach Nabeul. Nahla stieg aus. Mit noch immer wackligen Knien betrat sie das Foyer ihres Hotels und bat an der Rezeption um ihren Zimmerschlüssel.

„Madame, wo waren Sie letzte Nacht?", fragte sie der Rezeptionist eindringlich.

„Ich ...", stammelte Nahla, überrascht und überfordert von seinem Tonfall und der völlig unerwarteten Frage.

„Geht es Ihnen gut?" Ein zweiter Angestellter war hinzugekommen. Er ging um den Tresen herum und betrachtete Nahla eingehend. „Wo waren Sie?"

„Unterwegs ..."

„Wir hätten demnächst die Polizei informiert!"

„Mir geht es gut", entgegnete Nahla. „Kann ich jetzt meinen Zimmerschlüssel haben?"

„Wenn Sie über Nacht weg bleiben, *müssen* Sie Bescheid geben!"

„Warum ...? Ich ... äh ... ja ... nächstes Mal."

„Bitteschön." Der Rezeptionist schob Nahla ihren Schlüssel über das Empfangspult entgegen. Sie nahm ihn und wandte sich ab. Dabei stiegen ihr frischer Tee und Kaffee aus dem Frühstücksraum in die Nase. Ihr Magen knurrte. Anstatt auf ihr Zimmer ging sie nun zum Buffet.

Die überprüfen echt, ob hier jeder übernachtet, der eingecheckt hat! Was sind denn das für Zustände?

Sie nahm sich Rührei vom kontinentalen Teil des Buffets und Hummus vom arabischen. Nachdem sie ihren Teller geleert hatte, wankte sie erschöpft in ihr Zimmer, um ein wenig zu schlafen.

Mittags weckte sie der Signalton einer SMS: „Baby, ich warte in 15 Minuten vor dem Hotel auf dich!"

Nahla schälte sich eilig aus dem dünnen Leintuch, das ihr im tunesischen Frühsommer als Decke reichte, duschte rasch, zog sich ein frisches langes Kleid an und verließ zwölf Minuten später das Hotel. Davor wartete schon Hamza, lässig mit einem Bein an der Wand abgestützt. Ihrem Empfinden nach strahlte er heller als die Sonne.

Der schönste Mann der Welt!

Es gab keine Fragen und keine Zweifel zwischen ihnen, nur Übereinkunft all ihrer Sinne bei ihrer Umarmung in der Deckung der Bepflanzung vor dem Eingang.

„Mein Chef hat mir frei gegeben. Magst du an den Strand?", fragte Hamza.

„Strand? Ja! Unbedingt! Ich hole nur noch schnell meinen Badeanzug aus meinen Zimmer."

Den ich clevererweise dabei habe!

Hundert Meter von der Wasserkante entfernt, den Körper vom Salzwasser verschluckt bis zum Hals, findet man in Hammamet noch Sand unter den Füßen – und zugleich, Dank der Distanz zum Strand, eine gewisse und relativ verlässliche Privatsphäre. Touristenpaare schäkerten und küssten sich in der leichten Dünung. Hamza hob Nahla um seine Hüften, das Meer half ihm beim Tragen. Ineinander verschmolzen überließen sie sich dem Schaukeln der Wellen, den Bewegungen ihrer Natur.

„Ich hatte noch nie im Wasser Sex", gestand Nahla.

„Ich auch nicht, Baby", erwiderte Hamza. „Aishek, danke, dass du nach Tunesien gekommen bist!" „Wie wäre es, wenn du als nächstes nach Deutschland kämst? Ich meine ... das wäre vielleicht einfacher?"

„Daran denke ich auch schon den ganzen Tag." Er seufzte im Rhythmus der Wellen. „Lass uns später darüber reden."

„Ja", entgegnete Nahla und schloss selig ihre Beine noch fester um Hamzas Hüften.

Die Abendstunden zerflossen schnell auf der Strandpromenade, wo Nahla und Hamza auf und ab schlenderten und an einer Bar einen Cocktail tranken. Karim traf in seinem schwergemächlichen Sauriergang zu ihnen und begrüßte Nahla auf seine schnörkellos zugewandte Art. Als Hamza seinem Freund vom Morgen im Haus seiner Tante erzählte, bedachte er Nahla mit einem langen, besorgten und mitfühlenden Blick. Bevor er sich verabschiedete, richtete er Jo viele, aber wirklich viele, Grüße aus.

„Nett, dass er vorbei geschaut hat!", fand Nahla, als sie und Hamza wieder unter sich waren.

„Ja, so ist er." Hamza sah auf die Uhr zwischen den Spirituosenflaschen an der Bar. „Ins Haus meiner Tante können wir nicht mehr."

„Und ins Hotel darf ich dich nicht mitnehmen, das ist ja verboten", ergänzte Nahla die Bestandsaufnahme ihrer Lage.

„Ich komme morgen früh und bringe dich zum Flugplatz", versprach Hamza. Sie spazierten zum Hotel und umarmten sich davor, bis der Rezeptionist mit grimmig zusammengezogenen Augenbrauen an den Eingang trat und Hamza so verhalten anknurrte, als wäre er ein zwar toleranter, aber jetzt verstimmter Wachhund.

„Zu viel Kontakt. Das gehört sich hier nicht", raunte Hamza Nahla zu. „Bis morgen! Ich hab dann noch eine kleine Überraschung für dich!"

„Weiß dein Vater, wen du zum Flughafen bringst?", fragte Nahla auf der Fahrt.

„Meine Mutter weiß es", entgegnete Hamza knapp.

Nachdem er geparkt hatte, holte er einen Korb vom Rücksitz, der Nahla beim Einsteigen entgangen war. Behutsam schlug er das Tuch darüber zurück. Nahla blickte hinein. „Ist die süß!"

„Das ist ein Männchen. Es wird nicht groß." Hamza nahm die kleine Schildkröte aus dem Korb und setzte sie Nahla auf die Hand. Ihre Beine hatte sie im Panzer verborgen, ihren Kopf aber reckte und wandte sie neugierig in alle Richtungen.

„Er mag dich. Du bekommst ihn sicher so zahm, dass er zu dir läuft, wenn du ans Gehege gehst. Nimm ihn mit! Du kannst ihn ja Hamza nennen."

„Was?! Wie soll das gehen?"

Hamza lehnte sich im Fahrersitz zurück.

„Er soll also Hamza heißen." Nahla überlegte. Dann kam ihr ein Einfall. „Halt ihn mal!" Sie gab Hamza die Schildkröte und wühlte in ihrer Handtasche. „Hab ich doch richtig vermutet!" Sie zog eine Schnullerdose von Lilli hervor, die sie vor der Abreise versehentlich nicht heraus geräumt hatte. „Da passt er rein. Aber ... das kann ich doch nicht machen!"

„Dann behalte ich ihn eben", sagte Hamza gelassen und zuckte mit den Schultern.

Nahla öffnete die Schnullerdose, polsterte sie mit einem Stück Papiertaschentuch und probierte, ob der kleine Hamza darin genug Platz fand. „Passt. Er kann sogar die Beine ausfahren, wenn er mag. Und durch die Löcher bekommt er Luft." Sie griff sich prüfend an die Brust. Dann schloss sie die Dose und steckte sie vorsichtig in ihren BH. Ihr Busen wölbte sich darüber und nahm den Gegenstand samt Inhalt weitgehend in sich auf. Hamza betastete das Versteck. „Das geht!"

„Wirklich?", fragte Nahla und Hamza nickte mit einem Augenzwinkern.

Gemeinsam betraten sie die Flughafenhalle und gaben Nahlas Koffer auf.

„Hamza ...", flüsterte Nahla mit ihrer Bordkarte in der Hand am Ende der Schlange vor der Handgepäckskontrolle.

„Ich bleibe hier stehen", entgegnete er. „Du hast Zeit, bis du an der Reihe bist, um es dir anders zu überlegen. Falls du das tust, komm einfach nochmal zurück und ich nehme ihn."

„Ich soll mir vor allen eine Schildkröte aus dem BH ziehen?" Die Vorstellung war so skurril, dass Nahla kurz und leicht hysterisch auflachte.

„Bis bald, Baby!" Hamza küsste Nahla und sie reihte sich vor dem Kontrollschalter ein. Alle paar Sekunden suchte sie beim Vorrücken Blickkontakt zu Hamza. Hin und wieder spürte sie dessen kleinen Namensvetter in der Schnullerdose scharren.

Er hat sicher Hunger. Er braucht etwas zu Essen!

„Sie sind dran!" Der Mann am Schalter griff nach Nahlas Handtasche und legte sie aufs Fließband. Die Nachrückenden schoben Nahla nach vorn. Eine unauffällige Umkehr war jetzt nicht mehr möglich. Mechanisch streckte Nahla die Arme zur Seite. Eine Sicherheitsbeauftragte fuhr ihr mit einem Metalldetektor über ihre Gliedmaßen, ebenso über Rücken und Brust. Der Durchleuchtungstunnel spuckte ihre Handtasche aus. Nahla nahm sie – und war auf der anderen Seite der Sicherheitsschleuse. Durch einen schmalen Spalt vorbei an Absperrungen und Menschen erhaschte sie einen letzten, verschmitzten Blick von Hamza, den sie – erleichtert fürs Erste –

erwiderte.

Wir haben's getan! Auf geht's! Der kleine Hamza braucht etwas zu Essen!

Nahla informierte sich an der nächsten Anzeigetafel, an welchem Gate ihr Flug ging. Auf dem Weg dorthin tastete ihr Blick über jegliche Essensauslagen. Vor einer Vitrine mit Sandwiches hielt sie an und fixierte ein Brötchen, das neben Käse auch mit Gurkenscheiben belegt war.

Umgerechnet sieben Euro! Was soll's?

Sie kaufte das Sandwich. „Gleich gibt's etwas zu essen", flüsterte sie mit so beruhigender Stimme der Schildkröte in ihrem BH zu, als spräche sie mit einem ihrer Kinder. Dann verzog sie sich umgehend auf die nächste Toilette. Nervös blickte sie in der Kabine nach oben und unten.

„Mach mal halblang! Wer guckt schon über eine Toilettentrennwand", versuchte sie sich selbst zu beruhigen. Sie setzte sich auf den Klodeckel und wickelte das Sandwich aus. Hernach holte sie den kleinen Hamza aus der Schnullerdose. Der schien die Gurke bereits zu riechen, denn er strampelte zielstrebig auf Nahlas Schoß auf das Stück zu, das sie ihm hinhielt. „Hier, Süßer! Du bist ja gar nicht schüchtern!" Er begann tatsächlich ungehemmt zu fressen. Als er fertig war, packte ihn Nahla mit mehrfacher Entschuldigung für diese Zumutung wieder in die Dose, tat noch ein Stück Gurke hinzu und verbarg ihn erneut an ihrer Brust. Schwitzend unter der Befürchtung, jeden Moment abgeführt zu werden, verließ sie die Toilette. Schnurstracks ging sie zu ihrem Gate, nahm dort so weit wie möglich von allen anderen Fluggästen entfernt Platz und zückte ihr Handy.

„Alles klar, Baby?", hatte Hamza geschrieben.

„Alles prima! Ich habe ihn gefüttert", antwortete sie ihm schnell und wählte danach Jos Nummer.

Jo hob nach mehrmaligem Läuten ab. „Süße, wo bist du? Schon am Flugplatz?"

„Ja, ich bin am Gate. Jo, ich möchte, dass du mich abholst! Ich kann nicht mit dem Zug fahren, das dauert zu lange!"

„Wieso? Was ist denn los?"

„Und bring eine Schachtel mit! Am besten mit Sand drin. Und Gras oder Salat oder sowas!"

„Warum ..."
„Frag jetzt nicht!"
„Und die Kinder?"
„Ist Paula da?"
„Nein."
„Dann nimm sie doch einfach mit!"
„Was zum ..."
„Frag *jetzt* nicht!", insistierte Nahla.
„Schon gut! Wie lief's denn sonst noch so?"

Ein neuerliches Zittern erfasste Nahla. Sie hatte seit dem fluchtartigen Verlassen des Hauses von Hamzas Tante ihre damit verbundenen Gefühle hinter einem inneren Damm verbarrikadiert. Bei Jos Frage steigerte sich der Druck auf diesen dermaßen, dass er brach und eine Flutwelle aus Worten aus ihr schwemmte. Die Handykosten waren ihr jetzt egal. Sie berichtete Jo vorab, wie das Haus ausgesehen hatte, was sie dort gekocht und gegessen hatten und von der bisher schönsten Nacht ihres Lebens. Jo in der Leitung zu haben beruhigte und lenkte sie zudem vom Trennungsschmerz von Hamza ein klein wenig ab, der sich schon jetzt am Gate in seiner vollen Härte ankündigte.

„... und dann hat jemand mit einem Schlüssel die Haustür geöffnet. Hamza war wie vom Donner gerührt und hat mich hinter der Schlafzimmertür versteckt. Ich bin fast gestorben vor Angst, als ich das Gewehr gesehen habe. Ich dachte, der erschießt Hamza, so haben die sich angekeift. Oder mich, falls er mich findet!"

„Wahnsinn! Krass!", rief Jo ins Telefon, als Nahla Luft holte.
„Willst du wissen, wer das war?", fragte Nahla.
„Wie? Ihr kanntet ihn?"
„Ich nicht", entgegnete Nahla. „Aber Hamza."
„Oh Gott, jetzt sag schon! Wer war das?"
„Es war sein Vater!"

„Hammer!" Jetzt musste sogar Jo kurz nach Luft schnappen, bevor sie weiterfragte: „Woher wusste der, wo ihr wart?"

„Das wusste er gar nicht. Ein Nachbar hatte ihn angerufen, weil er Licht im Haus gesehen hat. Daraufhin hat er sein Gewehr gepackt, weil er glaubte, es sei jemand eingebrochen."

„Echt?"

„Ja, echt. Hamza hat seinem Vater weisgemacht, dass er bloß im Haus ist, weil er allein sein und in Ruhe schlafen wollte. Sie haben noch ziemlich lange rumdiskutiert und dann ist sein Vater tatsächlich wieder gegangen."

„Au Backe! Glaubst du, er weiß etwas von dir?"

Nahla schwieg.

„Süße?"

„Woher soll ich das wissen? Hamza meint, das seien seine Sachen und er macht das schon. Du, die fangen mit dem Boarding an. Du bist da in München?"

„Sicher! Ich bin da! Mit einer Schachtel."

Schweiß trat Nahla aus sämtlichen Poren, als sie in München den Ausgang ansteuerte – vor dem sie am Zoll vorbei musste. Die Beamten dort interessierten sich normalerweise nicht für junge, ordentlich gekleidete Frauen mit ebenso untadeligen Gepäckstücken. Die wurden eigentlich nie kontrolliert. Um genau diesem Bild zu entsprechen, hatte sich Nahla die Haare zu einem züchtigen Pferdeschwanz zusammengebunden, ihre vom engen Flugzeugsitz zerknautschte Kleidung glattgestrichen und sogar auch den zerknüllten Gepäckanhänger an ihrem Koffer. Der Schweiß rann ihr jetzt trotz all dieser Vorkehrungen den Rücken und zwischen ihren Brüsten hinunter, was sie um das Klima in der Schnullerdose fürchten ließ. Bevor sie sich den Beamten näherte, wischte sie sich über die Stirn.

Schweißperlen auch hier! Mist!

„Grüß Gott, die Dame", sprach sie einer der Zöllner an. „Woher kommen Sie?"

„Aus Tunesien", antwortete Nahla flach atmend.

Der Zollbeamte sah ihr mit scharfem Blick ins Gesicht. „Haben Sie etwas zu verzollen?"

„Nein."

Ich habe nur eine Schildkröte im BH …

„Sie schwitzen ja ziemlich. Kommen Sie bitte mit zur Gepäckskontrolle!"

„Mir ist im Flugzeug schlecht geworden. Ich will nur heim zu meinen Kindern!" Nahla stand wie angewurzelt. Der Zöllner wartete darauf, dass sie ihm folgte. Gerade als er sie erneut auffordern wollte, schwangen die automatischen Schiebetüren vor ihnen auf und ließen ein paar unbehelligt gebliebene Reisende hindurch. Nahla entdeckte Jo hinter der Tür und winkte ihr mit weit ausgestrecktem Arm. Jo sah das Winken und rief lauthals: „Nahla! Hier sind wir!" Damit zog sie auch die Aufmerksamkeit des Zöllners auf sich. „Mama! Mama! Mama!", stimmte Lilli mit ein.

„Lilli! Flori! Gleich bin ich draußen!", rief Nahla zurück.

Der Beamte musterte sie nochmals und dann ebenfalls die von drei kleinen Kindern umringte Jo. Dabei verlor er sein Interesse an Nahla und entließ sie durch die Schiebetür. Zehn eilige Schritte später herzte Nahla ihre Kinder und fiel Jo um den Hals.

„Igitt, du bist ja klitschnass!" Jo ließ Nahla los. „Schnell Süße, ich steh in der Kurzparkzone!" Die beiden Mütter verließen mit ihren Kindern die Flughafenhalle.

„Runter vom Gelände!", befahl Nahla im Auto. „Und dann halt sofort an!"

„Zum Teufel, was hast du denn verbrochen?"

„Hast du die Schachtel?"

„Hier, Mama!" Florian zeigte sie Nahla auf dem Rücksitz zwischen den Kindersitzen.

„Perfekt!", entgegnete Nahla erleichtert.

Jo stoppte unmittelbar nach den Flughafengebäuden an einer Einfahrt. Nahla holte ganz vorsichtig die Schnullerdose aus ihrem BH, löste ihren Anschnallgurt und wandte sich nach hinten, so dass auch Florian, Lilli und Quirin gute Sicht darauf hatten. Die Köpfe der Kleinen beugten sich darüber. Nahla öffnete sie langsam.

„Ist das ein Baby?", fragte Lilli.

„Ja", bestätigte Nahla.

„Du bist verrückt! Ich liebe dich dafür!" Jo trommelte ausgelassen mit ihren flachen Händen ans Autodach.

„Leise!", verlangte Nahla. „Sonst bekommt er Angst!" Langsam setzte sie die Schildkröte in die Schuhschachtel. „Es ist ein Bub. Ihr drei passt während der Fahrt gut auf ihn auf!", sagte sie zu den Kindern.

„Darf ich ihn mal halten?", fragte Quirin.

„Erst zu Hause, okay? Nicht, dass er runterfällt. Er hatte

heute schon genug Stress."

„Mama, wie heißt er?", fragte Florian.

„Hamza ...", sagte Nahla zögerlich.

Jo presste sich die Hände auf den Mund, um ihr Losprusten abzudämpfen.

„Er soll Maximus heißen!", sagte Florian.

„Er steht neuerdings auf Römer", erklärte Jo. „Wir haben zusammen einen Film über sie gesehen."

„Maximus ... Also, Flori, du hast schon Emilia umbenannt. Du kannst doch nicht jedem Neuzugang in der Familie einen anderen Namen geben!"

„Dann heißt er halt Hamza-Maximus!"

Jo startete den Motor. Die Fahrgeräusche schirmten die Unterhaltung auf den Vordersitzen gegen das Gequassel auf der Rückbank ab. Die Kinder waren ohnehin vollauf mit der Schildkröte beschäftigt.

„Hamza-Maximus also! Wird er wenigstens groß, wenn er schon so einen pompösen Namen trägt?", fragte Jo.

„Er bleibt recht klein, weil er ein Männchen ist."

„Ich glaub's ja nicht!", lachte Jo. „Weil er ein Männchen ist, bleibt er klein! Und was ist dein großer Hamza? Auch ein Männchen oder ein Mann? Ich meine, wird er vor seinem Vater kuschen oder sich gegen ihn durchsetzen?"

„Wieso?"

„Denkst du wirklich, er hat dir alles von seinem nächtlichen Streit mit ihm übersetzt? Vielleicht wusste sein Vater ja, dass er die Nacht nicht allein im Haus verbringt und ist nur deshalb aufgekreuzt?"

„Aber dann hätte er doch genauer gesucht. Ich weiß nur, dass Hamza ein Mann ist und bestimmt kein Männchen! Außerdem kommt er bald nach Deutschland."

„Wow! Wann?"

„Bald. Übrigens, viele, wirklich viele Grüße von Karim an dich!", sagte Nahla, ehe Jo weitere Kommentare zu Hamza, sowohl dem großen wie dem kleinen, abgeben konnte. Jo warf ihr einen kurzen überraschten Blick zu und war danach für den Rest der Fahrt mit ihren eigenen Gedanken beschäftigt.

Hamzas Vater thronte im Copyshop auf einem Hocker. Sein Haar war so gelockt wie das seines Sohnes, doch deutlich kürzer, und ging von schwarz im Nacken zu einem kräftigem Grau an der Stirn über. Er strich sich über seinen Schnurrbart, der in beiden Farben seines Haupthaares meliert war. Hamzas Blick haftete auf einem seiner riesigen Ohrläppchen. Dadurch brauchte er ihm nicht in die Augen zu sehen. Er überlegte regelmäßig, wenn er ihm so gegenüber saß wie jetzt, ob seine eigenen Ohrläppchen mit zunehmendem Alter ebenso weiterwachsen und von der Schwerkraft in die Länge gezogen werden würden. Doch weder die Form der Ohren noch die hagere Gestalt seines Vaters taten dessen Autoritätsansprüchen einen Abbruch.

„Es wird Zeit“, sagte er zu seinem Sohn. „Du kommst auf abwegige Gedanken. In deinem Alter braucht ein Mann eine Frau.“

Hamza saß hinter seinem Schreibtisch, der gerade als angenehme Barriere zwischen ihnen fungierte.

„Wir sind für Sameh verantwortlich, das weißt du. So sind unsere Regeln“, fuhr sein Vater fort.

„Ich weiß“, entgegnete Hamza und dachte bei sich: „Aber ich werde dafür nicht herhalten. Ich bin selbst ein Mann und treffe meine eigenen Entscheidungen!“

„Nimm deine Pflichten wahr, wie es jeder von uns in der Familie vor dir tat!“ Sein Vater rückte mit dem Hocker an die Wand und lehnte seinen Rücken dagegen. Hamza schloss für einen Moment die Augen. Wenn sein Vater diese Position einnahm, war davon auszugehen, dass er sie bis zum Ladenschluss nicht mehr verändern und somit den Copyshop bis dahin auch nicht mehr verlassen würde.

„Mama, wo wohnt Hamza-Maximus eigentlich?“, fragte Florian, den Karton mit der kleinen Schildkröte in der Hand und darauf wartend, dass Nahla in Thannhausen angekommen die Wohnungstür aufsperrte.

Nahla drehte den Schlüssel, stellte mit Jos Hilfe die Koffer im Flur ab und meinte dann: „Das ist jetzt tatsächlich das Wichtigste. Ich hab eine Idee! Wir richten Hamza-Maximus euren alten Kinderwagen ein. Ich hol ihn gleich aus dem Keller!“

„Gute Idee", fand Jo. „Aber ich muss jetzt heim, Süße! Ich schau mir deine Hamza-Unterkunft morgen an!"

„In Ordnung", entgegnete Nahla. „Danke dir vielmals fürs Abholen!"

„Da drin hat er ja viel Platz", stellte Lilli fest, als der Kinderwagen im Wohnzimmer stand, mit Sand und Gras ausgelegt und mit einem Holzhäuschen bestückt war, in das sich Hamza-Maximus zurückziehen konnte.

„Das soll er ja auch", entgegnete Nahla und zog das Verdeck am Kopfende hoch. „Daran hängen wir an kühlen Tagen eine Wärmelampe. Die kauf ich noch. Und an so warmen Tagen, solchen wie heute, fahren wir ihn auf den Balkon in die Sonne."

„Darf ich?", fragte Florian.

„Ja, aber sei vorsichtig. Wackle nicht, sonst bekommt er Angst!"

„Mama?" Lilli streckte ihr Ärmchen und hielt Nahla am T-Shirt fest.

„Was, meine Süße?"

„Aber er ist ja ganz allein! Ist er da nicht traurig?"

„Hm ... da hast du sicher recht, mein Schatz. Ich finde auch, dass er nicht allein sein darf." Nahla betrachtete Hamza-Maximus, der zum ersten Mal sein Köpfchen in Richtung deutscher Sonne reckte.

Ob man hierzulande eine Nabeulesische Schildkröte bekommt?

Nahla entsann sich, schon manchmal Aushänge gesehen zu haben, wo private Nachzuchten von Landschildkröten angeboten wurden. Wo war das gewesen? Im Kindergarten? Oder in einem Supermarkt? Am ehesten wohl im Annonceteil der Wurfzeitung, die wöchentlich in ihrem Briefkasten landete. Diesen durchforstete Nahla in der nächsten Ausgabe gewissenhaft. Hamza-Maximus wurde indes immer noch zutraulicher, als er ohnehin von Anfang an gewesen war. Er reagierte auf die Stimmen der Kinder und lief auf sie zu, wenn sie am Kinderwagen standen. Doch er war allein ...

... so wie ich. Ohne anwesenden Partner! Ich halt's ja selbst kaum aus.

In keiner der Annoncen wurden in den nächsten Wochen Nabeulesische Landschildkröten angeboten. Auch nicht im Kindergarten oder im Supermarkt. Selbst im Internet fand

Nahla nur Maurische Schildkröten irgendwo in Norddeutschland, sechshundert Kilometer von Thannhausen entfernt. Irgendwo las sie, dass Nabeulesische Landschildkröten eine Unterart der Griechischen seien. Diese tauchten hin und wieder in den Annoncen der Umgebung auf. „Kürzlich geschlüpft", stand in einer und Nahla rief an. Ein griechisches Schildkrötenmännchen zog bald darauf mit in den Kinderwagen ein. Jo kam noch am selben Nachmittag mit Quirin, um es zu besichtigen.

„Maximus ist viel farbiger", stellte Quirin fest.

„Stimmt", pflichtete Jo ihrem Sohn bei. „Und die Griechen werden zudem größer als die Tunesier, richtig?", fragte Jo.

„Ja. Der Züchter hat gesagt, solange sie klein sind, kann man sie gut zusammen halten. Aber der Grieche hält einen Winterschlaf. Der Tunesier nicht. Es ist also keine Dauerlösung. Ich suche weiter nach einer zweiten Nabeulesischen Schildi. Sobald ich eine finde, bekommt dann auch der Grieche einen Griechen dazu."

„Und wie heißt dieser hier?" Jo nahm den Neuzugang aus dem Kinderwagen und setzte ihn sich behutsam auf die flache Hand. „Er ist ein bisschen schüchterner als Hamza, scheint mir." Mit eingezogenen Beinen und nur halb ausgefahrenem Hals sah er Jo und Nahla aus runden, schwarzen Augen an.

„Flori hat ihm noch keinen Namen gegeben", lächelte Nahla ein wenig schief.

„Das musst auch du tun", schmunzelte Jo, „sonst kann er ihn ja nicht umbenennen! Ich hätte ja schon einen."

„Lass hören!"

„Ahmed. Das passt doch zu Hamza. Ist beides arabisch!"

„Flori, wie findest du Ahmed für die neue Schildi?", rief Nahla vom Balkon aus nach drinnen, wo Florian mit Quirin seine Kugelbahn aufbaute. Lilli saß schmollend daneben, knetete ein paar Murmeln und wartete darauf, dass sie diese rollen lassen durfte. „Du bist zu klein zum Teile zusammenstecken!", hatten die Jungen bestimmt und ihr befohlen, nur zuzusehen.

„Nein! Benjamin!", rief Florian auf den Balkon zurück.

„Siehst du!" Jo klatschte einmal in die Hände. „Das war ja klar!"

„Warum Benjamin?“, frage Nahla nach drinnen.

„Weil mein Freund im Kindergarten einen Bruder bekommen hat. Der heißt so!“

„Benjamin war in der Bibel der Jüngste der zwölf Söhne Jakobs. Es bedeutet ‚der Kleine‘ oder eben ‚der Jüngste‘“, sagte Nahla zu Jo.

„Du mit deinem Fachwissen!“ Jo wiegte amüsiert den Kopf.

„Was kann ich dafür? Das lernt man eben irgendwann in der Schule in Religion!“, entgegnete Nahla.

„Also Ahmed-Benjamin?“, fragte Jo.

„Wenn dann Ahmed-Benjamin*us*. Das passt besser zu Maxim*us*“, fand Nahla.

„Genau!“, pflichtete Jo ihr bei und setzte Ahmed-Benjaminus zurück in den Kinderwagen. Die Freundinnen beugten sich darüber und sahen zu, wie die beiden Schildkröten darin ihre gepanzerten Körper nach der Sonne ausrichteten. Das Klingeln von Nahlas Handy ließ sie aufblicken. „Hamza! Das ist Hamza!“, sagte Nahla und verzog sich augenblicklich in ihr Schlafzimmer, um hinter geschlossener Tür ungestört zu telefonieren. Nach einer Weile kam sie zurück auf den Balkon und fragte: „Eiskaffee?“

„Was?“, entgegnete Jo, überrascht von Nahlas unergründlicher Miene. „Klar, Eiskaffee“, entgegnete sie und folgte Nahla zur Küche, wo sie sich abwartend an den Türrahmen lehnte. Nahla maß das Pulver für die Kaffeemaschine ab, schlug Sahne und formte mit einem Esslöffel je eine große Kugel Vanilleeis in zwei hohe Gläser. Erst als sie den Kaffee dazugegossen hatten, sprach Jo sie an: „So heiß wie der Kaffee noch ist, schmilzt das Eis innerhalb einer Minute! Sag schon, Süße, was war eben los? Was brennt dir auf der Seele?“

„Entschuldige ... ich bin nur so in Gedanken ...“

„Das seh ich! Aber gewöhnlich bist du nach Hamzas Anrufen in verklärtem Liebestaumel.“

„Nun ... er hat endlich jemanden in der Deutschen Botschaft erreicht. Sieht so aus, als ob er nicht einfach so ein Visum beantragen kann. Das muss ich machen.“

„Warum du?“

„Also, nicht wirklich ich. Beantragen muss er es schon selbst. Aber dafür braucht er ein Einladungsschreiben von jemandem aus Deutschland. Das hat man ihm so gesagt."

„Ist ja komisch. Was soll das denn? Sag, wollen wir nicht wieder raus auf den Balkon? Es ist so schön sonnig heute!"

Nahla nickte und setzte sich mit Jo an ihren Balkontisch. „Hat sich deine Mama damals eigentlich noch erkundigt, wie das mit dem Visum läuft, bevor ich mit Lilli schwanger wurde?"

„Das weiß ich so spontan nicht mehr ... warte ..." Jo streifte mit den Augen am Balkongeländer entlang, wobei sie versuchte, sich zu erinnern. „Ja, ich denke, das hat sie", sagte sie am Ende des Geländers angekommen. Sie ließ es mit ihrem Blick los und richtete ihn auf Nahla. „Sie hat, glaube ich, irgendwas von einem Anruf im Landratsamt in Günzburg erwähnt. Mehr haben wir damals nicht darüber geredet. Du hast ja dann den Kontakt zu Hamza abgebrochen."

Nahla seufzte beim Gedanken an seine vielen, von ihr unbeantwortet gebliebenen Anrufe. „Das war eine heftige Zeit ... furchtbar."

„Wir rufen jetzt einfach schnell bei mir daheim an", bestimmte Jo und wählte auch gleich auf ihrem Handy. „Hi, du! Ja, ich bin's. Ja, ich bin bei Nahla. Gut, ja, auch Hamza-Maximus und Ahmed-Benjaminus geht's gut! Richtig, so heißen die Schildkröten!"

Nahla hörte Jos Mutter laut durchs Telefon lachen.

Klar, wer seine Tochter Marihuana nennt, dem gefallen solche Namen!

„Nahla will etwas zum Visum für Hamza wissen und du hast doch damals rumtelefoniert. Warte, ich gebe sie dir!" Jo reichte Nahla ihr Handy.

„Er kommt jetzt also, Liebes?" sprudelte Jos Mutter los, sobald Nahla das Handy hielt. „Das ist ja wunderbar! Die Liebe hat mehr Platz, wenn man einen Ort für sie wählt, an dem sie nicht drangsaliert wird und es keine solchen Komplikationen gibt, wie die mit Hamzas Vater!"

„Wir hoffen, es wird hier einfacher", entgegnete Nahla, dabei ihren eigenen Vater vor Augen: zusammengekniffene Lippen, sich nicht äußernd, es sei denn, für eine Beschwerde.

„Na komm schon, du hast doch eine eigene Wohnung", redete Jos Mutter weiter. Sie schien wieder einmal Nahlas

Gedanken gelesen zu haben. „Pass auf, ruft selbst nochmal im Landratsamt an. Ich weiß nicht mehr so genau, was die damals gesagt haben. Irgendetwas davon, dass du ein paar Papiere einreichen und unterzeichnen musst. Damit trägst du dann die ganze Verantwortung für Hamza während seines Aufenthalts. Als ob ein Tunesier ein Schwerverbrecher wäre und hier bewacht werden müsste. Auf sowas steh ich ja gar nicht! Aber man muss den Weg da durch finden, Liebes! Mach, arbeite das Papierzeug einfach ab, hörst du? Dann wird's schon!"

„Danke dir! Hast du zufällig noch die Nummer parat?"

„Moment! Wahrscheinlich ..."

Nahla hörte, wie Jos Mutter eine Schublade aufzog, darin Gegenstände hin und her schob und dann, dem feinen Knittern nach, kleine Adressbuchseiten umschlug.

„Ah-ja! Hier ist sie! Ich hab sogar noch die Durchwahl der Sachbearbeiterin. Schreib mal mit!" Jos Mutter diktierte Nahla die Nummer. Nahla sah gleich nach dem Auflegen auf die Uhr. „Heute ist es schon zu spät", stellte sie fest, „ich rufe gleich morgen früh an!"

Am nächsten Vormittag telefonierte Nahla mit der Ausländerbehörde im Landratsamt Günzburg.

„Sie müssen ein Einladungsschreiben verfassen und es bei uns einreichen", wurde sie von der Sachbearbeiterin informiert.

„Was soll da drinstehen?", fragte Nahla.

„Dass Sie die Person offiziell zu sich einladen. Außerdem müssen Sie hier bei uns eine Verpflichtungserklärung unterschreiben, dass Sie für sämtliche Kosten aufkommen, welche die Person verursacht. Als Nachweis, dass Sie das können, brauchen wir eine Kopie Ihrer letzten drei Gehaltsabrechnungen."

„Aber ..."

„Bitte?"

„Ich betreue nur ein Pflegekind."

„Haben Sie kein regelmäßiges Gehalt?", fragte die Stimme aus der Leitung.

„Ich habe selbst zwei eigene kleine Kinder, wie soll ich da arbeiten gehen?"

„Lassen Sie mich kurz nachsehen, wie hoch das Einkommen sein muss. Einen Moment bitte ..." Die Sachbearbeiterin schlug den geforderten Betrag in den Vorschriften nach und nannte ihn. Wie Nahla befürchtet hatte, lagen ihre Einkünfte meilenweit darunter.

„Überlegen Sie mal, wer für Ihren Besuch bürgen könnte", schlug die Sachbearbeiterin mit ein klein wenig Anteilnahme vor, bevor sie mit behördlicher Strenge hinzufügte: „Sie müssen ja auch in der Lage sein, für das Verfahren aufzukommen, falls Ihr Gast während seines Aufenthalts eine Straftat begeht."

„Du meine Güte!", entfuhr es Nahla. Sie atmete einmal durch, bevor sie fragte: „Brauche ich sonst noch etwas?" Sogleich fuhr die Stimme in der Leitung mit ihrer Aufzählung fort: „Ein Nachweis über genügend Wohnraum ist erforderlich. Wie lange möchte ihr Besuch denn bleiben?"

„Das wissen wir noch nicht genau."

„Maximal ist es ihm erlaubt, sich drei Monate in Deutschland aufzuhalten. Für diesen Zeitraum müssen Sie für ihn eine Krankenversicherung abschließen. Außerdem brauchen wir eine Kopie seines Rückflugtickets."

„Rückflugticket! Warum das denn?"

„Nur als Sicherheit, dass er nicht illegal in Deutschland bleibt."

„D-danke", stammelte Nahla erschlagen und legte nach einem kurzen „Auf Wiederhören" auf. Sie stützte an ihrem Esstisch das Kinn in ihre Hände, vor ihr der Zettel, auf dem sie alles Verlangte notiert hatte: Einladungsschreiben, Verpflichtungserklärung, Gehaltsnachweis, Wohnraumnachweis, Krankenversicherung, Rückflugticket.

Ich glaub's nicht ... ich glaub's einfach nicht!

Fast automatisch wollte sie Jos Nummer wählen, stoppte aber in der Bewegung.

Wirklich helfen kann sie mir da auch nicht. Bürgen. Mir bleibt nur ... Oh weia ...

Nahla wählte eine andere Nummer.

„Mama?", rief sie ins Telefon, ehe sich ihre Mutter melden konnte.

„Ist etwas passiert?", fragte Lydia alarmiert.

„Nein. Nichts. Ich dachte nur, weil du neulich meintest, wir könnten sonntags mal wieder zusammen essen. Diesen Sonntag ginge es bei mir."

„Mensch, Mädel, das passt mir gut! Für Flori und Lilli mache ich natürlich Nudeln mit Tomatensoße und für uns ... das muss ich noch sehen."

Am Sonntag stürmte Florian auf die Haustür seiner Großeltern zu, während Lilli hinterdrein trippelte und die Bienen in Lydias Blumenbeeten ansummte.

„Komm, Schatz", sagte Nahla und nahm sie bei der Hand. „Nachher ist noch genug Zeit. Oma, Opa und deine Tanten warten mit dem Essen auf uns!"

Lisa öffnete die Tür und Nahla sah ihr sofort an, dass sie schon vor ihrem Besuch die Witterung aufgenommen hatte. Dass sie davon ausging, heute würde Nahla wieder einmal einen Skandal lostreten, eine Tragödie aus einem heimlich bebrüteten Ei schlüpfen lassen, eine Neuigkeit preisgeben, von der die Eltern schockiert sein würden und die zudem die zweifelhafte Anteilnahme der Nachbarn auf den Plan rief. Und wenn es nicht ganz so heftig käme, würde Nahla doch irgendetwas mit ins Haus tragen, das außerhalb des normalen Alltagstrotts angesiedelt war. Lisa hatte von jeher einen Riecher dafür gehabt. Sie beobachtete die Vorgänge um sich herum mit zunehmendem Alter aufmerksamer denn je, behielt ihre Rückschlüsse aber in der Regel für sich.

Nahla fühlte sich schon an der Haustür von ihrer Schwester durchschaut und schnaufte zur Begrüßung nur leise vor sich hin. Im Grunde jedoch war sie froh, Lisa und Agnes beim Essen dabei zu haben. Selbst wenn es ein klein wenig ihr Gewissen plagte, die beiden als Puffer zwischen sich und den Eltern zu betrachten. In ihrer Anwesenheit verteilten sich die Dinge auf mehrere Schultern und wurden von verschiedenen Blickrichtungen aus kommentiert, was die erwarteten Wellenschläge durchaus etwas abmildern konnte.

Nahla setzte sich mit ihren Kindern an den Tisch im Esszimmer. Wie immer. Der schwarze Kater namens Tiger legte sich auf die Eckbank zwischen sie und Agnes. Wie immer. Nahla schwitze und ihre Nerven fühlten sich an wie verdrillte Hochspannungsleitungen. Ganz und gar nicht wie immer. Es handelte sich hier um die typische physische Reaktion, die sie dann plagte, wenn sie etwas tat, was außerhalb der von ihren Eltern bejahten Norm lag. Und der ihrer Nachbarn. Nahla sah zu ihrem Vater am Tischende. Er beteiligte sich nicht am Geplauder über dies und das, er sah nur gelegentlich von seinem Rollbraten mit Kartoffelbrei und Blaukraut auf. Lydia musste den halben Vormittag in der Küche verbracht haben, um für immerhin fünf Personen und zwei Kinder zu kochen. Nahla blickte in die Runde und errechnete dabei für ihr Vorhaben als am günstigsten, es direkt nach dem Essen zügig zu starten und dabei jenes Zeitfenster zu nutzen, in dem Florian und Lilli schon nach draußen zum Sandkasten gegangen waren und ihr Vater noch nicht in seinem Kellerbüro verschwunden war. Sie musste dann schnell sein, denn es schloss sich binnen Minuten.

„Nahla?" Agnes schloss ihre Hand um Nahlas Handgelenk und ruckelte so daran, dass Nahla das Blaukraut von der Gabel fiel. „Findest du das denn gar nicht lustig?"

„Was?" Nahla wandte ihr den Kopf zu. In Agnes' kindlichen Zügen fanden sich vermehrt die eines Teenagers. Sie war kürzlich dreizehn geworden und Nahla nicht entgangen, dass ihr Bedürfnis, sich an ihre große Schwester zu kuscheln, allmählich einem neuen Interesse an ihr wich. Agnes verlangte bei allem nach ihrer Meinung und handelte es sich bloß um eine Kleinigkeit.

„Sag, findest du das nicht witzig?", fragte Agnes erneut und rüttelte wieder an Nahlas Arm.

„Was?", fragte Nahla noch einmal zurück.

„Dass Vögel aus dem selben Loch kacken, bieseln und Eier legen!" Agnes sah Nahla an und als diese einmal kicherte, prustete sie los. Nahla ließ sich davon mitreißen. Zu lachen tat gut. Es wandelte ihre Nervendrähte zu erträglicheren Seilen um, die weniger unter ihrer Haut scheuerten. Lydia und Lisa war die multiple Funktion einer Kloake nur ein Schmunzeln wert. Sicher hatte Agnes ihr Wissen darüber vor ihnen nicht zum ersten Mal zum Besten gegeben. „Nur ein Loch für alles!", wiederholte sie glucksend und versenkte ihre Gabel im Rest ihres Kartoffelbreies.

„Na ja, wenn sich kein anderes findet? Was will man da machen!“, kommentierte Nahla den Sachverhalt.

Da geht’s den Vögeln wohl wie mir ... nur ein Loch ... äh ... ein Weg!

Kaum wahrnehmbar kräuselte sie sarkastisch einen Augenblick ihre Nase, so als habe sie eben durch die dreifach genutzte Kloake einer Henne geblickt. Sie straffte sich, woraufhin ihre Nerven zu sirren begannen, als peitschten zwanzigtausend Volt hindurch. Es musste sein. „Papa, könnten wir kurz etwas besprechen?“, fragte sie tapfer. Er war gerade im Begriff gewesen aufzustehen.

„Hm?“ Ihr Vater setze sich wieder und warf ihr einen undurchdringlichen Blick zu, dem ein besorgter ihrer Mutter und ein brennend neugieriger ihrer Schwestern folgte. Um es nicht zu einem unangenehmen Schweigen kommen zu lassen, das womöglich auch Florian bemerkte, forderte Nahla ihn rasch auf: „Geh doch schon mal mit Lilli raus in den Sandkasten! Ich komme gleich nach. Ich helfe vorher nur noch beim Tisch abräumen.“

„Aber Tante Agnes soll mit!“

Nahla sah Agnes bittend an. „Nur weil du’s bist!“, flüsterte Agnes ihr zu und befahl Lisa: „Und du erzählst mir hinterher alles!“ Sie erhob sich, woraufhin Tiger, der seinen Kopf an ihren Oberschenkel gebettet hatte, ein langgezogenes Maunzen von sich gab. Er gähnte, machte eine Katzenbuckel und folgte dem Gespann in den Garten.

Nahlas Vater schob seinen leeren Teller von sich. „Also?“

„Ich ... Papa ...“ Nahla holte Luft. „Könntest du vielleicht für Hamza bürgen?“

„Für wen?“

„Du weißt schon, Gerd! Für den Tunesier, den Nahla besucht hat“, erklärte Lydia schnell und wandte sich an Nahla: „Warum bürgen? Weswegen denn? Es ist also doch etwas passiert!“

„Nein, nichts ist passiert, Mama. Ich möchte nur, dass er mich in Deutschland besucht. Schau, das ist doch gut. Vielleicht gefällt es ihm ja und wir können hier zusammen sein.“

„Und dann gehst du nicht zu ihm nach Tunesien?“

„Nein, dann nicht“, sagte Nahla und registrierte das hoffnungsvolle Aufatmen ihrer Mutter.

„Gerd?“, wandte sich Lydia an ihren Mann.

„Bürgen weswegen?", fragte Gerd unwillig.

„Weil ... na ja ... vielleicht, weil man in Deutschland vielleicht meint, Tunesier hätten zu wenig Geld für solche Reisen."

"Und dann sollen wir für sie aufkommen? Was für Aussichten!", entgegnete Nahlas Vater, wobei seine Zähne knirschten.

„Hamza hat sicher genug Geld!", mischte sich Lisa ein.

„Ja, das hat er!", bestätigte Nahla sofort ihre Annahme und warf ihrer Schwester einen dankbaren Blick zu. „Aber trotzdem muss jemand, der ein nicht zu kleines Einkommen hat, das im Landratsamt nachweisen und eine Verpflichtungserklärung unterschreiben, dass er damit für ihn bürgt."

Sie saßen ein, zwei Minuten schweigend am Tisch. Dann ergriff Lydia das Wort. „Nahla, geh du mal raus zu den Kindern."

Nahla stand auf und fragte sich dabei, ob Lisa bei der nun anstehenden Verhandlung der Eltern würde mit am Tisch sitzen bleiben dürfen. Wahrscheinlich würde sie das Geschirr abtragen und von der Küche aus unauffällig mithören, während sie es dort in die Spülmaschine räumte.

„Tiger! Nicht! Agnes siehst du nicht, was er tut?", rief Nahla schon von der Terrassentür aus auf dem Weg zum Sandkasten, in dem zwei Kinder und ein Teenager konzentriert schaufelten – und ein Kater mit seinen Vorderpfoten hingebungsvoll scharrte.

„Oh mei!", Agnes sprang auf und hob Tiger hoch. Er hatte sich gerade auf seinen Hinterbeinen über der von ihm ausgehobenen Mulde in Position bringen wollen. Protestierend miaute er.

„Du sollst doch deinen Katzenhaufen nicht in den Sandkasten machen!" Agnes bugsierte ihn unter die nahen Sträucher, wo er sich herumschnuppernd einen neuen Platz für sein Geschäft suchte.

„Was wolltest du denn nun mit Papa besprechen?", fragte sie, wieder zurück im Sandkasten.

Nahla setzte ihr kurz den Sachverhalt auseinander und meinte dann: „Ich glaube, ich habe Mama gekriegt und sie klärt es wohl gerade mit ihm."

„Womit gekriegt?"

„Mit der Aussicht, dass Hamza zu mir zieht und wir dann alle in ihrer Nähe wohnen." Nahla warf den Kopf in den Nacken, löste das Band und schüttelte ihre Haare aus. Dabei blickte sie so erleichtert in den mit weichfasrigen Zirruswolken dekorierten Himmel, als wäre ihr Vater schon mit der Bürgschaft einverstanden. „Das Schwerste war die Überwindung, ihn zu fragen", sagte sie zu Agnes, die verständnisvoll nickte.

Zwei Wochen später saß Nahla mit einer Mappe in der Hand auf dem Beifahrersitz, ihr Vater am Steuer. Beide schwiegen. Nahla sah abermals die Papiere in ihrer Mappe durch. Oben lag das Fax, das Hamza von seinem Ticket ins Büro ihres Vaters gesandt hatte. Sie streichelte darüber, als streichele sie dadurch ihn, als könne er es spüren. Ende Juli würde er bei ihr sein und den ganzen August bleiben. Der Hochsommer war für seine Akklimatisierung sicher die am besten geeignete Jahreszeit. Nahla sah vor ihrem geistigen Auge ein paar dicke Flocken vorbeitreiben. Amerikanische Filme benutzten den Schnee standardmäßig als Sehnsuchtsszenario purer Romantik. Sie glorifizierten ihn und taten es bestenfalls als lustige Zeitverzögerung am Beginn eines langen Arbeitstages ab, dass man sein Auto erst von ihm befreien und die Scheiben abkratzen musste, um überhaupt losfahren zu können. Wie anstrengend es in der Winterdunkelheit war, über glatte Straßen zu schliddern und Salzmatsche dabei das Auto bespritzte, wurde unter den Teppich gekehrt. Kalte Finger und Füße kamen nur in Verbindung mit offenen wohligen Kaminfeuern vor. Solche Szenen sparten aber aus, wie lange es dauern konnte, bis die Gliedmaßen wieder warm wurden, sowie, was das Heizen kostete und dass alleinerziehende Mütter sich dreimal überlegten, ob sie die Heizkörper eine Stufe höher drehten, um es gemütlicher zu haben oder ob sie stattdessen lieber – zur Schonung des Geldbeutels – mit weniger Wärme haushalteten. Hamza war ein Sonnenanbeter. Mit all diesen Winterdingen sollte er nicht gleich bei seinem ersten Besuch konfrontiert werden.

Nahla räkelte sich, aber nur ein wenig. Ihr war es lieber, ihr Vater bemerkte es nicht, denn er konnte sicher nichts damit anfangen. Besser jetzt nicht seine Aufmerksamkeit auf Dinge ziehen, die dem Vorhaben nicht dienten. „Papa fährt mit dir nach Günzburg", hatte Lydia sie ein paar Tage nach dem gemeinsamen Mittagessen informiert und ihr damit grünes Licht gegeben, in der Ausländerbehörde einen Termin zu machen. Was im Vorfeld zwischen den Eltern abgelaufen war, hatten weder sie noch ihre Schwestern mitbekommen.

Nahlas Vater parkte vor dem Landratsamt der Kreisstadt. Sie betraten es und fanden rasch die zuständige Sachbearbeiterin. Nahla legte ihr die mitgebrachten Papiere vor und ihr Vater leistete umstandslos die erforderlichen Unterschriften.

„Danke, Papa", sagte Nahla zurück im Auto.

„Passt schon", brummte er. „Aber mach bloß nicht wieder irgendwelchen Blödsinn!"

„Nein. Hamza ist verlässlich, du wirst sehen", entgegnete sie und fügte noch hinzu: „Er ist *ganz, ganz* anders als Christian."

„Ich habe die Papiere eben zur Post gebracht!", berichtete sie Hamza noch am selben Tag. „Sie kommen als Expresssendung per Einschreiben. Du brauchst sie nur noch wie besprochen in der Botschaft in Tunis abzugeben und dann kriegst du ein paar Tage später dein Visum. Es ist so schön in Deutschland im Sommer! Überall wächst weiches grünes Gras, die Erde ist viel feuchter als in Tunesien. Du siehst es bald selbst!", jubelte sie von Thannhausen aus und traf damit auf volle Resonanz in Nabeul.

Nach nur sieben Tage erhielt Hamza Nahlas Papiere. Als er Nahla davon erzählte, dass er sie in der Botschaft abgegeben hatte, glaubte sie etwas in seiner sie stets wie mit Händen berührenden Stimme wahrzunehmen, das sich wie ein Tropfen Säure unter seine Vorfreude mischte und diese angriff.

„Wie fandest du die Leute in der Botschaft?", fragte sie auf der Suche nach deren Ursprung.

„Zu steif", erwiderte Hamza.

„Deutsche Behörden. Das ist normal", entgegnete Nahla so leichthin wie möglich. Doch das Ätzende verschwand nicht. „Bald-bald!" Sie malten sich ausschweifend die gemeinsame Zeit aus, aber als Nahla versuchte, danach einzuschlafen, brannte die eingeträufelte Säure auf ihrer Haut. Die Vorfreude schaffte es nicht, sie zu verwässern.

Was ist das nur?

„Du, Jo, glaubst du wirklich, es geht alles gut?", fragte Nahla nach weiteren Telefonaten, die ähnlich verlaufen waren wie das, nachdem Hamza die Papiere zur Botschaft gebracht hatte. Der Kopf von Jos Dogge Baghira ruhte auf ihrem Oberschenkel und die Sonnenblumen wiegten ihre jetzt schwerer werdenden Häupter entlang des morschen, mit gelbweißen Flechten bewachsenen Gartenzauns. Nahla und Jo hatten sich eine Decke ausgebreitet, direkt neben den hohen wogenden Halmen der anschließenden Kräuterwiese, in der sämtliche Farben des Regenbogens flatterten: Pfauenaugen, Kaisermäntel, Kleine Füchse, Zitronenfalter, Kohlweißlinge, Schwalbenschwänze, Trauermäntel, Aurorafalter und Admirale tauchten ihre Rüssel tief in die Wiesenblüten und tanzten darüber ihre jeweils arteigenen Reigen.

„Immer wieder faszinierend", fand Nahla. „So viele Schmetterlinge auf einmal sehe ich sonst nur noch in entlegenen Bergwiesen in Bayrischzell. „Aber sag, wird alles gut gehen? Vorsicht Lilli!", rief sie, ehe Jo antworten konnte. „Das ist eine Hummel! Die kannst du nicht so einfach auf die Hand nehmen wie einen Käfer. Du musst ganz vorsichtig mit ihr sein, sonst sticht sie." Behutsam bot Nahla der dicken Hummel auf einer Margarite, nach der Lilli hatte greifen wollen, ihren Finger an. Schwarz mit zwei dottergelben Steifen und weißem Popo krabbelte sie darauf und anschließend auf Lillis Hand.

„Na, wie ist das?", fragte Nahla.

„Die hat ja ein Fell! Kann ich sie streicheln?"

„Aber nur ganz vorsichtig." Nahla wartete, bis sich Lilli mit der Hummel auf der Hand ein wenig entfernt hatte, ehe sie Jo fest ansah, in Erwartung einer Antwort auf ihre Frage.

„Klar wird alles klappen! Warum tust du denn so rum?", sagte Jo.

„Es ist schwer zu beschreiben. Es ist, als ob etwas in der Luft läge." Nahla reckte die Nase in den Himmel. „Es ist bloß so ein Gefühl. Ein blödes."

„Genauer bitte!"

„Hamza freut sich so wie ich, da bin ich mir ganz sicher. Aber am Telefon klingt er jetzt anders als sonst. Meinst du, er glaubt nicht daran, dass es klappt mit dem Visum?“

„Quatsch! Totaler Quatsch! Warum sollte es denn nicht klappen? Die ganzen Papiere hat er doch zur Botschaft gebracht.“

„Ja, dort werden jetzt seine Einkommensverhältnisse geprüft und ob er Vorstrafen hat.“

„Wie lange brauchen die dort eigentlich dafür?“

„Ewig. In fünf Tagen geht ja schon sein Flug. Aber das Visum hat er noch nicht. Langsam wird mir das auch ungemütlich.“

„Mach keinen Stress! Wie du sagst, ihr habt noch ein paar Tage. Die müssen es ausstellen. Das können die doch nicht machen, dass er vorab ein Ticket kaufen muss und dann lassen sie ihn nicht fliegen!“, entgegnete Jo in ihrer Art, die einem immer das Gefühl gab, es ließe sich alles regeln. „Wahrscheinlich macht nur sein Vater Stress“, fuhr sie fort. „Meinst du nicht, das ist der Grund für seine Stimmung? Frag ihn doch mal direkt danach.“

„Direkt, von wegen. Auf jede direkte Frage sagt er, das seien seine Sachen. Die regelt er und ich brauche mich nicht darum zu kümmern.“

„Als Frau“, setzte Jo hinzu.

„Na und?“, konterte Nahla. „Es ist ja andererseits auch schön, wenn einem als Frau manches abgenommen wird und man sich dafür umso besser um die Kinder kümmern kann.“

„Ich weiß, Süße, reg dich nicht auf. Aber irgendwie bedeutet das gleichzeitig, immer etwas im Dunkeln zu tappen. Oder etwa nicht?“

Nahla schwieg. Dann sagte sie: „Ich vertraue ihm. Er weiß, was er tut.“

„Du bist ganz Araberin“, setzte Jo hinzu, gab Nahla aber gleichzeitig mit einem Lächeln zu verstehen, dass sie ihre Gefühle nachvollziehen konnte, auch wenn sie diese nicht teilte. Jo behielt sich in ihren Beziehungen immer vor, die Drahtzieherin zu sein. Gerade wartete sie auf Tom, den sie einbestellt hatte.

„Er hat so'n Typen kennengelernt, der einen Holzer für sein Motodrom sucht“, erzählte sie.

„Was ist denn ein Holzer?“, fragte Nahla.

„Einfach einer, der sich mit Holzarbeiten auskennt. Das tut

Tom ja als Zimmermann. Du weißt ja, er drückt sich arg einfach aus." Bei „arg einfach" zog Jo eine Schnute.

„Zu einfach?", fragte Nahla, die Tom bisher nur einmal die Hand geschüttelt hatte.

„Zu einfach", bestätigte Jo. „So richtig reden kann ich nicht mit ihm."

„Dann wird's wohl nur so lange halten, wie der Sex frisch ist", witzelte Nahla.

„Bingo!", entgegnete Jo und winkte einem schmucken Mann zu, der eben vor dem maroden Zaun von seiner BMW stieg, den Helm abnahm, sich so lässig wie geschmeidig durch die blonden Haare fuhr und den ebenfalls blonden Vollbart in Form strich.

„Ein wirklich schöner Kerl", stellte Nahla fest. „Aber sag noch schnell, was ist ein Motodrom?"

„Es muss so etwas wie eine Zirkusmanege mit hohen Wänden sein, an denen man innen mit Motorrädern entlangfährt und dabei Kunststücke macht. Oben dran sind Ränge für die Zuschauer. Er will da mit einsteigen. Und das kann er als Holzer, weil die einen brauchen, der nicht nur fährt, sondern der dazu auch die Manege in Stand hält." Sie kam in einer Art vorfreudigem Luftsprung zum Stehen. „ Danke, dass du auf Quirin aufpasst, Süße! Ich liebe den Sommer! Bis nachher!"

„Ja-ja, verzieh du dich nur in den Wald! Bloß gut, dass bei dir die Pille wirkt!", lachte Nahla.

„Tut sie bei dir mit Hamza ja auch!"

Lächelnd legte sich Nahla rücklings auf die Decke und sah den über ihr tanzenden Schmetterlingen zu. Jo hingegen schwang sich über den Zaun, schritt auf Tom zu und wickelte sich wie eine Kobra um ihn.

Es war später Abend, als das Telefon klingelte. Florian und Lilli schliefen, Nahla hatte die Füße auf das Balkongeländer gestützt und verfolgte den Farbwechsel am westlichen Himmel. Um Viertel vor zehn zeigte sich dort ein oranges Oval aus den Resten des verbliebenen Tageslichts. Nach und nach wich daraus das Gelb. Zurück blieb ein lila Tupfer, den ein überdimensionaler Künstlerschwamm hinterlassen haben könnte. Für Nahla war das die faszinierendste Himmelsfarbe des gesamten Jahres, denn sie beinhaltete von allem etwas. Angefangen bei der frostigen Mystik eines Nordlichts, über die warme Fülle des mitteleuropäischen Sommers, bis hin zur weichen Intensität des Südens.

Tunesien …

Nahla hob ab.

„Hamza, hörst du mich?“, fragte sie, nachdem nur Rauschen aus der Leitung kam. Sie war sich sicher, dass er es war, denn außer ihm rief niemand mehr um diese Zeit an.

„Ich bin …“, setzte Hamza an und kam nicht weiter.

„Was bist du?“ Nahla nahm die Beine vom Geländer.

„Ich bin … Baby, wie soll's jetzt weitergehen?“

„Inwiefern denn?“ Auf dem Balkon über ihr hörte Nahla einen Stuhl rücken. Sie schob den ihren zurück, stand auf und ging nach drinnen. Auch wenn sie Französisch sprach und zu wissen glaubte, dass es der Mieter über ihr nicht verstand, wollte sie sich nicht belauschen lassen.

„Ich bin … eben bloß ein Tunesier. Wäre ich ein Grieche oder sonstwas, könnte ich bei euch einfach einreisen. Aber ich bin ja nur ein Tunesier.“

Nahla erschrak über den Frust in seinen Worten.

„Aber das kannst du doch auch! Es ist nur ein bisschen umständlicher“, versuchte sie ihn zu beschwichtigen.

„Nahla! Mein Visum wurde abgelehnt!“

„Mein Gott! Warum?“

„Die begründen das nicht.“

„Aber …“

„Baby, ich habe keine Ahnung!“

„Aber … Wie ungerecht! Wir furchtbar ungerecht!“ Nahla ließ sich auf ihr Sofa sinken und sah durch die Balkontüre, wie der letzte Lichtrest des Tages versiegte.

„Ich bin eben nur ein Tunesier.“ Hamzas Stimme war ein mattes Rinnsal.

„Tunesier sind Füchse! Das wissen wir doch! Hamza, wir denken uns etwas aus. Ich versprech's!“

„Baby …“

Als Nahla nach an Herz und Verstand zerrenden Minuten der Niedergeschlagenheit und des Mutmachens aufgelegt hatte, kehrte sie auf ihren Balkonstuhl zurück und blickte in den dunklen Nachthimmel.

Er muss es kommen sehen haben …

Sie legte die Hände aufs Geländer und hielt nach den ersten Sternen der Hoffnung am Firmament Ausschau, doch es zeigten sich bisher keine. Sie zog sich am Geländer hoch und aus dem Stuhl. Im Bett wälzte sie sich. Von draußen schickte der aufgehende Mond milchiges Licht in ihr Schlafzimmer, das nächtliche Grillen mit ihrem melodischen Zirpen intensivierten. Gemeinsam produzierten Mond und Grillen eine Kulisse wie geschaffen für eine Liebesnacht. Doch Nahla war allein. Es blieb keine Zeit mehr, um vor dem Abflugtermin einen neuen Visumsantrag zu stellen. Das Ticket würde verfallen. Hamza hatte den günstigsten Tarif gewählt, bei dem man weder stornieren noch umbuchen konnte.

Vielleicht lässt sich wenigstens feststellen, warum er kein Visum bekommen hat.

Sofort an nächsten Morgen rief Nahla in Günzburg an.

„Hm …“, machte die Sachbearbeiterin. „Man ist da streng. Manche Ausländer versuchen, illegal in Deutschland zu bleiben. Wenn nicht alle Papiere stimmen, lässt man sie erst gar nicht einreisen.“

„Um welche Papiere könnte es sich da handeln?“

„Oft kann kein regelmäßiges Einkommen nachgewiesen werden.“

Nahla seufzte. Die Sachbearbeiterin fuhr fort: „Oder die Steuern sind nicht bezahlt worden.“

Vielleicht kann man sich Steuern ja gar nicht leisten von dem, was auch immer Hamza gerade arbeitet?

Vorsichtig sprach Nahla Hamza beim nächsten Telefonat mit ihm die Steuern an.

„Klar hab ich sie bezahlt“, entgegnete er aufgebracht. „Daran liegt es nicht. Leute wie ich sind für die Erste Welt nicht gut genug. Daran liegt es. Die Deutschen trauen keinen Tunesiern!“

„So ist es nicht … es ist …“ Nahla versiegten einen Moment lang die Worte angesichts dessen, wie sich Hamzas Situation für ihn anfühlte.

„Ich komme wieder!“, sagte sie dann entschlossen. „Mit den

Kindern. So wie wir es ursprünglich geplant hatten."

Hamza zögerte. Er schien abzuwägen. Dann fragte er mit seiner Stimme, deren Klang Nahla – jetzt ohne jegliche säurehaltigen Einmischungen – über alle Schwierigkeiten und Entfernungen hinweg streichelte, als wäre sie ein magisches Körperteil, über das nur er allein verfügte: „Das würdest du tun, Baby? Du traust dich nach dem letzten Mal wieder hierher?"

„Ja, Hamza! Ich komme gern!"

„Du bist eine Wahnsinnsfrau! Meine! Ja! Komm! Bitte komm! Ich kriege das hin! Bei mir daheim kriege ich die Dinge geregelt! Komm bald!"

Nahla schuftete.

„Wird dir das nicht zu viel?", fragte Lydia.

Morgens brachte sie Florian und Lilli in den Kindergarten und bediente dann bis mittags in einem Cafè.

„Gönn dir doch zwischendurch eine Pause!", riet ihr ihre Mutter.

Nahla kaufte ein, holte ihre Kinder ab und kochte. Manchmal klingelte es schon während des Mittagessens an der Tür. Nun hütete sie nachmittags neben ihren eigenen Kindern nicht nur Paula, sondern auch Martin.

„Warum denn noch ein Pflegekind?", wollte Lydia wissen.

Mit vier Kindern ging Nahla auf den Spielplatz. Wenn sie zwischendurch ein paar Minuten für sich spielten, schickte sie Hamza Nachrichten oder telefonierte mit ihm. Lange währten diese privaten Momente nie, denn eines der Kind bekam Sand ins Auge, fiel von der Wippe, hatte etwas verloren oder Durst oder Hunger oder alles zusammen. Dann breitete Nahla ihre Picknickdecke aus, herzte, kitzelte, umarmte alle ihre Schützlinge und versorgte sie mit Getränken, Obst und Snacks.

„So viele nette Kinder! Sind die alle von Ihnen?", sprach ein Mütterchen sie an, das auf einen Rollator gestützt gebückt des Weges kam. „Ich habe selber fünf großgezogen. Heute kriegen die meisten ja nur noch eins."

„Zwei sind von mir. Die anderen beiden sind meine Pflegekinder", entgegnete Nahla. Nach ein paar Minuten des Plauderns und des Erfahrungsaustauschs unter Müttern fragte sie sich, wo wohl zahlenmäßig ihre Grenze läge.

Fünf Kinder kann ich sicher auch versorgen. Ob mein nächstes wohl Hamzas schwarze Locken hat?

„Planst du etwas?“, argwöhnte Lydia.

Nahla zögerte, doch nach mehrmaligem Nachhaken ihrer Mutter gestand sie: „Mama, ich *muss* bei Hamza sein. Es geht nicht anders.“

Lydias Züge verhärteten sich, ehe sie erwiderte: „Du wirst schon hier noch einen netten Mann finden.“

„Nein“, entgegnete Nahla knapp.

„Wir haben getan, was wir konnten, um Hamza hierher zu holen!“

„Das war auch sehr lieb von euch. Aber ich kann nichts dafür, dass es nicht geklappt hat mit dem Visum. Und Hamza auch nicht!“

„Dann lass es jetzt gut sein!“

„Niemals!“

„Was soll das heißen?“

Nahla zögerte erneut. Dann erklärte sie ihrer Mutter mit möglichst ruhiger Stimme: „Sobald ich genug Geld habe, fliege ich für ein paar Wochen nach Tunesien.“

„Für ein paar Wochen? Pah! Das geht nicht. So lange kann ich die Kinder nicht nehmen!“

„Also ... die Kinder .... die nehme ich mit. Hamza und ich wollen schauen, wie es mit ihnen funktioniert. Wir mit den Kindern. Als Familie.“

Lydia sah Nahla an, als wäre diese drauf und dran, ein Verbrechen zu begehen. „Und wenn es funktioniert, dann bleibst du? Du bist wahnsinnig! Du kannst mir meine Enkel nicht wegnehmen!“

„Mama, bitte beruhig dich!“ Nahla schluckte schwer. „Ich habe doch noch nicht einmal gebucht!“ Sie presste die Augenlider aufeinander. Durch ihren Kopf hallte laut und lauter ein Lied der britischen Rockband Pink Floyd:

So, so you think you can tell
Heaven from hell
Blue skies from pain
How I wish, how I wish you were here
We're just two lost souls swimming in a fish bowl ...

Abends, wenn die Kinder schliefen, hörte es Nahla in Endlosschleife. Es implizierte ihr Mitgefühl und Bestätigung und fungierte dadurch als eine emotionale Stütze.

Von 24 Stunden kam Nahla auf 54-63 Minuten täglichen Kontakt mit Hamza. Es blieben also zwischen 23 Stunden und 6 Minuten und 22 Stunden und 57 Minuten, die sie ohne ihn überstehen musste.

„Mit Mama rede ich kein Wort mehr über ihn", sagte sie zu Jo. „Die dreht durch bei der Vorstellung, ich könnte länger in Tunesien bleiben."

Jo legte ihr die Hände auf ihre Schultern und drückte sie ermutigend.

„Hamza kennt Lilli ja noch gar nicht", fuhr Nahla fort. „Es ist mir so wichtig, dass er Zeit mit ihr verbringt. Sonst kann er doch gar nicht entscheiden, ob er mit uns allen zusammenleben will!"

„Ein Mann, der ein Kind annimmt, nimmt auch zwei. Bei Hamza brauchst du dir deswegen sicher keine Sorgen zu machen."

„Probewohnen finde ich aber schon wichtig, bevor wir heiraten und ich hier alle Zelte abbreche. Und wenn es nur drei Wochen sind. Ich bin so gespannt, ob Hamza noch so viel an Flori findet wie damals und wie Lilli und er aufeinander reagieren. Außerdem muss ich noch haufenweise über die tunesischen Sitten lernen, bevor wir heiraten!"

Nahlas Arbeitseinsatz ermöglichte ihr im Oktober, Tickets für sich und die Kinder zu kaufen. Für Essen und sämtliche weitere Kosten würde Hamza aufkommen.

„Süße, alles wird traumhaft, wirst sehen!" Jo und Nahla umarmten sich am Flugplatz.

„Vergiss nicht, Hamza-Maximus und Ahmed-Benjaminus zu versorgen", sagte Nahla.

„Hör auf, dir Sorgen zu machen. Schau jetzt, dass ihr wegkommt!"

Nahla setzte Lilli zu den Koffern auf den Gepäckwagen, löste die Bremse und ließ Florian beim Schieben helfen. Gut zwei Stunden später besah er sich durchs Flugzeugfenster verzückt die Wolkendecke unter ihnen. Lilli kuschelte sich an Nahla. Sie erreichten die Alpen, Europas Wetterscheide, an deren nördlichen Hängen sich hartnäckig die Lüfte stauten und die in ihnen geladene Feuchtigkeit zu Wolken zusammenbauschte, während südwärts an einem unbedeckten Himmel die Sonne schien. Der Herbst konnte farbig sein in Deutschland, aber eben nur *konnte*. Wenn, dann handelte es sich meistens nur um wenige Tage, bisweilen bloß um Stunden. Jene vor der Abreise hatte ein düsteres Grau-in-Grau beherrscht. Nahla labte sich an der Sonne, die seit dem Durchstoßen der Wolkendecke ins Flugzeug schien.

„Mama, guck doch, was ist das?" Florian patschte mit beiden Händen ans Fenster. Nahla nahm Lilli auf den Schoß und beugte sich mit ihr zu Florian hinüber. „Das sind die Berge, mein Schatz, die Alpen. Auf denen liegt jetzt schon ganz viel Schnee." Die Wolken, wollig und dicht wie zusammengedrängte Schafe, endeten in einer hoppeligen Kante davor. „Die sehen ja aus wie Schnee in zweiter Etage", murmelte Nahla vor sich hin.

„Madame?"

Aus ihrer Betrachtung gerissen wandte sich Nahla zur Flugbegleiterin, die ihr vom Gang aus drei Einreisekarten zum Ausfüllen reichte. Nahla nahm sie und schob sie ins Fach vor sich, zur Info über zollfreie Einkäufe und der ebenfalls dort zur Verfügung stehenden Spucktüte.

Ich fülle sie nach dem Essen aus. So einfach ... tja. So einfach. Nur weil ich Deutsche bin ...

Das Einzige, was Tunesien von ihr verlangte, waren die Angabe ihres Aufenthaltsorts und das Datum ihrer Rückreise.

Nahla und Hamza gaben in der Flughafenhalle ein dunkelhaariges, optisch ins hiesige Bild passendes Paar ab, das sich so innig und selbstvergessen begrüßte, als habe es jahrzehntelang auf ein Wiedersehen gewartet. Doch nicht nur das löste, wie schon beim ersten Mal an diesem Ort, neugieriges Interesse der umstehenden Taxifahrer aus, ebenso das der Hotelangestellten mit ihren Schildern diverser Reisegesellschaften und der Frauen, aus deren Körbe mitgebrachtes Essen Aromen von Kurkuma, Harissa, Koriander und Kreuzkümmel verströmte. Dieses Mal kamen die beiden hellblonden Kinder hinzu, die in auffälligem Kontrast zu dem Paar standen. Sie gehörten zwar eindeutig zu ihm, waren aber optisch ganz und gar nicht mit ihm in Einklang zu bringen. Höchstens die sehr weiße Haut der Frau in den braunen Armen des Mannes ließ eine direkte Verwandtschaft möglich erscheinen.

„Mir egal, was sie denken!", lachte Hamza und küsste Nahla lange, grenzwertig lange, sogar für die relativ hohe Toleranzschwelle innerhalb des Flughafens mit weitgehend internationalen Regeln.

„Ihhh!", rief Florian und zupfte an Nahla. Hamza löste sich von ihr, ging vor Florian in die Hocke und kitzelte ihn. Lilli stand unschlüssig daneben. Hamza wandte sich ihr zu und drehte ruckartig an einem Ohr. Bei jedem Ruck kam seine Zunge ein Stück weiter zum Vorschein. Lillis Augen wurden größer und größer und leuchteten blau. Hamza hob die Brauen, kostete einen Moment lang Lillis Gebanntheit aus. Dann drehte er seine Zunge am anderen Ohr zurück in seinen Mund. Lilli ließ sich fasziniert auf den Boden plumpsen in Erwartung weiterer Darbietungen, während Florian lauthals lachte. Hamza nahm ihn hoch und wirbelte ihn um sich, so dass Taxifahrer, Hotelboys und die Frauen mit ihren Körben ein Stück zurückwichen.

„Du erinnerst dich an mich, Figo!" Hamza drückte ihn an sich und Florian zeigte keinerlei Scheu. „Los geht's!", lachte Hamza und stellte Florian zurück auf seine eigenen Beine. Er griff nach den Koffern und ging voran nach draußen – wo das Auto seines Vaters parkte. Nahla stoppte überrascht. Hamza schüttelte unmerklich den Kopf und bedeutete ihr damit: *Frag jetzt nicht, wie das zustande kommt.* Nahla nickte und interpretierte das Auto als durchaus gutes Omen. Zusammen mit Flori und Lilli stieg sie ein.

Sie bezogen dieselbe Ferienwohnung, in der sie ein halbes Jahr zuvor mit Jo gewohnt hatten. Als wäre sie nie weg gewesen, verräumte Nahla ihre Sachen und quartierte ihre Kinder im kleineren der beiden Schlafzimmer ein, in dem damals Jo residiert hatte. Hamza ging mit den Kindern voran in den Garten und zeigte ihnen das Gehege mit den Schildkröten.

„Lilli ist eine kleine Frau", stellte er fest, als Nahla von hinten auf ihn zutrat, die Hände vor seiner Brust verschränkte und sich fest an ihn schmiegte.

„Sie ist nicht wie ein kleines Kind", fuhr er fort.

Vielleicht war meine Traurigkeit während ihrer Schwangerschaft so schwer, dass sie das früh hat reifen lassen?

„Ich möchte mit euch auf den Souk", sagte Hamza.

„Natürlich", entgegnete Nahla. „Wann?"

„Gleich morgen nach der Arbeit. Ich hole euch ab." Von oben erklang ein Knattern der Luftmassen. Hamza sah empor. „Es braut sich etwas zusammen. Das ist ganz normal im Herbst."

Heftiger Regen trommelte nachts aufs Dach und prasselte auf die Erde. Er kühlte merklich die Luft ab. Nahla und Hamza lagen derweil warm miteinander verschlungen, bis Hamza am Morgen zur Arbeit musste. Nahla indes machte sich auf in Richtung Meer. Sie spazierte mit den Kindern die Palmenpromenade entlang und am Anleger der Motorboote vorbei, wo man sie seit ihrer Suche nach Hamza nicht vergessen hatte und ihr zuwinkte. Am Strand angekommen zog sie sich und den Kindern die Sandalen aus. Gemeinsam traten sie in den noch regenfeuchten Sand. Erstaunlicherweise hatten die Tropfen nicht mehr als ein paar Zentimeter durchdringen können. Darunter war er warm und trocken geblieben. Florian und Lilli, zum ersten Mal am Meer, begannen zu jauchzen und zu rennen wie entfesselte Fohlen. Kein Zaun, keine Straße, keine Regel bremste sie. Selbst auf Touristen mussten sie bei ihren Luftsprüngen kaum Rücksicht nehmen. Bis auf wenige von Schulferien unabhängige Rentner und vereinzelten Fischern gehörte die breite, weiche Fläche ihnen ganz allein. Nahlas Lungen weiteten sich.

Wunderschön. Einzigartig. Daheim! Ich bin hier daheim!

Spätnachmittags schlenderten sie über den Souk. Auch dort war der Blick auf die üppigen Details der Verkaufsstände unverstellt von den Touristentrauben des Sommers. Dennoch musste sich Nahla stark konzentrieren, um sich nicht in Gewürzen und Keramikangeboten zu verlieren und in Folge dessen womöglich eines ihrer Kinder. Zu ihrer Verwunderung führte Hamza sie recht bald durch eine Seitengasse so zielstrebig aus dem Souk hinaus, als habe er ein bestimmtes Ziel. Sie bogen nur wenige Mal ab, ehe er sagte: „So, da sind wir!" Nahla fand sich vor einem Laden wieder, über dessen Eingang ein Schild mit der Aufschrift „Promoprint Hamza Selmane“ prangte. Darüber je ein blauer, ein gelber und ein roter bogenförmiger Strich, so fröhlich wie mit Fingerfarben gezogen.

„Aber ... ist das ...?“ Nahla kniff die Augen zusammen und öffnete sie wieder. Schild samt Farbstriche waren nicht verschwunden. „Ist das dein Laden?“, fragte sie, obwohl eigentlich schon das Schild die Antwort gab.

„Ja!“ Hamza führte sie nach drinnen, wo verschiedene Drucker und Kopierer an den Wänden entlang standen. Darüber Beispiele bedruckter T-Shirts, Tassen, Glückwunschkarten, Kugelschreiber, Kissen und gerahmter Bilder auf Regalen. Nahla besah sie sich aufmerksam und bemerkte dabei hier und da ein wenig abblätternden Wandputz. Das wiederum veranlasste sie, prüfende Blicke zwischen und hinter die Drucker zu werfen. Hier schien zwar gefegt und geputzt zu werden, doch die angedunkelten Ränder um die Standflächen auf dem Boden verrieten ihr, dass die Gerätschaften nicht erst seit kurzem an ihren Plätzen stehen konnten.

„Wie lange hast du den Laden schon?“, fragte sie.

„Eine Weile. Ich habe ihn mit dem Geld aufgemacht, das ich in Sharm El Sheik verdient habe.“

„Ich dachte, du arbeitest auch hier wieder als Animateur.“

„Das habe ich aber nie gesagt.“

„Nein ... nur dass dein Chef dir nicht frei gibt“, entgegnete Nahla langsam.

„Das war auch so!“ entgegnete Hamza. „Als du mit Jo da warst, konnte ich den Laden unmöglich zumachen. Einen Vertreter habe ich auch nicht gefunden.“

„Karim?“, fragte Nahla.

„Karim ist der beste Freund der Welt! Aber es ist sicher nicht sein Ding, mich hier zu vertreten.“ Hamza ging hinter den Ladentisch und zog eine Schublade auf. Nahla beugte ihren Kopf darüber.

„Mein Brief!“ Jener Brief, den sie Hamza nach der langen Phase ohne jeglichen Kontakt geschrieben hatte, lag zuoberst darin. Nahla berührte ihn sacht mit den Fingerspitzen. Unvermittelt betrat eine recht laute Gruppe junger Männer den Laden.

„Die sehen so aus, als ob sie sich T-Shirts bedrucken lassen wollen. Das kann eine Weile dauern", sagte Hamza zu Nahla und schloss die Schublade. „Ich bringe euch besser zurück zum Souk, damit ihr euch hier nicht langweilt." Er bat seine Kunden um fünf Minuten Geduld und forderte Nahla unterwegs auf: „Merk dir den Weg! Er ist nicht schwer. Ihr könnt mich fortan besuchen, wann immer ihr mögt!"

„Warum hast du mir nicht früher von deinem Laden erzählt?", fragte Nahla.

„Ich wollte, aber ich konnte nicht."

Abends übergab sich Lilli und wenig später auch Florian. Hamza assistierte Nahla bei der Versorgung der Kinder und verkündete nach anhaltenden Eruptionen über der Kloschüssel: „Ich hole einen Arzt!"

„Das brauchst du nicht", bremste ihn Nahla. „Die vielen Eindrücke, das neue Klima. Das fängt sich schnell wieder."

„Ich bin für euch verantwortlich. Wenn es morgen früh nicht besser ist, hole ich einen Arzt!"

„Das wird nicht nötig sein. Glaub mir, ich kenne solche Sachen." Nahla fuhr sich über die Stirn, Hamza beobachtete sie aufmerksam.

„Du bist auch blass", stellte er fest. Nahla brauchte keinen Blick in den Spiegel, um seine Feststellung zu überprüfen. „Kann sein", meinte sie nur. „Es wäre nicht das erste Mal, dass ich mich bei den Kindern anstecke."

Eine halbe Stunde später krümmte auch sie sich über der Toilette, um sich sofort danach auf sie zu setzen. Hamza befühlte ihre Stirn. „Du hast Fieber", sagte er. „Und die Kinder auch! Ich geh jetzt zu meiner Ummi. Sie hat Tee, den ich für euch kochen kann!"

Nur zwanzig Minuten später goss Hamza in der Küche eine Mixtur seiner Mutter auf.

„Da ist Kamille drin", stellte Nahla fest. „Alles andere schmecke ich nicht heraus."

„Frag mich nicht, was es ist. Meine Ummi sagt, das hilft."

Nahla, Lilli und Florian spuckten und fieberten die ganze Nacht hindurch, gleichzeitig plagte sie der Durchfall. Am Mittag des folgenden Tages holte Hamza bei sich zu Hause eine Suppe, die seine Ummi extra für sie gekocht hatte.

„Du bist heute ja gar nicht arbeiten gegangen", bemerkte Nahla.

„Ich habe ein Schild in den Copyshop gehängt: Aus familiären Gründen geschlossen."

„Das hättest du nicht tun sollen! Deine Kunden!"

„Sch-sch-sch", Hamza legte sich zu ihr ins Doppelbett, in dem auch Florian und Lilli die Nacht verbracht hatten und sich jetzt immer noch aufhielten, mal ein wenig malend oder Bilderbücher anschauend. Nachmittags wich das Fieber, auch die Klogänge fanden ein Ende.

„Asslema!" Hamza öffnete Karim mit ortsüblichem Gruß die Tür. Karim trat ein, trotz seiner Größe immer unaufdringlich in seiner Erscheinung, und packte einen Behälter mit Gemüseeintopf aus, den er auf dem Souk erstanden hatte.

„Aishek!", bedankte sich Nahla nicht nur für den Eintopf, der sicher für mehrere Mahlzeiten reichen würde, sondern auch dafür, dass Karim Hamza den Einkauf abgenommen und ihm somit ermöglicht hatte, bei ihr und den Kindern zu bleiben.

Abends bekam sie Appetit. Auch Florian und Lilli aßen. Danach brachte sie Hamza in ihre eigenen, von ihm frisch bezogenen Betten und wechselte auch die Wäsche des Doppelbetts. „Gehen wir schlafen, Baby", sagte er, als er fertig war.

„Ich möchte vorher ein bisschen raus", entgegnete Nahla. „Ich war den ganzen Tag nur drinnen."

„Ich trage dich!"

„Was! Ich habe doch nichts an den Beinen!"

„Baby, ich weiß! Lass dich trotzdem tragen." Er hob Nahla hoch und sie legte ihre Arme um seinen Hals. Auf der Bank am Grillplatz bettete sie ihren Kopf auf seinen Schoß. Um die beiden herum blühte weiß, intensiv und belebend duftend der Jasmin.

„So hat sich noch nie jemand um mich gekümmert", gestand sie Hamza. Er kommentierte das nur mit einem leisen „Baby" und küsste sie auf die Stirn.

Jede dritte Nacht verbrachte Hamza in seinem Elternhaus. „Offiziell dürfen wir nicht zusammen sein, solange wir unverheiratet sind. Dass ich nicht daheim schlafe, sollte darum nicht mehr auffallen, als die Nachbarn leugnen können zu bemerken."

Tagsüber, wenn er in seinem Copyshop arbeitete, ließ sich Nahla treiben. Sie hatte im Gegensatz zu den Monaten davor nur noch zwei Kinder zu versorgen und brauchte auch nicht zu kochen, denn Hamza sorgte für das Essen. Als weiterer Erholungsfaktor kam der Strand in nächster Nähe hinzu. Nahla verfolgte, wie das Meer täglich ein wenig bewegter wurde und seinen Farbton, zusammen mit dem des Himmels, von Azur- zu Königsblau wechselte. Wenige Tage bevor der Oktober in den November überging, brachte Hamza abends eine weiße Pappschachtel mit, die mit einer hellroten Schleife verschlossen war.

„Happy Birthday, Baby!" Er stellte die Schachtel auf den Tisch. „Mach sie auf!"

Nahla löste die Schleife und hob den Deckel ab. Ihr blickte ein mit dunkler Schokolade überzogener Kuchen entgegen, den dreidimensionale Ornamente aus weißer Schokolade verzierten. Innerhalb dieser prangte eine grüne Zwei aus gehackten Pistazien auf der linken Kuchenhälfte.

„Wow! Sieht das lecker aus!", rief Nahla entzückt und fragte: „Warum nur eine Zwei?"

„Darum!", grinste Hamza, zog ein braunes Papiertütchen aus seiner Hosentasche und daraus drei zehn Zentimeter hohe schmale grüne Kerzen. Er stecke sie auf die rechte Hälfte des Kuchens neben die Pistazien-Zwei. „Jetzt passt es! 23!"

„Noch nie, nie hat mir jemand einen Kuchen geschenkt! Er ist perfekt!" Nahla bewunderte ihn mit einer gewissen Andacht.

„Deine Ummi auch nicht?", fragte Hamza.

„Doch, klar, sie schon. Und meine Oma. Aber sonst keiner!"

Die Kinder wuselten ihnen um die Beine. „Mama, wann essen wir den?", fragte Florian.

Nahla übersetzte Hamza die Frage.

„Wartet noch ein bisschen." Er nahm Lilli hoch, damit auch sie in die Kuchenschachtel blicken konnte und sagte zu Nahla: „Ich fasse es immer noch kaum, wie blond unsere Tochter ist!" Lilli betrachtete kurz den Kuchen und steckte dann ihre Finger in Hamzas Spirallocken, entrollte eine und ließ sie wieder zurück an seinen Kopf springen. „Das hat Figo auch schon immer gern getan", kommentiere er ihr Herumspielen an ihm und verkündete dann: „Heute Abend kommen Gäste!"

„Wer kommt denn?", fragte Nahla, die sich bisher darüber keine Gedanken gemacht hatte. Sie feierte mit Hamza, das war das Wichtigste.

„Na, was meinst du?"

„Karim?"

„Logisch! Und Maiza. Dem gehört die Wohnung hier. Dazu habe ich noch ein paar enge Freunde eingeladen. Einer von ihnen hat eine Französin zur Freundin, sie ist gerade zu Besuch. Ahmed kommt auch, mein kleiner Bruder, drei Jahre jünger als ich."

„Ahmed? Er heißt wirklich Ahmed?", entgegnete Nahla und Hamza nickte.

„Das ist *der* arabische Name, den man in Deutschland kennt! Ich hab meine zweite Schildkröte so genannt, die ich für Hamza-Maximus gekauft habe, damit er nicht alleine sein muss. Sie heißt Ahmed-Benjaminus. Weißt du, dass ‚Benjamin' in der Bibel ‚der Jüngere' bedeutet?"

„Ich habe die Bibel nie gelesen", grinste Hamza.

„Egal! Witzig ist ja nur, wie gut die Schildkrötenkonstellation zu euch passt und ich keine Ahnung hatte, dass auch bei dir ein Jüngerer mit diesem Namen existiert!"

„Eigentlich ist er nur mein Ziehbruder."

„Die Schildkröten sind ja auch keine echten Brüder", amüsierte sich Nahla. „Aber ich wusste noch gar nicht, dass du einen Ziehbruder hast! Wie kam er denn zu euch?"

„Unsere Eltern sind Geschwister", erklärte Hamza. „Sein Vater ist der Bruder meines Vaters und seine Mutter ist die Schwester meiner Mutter. Wir sind also eigentlich Cousins."

„Warum haben seine Eltern ihn nicht selbst aufgezogen?"

„Das konnten sie nicht. Sie waren nicht verheiratet, als er geboren wurde. Deshalb haben sie ihn meinen Eltern gegeben. Fatma war kurz davor geboren. Fatma kommt zwischen mir und Mouna, die du schon kennengelernt hast. Man konnte so tun, als wären Fatma und Ahmed Zwillinge. Die Nachbarn wenden solche Gepflogenheiten auch an und die Behörden schlucken sie."

Es läutete. Karim schob mit Diploducusbewegungen seinen Körper durch die Tür. Kurz nach ihm trafen die anderen Gäste ein. Am meisten unter ihnen interessierte sich Nahla für Ahmed, denn er gehörte zu der Familie, in die sie hineinwachsen wollte.

„Es wäre nett, wenn du eure Schwestern und Eltern auch mitgebracht hättest", sagte Nahla zu ihm. Er lächelte. Dabei zeigte sich eben jener Zug um seinen Mund, den sie bei Hamza so liebte.

Wie ähnlich sich die beiden sind!

Ahmed war ein paar Zentimeter kleiner als Hamza, etwa gleich groß wie sie selbst, ihm aber ansonsten wie aus dem Gesicht geschnitten.

„Nein, das ginge nicht ... obwohl?" Ahmed sah Hamza an. „Unsere Ummi dehnt die Regeln weiter als die meisten in ihrem Alter und hat ihre ganz eigene Art."

„Und unser Kleiner bewundert sie fast genauso wie mich!" Hamza knuffte Ahmed in die Seite. „Erzähl Nahla nachher mal deine Kindergartengeschichte!"

„Als ich im Kindergarten war ...", setzte Ahmed sofort an, wurde aber von Hamza unterbrochen. „Nachher! Nicht jetzt!" Hamza ratschte mit dem Daumen über das Rädchen eines Feuerzeugs. „Zuerst der offizielle Teil!" Die drei Kerzen auf Nahlas Geburtstagskuchen begannen neben der Pistazien-Zwei zu leuchten.

„Wunder-wunder-wunder-schön", fand Nahla. „Flori, Lilli, ihr dürft mir ausblasen helfen! Kommt, jeder eine Kerze!"

Gemeinsam pusteten sie auf den Kuchen, die umstehenden Gäste klatschten.

„So süß!", sagte Nahla beim Probieren des ersten Bissens nach dem Aufschneiden. Dann setzte sie sich mit ihrem Teller in einen Gartenstuhl neben Ahmed.

„Eigentlich ist es ein bisschen peinlich", sagte er.

„Erzähl's mir, bitte", bat Nahla und fürchtete schon, er könne es sich anders überlegen.

„In Ordnung!" Ahmed rückte seinen Stuhl etwas näher. „Kurz bevor ich in die Schule kam, fühlte ich mich so richtig groß und stark! Da hat Ummi mich beiseite genommen und gesagt: ‚Na, bist du jetzt schon ein großer Junge. So ein Angeber!

So groß wirst du und so toll!' Dann hat sie mir die Hose runter gezogen und gesagt. ‚Das Einzige, was noch nicht gewachsen ist, ist das da unten. Bist halt doch noch kein Mann!'"

Nahla schlug die Hände vor den Mund, um nicht laut loszulachen. Doch das tat an ihrer Stelle jemand anders. Sie hatten Maiza, den Besitzer der Wohnung, hinter ihren Stühlen nicht bemerkt. Jetzt klopfte er Ahmed auf die Schulter. „Die Frauen! Im Haus kommen wir nicht gegen sie an!"

Wow. Und spitze, wenn die Ummi so locker drauf ist! Dann kann ich wahrscheinlich nicht so schnell in Ungnade fallen, wenn ich aus Unwissenheit etwas falsch mache.

Nahla dachte daran, wie sie die Ummi, kennengelernt hatte, eine kleine Frau in dunkler langer Kleidung, mit klugen, unergründlichen Augen und innerhalb des Hauses mit unbedecktem Haar. Nur richtig reden hatte Nahla zu ihrem Bedauern nicht mit ihr können, da sie kein Arabisch sprach.

„Hast du eigentlich Sameh schon kennengelernt?", lenkte Ahmed von sich ab. Offensichtlich wollte er vor Maiza, der ihn noch immer amüsiert ansah, die Angelegenheit seiner Entblößung nicht breiter und damit seine Manneskraft kleiner treten lassen. „Sie ist für Maiza auch fast wie eine Ziehtochter."

Sahmeh! Die mit den Anrufen?

Nahla hielt kurz den Atem an und erwiderte dann ruhig: „Nein, bisher nicht. Sollte ich sie kennen?"

Hamza warf Ahmed einen scharfen Blick zu, den dieser jedoch unbedarft ignorierte. „Sie ist eine Cousine zweiten Grades von uns. Maiza ist ihr Onkel. Er kümmert sich um sie, weil ..."

„So weit brauchen wir nicht auszuholen!", fiel Hamza ihm ins Wort, fixierte ihn ein paar Sekunden, bis er sicher war, dass Ahmed verstanden hatte und das Thema fallen ließ. Dann zog er eine schnelle Grimasse. Der Umkreis konnte nicht anders, als sich davon ablenken zu lassen und dann ihm zuzuhören: „Wir sind einfach froh, dass wir Maiza haben und wir uns alle gegenseitig helfen. Maiza lässt uns ja auch günstig hier wohnen und meldet hier deinen Aufenthaltsort an", sagte er zu Nahla.

„Muss man das denn?", fragte sie.

„Das muss man. In den Hotels bekommen das die Touristen nur nicht mit. Gelegentlich überprüft es aber die Polizei."

„Und weshalb?“

„Weil man privat keine Gäste aufnehmen darf“, erklärte Maiza, trat hinter Ahmeds Rücken hervor und setzte sich auf einen freien Stuhl mit in die Runde, womit Nahla die Gelegenheit bekam, ihn sich richtig anzusehen. Er trug seine mittelbraunen Haare so kurz geschoren wie seinen Dreitagebart. Quer über sein Gesicht verlief eine wulstige Narbe. Sie begann am Nasenrücken, setzte in der Kuhle zwischen Nase und Wange kurz ab und endete vor dem linken Ohrläppchen.

„Was würden wir denn machen, wenn du diese Wohnung nicht hättest?“, fragte Nahla, denn den regulären Preis einer Ferienwohnung hätten weder sie noch Hamza für mehrere Wochen bezahlen können. Dabei zwang die sich, nicht zu auffällig auf die Narbe zu starren.

Von einem Überfall? Einem Nahkampf?

„Dann hätten wir eine andere Lösung gefunden“, entgegneten Hamza und Maiza wie aus einem Mund. Nahla sah sie fragend an.

„Ein Freund hätte mir ein freies Zimmer für uns geliehen“, sagte Hamza.

„Aber das ist doch nicht erlaubt, habt ihr eben gesagt.“

„Ich hätte einem anderen Freund, der in einem Hotel arbeitet, ein paar Dinar zugeschoben und schon wärst du dort auf der Gästeliste gestanden. Ich sage doch, *hier* kriege ich die Dinge geregelt.“

Nahla lehnte sich zurück und seufzte leise.

Wenn ich die Dinge in der Deutschen Botschaft doch nur auch so hätte regeln können. Geschmeidig, ohne großen Wirbel und ohne dass es jemandem schadet, aber einzelnen Personen extrem hilft.

Vom Grill her klang ein melodisches Blubbern. Es erinnerte Nahla an das Geräusch, wenn sie als Kind mit einem Strohhalm in ihr Limonadenglas gepustet hatte. Nur war die Tonlage des Blubberns dunkler als in ihrer Limonade damals. Es musste demnach entweder aus einem größeren Gefäß kommen oder sich den Weg durch eine zähere Flüssigkeit bahnen. Nahla folgte dem in Intervallen auftretenden Geräusch mit den Augen und sah, dass einer der Gäste eine Wasserpfeife angezündet hatte. Alle setzten sich nun um diese. Nahla beäugte die Konstruktion. Im Glasbehälter unten blubberte es, wenn einer am Mundstück des langen Schlauches zog. Dieser war mit flauschigen Federn verziert, wie der BH einer Varietékünstlerin. Gleichzeitig mit dem Blubbern glühte das Kohlenstück auf, das in einem Trichter aus Ton oben auf der Pfeife auf etwas lag, das aussah wie verdorbenes Kompott. Das musste der Tabak sein. Hamza ließ Kringel in die Luft schweben, als er an der Reihe war. „Ui, zauberhaft!", fand Nahla, wandte aber ihre Nase ab. Das Zeug roch widerlich vergoren, viel schlimmer als verdorbenes Kompott.

Das ist nichts für mich! Ob ich da mitrauchen muss? Ist es unhöflich, wenn ich es nicht mache? Was tu ich denn jetzt?

Der Schlauch wurde reihum weitergegeben und erreichte die Französin.

Ich bin noch gar nicht dazu gekommen, mit ihr zu reden. Sollte ich! Schon, weil sie außer mir die einzige Frau hier ist!

Mit einer freundlichen Handbewegung winkte die Französin den Wasserpfeifenschlauch weiter.

Puh! Das geht also!

Als der Schlauch Nahla erreichte, lehnte sie mit einem leichten Kopfschütteln ab.

„Woher wusstest du das?", fragte Hamza später im Bett.

„Woher wusste ich was?" Nahla stützte sich auf die Ellbogen und sah ihn aufmerksam an.

„Dass es mir nicht recht gewesen wäre, wenn du geraucht hättest."

„Was!", entfuhr es Nahla. „Warum?"

„Weil das gute Mädchen nicht machen."

„Gute Mädchen? Welche sind das?"

„Solche, die man heiraten kann." Hamza machte einen Versuch, Nahla an sich zu ziehen, doch sie gab ihm noch nicht nach. Stattdessen überlegte sie und stellte dabei fest, dass sie in Nabeul noch keine rauchende Frau gesehen hatte.

„Gibt es hier keine Frauen, die rauchen?", fragte sie.

„Doch, klar gibt es die", erwiderte Hamza. „Prostituierte tun es."

Nahla ließ sich in ihr Kissen fallen. „Wenn ich geraucht hätte, dann wäre ich eine Prostituierte gewesen?"

„Nein … nicht direkt …"
„Nicht direkt? Hä?"
„Ich weiß ja, dass du keine bist. Aber jetzt wissen es auch Ahmed und meine Freunde."

Perplex kuschelte sich Nahla an Hamza.

Gutes Mädchen – schlechtes Mädchen? Schubladendenken? Oh wei …

Nahla kam Fatima aus dem Hennaladen in den Sinn, die ihr von den tunesischen Frauentypen erzählt hatte. Darunter war einer, der sich tagsüber verschleierte und nachts im Minirock in der Disco tanzte.

„Und in einer Disco?", fragte sie Hamza. „Könnte ich da rauchen?"

„Ja, da schon …", murmelte er leise beim Wegschlummern.

Die nächste Nacht war eine, in der Hamza in seinem Elternhaus schlief. Gewitterwolken trafen sich über Nabeul, bauschten sich auf, krachten aufeinander, gebärdeten sich, als hätten sie über den Durst getrunken, entluden hemmungslos die in ihnen kumulierten Energien. Schütteten Wasser auf Dächer und Asphalt. Rissen mit Böen Orangen von Bäumen und schleuderten sie an Hauswände.

Florian und Lilli klammerten sich an Nahla, der es nicht gelang, ihre eigene Angst zu bezähmen – was die Kinder spürten, wie ihr nur zu bewusst war. Fürchtete sie sich, taten es auch die Kinder. Blieb sie gelassen, traf das auch auf sie zu. Doch nicht immer gelang es ihr.

„Lilli, wein doch nicht, du musst keine Angst haben." Doch Nahla durchfuhr selbst ein Zittern nach dem anderen, was ihren Worten jegliche Wirkung entzog. Die Schläge aufs Dach, an die Wände und Fenster lösten alte festgebackene Tränen, die aus ihrem Inneren herausdrängten.

„Flori!"

Was hattest du in Gegensatz zu Lilli für eine glückliche Zeit in meinem Bauch. Christian hat sich so auf dich gefreut!

Lilli wimmerte.

„Mein Schatz, ich bin bei dir!", versuchte Nahla sie zu trösten.

Lilli, was tat ich dir in meinem Bauch mit meiner Verzweiflung an? Es tut mir so leid, Lilli, ich kann es nicht mehr ändern.

„Figo“, Nahla zog auch ihn noch näher an sich.

Fast hätten Christians Schläge auch dich getroffen an dem Abend, als ich geflüchtet bin. Wie viel von meiner Angst ist damals auf dich übergegangen? So wie jetzt gerade wieder ... Man kann es nicht verhindern ... Kann man es verhindern? Ich kann es nicht verhindern ... Ich bin zu schwach.

Ein heilloses Krachen. Ein schneidendes Splittern.

„Mama, jetzt ist ein Fenster gebrochen“, stellte Florian fest.

„Ich hab's gehört“, wisperte Nahla. „Hoffentlich regnet's nicht zu sehr herein.“

„Ich glaube, es ist in der Küche.“

„Dann tropft es wenigstens direkt ins Spülbecken.“

„Darf ich nachsehen?“, fragte Florian.

„Nein!“, rief Lilli. „Ihr bleibt hier!“

„Traust du dich alleine, Flori?“, fragte Nahla. „Ansonsten gucken wir morgen, wenn es hell wird.“

„Alleine geh ich nicht“, erwiderte Florian und Nahla spürte, wie sehr er genau wie sie selbst ein Gefangener seiner Angst war. Er zog die Decke über sich und teilte ihr von darunter aus mit: „Ich stehe morgen ganz früh auf und gehe gucken.“

Allmählich entfernte sich der Donner. Die Böen flachten ab. Florian schlief ein. Lilli auch. Nahla nicht. Sie sinnierte darüber, welchen unterschiedlichen Start ins Leben sie ihren Kindern mitgegeben hatte und grämte sich, ob sie ihre jeweiligen Bündel tragen konnten oder ob diese zu schwer waren, um wirklich vorwärts zu kommen. Erst nach Stunden sank sie in einen erschöpften, unruhigen Schlaf, durch den die Gespenster der Vergangenheit wirbelten.

In der Morgendämmerung setzte sich Hamza zu ihr an die Bettkannte. Er war mit seinem Schlüssel in die Wohnung gekommen, woraufhin Florian sofort seine Decke zurückgeschlagen hatte und Lilli ihrem Bruder in die Küche gefolgt war. Dort trafen die beiden auf Hamza, der eben frische Trauben abstellte und den Fensterrahmen inspizierte, aus dem lange Glassplitter ragten. Der Rest der Scheibe lag zersplittert auf der Anrichte, im Spülbecken und weit verstreut über den Boden.

„Stopp!“ Hamza breitete die Arme aus und hielt Florian

und Lilli zurück. Dann gab er ihnen je ein Kissen und die Trauben und machte ihnen durch Gesten verständlich, dass sie sich an die dem Fenster am weitesten entfernte Wand setzen sollten. Von dort aus konnten sie ihm beim Aufräumen zusehen. Die beiden pickten ein paar Trauben vom Bündel, fanden dann aber Hamzas gewissenhaftes Kehren nicht besonders spannend. Deshalb machten sie sich auf in den Garten zu den Schildkröten. Nachdem Hamza sich vergewissert hatte, dass am Boden sowie auf der Anrichte keine Splitter mehr lagen, an denen sich die Kinder verletzten konnten und er auch die Glasreste aus dem Fensterrahmen entfernt hatte, suchte er Nahla. Er fand sie noch schlafend in ihrem Bett.

„Hast du geweint, Baby?“, flüsterte er und strich ihr sachte über die Wange.

Nahla öffnete benommen die Augen.

„Hast du geweint?“, fragte er noch einmal.

„Nein …“ Nahla wandte den Kopf ab und wischte sich mit der Bettdecke übers Gesicht, um die Spuren zu beseitigen, die Hamza ohnehin schon bemerkt hatte.

„Es tut mir so leid, dass ich letzte Nacht nicht bei euch war.“

„Du kannst nichts dafür“, entgegnete Nahla.

Für meine ganzen Miseren. Nur ich allein.

„Komm, Baby, iss etwas. Lass uns frühstücken!“

„Die Sonne!“ Die ersten Strahlen fanden gerade in Nahlas Bett. Noch nie hatte sie eine solche Erleichterung erlebt, wenn die Sonne aufging. Sie atmete tief, als fiele ein Gewicht so groß wie das des Wendelsteins, dem Hausberg von Bayrischzell, von ihr ab. Sie setzte sich auf und lehnte sich an Hamza.

Ich bin in Nabeul. Bei dir. Nicht mehr bei Christian.

„Ich möchte an den Strand“, sagte sie. „Die Weite. Ich will sehen, wie sie nach einem so krassen Gewitter aussieht.“

Hamza blickte auf die Uhr. „Okay! Ich öffne den Copyshop ja erst in zwei Stunden.“

Die Kühle der Nacht wich rasch, als sie mit den Kindern die Palmenpromenade entlang schlenderten.

„So habe ich ihn noch nie gesehen“, sagte Nahla, am Strand angekommen. „Frisch gewaschen, so wie dieser Morgen. Unfassbar intensiv und sauber.“

„Sauber?“ Hamza hob schmunzelnd seine dichten Augenbrauen.

„Du ahnst gar nicht, wie sauber. Nachts holt einen leicht die Vergangenheit ein. Doch dieses Gewitter hat ein Stück von ihr weggespült.“

Hamza sah Nahla betroffen und zugleich verständnisvoll an. Obwohl er es in der Öffentlichkeit eigentlich nicht durfte, legte er die Arme um sie und hielt sie für einen Moment fest an sich gedrückt. Ein kurzer Moment, jedoch prall gefüllt mit tragfähiger Nähe und Verlässlichkeit, die gewillt waren, jedem Wetter sowie allen widrigen Umständen zu trotzen.

Zehn Tage später, es war November geworden, wuselte Nahla auf der Suche nach einer Idee durch die Wohnung. Sie sah unter Sofakissen nach, in den Schränken im Schlafzimmer und den Schubladen der Küche, doch von nirgendwoher sprang sie eine Inspiration an. Das mochte daran liegen, dass sie eigentlich schon längst wusste, was sie wollte. Es war ihr im Morgengrauen eingefallen, nachdem sie sich über ein weiteres Geburtstagsgeschenk für Hamza den Kopf zerbrochen hatte. Der aus Deutschland mitgebrachte und noch in ihrem Koffer versteckte Long John war das erste. Sie hatten am Telefon über den Winter gesprochen. Anfangs witzelte Hamza noch darüber, dass deutsche Männer lange Unterhosen trugen. Aber dann hatte er es doch für gar nicht blöd befunden. So etwas könnte auch in den ungeheizten tunesischen Häusern ein idealer Wärmespender sein, fand er. Und draußen im feuchtkalten Dezemberwind sowieso. Aber was Nahla nun für die Realisierung ihres zweiten Geschenkes benötigte, fand sich genauso wenig in der Wohnung, wie eine Alternative dazu. Wenn sie die Kinder mitnähme, um danach auf dem Souk zu suchen, würde es zu lange dauern. Dann würde sie nicht rechtzeitig bis zum Spätnachmittag, wenn Hamza vom Copyshop kam, fertig werden.

Ein Schaben im Treppenhaus ließ sie aufhorchen. Sie öffnete die Wohnungstür. Im Flur schob eine junge Frau ihre Putzsachen weiter und wischte mit einem Mopp den Boden. Ein kleiner Junge trippelte hinter ihr her.

Soll ich? Wieso nicht!

„Entschuldigung“, sprach Nahla die Frau an und weckte damit auch Florians Neugier. Er kam zu ihr an die Tür, mit seinem Spielzeugbagger in der Hand. Die Frau schaute Nahla unter ihrem Hijab hervor an.

„Ich möchte etwas fragen“, begann Nahla.

„Ja?“, sagte die Frau unsicher.

„Wäre es Ihnen vielleicht möglich, eine Stunde auf meine zwei Kinder aufzupassen?“

Als wäre das sein Kommando gewesen, sich lautstark bemerkbar zu machen, gab Florian ein „Jeang-jeang“ von sich und kurvte mit seinem Bagger auf den Jungen der Frau zu. Diese entspannte sich sichtlich. Nahla ließ das vermuten, dass sie womöglich bei ihrem Anblick mit irgendeiner Beschwerde gerechnet hatte. Aber sie zu erschrecken war gewiss nicht ihre Absicht gewesen.

„Jeaaang“, machte Florian wieder. Jetzt schabte die Schaufel seines Baggers über den Boden, mit dem er sonst im Garten zwei Hand tiefe Löcher aushob. Die Frau taxierte Nahla und erkannte in ihr jetzt das, was sie selbst war: Eine Mutter, die sich wie jede Mutter gelegentlich in der Situation befand, kurzfristig einen Babysitter zu benötigen. Sie lächelte sanftmütig, woraufhin Nahla ihr erklärte: „Ich müsste nur kurz auf den Souk.“

„Wenn ich trotzdem weiterputzen kann ...“

„Bestimmt!“, erwiderte Nahla. „Die Kinder können ja alle zusammen im Garten baggern.“

„Dann reinige ich jetzt dort den Grillplatz.“

„Kann ich Ihnen etwas mitbringen? Was möchten Sie?“, fragte Nahla.

„Nichts. Das ist schon in Ordnung.“

„Bitte ... Sie helfen mir wirklich sehr! Ich bringe Ihnen gerne etwas mit.“

„Gut ... dann ein Huhn. Dann muss ich nachher nicht mehr selbst hin, wenn ich hier fertig bin.“

„Ein Huhn?“ Nahla sah sie irritiert an, worauf die Frau mit einem hellen Lachen reagierte.

„Haben Sie eine Transportkiste für mich?“, fragte Nahla.

„Sie kriegen es in einer Tüte. Ist das bei Ihnen daheim nicht so?“

„Nein ..." Angestrengt durchsuchte Nahla die in ihrem Kopf abgespeicherten Bildern des Souks nach einer Gefriertruhe mit Hühnern. Doch außer den Ständen mit den Käfigen voller lebendiger fand sich da nichts, außer ... Sie hatte es schon aus dem Augenwinkel gesehen, war aber immer schnell weiter gegangen. Nun schwante ihr etwas.

„Oh mein Gott ..."

„Gehen Sie zu Mustafa, dem fünften Händler auf der linken Seite nach dem Tor. Wenn Sie sich nicht sicher sind, fragen Sie nach ihm. Sagen Sie ihm, er soll ein Huhn für Neriman schlachten. Er kennt mich und weiß dann schon, wie ich es will. Neriman, das bin ich."

„N-neriman ...", stotterte Nahla angesichts ihrer neuen Herausforderung.

Was tu ich jetzt? Kann ich das? Ja! Ich mach's. Ich bin Tunesierin!

„Okay!", sagte sie nach ihrer kurzen Innenschau.

„Aishek!", bedankte sich Neriman und streichelte Florian liebevoll über den Kopf.

„Meine Tochter ist in der Wohnung", sagte Nahla. „Ich gebe ihr noch schnell Bescheid, dass ich kurz weg bin und die Tür hier lasse ich einfach auf!"

In dunkelblauer langer Hose und schwarzem langärmligen Shirt verließ Nahla das Haus.

Jetzt finde ich es zum ersten Mal praktisch, dass ich nicht so blond bin wie fast alle meiner Familie. Nur meine total weiße Haut fällt auf. Soll ich ein Kopftuch aufziehen? Nein, es ist okay ohne.

Jeder ihrer Schritte federte ein bisschen sicherer. Zunehmend bewegte sie sich mehr, als lebe sie schon länger in Nabeul. Mit ihrer Nase sog sie die omnipräsenten Gerüche von Gewürzen und dem nahen Meer ein, mit den Augen die Farben der Palmen und der allgegenwärtigen bunten Fliesen an Häusern, Bänken, am Jarra, dem meterhohen, mit Orangen gefüllten Kelch und geheimem Wahrzeichen der Stadt. Mehr und mehr verschmolz sie mit ihrer Umgebung. Ohne Probleme fand sie auch Mustafa und überbrachte ihm Nerimans Auftrag. Alsgleich zerrte Mustafa ein verschreckt gackerndes Huhn aus einem Käfig. Nahla verkniff das Gesicht und wandte sich ab.

Die Flecken auf Mustafas Schürze bestanden eindeutig aus Blut.

„Sie brauchen nicht zu warten, Madame. Neriman tut das auch nicht. Kaufen Sie ein und wenn Sie fertig sind, bin ich es auch!"

„Ich ... äh ... ja ... aishek!", entgegnete Nahla und entfernte sich rasch, erleichtert darüber, nicht so ganz hautnah mitzuerleben, wie Mustafa das Huhn köpfte. Der Gedanken daran ließ sie ein paar Minuten nicht los. Sie passierte einige Stände, ohne deren Auslagen richtig wahrzunehmen. Dann besann sie sich, atmete tief durch, verdrängte, was Mustafa jetzt gerade dem armen Huhn antat und begann gezielt zu suchen.

Bei den tollen Kuchen, die hier überall verkauft werden, muss es doch auch Formen geben. Ja! Hier!

„Wie viel kostet die?", fragte Nahla und prüfte dabei eine herzförmige Kuchenform auf ihre Festigkeit. Der Verkäufer nannte den Preis erst, nachdem er sich vergewissert hatte, dass Nahla ohne Mann gekommen war, mit dem er das Geschäft an ihrer statt abwickeln konnte.

Das sind ja umgerechnet nur drei Euro!

Mit der Kuchenform in der Tasche steuerte Nahla einen prächtigen Obststand an.

Welch Farbrausch! Ob der Sameh auch gefallen würde?

Nahla stoppte so abrupt kurz vor dem Stand, als wäre sie geohrfeigt worden.

Wie komme ich denn jetzt auf Sameh?

Sie schüttelte sich ein wenig und trat ganz an den Stand heran.

Die Cousine, um die sich die Familie kümmern muss. Maizas Ziehtochter, die Hamza angerufen und Herzchen geschickt hat. Aber eben nur eine Cousine. Verschickt Herzchen im Sinn von Herzchen? Quatsch! Totaler Quatsch! Damit brauche ich mich nicht aufzuhalten.

Nahla schüttelte den Rest der Ohrfeige so gründlich ab, dass mit ihr auch der Anflug einer Witterung von Gefahr verschwand. Voller Elan kaufte sie Früchte in fast allen Farben, die sie auf der Auslage fand: Blaue, organge, gelbe, rote, dunkelrote, hellrote, grüne, weiße. Trauben, Orangen, Sternfrüchte, Granatäpfel, wahrscheinlich von weiter südlich importierte Kirschen und Erdbeeren, es war für sie um diese Jahreszeit eher schon zu kühl in Tunesien, Kiwis und noch Drachenfrüchte, innen weiß mit kleinen schwarzen Kernen und pinker Schale. Danach stromerte sie aus reiner Freude daran noch durch ein paar weitere Marktstraßen, bis es Zeit war, nach Mustafa und dem Huhn zu sehen.

Zurück an seinem Stand reichte es ihr Mustafa genau wie von Neriman angekündigt in einer Plastiktüte. Nahla bezahlte und machte sich auf den Rückweg – mit einem frisch geschlachteten Huhn in einer Tüte.

Ich bin Tunesierin! Yeah!

Die Tür der Ferienwohnung war angelehnt. Nahla schob sie auf. Drinnen saßen Neriman und die Kinder bei Bambalouni, einem Donat ähnlichen Kringelgebäck, und Saft am Tisch. An der Wand standen Eimer und Mopp.

„Salam!", grüßte Neriman.

Nahla erwiderte den Gruß und sah sich erstaunt um.

„Ich habe auch hier noch die Böden gewischt", sagte Neriman. „Für das Huhn." Sie stand auf, nahm Nahla die Tüte aus der Hand und blickte hinein. „Mustafa ist der beste Hühnerverkäufer! Den sollten Sie sich merken. Kann ich sonst noch etwas tun?"

„Nein, vielen Dank", entgegnete Nahla. „Ich würde jetzt gerne backen!" Sie zog die herzförmige Kuchenform aus ihrer Tasche, woraufhin Neriman wissend lächelte und ihren Sohn mit sich aus der Wohnung führte. Nahla stellte den Teig her und füllte ihn in ihre neue Form. Florian und Lilli durften die Reste aus der Rührschüssel naschen. Während der Kuchen im Ofen war, schnitt sie ihre eingekauften Früchte klein. Nach dem Auskühlen des Kuchens platzierte sie ihn mitten auf dem Tisch und fertigte mit den vielfarbigen Fruchtstücken eine kunstvolle und üppige Dekoration darauf, die sie noch ein gutes Stück über die Tischplatte fortführte. Diese Idee hatte sie aus dem Café *Journal* mitgenommen, in dem sie vor ein paar Monaten auf ihrer Suche nach Hamza eine Pause eingelegte. R
Ihr war dort ein Gebäckteilchen serviert worden, dessen spiralförmige Schokoladendekoration den Teller mit einschloss.

„Mama, ich mag zum Geburtstag auch so einen Kuchen!", verlangte Florian und freilich eiferte Lilli ihrem großen Bruder nach: „Ich auch! Ich auch! Genauso bunt und über den ganzen Tisch!"

„Wir nehmen die Herzform mit nach Deutschland", versprach Nahla, „und wir tun alle Früchte auf eure Geburtstagskuchen, die wir finden!"

Auch wenn es niemals so viele sein werden wie hier. Aber vielleicht sind wir ja hier, wer weiß?

Abends feierten sie Hamzas Geburtstag nur zu viert, ganz privat, ohne Gäste. Sie begingen ihn als eine Familie, die sich in den vergangenen Wochen als funktionstüchtig und tragfähig erwiesen hatte. Doch am nächsten Tag musste drei Viertel davon nach Deutschland abreisen.

„Baby ..."

„Hamza ..."

„Wir ziehen den Abschied nicht in die Länge."

„Wir sehen uns ja bald alle wieder!"

„Bald! Ganz bald!" Hamza fuhr sich zufrieden über seine Oberschenkel. „Wahnsinnig praktisch!" Damit meinte er den Long John unter seiner Jeans.

„Ich bring dir noch ein paar davon mit", entgegnete Nahla und überprüfte, ob die Jäckchen der Kinder richtig geschlossen waren. In Deutschland würden sie diese durch dicke Jacken ersetzen müssen.

„Wie geht's den Schildis?", fragte Nahla Jo sofort bei ihrer Umarmung am Münchner Flughafen.

„Gut! Wie soll's ihnen schon gehen? Der Grieche wird immer langsamer. Sicher hält er bald seinen Winterschlaf."

„Dann ist Hamza-Maximus ja alleine!", mischte sich Florian ein.

Wie wahr ...

„Ja, Schatz, aber nur ein paar Wochen. Ihr müsst viel mit ihm reden und ihm seinen kleinen Kopf streicheln, damit er gut über die Runden kommt, bis Ahmed-Benjaminus wieder aufwacht."

„Ich bleibe noch ein bisschen", verkündete Jo bei der Ankunft in Thannhausen nach anderthalbstündiger Fahrt.

„Wie war's denn mit Hamza und eurem Probewohnen?",

fragte sie, als sie unbelauscht von den im Wohnzimmer spielenden Kindern reden konnten.

„Unfassbar wunderbar war's! Die Kinder und ich hatten Brechdurchfall."

„Das klingt ja wirklich unfassbar wunderbar!", lachte Jo.

„Okay, das war etwas aus dem Kontext. Ich bin hier noch gar nicht ganz wieder angekommen." Nahla fuhr sich über den Kopf und durch die Haare. „Also, wir waren krank. Wie sich Hamza um uns gekümmert hat, *das* war unfassbar wundervoll. Es hat mir total bestätigt, dass ich mit ihm zusammenleben will. In den ganzen drei Wochen war alles komplett harmonisch zwischen uns."

„Stark! Und wie geht's jetzt weiter? Deutschland oder Tunesien?"

„Das ist noch nicht heraus. Wir stellen einen neuen Visumsantrag und wenn es Hamza in Deutschland gefällt, schauen wir, ob wir uns hier etwas aufbauen können. Obwohl ... ich wäre schon lieber unten. Die Lebensweise ... ich fühle mich dabei durch und durch wohl."

„Du bist eben im Herzen eine Araberin! Wenn du runter gehst, dann möchte ich aber für mich und Quirin ein festes Zimmerchen bei euch."

„Das ist doch logisch! Und was ist mit Tom, dem Holzer und Motodromfahrer?"

„Schon Geschichte. Geiler Körper, aber zu wenig da!" Jo tippte sich an die Stirn. „Du, vielleicht fliege ich nächstes Mal wieder mit nach Tunesien. Ich muss dir etwas zeigen!" Sie grinste schelmisch.

„Was denn?", fragte Nahla.

Jo wiegte den Kopf hin und her, bis Nahla drängelte: „Jetzt mach schon! Lass dich nicht betteln!"

Jo stand auf, schob die rechte Hüfte nach vorn und zog im Schneckentempo ihren Pulli nach oben. Über dem Bund ihrer Jeans kam etwas zum Vorschein.

„Sind das Beine? Hast du ein Tatoo?"

Mit einem Ruck zog Jo ihren Pullover bis zu den Rippen hoch. „Oh-yeah!"

„Huch!" Nahla schlug kurz die Hände vor den Mund und rief dann. „Hammer! Wow! Ist das geil! Deshalb willst du wieder mit nach Tunesien?“

„Wer weiß?“, entgegnete Jo. „Es kann auch einfach ein Vorbote meiner zukünftigen Berufung sein. So nett es in der Bar ist, ich bin doch eher Künstlerin. Demnächst mache ich einen Tätowierkurs!“

„Und wer hat das gestochen?“ Nahla ging vor Jos Hüften in die Knie und betrachtete das Kamel, das auf dem Hosenbund entlangzutraben schien.

„Der Typ, der mir das Tätowieren beibringen wird.“

„Das hat er bravourös hinbekommen“, lobte Nahla. „Mir ist, als ob ich in Karims Augen schaue. Es sieht genau so aus wie deine Zeichnung damals.“

„Ich hab sie einfach nochmal gemacht und sie dem Tätowierer gegeben.“

„Ein echter Hingucker, Hammer!“, fand Nahla.

Nahla brauchte Geld. Sie nahm sofort ihren Alltag mit ihren beiden Pflegekindern Paula und Martin nebst ihrem Job als Bedienung im Café wieder auf und kümmerte sich zudem um die Beschaffung der Papiere für einen neuen Visumsantrag.

„Warum tust du das eigentlich?“, fragte sie ihren Vater, als er zum zweiten Mal mit ihr nach Günzburg fuhr, nachdem sich Hamza, ebenfalls zum zweiten Mal, ein Flugticket gekauft und es gefaxt hatte.

„Wegen deiner Mutter“, entgegnete ihr Vater, schwieg und meinte nach einer Weile: „Sie war ziemlich geschockt, dass du deine Kinder bei einer Putzfrau gelassen hast.“

Meine Schwestern haben es ihr also erzählt! Das hätten sie nicht sollen …

„Aber das ist in Tunesien ganz anders als hier“, startete Nahla einen Rechtfertigungsversuch. „Es herrscht so ein Einvernehmen unter den Frauen, so eine Vertrautheit …“

„Mir ist es auch lieber, wenn er kommt, anstatt dass du runter nach Tunesien gehst“, unterbrach ihr Vater sie.

Vier Wochen später bat Lydia Nahla am Telefon: „Kommst du heute noch kurz vorbei?“

„Ja, kann ich machen“, entgegnete Nahla. Wahrscheinlich hatte ihre Mutter einen Kuchen für sie oder ein neues Spielzeug für ihre Enkelkinder.

„Schau." Lydia schob Nahla ein Fax zu. Zwischen ihnen standen ofenwarme Nussecken, von denen sich die Kinder schon welche mit ins Wohnzimmer genommen hatten. „Das ist heute Vormittag gekommen."

Nahla überflog das Fax.

„Das kann doch nicht sein!" Sie zog scharf die Luft ein und las das kurze Fax mit angehaltenem Atem mehrmals, nur um sicherzustellen, wirklich richtig verstanden zu haben.

„Er hat mich nicht angerufen ...", murmelte sie danach. „Er hat nur die neue Ablehnung des Visums gefaxt."

„Schatz, es tut mir leid", Lydia reichte Nahla einen nur noch mittelwarmen Baldriantee, den sie schon vorsorglich aufgegossen haben musste. Nahla seufzte nur und ließ den Tee stehen. Sie sackte keineswegs so zusammen, wie ihre Mutter vielleicht erwartet hatte. In ihr regte sich das arabische Feuer. Nahla richtete sich auf und weitete ihren Brustkorb, um dem Feuer Raum und Sauerstoff zu geben. Es sollte ruhig groß und mächtig entflammen. Brennmaterial hatte es schließlich genug. Ihre beißende Sehnsucht nach Hamza, nach Tunesien, unbändige Wut auf die Ungerechtigkeit der deutschen Botschaft, Ohnmacht, deren Beschlüssen ausgeliefert zu sein.

„Dann eben nicht!", sagte sie grimmig. „Dann eben anders!"

„Nein! Denk nicht mal dran!" Lydias Gesicht wurde fahl und verspannt, was ihren weichen hellen Haare den Anschein von sprödem Stroh gab.

„Mama! Er hat wieder vorab für den Antrag ein Ticket kaufen müssen und dann lassen sie ihn nicht fliegen! Es reicht! Ich zieh runter und heirate ihn! Dann gehöre ich zu seiner Familie und darf bei ihm wohnen und bleiben und der Käse ist gegessen!"

„Du spinnst!", schrie Lydia. „Meine Enkel bleiben hier!"

Lisas Schritte polterten die Treppen herunter, Agnes kam, deutlich leiser als ihre Schwester, aus dem Wohnzimmer, dessen Tür sie vorsorglich schloss, damit Florian und Lilli möglichst unbehelligt weiterspielten.

„Ich gehe!", sagte Nahla bestimmt.

„Ist Papa im Keller?", fragte Agnes vorsichtig. Lydia und Nahla wandten ihr den Blick zu. „Ich meine ja nur", erklärte sich Agnes, „falls er mitreden will."

„Natürlich ist er im Keller! Und da wird er hocken bleiben wie immer!" Lydias Stimme überschlug sich.

„Ich gehe!" Diesmal bezog sich Nahlas Aussage auf die Küche und ihr Elternhaus. Sie griff nach dem Fax und ihrer Jacke.

„Agnes, Lisa, spielt ihr noch eine Weile mit Flori und Lilli? Und bringt ihr sie mir nachher? Oder soll ich sie gleich mitnehmen?"

„Lass sie bei uns", entgegnete Agnes und tauschte mit Lisa einen einvernehmlichen Blick.

„Alleine kann man besser nachdenken", setzte Lisa hinzu.

Nahla nickte ihren Schwestern dankbar zu und machte sich aus dem Staub. Eigentlich wollte sie zuerst lange spazieren gehen, sehr lange, um ihre Wut loszuwerden. Doch kaum war sie für sich, stellte sie fest, es war gar nicht nötig.

Ich mache jetzt Nägel mit Köpfen und zwar sofort!

Im Gehen zog sie ihr Handy aus der Tasche und rief Hamza an.

„Kein Problem!", sagte sie in den Hörer, noch bevor er zu Wort kam.

„Kein Problem, Baby?"

„Nein! Ich komme und wir heiraten. Das hatten wir doch ohnehin vor!"

„Oh Baby ... eine wie dich gibt's nur einmal!"

Seine Stimme floss streichelnd und stützend zugleich über ihren Rücken.

„Dein Vater?", fragte Nahla.

„Es wird eine Weile dauern, ein paar Monate, bis wir mit den Hochzeitsvorbereitungen beginnen können. Gibst du mir so viel Zeit?"

„Natürlich! Wie ist denn der aktuelle Stand gerade? Wie viel weiß er von uns? Hat er ..."

„Baby, *ich* regle das!"

„Also gut ...", entgegnete Nahla. „Aber ... wegen des Visums, du bist dir sicher, dass du alle Steuern bezahlt hast?"

„Allah! Alle meine Papiere sind in Ordnung, auch die Steuern! Baby, begreif es: Die Deutschen lassen mich nicht ins Land, bevor wir verheiratet sind. Ich bin bloß ein Tunesier."

„Ich komme, sobald ich den Flug bezahlen kann!"

Weihnachten verbrachte Nahla mit den Kindern bei ihren Eltern. Danach flog sie eine Woche zu Hamza. Im Fasching nähte sie für Lilli ein Fliegenpilzkostüm und für Florian einen Seeräuberanzug. Danach reiste sie fünf Tage zu Hamza. An Ostern versteckte der Hase Eier und Geschenke im Garten ihrer Eltern. Anschließend nahm sie Florian und Lilli drei Wochen mit zu Hamza. Der Flughafen von Monastir wurde zu ihrem Durchgangstor ins Glück und zur Schleuse zurück in den Norden. Dort verschluckte ihr Vermissen von Hamza bisweilen jede andere Wahrnehmung. Vor allem abends, wenn die Pflegekinder abgeholt und ihre eigenen im Bett waren. Dann hörte sie in Endlosschleife ihr Lieblingslied von Pink Floyd.

Can you tell a green field
From a cold steel rail?
How I wish, how I wish you were here

Klingelte morgens der Wecker, verstand sie nicht, wo sie sich befand. Hamza hätte doch neben ihr liegen müssen. In der Ferienwohnung von Maiza. Die tägliche Erkenntnis, wo sie tatsächlich war, traf sie stets wie ein über ihrem Kopf entleerter Eimer kaltes Wasser.

Flog Nahla alleine nach Tunesien, nahm Lydia Urlaub, um ihre Enkel zu hüten. Vor allem Lilli liebte ihre Oma. Vielleicht würde die Bindung zu ihr Nahla ja letztendlich doch daran hindern, ihr die Enkel zu entziehen?

„Wenigstens ist Lisa vernünftig", fand Lydia. Sie hatte, inzwischen 18, noch keinen Freund. Nichts deutete darauf hin, dass sie in Nahlas Fußstapfen treten würde. Auch drangsalierte sie ihre Eltern nicht mit so abstrusen Ideen wie Nahla damals, angefangen damit, vom Gymnasium abzugehen und einen Beruf zu ergreifen, in dem sie ihr Lebtag viel für wenig Geld arbeiten musste – wie Lydia.

„Bei Agnes muss man noch abwarten, obwohl sie mit 14 auch langsam ins gefährliche Alter kommt", meinte Lydia.

Nahla teilte ihre Gedanken nur noch mit Jo. Die tibetischen Gebetsfahnen bewegten sich wie Schmetterlingsflügel in der Augustbrise am Giebel des morbiden Bauernhauses in Haselbach und die Köpfe der alljährlichen Sonnenblumen entlang des Zauns senkten sich täglich ein Stück weiter mit dem zunehmenden Gewicht ihrer reifenden Kerne. Und die Gnome, ja die Gnome, die um die Terrassenbohlen aufgereiht alles verfolgten, was dort besprochen wurde, reckten Nahla und Jo ihre langen Nasen entgegen.

„Ich werde euch vermissen, ihr seid gute Freunde geworden.“ Nahla strich über die raue Borke ihrer Köpfe.

„Such dir doch einen aus“, schlug Jo vor. „Mein Papa schenkt dir bestimmt einen. Hey, Papa!“

Jos Vater, bekleidet nur mit einem Hut, wie immer, wenn er bei warmem Wetter den Gemüsegarten wässerte, stellte seine Gießkanne ab und strich sich die langen graumelierten Haare über die Schultern zurück. „Was gibt's?“

„Kann Nahla einen von deinen Gnomen mit nach Tunesien nehmen, wenn sie Anfang Oktober dorthin auswandert?“

„Freilich! Es wird ihm eine Ehre sein, fliegen zu dürfen. Sie muss ihn aber ans Fenster setzen!“

„Das mach ich!“, rief Nahla lachend zurück.

„Welchen willst du?“, fragte Jo.

Nahla sah den Gnomen nacheinander in die Augen, wusste aber eigentlich längst, welcher zu ihr gehörte. „Der da! Der guckt nicht ganz so aufdringlich wie die anderen und hat dieselbe Figur wie ich.“ Nahla kraulte ihm den moosbewachsenen Rücken.

„Ja, der passt zu dir!“, fand Jo.

„Die Farnblätter, unter denen er jetzt steht, sind fast wie kleine Palmenwedel. Er gewöhnt sich in Nabeul bestimmt schnell ein.“

„Willst du ihn gleich heute mitnehmen?“

„Nein, ich lasse ihn bis zur Abreise bei den anderen.“ Nahla stand auf und winkte hinüber zu Jos Vater: „Danke! Vielen Dank!“

„Passt schon!“, entgegnete er und drehte sich dabei mit einer schnellen Bewegung frontal zur Terrasse, was seinen „Dingel-Dongel“ schwingen und Nahla schmunzeln ließ. „Was wohl Hamza davon halten würde?“

„Hamza.“ Jo betrachtete Nahla und meinte dann: „Du denkst immer nur an ihn. Sowas wie mit euch sehe ich bei niemandem in unserem Alter. Es ist selten. Vielleicht haben meine Eltern etwas Ähnliches."

„Es ist einfach Liebe."

„Wie war es denn im Vergleich dazu mit Christian? In den warst du doch auch schwer verliebt."

„Nun ... er war meine erste Liebe. Aber was war das?" Nahla überlegte, hörte auf ihren Gnom zu kraulen und setzte sich wieder zu Jo auf die vom Wohnzimmersofa mit ins Freie genommenen Sofakissen. „Mit Christian war bestimmt auch Liebe im Spiel. Aber es ist nicht vergleichbar mit jetzt. Hamza liebe ich ganz und gar. Mit jeder Faser von Herz und Körper. Ich sauge jede Sekunde mit ihm in mich auf. Es geht mir immer in erster Linie um ihn. Mir ging es auch um Christian, aber vielleicht gleichzeitig sehr um die Sachen, die ich mit ihm machen konnte. Zum ersten Mal küssen, zum ersten Mal zelten. Übrigens", Nahla hielt inne und rückte ein paar Kissen hin und her.

„Was denn?", fragte Jo.

„Ich hab's kürzlich von meiner Oma gehört und die erfuhr es von den Bayrischzeller Buschtrommeln. Christian hat jetzt insgesamt schon fünf Kinder. Also noch drei mit seiner neuen Freundin. Aber das ist nicht mehr mein *Bier*." Nahla dehnte das letzte Wort in die Länge. „Bloß gut, dass ich damit nichts mehr zu tun habe. Auch wenn er nie einen Cent für Florian und Lilli gezahlt hat. Ich schaffe es auch ohne!"

„Genau, Süße!"

Nahla betrachtete wieder den von ihr gewählten Gnom.

Dich nehme ich mit. Du gibst mir immer gute Ratschläge. Wie damals in der Nacht vor der Abreise nach Sharm El Sheik. Du hast eine Schneemütze aufgehabt und mir gesagt, wohin ich das schmiedeiserne Herz von Christian tun soll.

„Warte kurz", sagte Nahla zu Jo, stand auf und ging nach drinnen. Dort kniete sie sich auf das ausladende Sofa und sah in die Ecke dahinter, in der sich im von ihr verursachten Luftzug die Wollmäuse tummelten.

„Was machst du denn da?", fragte Jo von draußen.

„Ich hab da mal etwas deponiert", verriet ihr Nahla.

„Muss ich etwas drüber wissen?

„Nein, nicht nötig!"

„Na dann!"

Nahla war froh, dass Jo manche Dinge einfach ruhen lassen

konnte.

Wie ich die Frage, wohin das Gras verschwunden ist, das Christian seinerzeit bei meinen Eltern versteckt hat. Wenn die Zeit reif dafür ist, werde ich es schon erfahren.

„Hey, genug jetzt da drin, komm wieder raus!", rief Jo. Nahla kehrte zurück auf die sommersonnige Terrasse, gefolgt von Jos Mutter, die einen Krug hellroter Flüssigkeit in der Hand hielt, in dem Eiswürfel zwischen dunkelroten Blüten klackerten.

„Mögt ihr Hibiskustee?", fragte sie, die Haare hüftlang, das Kleid weit und flatternd bis zu den Knöcheln, Unterwäsche zeichnete sich keine darunter ab, die Füße nackt.

Sie sieht wieder aus wie eine Hippie-Elfe.

Jos Mutter setzte sich direkt auf die Terrassenbohlen. Sie nahm sich nicht einmal ein Kissen wie Jo und Nahla.

„Ich nehme gern Tee", sagte Nahla.

„Ich auch!" Jo schenkte Gläser für alle ein.

„Wann geht's denn jetzt los mit deiner Tätowiererinnen-Ausbildung, Marihuana?", fragte ihre Mutter.

„Demnächst", entgegnete Jo.

„Und wie läuft es ab?"

„Der Typ in Biberbach, du weißt schon, der mir mein Kamel gestochen hat, der bringt es mir bei. Außer gut zeichnen zu können braucht man nichts dafür. Das Piercen lass ich mir auch gleich zeigen. Er meint, nach einer Woche hätte ich beides drauf."

„Und wie siehst du danach aus?", fragte Nahla. „Ich meine, irgendwie musst du ja üben. Oder gibt es dafür genug Freiwillige?"

„Ganz einfach! Zum Üben besorgt er Schweinespeck."

„Klingt sinnvoll!"

„Finde ich auch", stimmt Jos Mutter zu. „Ich lasse euch mal unter euch." Sie nahm ein Glas Hibiskustee und machte sich damit auf zu ihrem nackten Mann im Gemüseacker.

Jo stupste Nahla an. „Wirst sehen, gleich verschwinden sie im hohen Gras."

„So leicht kann das Leben sein", fand Nahla.

„Deines wird auch noch so, wirst sehen!"

„Was folgt denn bei dir auf den Tätowierkurs? Kommst du nach Tunesien und besuchst Karim?"

„Ich will vielleicht zuerst nach Guatemala. Am Atitlán-See soll ein guter Ort für Tätowierer sein. Er ist beliebt bei den Globetrottern und die wollen in ihrem Reiseflow doch fast alle ein Tattoo. Dort kann ich eine Weile Praxis sammeln. Bei deiner Hochzeit gucke ich dann, was Karim zu meinem Dromedar sagt." Jo hob ihr Spaghettiträgertop an und wippte mit der Hüpfe, so dass es aussah, als trabe es. „Schau, jetzt springt es!", rief sie albern, hüpfte im Sitzen und ließ sich dann mit ausgebreiteten Armen nach hinten auf die Kissen fallen. Mit Blick in den blauen Sommerhimmel, in dem gerade über ihnen ein Schwarm zarter Insekten in der Thermik tanzte, sagte sie: „Es ist so besonders, das mit dir und Hamza. Werde glücklich, Süße, megaglücklich!"

Nahla legte sich neben sie. „Das, was du und ich haben, ist mir aber auch viel wert."

„Mir definitiv auch!" Sie sahen sich einen einvernehmlichen Moment lang an, dann fragte Jo: „Wann ist dann nun eure Hochzeit? Das muss ich wissen, nicht dass ich gerade in Guatemala abhänge."

„Eine tunesische Hochzeit hat einen Vorlauf, den kann man sich in Deutschland gar nicht vorstellen. Um beim Standesamt den Termin machen zu können, muss man persönlich mit allen seinen Papieren vorsprechen. Die deutschen habe ich. Aber ich brauche auch noch die tunesischen. Die kann ich mir nur vor Ort ausstellen lassen. Außerdem sind Hamza und ich noch dabei, einen Mittelweg zu finden, was den Gesamtablauf betrifft. Ich möchte keine drei verschiedenen Kleider, aber eine tunesische Braut hat die."

„Drei Kleider? Das klingt reichlich übertrieben. Hat sein Vater denn inzwischen seinen Segen gegeben?"

„Wie es mir scheint, dauert das auch noch."

„Und dein Vater? Was sagt der dazu?"

„Der weiß noch nichts. Keiner aus meiner Familie. Immer, wenn ich mir vornehme mit meinen Eltern zu reden, kommt mir hoch, wie sie auf meine Schwangerschaften reagiert haben. Und dann bleiben mir die Worte im Hals stecken."

„Verstehe", entgegnete Jo teilnahmsvoll.

„Seitdem habe ich das Gefühl, ich muss mein Leben verstecken. Meine Entscheidungen sind so anders als die der meisten. Ich will nicht, dass meine Eltern sich wegen mir schlecht fühlen, weil ich sie in irgendeinem Licht dastehen lasse, das für sie nicht vertretbar ist. Bei dir ist das echt ganz anders."

„Ja, schon."

„Egal, was du machst, deine Eltern sind immer stolz auf dich." Nahla seufzte tief.

„Aber du lädst deine schon ein?", fragte Jo.

„Natürlich! Aber erst, wenn ich das genaue Datum habe. Sobald ich Nägel mit Köpfen mache, gibt es sicherlich einen Riesenstress. Ich hoffe, sie kommen dann trotzdem."

„Wahrscheinlich würde ich es an deiner Stelle genauso handhaben", überlegte Jo. „Aber wenn sie nicht kommen, dann gräme dich deswegen nicht zu sehr. Es ist schließlich dein Leben. Wer deine Entscheidungen nur kritisieren will, der soll sich gefälligst ganz raushalten!"

„Ich wünschte, ich könnte das einmal so locker sehen wie du", murmelte Nahla. „Meine Entscheidungen waren nie solche, die meiner Familie gut taten.

„*Dir* müssen sie gut tun. Dir!", entgegnete Jo. „Was sagt übrigens deine Oma dazu, dass du dieses Jahr so oft in Tunesien warst?"

„Nichts ... Wir haben es ihr nicht gesagt. Klar fand sie es komisch, dass ich nur noch selten nach Bayrischzell kam. Aber meine Mutter hat mich gedeckt und ihr erzählt, ich wäre zu sehr mit diesem und jenem beschäftigt. Ich will schon noch zu ihr, bevor ich ausreise, zumindest über ein Wochenende."

Anfang Oktober fuhr Nahla mit Florian und Lilli durchs kurvenreiche Leitzachtal. In Rotgold gekleidet flankierten die Bäume ihren Weg, als nähmen sie gleichermaßen Abschied von ihr wie sie von ihnen. Sie hielt an, die Leitzach plätscherte ihr zu: „Komm mal wieder!"

Bestimmt! Aber dann mit Hamza!

Nahlas Wochenende durchzogen unbändige Vorfreude auf die Zukunft und bittersüßer Melancholie, ihre Oma, die Leitzach, Bayrischzell und die Berge bald in weiter Ferne zu wissen. Vorfreude und Melancholie zusammen ergaben eine recht stabile, ausgewogene und fröhliche Mischung.

„Ich werde einen längeren Urlaub machen", sagte Nahla, fertig zur Rückfahrt nach Thannhausen, die Hände auf dem Türrahmen ihres Twingos.

„Das wird dir gut tun, mein Mädel!" Ihre Oma legte ihre Hände auf Nahlas. „Bist du an deinem Geburtstag in gut zwei Wochen wieder da?"

„Nein, noch nicht."

„Dann lass dich anderswo feiern! Dort gibt es bestimmt auch Kuchen. Wir holen es dann später nach."

Nahla überprüfte die Gurte der Kinder, stieg ein und sah im Rückspiegel, wie ihre Oma ihnen nachwinkte.

Ich glaube, ich hätte sie einweihen sollen. Vielleicht hätte sie mich verstanden und Mama liegt falsch damit, dass man sie schonen muss.

Am folgenden Tag schob Nahla das Kinderwagendomizil von Hamza-Maximus und Ahmed-Benjaminus zu Lisa und Agnes. Danach machte sie sich auf zu Jo nach Haselbach.

„Du weißt, dass ich die Schildis auch genommen hätte", sagte Jo.

„Ja, aber du weißt auch, dass ich Baghira in Sachen Schildis nicht ganz traue. So wie sie immer Steine herumträgt, würde sie bei Gelegenheit wahrscheinlich auch die Schildkröten packen. Ich nehme die beiden mit, wenn ich meine Wohnung auflöse."

Nahla hob ihren Gnom hoch. „Und dich auch!", versprach sie ihm. „Ich würde dich so gern gleich einpacken, aber meine Koffer sind jetzt schon übervoll." Nahla drückte ihn an sich und setzte ihn dann zurück zu seinen Mitgnomen.

„Wann wird das ungefähr sein?", fragte Jo.

„Ich vermute, im Februar oder März. Ich kann das permanente Visum ja erst nach der Hochzeit beantragen. Bis dahin müssen hier das Kindergeld und die Krankenversicherung weiterlaufen."

Am Münchner Flughafen lud Nahlas Vater das Gepäck aus dem Auto. „Wieso habt ihr denn dieses Mal derart viel?"

„Geschenke für Freunde. Das hat sich so ergeben", entgegnete Nahla, ihre Handtasche fest an sich gepresst. Darin befand sich ihr Führungszeugnis, sowie eine Internationale Geburtsurkunde und eine Ledigkeitsbescheinigung. Alles vorschriftgemäß übersetzt und beglaubigt.

Nahlas Vater stellte die Koffer auf einen Gepäckwagen. Obendrauf setzte sich Lilli. Florian half beim Schieben.

„Tschüss, Opa!", riefen Florian und Lilli.

„Auf Wiedersehen, Papa", verabschiedete sich Nahla und schritt zügig mit Kindern und Koffern durch eine der großen Drehtüren in die Abfertigungshalle. Sie flog einer Zukunft entgegen, die mit ihrem Inneren in Einklang stehen würde, mit ihrer Gefühlswelt, die nie so ganz zum deutschen Zeitgeist gepasst hatte.

Endlich ganz Frau und Mutter sein, mit dem richtigen Mann. Das Natürlichste der Welt!

HOCHZEITS-VORBEREITUNGEN UND BEGINN DES ARABISCHEN FRÜHLINGS IM DEZEMBER 2010

Hamza steckte den Schlüssel in die Autotür und drehte ihn nicht, da er meinte, Nahlas sonst so sanfter Blick packe ihn hart am Nacken. Er wandte sich mit einem Knirschen in den Halswirbeln um. Hinter sich fand er das warme Braun von Nahlas Augen ohne jegliche Schärfe darin, dagegen mit einer Besorgnis, die er versuchte, sofort zu zerstreuen.

„Baby", sagte er sacht, „eure Koffer hätten doch dieses Mal gar nicht ins Auto meines Vaters gepasst!"

„Schon in Ordnung", entgegnete Nahla.

Hamza öffnete die Autotüren und Nahla bugsierte die Kinder auf den Rücksitz des ihr fremden Wagens.

„Wem gehört der?", fragte sie, als sie auf dem Beifahrersitz saß.

„Maiza. Du weißt schon, dem Besitzer der Ferienwohnung", informierte Hamza sie knapp und verkündete schnell: „Meine Ummi hat viel mit dir vor!"

„Ui, was denn?", fragte Nahla.

„Sie nimmt dich demnächst mit ins Hammam. Du bist meine Braut!"

Hamza verfolgte erleichtert, wie die Besorgnis in Nahlas Augen gespannter Vorfreude wich. Florian und Lilli alberten derweil auf dem Rücksitz.

„Kamelreiten!", rief Florian.

„Strand!", verlangte Lilli.

„Klar!", versprach Nahla.

Hamza startete den Motor. Sie ließen das Flughafengelände hinter sich und durchquerten die tunesische Landschaft in Richtung Nabeul. Gelbbraune Erde, Fächerpalmen. Nahlas Brustkorb weitete sich. Der Zauber der Wüste, das Salz des Meeres und die Macht der Gewürze, die sie selbst außerhalb der Siedlungen wahrnahm, hielten durchs Fenster ins Wageninnere und in ihre Lungen Einzug. Das damit einsetzende Gefühl der Leichtigkeit stand in hartem Kontrast zum Druck, der in Deutschland zusätzlich zur dauerhaft zehrenden Sehnsucht nach Hamza auf ihr gelastet hatte. Druck, dass sie genug Geld für die Flüge beiseite schaffte. Dass die Heiratspapiere richtig und rechtzeitig ausgestellt sein würden. Dass ihre Eltern nicht mitbekämen, welch konkrete Gestalt ihre Pläne annahmen. Nahla atmete in tiefen langen Zügen erneut Tunesien ein – und Hamza. Ihn und sein Rasierwasser, das mit seinem persönlichen Körperduft eine unverkennbare Melange einging und sie dazu veranlasste, alle paar Kilometer ihre Nase an seinen Nacken zu drücken.

„Mama, guck doch!" Florian fasste von der Rückbank aus nach Nahlas Zopf, der zu ihm nach hinten baumelte, während Hamza in eine Parklücke vor der Ferienwohnung rangierte.

„Was denn, Schatz?", fragte Nahla.

Florian zeigte zur Mauer vor dem Haus. „Da sitzt ein Kätzchen!"

Jetzt sah es Nahla auch. Es heftete beim Aussteigen seinen Blick an sie und verfolgte ihre Bewegungen, als sie mit Hamza Koffer und Taschen auslud. Dabei drückte es sich eng an die Mauer. Seine langen Klagelaute entsprachen exakt denen eines jeden bedürftigen Kleinkindes. Lilli und Florian gingen vor ihm in die Hocke, ebenso nun Nahla, die es genau begutachtete.

Rotweißes Fell, dazu äußerst passende gelbe Augen, ein schlankeres Gesicht und etwas größere Ohren als deutsche Katzen sie haben.

„Es ist ein Katerchen", teilte Nahla den anderen mit, „ungefähr vier Monate alt." Sie streckte die Hand aus, es schnupperte an ihren Fingern.

„Kann ich's hochheben, Mama?", fragte Lilli.

„Ja, aber langsam, Schatz. Ich weiß nicht, ob es das mag."

Lilli hob den Kater hoch und der begann vertrauensselig an ihrer Brust so laut und dankbar zu schnurren, als habe er eine Kinderrassel verschluckt und seit Tagen auf eine zärtliche Geste gewartet.

„Meinst du, er gehört jemandem?", fragte Nahla Hamza, der das Gepäck inzwischen in die Wohnung gebracht hatte.

„Kaum", entgegnete er. „Das ist sicher eine Straßenkatze, so dürr wie sie ist!"

„Es ist ein Kater", teilte Nahla nun auch ihm mit.

Der Kater strampelte ein wenig, Lilli musste ihn absetzen. Alsgleich drückte er sich wieder an die Mauer. Hamza streckte ihm nun seine Hand entgegen und nachdem er ausführlich auch seine Finger beschnuppert hatte, setzten seine langgezogenen Klagelaute aufs Neue ein.

„Bei meinen Eltern hatte ich immer eine Katze", bedachte Nahla und fragte Hamza: „Hast du schon eingekauft?"

„Klar!"

„Auch Milch?"

„Auch Milch."

„Lass ihn uns mal mit reinnehmen, er braucht dringend etwas zu fressen."

Hamza stimmte mit einem Nicken zu.

In der Küche stellte Nahla drei bunte Müslischüsseln aus Keramik samt Untersetzern auf ein großes Plastiktischset. Eine der Schüsseln füllte sie mit Milch und eine mit Wasser. Der so liebevoll hergerichtete Essplatz machte auf Hamza gar nicht den Eindruck, als wäre er nur ein momentanes Provisorium.

„Wir brauchen Katzenfutter", sagte Nahla und deutete auf die dritte, noch leere Schüssel.

„Ich kann welches besorgen. Und dann? Was hast du vor?"

Nahla sah dem Kater zu, wie er seine rosa Zunge in die Milch tauchte und schlappernd die Schüssel leerte.

„Er braucht uns. Findest du nicht?"

„Es gibt so viele Straßenkatzen ...", entgegnete Hamza.

„Aber dieser Kater saß vor unserer Tür! Als ob er auf uns gewartet hätte."

„Was redet ihr?", fragte Florian.

„Über den Kater."

„Er ist so süß! Behalten wir ihn?"

Nahla übersetzte Hamza Florians Frage auf Französisch.

„Heißt das, bei uns zieht ein Haustier ein, bevor wir eine eigene Wohnung haben?" Hamza zwinkerte den Kindern zu.

„Sieht so aus", sagte Nahla. „Das war eine Fügung des Schicksals!"

„Ja! Ja! Ja!" Florian vollführte Freudensprünge. Erschrocken duckte sich das Katerchen und riss dabei die Augen weit auf.

„Vorsichtig!", mahnte Nahla. „Erschreck ihn nicht!"

Florians Beine kamen sofort zum Stillstand. „Nehmen wir ihn nach dem Urlaub mit nach Deutschland?", fragte er hoffnungsvoll.

Nahla setzte sich mit untergeschlagenen Beinen auf den Boden neben dem Kater und zog Florian auf ihre Schenkel. „Wir gucken mal, wie es ist, wenn wir ein bisschen länger hier bleiben. Und wenn alles passt, dann könnten wir doch auch ganz lang bleiben."

Etwas überrascht, aber diesem Vorstellung nicht abgeneigt, wollte Florian wissen: „Was ist dann mit Oma, Opa und den Tanten?"

„Die besuchen uns bestimmt."

„Dann will ich bleiben! Hier haben wir ein Meer!"

„Packt die Koffer aus, ich gehe Katzenfutter kaufen", sagte Hamza, der die deutsche Unterhaltung nicht verstand.

„Überleg dir dabei einen Namen!", rief Nahla ihm nach. Hamza hob die Hand und winkte beim Gehen.

„Wie heißt er?", fragte Florian, als Hamza weg war.

„Oh nein, diesmal nicht!", entgegnete Nahla lachend.

„Was nicht, Mama?"

„Dieses Mal wirst nicht du den Namen bestimmen oder umwandeln. Jetzt ist Hamza dran!"

„Hm! Dann soll er aber einen gescheiten aussuchen!"

„Muhammed Ali!", verkündete Hamza, als er mit zwei verschiedenen Sorten Katzenfutter zurückkehrte. Nahla stellte eine vierte Müslischüssel auf das Set und öffnete beide Packungen.

„Wir testen jetzt mal, welches dir besser schmeckt, Muhammed Ali, und das kriegst du dann in Zukunft." Sie wandte sich an Hamza. „Wieso dieser Name?"

„Weil Muhammed Ali ein Kämpfer ist und auch alle überlebenden Straßenkatzen das sind. Außerdem ist es mein Lieblingsname."

Nahla schmunzelte.

„Was ist?", fragte Hamza. „Gefällt er dir nicht?"

„Doch sehr! Ich hab mich nur gefragt, was Florian daraus machen wird."

„Du meinst Figo", entgegnete Hamza.

„Wenn ich's mir so überlege, hat *Figo* jedes Recht, Muhammed Ali umzubenennen!"

Hamza und Nahla lachten einvernehmlich, beäugt von Florian, Lilli und auch ein paar Sekunden lang von Muhammed Ali, der dann aber sofort hungrig weiter fraß.

„Ich habe ihn jetzt schon lieb", sagte Nahla und barg ihn, als er alle Schüsseln geleert, behütend in ihren Armen.

„Jetzt dürfen wir uns also um drei Kinder kümmern", stellte Hamza fest und kraulte dabei das rotweiße Katerfell.

Muhammed Ali erkundete die Wohnung, reklamierte in den folgenden Tagen Sitz- und Liegeflächen für sich, füllte sich seinen ausgehungerten Bauch und schnurrte schier unentwegt. Erstaunlich schnell wurde er zu einem Familienmitglied, das keiner mehr hergeben wollte. Neriman besuchte Nahla und versprach heute, anstatt im Flur zu putzen, die Stellung in der Wohnung zu halten.

„Wie gut, dass Figo und Lilli schon vertraut mit dir sind!", wandte sich Hamza an sie. Muhammed Ali strich unaufhörlich um seine Beine. „Und auf dich passt sie auch auf, so lange wir weg sind!" Er hob das Katzenkind hoch und übergab es Neriman, damit er beim Gehen nicht versehentlich über es stolperte. Neriman legte das Messer beiseite, mit dem sie Orangen zum Auspressen hälftete, und nahm Mohammed Ali an ihre Brust. Nahla herzte ihre Kinder. Florian machte sich ungeduldig los, er baggerte lieber mit Nerimans Sohn im Garten, als noch länger vor dessen Augen von seiner Mutter behätschelt zu werden. „Lass dir ein paar Worte auf Arabisch beibringen!", riet ihm Nahla noch schnell und verabschiedete sich mit zwei Wangenküssen von Neriman. Dann schulterte sie ihre Hammam-Tasche, in der sich alles befand, von dem Hamza wusste, dass Frauen es dorthin mitnahmen: frische Unterwäsche, Handtuch, Rubbelhandschuh, ein Eimerchen mit Griff, das sie auf dem Souk erstanden hatte. Es war blau und rund. Die rosa herzförmige, oftmals an den Ständen angebotene Version fand Nahla zu überzuckert, so wie manchen Guss auf tunesischen Torten, den sie zwar in den Auslagen der Geschäfte bemerkenswert fand, aber deshalb noch lange nicht essen wollte. In Hamzas Gegenwart verschwand ihr ungezügelter Appetit auf Süßigkeiten und Unmengen Pasta von ganz allein. Jede Diät, um ihre Figur zu halten, erwies sich als vollkommen überflüssig. Und genauso wenig wie nach zu viel Zucker verlangte ihr nun nach übersüßen Dingen wie herzförmigen rosa Eimerchen.

„Die Frauen sind hinterher immer dick eingepackt, das hatte ich noch vergessen dir zu sagen", bemerkte Hamza unterwegs und nahm Nahla ihre Tasche ab. Sie schlenderten durch die winkligen Gassen des Selmane-Viertels.

„Warum?", fragte Nahla.

„Weil sie sonst krank werden, sagen sie."

„Wieso das?"

„Ich weiß nicht ... das sind Frauensachen."

„Und die Männer?"

„Wir gehen nach dem Hammam einfach raus. Um diese Jahreszeit natürlich schon mit einer Jacke. Männer sind anders."

„Vor allem du!" Nahla zupfte am Bund seiner Jeans und spielte damit auf den neuen Long John an, den sie ihm zum Darunterziehen in den Wintermonaten aus Deutschland mitgebracht hatte.

„Ich habe ja auch dich!" Hamza sah sich kurz um und drückte, als er keinen Polizisten oder Nachbarn entdeckte, der vielleicht die unerlaubte Berührung hätte beanstanden wollen, kurz ihre Hand.

„Ich bin so aufgeregt! Hoffentlich mache ich nichts falsch!" Nahla hätte gern ihre Finger mit seinen verschränkt, ließ sie aber trotzdem los.

„Das wird schon, Baby! Nur kann ich dir leider nicht genauer sagen, wie es im Hammam der Frauen abläuft. Das gehört in ihre Welt." Er fasste nach der Klinke der nie verschlossenen Tür im meterhohen orientalischen Holztor mit den Sonnenstrahlenschnitzereien seines Elternhauses. „Wirst sehen, es gefällt dir. Es gefällt allen Frauen."

Sie durchschritten die Tür und gelangten durchs Empfangszimmer in den Innenhof, wo Hamzas Ummi und seine Schwester Mouna Nahla mit Küssen willkommen hießen. Hamza stand währenddessen im Hintergrund und Nahla entging nicht, wie sich seine draußen so unantastbare Souveränität hier drinnen in Zurückhaltung wandelte.

Im Reich der Frauen.

Es umhüllte Nahla wie feinst geknüpfte Decken aus Tausend und einer Nacht, deren Schöpfungsgeheimnisse sich Eingeweihte vorbehielten.

So etwas gibt es in Deutschland nicht. So einen Ort ... So ein Lebensgefühl!

Die Ummi und Mouna flankierten Nahla.

Sie nehmen mich auf. Dazugehören!

Sie machten sich gemeinsam auf ins Hammam.

Dampf. Wolken aus Dampf. Stimmen. Frauenstimmen. Ausgelassen fröhliche. Sie schwatzten. Sie glucksten, sie lachten. Nahla wagte keinen Fuß vor den anderen zu setzen. Sie wusste kaum, wo sich was befand.

Nicht auffallen. Vor allem nichts falsch machen. Wo muss ich hin?

Dampf. Der am Eingang auf die kühle Luft aus dem Vorraum traf und zu weißen undurchsichtigen Wolken kumulierte. Angenehme Wolken. Geschwängert mit dem Duft der Weiblichkeit.

Mouna nahm Nahla bei der Hand.

„Komm! Wir setzen uns."

Sie führte Nahla zu gefliesten Stufen mit den typischen Nabeul-Mustern, Blau- und Grüntöne dominierten, Gelb und Orange mischten sich unter. Sie waren das Einzige und zugleich das einzig Vertraute, das Nahla zunächst erkannte. Nackt, die Brüste von ihren offenen Haaren verdeckt, nahm sie zwischen Mouna und der Ummi Platz. Der wabernde Dampf gab von hier aus stückchenweise die Sicht frei. Aus der Raummitte schälte sich eine Art Quelle, die ein Wasserbecken befüllte. In dieses hinein setzten sich die Stufen fort. Nahla wandte sich um. Hinter ihr gingen sie in die Höhe. Allesamt bevölkert von Frauen. Frauen über Frauen. Es mochten an die hundert sein. In Ruhestellung oder Bewegung. Sie erschufen im Kollektiv eine Stimmung entspannter Vertrautheit.

Dieses Gefühl … Ich hab mich immer danach gesehnt. Hier ist es!

Sie lächelte entrückt Mouna neben sich zu. Die Ummi schrubbte ihrer Sitznachbarin mit einem Rubbelhandschuh den Rücken. Ein Glucksen und Lachen. Lange Haare, dunkle Augen. Frauen mit breiten und schmalen Hüften, mit großen und kleinen Brüsten. Keine verdeckte irgendetwas oder schien sich unnötig zu schämen. Jede Körperform hießen sie so wie von Mutter Natur geschaffen willkommen. Eine derartig wohltuende Zwanglosigkeit war Nahla keinerorts jemals zuvor begegnet. Auf ihrer Stufe atmete Nahla diese in sich, als ein weiteres Stück Tunesien, mit dem sie Anteil an einer Welt erhielt, für die in Deutschland kein Raum zur Verfügung stand.

Auf der Straße sind die Frauen aber so anders.

Dort, außerhalb ihrer Schutzräume, war jedes weibliche Verhalten streng reglementiert.

Hier drinnen leben sie wohl den Gegenpol dazu aus.

Doch damit wollte sich Nahla jetzt nicht beschäftigen. Lieber mit den Dampfwolken wabern und genießen. Die Hammambesucherinnen kämmten einander die Haare, wechselten von den obersten Stufen des Raums in die untersten im Becken. Gossen sich dort heißes Wasser mit ihren Eimern über Kopf und Schultern, roten, blauen und rosaroten in Herzform, und putzten sich die Zähne.

Ich glaub's nicht! Die spucken sogar ins Becken aus!

Nahla spürte Hände auf ihrem Rücken.

„Massagen gehören zum Hamman", sagte Mouna neben ihr.

Nahla fasste ihre Haare zusammen, damit sie der massierenden Fremden hinter ihr nicht im Weg waren und seufzte wohlig. Beim Drehen ihres Kopfes bemerkte sie von Rundbögen umfasste Nischen an der Wand gegenüber des Badebeckens, mit undefinierbaren Bewegungen darin.

Das wird wohl auch eine Art Massage sein.

Auf ihrer Haut perlte der Schweiß.

„Trinken wir etwas!", sagte Mouna nach der etwa zwanzigminütigen Massage. „Es gibt einen Raum dafür."

Durch einen schmalen Durchgang gelangten sie in ein Nebenzimmer. Darin befand sich ein Kaltwasserbecken, ein Trinkbrunnen und auf einem Tisch in Schüsseln angerichtet hartgekochte, schon geschälte und mit Kreuzkümmel bestreute Eier. Dazu frisch gepresster Orangensaft in Tonbechern.

„Nimm, was du magst", forderte Mouna sie auf. „Wir bezahlen es beim Gehen."

Die Kinder bekommen daheim von Neriman Orangensaft und ich hier. Lecker!

Nahla trank einen Becher Saft und probierte ein Ei, dem der erdig-herbe Kreuzkümmelgeschmack überraschend gut stand. Danach folgte sie Mouna zurück in den Dampfraum, wo diese auf zwei gleichaltrige Freundinnen stieß.

„Ich komme zurecht", sagte Nahla und bekräftigte ihre Aussage mit einem mehrfachen Nicken – trotz des beständigen Gefühls, über die Vorgänge innerhalb der Dampfwolken immer noch recht wenig Bescheid zu wissen. Ihre Schritte führten sie die Stufen hinab ins Badebecken. Es war eng besetzt, was zu fortlaufenden gegenseitigen Berührungen führte. Nahla schloss die Augen und betrachtete diese als weitere Massage, bis ihr jemand über die Wange strich. Sie schlug die Augen auf. Mit Gesten gab ihr Hamzas Ummi zu verstehen, dass sie mitkommen solle. Nahla stieg aus dem Wasser und ließ sich zu einer der Nischen bringen, die sie vorhin kurz bemerkt hatte. Darin erwartete sie eine Frau mit einer seltsamen Ausrüstung auf einem Mauervorsprung: schmale Stoffstreifen, Tiegel mit bräunlicher Masse, diverse Scheren.

„Hadhih Jenna," sagte die Ummi zu Nahla und zeigte auf die Frau.

Diese tupfte sich mit allen zehn Fingern auf die Brust und

wiederholte langsam und deutlich: „Jen-na“.

„Jenna“, wiederholte Nahla und deutete auf sich: „Nahla.“

Die Ummi lachte Nahla noch einmal offenherzig zu und ließ sie dann mit Jenna allein. Diese tätschelte mit ihrer flachen Hand auf die bunt geflieste Bank in der Nische, woraufhin sich Nahla dort niederließ. Kaum saß sie, nahm Jenna sie bei den Schultern und drückte sie nach hinten. Nahla legte sich auf den Rücken. Jenna fuhr ihr über den Bauch, was Nahla daran erinnerte, wie sie selbst Muhammed Ali streichelte, wenn er sich vor ihr ausgestreckt auf dem Rücken wälzte. Doch Jenna begutachtete dabei ihren Schritt. Dann zupfte sie an ihren Schamhaaren, wie um deren Länge zu messen. Hernach drehte sie sich um und griff nach einer der Scheren auf dem Mauervorsprung.

Was zum ...

Jenna begann Nahlas Schamhaare zu kürzen. Vor lauter Überraschung hielt Nahla still und rührte sich selbst dann nicht, als sie ihr die Schenkel spreizte und die Schamlippen öffnete, um auch die dazwischen geschlüpften Härchen zu stutzen. Daraufhin packte sie ihre Schere weg. Nahla wollte aufstehen, doch Jenna fing ihre Bewegung ab. Erneut ließ sich Nahla zurücksinken und verfolgte nun, die Arme unterm Kopf verschränkt, um besser zusehen zu können, wie Jenna mit einer Holzspachtel etwas von der bräunlichen Masse aus einem der Tiegel auf ein paar Quadratzentimeter ihrer gekürzten Schamhaare strich. Frischer zitronig-süßer Geruch stieg ihr in die Nase. Jennas Lächeln mutete sie jetzt fast ein wenig verschmitzt an. Geradeso, als koste sie ihren Wissensvorsprung ihr gegenüber ein klein wenig aus. Sie drückte ein Stück Stoff auf die Paste. Dieses haftete daran. Mit einem Ruck entfernte sie Stoff, Paste und Schamhaare.

Fasziniert verfolgte Nahla in der folgenden Stunde, wie Jenna Stück für Stück ihren Intimbereich enthaarte. Selbst dessen verwinkeltste Stellen bedachte sie, wozu sie Nahlas Beine weit auseinander schob und ihre Schamlippen wie Buchseiten umblätterte.

Als Nahla schließlich die Nische verließ, trat aus der danebenliegenden gerade die Ummi. Sie konnte beim besten

Willen nicht anders, als der Mutter ihres Freundes zwischen die Beine zu schauen. Dort war, genau wie bei ihr, alles vollkommen blank. Die Ummi lachte zufrieden-fröhlich. „Jalla, jalla!“ Komm, komm! Sie nahm Nahla bei der Hand und setzte sich mit ihr wieder auf die erhöhten Stufen ums zentrale Badebecken, die eine recht gute Aussicht auf den Raum boten. Aussicht. Die brauchte Nahla jetzt, um sich ein detaillierteres Bild der Hammambesucherinnen zu machen. Ebenso ungeniert wie diese miteinander umgingen, beäugte sie nun alle deren Körperregionen – was sie sich vor ihrem Nischenaufenthalt noch nicht getraut hätte.

Alle nackt. Durchweg alle überall nackt.

Stunden später, als sie in den kühlen Abend hinaustraten, kramte die Ummi in ihrer Tasche und zog einen dicken langen Schal heraus. Diesen wickelte sie Nahla um Hals und Kopf.

„Mir ist doch gar nicht kalt“, sagte Nahla und Mouna erklärte daraufhin, selbst in einen Schal und eine dicke Jacke gepackt: „Du gehst jetzt heim und dann 24 Stunden nicht mehr raus, sonst wirst du krank!“

Die Ummi tätschelte Nahla liebevoll die Wange und wand den Schal noch ein wenig fester um ihren Kopf.

Vielleicht wären wir in Deutschland auch weniger oft erkältet, wenn wir es so genau nehmen würden?

„Warum hast du mir das nicht erzählt!“, fragte Nahla Hamza sofort zurück in der Ferienwohnung.

„Was meinst du?“, entgegnete Hamza. Nahla sah ihm prüfend ins Gesicht. Er schien tatsächlich keinerlei Ahnung zu haben, worauf sie hinaus wollte. Also nahm sie ihn kurzerhand mit ins Schlafzimmer, schloss die Tür vor den Kindern und öffnete ihre Jeans.

„Was ist denn das?“, rief Hamza mit geweiteten Augen, warf sich aufs Bett, zog Nahla zu sich und ihr die Hose ganz herunter. „Deshalb sind die Frauen also immer so lange im Hammam!“

„Du wusstest das echt nicht?“, fragte Nahla, immer noch ein wenig ungläubig.

„Nein! Woher denn auch? Ich habe noch nie mit einer Tunesierin geschlafen!"

„Die sind alle unten nackt!"

„Lass es mich mal genau ansehen." Einem plötzlichen Impuls nachgebend fuhr er mit der Zunge über Nahlas seidige Haut.

„Das fühlt sich ... ungewohnt ...", begann Nahla. Ein Kratzen an der Schlafzimmertür riss sie aus ihrem Nachspüren, dem ein forderndes „Miau!" folgte.

„Hamza, die Kinder! Alle Kinder! Zwei- und vierbeinige!" Sie schob ihn weg und schlüpfte rasch und mit Bedauern zurück in ihre Hose.

„Wenn sie schlafen, haben wir Zeit", entgegnete Hamza. „Dann schaue ich mir das *ganz* genau an!"

Die Kinder bekamen an diesem Abend so viel Schokolade zum Nachtisch, wie sie wollten und Muhammed Ali seine Näpfe aufgefüllt, bis ihn sein voller Bauch schläfrig machte. Lilli und Florian ließen sich, der Schwere ihres Sättigungsgefühls nachgebend, recht widerstandslos zeitig zu Bett bringen. Muhammed Ali trippelte hinterher und rollte sich auf Lilis Decke zusammen.

„Geschafft!" Hamza und Nahla schlossen ihre Schlafzimmertür und zogen sich gegenseitig aus. Dann standen sie sich gegenüber und sahen sich – ohne es geplant oder vorher gar besprochen zu haben –einfach nur an.

„Deine Haut ist *da* so unglaublich weiß", bemerkte Hamza.

Nahla verschränkte die Finger ihrer beiden Hände mit seinen und betrachtete die so entstehenden Zebrastreifen.

„Du leuchtest im Dunkeln", fuhr Hamza fort. „Überall, aber da besonders. Sogar noch mehr als an deinen Brüsten und an deinem Hintern."

„In Deutschland gilt es als schick, nahtlos braun zu sein."

„Wie braun?"

„Sonnengebräunt."

„Warum?"

Nahla überlegte. „Vielleicht, weil es demonstriert, dass man es sich leisten kann, in der Sonne zu liegen, anstatt arbeiten zu müssen? Ich weiß nicht. Mir war es immer peinlich, dass ich so weiß bin."

Hamza entflocht ihre Finger, ging einen Schritt zurück, hob einen Arm und kreiste mit der Hand in der Luft, was Nahla als Aufforderung verstand, sich zu drehen.

„Bei unserer Hochzeit muss dir nicht einmal das Gesicht weiß geschminkt werden."

Nahla vollendete ihre Drehung und schloss den Abstand zwischen ihnen. „Wie meinst du das?", flüsterte sie ihm ins Ohr.

„Einer tunesischen Braut wird das Gesicht weiß geschminkt. Das ist elegant und nobel. Aber du hast das nicht nötig!"

Wahnsinn! Wofür ich mich bisher geschämt habe, ist plötzlich ein Bonus!

Sie wiegte ihre Hüften an Hamzas. „Was war das eigentlich für eine Paste im Hammam?", fragte sie.

„Ich weiß ja nicht einmal, wie das, was du da hast, überhaupt gemacht wird. Das gehört zur Frauenwelt und ich habe keine Ahnung. Ich ... kann jetzt nicht mehr reden!"

Auch in Nahlas Kopf zerstoben die Gedanken.

Ihre Körper sprachen in neuen Sätzen zueinander, als wäre Nahlas ein Gemälde, dessen Gesamtaussage durch mystische Pinselstriche erweitert worden war. Hamza las das Neue, reagierte darauf, trat mit ihm in Resonanz und kreierte seinerseits exakt in es hineinfließende Farbnuancen.

„Kann ich noch kurz hier bleiben?", fragte Nahla an einem der nächsten Tage an Hamzas Schreibtisch im Copyshop. Sie hatte die Fotos ihrer Digitalkamera auf seinen Computer heruntergeladen. Deren Speicherkarte fasste zwar dreimal so viele wie früher eine Filmrolle, war aber trotzdem alle paar Tage voll.

Hamza öffnete die Ladentür und warf einen Blick auf die Straße. „Geht klar, es ist gerade keine Kundschaft im Anmarsch. Was willst du denn noch machen?"

„Recherchieren, was im Hammam verwendet wurde."

„Ja, guck mal nach, ich will das auch wissen!"

Hamza faltete aus einem Reklameblatt einen Papierflieger zur Unterhaltung der Kinder, damit sie nicht an den Kopierern herumfingerten, solange Nahla beschäftigt war.

„Ich beeile mich", sagte Nahla.

Schon ein wenig lästig, dass ich mit meinem Handy nicht ins Internet komme und nicht einfach zwischendurch im Garten oder am Strand mal was nachschauen kann. Wieso gehen denn die ganzen Seiten hier nicht auf?

„Hamza, ich glaube, das Internet funktioniert nicht richtig!"

Hamza schoss den fertigen Flieger zu Lili und trat hinter Nahla. „Du bist wahrscheinlich auf zensierten Seiten gelandet."

„Was?" Nahla sah ihn verständnislos an. „Und das heißt?"

„Dass Ben Ali sie nicht erlaubt."

„Aber ... sowas gibt's doch nicht!"

„Ist leider normal hier", entgegnete Hamza und fasste den Flieger, der an seinem Bauch auftraf.

Nahla lehnte sich zurück und überlegte. Bisher waren die Interessen des tunesischen Diktators noch nie so mit ihren eigenen kollidiert, dass sie sich groß daran hätte stören müssen.

„Intimenthaarung", „Enthaaren im Hamman". Alle tun es, aber im Internet sind diese Wörter gesperrt?

In einem Anflug von Aufsässigkeit gab sie „Demokratie", „Meinungsfreiheit" und „Abtreibung" ein.

Bizarr. Man kann nichts darüber nachlesen!

„Porno", tippte sie ketzerisch.

Nichts. Selbstredend nichts.

Ein älterer Herr im Jedda, dem traditionellen langen weißen Gewand, betrat den Laden.

„Baby, tut mir leid, ich muss mich ums Geschäft kümmern", teilte Hamza Nahla mit.

„Ich habs gleich!", entgegnete sie. Eine englische Seite baute sich nach abermaligem Eintippen ihrer Suchbegriffe in mehreren Sprachen nervtötend langsam auf und verriet ihr schließlich, dass es sich im Hammam um Zuckerpaste gehandelt haben musste. Zur Herstellung rührte und kochte man Zucker mit etwas Zitronensaft und Wasser so lange, bis sich das Gemisch zu einer braunen Masse verfestigte. Diese trug man nach dem Abkühlen gegen die Haarwuchsrichtung auf. Sie sei deutlich hautschonender als Wachs, da sie sich lediglich mit den Haaren und dem darauf geklebten Stoff verband, jedoch nicht mit der Haut.

Deshalb hat die Prozedur weniger weh getan, als ich zuerst befürchtete!

Nahla schloss die Seite und verabschiedete sich von Hamza, der bereits mit seinem Kunden verhandelte. Ein paar Minuten später schritten sie und die Kinder durch das dreiteilige Haupteingangstor des Souks, um für das Abendessen einzukaufen. Dank Nerimans Empfehlung war Nahla selbst eine von Mustafas regelmäßigen Kundinnen geworden. Nahla bestellte bei ihm ein Huhn und während er es schlachtete, kaufte sie Obst und Gemüse. Sie kochte jetzt zunehmend selbst und wollte nicht mehr, dass Hamza Essen mitbrachte wie bei ihrem Probewohnen. Sie folgte damit dem riesigen Bedürfnis, möglichst viele tunesische Gerichte zu beherrschen, sich einheimisch zu fühlen. Anspruchsvolle Rezepte legte sie auf Nerimans Putztage. Diese machte immer wieder gerne eine Pause beim Wischen und instruierte Nahla bei der diffizilen Verwendung der mannigfaltigen arabischen Gewürze. Beschwingt hantierte Nahla in der Küche, doch die Grenzen, auf die sie im Internet gestoßen war, beschäftigten sie dabei weiter. Welches Defizit an Informationen würden sie auf Dauer für sie selbst bedeuten? Gerade in einer Zeit, in der sich die Nachrichtenverbreitung zunehmend aufs World Wide Web verlagerte?

„So ganz habe ich das mit den gesperrten Seiten noch nicht verdaut", teilte sie abends beim Essen Hamza mit.

„Die Leute tolerieren es immer weniger", entgegnete er.

„Ach ja? Was tun sie dagegen?"

„Sie suchen sich Nischen und dehnen sie. Ich zeig dir zum Geburtstag eine, wenn du magst."

„Welche denn?"

„Wir könnten in eine Disko gehen. Karim käme dann, um auf unsere Kinder aufzupassen. Willst du?"

„Na klar!" Nahla ließ ihre Gabel auf den Teller fallen und umarmte Hamza stürmisch. „Gute Idee!"

‚Unsere!' Er hat wirklich ‚unsere Kinder' gesagt!

„Wir sollten wirklich ausgehen, bevor wir noch ein Kind mehr haben und es dann wegen des Stillens längere Zeit sowieso nicht mehr geht. Ich wusste nur nicht, dass man das hier kann!"

„Man kann!", entgegnete Hamza und ließ seine buschigen Augenbrauen so auf und ab schnellen, dass Lilli in Gelächter ausbrach. Nahlas hingegen lächelte still vor sich hin, die Sicherheit und Freude über Hamzas Stellungsnahme zu Florian und Lilli genießend, zu ihnen allen als Familie.

„Karim, aishek!" Nahla umarmte ihn in ihrer Vorfreude, als er zum Kinderhüten kam. Er nahm es steif hin, ohne es zu erwidern. Zwischen Hamza und ihm gab es fortlaufend Berührungen, hier ein Armumlegen, da Schulterklopfen. Hamza war ja ein Mann. Und Karims bester Freund. Aber dessen Frau zu berühren, das gehörte sich nicht.

Nahla trat etwas verlegen zurück und glättete ihr lang geschlitztes, weinrot glitzerndes Partykleid. „Huch!" Haltsuchend griff sie nach Hamzas Schulter. „Ist eine Weile her, seit ich Highheels getragen habe", kommentierte sie ihr Kippeln. Diesmal war es Hamzas Blick, den sie fast so intensiv spürte wie sonst seine Stimme. Er glitt von ihren Zehenspitzen am Saum ihres Kleides empor, umfasste ihre Taille, strich über ihren Busen und wanderte am Ausschnitt entlang unter den Stoff.

„Ein würdiger Aufzug fürs Feiern unserer Geburtstage", fand Hamza.

Nahla war vor ein paar Tagen 24 geworden, Hamza würde es in wenigen sein. Trotz ihres übergeworfenen Cardigans fröstelte Nahla in der Novembernacht, aber der Weg war nicht weit und sie legten ihn so zügig wie möglich zurück. Durch die dick gepolsterte Tür der Diskothek quoll beim Öffnen Feierstimmung nach draußen, wurde aber mit ihrem Schließen sofort wieder hinter sie zurückgedrückt und gegen die Straße abgeschirmt. Nahla und Hamza verschwanden innerhalb der massiven Mauern des Gebäudes.

„Was für ein Weltenwechsel!", stellte Nahla fest. „Hier sieht's ja fast aus wie in einer deutschen Disco."

Hamza schob sich durch die Menge voran zur Bar.

„Celtia? Wodka Red Bull?", fragte er Nahla.

„Celtia!"

Sie entschied sich für das malzig-milde Bier mit recht festem Schaum einer einheimischen Brauerei, das in Dosen, Flaschen und Fässern fast allerorts zum Verkauf angeboten wurde.

Hamza bestellte und stieß mit Nahla an. „Happy Birthday, Baby!"

„Alles Liebe zum Geburtstag!", erwiderte sie auf Deutsch.

„Was heißt das?"

„Im Endeffekt dasselbe", lachte Nahla und wandte sich Hamzas Blick folgend um, den hinter ihrem Rücken an der Bar jemand auf sich zu ziehen schien. Was sich ihr darbot, ließ sie eine Sekunde lang eifersüchtig auf ihrer Unterlippe kauen. Doch alsgleich fiel ihr ein, dass Hamza gar nicht auf modellschlanke Frauen stand. Diese dort musste einem der Hochglanzmagazine entstiegen sein, von denen Nahla zuletzt eines im Flugzeug bei ihrer Anreise durchgeblättert hatte. Schwarzes welliges Haar bis weit über den Rücken hinab, vielleicht etwas zu dick aufgetragenes Make-up – aber auf Fotos machte sich das ja meist ganz gut – und einen Ausschnitt, der den halben Busen entblößte. Die Inhaberin all dessen blinzelte Hamza zu und der grüßte mit einem recht eleganten Nicken zurück. Nahla registrierte, dass sie starrte und drehte sich abrupt zurück zu Hamza. Der rutschte von seinem Barhocker und gab der Frau links und rechts ein Küsschen auf die Wange. Danach klärte er Nahla auf: „Meine Nachbarin vom Copyshop. Ihr seid euch schon öfters begegnet."

„A-aber ..."

„Jetzt hast du den Beweis für die Kategorie Frauen, die dir Fatima damals beim Bemalen deiner Hände mit Henna beschrieben hat."

Um ihr Nicht-Erkennen der Nachbarin zu kaschieren, begrüßte Nahla Hamzas Nachbarin nun auch mit den üblichen Wangenküssen.

„Moment!", wandte sie sich alsgleich wieder an Hamza. „Wieso hast du sie eigentlich geküsst? Das machen doch nur Frauen untereinander!"

„Hier drin sind die Gesetze noch ferner als in der Flughafenhalle", erklärte Hamza leichthin.

„Ben Alis Gesetze?"

„Pah! Ben Ali!" Hamzas Nachbarin warf bei der Erwähnung dieses Namens provozierend die Haare zurück und streckte ihren Busen vor. Mit ihrem sonst bis an die Augenbrauen reichenden Hajib hatte sie offensichtlich auch ihr züchtig-unterwürfiges Gehabe abgelegt, das Nahla von ihr kannte.

Je regelkonformer, desto krasser wohl die Ausbrüche.

Nahla starrte schon wieder. Als sie sich dessen gewahr wurde, massierte sie sich kurz die Stirn und drehte sich auf ihrem Hocker zur Tanzfläche. Sofort fielen ihr die Männer auf. Zum einen überwog ihr Anteil, zum anderen bewegten sie sich mit einem Rhythmusgefühl, das nicht viel gemein hatte mit der steifen Kantigkeit der meisten Deutschen. In ihrem Free Style fand sich auch etwas Traditionelles, Nuancen der Bewegungen von Bauchtänzerinnen, jedoch ohne sie dadurch feminin wirken zu lassen.

„Was ist das eigentlich für eine Musik?", fragte sie Hamza. „Techno? Nicht ganz, oder?"

„Tunesische Elektromusik. Lass uns tanzen, Baby!" Hamza trank aus und schlängelte sich mit Nahla durch die wogenden Leiber zur Mitte der Tanzfläche. Musik und Bewegung erfassten sie. „Ist das lange her!", rief Nahla. „So lange, dass ich tanzen war!"

Bald tranken sie ein weiteres Celtia, dann noch eins und noch eins. Die Stunden verstrichen, die Nachbarin prostete ihnen zu und warf fidel ihre Arme um den Nacken eines Tanzpartners. Erst unter den Letzten kehrten Nahla und Hamza Musik und Bar den Rücken.

„Bald ist Gebetszeit. Wir sollten zügig heimgehen", stellte Hamza fest, nachdem sie durch die dick gepolsterte Tür auf die Straße geschlüpft waren.

„Ich kann mit meinen Absätzen aber nicht wirklich schnell laufen!" Kurzerhand zog Nahla ihre Highheels aus und hüpfte barfuß die Straßen entlang. „Himbeereis zum Frühstück", tirilierte sie bedudelt.

„Was?", fragte Hamza.

„Keinen Schimmer, warum mir das jetzt einfällt! Wahrscheinlich, weil es früher so oft im Radio lief!"

„Himbeers sum Frühhhschüügg", ahmte Hamza sie nach. Im Licht des stetig heller werdenden Morgens tauchten Männer im Gebetsgewand auf, das Nahla stets an Mönchskutten erinnerte. Nur die Ärmel waren weniger weit und der Stoff dünner.

„Gleich ruft der Muezzin! Jetzt gehen alle zur Moschee“, sagte Hamza.

„Wir laufen in die falsche Richtung!“, riefen er und Nahla plötzlich unisono und brachen in Gelächter aus.

„Eine Ehefrau macht so etwas nicht, in die Disco gehen und trinken“, sagte Hamza.

„Ach so? Ich meinte nur die Richtung auf der Straße.“ Sie nahm Hamza beim Arm und fragte: „Heißt das, wenn wir verheiratet sind, machen wir solche Nächte nicht mehr?“

„Weiter Baby, lass uns heimgehen!“

Obwohl Hamza ihr die Antwort schuldig blieb, schwelgte Nahla: „Genauso hab ich mir mein Familienleben immer vorgestellt. Mein Mann ist fürsorglicher Ehemann und Vater, gleichzeitig mein heißer Liebhaber und der, mit dem ich am meisten Spaß haben kann!“

Hamza umarmte sie, drückte sie, ließ sie plötzlich los und flüsterte: „Ruhig! Schnell!“

Er zog sie in die Bougainvillea vor einem Hauseingang. Nahla wunderte sich, wie dick und weit die Pflanze sich emporrankte, bis zum Dach und so voluminös, dass sie Hamza und ihr komplette Deckung in ihren immergrünen Blättern und vereinzelten Überbleibseln ihrer pinken sommerlichen Blütenpracht bot. Gerade noch rechtzeitig, denn ein Polizist mit dem üblichen Gewehr über der Schulter schritt vorbei. Die eigentlich recht weichen Dornen der Pflanze pieksten Nahla durch den dünnen Stoff ihres Kleides, der Anblick des Uniformierten verdrängte dabei ihre Beschwipstheit. Sonst fielen ihr die alle zweihundert Meter postierten Polizisten nicht mehr groß auf, so irritierend sie deren Anblick anfangs gefunden hatte. Sonst trug sie aber auch keine anstößige Kleidung – wie gerade.

„Man kann hier alles tun, Baby, solange man sich nicht erwischen lässt“, sagte Hamza, als die Luft wieder rein war. Sie wanden sich aus den Zweigen der Bougainvillea und betraten wenig später auf Zehenspitzen die Ferienwohnung.

„Mama?“ Lillis Stimme tönte vom Wohnzimmer her, zusammen mit dem Gequassel des Fernsehers. Auf dem Sofa davor hielt Karim in jedem Arm eines der Kinder, Muhammed Ali schnurrte auf seinem Schoß. Er sagte etwas zu Hamza und dieser übersetzte, dass Florian und Lilli vor etwa einer Stunde wach geworden waren und ohne ihre Mama nicht mehr ins Bett gewollt hatten. Aber die monotone Fernsehwerbung habe sie gut abgelenkt und eingelullt. Der beste Beweis dafür sei, dass Figo an Karim gekuschelt jetzt doch wieder schlief.

„Ich wasche mir nur kurz Hände und Gesicht und übernehme dann", sagte Nahla. Auf dem Weg ins Bad erblickte sie schwarze Tappen vom Eingang bis zum Sofa, die nur ihre von der Straße schmutzigen Füße hinterlassen haben konnten.

„Schau", sagte sie zu Hamza. „Das ist meine Büßerspur! Was ich heute Nacht getan habe, tut eine Ehefrau ja nicht, wie du mir gesagt hast."

„Nein, eine *Ehe*frau tut das nicht. Aber du bist noch keine!"

Nahla ging ins Bad und wusch sich.

Eine Ehefrau ... Traditionen. Wie es zwischen uns *läuft, darauf kommt es an. Dabei haben die meisten die größten Probleme. Ich bin heilfroh, dass wir keine größeren haben als das bisschen Austarieren der kulturellen Denke. Das sind nur Äußerlichkeiten, mit denen wir sicher immer zurechtkommen werden.*

Doch Nahla ahnte noch nicht im Entferntesten, wie sehr sich Äußerlichkeiten und Kultur bald auf ihre Beziehung auswirken würden.

Exakt eine Woche nach ihrem ersten Besuch im Hammam warteten die Ummi und Mouna wieder auf Nahla.

„Wir gehen jede Woche!", teilte ihr Mouna mit.

„Ich ab jetzt auch?", fragte Nahla und Mouna nickte.

„Das ist ja herrlich!"

Mit Weiblichkeit geschwängerte Wasserdampfwolken, heiße und kalte Becken, Orangensaft und mit Kreuzkümmel bestreute Eier – und eine weitere Enthaarung? Zu ihrem Erstaunen wurde Nahla wieder in Jennas Nische geleitet.

Es ist doch praktisch noch nichts nachgewachsen!

Jenna kontrollierte das, fand ein paar Härchen und entfernte sie mit Zuckerpaste und Stoffstreifen. Dieses Mal auch unter den Achseln.

„Herrlich weich", fand Hamza später.

„Finde ich auch", raunte Nahla, die Beine um seine Hüften.

Aber dafür jede Woche diese Prozedur? Das ist schon heftig.

Bald darauf hüteten Mouna und die Ummi die Kinder im Innenhof. Hamza und Nahla hatten einen gemeinsamen Arzttermin.

„Ihr müsst euch per Handzeichen mit ihnen verständigen, so lange ich weg bin", erklärte Nahla Florian. „Hilfst du Lilli dabei?"

Florian sah seine Mutter fragend an.

„So machst du, wenn du etwas trinken willst." Nahla formte mit der Hand einen Becher und führte ihn zum Mund. „Und so, wenn du Hunger hast." Sie tat, als nähme sie etwas von einem imaginären Teller und kaute.

„Was ist, wenn ich aufs Klo muss?", fragte Florian.

„Tja ... warte mal!" Sie sah sich nach Hamza um. Der stand steif und verhalten neben seinem Vater abseits aller Anwesenden und hörte ihm artig zu. Er bemerkte jedoch ihren Blick und gab durch ein Zeichen zu verstehen, dass sie kurz warten solle. Nur eine Minute später verließ sein Vater das Haus. Nahla nickte ihm mit gesenktem Blick zu, als er an ihr vorbeiging.

„Ist das sicher in Ordnung, wenn die Kinder hier sind?", fragte sie Hamza.

„Ja! Kinder sind doch immer und überall willkommen!"

„Auch meine bei deinem Vater?"

„Das wird schon", beteuerte Hamza.

„Und wer sind die drei?" Mit dem Kinn deutete sie ganz leicht in Richtung der Frauen, die in ebenso dunklen wie langen Gewändern wie Hamzas Ummi mit dieser zusammen an einem Tischchen beim Brunnen vor Gebäck und Tee saßen.

„Die links ist eine Nachbarin, die in der Mitte auch und die rechts eine entfernte Cousine von Ummi."

Jetzt, nachdem der Hausherr den Innenhof verlassen hatte und sich somit kein Mann mehr in ihm befand, außer Florian und der war fünf, nahmen alle drei Besucherinnen in nahezu synchroner Bewegung ihre Kopftücher ab. Sie kamen auf Nahla zu, küssten sie links und rechts und fingen an mit den Kindern zu schäkern. Die Großcousine schöpfte mit der hohlen Hand Wasser aus dem Brunnenbecken und spritze es nach ihnen. Lilli quiekte vergnügt.

„Was wolltest du eben?", fragte Hamza Nahla.

„Ich weiß nicht, ob Flori und Lilli das mit dem Spülen eurer Toilette schaffen."

„Ich glaube, sie finden das eher interessant als kompliziert. Wir führen es ihnen einfach kurz vor. Außerdem wird meine Ummi doch sowieso zur Stelle sein. Figo! Lilli!" Er winkte die beiden zu sich und nahm sie mit ins Bad des traditionellen, alten Hauses, das wie sämtliche Räume vom Innenhof her zugänglich war. Nahla folgte ihnen, um die Benutzung auf Deutsch zu erklären.

„Da rein bieselt man." Sie zeigte auf etwas, das aussah, wie eine kleinere, in den Boden eingelassene Kloschüssel. „Und danach nimmt man den Schlauch und wäscht es weg."

Hamza führte vor, wo und wie man den Wasserschlauch an- und abdrehte. Florian sah nach unten ins Rohr und dann oben zu dem Brauskopf direkt über dem Stehklo.

„Den braucht ihr nicht", sagte Nahla. „Der ist zum Duschen."

„Man stellt sich dazu ins Klo?"

„Äh ... nein. Bestimmt nicht." Nahla positionierte sich mit gespreizten Beinen über der Schüssel. „Schau, so duscht man hier. Aber das braucht ihr nicht, das machen wir in der Wohnung."

„Okay, Mama!", entgegnete Florian und rannte zurück in den Innenhof, wo er die Hände ins Wasserbecken streckte und darin nach hineingefallenen Blättern aus den Kräutertöpfen daneben fischte.

„Der kommt zurecht!", fand Hamza. „Und was für den großen Bruder gilt, trifft doch auch für die kleine Schwester zu. Komm, gehen wir!"

Nahla und Hamza betraten die Praxis des Arztes, der Gesundheitszeugnisse zur Vorlage beim Standesamt ausstellte. Heiraten durfte Nahla nur damit. Hamza bezahlte die dafür nötigen Untersuchungen im Voraus an der Anmeldung. Danach warteten sie gemeinsam auf den Plastikstühlen des kargen Vorraums. Die Wände wären in Deutschland längst neu gestrichen worden, stellte Nahla für sich fest. Auch hätte man zur Dämpfung des Schalls Vorhänge aufgehängt oder Teppiche gelegt. Was in Deutschland als nachlässig galt, wirkte hier jedoch leger und zwanglos.

„Ich hätte nicht alleine herkommen wollen“, sagte sie nervös.

„Keine Frau geht allein zu dieser Untersuchung. Der zukünftige Ehemann ist immer dabei“, beruhigte Hamza sie.

Sie wurden aufgerufen. Auch im Sprechzimmer sah es eher aus wie in einer Krankenhausabstellkammer als in einer Praxis. In den Regalen und hinter der Tür wurden Pappkartons mit medizinischer Ausstattung geduldet und die Bodenpflanze neben dem Fenster durfte ihre abgeworfenen Blätter um ihren Topf herum verstreuen. Der Arzt musterte Nahla eingehend.

Gehört das auch schon zur Tauglichkeitsprüfung als Ehefrau?

Nahla heftete ihren Blick auf ihre Hände in ihrem Schoß.

Jetzt bloß nichts falsch machen!

Die Ärmel ihres Oberteils waren lang, der Ausschnitt bis zum Hals geschlossen. Ihr Haar trug sie zu einem Knoten geschlungen. Zusätzlich hätte sie ein Kopftuch aufziehen können, doch das stand selbst nach ihrer Hochzeit nicht auf ihrem Plan. Zu konvertieren vielleicht, aber nicht, sich jedes Verhalten und jede Meinung vorschreiben zu lassen. Weder jetzt als Christin, noch eventuell später als Muslimin.

Der Mediziner, ein vielleicht vierzigjähriger Mann in knielangem weißem Kittel über seiner Alltagskleidung, räusperte sich, breitete etliche Formulare zum Eintragen der vorgeschriebenen Auskünfte auf seinem Schreibtisch aus und stellte seine Fragen zu Nahlas Vorgeschichte und Krankheiten innerhalb ihrer Familie an Hamza, der mit Nahla Rücksprache hielt. Danach ging er um seinen Tisch herum, maß Nahlas Blutdruck, prüfte ihre Reflexe, hörte ihre Lunge ab und zapfte zwei Spritzen Blut aus ihrer Armvene. Zurück auf seinem Schreibtischstuhl beriet er sich mit Hamza.

„Stimmt etwas nicht?“, fragte Nahla unsicher.

Hamzas Mund umspielte ein kaum merklicher amüsierter Ausdruck, den er zwar zu unterdrücken versuchte, Nahla aber trotzdem ablas. „Jetzt käme eigentlich die Untersuchung, ob du noch Jungfrau bist.“

„Nein!“ Nahla schlug sich die Hände vor den Mund, sah entgeistert den Arzt an und dann wieder Hamza.

Die Männer wechselten ein paar Sätze miteinander, woraufhin der Arzt, wie es Nahla schien, etwas missbilligend nickte.

„Was hast du ihm gesagt?", fragte sie Hamza im Flüsterton.
„Dass du zwei Kinder hast." Er lächelte verschmitzt.

Ein Formular wurde über den Tisch geschoben. Hamza unterschrieb es.

„Was war das?", fragte Nahla.

„Meine Einverständniserklärung, dass ich auf die Untersuchung verzichte."

„Spitze", entgegnete Nahla. „Würde der das denn machen?"

„Ja, gleich hier", erwiderte Hamza und zeigte auf die Pritsche an der Wand.

Nahla betrachtete das Chromgestell mit dem braunen, an den Rändern fransigen Kunstlederbezug. Darauf legten sich also die tunesischen Frauen und zeigten einem autoritären, fremden Mann das, was noch nie zuvor ein Mann gesehen hatte?

Wie soll man denn da die Hochzeitsnacht genießen, wenn man zuvor derart zur Schau gestellt wurde!

Aber vielleicht sahen Tunesierinnen das nicht so. Woher käme sonst ihr selbstverständlicher Umgang mit ihren Körpern im Hammam? Nahla dachte an ihre letzte Haarentfernung und schlug im Angesicht des Arztes instinktiv die Beine übereinander.

Genießen tunesische Frauen den Sex überhaupt? Oder genießen sie hauptsächlich das Beisammensein unter sich im Hammam?

„Wir sind fertig", hörte sie Hamza sagen.

„Wir können gehen?"

„Ja!" Hamza stand auf. Ebenso der Arzt. Dabei rückte er seinen Stuhl mit einem grässlichen Schaben über den Boden, das bei Nahla dieselbe Gänsehaut verursachte, wie einst die Kreide manches Lehrers an der Tafel des Gymnasiums, auf das sie bis zum Wechsel auf die Kinderpflegeschule gegangen war. Dennoch atmete sie auf, erleichtert darüber, aus dieser skurrilen Situation herauszukommen. Die lockere Atmosphäre, welche die Einrichtung verschaffte, schien ihr jetzt wie eine Farce zur Strenge und Enge der Vorschriften – genau wie damals auf dem Gymnasium.

Auf der Straße löste sie ihren Dutt und ließ ihre befreiten Haare über die Schultern fallen. „Wie geht's jetzt weiter?", fragte sie.

„Wenn die Ergebnisse der Blutuntersuchung da sind und alles passt, wird das Gesundheitszeugnis ausgestellt. Und dann, Baby, machen wir unseren Standesamttermin!“ Hamzas Strahlen ließ die restliche Anspannung, die Nahla in der Praxis befallen und bis auf die Straße an ihr gehaftet hatte, verfliegen. Hamza sah auf die Uhr.

„Wann musst du zum Copyshop?“, wollte Nahla wissen.

„Eine halbe Stunde habe ich noch.“

„Dann können wir ja noch zusammen auf den Fischmarkt. Ich hab heute Lust auf Fisch!“

Die Fischer waren raue, teils uralte Kerle mit gegerbter Haut und vom Salzwasser aufgesprungenen Händen. Im Vergleich dazu, wie sie ihre Fische köpften, entschuppten und ausnahmen, streichelte Mustafa auf dem Souk seine Hühner. Überdurchschnittlich viele unter ihnen hatten nur ein Bein oder bloß einen Arm. Warum, hatte sich für Nahla bisher nicht ergeben zu fragen. Sie schnitten ihren Fischen über Kanaldeckeln die Gedärme aus dem Leib, oder über Schüsseln, die sie an der Mole ins Meer kippten. Wurde Nahla Zeugin davon, schien ihr, die im Hafen in dichten Büscheln wachsenden Haaralgen absorbiert die glibberigen Gedärme als wären sie hungrige Wassergeister. So gewöhnungsbedürftig der Fischmarkt war, so schaurigschön fand sie ihn und damit besuchenswert. Mit Hamza. Betrat sie ihn allein, verließ sie ihn jedes Mal mit einem Schweißfilm auf dem Rücken. Sie war sich sicher, dass sich die Fischer Kommentare über sie wie über ihren Fang zuwarfen, über die Frau mit der leuchtend weißen Haut, während sie nebenbei ihre Netze flickten. Ging sie jedoch mit Hamza, bestellte und verhandelte er. Glubschäugig und mit offenen Mäulern lagen die fangfrischen Fische vor ihnen zum Verkauf. Meeräschen mit flachen Köpfen und sehr silbernen Schuppen, die Nahla an die fast schon antiken Christbaumkugeln erinnerte, mit welchen ihre Oma in Bayrischzell an Weihnachten ihren Baum schmückte. Pralle, edel wirkende bläuliche Thunfische und kleine Sardinen, die offensichtlich nicht nur im Wasser als Schwarmfische auftraten, sondern auch hier, wo sie zu Dutzenden in Behältnissen lagen.

„Ich finde, heute sollten wir uns ein Stück von dem hier gönnen!“ Hamza zeigte auf einen achtzig Zentimeter langen *Loup de Mer*, einen Wolfsbarsch mit dunkelgrauem Rücken, einer der teuersten und deliziösesten Fische auf dem Markt.

„Einverstanden!“, entgegnete Nahla. Normalerweise leisteten sie sich nur Doraden, die Nahla auch als Goldbrassen bekannt waren und deren bulliger Nacken sie stets an Stiere auf der Weide denken ließ. „Wird der noch zerteilt?“, fragte sie.

„Ja, bei der Größe schon.“

Hamza begann zu feilschen. Souverän und bestimmt. Dieselben Fischer, die Nahla Angst einflößten, reagierten respektvoll auf ihn, was Nahla nicht nur beeindruckte, sondern gleichzeitig mit unbändigem Stolz darüber erfüllte, mit einem Mann seines Formates hier zu sein, zu ihm zu gehören.

Als seine Frau.

Mit zwei Tüten Fisch in der Tasche verabschiedete sich Nahla von Hamza vor dem Copyshop und ging Florian und Lilli abholen. Ihr Status als seine Zukünftige erlaubte es ihr, die Tür im meterhohen Holztor selbst zu öffnen und durchs Besucherzimmer den Innenhof zu betreten, damit zu dürfen, was allein zum Haus Gehörenden vorbehalten war. Eine Tüte Fisch übergab sie der Ummi als Dankeschön fürs Aufpassen auf Florian und Lilli. Zurück in der Ferienwohnung sah sie den beiden zunächst nur gedankenverloren beim Spielen zu.

Wie unfassbar sexy Hamza ist, wenn er auf dem Fischmarkt Geschäfte tätigt!

Aber eine Jungfräulichkeitsuntersuchung, wie krass! Das muss ich unbedingt Jo erzählen.

Doch Jo war noch in Guatemala, telefonisch nicht erreichbar und so selten wie Nahla im dort ebenso langsamen Internet wie das in Nabeul. Nahla wusste aber, dass sie am Atitlánsee einen Einheimischen kennengelernt hatte und mit ihm im Dschungel umwerfendem Sex frönte. Bei Nahlas Hochzeit in ein paar Wochen würde sie ihr jedes Detail berichten.

Es klopfte. Nahla öffnete Neriman und freute sich aufs Kochen mit ihr, auf Hamzas Heimkommen von der Arbeit, aufs gemeinsame Essen, auf den nächsten Morgen, der aus Frühstück und Haushalt bestand, dann dem anschließenden Gang mit den Kindern ans Meer und auf den Souk, um die Zutaten fürs nächste Gericht zu kaufen, sie freute sich darauf, währenddessen mit allen Sinnen die arabischen Gerüche, Farben und Lebendigkeit zu absorbieren. Sie liebte diesen Tagesablauf.

Ich liebe mein Leben!

„Was ist?", fragte Neriman neben ihr am Herd. Sie instruierte Nahla, wie man *Makkarouna* zubereitet, eine Soße, auf die sich in Nabeul jede Hausfrau verstand. Man dünstete fein gewürfelten Knoblauch und Paprika in Olivenöl an, gab in Ringe geschnittene rote und grüne Peperoni hinzu und mengte Koriander, Kreuzkümmel, Lorbeer sowie ein wenig Zucker darunter.

„Was meinst du?", fragte Nahla und rührte, sog den Duft ein und lächelte noch entrückter als zuvor.

„Du guckst, als ob dich ein reicher Scheich auserwählt hätte", entgegnete Neriman.

Nahla ließ den Kochlöffel im Topf stehen und lehnte sich gegen die Anrichte. „Ich bin hier einfach glücklich!"

Neriman übernahm das Rühren und gab Harissa hinzu, jene öligscharfe rote Chilipaste, die Hamzas wie fast jede Mutter in Nabeul im Voraus für ein ganzes Jahr herstellte und von der sie Nahla eine paar Gläser hatte zukommen lassen, nebst welchen mit Tomatenmark. „Jetzt fehlen nur noch unsere pürierten Tomaten und etwas Wasser. Dann lässt du es eine Weile köcheln."

Schwer zuzubereiten war diese Soße nicht, die es zur Nudelbeilage des *Loup de Mer* geben sollte, nur musste man einmal gezeigt bekommen, wie und wann welche Gewürze hinein gehörten. Neriman wusch sich die Tomantenspritzer von den Händen und fragte dabei verhalten: „Bist du wirklich verliebt in deinen Bräutigam? Wie ist das?"

„Wie meinst du das?", fragte Nahla.

„Ich weiß nicht. Ich denke, ich liebe meinen Mann auch. Aber bei mir sieht das anders aus. Ich habe nie so geschaut wie du."

„Aber jeder weiß doch, wie sich Verliebtsein anfühlt! Und Liebe, die danach kommt, wenn es funktioniert."

„Wie fühlt sich Verliebtsein denn an?"

Weiß sie es wirklich nicht?

Nahla betrachtete Neriman von der Seite, die unnötig lange

ihre Hände wusch, und erklärte: „Du willst immer bei dem Menschen sein, in den du verliebt bist. Du kannst nur richtig schlafen, wenn er neben dir liegt. Die Welt ist nur ganz, wenn er bei dir ist."

Neriman drehte den Wasserhahn zu und trocknete sich ihre Hände an einem Geschirrtuch ab, schaute konzentriert in den Topf und rührte die *Makkarouna* um. „Ist das denn wichtig, das Verliebtsein?"

„Darauf kommt es an!", entgegnete Nahla.

„Bei uns nicht", entgegnete Neriman. „Ich glaube, ich war nie verliebt. Nicht so, wie du. Bei uns sind andere Dinge wichtig."

„Und welche?

„Der Mann muss zuverlässig sein und die Familie ernähren können. Eine Ehefrau darf dem Mann keine Schande machen und muss ihm gesunde Kinder gebären. Und sie muss kochen können."

„Das ist mir schon auch wichtig."

„Vielleicht denken wir dann doch nicht so verschieden?"

„Nein, wohl nicht", entgegnete Nahla vorsichtig und zerkleinerte dabei einen Stück Fisch für Muhammed Ali, der abwechselnd quengelnd-maunzend und schmeichelnd-schnurrend vor den Schalen seines Futterplatzes auf und ab lief.

„Mit dem Backen des Fisches kommst du klar?", fragte Neriman und wand sich ihren Hajib um den Kopf, den sie in der Privatsphäre mit Nahla und den Kindern stets ablegte.

„Natürlich!", beteuerte ihr Nahla und füllte Muhammed Alis Futterschale.

„Mögen tunesische Frauen eigentlich Sex?", fragte sie abends im Bett.

„Wie kommst du denn darauf?", lachte Hamza.

„Diese Untersuchung fürs Gesundheitszeugnis trägt bestimmt nicht dazu bei. Und dann hat mich heute auch noch Neriman nach dem Verliebtsein gefragt. Mir scheint, sie kennt das gar nicht richtig. Aber Sex ist doch eine Folge davon. Ohne glaube ich nicht, dass er angenehm ist."

Hamza überlegte. „Heiß kann er ohne schon sein. Aber dann wird er schnell kalt. Man hat ihn und danach bleibt einem nicht warm. Mit Liebe dagegen ist einem immer warm. Noch die ganze Nacht durch und den nächsten Tag. Sehnsucht nach Sex ist im Endeffekt eine kalte Sehnsucht. Sie zehrt an einem. Sehnsucht aus Liebe und Sex dazu ist eine Sehnsucht, die einen immer warm hält. Das habe ich von dir gelernt!"

„Kann nicht sein." Nahla sah ihn forschend an. „Das habe ich so doch nie gesagt."

„Gesagt nicht. Aber du lebst es. Bevor ich dich kannte, dachte ich wie Neriman. Fast so zumindest. Ich hatte ja in Sharm El Sheik andere Möglichkeiten als sie. Aber nur, weil ich diese vor dir hatte, kenne ich den Unterschied."

„Ich hatte noch nie Sex ohne Verliebtsein. Ich weiß nicht, wie das ist."

„Und ich weiß nur durch dich, wie er mit Liebe ist. Die wird hierzulande nicht so hoch gehalten, wie du es tust. Man soll sie nicht so wichtig nehmen. Die Familie ist wichtig ..."

„Was?", schnitt ihm Nahla das Wort ab. „Du auch?"

„Was ich auch?"

„Denkst du auch so? Dasselbe hat Neriman gesagt. Aber Liebe ist doch das Wichtigste in einer Beziehung!"

Hamza schob ein Kissen unter seinen Kopf und fuhr Nahla durchs Haar. „Sie ist das Schönste und ohne möchte ich nicht heiraten. Aber das Wichtigste? Die Familie ist auch wichtig. Dass alle versorgt sind. Manchmal gibt es eine Schwester von einem Verwandten oder eine Cousine, die einen Ehemann braucht."

Nahla setzte sich auf und zog sich die Bettdecke um die Schultern. „Könntest du das? Ohne Liebe heiraten? Du hast eben gesagt, da wird einem nach dem Sex schnell kalt!"

„Bei uns ist das normal, so zu heiraten. Neriman hat doch sicherlich auch gesagt, dass die Liebe oft später kommt, wenn man sich aneinander gewöhnt hat."

„Das glaube ich nicht. Und wenn man hier hauptsächlich ohne Liebe heiratet, dann könnte höchstens der Sex heiß sein, nach deiner Logik, aber danach wird einem saukalt!"

„Was weiß denn ich?", entgegnete Hamza und zog Nahla zu sich. „Das ist doch nicht wichtig für uns. Wir haben uns ja selbst ausgesucht."

„Aus Liebe."

„Genau!“ Hamza begann Nahla zu küssen.

Genau! Uns betrifft das alles ja gar nicht!

Sie schloss die Augen, ließ die Gedanken versiegen und ihre ganze Liebe zu Hamza fließen. Bis Muhammed Ali mit einem Satz auf sie sprang. Nahla rutschte ein wenig, die Decke gab nach und der Kater sank zwischen sie und Hamza.

„Wie ein kleines Kind“, stellte Nahla fest. „Mit denen läuft es auch genau so. Du kannst dich schon mal dran gewöhnen!“

Hamza kraulte das flauschige Fell des Katers. „Dann bist du wohl sowas wie unser erstes gemeinsames Kind?“

„Offensichtlich“, erwiderte Nahla. „Es kommt ins Bett, und das, nachdem Figo und Lilli gerade aus dem Alter raus sind.“

Sie blickten sich schmunzelnd an und gestatteten dem Kater zu bleiben.

Tags darauf schaute Nahla mit Florian und Lilli bei Hamza im Copyshop vorbei. Taschen mit Sandspielsachen für den Strand und Lebensmitteln vom Einkauf auf dem Souk hingen an ihren Schultern. „Ich mache uns heute deutsche Bratkartoffeln“, sprudelte sie los, „die hast du noch nie gegessen! Kässpatzen musst du auch unbedingt probieren, aber dazu brauche ich erst meinen Spätzlehobel aus Deutschland.“

Hamza stierte wie festbetoniert auf den Monitor seines PCs und schien sie gar nicht zu bemerken.

„Mama, krieg ich so eines?“ Lilli zupfte an einem Packen T-Shirts bedruckt mit Disney-Prinzessinnen. Um welche es sich handelte, Cinderella, Pocahontas, Belle oder etwaige andere hielt Nahla im Moment für nebensächlich, denn etwas stimmte nicht mit Hamza.

„Lilli, lass bitte die T-Shirts“, bat sie und umrundete den Schreibtisch. „Hamza, hey! Was ist denn?“

Er saß starr.

Nahla setzte ihre Taschen ab und ließ die fürs Abendessen bestimmten Kartoffeln über den Boden kullern. „Flori, Lilli, legt daraus mal einen Kreis und einen Stern!“

Florian und Lilli setzten den Kartoffeln nach, allein schon aus dem Grund, weil sie sonst nie mit ihnen spielten.

Besonders interessant sind sie ja wirklich nicht. Für ein paar Minuten wird es schon gehen!

„Hamza?" Nahla küsse ihn auf die Stirn. Selbst das löste ihn nicht aus seiner Starre. Jetzt sah Nahla selbst auf den Bildschirm.

Das ist ... eine lebendige Fackel, wie bei Kaiser Nero!

Im Geschichtsunterricht hatte sie sich die Grausamkeiten dieses römischen Kaisers anhören müssen, der bei der Verfolgung der Urchristen diese mit Pech bestreichen und anzünden hatte lassen. Sie schob Hamza samt seinem Bürostuhl zurück und setzte sich auf seinen Schoß. Florian und Lilli legten derweil einen Kreis so unförmig wie die Kartoffeln selbst.

„Wer ist das?", fragte Nahla.

Hamza rührte sich endlich und legte die Arme um Nahla und seine Hände auf ihre Beine. „Mohammed Bouazizi. Ein Gemüsehändler."

„Und wo ist das?"

„In Sidi Bonzid, im Süden des Landes. Gemüseanbaugebiet."

„Was ist passiert?"

„Er hat sich mit etwas Brennbarem übergossen und sich selbst angezündet."

„Um Himmels Willen! Warum?"

„Hier steht, er ist 26 und der Ernährer seiner Mutter und jüngeren Geschwister. Dafür hat er nicht mehr als einen Wagen, auf dem er Gemüse verkauft. Aber man hat ihn nicht gelassen. Ihm keine Lizenz gegeben. Und auch sonst keine Alternative. Er ist arm und hat keine Chance, das zu ändern und nicht einmal eine, um seit dem Tod seines Vaters ausreichend für seine Familie zu sorgen."

„Oh mein Gott." Nahla verfolgte, wie Hamza den Beitrag von seiner Facebookseite auf die seiner sämtlichen Freunde stellte.

„Auf Twitter ist es auch!"

Und am Abend brachte es al-Dschasira, der von der gesamten arabischen Welt empfangene Fernsehsender.

Tags darauf folgten Bilder von Mohammed Bouazizi im Krankenhaus. Sein Anblick ließ an eine lebende Mumie denken: komplett mit Binden umwickelt, zwischen denen Schläuche herausragten und ihn mit Maschinen verbanden.

„Wie verzweifelt muss jemand sein, der so etwas macht?", überlegte Nahla. „Was jetzt wohl in ihm vorgeht?"

So viel Verzweiflung! Und ich fühle mich in dem Land so wohl.

Neunzig Prozent der Haut des Gemüsehändlers hatten die Flammen gefressen. Hamza verschanzte sich nach Nahlas Äußerung hinter einer für sie unergründlichen Miene.

Und was jetzt wohl in ihm *vorgeht?*

„Mama!" Lilli klammerte sich verschreckt an Nahlas Bein.

„Wir sind gleich da, Schatz!" Nahla fasste ihre Kinder fester bei der Hand und ging weiter. An die allgegenwärtige bewaffnete Polizei waren sie längst gewöhnt, doch noch nicht an das nun durch die Straßen stampfende Militär. Ben Ali entsandte es, um den von Mohammed Bouazizi entfachten Brand in den Herzen der Menschen auszutreten – während sein Entfacher in seinen Binden dahinsiechte. Die Aufschreie des Volkes nahmen stündlich zu, an Frequenz und Volumen, geradeso, als wären die Stricke durchgebrannt, die diese Stimmen bisher gefangen gehalten hatten. Nahla fröstelte, bis sie Hamzas Elternhaus erreichte und sie sich mit ihren Kindern in den schützenden Mauern des Innenhofs verbergen konnte. Mouna hatte Kataloge mit Hochzeitskleidern besorgt, die sie sich gemeinsam ansehen wollten. Hamzas Vater trank auf einem Schemel neben der Küchentür gesüßten Tee. Sein Blick fiel auf Nahla.

„Aleikoum salam", sie nickte ihm ehrerbietig zu.

Als habe die Ummi eine Veränderung der Atmosphäre ihres Innenhofs gespürt, streckte sie ihren Kopf aus der Küche. Ein Blick von ihr genügte, um ihrem Mann den Mund zu verschließen, was auch immer er gerade im Begriff gewesen war zu ihr zu sagen. Nahla wurde von ihr herzlich in die Arme geschlossen und vielmals auf die Wangen geküsst, ebenso von Mouna. Hinterher blickte Nahla zum Schemel. Der war leer. Fragend sah sie Mouna an, doch für sie schien das Verschwinden ihres Vaters nicht zu den bemerkenswerten Vorgängen zu gehören.

Das ist irgendwie ähnlich wie bei meinem Vater.

„Schau, Nahla!" Mouna zeigte ihr drei Kataloge. „Die blättern wir jetzt an einem ruhigen Ort durch. Komm!"

Mouna nahm Nahla mit sich ins Empfangszimmer aufs Sofa, wo sie ungestört waren. Dieser Raum konnte also auch als Refugium dienen, stellte Nahla für sich fest und begann, die Kataloge zu sichten. Die Kleider darin zierten goldene Muster. Diese verliefen meist von der Taille bis zum Saum der allesamt langen ausgestellten Röcke, die nur von einem Reifen in dieser Form gehalten werden konnten. Die Muster wiederholten sich entlang der Dekolletees und auf den entweder langen oder kurzen Ärmeln. Manche Modelle ließen am Bauch einen Hautstreifen frei.

Bräute dürfen sexy sein?

Beim Blättern vergrößerte sich Nahlas Überblick. Die rein weißen Versionen der Kleider ähnelten mancher deutschen Brautmode. Aber es gab sie jeweils auch in kräftigem Pink, Blau oder Grün.

Was für fröhliche Farben! Solche tragen in Deutschland ja nicht einmal die Brautjungfern.

„Welche Farbe würdest du nehmen?“, fragte Nahla ihre zukünftige Schwägerin.

„Wahrscheinlich weiß, rosa und dunkelblau.“

„Ich habe gar keine dreifarbigen Kleider hier drin gesehen.“

„Doch nicht dreifarbig, sondern drei Kleider. Eher vier oder fünf.“

Nahla sah Mouna verständnislos an. „Ich brauche doch keine drei bis fünf Kleider!“

„Man zieht aber nicht an jedem Hochzeitstag dasselbe Kleid an.“

„In Deutschland hat man nur ein Kleid.“

„Aber man kann doch nicht an jedem Tag dasselbe anziehen!“

Nahla legte den Katalog weg, rutschte von der Sofakante auf der Sitzfläche bis an die Rückenlehne und zog die Füße unter ihre Schenkel. „Bei uns läuft das so, am Vormittag geht man aufs Standesamt, dann in die Kirche, danach zum Fotograf und dann wird gefeiert. Um Mitternacht tanzt das Brautpaar zusammen den letzten Walzer und geht dann heim“, erklärte sie Mouna.

„Wirklich?“ Mouna forschte in ihrer Miene als könne sie sich nicht wirklich vorstellen, dass diese Beschreibung der Regel entsprach. „Das ist doch viel zu kurz!“

„Finde ich nicht.“

„In Tunesien feiern wir ein paar Tage lang und die Braut trägt an jedem Tag ein anderes Kleid."

„Aber Brautkleider sind doch teuer!"

„In Deutschland kosten sie viel? Unsere Familie hat gute Kontakte zu einem Laden, der wenig Leihgebühr verlangt."

„Leihgebühr? Aber ein Hochzeitskleid kann man doch nicht leihen! Man kauft es und vererbt es seiner Tochter, falls sie es will."

„Niemand kauft Hochzeitskleider. Man leiht sie!"

„Ich möchte nur eines. Und das möchte ich kaufen."

„Aber das geht doch nicht!"

„Mouna, ich bin auch noch ein bisschen deutsch. Ein paar Sachen hätte ich gern so, wie sie meiner Tradition entsprechen."

Mouna öffnete und schloss ein paar Mal hintereinander ihren Mund, offensichtlich überfordert, darauf etwas zu erwidern. Nahla zog die Füße unter sich hervor und schichtete die Kataloge übereinander. „Aishek!", sagte sie. „Vielen Dank! Ich bespreche es mit Hamza. Können wir sie uns dann nochmal ansehen?"

Sofort befand sich Mouna wieder auf sicherem Terrain. „Das müssen wir! Wir haben ja noch nichts gewählt. Und dann gehen wir anprobieren!"

Nahla hörte Muhammed Alis Maunzen schon im Hausgang durch die Wohnungstür. Sie öffnete vorsichtig und schob sich und die Kinder schnell nach drinnen, während er nach draußen drängte.

„Bleib im Haus und im Garten", sagte sie zu ihrem Kater, wobei sie ihn betrachtete. Er war gewachsen, hatte zugenommen und glich gewiss nicht mehr einem heruntergehungerten Findling.

„Mama, lass ihn raus zu seinen Freunden!", verlangte Florian.

„Spiel doch du jetzt mit ihm!" Nahla knüllte ein Stück Reklamepapier zusammen und schleuderte es über den Boden. Der Kater fetzte hinterher, Florian folgte ihm.

„Fürs Erste gelungen", murmelte sie. Die Stiefel der bis vors Haus patrouillierenden Militärs wirkten – genau wie die

Militärs selbst – als könnten sie Muhammed Ali jederzeit zertreten. Um sich von diesem Gedanken abzulenken, ging Nahla schnurstracks in die Küche, hackte Knoblauch, gab ihn in einen Topf und schwitze ihn mit Olivenöl an, drückte eine halbe Tube Tomatenmark hinzu und würzte das Ganze mit Harissa, Cayennepfeffer und Kreuzkümmel. Die sämige Masse löschte sie mit Wasser ab und streute gehackte Minze, etwas Chili und Salz hinzu. Mit neben dem Gasherd aufgestützten Händen sah sie den Zutaten beim Köcheln zu, wobei die Aromen der Gewürze in Tomatenmark und Wasser einzogen. Nach zehn Minuten schlug sie mehrere Eier auf und ließ sie in den Sud gleiten. Ihr gefiel, wie sich das Eigelb jeweils in der Mitte hielt und das durchsichtige Eiweiß von den Rändern her gerann, sich weiß färbte, den Dotter erreichte und dessen schönstes Hochglanzgelb – in dem es auch Hochzeitskleider gab – matt wurde und sich stellenweise mit dem Weiß des Eiklars überzog.

„Baby! Schau!"

Nahla wandte sich um, herausgerissen aus dem Schauspiel im Topf. So darauf konzentriert hatte sie Hamza gar nicht kommen gehört.

„Ich habe unsere Gesundheitszeugnisse!", teilte er ihr mit.

„Und? Passt alles?", fragte sie und zog den Topf mit dem fertigen *Ojji* vom Herd.

„Alles ist prima!"

„Moment, sagtest du ‚Zeugnisse'? Musstest du dir auch eines machen lassen?"

„Ja, aber das ging ganz schnell. Männer werden nur auf sexuell übertragbare Krankheiten getestet", entgegnete Hamza. „Was?", fragte er, da Nahla ihn etwas vorwurfsvoll ansah.

„Man geht also davon aus, dass Männer vor der Ehe sexuell aktiv sind, obwohl sie eigentlich genauso rein wie die Frauen in sie gehen müssten?", erwiderte Nahla.

„Baby, das ist ein bisschen so wie mit der Disco. Frauen dürfen eigentlich keine kurzen Kleider tragen und dort tun sie es trotzdem."

„Aber nur Männer dürfen offensichtlich alles."

„Was geht das uns an? Wir heiraten!" Hamza biss Nahla übermütig und dennoch sanft in den Hals, was ihren Anflug von Unmut augenblicklich vertrieb. Sie quiekte, er hob sie hoch. „Baby, jetzt haben wir alle Papiere! Wir heiraten!"

„Ich kann's noch kaum glauben!" Sie umschlang ihn mit Armen und Beinen. Hamza tanzte mit ihr um die Hüfte durch die Küche ins Wohnzimmer, wo er sich aufs Sofa fallen ließ. „Jetzt ..." Nahlas Küsse ließen ihn nicht zu Wort kommen. „Baby, jetzt ..." Nahla konnte nicht an sich halten. Sie wuschelte ihm durch die Haare, küsste ihn über Stirn und Nase bis zum Mund hinab, vergrub ihr Gesicht an seinem Hals und fuhr mit den Händen unter seinen Pulli. Erst, als sie sich ein wenig ausgetobt hatte, konnte Hamza seinen Satz vollenden: „Jetzt können wir zum Standesamt und einen Termin machen!"

„Jaaaaa", jubilierte Nahla, übergoss seinen Hals, seine Nase, Wangen, Stirn und Mund mit einer neuerlichen Kusskaskade und stellte dann atemlos fest: „Es klappt wunderbar! Bis Mitte Januar geht mein Visum. Wir werden also locker verheiratet sein, bevor es abläuft!"

„Im März wäre es mir ja ein wenig lieber gewesen als im Januar, weil es da schon wärmer ist."

Nahla legte ihre Hände an seine Wangen und suchte mit den Augen in seinem Gesicht nach der Haltbarkeit dieser Aussage, die sie nicht fand. „Es ist wegen deinem Vater, richtig?", fragte sie mitfühlend. „Hat er noch keine Zustimmung gegeben?"

„Doch ... schon irgendwie. Wir gehen zum Standesamt und lassen uns sagen, welche Termine in den nächsten Wochen frei sind."

„Unbedingt bald, damit meine Familie und Jo noch genug Vorlauf haben, um Flüge zu buchen!"

„Hast du es deinen Eltern inzwischen gesagt?"

„Nein, noch nicht", erwiderte Nahla und dieses Mal war es an ihr hinzuzufügen: „Mach dir keine Sorgen, das wird schon, ich regle das!" Sie schmiegte sich an Hamza. „Ich bin so aufgeregt! Schau, ich zittre sogar ein wenig!" Sie hielt ihm ihre Hände entgegen. Er nahm sie in seine, drückte und rieb ihre Finger und fragte: „Was macht dich am meisten nervös?"

„Eigentlich der Frauentag."

„Aber da seid ihr doch unter euch!"

„Genau deshalb! *Du* bist nicht dabei, um mich auf all die Sachen beim Ablauf hinzuweisen, die ich aus Deutschland nicht kenne."

„So viel ich weiß, ist der Frauentag nur ein sehr ausführlicher Hammamgang, also nichts Kompliziertes. Bestimmt enthaaren sie dich überall, massieren dich, du kriegst ein Ganzkörperpeeling, sie ölen dich ein und waschen und parfümieren dir die Haare. Deine Schwestern und Jo sind dann ja auch dabei."

„Aber die haben überhaupt keine Ahnung von tunesischen Bräuchen. Bestimmt verhält sich Jo wie ... wie eben Jo! Und das kann ja recht unpassend sein."

„Oder unterhaltsam. Meine Ummi hat ihr Auftritt damals bei uns im Haus im bauchfreien Top letztendlich amüsiert."

„Ich dachte, sie wäre schockiert gewesen."

„Eher ziemlich überrascht. Sie findet ja, dass achtzig Prozent der Verhaltensregeln in diesem Land abgeschafft gehören."

„Wenn wir es gerade von Regeln haben", Nahla rutschte auf Hamzas Schenkeln etwas zurück, damit sie ihn besser ansehen konnte, „ich hätte schon gern eine Mischung aus deutscher und tunesischer Hochzeit mit ein paar Elementen dabei, die mir von jeher vertraut und auch wichtig sind."

„Was meinst du?"

„Ich möchte nur ein Kleid und nicht für jeden Anlass ein separates. Und ich will es kaufen, nicht bloß leihen, damit ich es im Schrank zwischen meine Sachen hängen und es immer wieder ansehen kann, bis es Lilli oder eine zukünftige Tochter haben will."

Hamza wiegte unschlüssig-nachdenklich seinen Kopf.

„Das macht man in Deutschland so und ich finde es schön!", bekräftigte Nahla ihren Wunsch.

„Du willst also an jedem Tag dasselbe Kleid anziehen?"

„Ja! Und das mit den vielen Tagen ist auch so etwas. Fünf oder sechs sind mir zu viele. Könnten wir nicht ein paar Programmpunkte zusammenlegen?"

„Wie denn? Eine Hochzeit betrifft den ganzen Klan und das Viertel. Ein Tag Hammam, ich gehe mit den Männern, du mit den Frauen, am nächsten Tag bekommen Angehörige und Freundinnen der Braut ihre Hennamalereien auf Hände und Füße, am übernächsten nochmal, damit sie haltbarer und kräftiger sind." Er zählte die Tage an den Fingern mit. „Am vierten bringen alle ihre Geschenke. Am fünften gehen wir aufs Standesamt und zum Fotografen und am sechsten", jetzt nahm er seine zweite Hand dazu, „essen und feiern wir mit allen." Zur Demonstration ließ er seine sechs ausgestreckten Finger vor Nahla tanzen. „Was sollte man da abkürzen?"

„Könnten wir nicht die erste Hennabemalung am Hammamtag machen und die zweite am Geschenketag? Das wären dann schon zwei Tage weniger. Standesamt, Fotograf und Feier würde ich auch auf einen Tag legen. Damit wären wir dann bei insgesamt drei Tagen. Erster Tag Hammam und Henna, zweiter Tag Geschenke und Henna, dritter Tag Standesamt, Fotograf und Feier. Das wäre doch ein guter Kompromiss!"

„In den Geschenketag passt nicht noch etwas anderes", sagte Hamza. „Unsere Familien treffen sich, alle Nachbarn kommen, jeder übergibt uns, was er mitbringt und erwartet, dass wir uns ihm widmen."

„Von meiner Seite kommen doch nur fünf."

„Hm", machte Hamza und dann nochmal „hm."

„Mit wie vielen Gästen rechnest denn du?", fragte Nahla, wobei ihr zu schwanen begann, dass die Anzahl auf seiner Seite zwanzig mal so hoch sein könnte wie auf ihrer. Oder eher fünfzig mal?

„Mit zwei- bis dreihundert", sagte er prompt.

„Wirklich?", rief Nahla fast ein wenig entsetzt.

„Der Kern meiner Familie umfasst rund sechzig. Dazu kommen die entfernteren Verwandten. Das ist so eine Mischung aus Großgroßonkeln, Tanten um zwei Ecken und Nachbarn. Die *müssen* wir auch einladen."

„Das klingt nach dem ganzen Selmane-Viertel!" Nahla schritt es in Gedanken ab. Den zehnminütigen Weg vom Souk zum Copyshop, dann weitere fünf Minuten durch die winkligen Gassen zu Hamzas Elternhaus. Wie viele Leute wohl hinter jedem der zwei Meter hohen antiken Holztore lebten? Auf jeden Fall viele. Sehr viele. So viele, wie Hamza mit Gästen rechnete.

„Dann ist das auch noch ein Punkt, den wir besprechen sollten", sagte sie. „Ich möchte auf meiner Hochzeit jeden Gast persönlich kennen."

„Aber das tut doch niemand!", lachte Hamza auf.

„In Deutschland aber schon!"

Hamza zog wie sonst Lilli eine seiner Spirallocken in die Länge und ließ sie zurückschnellen: „Was könnten wir weglassen? Wen nicht einladen?“ Seine Finger glitten unter Nahlas Pulli und öffnete ihren BH. Jäh zerschnitt ein scharfer Knall den Fluss seiner Bewegungen.

„Was war das?“ Nahla presste erschrocken die Hände fest auf Hamzas Wangen und schob dadurch seinen Mund karikaturenhaft zusammen. Normalerweise hätte sie jetzt über diesen Anblick gelacht.

„Mamaaaa!“ Lilli rannte zu ihnen, kletterte aufs Sofa und drängte sich auf Hamzas Schoß zwischen ihn und ihre Mutter. Die Arme um Nahla und den Rücken an Hamzas Brust verharrte sie. Florian, den Krach seit dem Fensterbruch beim nächtlichen Gewittersturm nicht nur erschreckte, sondern auch neugierig machte, wollte wissen: „War das ein Schuss?“

„War das ein Schuss?“, übersetzte Nahla Hamza seine Frage.

„Ich weiß es nicht.“ Hamza schob Nahla und Lilli von seinem Schoß. „Ich komme gleich wieder.“ Er stolperte beim Aufstehen beinahe über Muhammed Ali, der ebenfalls Zuflucht suchte. Nahla hörte, wie Hamza die Läden des Küchenfensters schloss, des einzigen, das zur Straße zeigte.

„Lasst uns essen!“, rief Hamza ins Wohnzimmer und drückte in der jetzt dunklen Küche auf den Lichtschalter, doch es wurde nicht hell. Er probierte einen anderen Schalter. Dann nahm er einen Untersetzer aus der Schublade und das *Ojji* vom Herd und stellte es im Wohnzimmer auf den Tisch. „Lasst uns heute hier essen! Stromausfall.“

Die Abendkühle zog durch die Mauern in die Wohnung. Die Schärfe des sogar von den Eidottern absorbierten Harissas im *Ojji* hielt dagegen. Nahla versank in Gedanken. Über den Winter koche man Speisen, die den Körper von innen heraus heizen, vom Magen her, wo man auch das Leben verdaue. Das wusste Hamzas Ummi. Mouna hatte es Nahla übersetzt. Trotzdem heizte heutzutage, wer konnte, gelegentlich auch seine Räume. Ferienwohnungen waren entsprechend ausgestattet, aber nur in wenigen der alten Häuser gab es kleine Gasöfen. Man behalf sich dort mit mehreren Schichten Kleidung und Decken, wenn im Dezember und im Januar die Temperaturen nachts auf fünf Grad sanken und sie selbst an den sonnigsten Tagen fünfzehn nicht überstiegen. Nahla fand es gar nicht verkehrt, auf diese Weise mit dem Jahresrhythmus zu leben. Den Sommer verbrachte man mit vielerlei Aktivitäten, den Winter diese verdauend unter Decken, wo man automatisch Ruhe gab, die Ereignisse verarbeitend, mit genügend Zeit, Rückschlüsse zu ziehen und sich ebenso zu regenerieren wie Pflanzen und Tiere in der natürlichen Ruheperiode.

„Deutschland ist aus dem Takt geraten", stellte sie Hamza gegenüber fest. „Wir quälen uns in kältester Dunkelheit aus dem Bett und fallen nach einem Arbeitstag, der genauso lang ist wie im Sommer, erschöpft wieder hinein. Kein Wunder, dass bei uns im Winter die Leute ständig müde sind und nach einer Weile krank werden. Würden sie Ruhe geben wie hier und die Tage so lang oder eben kurz sein lassen, wie es die Natur vorsieht, ginge es ihnen sicher besser!" Dennoch stand sie jetzt auf und drehte die Heizung an. „Die geht ja auch nicht!"

„Mama, an Weihnachten geht sie aber wieder?", fragte Florian, holte seine Bettdecke und wickelte sich auf dem Sofa in sie.

„Wie lange ist es jetzt noch bis Weihnachten?", fragte Lilli, heute sicher schon zum fünften Mal.

„Nur noch drei Tage, Schatz!", entgegnete Nahla und wandte sich danach an Hamza: „Darüber müssen wir auch noch dringend reden." Sie hatte es schon mehrmals versucht, doch Hamza stieg nicht so richtig auf dieses Thema ein.

„Hamza, Florian kommt im nächsten Herbst in Nabeul zur Schule. Er wird dann automatisch viel von dem wollen, was bei seinen Freunden üblich ist. Aber noch ist ihm und Lilli Weihnachten wichtig."

„Ich habe aber keine Ahnung davon", entgegnete Hamza ausweichend.

„Es wird doch irgendwo Christbäume geben. Kleine aus Plastik zumindest?"

„Nein. Ich weiß nicht einmal, was das ist."

„Ach komm! In Sharm el Sheik stand der Christbaum für die Touristen noch, als wir uns kennengelernt haben!"

Hamza begann den Tisch abzuräumen und Nahla sah ein, dass sie Weihnachtenn selbst in die Hand nehmen musste.

„Also gut", sie folgte ihm mit dem Rest der Teller in die

Küche. „Ich brauche zehn schön gewachsene Palmenblätter und eine große Vase, es darf auch ein stabiler Eimer sein. In Bethlehem, wo Jesus geboren wurde, wachsen schließlich auch Palmen und keine Tannen. Das werde ich den Kindern so erklären."

Der Strom und infolgedessen auch die Heizung fielen in den nächsten Tagen öfters aus. Proportional zum Auskühlen der Häuser erhitzte sich das von Mohammed Bouazizi entfachte Feuer in den Herzen der Menschen und fraß sich durch das Land, die Ortschaften, die Häuser und setzte sich in den Köpfen fest. Es ließ sich von Ben Alis Polizei und Militär nicht mehr löschen. Es traf auf über Jahre durch seine Diktatur gewachsene Lunten aus Perspektivlosigkeit und Restriktionen, die ihre Entzündlichkeit jetzt direkt aus der Identifikation mit dem Schicksal des Gemüsehändlers speisten. Seine Tat hatte lediglich das Brennglas darauf gerichtet und die erforderlichen Funken gesprüht, um sie lodern zu lassen. Ben Ali ließ Straßensperren errichten, um die Märsche der Demonstranten aufzuhalten. Mohammed Bouazizi kämpfte derweil im Krankenhaus mit dem Tod. Nahla bastelte mit Florian und Lilli Papierschmuck für ihren Palmwedelchristbaum, buk Weihnachtskekse und war bestrebt, so viel wie möglich der ins Rampenlicht der ganzen arabischen Welt drängenden Krawalle von den Kindern fern zu halten. Und Hamza starrte in seinem Copyshop auf den Monitor.

„Bouazizis Schicksal geht uns an!", postete jemand auf Facebook.

„Es hat sich bisher nur keiner etwas zu sagen getraut!", kommentierte ein anderer darunter.

„In diesem Land kann man nichts werden!"

„YouTube muss im Internet freigegeben werden!"

„In anderen Ländern ist alles frei!"

„Dort kann jeder studieren!"

„Man kommt hier zu nichts!"

„Man misstraut uns im Ausland so, dass man uns nicht einmal ein Visum gibt!", tippte Hamza.

„Überall im Fernsehen und im Radio sagen sie, Frauen und

Kinder sollen im Innenhof bleiben, in den hinteren Zimmern", informierte er Nahla, nachdem er nach Hause kam.

„Warum in den hinteren Zimmern?", fragte sie.

„Weil die keine Fenster zur Straße hin haben, durch die sie von Kugeln getroffen werden könnten."

Morgens, wenn er zum Copyshop ging, bat er Nahla nun mitzukommen und mit den Kindern den Tag in seinem Elternhaus zu verbringen. Es hatte dickere Mauern als die Ferienwohnung. Eigentlich waren diese vorrangig dazu gedacht, die Privatsphäre des Inneren der Familie zu wahren, das die Frauen darstellten, und nicht um Gewehrkugeln abzuhalten. Muhammed Ali sang ein maunzendes Klagelied, weil er mehrere Tage in Folge allein in der Wohnung gelassen wurde.

„Aber morgen, am 24., bleiben wir hier!", bestimmte Nahla. „Da machen wir unsere Weihnachtsrituale!" Sie streichelte den Kater und nahm ihre Tasche mit Spielsachen für die Kinder. Wenig später blickte sie vom Innenhof aus zusammen mit der Ummi und Mouna nach oben zum Himmelsviereck darüber. Sehr bald würde auf den alten Zimmern dieses Hauses ein neues Stockwerk entstehen, ihre und Hamzas Wohnung, gleich nach der Hochzeit. Mit ihrem Einzug würde dann dieser Innenhof, dessen Atmosphäre und Lebensgefühl ihr sofort nach dem erstmaligen Betreten angehaftet hatte, auch Teil ihres Zuhauses sein.

Hamza schlief jetzt nur noch selten in seinem Elternhaus und dehnte damit die Toleranzschwelle des moralisch vertretbaren und nur durch Wegsehen der Nachbarn gewährleisteten Freiraums eines Unverheirateten bis an die Schmerzgrenze und eher schon darüber hinaus.

„Hab keine Angst, Baby", bat er Nahla vor jeder Nacht, die sie mit den Kindern ohne ihn verbringen musste.

Ich will keine haben, aber ich schaffe das nicht ganz.

„Jetzt schlafen wir und morgen früh geht wieder die Sonne auf!", sagte sie bei jedem Zubettgehen Florian und Lilli. Das war ihr nach dem großen Gewitter zu einer Sicherheit spendenden Gewohnheit geworden.

In der Nacht damals dachte ich auch, das Haus fliegt weg, aber am Morgen schien doch wieder die Sonne!

Sie lag im Bett auf der Seite, Muhammed Ali an ihrem Bauch. „Mit dir kann man ja fast noch besser kuscheln als mit Tiger“, summte sie ihm ins Ohr.

Bis zur Hochzeit wird sich die Lage schon beruhigt haben.

Sie kraulte den schnurrenden Kater, bis sie wegdämmerte.

„Mama! Mama! Mama!“ Lilli zog ihr zusammen mit Florian die Decke weg. „Weihnachten! Aufstehen! Wann gibt's Geschenke?“

Nahla gähnte. „Das Christkind kommt doch erst, wenn es abends dunkel wird. Und bis dahin räumen wir auf, kochen was Feines, machen Spiele und singen Weihnachtslieder.“

„Mama! Mama! Mama! Weißt du was?“, Florian begann auf der Matratze zu hüpfen, das Bett ächzte und quietschte.

„Was denn?“, fragte Nahla, rückte zur Seite und machte ihm damit mehr Platz.

„Rate mal!“

„Du hast alle Plätzchen aufgegessen und jetzt hast du Bauchweh!“

„Nein! Rate nochmal!“

„Muhammed Ali hat die Plätzchen gefressen und hat jetzt Bauchweh!“

„Was hast du denn mit den Plätzchen? Die Heizung geht!“

„Echt? Wow! Das ist ja ein Weihnachtsgeschenk des Schicksals direkt für uns!“ Nahla tapste mit noch nackten Füßen ins Wohnzimmer. „Tatsächlich! In ein paar Stunden wird es angenehm warm.“

Falls das Stromnetz nicht wieder zusammenbricht.

Sie schlang die Arme um sich und sah aufs Innenthermometer. „Vierzehn Grad“, murmelte sie und zog sich als erstes dicke Socken an.

Mittags hatte es die Heizung auf siebzehn Grad in der Wohnung gebracht und nachmittags auf neunzehn.

Danke! Danke! Danke!

Als es dunkelte und die Bratäpfel im Ofen ihren Duft nach zauberhafter Weihnacht verbreiteten, kam Hamza von der Arbeit. Er lenkte die Kinder im Schlafzimmer ab, während Nahla das Wohnzimmer mit Kerzen beleuchtete und für jedes Kind zwei bislang gut im Koffer verwahrte Geschenke unter die geschmückten Palmwedel legte. Dann läutete sie mit einem Glöckchen. Das galt in ihrer Familie von jeher als Zeichen des Christkinds, dass es da gewesen war. Lilli und Florian stürmten ins Wohnzimmer und hielten vor dem Palmbaum inne, verzaubert von der Weihnachtsmagie.

„Fröhliche Weihnachten, meine Schätze!" Nahla drückte beide an ihr Herz. Und dann Hamza. „Fröhliche Weihnachten!"

„Dir auch, Baby", erwiderte er und erlebte anschließend zum ersten Mal, mit welch selbstvergessener Begeisterung Kinder unterm Weihnachtsbaum ihre Geschenke auspacken und danach den ganzen Abend mit ihnen spielen. Er beteiligte sich daran, die Fabelwesen in Lillis Malbuch auszumalen, während Florian seinen neuen Anhänger an seinen Bagger koppelte und unermüdlich die in der Küche stibitzten Kichererbsen auf- und ablud.

Der nächste Morgen begann heizungslos klamm und erforderte mehrere Schichten Kleidung. Hamza bestand darauf, Nahla und die Kinder in sein Elternhaus zu bringen und sie abends wieder abzuholen.

„Bleib doch drin", bat Nahla Muhammed Ali und streichelte ihn ausgiebig.

„Mama, er muss doch mal raus zu seinen Freunden auf die Straße, wenn wir ihn schon wieder allein lassen!"

„Na gut." Widerwillig öffnete Nahla ihm die Tür.

Er hat sich dort ja auch zu helfen gewusst, bevor er zu uns gezogen ist.

Abends auf dem Rückweg in die Wohnung spürte Hamza das Zittern von Nahlas Hand, die in seiner lag.

„Baby, wir sind doch gleich da!" Er drückte sie, an seiner anderen hielt er Florian. Lilli ging an Nahlas.

„Ich weiß", entgegnete Nahla. „Ich habe aber trotzdem ein ganz mulmiges Gefühl."

Sie bogen in ihre Straße ein und Nahla erkannte es von Weitem. An der Mauer, drei Meter nach dem Eingang, lag etwas in der Größe einer Einkaufstüte. Eine eiskalte Schockwelle galoppierte durch ihr Nervenkostüm. Sie ließ Hamza und Lilli los und rannte die letzten Schritte zur Haustür. Ihre Hände zitterten jetzt so, dass sie diese nicht aufschließen konnte. Hamza übernahm es. Nahla versperrte währenddessen den Kindern mit ihrem Körper die Sicht zur Mauer hinter sich.

„Ihr dürft heute schon vor dem Essen fernsehen", teilte sie drinnen Florian und Lilli mit und schaltete sofort das Gerät ein. Sie fühlte, wie ihr kalter Scheiß auf die Stirn trat. Hamza strich Florian und Lilli über den Kopf und gab beiden einen Kuss auf die Haare. Dann rückte er in der Küche geräuschvoll Töpfe hin und her. Die Kinder sollten davon ausgehen, er koche. Noch ein Blick ins Wohnzimmer. Sie alberten miteinander vor dem Bildschirm, dann eilte er Nahla hinterher nach draußen. Er wusste, sie würde neben dem Eingang knien.

Er legte den Kopf in den Nacken, als er sich neben sie hockte, um zu verhindern, dass ihm selbst die Tränen über die Wangen kullerten. In dieser Haltung liefen sie nach innen. Salzig rannen sie seinen Hals hinab. Nahlas Finger vergruben sich in blutigem, rotweißem Katzenfell. Ihr Herz fühlte sich an wie in Maschendraht gequetscht, durch den unentwegt Stromstößen zucken, als hinge der Draht an einer Weidebatterie. Hamza streichelte Muhammed Alis Kopf. Die Augen des Katers waren geschlossen, sein Mund leicht geöffnet. Daraus trat die rosa Zunge ein Stückchen hervor, wie manchmal, wenn er sehr entspannt geschlafen hatte.

„Begraben wir ihn, Baby", sagte Hamza.

Nahla schob die Hände unter Muhammed Ali und hob ihn hoch. Dabei entwich die letzte Luft aus seinen Lungen und strich über seine Stimmbänder. Er gab dadurch ein flaches Maunzen von sich, als wolle er sich von ihnen verabschieden.

„Mama, wann essen wir?", fragte Florian, als er ihre Schritte hörte.

Nahla musste mehrmals schlucken, ehe sie antworten konnte: „Es dauert noch ein bisschen."

„Okay!", erwiderte Florian, auf den Fernseher blickend, jetzt den Arm um seine kleine Schwester gelegt.

Nahla nahm im Schlafzimmer eines ihrer T-Shirts aus dem Schrank und wickelte Muhammed Ali hinein. Hamza wischte derweil mit Klopapier die Spur aus Bluttropfen weg, die sie hinterlassen hatten. Danach trocknete er mit einem weiteren Streifen seine Augen, warf ihn zu dem blutigen Papier in die Toilette und spülte.

Nahla und er brauchten ihr Vorgehen nicht abzusprechen. Sie agierten wie ein Gedanke, ein Körper, eine Einheit. Synchronisiert durchquerten sie Schulter an Schulter das Wohnzimmer und verdeckten den Kindern so den Blick auf das Bündel, das Nahla trug. Es war inzwischen dunkel im Garten, das Thermometer zeigte acht Grad. Bei diesen Konditionen würden Florian und Lilli hoffentlich keine Lust bekommen, das Sofa zu verlassen und ihnen zu folgen. Hamza nahm die Ascheschaufel vom Grillplatz. Er begann unter dem Jasmin zu graben. Dessen Blüten hatten so verheißungsvoll geduftet, als Nahla während ihres Probewohnens auf der nahen Bank beim Abklingen ihres Brechdurchfalls den Kopf in Hamzas Schoß gebettet hatte. In einen halben Meter Tiefe zwischen die Wurzeln des Jasmins legte sie Muhammed Ali, faltete das T-Shirt noch einmal auf und überprüfte die Temperatur seiner Ohren und Pfoten.

„Er wird kalt", stellte sie fest, wobei das letzte Bisschen irrational gehegte Hoffnung aus ihrer Stimme schwand, er könne doch noch am Leben sein.

„Baby, er ist ganz sicher tot. Er hat zu viel Blut verloren."

Nahla schloss ihr T-Shirt über ihm, sein Leichentuch. Hamza schaufelte behutsam das Grab zu. Zeit für Blumen gab es jetzt keine. Sie mussten sich um Florian und Lilli kümmern.

„Es ist wohl auch besser, wenn wir die Stelle nicht mit Schmuck kennzeichnen", fand Nahla.

„Was sagen wir den Kindern?", fragte Hamza, als er und Nahla sich, einheitlich Schulter und Schulter, am Grillplatz Blut und Erde von den Händen wuschen.

„Gar nichts", erwiderte Nahla.

„Sie werden fragen", sorgte sich Hamza.

Nahla überdachte noch einmal die Situation, während sie sich die Hände erneut einseifte.

„Meinst du nicht?", hakte Hamza nach.

Nahla trocknete sich die Hände ab und blickte zum frisch geschlossenen Grab, zum Jasmin, zum Orangenbaum, zum Schildkrötengehege. Die Umrisse all dessen schälte die Gartenlampe aus der immer dichteren Dunkelheit, während Tiefenschärfe und Details darin zurücktraten. Als suche Nahla Linderung am Firmament, sah sie nach oben. Nur das Licht der dicksten Sterne fanden durch den Dunst dieser Nacht. „Lilli ist zum Glück erst drei", sagte sie. „In dem Alter kann man Kinder noch relativ leicht ablenken. Und Florian wird mir hoffentlich glauben, dass Muhammed Ali zurück zu seinen Freunden auf der Straße wollte."

Sie kochten, sie aßen, brachten die Kinder ins Bett, legten sich in ihres.

„Was meinst du, wann sich die Lage beruhigt?", fragte Nahla, zu einer Kugel á la Muhammed Ali zusammengerollt, die Stirn an Hamzas Brust. Er zog sie mit seinen Armen fest an sich.

„Beruhigen? Es ist, als ob eins nach dem anderen explodiert. Ben Ali hat zu lange zu viel unterdrückt. Aber die Leute haben trotzdem mitbekommen, dass man anderswo viel mehr aus seinem Leben machen kann als hier."

„Unser Katerchen", schniefte Nahla und begann zu zucken. Auch in ihr explodierte der Schmerz, den sie wegen der Kinder die letzten zwei Stunden zurückgehalten hatte. Tränen brachen durch ihre Beherrschtheit. „Er war noch ein Kind! Ein Katzenkind, aber trotzdem ein Kind! Wir haben ihn zusammen aufgezogen, fast als wäre er unser erstes gemeinsames."

„Ja, er hat etwas bedeutet. Ich habe ihn genauso lieb gehabt wie du und jetzt ist er tot." Hamza fuhr ihr mit den Händen unruhig über den Rücken. „So darf es in Tunesien nicht weiter gehen!", sagte er mit plötzlich verändertem Tonfall, der scharf und schneidend geworden war. Nahla hob erschrocken den Kopf. „Wir sind unterdrückt!", fuhr er fort. „Wir wissen es längst und haben es verdrängt! Wir haben uns damit eingerichtet und uns dadurch selbst geknechtet! Man kann's nicht länger verdrängen. Und jetzt schießen sie, um uns ruhig zu halten. Man muss etwas tun!"

„Was kann man denn tun?", wisperte Nahla.

„Mitkämpfen!"

„Oh mein Gott!" Nahla setzte sich auf und strich ihre tränenfeuchten Haare zurück. Sie bemerkte Hamzas blasse Wangen, die verspannte Stirn, seine zusammengezogenen Augenbrauen und einen erwachenden Kampfgeist in seinen Augen, der ihr Angst machte. Angst um ihn. Etwas musste nun auch in ihm explodiert sein. Ihr Herz begann zu galoppieren, als betrete die Bedrohung von der Straße aus das Zimmer und baue sich unmittelbar um ihr Bett herum auf.

„Täglich schließen sich mehr Leute den Protesten an", sagte Hamza gepresst. „Nahla, wie könnte ich noch länger zusehen? Nachdem, was uns heute passiert ist!"

Der Galopp in ihrer Brust legte an Geschwindigkeit zu, die Angst gab ihm die Sporen.

„Es handelt sich um mein Land!", verkündete Hamza voller Inbrunst.

„Das weiß ich doch. Es ist auch mein Land."

„Aber es gibt einen Unterschied!"

„Welchen denn?"

„Du bist keine echte Tunesierin."

Nahlas Herz setzte einen Galoppsprung aus.

„Aber diesen Unterschied gibt es doch nicht mehr lange", beteuerte sie. „Nur noch, bis wir verheiratet sind, dann gehöre ich auch ganz dazu!"

„Aber nur von Geburt her *echte* Tunesier können für Tunesien kämpfen!"

Er sieht eine unüberwindliche Grenze zwischen uns? Das kann doch nicht sein!

Nahla wich ein wenig zurück und lehnte sich ans Kopfteil des Bettes. „Traust du mir nicht zu, dass ich für das Land einstehe, das ich so liebe? Weil ich Deutsche bin?" Ihre Finger suchten nach etwas, woran sie herumzupfen konnten, es möglichst straff flechten, wie die Troddeln des Kissens in ihrem Jugendzimmer zu Christians Zeiten.

„Ich meine etwas anderes", sagte Hamza.

„Was meinst du?"

Er fuhr ihr sanft über die Haare. „Baby, du kannst selbst ja nichts dafür. Der Unterschied zwischen uns ist, dass du eine Wahl hast, die ich nicht habe."

„Welche Wahl denn?"

„Die, dass du gehen kannst!"

„Aber ich will nicht gehen! Ich gehöre hierher, zu dir, an

deine Seite!“

Hamza rückte zu ihr und legte seine Stirn an ihre. „Du musst gehen. Dich und die Kinder in Sicherheit bringen. Ich will nicht, dass ihr in Gefahr seid. Ihr könnt das Land verlassen. Aber ich nicht. Ich kann entweder feige zusehen, wie hier alles zugrunde geht oder kämpfen. Und ich werde kämpfen! Für unsere Freiheit! Wie Che Guevara!“

„Was? So viel ich weiß, wollte der aber seine Ideale durch Überzeugungskraft durchsetzen und nicht mit lebensgefährlichen Krawallen auf der Straße!“

„Das verstehst du nicht, Baby. Flieg mit den Kindern nach Deutschland. Bring dich in Sicherheit!“

Weil ich keine echte *Tunesierin bin? Nur eine verweichlichte Deutsche? Er traut mir nicht zu, dass ich diese Krise zusammen mit ihm durchstehe!*

„Du willst, dass ich gehe? Du willst wirklich, dass ich gehe?“

„Ja. Nein. Ja. Ich will, dass dir und den Kindern nicht dasselbe passiert wie Muhammed Ali!“

„Und wann heiraten wir?“

„Sobald es hier wieder sicher ist. Ich liebe dich!“

Nahlas Herzschlag verlangsamte sich, ermattet nach dem straffen Galopp. Es polterte nun wie ein schwerer, abgekämpfter Schmiedehammer gegen ihre Brust. Ihre Finger gaben die Suche nach irgendwelchen Schnüren im Bett auf, die sie zu Zöpfen hätten zurren können, und griffen stattdessen in Hamzas Locken. „Unser Katerchen“, schluchzte sie wieder. „Jetzt liegt es draußen in seinem Grab und wird kalt. Und nicht schnurrend bei uns im Bett, wo es hingehört.“ Sie schlang die Arme um Hamza, der sich ebenso an ihr hielt wie sie sich an ihm.

„Ich will hierbleiben, hörst du? Ich bleibe! Das ist auch mein Land. Und unsere Hochzeit verschieben wir um ein paar Wochen, bis die Lage wieder sicher ist. Das finde ich auch sinnvoll.“

Mein Visum werde ich schon irgendwie verlängert kriegen.

Es kostete Nahla enorme Kraft, ihren Kummer am nächsten Morgen vor den Kindern zu verbergen.

„Wir wollen heute Vormittag mal die Oma anrufen“, sagte

sie zu ihnen beim Frühstück. „Wir haben ja den zweiten Weihnachtsfeiertag."

„Jahhh!", rief Lilli, die trotz aller Ablenkung vor Ort gelegentlich nach ihrer Oma fragte. Florian dagegen fragte nach „Momo".

„Ich nenne ihn jetzt so!", teilte er Nahla mit.

„Eine verspätete Umbenennung. A-ha!" Sie lächelte ihren Sohn an. „Ich habe *Momo* vorhin zum Fressen reingelassen, da habt ihr noch geschlafen. Danach wollte er unbedingt wieder auf die Straße", log Nahla notgedrungen und so leichthin, wie es ihr gelingen wollte.

„Kann ich verstehen!", entgegnete Florian und trank seine Schokomilch aus.

„Mama, brauche ich heute eine Jacke?", fragte Lilli.

„Unbedingt, Schatz!"

„Wann können wir wieder im Meer baden?"

„Wenn der Frühling kommt."

„Wann ist das?"

„In ein paar Wochen. Auf jeden Fall viel früher als in Deutschland."

„Darf ich Oma von den Schüssen und den Soldaten erzählen?", wollte Florian wissen.

„Nur wenn sie fragt." Nahla zog auch ihm eine Jacke an. „Sonst macht sie sich bloß unnötig Sorgen."

Wie viel in Deutschland davon wohl in den Nachrichten kommt?

Beim Verlassen des Hauses lenkte Nahla die Kinder sofort in die dem Blutfleck an der Mauer entgegengesetzte Richtung. Sie selbst hatte ihn jedoch nicht aus ihrem Blickfeld bannen können. *Schüsse in unserer Straße. Hätten sie auch einen von uns treffen können? Vielleicht hat Hamza ja recht und ich muss die Kinder in Sicherheit bringen? Ohne sie könnte ich leichter bleiben. Und wenn ich sie allein zu Oma und Opa schicke und Hamza unterstütze? Aber wenn mir etwas passiert, dann haben sie keine Mama mehr! Nein, das geht so auch nicht.*

Sie zwinkerte alle paar Schritte und presste dabei mehrmals die Augenlider fest aufeinander. Doch das Bild des Blutflecks verschwand auf dem ganzen Weg nicht.

„Taxiphone" informierte auf Arabisch und darunter auf

English eine gelbe Metalltafel in Form eines Zeigefingers auf dem Gehweg die Passanten, zwischen den Schriften das Bild eines schwarzen Telefons mit Wählscheibe und Hörer. Nahla folgte dem Fingerzeig in ein Geschäft der Größe einer halben Kleinwagengarage. An der Kasse bezahlte sie ihren Anruf im Voraus und bekam eine Holzkabine mit einem Tastentelefon zugewiesen. Zuerst tippte sie die Vorwahl von Deutschland, dann die von Thannhausen und anschließend den Hausanschluss ihrer Eltern.

Lydia hob nach dem vierten Klingeln ab, dank der Anzeige der ausländischen Nummer auf dem Display nur mit ihrer ältesten Tochter in der Leitung rechnend: „Mein Mädel! Ich koche gerade. Wie geht es euch?"

„Gut."

„Wie habt ihr Weihnachten gefeiert?"

Nahla erzählte von Palmwedeln, selbst gebasteltem Schmuck und dem Spielen mit den Geschenken. Lydia lauschte und fragte danach gleich: „Gibt es eigentlich Probleme im Land? Bekommst du davon etwas mit?"

„Was habt ihr denn gehört?", fragte Nahla zurück.

„Nichts Genaues. In den Nachrichten haben sie nur gebracht, dass irgendwelche Aufstände im Süden des Landes seien. Gerd schaut manchmal auf Facebook, wird aber dort auch nicht richtig schlau."

Wäre Tunesien die USA, dann würde die Tagesschau sicher jedes Detail lang und breit treten.

„Ein wenig merken wir in Nabeul schon auch."

„Es ist also nicht harmlos? Mädel, komm heim! Ich vermisse meine Enkel und dich natürlich auch! Ihr seid schon über zwei Monate da unten."

„Ich will bleiben. Außerdem ... auf meinem Konto wäre gar nicht mehr genug Geld für Rückflüge."

Vollversagerin. Was sollte sie jetzt sonst in mir sehen? Wieder einmal. Wie beim Schwangerwerden in der Ausbildung und danach nochmal. Und jetzt gehe ich nach Tunesien und anstatt meine Eltern zu meiner Hochzeit einzuladen, kann ich mir nicht einmal Rückflüge leisten. Volle Versagerin. Ich bleibe!

„Das war doch von Anfang an eine Schnapsidee, so lange da runter zu gehen", fuhr Lydia fort. „Herrgottnochmal, Mädel, wann wirst du endlich gescheit?“

Nahla schluckte verkrampft und hörte aus der Ferne, wie Lydia in Thannhausen nach Gerd rief, dieser die Küche betrat und sie sich berieten.

„Mama“, drängte sie nach zweiminütigem Abwarten, „die Telefonzeit ist gleich vorbei! Willst du noch mit Flori und Lilli reden?“

„Pass auf!“ Lydia sprach wieder in den Hörer. „Wir tun dir fünfhundert Euro aufs Konto. Nein, besser sechshundert. Damit kaufst du Flugtickets und kommst mit den Kindern zurück! Und jetzt gib sie mir!“

Nahla reichte den Hörer an Florian und Lilli weiter. Sie steckten die Köpfe zusammen. „Oma, du weißt ja, dass wir einen ganz süßen Kater haben“, sprudelte Lilli los „Er heißt Muhammed Ali, aber Flori nennt ihn jetzt Momo! Er ist...“

„Hier wird geschossen! Wir haben es gehört und überall laufen Polizisten mit Gewehren rum!“, rief Florian so enthusiastisch dazwischen, als befände er sich inmitten eines einzigartigen Abenteuers. Bevor Nahla abgewogen hatte, ob sie ihn nochmal daran erinnern wollte, dass derlei den Großeltern wahrscheinlich bloß Sorgen bereitete, oder sie sich besser nicht einmischte, damit in Florian nicht das Gefühl aufkam, ihre Lage wäre tatsächlich gefährlich und ihn selbst damit ängstigte, war die Telefonzeit zu Ende. Die Kinder verließen aufgekratzt, sie selbst wie ein begossener Pudel Kabine und Laden.

Den Rest des Tages verbrachte Nahla wie in Trance. Die Stadt war gespickt mit Ben Alis Bewaffneten, die jede Bewegung mit Argusaugen verfolgten und durchdrungen mit Angst, Frust, Wut und Kampfbereitschaft derer, auf die sie ihre Aufmerksamkeit richteten. Nahla dankte im Stillen dem einsetzenden auflandigen Wind, denn der verhinderte, dass die Kinder zum Buddeln an den Strand strebten. Seine Böen lasen kleinste Körnchen auf, hoben sie in die Höhe und streuten sie auf Köpfe und in Augen. Auch den Souk wollte sie heute aussparen. Nicht einmal Hamzas Familie zog Nahla an diesem Tag an, die Ummi, Mouna, der Innenhof, den sie so liebte.

Ohne verheiratet zu sein gehöre ich ja sowieso nicht richtig dazu. Und eine echte *Tunesierin wäre ich selbst dann in Hamzas*

Augen wahrscheinlich trotzdem nicht..

„Lasst uns wieder heimgehen und dort spielen.“ Sie nahm Florian und Lilli an der Hand. „Zum Essen gibt es heute Nudeln mit Tomatensoße.“

Aus einem Tetrapack. Bäh!

„Momo!“, rief Florian in ihrer Straße. Im Affekt drücke Nahla seine Hand ein bisschen zu fest und zog ihn mit einem Ruck zur Tür.

„Aber wir müssen ihn doch jetzt wieder mit rein nehmen, Mama!“, protestierte Florian. „Er hat doch bestimmt Hunger gekriegt!“

„Ich mag ihn kuscheln“, verlangte Lilli.

Nahla verdeckte mit ihrem Körper erneut den Fleck an der Mauer. „Du musst ihn bei dem Namen rufen, den er gewöhnt ist“, sagte sie zu Florian und rief schicksalsergeben mit ihm und Lilli noch ein paar Mal nach dem Kater.

„Warum kommt er nicht, Mama?“, fragten sie.

Was sage ich bloß?

Nahla nestelte an ihrem Schlüsselbund. „Wahrscheinlich spielt er gerade mit seinen Freunden. Wenn ihr in etwas versunken seid, hört ihr mich ja auch manchmal nicht rufen. Das ist bei ihm bestimmt genauso.“

„Kann schon sein“, nölte Florian und Nahla sperrte die Tür auf. „Mama, wann ist eigentlich Silvester?“

Auch das noch! Gut, dass Lilli noch so klein ist und nicht nach allem fragt.

„Das feiert man in Tunesien nicht so groß“, erklärte Nahla Florian.

„Aber Raketen schießen wir schon?“, hakte Florian sofort nach.

Nahla strich ihm in der Küche seine blonden Haare aus der Stirn. „Mögt ihr etwas trinken?“

„Ja, ich mag heiße Schokolade, so eine wie beim Frühstück!“, rief Lilli.

„Du auch, Flori?“

Florian nickte und erkundigte sich dann noch einmal nach den Raketen.

„Vor ungefähr drei Wochen haben wir doch bei der Ummi einen Pudding mit ganz viel Sirup gegessen, erinnerst du dich?“

„Ja! Der war lecker!“

„Den macht sie immer zum islamischen Neujahr. Da hat es begonnen. Es ist zehn Tage kürzer als unseres. Man erinnert sich im Islam beim Jahreswechsel daran, dass der Prophet Mohammed von Mekka nach Medina ausgewandert ist. Das war ungefähr sechshundert Jahre, nachdem Jesus gekreuzigt worden war. Ja. Nach Jesus. Die Feste eines Landes sind fast immer von der jeweiligen Religion abhängig. Und hier anstatt von Jesus eben von Mohammed.“

„Ich will aber Raketen schießen!“, verlangte Florian. Er hatte ihrer Ausführung gar nicht zugehört.

Was rede ich da eigentlich? Als ob ihn das jetzt interessieren könnte!

Nahla nahm eine Tasse aus dem Regal und goss sich selbst heiße Schokolade ein, gegen die Kälte in der Wohnung, in der mal wieder die Heizung nicht ansprang.

Bald darauf haben Mekka und Medina gegeneinander Krieg geführt. Die Mediner erklärten sich selbst dazu durch einen Koranvers berechtigt. Den haben sie sich extra für ihre Zwecke zurechtgebogen. Was sich Ben Ali wohl alles zurechtbiegt, um gegen sein eigenes Volk vorzugehen? Das sind ja nicht einmal Andersgläubige als er selbst. Immer Krieg. Die Menschheit wird nicht gescheiter.

Nahla trank an ihrer Tasse und spürte der warmen Flüssigkeit nach, wie sie ihre Kehle hinab in ihren Magen rann. „In Hotels, in denen viele Touristen sind, gibt es wahrscheinlich ein Feuerwerk. Hamza weiß das sicher. Wir fragen ihn nachher“, sagte sie zu Florian.

Er gab sich einstweilig damit zufrieden.

Aber sind dafür überhaupt noch genug Touristen da? Vielleicht hat es Reisewarnungen gegeben und sie sind größtenteils auf die Kanarischen Inseln ausgewichen?

Am 31. Dezember kam Karim zu Besuch und mit ihm noch zwei Freunde, die wie Hamza im Ausland gearbeitet und dort erfahren hatten, dass man anderswo den Silvesterabend mit Alkohol begoss. Sie aßen, lachten, scherzten und spielten mit Florian und Lilli, bis die beiden müde und zufrieden einschliefen. Nahla trank mit den anderen Wodka und tanzte zu tunesischer Elektromusik. Ihr wurde warm dabei und leicht zumute. Doch die Gewehre in den Straßen ließen sich nicht gänzlich ausblenden, die Krawalle, die neuerdings wutvoll eingeschlagenen Scheiben mancher Autos. All das ploppte in Gesprächs- und Tanzpausen in ihr Bewusstsein.

Wie müssen uns in den hinteren Räumen aufhalten! Kugeln könnten uns durchs Fenster treffen!

Eine Stunde nach Mitternacht verabschiedeten sich die Gäste. Nahla und Hamza räumten benutzte Gläser und Teller in die Küche. Nahla ließ bei geschlossenen Fensterläden Spülwasser ein. Zwischen dem einweichenden Geschirr wuchsen blubbernd weiße Schaumberge empor.

„Huch! Ich habe zu viel Spülmittel erwischt", kicherte sie angetrunken läppisch und fuhr Hamza mit ihrer schaumigen Hand über die Wange, als er ein paar irgendwo aufgesammelte Gabeln in den flockigen Bergen versenkte. Er wischte sich das Gesicht ab. „Was meinst du, Baby? Was wirst du tun?"

Nahla spülte weiter, wobei sie seinen Körper an ihrem Rücken spürte.

„Es ist so schwer zu entscheiden." Sie setzte ein Glas mit der Öffnung voraus in den Schaum und sah zu, wie dieser es ausfüllte. Dann schloss sie es von unten her mit der Hand, hob es hoch und drehte sich damit zu Hamza. In den Blasen schillerte regenbogenfarbig das Licht der Deckenlampe. Eine Blase nach der andere zerplatzte. Durch Nahlas Finger tropfte es nass auf den Boden. Kommentarlos nahm Hamza einen Lappen und wischte die Feuchtigkeit auf. „Lass uns fertig aufräumen und dann ins Bett gehen, okay?"

„Okay."

So ernst. So untypisch für ihn. Seine innere Anspannung muss ja riesig sein.

Hamzas Stimmung zählte für Nahla mehr als Indikator ihrer Lage, als alle Geschehnisse um sie herum. In ihrem Kopf gingen die Argumente für und gegen das Bleiben aufeinander los und produzierten ein nervenzehrendes Kuddelmuddel. Es war an ihr, dieses zu entwirren, Ordnung hinein zu bringen und dann zu sehen, welche Erkenntnisse sich daraus entnehmen ließen.

Ich wollte doch nur glücklich und in Frieden mit Hamza leben.

Er atmete unruhig neben ihr im Schlaf.

Wir haben unseren Kater verloren.

Sie rückte noch ein wenig näher an Hamza, an seine tröstliche Körperwärme.

Eventuell driftet das Land wirklich auf einen Bürgerkrieg zu. Wie schlimm kann der werden?

Sie versuchte, trotz ihrer Aufruhr ruhig zu liegen, um Hamza nicht zu stören.

Wir müssen die Hochzeit verschieben.

Ihre Augen brannten. Sie zwang ihre Aufmerksamkeit weg von den Augen zurück in ihren Kopf.

Ich will bleiben und alles mit Hamza durchstehen. Ich liebe ihn so! Und auch das Land!

Sie lauschte. War eines der Kinder wach geworden?

Wer weiß, was Florian und Lilli in den nächsten Wochen hier miterleben müssten und wie es ihnen danach ginge? Wie sie damit zurechtkämen im späteren Leben?

Ihre Hand tastete aus Gewohnheit neben sich, fand aber dort keinen Kater mehr.

Anstatt ihm hätte es meine Kinder treffen können. Ich darf sie dieser Gefahr nicht länger aussetzen!

Ihre Hand strich über den leeren Platz.

Meine Eltern haben mir Geld aufs Konto getan.

Ich habe die Wahl.

Ja.

Habe ich.

Ich muss wählen.

Sie fuhr erneut über die Stelle, an der Muhammed Ali stets gelegen hatte und presste sich noch ein bisschen fester an Hamza.

Ich muss wählen. Ich bin wieder einmal in einen Strudel geraten, in dem es darauf ankommt, nicht in ihm zu ertrinken, sondern ihn zu durchschwimmen.

Ich muss wählen.

Und das tat sie.

Danach ersetzte sich das Kuddelmuddel ihrer Gedanken durch vage Klarheit.

Du riechst so gut!

Mit der Nase an Hamzas Hals schlief sie schließlich ein.

Nahla erwachte früh. Hamza, noch früher wach geworden als sie, betrachtete sie forschend. Sie erkannte in seiner Mimik, dass er ihren nachts gefassten Entschluss in ihren Augen ablas und ihm genauso vor den Konsequenzen graute wie ihr selbst.

„Baby?", fragte er sanft.

„Ich brauche erstmal einen Schluck Wasser." Nahla setzte ihre Füße auf den kalten Boden.

Der Boden der Realität.

Ihre Schultern sackten nach vorn. Bewusst straffte sie den Rücken und richtete sich auf. In der Küche trank sie ein Glas Wasser und schaute im Wohnzimmer einige Minuten in den Garten. Zum Orangenbaum, dem gesäuberten Grillplatz und der Ascheschaufel, der umgegrabenen Erde unter dem Jasmin, dem Schildkrötengehege.

Wie es wohl unseren Schildis in Thannhausen geht? Ahmed-Benjaminus hält jetzt bestimmt seinen Winterschlaf.

Sie krümmte die Zehen, fröstelte, legte sich zurück ins Bett und wärmte sie an Hamzas, dabei den Rücken an seine Brust geschmiegt.

„Du bleibst bei deiner Meinung? Dass ich mit den Kindern ausreisen soll?", fragte sie ein letztes Mal zu einer allerletzten Absicherung, dass er seine Meinung nicht doch noch geändert hatte.

Er küsste sanft ihren Nacken und sagte nachdrücklich: „Ich will, dass ihr in Sicherheit seid."

„Dann lass uns in den Copyshop gehen. Falls das Internet heute schnell genug ist, buche ich."

„Wir waren schon so oft und lange getrennt", entgegnete Hamza. „Diese Trennung überstehen wir auch noch! Sie ist ja nur kurz und wir heiraten einfach ein paar Wochen später."

Statt Hochzeit wieder eine Trennung. Es hilft nichts. Die Kinder müssen raus hier.

DIE AUSREISE

„Bis bald!" Nahla umarmte Mouna. Sie hielt sich tapfer, ließ keine Tränen zu. Es war ja nicht für lange. Nur, bis sich die Lage beruhigte.

„In scha Allah!" So Gott will. Nach den Wangenküssen hielt die Ummi eine ganze Weile Nahlas Hände. Nahla glaubte, vielschichtiges Bedauern in ihrem Blick zu lesen.

Fast, als ob sie mir etwas mitteilen wolle.

Doch Nahla war zu aufgewühlt, um sich näher damit zu beschäftigen.

„Komm, wir müssen unbedingt noch zum Copyshop und dann sofort zum Flugplatz!", drängte Hamza. Just als er und Nahla im Begriff waren, den Innenhof zu verlassen, betrat ihn sein Ziehbruder Ahmed.

Wie ähnlich sie sich sind! Bei Dunkelheit kann sie wohl nur unterscheiden, wer sie gut kennt.

„À bientôt", sagte Ahmed. Beim Abschiedsgruß hatte die französische Version die arabische meistenorts verdrängt.

Nahla lächelte vielleicht eine Spur zu breit, hatte sie doch bei seinem Auftauchen eben wieder an die Anekdote denken müssen, in der ihm die Ummi als Antwort auf sein großspuriges Gehabe zu Kindergartenzeiten das tatsächliche Ausmaß seiner bisherigen Männlichkeit vorgeführt hatte, indem sie ihm die Hose herunterzog. Ahmed küsste Nahla auf die Wangen, was ihm eigentlich nicht einmal innerhalb der blickdichten Mauern des Innenhofs gestattet gewesen wäre. „Komm bald wieder!"

„Selbstverständlich!", entgegnete Nahla.

Auch er fügte dem ein „In scha Allah" hinzu.

Nahla zog ihren Zopfgummi nach, nahm Lilli auf den Arm und Florian an die Hand. Sie folgte Hamza nach draußen und dann durch die winkligen Gassen der Medina zum Copyshop.

„Sag mal, fehlen hier nicht zwei Kopierer?“, fragte sie sofort nach dem Eintreten, doch Hamza wandte sich ab, um zu telefonieren.

„Er verspätet sich“, informierte er Nahla nach dem Auflegen.

„Wer?“, fragte sie.

„Baby, wir werden einiges an Geld brauchen, um zum Flughafen zu kommen.“

„Wieso ...?“ Nahla sah Hamza irritiert an. Er ging vor seinen Druckern und verbliebenen Kopierern unruhig auf und ab, während draußen Polizei und Militärs vorbeistapften. Nach zähen Minuten rumpelte Maiza in den Laden. Schweißperlen standen ihm auf der Stirn, als habe er einen Sprint hinter sich, doch Hamza schien erleichtert. Die Narbe quer über sein Gesicht machte dennoch heute auf Nahla einen grimmigen Eindruck. Sie begann knapp unter dem linken Auge, führte über den Nasenrücken, durchzog die rechte Backe und endete kurz vor dem Ohr. Während sie in ihrem übrigen Verlauf flach verheilt war, bildete sie hier einen rosafarbenen Wulst. Die hellbraunen Bartstoppeln, die sich durch ihn schoben, erinnerten Nahla an emporschießenden Spargel auf einem Ackerstrang. Doch Maiza war jemand, dem Hamza vertraute, also tat sie es auch. Er wischte sich über die Stirn und verzog sich mit Hamza in den hinteren, von der Straße aus uneinsehbaren Ladenteil. Dort holte er einen Packen Geld aus den Tiefen seiner Kleidung.

„Ich hab den vollen Preis bekommen“, informierte er Hamza.

Hamza nahm das Geld und teilte es in einzelne Bündel auf, die er geschwind in seinen Hemd- und Hosentaschen, seinen Socken und sogar in seiner Unterhose verschwinden ließ.

„À bientôt“, Maiza nickte Nahla mit den üblichen Abschiedsworten zu, strich den Kindern über die Köpfe und verließ zügig den Laden. Hamza stellte das Schild mit der Aufschrift „geschlossen“ ins Fenster. „Komm Baby, los jetzt!“

Schnellen Schrittes erreichten sie die Ferienwohnung, vor der Karim auf sie wartete. Er fasste mit an, das Gepäck ins Auto von Hamzas Vater zu laden.

„Viel Glück auf der Fahrt!“ Flüchtig, scheu und gegen die Regeln umarmte er Nahla.

Hamza steuerte den Wagen in einem verwirrenden Zickzackkurs durch Nabeul. Konsterniert stellte Nahla fest, wie viele Straßen abgeriegelt waren.

Kippt jetzt alles wirklich so rasant schnell?

Nabeul lag hinter ihnen, jetzt würde es hoffentlich leichter, vorwärts zu kommen. Doch nur wenige Kilometer nach dem Stadtrand trafen sie auf der Landstraße auf die erste von etlichen Sperren, die sie nicht umfahren konnten. Hamza blieb nichts weiter übrig, als der Polizei davor Rede und Antwort zu stehen. Angespannt lauschte Nahla dem arabischen Wortwechsel mit dem Uniformierten an der heruntergekurbelten Scheibe, den sie nicht verstand.

„Er will die Flugtickets sehen“, sagte Hamza nach langwierigen Minuten zu ihr.

Nahla holte die Ausdrucke ihrer Online-Buchung aus ihrer Tasche und reichte sie Hamza, der sie aus dem Fenster hielt. Aber anstatt weiterfahren zu dürfen, entbrannte die Diskussion jetzt erst recht. Nahla sank in ihren Sitz als könne sie sich darin unsichtbar machen. Flori legte von hinten die Arme um ihren Hals. „Was will der, Mama?“

„Ich weiß nicht. Warten wir's ab. Lilli?“ Nahla schob sich aus der Senke ihres Sitzes und wandte sich zu ihr um. Lilli verharrte reglos wie eine Wachspuppe auf der Rückbank. Hamza zog indes einige Scheine aus seiner Hemdtasche und reichte sie dem Polizisten, der sie unangenehm selbstgerecht in die Innentasche seiner Uniform steckte. Hinter ihnen stauten sich bereits einige Autos. Beim Hupen des ersten gab der Polizist mit herrischer Miene die Flugtickets zurück und seinen Kollegen an der Sperre ein Zeichen, die Schranke zu öffnen.

„Wofür war das Geld?“, fragte Nahla.

„Er hat gesagt, Ausdrucke seien keine richtigen Tickets und wir wären gar nicht zum Flugplatz unterwegs und hätten wohl etwas anderes vor.“

„Mann-oh-Mann ... Moment! Jetzt versteh ich's erst. Die beiden Drucker, die in deinem Shop fehlen, finanzieren unsere Fahrt. Maiza hat sie für dich verkauft, stimmt's?“

„Ja, Baby, er hat gute Kontakte.“

„Ich sehe was, was du nicht siehst und das ist blau!", rief Florian von hinten und leitete damit eines von seinen und Lillis derzeitigen Lieblingsspielen ein.

„Der Himmel", begann Nahla zu raten.

„Das hier", Lilli hielt ihm ihre Füße hin, die in blauen Socken steckten.

„Nein und nein", sagte Florian. „Aber jetzt ist es eh schon weg, also hab ich gewonnen!"

„Was war's denn?", fragte Lilli.

„Ein blauer Vogel, der da drüben auf einem Baum saß."

„Das war aber arg schwer", entgegnete Nahla. „So einen Vogel sieht man beim Fahren ja nur ganz kurz. Flori, lässt du mich noch ein bisschen mit Hamza reden und spielst so lange alleine mit Lilli?"

„Von mir aus", murrte Florian, „aber nur kurz. Dann musst du wieder mitspielen!"

„Spätestens im Flugzeug", versprach Nahla.

Falls wir bei dem Tempo überhaupt rechtzeitig zum Flugplatz kommen.

„Maizas Narbe, ich habe dich nie danach gefragt, woher hat er die eigentlich?", wandte sie sich an Hamza. Doch anstatt zu antworten, stoppte er erneut. Vor ihnen lag, links und rechts auf altersschwache Barren gestützt, ein Balken quer über der Straße. Das Dorf, aufgeteilt auf beiden Seiten davon, bestand aus einem Dutzend erdfarbener, sehr niedriger Häuser mit flachem Dach. Es tarnte sich fast vollständig in seiner Umgebung. Nahla hatte es noch nie bemerkt, doch der Logik nach musste es da gewesen sein, seit sie diese Strecke zurücklegte. Sie richtete ihren Blick zurück auf den Balken. Seine rot-weißen Streifen wirkten, als wären sie kürzlich mit Farbresten aufgepinselt worden. Die schäbige Uniform des Mannes, der diesmal ans Fenster trat, schien ihr aus dem Müll gezogen zu sein. Um ihn herum bauten sich ein paar junge Männer mit Stöcken auf, die sie wie Gewehre hielten, während ihr Wortführer seine Forderungen ins Wageninnere bellte und sein Mundwerk erst wieder schloss, als Hamza ihm einen Bund Scheine aushändigte. Nachdem er diesen unter sich und seinen Gehilfen aufgeteilt hatte, wurde der Balken beiseite gewuchtet.

„War das die Dorfpolizei?", fragte Nahla, als sie die Fahrt

fortsetzten.

„Selbsternannte Dorfpolizei."

„Also keine richtige?"

„Bestimmt nicht. Genauso wenig wie die da. Schau nach vorn!"

Unweit links der Straße lag ein weiteres Dorf im Stil des eben passierten – und auf dessen Höhe wieder eine Blockade.

„Das ist ja ein hinterletztes Provisorium", fand Nahla, als sie davor hielten. Vier Reihen Eimer standen übereinander gestapelt vor ihnen. Womit sie zur Gewährleistung einer gewissen Standfestigkeit gefüllt waren, verriet der goldgelbe Wüstensand, der aus manchem Riss ihres spröden Plastiks rieselte.

„Trotzdem hat der Kerl hier ein richtiges Gewehr", sagte Hamza und drehte das Fenster herunter, um erneut zu verhandeln. Nachdem er gezahlt hatte, räumten ein paar Halbwüchsige die Eimer beiseite.

„Warum machen die das?", fragte Nahla „Das ist doch unfair den eigenen Leuten gegenüber."

Hamza setzte zu einer Antwort an, doch Nahla unterbrach ihn. „Nein, warte, ich kann's mir denken. Wenn die alle so lange ungerecht behandelt wurden wie Mohamed Bouazizi und so frustriert von ihrer Lage sind wie er, dann schauen sie irgendwann nur noch auf sich selbst. Aus reinem Überlebenstrieb. Dann nutzen sie jede sich bietende Gelegenheit als Einkunftsmöglichkeit. Ist das so?"

„So wird's sein." Hamzas Miene verfinsterte sich. „So ist es. Aber es darf nicht mehr so weitergehen in Tunesien! Jeder, der kann, muss jetzt für sein Land kämpfen!"

„Und das willst du wirklich auch?", fragte Nahla.

Hamza nickte. Nahla fröstelte. Wie jedes Mal, wenn er neuerdings seine Bereitschaft zur Kampfbeteiligung in den Raum stellte. Die Lippen aufeinander gepresst, die Augen geradeaus gerichtet, wirkte sein Gesicht als versteinere es, als zöge sich die Weichheit seiner Lebenslustigkeit in sein Knochenmark zurück, härte dort aus, um sein Skelett zu verstärken und sich dadurch dem Kampfgeist in den Dienst zu stellen. Jener Gefühlslosigkeit, die dieser Geist von Männern einfordert, wenn sie einem Gegner zusetzen, ihn verletzen, im Bestreben ihn zu unterwerfen.

Die Angst um Hamza setzte sich als diffuses dunkles Ungeheuer auf Nahlas Brust und drückte ihr den Atem aus den Lungen. Sie sog schwer die Luft ein und musste dabei mit ansehen, wie Stück für Stück der Erlös der Kopierer ihre Durchfahrt an Barrikaden aus Balken, Eimern, Plastikstühlen, Ziegenherden und echter Polizei erkaufte.

„Wird das Geld reichen, bis wir am Flugplatz sind?", fragte sie.

„Es wird", entgegnete Hamza. Obwohl seine Worte keine Gelassenheit transportierten, sondern eine Anspannung, die wiederum Nahlas eigene weiter vergrößerte, schien er wieder er selbst, als er sich an sie wandte.

Was werden die Unruhen im Land in den nächsten Wochen bloß mit ihm anstellen?

Florian und Lilli verhielten sich jetzt ruhig auf dem Rücksitz und Nahla hoffte, dass nur die Faszination für die sie selbst surreal anmutenden, in Florians Augen aber wahrscheinlich actionfilmartig spannenden Ereignisse den Grund dafür darstellten, und nicht etwa die Schwere eben jener Angst, die auf ihrer eigenen Brust lastete.

„Wird das Geld auch reichen, damit du zurück nach Nabeul kommst?"

„Baby, ja! Und jetzt lass mich fahren!"

Nahla wurde so still wie die Kinder. Endlich tauchten die ersten Flughafenwegweiser in der Peripherie von Monastir auf – und wieder eine Straßensperre. Die Schranke stand diesmal auf massiven Betonpfeilern und funktionierte elektrisch. Um sie postierte sich ein Duzend Männer.

„Militär", murmelte Hamza. „Das hätten wir jetzt nicht auch noch gebraucht."

Nahla ging im Geiste durch, welche Gelddepots Hamza in seiner Kleidung schon hatte leeren müssen und wo sich noch Bündel befanden. Einer der Männer beugte sich unverschämt weit ins Auto, wobei er seine linke Hand mit einem Maschinengewehr darin auf die Kühlerhaube stützte. Nahla spürte in ihrem Rücken Florians auf die Waffe gerichteten Blick.

„Er will eure Ausweise sehen", sagte Hamza zu ihr.

Mit einem unguten Gefühl holte sie Nahla aus ihrer Tasche.

Wenn er sie uns nicht zurückgibt, können wir nicht fliegen. Ich wollte ja sowieso bleiben.

Wollte …

Will ich das noch?

Nahla gab Hamza die Pässe und sah dabei auf die Uhr an der Armatur.

Wir schaffen es ohnehin nur noch, wenn es jetzt wirklich sehr schnell geht. Wahrscheinlich hat der Check-in sogar schon geöffnet.

Der Militär nahm die Ausweise, legte sie, ohne sie aufgeschlagen zu haben, aufs Autodach und wandte ihnen dann den Rücken zu. Nahla erkannte an Hamzas Zähnekrischen, wie die Wut in ihm anschwoll. Er zog einen Schuh aus und reichte die darin enthalten Scheine aus dem Fenster, vorbei am Hintern des Mannes, der mit diesem am Scheibenholm lehnte. Er zog Hamza das Geld aus der Hand, drehte sich jedoch nicht um. Nahla fürchtete, ein plötzlicher Windstoß könne ihre Pässe vom Dach davon wehen. Jetzt griff Hamza in seine Unterhose. Ein Bündel, das dicker war als alle, die er bisher verteilt hatte, wechselte den Besitzer. Daraufhin klopfte der Militär mit der flachen Hand aufs Autodach und gab die Pässe zurück, ohne sie auch nur einmal aufgeschlagen zu haben.

„Und jetzt? Reicht es immer noch, um zurück nach Nabeul zu kommen?“, fragte Nahla bang. „Ich könnte versuchen, am Flugplatz an einem Automaten Geld abzuheben. Es müssten noch ungefähr hundertfünfzig Euro auf meinem Konto sein.“

„Am Flugplatz zahlst du dafür unverschämte Gebühren. Ich komme schon zurück. Und wenn es Probleme gibt, wird Maiza bestimmt etwas einfallen.“

Maiza …

„Erzählst du mir noch, woher er seine Narbe hat?“ Nahla war mit einem Mal wieder nach reden zumute. Vielleicht lenkte es ja von den Erschwernissen auf dem Weg ab. Zudem hatten sie ihr Ziel fast erreicht. Die Polizeikontrollen in unmittelbarer Flughafennähe kassierten nicht mehr ab, sondern winkten sie nach dem Vorzeigen von Pässen und Tickets ohne Umschweife weiter.

„Maiza hat ein paar Jahre in Italien gelebt“, begann Hamza.

Die Straße wurde breiter, über ihnen fuhr ein Flugzeug im

Landeanflug sein Fahrgestell aus.

„Er war mit einer Italienerin verheiratet." Hamza blickte kurz dem Flugzeug nach und sah dann wieder auf die Straße.

„Er hat doch nicht etwa mit einem dieser windigen Schlauchboote übergesetzt?", fragte Nahla entsetzt.

„Doch. Schon. Er kannte die richtigen Leute, Drogenschmuggler, mit denen war die Überfahrt relativ sicher. Wie er sich dann in Italien über Wasser gehalten hat, weiß ich nicht. Er muss ein paar krumme Dinger gedreht haben. Die Narbe ist von einem Mordversuch. Nach dem kam er zurück nach Tunesien. Da war er Ende vierzig. Er hat dann hier eine junge Tunesierin geheiratet."

„Warum hat er sie nie mit zu uns gebracht?"

„Sie verlässt das Haus kaum. Aber das ist ja nichts Ungewöhnliches."

„Will er denn irgendwann wieder nach Europa?"

„Nein. Er ist überzeugt, dass ein Tunesier letztendlich immer in den Schoß von Mama Tunesien zurückkehrt, wie er es ausdrückt. Er will nicht mehr weg."

Hamza manövrierte das Auto in eine so schmale Parklücke, dass sich die Türen nur einen Spaltbreit öffnen ließen. Nahlas Kleidung nahm beim Aussteigen den Staub der Wüste von der Karosserie auf.

„Schau du nach den Kindern." Hamza schulterte die eine Reisetasche wie einen Rucksack und legte die andere quer über die beiden großen Koffer. Nach fünfzig Metern zu Fuß befanden sie sich vor den Eingängen des Flughafengebäudes.

„Oh mein Gott, geht's hier zu!" Nahla fasste ihre Kinder fester an den Händen. „Was für ein Gedränge! Und ungefähr gleich viele Polizisten wie Zivilisten!"

Einer der Polizisten öffnete seine Jacke und zeigte ihnen ein Schild, das ans Innenfutter geheftet war, mit der Aufschrift: „Es lebe Mohammed Bouazizi!"

„Ich weiß wirklich nicht mehr, wer auf welcher Seite steht", stöhnte Nahla.

„Wir schauen am besten, dass wir nach drinnen kommen", erwiderte Hamza. „Die scheinen alle mit ihrer ganzen Sippschaft hier zu sein."

Er bahnte sich rufend und schrill pfeifend mit dem Gepäck

voran einen Weg durch die nervös wogende Menschenmasse. Nahla folgte ihm mit den Kindern auf dem Schritt.

„Geht's?", rief sie nach vorn. „Hätten wir nicht besser einen Gepäckwagen holen sollen?"

„Keine Chance und keine Zeit!", rief Hamza zurück. „Halt die Kinder fest!"

Die Menschen um sie schoben und quetschten, heulten und riefen, übergaben Koffer und Taschen, verloren Dinge und Angehörige, brüllten zwischen Leibern hindurch und über Köpfe hinweg. Hamza und Nahla erreichten eine der Türen. Aber anstatt im Inneren der Halle mehr Ordnung vorzufinden, wimmelte es dort schier noch aufgeregter. Eine großflächige Anzeigetafel über den hektischen Fluggästen und deren Begleitern gab den aktuellen Stand der Dinge bekannt.

Cancelled ...

Cancelled ...

Himmelnochmal! Die sagen Flüge ab. Aber nicht alle ...

Unter Strom stehend wie jeder um sie suchte Nahla nach ihrem Flug.

Munich! On time! Uff!

„Check-in an den Schaltern 05 bis 09", teilte sie Hamza mit. Der nickte bloß kurz. Den Gepäckberg vor dem Einsturz und die Kinder vor dem Davongespültwerden zu bewahren, vereinnahmte ihn gerade vollauf. Die Menschenmasse umströmte sie intervallartig, bisweilen mit der gefühlten Schubkraft einer abgehenden Muräne.

„Nicht einmal die Europäer stellen sich noch geordnet an!", stellte Nahla inmitten der bebenden Traube Abreisebereiter vor ihren Schaltern fest. Fast jeder darin speiste sie mit seiner überspannten Nervosität.

„Die sind noch viel mehr von der Rolle als alle Tunesier zusammen", entgegnete Hamza. „Wie ich schon sagte, die sind keinen Aufruhr gewöhnt!"

Auf seine Äußerung hin hielt sich Nahla umso bewusster möglichst besonnen in der Menge. Sie ließ sich weder zurückdrängen, noch schob sie sich rücksichtslos nach vorn.

„Ihre Reiseunterlagen, bitte!"

Sie zuckte zusammen, als sie an die Reihe kam. Dann reichte sie der Frau am Schalter ihre Pässe und Tickets.

Hier muss ich ja eigentlich kaum davon ausgehen, zahlen zu müssen, um sie zurück zu kriegen.

„Warum sind denn so viele Flüge gestrichen?", fragte sie.

„Weil nicht mehr jeder ausreisen darf und auch nicht mehr überallhin."

„Wer darf denn nicht mehr raus?"

„Sie dürfen es. Hier, Ihre Bordkarten."

Nahla nahm sie entgegen, bekam aber keine Antwort auf ihre Frage.

„Wer darf nicht mehr aus dem Land?", fragte sie deshalb nun Hamza.

„Jeder, der auf der einen oder auf der anderen Seite mit im Konflikt drinhängt, nehme ich an."

„Und woher will man das wissen?"

„Man weiß es wahrscheinlich, sicher bei den meisten gar nicht."

„Dann ist es ja Zufall, wer noch ausreisen darf?"

„Auch deshalb ist es ja so dringend, dass du mit den Kindern hier heraus kommst!"

„Ich hab solche Angst um dich, Hamza." Sie standen jetzt vor der Handgepäckskontrolle und Nahla umklammerte seinen Oberarm. „Schick mir *sofort* eine SMS, wenn du wieder in Nabeul bist, hörst du? Unbedingt sofort!" Sie ließ seinen Arm los, legte ihre Handtasche aufs Förderband und küsste ihn. Das am Band arbeitende Flughafenpersonal sah teils höflich, teils vorwurfsvoll zur Seite.

„Ich melde mich, Baby, so bald ich in Nabeul bin", versprach Hamza.

Nahla durchschritt die Sicherheitsabsperrung. Doch selbst dahinter setzte sich das Tohuwabohu fort. Anstatt getreu ihres sonstigen Verhaltens letzte Souvenirs zu kaufen oder gemütlich zu essen, hasteten die Fluggäste die Gates entlang auf der Suche nach dem ihren. Dort angekommen bedrängten sie die Angestellten der jeweiligen Fluggesellschaft. „Delayed", stand bei Nahlas.

„Die-die-die lassen uns nicht fliegen!", zeterte eine sich hysterisch überschlagende Stimme aus dem Umkreis.

„Wir kommen hier nicht raus!", pflichtete ihr eine andere bei.

„Ich will nach Hause!", verlangte jemand.

In einer sich alle paar Minuten wiederholenden Durchsage wurde darum gebeten, Ruhe zu bewahren.

„Was ist los?", fragte Florian.

„Warten wir's mal ab", entgegnete Nahla.

„Ich will spielen, Mama", quengelte Lilli.

„Kommt mit, wir suchen uns einen ruhigeren Platz. Da vorne sind freie Fenster, da sieht man vielleicht aufs Rollfeld und wir können uns Flugzeuge ansehen."

Wie erhofft ließ sich von den Fenstern aus mitverfolgen, wie Koffer auf halboffenen Wagen zu einem vor den Fenstern geparkten Flugzeug gebracht und dann auf ein Förderband gelegt wurden, auf dem sie in den Flugzeugbauch hineinholperten. Diesen Vorgang in harmonischem Tempo zu beobachten, blendete kurzfristig die hitzige Nervosität hinter Nahlas Rücken aus. Sie legte die Stirn an die kühle Scheibe.

Lass Hamza gut heimkommen. Lass Hamza gut heimkommen. Lass bloß Hamza gut heimkommen. Und uns in ein Flugzeug.

Nahla tat ein paar Schritte in Richtung Gate, wo unter „delayed" jetzt eine noch spätere Abflugzeit zu lesen war.

„Mama, ich will sehen, wie unsere Koffer hochfahren", verlangte Florian, als sie sich hinter ihn und Lilli auf den Boden setzte. Beide Kinder hockten sich auf je einen ihrer Schenkel.

„Wir wissen ja gar nicht, ob das unser Flugzeug ist", erwiderte Nahla.

„Doch! Da ist einer von unseren Koffern!" Florian wippte auf Nahlas Schenkel. Wenig später wurden die Luken des Flugzeugs geschlossen und es rollte zur Startbahn.

„Unser Koffer", rief Florian. „Die haben ihn ins falsche Flugzeug geladen!"

„Mama, da sind meine Malsachen drin", wimmerte Lilli.

„Das war bestimmt nicht unser Koffer", beschwichtige Nahla die beiden und zog ihr Handy aus ihrer Handtasche. Sekundenlang starrte sie aufs Display.

Ruf an. Schreib. Eigentlich müsstest du schon fast wieder in Nabeul sein. Nein. Doch nicht. Wir haben ja vorhin auch mehr als doppelt so lange wie sonst gebraucht.

„Was machen wir jetzt, Mama?"

Was machen wir jetzt?

„Schau, Flori, da kommt ein neues Flugzeug von der Rollbahn her. Siehst du es? Vielleicht parkt es wieder vor unserem Fenster, dann können wir nochmal zuschauen."

Tatsächlich winkte der Fluglotse unmittelbar vor dem Gebäude mit hoch erhobenen Kellen das Flugzeug heran. Dem Schicksal dankbar für dieses Schauspiel für ihre Kinder umklammerte Nahla ihr Handy. Florian und Lilli lehnten sich beide an die Scheibe. Nahla stand vom Boden auf und ging erneut ein paar Schritte in Richtung Gate, bis sie die Anzeige lesen konnte, und fand darauf nichts Neues. Wieder bei Florian und Lilli verfolgte sie zusammen mit ihnen, wie ein paar wenige Gepäckstücke ausgeladen wurden. Kurz darauf verließen über die Gangway knapp zwanzig Passagiere die Maschine.

Es fliegen also noch Leute hierher?

„Mama, jetzt werden Koffer eingeladen!" Florians Hände lagen mit gespreizten Fingern an der Fensterscheibe.

„Da!" Lilli hüpfte auf der Stelle.

„Wo?"

„Da!" Sie zeigte auf die Laderampe.

„Mama!", rief Florian. „Schau! Aber das sind jetzt wirklich unsere Koffer. Alle beide! Der blaue und der schwarze."

„Ich glaube, diesmal habt ihr recht", entgegnete Nahla und trat nochmal zurück, um auf die Anzeige zu sehen. Eine Flugbegleiterin nahm gerade ein Mikrofon in die Hand und teilte den Wartenden auf den Flug nach München mit, ihr Flugzeug müsse nun gewartet und gereinigt werden, danach könne man mit dem Boarding beginnen.

„Warum dauert heute alles so lange, Mama?", fragte Florian.

„Weil gerade ganz viele ausreisen", erklärte Nahla.

„Wegen den Soldaten, stimmt's? Ich glaube, sie sind doch gefährlich! Aber cool!"

Nahla zog ihn an sich, wuschelte ihm durch die blonden Haare und meinte: „Das alles hier ist kein Abenteuerfilm, sondern Wirklichkeit. Deshalb muss man sich schon gut überlegen, was man tut."

Doch wahrscheinlich ist es im Moment besser für dich, du hältst es für einen, nicht, dass du doch noch Angst bekommst.

Seit ihrer Ankunft am Flugplatz waren rund vier Stunden

verstrichen. Hamza müsste längst zurück in Nabeul sein. Doch Nahlas Handy schwieg. Eine Flugbegleiterin teilte über ein Mikrofon mit, dass man nun bereit zum Einsteigen sei.

Wie soll ich den Flug überstehen, ohne zu wissen, was mit ihm ist?

Einem Impuls folgend fasste Nahla sich ans Herz, massierte es durch Kleidung und Haut.

Ich hab so arg Angst um ihn.

Sie griff nach ihrer am Boden stehenden Handtasche, legte sie sich über die Schulter und sagte zu den Kindern: „Kommt, gehen wir rüber und stellen uns an. Das ist unser Flugzeug!"

Sofort in der Reihe hob sie die Handtasche neben ihr Ohr, doch es war nicht ihr Handy, das klingelte. Sie rückten vor. Nahla griff in die Tasche und schaute aufs Display.

Immer noch keine Nachricht.

„Gehen Sie doch weiter!", wurde sie von hinten angeraunzt. Nahla schloss die fünfzig Zentimeter Freiraum vor sich und rückte damit ihrem Vordermann ihres Empfindens nach zu sehr auf die Pelle. Prompt beschwerte sich dieser: „Schieben Sie doch nicht so! Wir wollen alle raus aus diesem Land!"

„Entschuldigung ...", murmelte Nahla und sah auf ihr Handy.

Die Kontrolle der Bordkarten, das Durchschreiten der Absperrung, der Gangway, das Betreten des Flugzeugs, die Suche ihrer Plätze auf dem engen Gang der Chartermaschine, mit Lilli auf dem Arm, am anderen ihre von den Spiel- und Anziehsachen der Kinder ausgebeulte Handtasche, Florian vor sich her bugsierend, das Niederlassen auf den Polstern ihrer Sitze. Die hohen Lehnen. Sie beherbergten zwischen dem eigenen Rücken und dem des Passagiers davor eine gewisse Ruhe, während auf dem Gang noch gefeilscht wurde, wessen Handgepäck in die Fächer über den Sitzen durfte und welches im Fußraum verstaut werden musste. Nahla stellte ihre Tasche zwischen ihre Füße und schob sie dann auf Lillis Seite. Ihre Beine waren noch zu kurz, um davon beeinträchtigt zu werden. Sie kramte ihr Handy hervor und deponierte es unter ihrem Schenkel. Vom Flugzeugfenster aus und damit nun auf der anderen Seite der Panoramascheibe, vor der sie gewartet hatten, warf Nahla einen letzten Blick auf die aufgekratzten Menschen im Gebäude und konnte nicht anders, als sich eine ziemliche Erleichterung einzugestehen, die Kinder und auch sich selbst auf dem Weg in die Sicherheit zu wissen. Sie hob ihren Schenkel, unter dem ihr Handy lag.

Er meldet sich nicht.

Der Gang leerte sich, die Passagiere saßen. Eine Flugbegleiterin kontrollierte, dass alle ihre Sicherheitsgurte ordnungsgemäß geschlossen hatten. Die Maschine setzte sich in Bewegung, rollte zur Startbahn. In einer Durchsage wurde verlangt, sämtliche elektronischen Geräte auszuschalten. Nahla schob ihren Schenkel zur Seite. Nichts.

Bitte, bitte, lass ihm nichts passiert sein!

„Mama, jetzt spielen wir Ich-sehe-was-was-du-nicht-siehst, du hast es versprochen!", drängte Florian.

„Aber wir starten doch gleich, da gibt es ganz viel zu sehen. Danach können wir spielen, okay?"

„Jaaa! Wir starten gleich!"

Die Turbinen heulten auf.

Ich kann mein Handy nicht ausschalten. Ich muss es jetzt ausschalten.

Nahla zog es unter ihrem Bein hervor. Nach wie vor kein Lebenszeichen von Hamza auf dem Display.

Das ist nicht gut ...

Ein „Pling" veranlasste die Frau vor ihr, sich mit vorwurfsvollem Blick umzudrehen.

„Entschuldigung, ich habe vergessen, es auszumachen. Ich schalte es jetzt ab", beschwichtigte Nahla sie, bevor es zu einer verbalen Beschwerde kam – und öffnete eine SMS. Danach drückte sie den Ausknopf und legte ihr Handy in ihre Tasche. Die Maschine gewann an Schub. Die Vorderräder hoben vom tunesischen Boden ab, dann die Hinterräder. Sie waren in der Luft. In Richtung Deutschland. Wo keine Männer in Uniform mit Gewehren durch die Straßen marschierten. Wo man keine Katzen erschoss.

Aber Bären. Und die sind genauso unschuldig.

Nahla konnte sich nicht erklären, warum sie jetzt an Bruno aus Bayrischzell denken musste, den eingewanderten Braunbären, der durch die von den Medien geschürte Angst dem in Folge leidlich legitimierten Jagdfieber des Bürgermeisters zum

Opfer gefallen war.

Der Bär ist tot. Der Kater ist tot. Aber wir sind in Sicherheit. Und Hamza fürs Erste auch!

„Alles okay. Ich bin in Nabeul. Ich liebe dich, Baby! Bis bald“, hatte er geschrieben.

Hamza legte sein Handy auf den Schreibtisch im Copyshop und stützte den Kopf in die Hände. Er griff mit den Fingern in seine Locken, krümmte sie, grub die Nägel in seine Kopfhaut. Die Rückfahrt war anstrengend gewesen, doch weniger als mit Nahla und den Kindern, die ihn für jedermann erpressbarer machten. Allein unterwegs war er an den meisten Sperren nur gefragt worden, wohin er wolle, woher er käme und wie die Lage dort sei, manchmal zudem, auf wessen Seite er stand. Seine Antworten hatte er jeweils der Gesinnung der Fragenden angepasst.

Er stand auf, winkelte die Arme an und spannte seine Muskeln. Mit geballten Fäusten spürte er nach, wie sie sich an den Unterarmen härteten, an den Oberarmen hervortraten und seinen Schultergürtel vergrößerten.

Auf der Straße rumorte es. Er schlüpfte in seine Jacke. Er war nicht groß, doch das war kaum ein Tunesier. Aber das minderte nicht ihre Kraft. Die Kraft der Entschlossenheit. Tunesier waren Füchse. Schlau und wendig, sie kamen immer durch. Mit einem Ruck zog er die Tür auf – und rumpelte in seinen Ziehbruder Ahmed..

„Wie geht es ihr?“, fragte Ahmed sofort, wobei Hamza echte Sorge in seinem Antlitz las.

„Sie sitzt im Flugzeug“, erwiderte er. „Und ich schaffe jetzt Ordnung, damit sie bald wiederkommen kann!“

„Womit fangen wir an?“

„Zuerst vernagle ich die Fenster. Sonst ist es bloß noch eine Frage der Zeit, bis sie eingeschmissen sind und mir alles gestohlen wird.“

„Ich helfe dir! Auf dem Souk werden jetzt extra dafür Bretter verkauft.“

Hamza zog die letzten verbliebenen Scheine aus seiner Unterhose. Mit nennenswerten Einkünften würde er in nächster Zeit kaum rechnen können. Die Scheiben seines Geschäfts vernagelt, er selbst in den Geschehnissen auf der Straße mitmischend. Wa-

hrscheinlich erforderten diese Umstände, bald noch mehrere seiner Drucker veräußern zu müssen.

Nahla hob Lilli auf ihre Schultern, um die Hände frei für Florian und ihre Handtasche zu haben. Dabei rutschte ihr die Jacke über die Taille. Eiskalt biss die Januarluft in das entblößte Stück Haut, als habe sie die Kraft menschlicher Zähne. Ihr Vater schob den Gepäckwagen zum Auto. Auf der Fahrt erzählte Florian ihm von den ausgestandenen Abenteuern. Auch wenn er dabei einiges bisher am Telefon Unerwähntes ausplauderte, war es Nahla lieber als das unangenehme Schweigen, das sich ansonsten zwischen ihr und ihrem Vater ausgebreitet hätte. Und wenn einer aus ihrer Familie über die Lage in Tunesien Bescheid wusste, dann ohnedies am ehesten er wegen seiner Internetrecherchen. Florian konnte ihn mit seinen Berichten wahrscheinlich gar nicht erschrecken. Außerdem waren sie selbst und die Kinder ja jetzt wohlbehalten eingereist.

„Hier, deine Wohnungsschlüssel. Ihr Vater reichte sie ihr in Thannhausen aus dem Handschuhfach.

Danke, Schicksal! Danke, dass ich meine Wohnung noch nicht aufgelöst habe. Sonst hätte ich bei meinen Eltern um Asyl bitten müssen. Oder bei denen von Jo.

Nahla öffnete ihre Wohnungstür und drehte alsgleich alle Heizkörper auf.

„Deine Mutter hat für euch eingekauft. Die Sachen sind im Kühlschrank. Gute Nacht", verabschiedete sich ihr Vater.

„Mei, das ist lieb, danke, auch fürs Abholen", entgegnete Nahla, heilfroh darüber, nicht gleich am nächsten Morgen in einen Supermarkt zu müssen. Lilli gähnte erschöpft. Nahla brachte sie mit einer Wärmflasche ins Bett. Natürlich wollte Florian auch eine, wenn seine Schwester eine bekam. Nachdem beide Kinder versorgt waren, nahm Nahla umgehend ihre Dose für Kleinzeug vom Bücherregal. Darin befand sich ihre vor dem Tunesienaufenthalt verwendete call home SIM-Karte. Sie wischte einen Staubfussel von ihr, fingerte die tunesische Karte aus ihrem Handy und ersetzte sie.

Ich hätte nicht gedacht, dass ich die nochmal brauche. Call home. Wo Hamza ist, bin auch ich daheim. Auch wenn es da gerade wild zugeht.

Sie ließ es tuten, bis die Leitung unterbrach. Dann tippte sie: „Bitte melde dich, ich mache mir schreckliche Sorgen! Wir sind gut in Thannhausen angekommen."

Seufzend sah sie nach den Kindern. Florian schwitzte bereits ein wenig unter seiner Decke. Nahla nahm seine Wärmflasche und legte sie in ihr eigenes Bett. Noch war es kühl in der Wohnung, aber binnen Kürze würde die Temperatur angenehm sein, auf ihre Heizung war Verlass. Sie zog die Reißverschlüsse ihrer Reisetaschen auf und öffnete die Koffer, damit der Inhalt atmen konnte. Ins oberste Kleidungsstück im blauen Koffer, ein Unterhemd von Hamza, ließ sie ihr Gesicht sinken. Er hatte es ihr extra mitgegeben. Nahla schmiegte sich die ganze Nacht daran, an dieses kleine Stück Hamza, in dem noch sein großartiger Duft hauste.

Gegen Mittag kamen ihre Mutter und ihre Schwestern. Agnes drückte und drückte und drückte sie.

„Süße, was ist denn?", fragte Nahla.

„Ihr wart fast ein Vierteljahr weg! Und ehrlich gesagt waren wir uns nicht sicher, ob ihr überhaupt wiederkommt."

„Man munkelte, dass du eigentlich bleiben wolltest", bemerkte Lisa.

„Wer will Tee oder Kaffee?", lenkte Nahla von diesem Thema ab.

„Kaffee, bitte", sagte Lydia und folgte Nahla in die Küche, sie unaufhörlich betrachtend.

„Du bist verändert, Mädel."

„Inwiefern?"

„Mir macht's den Eindruck, als ob du zwar eine gute Zeit gehabt hättest, aber dann etwas über dich gekommen ist, was dich jetzt eher wie ein zerrupftes Huhn dastehen lässt. Wieder einmal."

„Das ist nur von der Reise gestern", rechtfertigte sich Nahla.

Der Blick ihrer Mutter untersuchte sie so lange weiter, bis sie mit Getränken und Tassen zurück zu ihren Schwestern ins Wohnzimmer ging, wo diese sich in ausgelassener Wiedersehensfreude mit Florian und Lilli balgten.

„Ich muss mal kurz telefonieren", entschuldigte sich Nahla. Im Schlafzimmer wählte sie Hamzas Nummer. Ungefähr zum dreißigsten Mal, seit sie aufgestanden war.

Was, wenn ihm etwas passiert ist?

„Alles okay mit Hamza?", fragte Lisa, als Nahla zurück ins Wohnzimmer kam.

Nahla zuckte mit den Schultern. Und dann begann sie, unter Lydias sie stets abtastendem Blick, zu weinen. Entsetzt bemerkte sie nach den ersten Schluchzern, wie desorientiert Florian und Lilli sie ansahen.

„Alles in Ordnung", beteuerte sie ihnen, nahm sie in die Arme und bekam sich ihnen zu Liebe wieder unter Kontrolle. Dann führte sie noch eine Weile ein recht mühsames Gespräch mit Lydia und Lisa, während Agnes ihr Möglichstes tat, um die Kinder wieder zum Lachen zu bringen.

Wenn nur Jo da wäre!

Doch Jo tätowierte am Atitlánsee Rucksacktouristen ethnische Ornamente und Mayagötter auf Oberarme, Pobacken und Brüste und frönte den sinnlichen Freuden mit ihrem einheimischen Liebhaber. Auch Quirin zu versorgen, den sie mit auf die Reise genommen hatte, bekam sie noch mit unter den Hut. Und Tom, der Holzer, musste sich auch noch weiterhin irgendwo in Guatemala aufhalten. Er war ja als ihr Reisepartner mitgekommen. Jo hatte geschrieben, mit ihrem neuerlichen Abwenden von ihm sei er zwar nicht glücklich, aber zurück nach Deutschland sei er bisher auch nicht geflogen.

Nacht für Nacht drückte Nahla ihr Gesicht in Hamzas Unterhemd. Tagsüber nahm sie ihr früheres Pflegekind Martin wieder zu sich. Paula, deren Pflegemutter sie lange gewesen war, hatte während ihrer Abwesenheit eine andere gefunden und ging somit Lilli als Spielgefährtin ab. Nahla versuchte beim Spielen mit den Kindern ihre Angst um Hamza zu verscheuchen – was nicht klappte. Und sich etwas Geld mit Martins Betreuung zu verdienen – was wie gehabt klappte. Die Unruhen in Nordafrika griffen auf Algerien über. Erst nach dem Ablauf einer vollen Woche, die Fingerspitzen taub vom ständigen Wählen, die Nerven wund vor Kummer und Angst, bekam sie Hamza ans Telefon.

„Baby, die Revolution ist im Gang!“ Seine Stimme klang befremdlich weit weg.

„Wie geht’s dir, Hamza?“

„Ich bin immer auf der Straße!“

Auf der Straße. Zwischen Gewehrkugeln?

„Kannst du den Copyshop öffnen?“

„Jetzt ist keine Zeit dafür!“

„Hast du denn eine Vermutung, wie lange die Unruhen noch dauern werden?“

„Tunesien muss ein freies Land werden, da ist es egal, wie lange sie dauern!“

Egal …?

„Geht es dir denn gut?“

„Du kannst dir nicht vorstellen, was hier los ist! Es gibt Ausgangssperren, aber wir lassen uns nichts mehr befehlen!“

Ausgangssperren? Das ist mir tatsächlich unvorstellbar.

„Pass nur auf, dass dir nichts passiert. Ich liebe dich“, flüsterte Nahla. „Ist denn zwischen uns alles in Ordnung?“

„Baby, wir werden ein ganz neues Tunesien aufbauen!“

„Liebst du …“

Es klackte. Die Leitung war tot.

Nahlas wässrige Augen liefen über.

„Mama?“ Florian steckte seinen Kopf durch die Schlafzimmertür.

„Mein Schatz, ich komme gleich.“ Nahla drehte sich zur Seite, um sich so unauffällig wie möglich die Nase zu putzen.

Nach Nahla hatten im Januar 2011 zwei weitere, Hamzas Leben kennzeichnende Personen Tunesien verlassen. Mohamed Bouazizi durch seinen Tod im Krankenhaus in Tunis, achtzehn Tage nachdem er sich in Brand gesetzt hatte. Bevor er starb, machte ihm Ben Ali persönlich seine Aufwartung. Umringt von medizinischem Personal stand er in Anzug und Krawatte neben dem Bett des in seinen Verbänden Sprachunfähigen. Beigesetzt wurde der Gemüsehändler und neu geborene Volksheld in seiner Heimatstadt Sidi Bouzid. Man bezeichnete ihn als Märtyrer, denn als Selbstmörder hätte man ihn, dem Islam zufolge, ächten müssen und nicht feiern können.

Zehn Tage nach seinem Tod flüchtete Ben Ali nach 24-jähriger Herrschaft aus dem Land. Er fand samt Ehefrau und Gefolge in Saudi Arabien Zuflucht vor der Wut seines Volkes, wo er bis zu seinem Ableben residieren sollte.

Die Lage in Tunesien eskalierte ungebremst weiter. Durch jahrzehntelangen Mangel und Regelzwang genährte Ausbruchsbereitschaft aus jeglicher Knechtung wurden sich viele selbst zum Nächsten. Sie begannen, damit sogar das arabische Ehrgefühl mit Füßen tretend, zu plündern und zu raffen. Für sich! Für die Familie! Für die Zukunft! Für Tunesien! Dabei verschwamm, wer sich auf welcher Position behauptete, mancher wechselte diese im tagesaktuellen Strom unmittelbar vor seiner Haustür.

Wenn ich Hamza wenigstens regelmäßig erreichen könnte! Was, wenn ich sie alle nie mehr wiedersehe? Ihn, die Ummi, Mouna, Karim, Neriman, Ahmed. Ich bräuchte Jo jetzt wirklich dringend!

Nahla durchforstete auf der Suche nach Antworten, wie sich die Zustände in Tunesien weiter entwickeln könnten Facebook und Twitter, doch mutmaßlich Einschlägiges stand dort nur auf Arabisch. Hamza nahm ihre Anrufe immer seltener entgegen. Nahla bedurfte es so sehr von ihm zu hören, dass es ihm gut ginge und er sie unverändert liebte. Er blieb ihr die erlösenden Antworten schuldig. Trotz aller Mühen gelang es ihr nicht gänzlich, ihren Gemütszustand vor den Kindern zu verbergen. Lilli wurde stiller, Florian ahmte anfangs noch das harsche Verhalten der Soldaten nach und wechselte dann ins träge, passive Gegenteil. Am 11. Februar trat Ägyptens Präsident Mubarak zurück. Land für Land der arabischen Welt begann in Umstürzwut zu erbrennen. In Thannhausen fetzten derweil Schneestürme um die Häuser. Nahla bemühte sich, Hamza-Maximus exakt die richtige Temperatur zu bieten. Sie brachte seinen Kinderwagen in der Abstellkammer unter. Dort war es dank des schmalen Fensters hell und in etwa so kühl wie jetzt in Tunesien. Ahmed-Benjaminus, sein griechischer Gefährte, schlief derweil in Erde, Buchenblätter und Moos gebettet im Kühlschrank. Der späte März bescherte Deutschland endlich erste, zumindest mäßig wärmende Tage mit noch schwachem Sonnenschein.

„Es wird Zeit, Ahmed-Benjaminus langsam aufwachen zu lassen“, fand Nahla.

„Endlich! Dann ist Hamza-Maximus nicht mehr so allein“, freute sich Lilli.

„Langsam? Wie geht das?“, fragte Florian.

„Wir stellen ihn zwei Tage in den Keller, da ist es etwas wärmer als im Kühlschrank, und dann in die Speis. Da sollte er dann aufwachen und sich selbst ausgraben. Helft ihr mir, die Kiste runterzubringen?“

„Nein“, erwiderte Florian.

Lilli sah ihn betreten an. „Ja“, sagte sie.

Nahlas Blick haftete auf Florian, als habe er absichtlich versucht, ihr irgendwie weh zu tun.

Wie Christian ... Sein Verhalten erinnert mich an ihn ... Er verweigert sich wie sein Vater ... Wie damals, als der seine Lehrstelle verloren hat und damit etwas über ihn kam, wogegen er sich weder wehren noch es ausgleichen konnte. Was ist es bei Florian?

„Wann fliegen wir wieder zu Hamza?“, fragte Florian jetzt pampig und lieferte Nahla damit die Antwort, wovon er sich abgetrennt fühlte.

Nahla fasste sich an die Stirn und massierte ihre verspannte Haut.

„So bald es geht, Schatz, versprochen! Komm doch jetzt mit die Schildi runterbringen.“

„Nein!“, beharrte Florian.

Lilli öffnete den Kühlschrank und machte sich an Ahmed-Benjaminus’ Box zu schaffen. „Warte!“, griff Nahla ein. „Langsam! Wenn wir wackeln, tut ihm das sicher nicht gut.“

Vorsichtig nahm Nahla mit Lilli zusammen den Behälter aus dem Kühlschrank und brachte ihn in den Keller. Als sie zurück in die Wohnung kamen, spielte Florian in sich gekehrt mit seinen Baumaschinen. Ratlos beobachtete ihn Nahla ein paar Minuten, bevor sie in die Küche ging, um das Mittagessen zu kochen.

„Falls es schön bleibt, können wir heute etwas länger auf den Spielplatz“, teilte sie Florian und Lilli beim Tischabräumen mit. Ihr Pflegekind Martin musste jeden Moment gebracht werden. „Ich schneide uns Äpfel und packe Kekse ein, dann gehen wir los.“

Der Spielplatz. Hier hab ich meinen zweiten Schwangerschaftstest gemacht. Und jetzt sitze ich wieder auf derselben Bank.

Florian und Martin verschoben mit ihren Baggern und Radladern eimerweise Sand, während Lilli umherstreifte und niemanden zum Spielen fand. Nahlas Blick schweife über den Spielplatz. Es war noch zu kühl, als dass ihn viele besuchten. Dennoch würde sie selbst heute bestimmt noch Schuhe und Socken ausziehen und eine Runde durch Kies und Gras laufen. Jetzt waren ihre Füße kalt, aber danach würden sie garantiert warm kribbeln.

So einfach! Wenigstens das.

Sie hob mit kurzem Auflächeln den Blick von ihren Schuhen und bemerkte dabei eine Frau mit Schal und Handschuhen, die eben von ihrem Rad stieg. Nahla kannte sie nicht, was in Thannhausen zwar vorkommen konnte, aber bei den sechstausend Einwohnern nicht sehr gewöhnlich war. Früher oder später hatte man mit jedem in einer der eigenen Lebenssituation ähnlichen zu tun. Das traf natürlich auch auf Mütter mit kleinen Kindern zu. Die dicke Jacke der Frau ließ Nahla annehmen, dass sie von einem der umliegenden Dörfer hergeradelt war. Sie hob ein Mädchen, ungefähr in Lillis Alter, aus dem Kindersitz, lehnte ihr Rad an einen Baum und schloss es ab. Danach verschränkte sie die Arme vor der Brust als wäre ihr ziemlich kalt. Das Mädchen ging indes so unbefangen auf Lilli zu, wie es für deutsche Kinder eher untypisch ist.

Wo sind die beiden denn her? Italien vielleicht?

Nahla beobachtete, wie die Kleine gelenkig die Seilmaschen im senkrecht aufgespannten Kletternetz nach oben stieg und Lilli offenherzig aufforderte, ihr zu folgen.

War das Spanisch?

Beide Mädchen hingen geschmeidig und giggelnd wie kleine Äffchen in den Maschen des Netzes.

„Hallo!", begrüßte die Frau Nahla. „Ich bin ihre Mama." Sie zeigte auf Lillis neue Spielgefährtin."

Aber das war jetzt Deutsch! Und zwar direkt von hier."

„Du kannst dich gern zu mir setzen", lud Nahla sie ein und stellte ihre Proviantasche von der Bank ins Gras. „Ich bin die Mama des anderen Äffchens."

„Das habe ich mir gedacht", erwiderte die Frau und setzte

sich. Nahla schätzte sie auf ein paar Jahre älter als sie selbst. Frische Sonnenbräune überzog ihr Gesicht, ebenso ihre Hände, die beim Ausziehen der Handschuhe zum Vorschein kamen. Nahla betrachtete die Tochter genauer. Auch sie war so braun, als käme sie geradewegs aus einer beständig sonnigen Gegend.

„Ich habe euch noch nie hier gesehen", tastete sich Nahla vor.

„Wir waren auch noch nie hier. Wir sind erst vor ein paar Wochen aus Argentinien rückeingewandert."

„Argentinien! Wie lange wart ihr denn dort?"

„Drei Jahre. Ich hätte bleiben wollen ..." Der Blick der Frau verlor sich zwischen den noch kahlen Zweigen der Spielplatzbäume.

Ich hätte bleiben wollen ...

„Was habt ihr denn dort gemacht?"

„Ich habe an einer deutschen Auslandschule gearbeitet. Mein Mann war im Erziehungsurlaub. Wir hatten die Rollen getauscht und er hat sich um unsere Tochter gekümmert."

„Das ist ja krass. Und wie geht's dir jetzt zurück in Deutschland?"

„Ach, so einigermaßen. Ich wollte immer in Südamerika wohnen und habe mich noch nie so richtig deutsch gefühlt."

Noch nie so richtig deutsch gefühlt ...

Nahla las in ihren Augen exakt dasselbe, ihr bestens bekannte Empfinden, nicht ganz zur Umgebung zu passen. „Warum bist du denn zurückgekommen?", fragte sie.

„Wegen meinem Mann. Sein Arbeitsplatz ist umgestaltet worden und er fürchtete, der würde ihm nicht erhalten bleiben, wenn er ihn jetzt nicht wieder anträte. Es hat ihm auch eher ein wenig davon gereicht, Hausmann zu sein." Die Frau verfolgte nebenher wie Nahla mit, wie die Mädchen das Kletternetz ganz erklommen und sich wagemutig oben auf den Holm setzten, an dem es befestigt war.

„Auri, eigentlich Aurora," fuhr sie fort, „ist in Buenos Aires in den Kindergarten gegangen, deshalb spricht sie noch Spanisch. Aber sie wird es wohl bald verlieren."

„Wieso glaubst du das?"

„Sie ist zu jung, um es zu behalten, wenn sie es in der Umgebung nicht mehr hört. Das klappt erst ab zehn. Das weiß ich aus der Erfahrung von Kollegen, die mit Kindern rückeingewandert sind."

„Wie alt ist sie denn jetzt?"

„Gerade vier geworden."

„Das wird Lilli in drei Monaten auch. Die beiden verstehen sich, schau!" Nahla deutete auf die erneut gekonnt waghalsigen Kletterpartien der Mädchen.

Die zwei kommen mir ziemlich ähnlich vor.

„Vielleicht wollt ihr uns jetzt öfter hier treffen? Lilli hat zur Zeit gar keine rechte Freundin."

Und ich auch nicht. Jo verschiebt ja ihre Rückkehr aus Guatemala eins ums andere Mal.

„Ich heiße Nahla."

„Und ich Karin. Ich sitze gerade auch völlig auf dem Trockenen. Alles verloren. Den Hochsommer auf der Südhalbkugel, meinen gutbezahlten Job, unsere Wohnung in Buenos Aires. Immer wenn ich anfange, in Südamerika Wurzeln zu schlagen, zieht sie mir irgendeine Macht wieder raus."

„Das kenne ich", seufzte Nahla.

„Ich bin in Buenos Aires bei plus dreißig Grad ins Flugzeug gestiegen und in München bei minus zehn wieder aus. Vierzig Grad Temperaturunterschied. Kälte hat mir noch nie gut getan", sagte Karin. „Und ihr? Seid ihr aus Thannhausen?"

„Ja und nein", entgegnete Nahla und begann zu erzählen. Karin hörte aufmerksam zu, wechselte mehrmals ihre Sitzposition, reichte Auri zur Stärkung nach dem Klettern Salzstangen aus ihrer Jacke, die sie mit Lilli teilte. „Hätte es dir denn nichts ausgemacht, dich nach Musliminenart deinem Mann unterzuordnen und Kinder samt Haushalt immer alleine zu versorgen?", fragte sie, als Nahla sich durchatmend eine Flasche Fruchtsaft aus ihrer Tasche nahm.

„Das ist kein Unterordnen." Nahla reichte Karin den Saft weiter. „Jeder hat seinen Bereich. Der Mann regelt alles um die Familie herum und die Frau alles in ihr. Klar hast du da nicht so den Durchblick beim Finanziellen, aber dafür wirklich Zeit für die Kinder. Du gibst etwas und kriegst dafür etwas anderes, die Freiheit für deinen Bereich."

„Ich war ja ganz froh, dass mein Mann bisher den innerfamiliären Bereich übernommen hat", entgegnete Karin.

Die Nachrichten informierten über Unruhen in Libyen, Marokko, Bahrain, Syrien, im Irak und Jemen.

Es bauscht sich immer noch mehr auf. Wenn ich nur Hamza ans Telefon bekäme!

Nahla lud Karin und Auri zum Mittagessen ein.

„Ich kann's leider erst erwidern, wenn wir eine Wohnung gefunden haben", sagte Karin daraufhin. „Im Haus meines Vaters haben wir keine eigene Küche."

„Ist doch egal, ob du mich einladen kannst oder nicht", entgegnete Nahla. „Hauptsache, wir haben es nett miteinander."

„Schildkröten! Auri, guck!" Karin war begeistert, als sie Nahlas Wohnzimmer betrat, in dem inzwischen das Schildkrötendomizil stand. „In einem Kinderwagen. Wie genial!"

„Er hier", Nahla fuhr Ahmed-Benjaminus mit dem Finger über den Panzer, „ist erst kürzlich aus seinem Winterschlaf erwacht. Und der andere macht keinen. Er kommt aus Tunesien." Spontan erzählte Nahla, wie Hamza-Maximus in ihrem BH eingereist ist.

„Solche Aktionen erinnern mich an mich selbst", entgegnete Karin beschwingt.

Nahla rückte die Wärmelampe über dem Kinderwagen zurecht und fragte: „Kommst du mit in die Küche? Dann mache ich uns Pfannkuchen. Die Kinder können ja bei den Schildis bleiben."

„In der Küche redet es sich immer am besten", fand Karin und folgte Nahla. „Sie ist im Haus der Ort der Alchemie, wegen der Umwandlung von Lebensmitteln in Essen."

„Genau!" Nahla richtete die Zutaten her. Mit einem Mal seufzte sie tief. „Ich dachte, ich wäre spätestens Ende Februar wieder in Nabeul." Sie rührte den Teig und erklärte beherzt: „Aber ich bereite mich vor, damit dann alles flutscht!"

„Mit irgendetwas Speziellem?", fragte Karin.

„Ich lasse mir die Schamhaare lasern. Ich habe schon angefangen."

„Ich dachte, die werden im Hammam sowieso regelmäßig entfernt und außerdem wäre es dort traumhaft fraueninnig und erholsam?"

„Das ist es! Aber das Enthaaren nicht. Erstens dauert es

lange. In der Zeit sitze ich lieber im heißen Becken. Und zweitens ist es nicht so meins, mir da unten jede Woche von einer Enthaarerin rummachen zu lassen. Lasern ist dauerhaft."

„Wie viele Behandlungen brauchst du denn?"

„Ungefähr sechs im Abstand von drei Wochen. Nachdem ich hier ja im Augenblick festsitze, habe ich das in Angriff genommen."

„Ab und zu rasieren ist eines, aber immer ganz nackt sein? Ich weiß nicht so recht ..."

„Ich hab's meiner jüngeren Schwester gezeigt. Jetzt sagt sie immer, ich hätte eine Kindermöse!"

Nahla und Karin prusteten gemeinsam los.

„Lachen tut sowas von gut!" Nahla goss Teig für den ersten Pfannkuchen in die heiße Pfanne.

„Ay, so schön, wenn jemand für mich kocht, ich genieße das total", freute sich Karin. „Obwohl ich einen Hausmann hatte, übernahm das trotzdem fast immer ich."

Unerwartet klingelte Nahlas Handy auf dem Küchentisch. Sie sah aufs Display. „Hamza!", teilte sie Karin mit. „Das ist Hamza!"

„Ich übernehme!" Karin griff nach Pfannenschieber und Teigschüssel, während Nahla aus der Küche ins Schlafzimmer hastete. Karin versuchte am Tonfall ihrer Stimme, die hin und wieder bis zum Herd drang, zu erschließen, ob der Anruf eher positive oder negative Neuigkeiten beinhaltete. Doch das heiße Fett brutzelte, der Pfannenwender schabte, sie würde warten müssen, bis Nahla es ihr erzählte.

Als umgäbe sie eine zentimeterdicke Glaswand, durch die sie zwar ihre Umgebung optisch wahrnahm, die aber jedes Geräusch, sämtliche Gerüche und die Raumtemperatur abschirmte, betrat Nahla die Küche und kauerte sich an den Tisch. „Das war Hamza."

„Ja, das hast du vorhin gesagt", entgegnete Karin und träufelte den Teig für den letzten Pfannkuchen in die Pfanne.

„Entschuldige ...", murmelte Nahla matt. „Jetzt hast doch du kochen müssen. Tut mir leid."

„Das macht doch nichts. Fertig, wir können essen."

„Ja, essen. Flori, Lilli, zeigt ihr Auri, wo die Teller sind? Dann könnt ihr zusammen den Tisch decken", sagte Nahla in Richtung Wohnzimmer.

„Was, Mama?", fragte Lilli von dort und Nahla wiederholte ihre Bitte lauter, nach Kräften bemüht, sich den Kindern gegenüber trotz dieser unnachgiebigen Glaswand um sich herum möglichst nichts anmerken zu lassen.

„Es ist eigentlich alles okay", erklärte sie Karin. „Ich bin nur daneben. Verwirrt. Wir hatten seit drei Wochen nicht mehr miteinander gesprochen." Ihre rechte Hand wanderte auf ihr Herz und vollführte geistesabwesend eine Massage. „Er war ganz komisch."

„Willst du drüber reden?", fragte Karin und verfolgte anteilnehmend Nahlas Beruhigungsversuche ihres Herzens.

„Nicht vor den Kindern. Vielleicht morgen auf dem Spielplatz."

„Ich hätte nie geglaubt, dass so viel zwischen uns stehen könnte." Nahla setzte sich mit Karin auf eine Bank vor den Spielgeräten. „Ich weiß nicht einmal wirklich, was es eigentlich ist."

Florian und Martin wippten. Lilli und Auri schaukelten absichtlich so schräg und schief, dass sie aneinander streifen. Ihre Schaukeln gerieten dadurch ins Schlingern. Die beiden fanden ihre heutige Herausforderung darin, trotzdem nicht herunterzufallen.

„Kannst du von niemandem ein paar Infos bekommen?", fragte Karin.

„Schwierig. Neulich hatte ich Hamzas Schwester am Telefon. Aber die Frauen halten sich fast nur noch im kugelsicheren Innenhof auf. Die Infos, die sie dort kriegen, sind also bloß aus zweiter Hand."

„Das muss echt schwer auszuhalten sein, richtig heftig. Und bei mir geht es auch nicht vorwärts. Ich würde nur zu gern unsere Sachen auspacken. Aber wir finden einfach keine Wohnung. Es wird allmählich frustrierend."

„Wem sagst du das? Immerhin habe ich inzwischen drei Lasertermine geschafft." Nahla hielt inne. Dann richtete sie sich plötzlich aus ihrer zusammengesunkenen Haltung auf. „Das habe ich dir noch gar nicht erzählt! Jo kommt im Juni aus Guatemala zurück. Sie hat es mir heute morgen geschrieben."

Kurz vor Jos Rückkehr zog Karin mit ihrer Familie in eine Wohnung westlich von Augsburg, gut dreißig Kilometer von Thannhausen entfernt.

„Wir bleiben in Kontakt", versprachen Nahla und sie einander.

„Deine Geschichte ist etwas Besonders", fand Karin. „Sie würde ein Buch ergeben."

Nahla zog sich den Haargummi aus ihrem Zopf, löste das untere Ende und begann es neu zu flechten, wie um sich Zeit zum Betrachten dieser Idee zu verschaffen. Karin formte indes weitere Knödel aus Sand für Auri und Lilli, die sie zu einer Pyramide aufeinander schichteten.

„Wer bekommt schon sein Leben in einem Buch festgehalten", sagte Nahla, fertig mit ihrem Zopf. „Das wäre wunderschön!"

„Wir behalten es einfach im Auge", entgegnete Karin. „Vielleicht wird's ja was. Ich muss jetzt erstmal unsere Wohnung einrichten, die ganzen Umzugskisten auspacken und einen Kindergartenplatz für Auri finden. Bisher haben wir von allen drei Kindergärten im Ort nur Absagen. Und wenn ich vormittags dann mal ein paar Stunden für mich habe, will ich aus den Fotos der letzten drei Jahre ein Album für sie machen. Ich glaube, von dem Studenten bei uns an der Schule in Buenos Aires habe ich dir noch nicht erzählt?"

„Nein, was war mit ihm?"

„An ihm sah ich, wie es Auri wahrscheinlich später gehen wird im Bezug auf ihre Kleinkindzeit. Er lebte im selben Alter wie sie in Buenos Aires und ging dann mit seinen Eltern zurück nach Deutschland. Zwar sind ihm allerlei Erinnerungen geblieben, aber der große Rahmen fehlt. Sein Schulpraktikum wollte er unbedingt in Buenos Aires machen, um seine Erinnerungen mit der Stadt in Einklang zu bringen. Ich habe ihn regelmäßig gebeten mir zu erzählen, wie es ihm dabei geht, denn Auri wird es vielleicht einmal ganz ähnlich gehen. Außerdem würde ich gern nach dem Fotoalbum alles Prägnante aufschreiben. Aber das nicht nur für Auri, sondern auch für meinen Mann und mich. Vielleicht wird ja ein Buch draus?"

„Davon will ich dann aber ein Exemplar!"

„Schauen wir mal, ob ich's hinbekomme. Und ob ich danach irgendwann deine Geschichte verfassen kann. Arabische Frauen suchen ihre Freiräume an ganz anderen Stellen als europäische und verwirklichen ein anderes Spektrum ihrer Bedürfnisse. Sie verwirklichen ein Spektrum, das hier vielleicht schon zu zurückgedrängt ist, während in Arabien das hiesige noch gar nicht entfaltet wurde.

Was du erzählt hast, brachte mich sehr zum Nachdenken."

„Worüber hast du denn nachgedacht?", wollte Nahla wissen.

„Über die Erfahrungen während meiner Ferienarbeit bei Nokia in Ziemetshausen. Das Werk kennst du sicher."

„Ja, da haben früher oft Studenten gejobbt."

„Die Belegschaft in meiner Abteilung bestand fast nur aus Türkinnen. Sie haben mich aufgenommen und waren für mich da, als wäre ich eine Verwandte. Ich habe mich ganz ungekannt wohl unter ihnen gefühlt. Sie brachten Essen mit, erklärten mir, wie man es kocht, nahmen mich in den Arm, wenn ich nicht gut drauf war, ohne dass ich mich erklären musste und halfen mir bei allem, was anstand. Es war dabei gar nicht wichtig, wie lange und gut sie mich kannten."

„Genau das passiert, wenn du ein Hammam betrittst. Nur noch intensiver."

„Und ich wollte immer dieselbe Art von Freiheit leben wie ein Mann. Männerfreiheit sozusagen. So arg, dass ich die letzten drei Jahre die Alleinverdienerin der Familie gewesen bin. Zwischendurch habe ich mich gewundert, was meine Tochter wieder Neues gelernt hat. Ich habe ihre Entwicklungsschritte vor lauter Berufsstress kaum mitbekommen. Aber dir war es von jeher danach, das Gegenteil davon auszuleben."

„Ja, das Frausein." Nahla setzte einen nebenbei geformten Sandknödel auf die Pyramide der Mädchen. „Wir sind beide auf der Suche nach dem Glück. Nur jeweils am anderen Ende der Fahnenstange."

Ende Juni kam Jo zurück. Beidseitig ausgehungert nach ihren bewährten Inseln des Zusammenseins verbrachten sie und Nahla ihre Nachmittage wie gehabt auf der Terrasse des alten Bauernhauses in Haselbach mit den tibetanischen Gebetsfahnen am Giebel, den Sonnenblumen am Zaun, der Wiese mit den Schmetterlingen, Jos nacktem Vater im Gemüseacker, ihrer Mutter im wehenden Hippiegewand – und Nahlas Gnom, der unverrückt unter den Seinen vor der Terrasse hockte und mit langer Nase alles mitverfolgte, was sich dort abspielte. Nahla kraulte ihm den moosigen Rücken. „Hoffentlich ziehen wir bald nach Nabeul."

„Die Lage beruhigt sich sicher demnächst und dann wird geheiratet!" Jo klatschte rhythmisch in die Hände und tänzelte dazu im Sitzen.

„Jetzt erzählst aber erstmal du, wie es bei dir war!", forderte Nahla sie auf.

„Herrlich ruchlos! Wild und frei!", schwelgte Jo und hob mit heiterem Grinsen ihr Trägertop an.

„Schau!"

Ein neues Dromedar trippelte hinter dem mit Karims Augen über ihre Hüfte.

„Du Verrückte, du!", kommentiere es Nahla amüsiert. „Und die Augen! Sie sind wieder einfach genial geworden. Sähe ich deinen Jesús in echt, ich würde ihn jetzt sicher an ihnen erkennen."

„Hammer, gell! Aber man spricht es Che-suus, nicht Jesús wie bei uns. In Guatemala heißen echt viele so."

Nahla zuckte mit den Schultern. „Warum auch nicht. Es ist im Endeffekt nicht anders, als Mohammed zu heißen und die gibt es ja auch massenhaft."

„Und bei uns die Christians, nach Christus eben", sagte Jo, während Nahla mit ihrem Zeigefinger über das neue Tattoos fuhr. „Eine Sammlung ihrer Männer als Dromedare, die über die Hüfte traben. Das hat wahrlich nicht jede."

„Es ist nur eine Sammlung derer mit den schönsten Augen."

„Klar, logisch! Was ist eigentlich aus Tom geworden?"

„Wir sind zusammen zurückgeflogen. Er hat sich drüben schon auch noch gut unterhalten. Aber zwischen uns war's das jetzt wohl endgültig. Womöglich. Vielleicht. Wer weiß das schon?"

Nahla lachte. „Tja, wer weiß das schon. Vielleicht kriegt er ja irgendwann auch noch einen Platz auf deiner Hüfte."

„Erstmal tätowiere ich dir etwas. Was hältst du davon? Ich

hab's jetzt voll drauf!"

„Anständige Ehefrauen haben in Tunesien aber keine Tattoos. Sie rauchen ja auch keine Wasserpfeifen. Ich will nicht als Nutte abgestempelt werden."

Jo verdrehte kurz die Augen, sagte aber dann: „Obwohl das überhaupt nicht mein Fall wäre, mich nach solchen Vorgaben zu richten, versteh ich dich schon trotzdem irgendwie."

„Wenn Hamza am Telefon nur nicht so komisch wäre und öfter mit mir reden würde", seufzte Nahla.

„Süße!" Jo nahm Nahla fest an den Schultern. „Mach dir doch nicht so viele Sorgen. Er liebt dich! Er ist jetzt einfach mit diesem Revolutionsding beschäftigt. Wirst sehen, sobald das durch ist, bist du wieder bei ihm."

„Ja", entgegnete Nahla. Jos Optimismus war ansteckend. „Und wie geht es bei dir weiter? Wirst du wieder in Augsburg in der Bar arbeiten?"

„Das hab ich lange genug. Hier kann man doch prima ein Tattoo- und Piercingstudio reinbauen." Jo zeigte mit ausladender Geste zum alten Stall, der wie überall in der Gegend direkt ans Bauernhaus anschloss. Ihr Vater nutzte einen Teil davon für seine Schreinerwerkstatt, der Rest stand leer. „Eine eigene Wohnung will ich mir gleich mit einbauen."

„Toller Plan! Ganz sicher hast du bald jede Menge Kunden!"

„Und über kurz oder lang willst du auch ein Tattoo, wirst sehen!"

„Ich kann's mir nicht recht vorstellen. Das ist nicht mein Ding."

„Du meinst, nicht das Ding einer Muslimin." Jo knuffte Nahla in die Seite.

„Es läuft auf dasselbe hinaus", erwiderte Nahla und meinte dann: „Also, wenn, dann müsste es etwas sein, das uns beide verbindet."

Jo nickte langsam und schmunzelte vielsagend.

Die Nachrichten über die Arabische Welt blieben konstant beunruhigend und die Furcht um Hamzas Leben zehrte an Nahla, doch ihre Hoffnung wankte nicht, dass ihn sämtliche Kugeln verschonten und ihr Wiedersehen samt ihrer Hochzeit nur eine Frage der Zeit darstellte. Nahla probierte ihn nach dem

Aufwachen, im Lauf des Vormittags, am Mittag, während des Nachmittags, fortlaufend am Abend und vor dem Schlafengehen zu erreichen. Sie wählte jeweils mehrmals.

Warum geht er bloß nicht ran?

Im Juli schraubte sie ihre Versuche auf nur noch drei pro Tag zurück.

„Hab Geduld!" Jo spritze ihr nach bestimmt der fünften Runde Schwimmen an diesem Tag in einem der nahen Weiher um Haselbach Wasser auf den Rücken.

„Nein! Du legst dich jetzt nicht auf mich! Mein Badeanzug ist gerade erst wieder trocken." Nahla schmiss sich herum und stützte sich auf die Ellbogen. „Das mit der Geduld musst gerade du sagen, so wie du auf ein Lebenszeichen von Jesús wartest."

„Was der nur die ganze Zeit treibt?" Jo trocknete sich ab, breitete ihr Handtuch im Gras neben Nahla aus und legte sich zu ihr.

„Wir könnten ja mal das Internet nach ihm absuchen. Vielleicht finden wir einen Anhaltspunkt", schlug Nahla ihr vor und betrachtete eingehend die Wasseroberfläche. Unter dem hellblauen Himmel mutete sie an wie die feste Haut eines Puddings.

Am liebsten würde ich sie hochheben und gucken, was sich darunter befindet, bei der Menge, die sich gerade im Verborgenen hält.

„Wollen wir gehen?", fragte Jo, als die Temperatur allmählich abnahm. „Mir wird kühl."

„Ja, sammeln wir die Kinder ein und bringen sie heim zum Abendessen", entgegnete Nahla.

Sameh lag im Bett. Ihr ovales Gesicht umrahmte üppiges Haar. Kein erhobenes Muttermal, keine Unreinheit unterbrach als Störkörper den schnurgeraden Verlauf ihrer Nase. Ihre Brauen brauchte sie nicht in Form zu zupfen oder nachzuzeichnen, die Natur ließ sie von selbst harmonisch halbrund wachsen. Auch ihre Haut bedurfte keines Puders für ihr ebenmäßiges Erscheinungsbild. Doch darunter jaulte ihr Selbstbewusstsein wie ein geprügeltes Kätzchen. Es verstand nicht. Deshalb zerbröselte es jede Nacht ein Stück mehr. Mit unbeantworteten Fragen überladen suchten ihre Augen, vom Braun eines schweren arabischen Kaffees, die des Mannes neben ihr.

Sie wichen ihren aus. Wieder und wieder. Sie sprangen im Zimmer umher. Nichts regte sich bei ihm, was sich längst hätte regen sollen. Ja, nach den Regeln der Tradition hätte regen müssen!

Es lag nicht an der Frau neben ihm. An ihr war nichts verkehrt. Doch das gelang dieser nicht, ihm zu glauben, so oft er es auch beteuerte. Und an den Erwartungen ihrer gemeinsamen Großfamilie lag es doch auch nicht. Oder? An den Anweisungen seines Vaters, denen letztendlich kein Familienangehöriger entkam. Keines.

Er seufzte schwer.

Nichts regte sich. Absolut nichts.

„Ich gefalle dir nicht", sagte Sameh und versuchte dabei, jeglichen Jammerton aus ihrer Stimme zu verbannen, was ihr nicht gelang. „Was mache ich falsch?" Sie drehte sich zu ihrem Mann auf die Seite und wagte, zehn Zentimeter näher heranzurutschen. Er tat, als müsse er sein Kopfkissen aufschütteln. Dabei stellte er, in der Hoffnung, sie merke es nicht, den vorherigen Abstand zwischen ihnen wieder her. Die Schuldgefühle nahmen dabei sein Herz in die Hand, als bestünden sie aus mit Kakteenstacheln besetzten Handschuhen. Im Versuch, sein eigenes Empfinden zu ignorieren, wandte er Sameh mitleidig den Kopf zu.

Ihr Haar glänzte schwarz.

Nahlas dunkelbraun.

Ihre Augen schimmerten willfährig und ratlos.

Nahlas versprühten pure Lust und Lebensfreude.

Ihre Haut war hell.

Aber Nahlas leuchtend weiß.

Samehs Körper lag schlank neben ihm, doch ihre Muskeln wirkten weich und untrainiert, kaum an mehr Bewegung als die beim ewigen Gemüseputzen im Innenhof gewöhnt.

Nahlas schmückten pralle Kurven und feste Muskeln.

Vom Leben.

Das Nahla versprühte.

Sameh existierte dagegen nur.

Nichts reizte ihn an ihr.

„Es wird schon", entgegnete er ihr leise. Seinen matten Blick absorbierten wieder die Nichtigkeiten des Raumes. „Ich brauche nur etwas Zeit."

Ich weiß, ich sollte ... ich müsste. Aber ich kann nicht.
Baby.

Nicht einmal Zuckerpaste bringt so ein Ergebnis!

Nahla hatte ihren fünften Lasertermin hinter sich. Sie war mehr als bereit für ihre Heirat und ein Leben an Hamzas Seite, mit vielen, vielen gemeinsamen Kindern. Jo nörgelte wegen Jesús . Er schrieb ihr zu selten. Sie klemmte sich gemäß Nahlas Vorschlag mit ihr vor den PC.

„Er hat keine Facebookseite", sagte Jo.

„Lass mich trotzdem suchen. Man weiß nie." Nahla klickte sich durch die zahlreichen Jesús Gutierrez Morales, wohnhaft in Guatemala.

„Nein. Er ist nicht dabei", sagte Jo.

„Dann probieren wir es mal bei den Touranbietern. Er geht doch manchmal mit Touristen fischen, hast du gesagt."

„Nur, wenn er dringend Geld braucht."

Nahla suchte und klickte, ohne fündig zu werden. „Jetzt habe ich noch eine andere Idee", meinte sie nach einer Weile. „Da, schau! Eine Seite mit Veranstaltungsfotos von diversen Bars am Atitlánsee."

„Diese Bar! Die kenne ich." Jo zeigte auf eines der Bilder.

„Dann gucken wir mal, ob's dazu eine Homepage gibt."

Es gab eine. Doch sie verriet nichts hinsichtlich Jesús. Trotzdem behielt Nahla ihren Kurs bei, den sie noch nicht für ausgereizt erachtete.

„Stopp!" Jo hielt Nahlas Hand fest, mit der sie die Maus führte. „Da ist er! Ich glaub', ich spinne! Was hat er mir vorgebetet, dass er noch nie eine Europäerin im Bett hatte!"

„Langsam. Auf dem Foto hält er doch bloß rechts und links eine im Arm. Deswegen braucht er ja noch nicht mit einer von ihnen im Bett gewesen zu sein."

„Und was ist damit?" Jo hatte die Maus übernommen und ein Stück nach unten gescrollt, wo Jesús eine ebenso blonde Frau wie sie selbst küsste. „So ein Lügner!" Sie lehnte sich zurück und verschränkte die Arme. „Schau mal, was du noch findest."

Nahla suchte und fand. Bilder von Jesús mit Frauen. Datiert

vor und auch nach der Zeit mit Jo.

„Der beste Liebhaber aller Zeiten. Der kann mich mal!", raunzte Jo.

„Zumindest weißt du jetzt Bescheid", stellte Nahla fest.

Jo presste ihren Rücken an die Stuhllehne, ihre Zehen krümmten sich auf dem Boden, als wolle sie sich in ihm festkrallen.

„Zumindest weiß ich jetzt Bescheid", wiederholte sie. „So ein Blindgänger! Als ob ich dem nachheule! Ich suche mir einfach einen anderen!"

„Als ob das so einfach wäre ...", murmelte Nahla und wusste dabei, Jo würde keine Ruhe geben, ehe sie die mit Jesús gelebte Leidenschaft wiederfand und sie zudem noch toppte.

„Gehen wir zu den Kindern raus", sagte Jo, richtete sich auf, löste ihre verkrampften Zehen vom Boden und wackelte mit ihnen in der Luft. Nahla hakte ihren großen Zeh in Jos. „Ja, das ist wohl das Beste, was wir im Augenblick tun können", entgegnete sie. „Deine Mutter hat unsere Schätze schon lang genug allein gehütet.".

„Nächste Woche fangen mein Vater und ich mit dem Umbau des Stalls an. Das wird mich ablenken." Jo betätigte den Ausschaltknopf des Monitors.

Nahla sah nicht, wie Hamza gegen seine Brust drückte, um sein Herz am Explodieren zu hindern und daran, dabei die Umgebung gleich mit zu zerfetzen, als er sie anrief.

„Baby."

„Hamza, du lebst! Wo bist du die ganze Zeit gewesen? Ich vermisse dich schrecklich! Wann sehen wir uns endlich? Ich halte es nicht mehr aus ohne dich! Können wir ..."

„Baby ..." Seine Fingernägel gruben sich in seinen Oberschenkel.

„Lass es uns nochmal mit einem Visumsantrag versuchen. Dann können wir in Deutschland zusammen sein, bis sich die Lage in Tunesien gefangen hat! Wir könnten ..."

„Nahla! Stopp!"

Erschrocken verstummte sie und hörte ihn unregelmäßig durch die Leitung atmen.

„Bist du verletzt?", fragte sie nach einigen zähen Sekunden mit vibrierender Stimme.

„Ja. Nein. Nein. Ja."
„Was ist los? Um Himmels Willen!"
„Es ging nicht anders. Wir sind uns in der Familie verpflichtet. Ich musste meine Großcousine heiraten."

Einmal war Nahla zu lange in einem Dampfbad geblieben. War es mit Christian gewesen? Oder mit Jo? Oder gar in einem anderen Leben? Als sie es verließ, war ihr unvermittelt schwarz vor Augen geworden. Sie hatte mit der Hand nach der nächsten Wand getastet, sich an ihr abgestützt, darauf hoffend, dass sich ihr überlasteter Kreislauf stabilisierte, sie nicht umkippte und auch keiner ihren Zustand bemerkte und sie darauf ansprach. Es wäre ihr peinlich gewesen. Sie würde es allein schaffen, wieder aus ihm herauszufinden.

Dieselbe Schwärze wie damals wallte jetzt aus dem Schlafzimmerschrank, von der Decke herab, durchs Fenster herein, unterm Bett hervor, goss ihre Knöchel in einen Sockel aus Blei und versiegelte ihre Augenlider.

„Bist du noch da?", fragte Hamza.

„H-hm." Das Handy lag wie ein Betonklotz in ihrer Hand.

„Nahla, ich liebe dich! Ich habe immer nur dich geliebt und werde nie eine andere lieben! Ich will, dass du das niemals vergisst. Versprich es mir! Bitte, bitte versprich, dass du das niemals vergisst!"

„Du bist verheiratet. Mit Maizas Nichte."

Maiza, der krumme Dinger dreht.

„Ich konnte nicht anders."

„Hast nicht *du* gesagt, man habe immer eine Wahl?"

Er schwieg. Die Einschnitte seiner Fingernägel brannten in seinem Oberschenkel.

„Du hast getan, was dein Vater wollte. Wenigstens hast du es mir selbst gesagt", wisperte Nahla.

„Versprich mir, dass du nie vergisst, dass ich nur dich liebe!"

„Ich verspreche es."

Nahla legte auf.

„Mama?" Sie vernahm Florians Stimme.

„Hm?", brachte sie nur als Antwort hervor. Dann hörte sie Lilli ins Schlafzimmer trappeln. Erkennen konnte sie ihre

Kinder nicht. Die aus jedem Winkel herausdrängende Dunkelheit blockierte komplett ihre Sehnerven. Nahla hielt sich am Bettrahmen fest und hoffte, wie damals an der Wand vor der Sauna, in den nächsten Sekunden ihre Umgebung wieder erfassen zu können. Zumindest soweit, um angemessen auf ihre Kinder zu reagieren.

Meine Kinder!

Das Bewusstsein, wie sehr Florian und Lilli sie brauchten und sie die beiden liebte, riss einen Spalt in die Dunkelheit. Durch Florians und Lillis Hände, die nach ihr griffen, floss diffuses Licht hindurch und verdünnte das Dunkel zu einem nebelartigen Grau. Nach einigen schweren Lidschlägen und systematischem Anspannen und Lockern ihrer Muskeln schaffte es Nahla, sich zu bewegen. Sie wagte, den Bettrahmen loszulassen und sich die Augen zu reiben.

„Mama?"

Vor ihr erschienen die ängstlich verunsicherten Gesichter ihrer Kinder.

„Mama, komm mit zum Spielen", bat Lilli sie.

„Ja, mein Schatz, ich komme." Nahla hievte ihren Körper hoch und folgte Lilli und Florian unsicher schwankend mit einer ihr unmenschlich erscheinenden Anstrengung ins Wohnzimmer.

Ob ich es je ertragen würde zu lesen, dass Hamza eine andere geheiratet hat, falls Karin meine Geschichte aufschreibt?

Jo vereinnahmte der Umbau des alten Stalls in Studio und Wohnung – zudem Jesús' Nachfolger. Als sie ihre Schlüssel bei ihrem alten Chef abgab, überkam sie Lust, den Betrieb der Bar einmal aus Sicht der Gäste von einem Hocker am Tresen aus mitzuverfolgen. An dessen anderem Ende ging John derselben Beschäftigung nach. Beim Ersten, das Jo von ihm wahrnahm, handelte es sich um das Weiß seiner Augen. Der Rest von ihm verschmolz mit dem ebenso dunklen Hintergrund wie seine Kleidung und seine Haut.

Nahla wusste, Jo wäre zur Stelle gewesen, hätte sie bloß einen Mucks von sich gegeben. Aber sie wollte Jo in ihrem Freudentaumel mit John und den Arbeiten auf ihrer Baustelle nicht mit ihrem Desaster behelligen, da es an diesem sowieso nichts mehr zu ändern gab. Außerdem fürchtete sie sich vor der Dimension, die es annehmen würde, wenn sie es in Worte fasste. Jo davon zu erzählen wäre, wie es in der Realität zu manifestieren. Dann konnte sie zu jeder x-beliebigen Zeit darauf angesprochen werden. Dafür war der Kahlschlag ihrer Zukunftspläne noch zu frisch. Sie funktionierte im reinen Überlebensmodus. Doch nach zwei Wochen des Dahinsiechens stand Jo am Sonntagnachmittag unangekündigt in der Tür.

„Du hast so gar nichts hören lassen", sagte sie und fuhr mit den Augen über Nahlas unfrisierte Haare, ihre fahle Haut und das ausgewaschene Shirt, das sie zu einer ausgebeulten Jeans trug. Aus der lugten unten ihre nackten Zehen hervor, deren Nägel abgesplitterte Lackreste verunstalteten. Jeder konnte sich einmal hängen lassen. Das war es nicht, was Jo alarmierte. Sie wies Quirin an: „Geh mit Flori und Lilli spielen, ab Marsch!" und schritt dann voran in die Küche.

„Wie sieht's denn hier aus?", fragte sie alsgleich.

„Lieber eine halbe Stunde geschämt als zwei Stunden geputzt", entgegnete Nahla.

„Das ist der Spruch meiner Mutter. Aber das bist doch nicht du!"

Jo trat an die Schränke, in denen Nahla ihre Vorräte aufbewahrte. Tafelweise Schokolade, Kekspackungen und Tüten voller Pasta fielen ihr beim Öffnen entgegen, die sie mit flinken Händen auffing und zurücksteckte. „Hast du einen Supermarkt ausgeraubt?"

„Florian kommt im September nun doch nicht in Nabeul in die Schule, sondern hier in Thannhausen."

„Oh mein Gott!" Jo ließ sich in ihrer Latzhose auf den Küchenboden plumpsen. „Ist er erschossen worden?"

„Nein."

„Ist er schwerverletzt?"

„Nein."

„Was dann?"

„Ich bin's."

„Was bist du?"

„Schwerverletzt."

„Süße, was ist passiert?" Jo rutschte zu Nahla heran, nahm ihre Hände und zog sie zu sich auf den Boden. Nahla sank danieder, ihre vor den Kindern aufrecht erhaltende Selbstbeherrschung zerbarst. Sie schluchzte, ihr Körper zitterte. Jo drückte rasch die Küchentür zu.

„Er hat ...", schniefe Nahla. Ihr Oberkörper kippte nach vorn, sie fing ihn auf den Ellbogen ab. Aus Augen und Nase tropfte es auf die Fliesen. Außerstande, etwas dagegen zu tun, sah sie schicksalsergeben zu, wie sich eine Pfütze unter ihrem Gesicht bildete. Jo rieb ihr den Rücken und tastete mit der anderen Hand nach der Küchenrolle auf der Anrichte, fand sie und riss einen Streifen ab, den sie Nahla reichte. Nahla nahm ihn und rappelte sich hoch. Sie schnäuzte hinein und lehnte sich mit angezogenen Beinen an die Schränke, während Jo die Pfütze beseitigte. „Er hat Sameh geheiratet", wisperte sie.

„Was?" Jo fiel das Küchenpapier aus der Hand. Mit zusammengekniffenen Augen bleckte sie die Zähne wie ihre Dogge Baghira, wenn ein fremder Hund sich anschickte, in ihr Revier einzudringen. „Was bildet die sich ein? Und Hamza! Hat er den Verstand verloren? Wie kommt er dazu?"

„Wegen der Pflicht", wimmerte Nahla.

„Mit Eiern in der Hose hätte er einen Weg gefunden, sich gegen diese *Pflicht* zu wehren!"

„So einfach ist das nicht. Mir hat er trotzdem immer gesagt, sein Vater müsse bloß wissen, dass er die Liebe seines Lebens heiratet und sonst niemanden und dass das ich bin."

„Das ist ja auch der einzige Grund zum Heiraten", raunzte Jo. „Meine Eltern sind dafür der beste Beweis!"

„Glaubst du, er war mit Sameh zur Jungfräulichkeitsuntersuchung beim selben Arzt wie mit mir? Und dann, nach der Hochzeit. Und dann! Ich muss es mir die ganze Zeit vorstellen. Meinst du, er fasst sie genauso an wie mich?"

„Das geht doch gar nicht." Jo nahm Nahla in die Arme und wiegte sie. „Zu jeder anderen würde ich jetzt sagen: Männer sind wie Straßenbahnen. Es kommen immer wieder neue."

„Nein!"

„Süße, wichtig ist jetzt, dass du dich beruhigst. Schau dich doch nur an!"

Nahla zupfte an ihrem Shirt, doch konnte dadurch nicht kaschieren, worauf Jo anspielte und jetzt auch aussprach: „Wie kann man eigentlich so schnell zunehmen?"

Hilflos zuckte Nahla mit den Schultern.

„Flori hat auch schon zugelegt."

„Ich kann's nicht ändern", entgegnete Nahla. „Aber Lilli bleibt schlank. Sie beobachtet mich und distanziert sich. Es ist spürbar, auch wenn sie noch so jung ist."

„Sie sucht ihren ganz eigenen Weg. Genau wie ihre Mutter", sagte Jo und lächelte. Nahla aber schniefte erneut. „Hamza-Maximus und meine Erinnerungen sind das Einzige, was mir von Hamza jetzt noch bleibt. Und die Kuchenform, in der ich in Nabeul seinen Geburtstagskuchen gebacken habe. Da drin ist sie, schau." Nahla zog eine Schublade auf und holte die auf dem Souk gekaufte Herzform heraus. Jo nahm sie ihr sofort aus der Hand und steckte sie zurück. Dann stand sie auf und zog den Sitz ihrer Latzhose zurecht. „Auch wenn's nicht so ganz einfach ist, mach mal Pause von der Trauer!"

„Wie denn?"

„Komm mit auf meine Baustelle. Dort kannst du zusehen oder mitmachen, wie's gerade kommt. Und über kurz oder lang findet sich bestimmt noch eine andere Entspannungsmöglichkeit."

Nahla saß weggetreten da, bis Jo ihr die Hände reichte, sie hochzog und ihr ein Glas Wasser einschenkte.

„Okay, ich versuch's", entgegnete sie, nachdem sie das Glas mehrmals neu gefüllt und leer getrunken hatte.

„Kinder, kommt! Auf geht's!", rief Jo ins Wohnzimmer.

Florian, Lilli, Quirin und bisweilen auch Nahlas Pflegekind Martin schlugen Nägel in übrige Bretter und beschmissen sich mit Sägemehl. Nahla kehrte und schleppte Baumaterial, doch ihren Dauerhunger verdrängte das nicht. Abends kochte sie sich eine doppelte Portion Pasta. Schlafen konnte sie aber erst, nachdem sie ihr Nervenkostüm zudem mit der Süße von zwei bis drei Tafeln Schokolade betäubt hatte. Jo musste mit ansehen, wie mit ihr dasselbe geschah wie schon einmal, als der Kontakt zu Hamza gänzlich abbrach. Sie ging mit ihr größere Kleidungsstücke kaufen.

Der Sommer überschritt seinen Zenit, die Tage wurden kürzer, Jos Vater fuhr seine Gemüse- und Marihuanaernte ein. „Mädel, lass dir von den Geschenken der Natur helfen." Er bot

Nahla einen glimmenden Joint an.

Gras rauchen? Das ist doch nicht meins. Oder? Andererseits brauche ich jetzt ja keine anständige Frau mehr zu sein. Aus tunesischer Sicht.

Nahla nahm den Joint. Sein Rauch fand warm und reizend in ihre Lungen.

„Sachte“, riet ihr Jos Vater. „Sonst musst du husten.“

Nahla tat konzentriert und achtsam noch einen Zug – ohne zu husten – und wandte sich dann an Jo: „Wenn ich schon kiffe, kann ich auch ein Tattoo haben.“

„Wow! Klar!“, freute sich Jo. „Sofort! Warte kurz!“ Jo durchquerte die Baustelle und verschwand über die Verbindungstür im Bauernhaus. Nahla blieb auf der Bank davor bei Jos Vater sitzen. Sein graubraunes Haar reichte ihm mittlerweile bis zum Lendenschurz, mit dem er beim Schreinern seine Blöße vor dem Getroffenwerden von abspringenden Holzsplittern bewahrte. Jo kehrte mit einem Stapel Zeichnungen zurück, setzte sich zu ihnen auf die Bank und blätterte darin. Nach einigem Suchen zog sie eine Seite heraus.

„Schau mal, wie findest du das?“

Nahla blickte auf eine Art Mandala, das von innen her aufblühte und dabei anmutete, als verschenke eine magiegeladene Blume ihre Geheimnisse.

„Ich nenne sie ‚Die Blume des Lebens‘.“

„Das ist meine Tochter!“, kommentierte sie ihr Vater.

„Wann ist dir das eingefallen?“, fragte Nahla.

„In Guatemala. Für uns. Süße, ich hab dich dort vermisst, trotz Jesús und Tom und Sonstnochwem. Ich könnte jeder von uns so eine Blume tätowieren. Oder wir halbieren sie. Du eine Hälfte, ich eine Hälfte.“

Nahla betrachtete die Zeichnung eingehend und sagte nach einer Weile: „Wir teilen sie, wie wir unsere Leben in allen Facetten teilen. Wir sind bei jedem Schritt füreinander da, wir begleiten uns, sind einander immer präsent, auch wenn eine von uns in der Ferne ist, sind wir's, dessen können wir uns immer sicher sein.“

„Wow, ja! Ich kann es zwar zeichnen, aber du fasst es in Worte, haargenau, bei jedem Schritt. Dann sollte sie auf die Füße? Die Handrücken gingen auch.“

Nahla überlegte. „Auf dem Handrücken wäre es mir etwas zu auffällig. Zu wenig privat. Ich wäre für die Füße."

„Einverstanden!" Jo streckte ihre Beine nach vorn und ließ ihre Zehen tanzen wie andere es nur mit den Fingern schaffen. So wie Nahla ging sie den ganzen Sommer über barfuß. „Schau dir den Entwurf nochmal genau an", sagte sie. „Jetzt ist noch Zeit, um etwas zu verändern."

Nahla zog an ihrem Joint und studierte die Zeichnung. „Sie ist perfekt. Ich will gar nichts daran verändern." Dann nahm sie noch einen Zug und fragte Jos Vater: „Warum spüre ich denn nichts?"

„Weil's das erste Mal ist." Er stand auf. „Ich mache bei dem Sonnenschein mal draußen weiter mit der Kartoffelernte."

Nahla sah durch das noch unverglaste Fenster zum Gemüsegarten, dessen bereits abgeernteten Teil gerade die Kinder zusammen mit Jos Mutter umgruben.

„Hier! Setzt dich da drauf!" Jo rückte den von ihrem Vater gezimmerten Tisch in ihrem halbfertigen Tattoostudio zurecht, der mal als Schreibtisch dienen würde, oder für Gesprächsrunden mit ihren Kunden, was immer sich ergab. Sie holte ihr Equipment und nahm auf einem Schemel davor Platz, Nahla auf der Tischplatte. Nahla stellte ihren rechten Fuß auf Jos Knie. Im Folgenden sah sie zu, wie darauf im Halbbogen geschwungene Blütenblätter wuchsen, die mit einem Mal, als habe sich in ihr ein Schalter umgelegt, zu tanzen begannen. Dazu formten die Stimmen der Vögel im Garten bunte Lichtbälle. Diese rollten über ihre Haut und zerplatzen darauf. Das Gelächter der Kinder faltete sie zum Gebirge. Sofort spürte Nahla durch dessen Täler kühles Wasser aus dem Trinkbrunnen im Hammam fließen. Gerade, als Jos Vater hinzutrat, seufzte sie wohlig.

„Genießt du es, Mädel?", fragte er.

Nahla nickte und legte sich auf der Tischplatte zurück. Jos Tätowiergerät surrte und kribbelte auf ihrem Fuß, dabei wand sich das Kribbeln als eine über ihre Waden und Schenkel gezogene Perlenschnur hoch zu ihren Hüften. Jos Vater strich ihr fürsorglich über die Stirn und hinterließ dabei eine imaginäre gelbe Farbspur. Er beugte sich kurz über ihr Gesicht, lächelte und ließ die Freundinnen wieder allein. Nahla begann, das

Gewölbe des alten Pferdestalls über sich zu bewundern und seine eigentümlich geschwungenen – heute wundersam beweglichen – Linien zu studieren.

Ich glaube, jetzt hab ich zu viel erwischt.

Der Joint fiel ihr aus der Hand. Sie ließ es geschehen, von Licht und Farben davongetragen zu werden. Erst als Jo mit ihrem eigenen Fuß, dem linken, fertig war, setzte sie sich in mehreren Etappen wieder auf und rieb sich die Augen. „Wunderschön ... einfach wunderschön“, fand sie sowohl ihres, wie auch Jos Tattoo.

„Jetzt müssen wir unsere Haut ruhen lassen“, sagte Jo. „Nach ein paar Tagen mache ich es dann noch farbig.“

„Nun bin ich kein braves Mädchen mehr. Außerdem haben *wir* mit unserer Blume heute einen Bund fürs Leben geschlossen.“

„Den hatten wir schon vorher. Wir haben ihn heute nur symbolisch festgehalten.“ Jo saß noch immer auf ihrem Schemel vor Nahla. Sie umfasste ihre Knöchel. Die langen blonden Haare fielen ihr samt der hineingeflochten Federn und Muscheln über die Schultern. Talismane an Lederbändern schaukelten um ihren Hals, teils von ihr selbst, teils von ihrem Vater geschnitzt.

„Irgendwie siehst du gerade aus wie ein Orakel“, fand Nahla.

Jo drückte den Rücken durch und richtete sich kerzengerade auf, die Hände behielt sie fest um Nahlas Knöchel. Das Licht der schräg stehenden Sonne fiel ihr ungefiltert durch das noch glaslose Fenster ins Gesicht.

„Ich vermisse ihn unendlich“, sagte Nahla. „Ich werde niemals einen anderen so lieben.“

Jo hielt mit ihren Augen, blau wie Himmelsdurchgänge, Nahlas Blick fest, holte tief Luft und sagte:

„Das mit euch, das ist *nicht* vorbei. Ich
spür’s in meinen Eierstöcken.“

DANKE

Carmen
für deine Freundschaft und deinen unbezwingbaren Mut, ganz Frau zu sein. Ohne dich hätte dieses Buch niemals das Licht der Welt erblickt

Beppi Schirmer
für eine erste, bodenständige und tragfähige Meinung zum Text

Markus Müller
für literarisch fundierte Hinweise und viel Geduld

Markus Egerland
für den Beitrag deiner männlichen Gefühlswelt

Magda Müller-Klumpp
speziell fürs Auffinden feiner Sinnfehler, beispielsweise mit welcher Hand man eine Häkelnadel hält

Renate Wieser
für verlässliche Sorgfalt beim Endlesen des Textes

Karin Maria Wieser

Karin Maria Wieser lebte bisher in Kolumbien, Mexiko, Argentinien und auf Sansibar. Zwischendurch hält sie sich – nach einigen Monaten oder Jahren im Ausland – immer wieder gern und auch für längere Zeit in Süddeutschland auf.

Beim Betrachten der Realität richtet sie ihr Augenmerk darauf zu ergründen, warum die Menschen diese so erschaffen, wie sie ihnen letztendlich gegenübersteht. Dem spürt sie in jedem ihrer Bücher und in ihren Texten nach.
Ihre Protagonisten sind stets angelehnt an wahre, jedoch zum Schutz deren Identität (meist) fiktionalisierte Personen.
Coverbilder malt sie selbst. Sie vertritt die Auffassung, verschiedene praktizierte Kunstrichtungen bereichern sich gegenseitig und erweitern dadurch das Spektrum der Schaffenden, wie in ihrem Fall das des Schreibens und des Malens.

Taktgefühl Und Kopfläuse: Leben, Reisen, Arbeiten In Argentinien

Tausende gehorteter Euros in der Wohnung, versuchter Autoradioklau und Rauchsäulen über der Pampa, PräsidentIinnen, die wie Kindermädchen klauen, als Missverständnisse aufgetischte Lügen ...

Woran hakt es, wenn ein ressourcenreiches Land wie Argentinien, zudem mit enormen touristischem Potential, seiner Probleme nicht Herr wird? Stehen Mentalität und (Welt-)Politik dabei in gegenseitiger Wechselwirkung, wenn der südamerikanische Staat aufsteht und fällt wie ein Kind, dem Motorik und Koordination nicht gelingen wollen, um beständig laufen zu lernen?

Das Buch schildert aus der Perspektive des Alltags zunächst nichtig Erscheinendes und doch Einschneidendes, Tradition und Zukunftshoffnung, sowie abenteuerliches Reisen im Land. Die Autorin verwandelt Unverständliches in Nachvollziehbares und ruft dazu auf, Grenzen der europäischen Denkmuster aufzuspüren und fallenzulassen, um die südamerikanischen leichter zu durchblicken. Beide sind allzu menschlich - oder unmenschlich.

Printed in Poland
by Amazon Fulfillment
Poland Sp. z o.o., Wrocław

84615985R00244